S.F.
V.

Hubert Fichte
Die Geschichte der Empfindlichkeit

Herausgegeben von
Gisela Lindemann und Torsten Teichert
in Zusammenarbeit mit Leonore Mau

S. Fischer

Hubert Fichte

Homosexualität und Literatur 1

Polemiken

S. Fischer

Die Geschichte der Empfindlichkeit
Paralipomena 1

Herausgegeben von Torsten Teichert
Lektorat: Thomas Beckermann

Umschlaggestaltung: Buchholz/Hinsch/Walch
Satz: Fotosatz Otto Gutfreund, Darmstadt
Druck und Einband: Franz Spiegel Buch, GmbH, Ulm
Printed in Germany 1987
ISBN 3-10-020713-0

Inhalt

Appendix

Hubert Fichte warnt vor sich

Liebe Freunde, liebe Kollegen.
Ich muß Sie warnen.
Sie wissen es möglicherweise schon, ich bin ein Schriftsteller, der sich in seinem Leben mehr mit Strichjungen, Straßenmädchen und Vaudoupriestern herumgetrieben hat als mit den wichtigen Persönlichkeiten, mit denen man als Schriftsteller umgehen sollte.
Und ich glaube überdies, daß Strichjungen, Straßenmädchen und Vaudoupriester – denen man in einem großangelegten Pogrom in letzter Zeit alles Üble anzuhängen versucht, um damit von den wirklichen Übeln unserer Zeit abzulenken – ich glaube, daß Strichjungen, Straßenmädchen und Vaudoupriester sehr wichtige und aufopfernde Tätigkeiten ausüben, künstlerische Tätigkeiten, wenn man sie recht betrachtete, hygienische, psychoanalytische, poetische, ich meine, sie gehören zu den letzten großen Wohltätern auf der Erde.
Ich möchte Sie, liebe Anwesende, durch meine Sätze auch nicht weiter schockieren oder mich entschuldigen.
Ich meine nur, der Umgang mit Strichjungen, Straßenmädchen und Vaudoupriestern ist nicht die alleinige Vorbedingung zum verläßlichen Zitieren von Goethe und Opitz.
Es kann mir also in der pädagogisch erotischen Rasche, der wir uns hoffentlich diese und nächste Woche ausgesetzt sehen, passieren, daß ich was nicht weiß, daß ich ungenau zitiere, daß ich mich versteige.
Da müssen Sie mir dann helfen.
Denn sehen Sie, wenn alle diejenigen Persönlichkeiten, mit denen man als Schriftsteller umgehen sollte, die sich mehr auf Ta-

gungen, in Preisrichterkollegien und in Redaktionsvorzimmern auskennen als in Absteigen, Saunen und Parks, etwas sorgfältiger nachgeblättert hätten und Daniel Casper von Lohenstein zu seinem 350. Geburtstag nicht auf so skandalöse Weise vernachlässigt – dann brauchten Sie heute hier nicht mit dem Autor des Versuches über die Pubertät vorliebnehmen.
Poetiklehrstuhl!
Poetik kommt von poieĩn, machen.
Von poieĩn verstehe ich etwas.
Haben Sie Lust, daß wir uns tätig der Poetik Lohensteins nähern?*

* Anläßlich einer Vorlesungsreihe über Daniel Casper von Lohenstein in Wien, Januar 1986.

Elf Übertreibungen

Einführung in ein Lesebuch

Dakar, Juni 1976

1.

Guilleaumin: Um Gotteswillen – eine Anthologie!
Lockstedter: Denken Sie in Gesamtausgaben?

Gespräche III., 1975

2.

Mein Lesebuch:
Homer.
Sophokles.
Petronius.
Nizami.
Villon.
Rabelais.
Quevedo.
Marlowe.
Defoe.
Casanova.
Stendhal.
Flaubert.
Strindberg.
Lagerlöf.
Proust.
Euclides da Cunha.
Genet.
Borges.

3.

Deutsche Literatur – gibt es das überhaupt?
Als ein Netz von Beziehungen – Correspondances?
(Genet bezieht sich auf Proust, Proust bezieht sich auf Racine, Racine bezieht sich auf Seneca, Seneca bezieht sich auf Euripides.) Als ein Netz von Beziehungen aus Sprache – über das Innere und über die Welt?
Deutsche Weltliteratur im doppelten Sinn:
In der Welt und aus der Welt?
Welcher deutsche Autor wäre bekannt und gelesen wie Dante, Shakespeare, Cervantes, Molière, Dostojewski?
Hegel. Sogar im Senegal. Auf französisch. Kant. Marx. Freud. Und *Mein Kampf*.
Doch ist das deutsche Literatur?
Als deutsche Literatur existieren Freud, Marx, Hegel in der Welt nicht, sondern als Wissenschaft aus Deutschland.
Und Goethe? – Kaum. Als Institut.
Kafka? – Eben.
Nietzsche? – Schon nicht mehr.
Broch? – Weil er in *La Notte* genannt wurde?
Thomas Mann? – In Venezuela?
Grass? – Weil die *Blechtrommel* im Regal von Liz Taylor stand?
Brecht? – Wie lange schon? Wie lange noch?
Hesse! – Ja, als schweizer Guru.
Wer in der Welt lernte Deutsch, um Adorno im Original zu lesen, wie man Griechisch lernt für Sappho, Spanisch für Calderon, Schwedisch für Strindberg?
Vielleicht liegt es auch an der mangelnden Repräsentanz.
Welcher deutsche Autor würde im Ausland von den deutschen Vertretungen geehrt wie der schwule Genet von den französischen oder der maoistische Sartre?
Welcher deutsche Kulturreferent mag sich auch nur den Namen von Frau Wohmann merken?
Ein deutscher Politiker nannte die deutschen Schriftsteller »Pinscher« – zu einer Zeit als de Gaulle Sartre mit »Cher Maitre« anredete (was Sartre zurückwies; er vergaß, daß de Gaulle, aus

dem Exil kommend, gefragt hatte: »Comment va Monsieur Gide?« – wie Napoleon nach dem Rußlandfeldzug: »Wie geht es Herrn Goethe?«) Welcher deutsche Politiker hätte den letzten Roman von Peter Weiss auch nur angeblättert? Welchem fiele mehr als eine Spiegelnotiz zu Ilse Aichinger ein?
Aber will man die Politiker schelten?
Von zehn Fachleuten konnte keiner über Daniel Casper von Lohenstein extemporieren?
Einer der großen Verleger, der sich beharrlich um das Gesamtwerk von Günter Grass bemühte, fragte den Autor der *Blechtrommel*: »Wo haben Sie Ihre Kindheit verbracht?«
In keinem Land ist die Schwellenangst vor Buchhandlungen so groß wie in der Bundesrepublik. Hunderttausende von Arbeitern und Angestellten in den Neubausiedlungen besitzen nicht nur keine Bücher – sie haben nie in ihrem Leben eine Buchhandlung betreten. In Santiago de Chile gab es zur Zeit Allendes mehr Buchhandlungen als in Westberlin – doch das hat sich vielleicht geändert.
Ökonomisch:
Im Land der Dichter und der Denker wird Dichtung und Denken mit Einkommensteuer belegt und mit Umsatzsteuer.
Bazon Brock stellt Waren her und setzt sie um, wie die Autoindustrie Kotflügel.

Deutsche Literatur als Weltliteratur aus der Welt?
Welcher deutsche Literat bezöge sich bei einer Besprechung von Artmann auf die Bücher von Borrows, bei einer Besprechung von Burroughs auf Jonathan Swift, bei der Rezension einer Non-Fiction-Novel auf Euclides da Cunha?
Welcher deutsche Literat erfüllte Curtius' Forderung nach der Beherrschung der paar europäischen Dialekte, ohne die man in Sachen Literatur nicht mitreden könne?
(Sogar das Wort »Päderast« wird falsch benützt, »psychisch« und »psychologisch« werden verwechselt.)
Welcher deutsche Literat hätte die *Recherche du Temps Perdu* auch nur in der Übersetzung durchgelesen?
Deutsche Literatur – gibt es das überhaupt?

In sich selbst, mit sich selbst, für sich selbst?
In keinem Land wird der Schreiber, der Schriftsteller, der Literat, der Dichter so verachtet wie in Deutschland – in der Bundesrepublik wenigstens.
In keinem Land rechnen Literaten so unbarmherzig miteinander ab, so unritualisiert, so ungeschützt durch Traditionen, Konventionen, Spielformen, Sitte, so kleinbürgerlich – und oft gerade die fortschrittlich Genannten.
Nicht nur Heine mit Platen.
Auch Harich mit Raddatz.
Nicht die Arbeit eines Schriftstellers wird besprochen, ihre Eigentümlichkeiten und Fehler, sondern die Vorstellungen des Besprechenden. Man geißelt das nicht erreichte Klassenziel, das mangelnde Betragen, die als falsch zu denunzierende Gesinnung.
Schreiben ist eine Übertretung, keine Arbeit.
In keinem Land wird so unverantwortlich gelobt:
– Das Bedeutendste der Nachkriegszeit . .
– Eines der Wichtigsten . .
– Das Wichtigste . .
In keinem an den hochgezärtelten Günstlingen so eilige Feme- und Rufmorde begangen, hat sich erst einmal die Gunst der Medien, der Verleger, des Publikums gewendet; wie schnell ist dann der gestern noch Geistreichste als Onanist, Sexualverbrecher, Dieb, Trottel, Faschist verschrien – von den Kollegen, und oft im Ton des Turnunterrichts, der Endlösung, des Richtspruchs über Leben und Tod:
– Weg vom Fenster . .
– Luft raus . .
– Kommt nicht wieder hoch . .
– Hat nichts mehr zu sagen . .
– Ist krank . .
– Ist am Ende . .
– Ist gestorben . .
– Ich blicke zurück und weise voraus . .!
Wenig Selbstachtung, viel Popanzerei.
Ist der Grund ein sprachlicher?

Gibt es nur eine deutsche Sprache, die zu sprachlichen Spielformen, sprachlicher Würde, Achtung in Sprache hätte führen können?
Friedrich der Zweite, der deutscheste der preußischen Könige, verfaßte seine Gesammelten Werke als Oeuvres Complètes. Sein Deutsch war monstruös und verstümmelt wie eine Feldschlacht.
Zerfällt unsere Sprache und damit unser Bewußtsein nicht noch immer in Kanzleivorschriften, Gelehrtenchinesisch, Kasinojargon? Welche Sprache hätte den Expressionismus hervorgebracht und das Wörterbuch des Unmenschen, Heidegger und den Werbespruch: »Guten Morgen, liebe Marmelade?«

4.

Klaus Hennies schreibt mir aus dem Untersuchungsgefängnis Kassel, Wehlheiden, daß er unschuldig wegen versuchten Totschlags sitzt. Ich schicke ihm den *Simplicius Simplicissimus*.
Als ich ihn besuche, bringe ich ihm Thomas Manns Erzählungen mit. Er sagt, er habe hier zum ersten Mal den *Simplicissimus* ungekürzt lesen können.
Es gibt also noch einen anderen Parameter als den eklektischen für eine Anthologie:
Was schicke ich Klaus Hennies, der keine Fremdsprache beherrscht, ins Untersuchungsgefängnis Wehlheiden?

5.

MIt einundvierzig sollte man einen Überblick haben über die Literatur des eigenen Sprachraums und die Literaturen der Welt. Habe ich ihn nur über mich selbst und meine Blätterstunden in der babylonischen Bibliothek?
Plötzlich, da ich sie einordnen soll, auswählen, sind Bücher nur mehr Anhäufungen von verschiedenen Papierqualitäten, Bütten

von vor zwei Weltkriegen, Holziges von vor der Währungsreform, Pelure – darauf Staub, Gilbe, Druckerschwärze.
Ich hole die vermachten Ausgaben der Großeltern, der Mutter, der Nachbarn, der Freunde, die ersten Selbsterwerbungen, die Schulausgaben, die von Dulu Krucks 20 Mark während der Landwirtschaftslehre erstandenen.
Lücken.
Typen des Jugendstils, des Tausendjährigen Reiches, des Wirtschaftswunders, des Untergangs des Abendlands.
Lektüren in der Laube, im Bombenkeller, im Behelfstheater, in Jugendherbergen, in Hotels – zu Kerze und Orgasmus, Neon, Krätze und Ergo sum.
Was bleibt nach den großen Leseeindrücken der letzten Jahre?
Nach *Le Rouge et le Noir*?
Nach den *Sertœs* von Euclides da Cunha?
Nach dem Bericht über Lamarcas Ermordung im Jornal da Bahia?
Nach dem Nachruf auf Martha Mitchell in Newsweek?
Wenig neues Exemplarisches.
Viel Gehätscheltes ist fade geworden.

6.

Hrosvitha von Gandersheim hat mich nicht geprägt – und auch Walther von der Vogelweides bein mit beine samt slüzzelîn und Wolkenstein sind, trotz Ezra Pounds energischem Hinweis, mehr und mehr stockfleckige Inselbändchen – Randapprofondissements.
Und Luther?
Und die Bibel?
Ich weiß: Samuel, Das Hohelied Salomonis, Die Offenbarung – aber ich komme über Moses nicht weg. Fünf Bücher Eifer, Vorhäute, Völkermord.
Ich weiß: »Da ward der König traurig und ging hinauf auf den Söller im Turm und weinte, und im Gehen sprach er also: Mein Sohn Absalom! Mein Sohn, mein Sohn Absalom! Wollte

Gott, ich wäre für dich gestorben. O Absalom, mein Sohn, mein Sohn!«
Aber auch der Sänger David legte das Volk von Rabba unter eiserne Sägen und Zacken und verbrannte sie in Ziegelöfen.
Ich muß all dies selbstgefällig sich selbstbezichtigende Kleinbürgertum in einem Zusammenhang sehen mit den Millionenverschleppungen aus Afrika – an denen lutherbibelfeste Frankfurter Kaufleute beteiligt waren.
Die Bibel – ich nicht!

7.

Deutsche Literatur ist für mich barocke Literatur.
Orthographische Phantasie, grammatische Turbulenz, Bildungsraserei und Regelwut – sie zischt ab über die meisten Literaturen ihrer Epoche.
Und es spricht von der Inexistenz deutscher Literatur, daß dies weder im deutschen Sprachraum, noch auf der Welt bekannt ist – und nicht bekannt sein kann, denn das Wenigste ist ediert und oft in entlegenen und unerschwinglichen Ausgaben.
Allen voran Daniel Casper, der es mit seinen Vorläufern Marlowe, Shakespeare, Calderon aufnimmt und mit seinen Zeitgenossen Corneille, Racine.
Lohenstein!
Vergessen.
Auch von der Fachpresse.
»Schwulst.«
Bestenfalls.
Daniel Casper von Lohenstein war ein schlesischer Diplomat, der zur Türkenzeit wichtige Missionen an den Hof in Wien erhielt, der vor seinen erlauchten Arbeitgebern Theaterstücke von der Melopoeia eines Jean Genet und der Phaenopoeia eines Arrabal durchzusetzen vermochte.
Schwulst?
Quatsch!

Ein durch die Jahrhunderte fortgelabertes Fehlurteil, vom Wirte wundermild Tieck sanktioniert.
Die Intrigenwelt des Kaiserhofes, die Lohenstein kannte, wird mit einer Ökonomie und Farbigkeit erstellt, oft in einem einzigen Satz – Kleist'sches Tempo, Kafka'sche Infamie.
Daniel Casper schafft eine konsonantische und vokalische Feinstruktur, die ihm durch barocke Freizügigkeit, wo Purpur und Purper, itzt und jetzt nebeneinander bestehen dürfen, erleichtert wird: Die Stellung von Vokalen, die Stellung von Verschlußlauten skandiert die Verse ein erstes Mal vor – bis zum Endreim hin.
Daniel Casper reißt Psychologien auf, vor denen Freud als Epigon erscheint.
Lohenstein, der seine Theaterstücke mit Daten von Hochhuth'scher Akribie versieht, schreibt die erste deutsche Psychopathologia Sexualis.
Das ödipale Drama und das Drama des Orest werden von ihm im Geschehen um Nero, der, wie Lohenstein wußte, den Ödipus gespielt hatte, zusammengespiegelt.
Existierte die deutsche Literatur, hätten sich Hölderlin und Hans Henny Jahnn auf ihn berufen.

8.

Die Sonne ist im Deutschen weiblich – bemerkte Malaparte genau.
Hölderlins Fremdlingin männlich – der Mond.
Das ödipale Klima – auch ein Sprachzwang?
Deutsche Sprache ist bis zum Unsinn und Irrsinn, bis zu Wittgenstein und Rosenberg (auf den sich der Ethnologe, Vaudoupriester, Diktator François Duvalier berief) dunkle Sprache – deutsche Dichtung dunkel, gelegentlich unheimlich putzig, bis zum Studentenwitz – schon bei Günther, bei Lenz, erst recht bei Busch, auch bei Wedekind.
Das Karnavaleske kommt zum Kasinoton herab – und es erreicht die Intensität des Orakelspruchs, des Zen, des Concetto:
»Wer Sorgen hat, hat auch Likör.«

Die Momente der blitzenden Ratio, St. Simon, St. Just, Stendhal, Léautaud fehlen; Komödien sind rar – *Don Juan oder die Liebe zur Geometrie* ist kein Gegenbeweis.
Die Geschichte der Deutschen Literatur ist die Geschichte des unvorsichtigen Sprachgebrauchs: Schwarm, Sturm und Drang, Menschheitsdämmerung, Der Stürmer, Kahlschlag, Movens, Die Reihe mit dem leuchtend roten Rahmen.
Ödipal:
Nach dem Schwefeldonner Luthers gegen Inzest und die auch in der Bibel benachbarte Homosexualität, scherzen Mutter und Sohn bei Hofmannswaldau, ergießen sich Mutter und Sohn bei Daniel Casper gegeneinander.
Kuhlmann benützt im Gedicht die Collagetechnik und schneidet drei übersetzte Texte von San Juan de la Cruz ineinander – schwüle Fältelungen der Dreifaltigkeit.
Im *Don Carlos* des Racineübersetzers Schiller wieder Vaterhaß, fast Mutterliebe und Sohnesopfer, alttestamentarisch, inquisitorisch. Bei Goethe wird nicht die Mutter beschlafen, sondern – in der von Gottfried Benn (»Ich trage dich wie eine Wunde auf der Stirn«) gepriesenen *Iphigenie* – der Muttermord in schönstem Deutsch vorgetragen. (Ein andres Gegenteil zur Sage von Ödipus und von Orest – nicht die Begierde der Mutter, nicht Muttermord – führt die Medea vor, Grillparzers *Medea*, Hans Henny Jahnns *Medea* – und schließlich die des Ödipusverfilmers Pasolini: Die Mutter ermordet die Söhne.) Bei Hölderlin dann der Klartext – das schwarze Mittagslicht der Tragödie.
Hamlet, der Enkel, vom Enkel Schlegel in eine tiefere Bedeutung übertragen, hat weder Lust am Weibe und auch am Manne nicht.
Heine, der den schwulen Außenseiter Platen denunzierte, schätzte den schwulen Außenseiter Adelbert von Chamisso.
Peter Schlemihl ist ein Wunderwerk, über romanische Ordnungen geworfene romantische Schleier.
Hier ist alles Schattenspiel, Gleichnis, um den verlorenen Schatten. Die Mutter Sonne, der Vater des Schattens.
Die aufgehobene Verdoppelung.
Das Geheimnis, das den Mittag scheut und die Ehe hintertreibt,

ihn durch alle Welt jagt – wie heute die Homosexuellen nach Tunis, auf die Philippinen – Neckermann machts möglich – von Verwundern liest man sich zu Verwundern.
Chamisso, der eigentümliche Wanderer zwischen den Zeichen, den Geschlechtern der Pflanzen, läßt sechzig Seiten zurück und zieht in die Südsee zu seinem Freund Kadu und träumt davon, den Wal zu zähmen, um seine Arbeitskraft der Weltwirtschaft zugänglich zu machen.
Döblins *Hamlet*, eine Psychoanalyse als Roman, gefaßte Beispielerei, graziöse Wissenschaft.
Ein Kriminalstück wieder, diesmal bei englischem Tee, wie es zu Anbeginn ein Kriminalstück war, Ödipus, Maigret und »M« in einem, das raffinierteste und primitivste: Die Überführung des Menschen durch sich selbst.
Ein ödipales Klima.
Die Sonne.
Die Fremdlingin, der Mond.
Freuds Ödipuskomplex – ein Sprachzwang?
Ach, hätte Chamisso zur »Sexualtheorie« geschrieben und Döblin über den »Witz und seine Beziehung zum Unbewußten« – vielleicht sähen die psychiatrischen Kliniken in der Dritten Welt anders aus. Zu Freud gibt es heute in Frankreich mehrere Publikationsreihen – Döblins *Hamlet* ist noch immer unübersetzt.

9.

In keinem Land rechnen Literaten so unbarmherzig miteinander ab wie in der DDR, der Bundesrepublik, der Schweiz, Österreich, Luxemburg.
Wenige Kollegen, die nicht von Kollegen unwürdig beschrieben worden sind, die Kollegen nicht unwürdig beschrieben hätten und sich bitter darüber beklagt.
Nirgends wird der Klagegesang über Dichterleben, über das eigene, über das des Genossen so heftig angestimmt wie hier, zum Trost und zur Rechtfertigung.
Arnold beklagt Kuhlmann in der Feuerhütte.

Bobrowski trauert um Jahnn, Jahnn um Lessing und Klopstock.
Jahnn, dessen viele tausend Seiten unter »barock« abgelegt werden – fälschlich –, es soll lobend sein, ist in Wirklichkeit nur ein Alibi für Leselücken: Wann hat wer zuletzt die *Niederschrift des Gustav Anias Horn* durchgearbeitet? – Der alte Jahnn trauert in einem seiner kürzesten und erschütterndsten Texte um den genialischen Jüngling Chatterton, wie Ernst Penzoldt in seinem zu Unrecht vergessenen Roman, den Hans Henny Jahnn kannte.
Büchner um Lenz.
Wahlverwandtschaften über die Generationen und zum Nachbarn.
Goethe über Winckelmann.
Thomas Mann über Platen.
Hans Mayer über Thomas Mann, Platen und Büchner.
Immer ist hier die eigene Existenz gemeint, immer verwandelt sich die höchste Konzentration auf den Kollegen in die Analyse des eigenen Ich.
Es sind Spiegelgeschichten am Tod.
Die Klage – messerscharf.
Zu Recht bezieht sich Raddatz in seinem Leben Mühsams auf Arnold und Kuhlmann: Featurestil hier wie dort.
Damals die Glaubensfolter an Kuhlmann, heute der Lagertod Mühsams.
Furchten.
Zeitgenossenschaften.

10.

Doch Correspondances?
Gäbe es Deutsche Literatur, Deutschland als Welt in Literatur, deutsche Literatur in der Welt doch?
Trotz der Quizmasterlobotomien, des Paukerdeutsches à la mode?
Nach dem Ende der Gruppe 47 schien ein eben mal 20 Jahre

gefundener Konsensus, eine, wenn auch provinzielle, literarische Welt in Deutschland ganz zusammengesackt.
Wieder einmal das Ende der nicht existierenden Deutschen Literatur?

Peter Michel Ladiges geht dem Erdeessen nach. Er entblößt die Anthropologie ihrer ideologischen Hüllen und reduziert sie auf das wenige Faktische; ihm gelingt eine säkularisierte Litanei.

Oswald Wiener beherrscht Sprachen der Afrikaner und die Sprachen der mathematischen Logik.

Gabriele Wohmann küßt Johann Christian Günther wach.

Bengta Bischoff plustert Mief auf zu missing'schem Rabelais. Und Ulrich Krause benützt das Grün aller Manieristen. Durch seine Lippen reden Morgenstern, Sigmund von Birken, Abraham a Santa Clara und Góngora.

Helmut Heissenbüttels Tagebuch von 1976 nimmt die Chronik des verschollenen Hugo Ball wieder auf – es ist die barocke, asketisch und entzündet.

So schwul Martials, so martialisch Astels Distichen.

Hans Eppendorfer folgt den Anweisungen Genets und Jean Paul Sartres à la lettre.
Er entwirft ein neues Kapitel des »Mordes als schöner Kunst« – mit Kristallsplittern und Zungenfetzen.
Er schreibt nicht aus dem Café Flore, sondern aus dem Kieler Jugendgefängnis.
Kassiber.
Er ist kein Poète Maudit.
Er verruft.

11.

»Guten Morgen, liebe Marmelade!«
Wenn Logopoeia, Phaenopoeia, Melopoeia aufhören, als Kriterien der Sprache und des Denkens gefordert zu werden, hören Sprache und Denken selbst auf und damit menschliche und menschenwürdige Existenz.
Zwei neue literarische Genres hat die Nachkriegszeit unter dem Einfluß amerikanischer Autoren, des BBC und der Affaires Culturelles Françaises aktualisiert:
Das Feature (die zwanghafte Ungebundenheit) und das Interview (Beichte, Verhör, Psychoanalyse, Gespräch) – *König Ödipus* und *Das Gastmahl.*
Mein Deutsches Lesebuch: Ein Feature aus Gedichten, Theaterstücken, Features, Prosa – ein Lesebuch als »Symposion«.

Der Blutige Mann

Sade

Venezuela, Februar 1975

Sade, der Satan.
Sade, der göttliche Marquis.
Sade, der Befreier, der Psychopathologe.
Sade, unser nächster Nächster.
Urteile und Vorurteile.

Donatien-Alphonse-François de Sade, der eigentlich Louis-Aldonse-Donatien heißen sollte, wurde am 2. Juni 1740 in Paris geboren.
Die achtundzwanzigjährige Mutter lebt als Hofdame ihrer Verwandten, der Prinzessin de Condé, der Vater, 38, befindet sich als Gesandter des Königs in Köln.
Sade wird im Hotel de Condé zusammen mit Louis-Joseph de Bourbon erzogen.
Den Fünfjährigen nimmt der Abbé de Sade d'Ebreuil, ein epikuräischer Freund Voltaires, zu sich in die Provence.
Mit zehn tritt der Junge in das Jesuitenkolleg St. Louis le Grand ein.

5.30 Aufstehen.
6.00 Beten.
6.15 Studium der Heiligen Schrift.
7.45 Frühstück und Pause.
8.15 Studium.
10.30 Messe.
11.00 Studium.
12.00 Essen und Pause.

13.15 Studium.
16.30 Vesper und Pause.
17.00 Studium.
19.45 Abendessen und Pause.
20.45 Gebet.
21.00 Schlafen.

Es gibt Fürchterlicheres.

Sade bleibt vier Jahre. Er lernt das Jesuitentheater durch Aufführungen von *Justinian, Kaiser von Konstantinopel*, Tragödie von J. B. Geoffroy und anderen, kennen.

Als Vierzehnjähriger beginnt Sade seine Militärkarriere als Kadett der École des Chevaux Legers. Mit 15 ist er Sous-Lieutenant des Königs. Mit 17 dient er im Krieg gegen Preußen.

Die psychosozialen Systeme, denen Sade bis zum siebzehnten Lebensjahr unterworfen war, erscheinen eindeutig genug:

Das System des französischen Hochadels, des französischen Königshofes mit all seinen laxen Lizenzen und exaltierten Etiketten;

das System des liberalen, libertinen Klerus;

das System des jesuitischen milden Brain-Washing und des jesuitischen Theaterpops;

das System des französischen Militarismus.

Nichts erscheint also leichter als durch wie immer gerechtfertigte Analogieschlüsse die Sade'sche Persönlichkeit abzuleiten – oder das, was man als Sade'sche Persönlichkeit postuliert.

Königsnähe, ein moller* Onkel, Jesuitismus, freiwillige Militärerfahrung haben einen anderen französischen Schriftsteller geprägt und zu einer gänzlich anderen Verarbeitung von Aggression und Frustrationen geführt – Marcel Proust.

Ehrlicherweise sollte man zugeben, daß man von den frühkindlichen Prägungen des Marquis nichts weiß.

Der zum Hauptmann avancierte Neunzehnjährige führt einen robusten Lebenswandel und kommentiert ihn im konventionellen Stil einer wohlerzogenen französischen Intelligenz:

* Frz. mou, mol = weich

».. ich stand morgens auf, um Vergnügungen nachzugehen ..«

».. abends war ich verzweifelt ..«

».. ach, ist das Glück, das man kauft, ein wahrer Genuß und kann Liebe ohne Rücksichtnahme wohl recht zärtlich sein?!«

Der Vater verlangt eine Beichte, der Sohn nimmt sich vor, sie ehrlich abzulegen:

».. ich weiß wohl .. man muß den Hof machen, um es zu etwas zu bringen. Aber ich tue es nicht gern. Ich leide, wenn ich höre, wie einer einem anderen tausend Schmeicheleien sagt, von denen er oft nicht überzeugt ist. Höflich, anständig, stolz ohne Hochmut, zuvorkommend ohne Fadheit, das sind meine Tugenden, das sind die Tugenden, die ich anstrebe. Ich möchte meine kleinen Wünsche, so oft es geht, durchsetzen unter der Bedingung, daß sie mir und Ihnen und niemandem anderen abträglich sind. Ich möchte gut leben, mich amüsieren, ohne zu verkommen und ohne mich zu ruinieren; wenig Freunde – vielleicht gar keine ..«

».. Gleichmut im Charakter ..«

».. sich niemandem anvertrauen ..«

».. nur das Beste sagen, von denen, die schlecht über einen geredet haben ..«

».. das ist meine ganze Beichte. Ich öffne Ihnen mein Herz nicht wie einem Vater, den man fürchtet, oft ohne ihn zu lieben, sondern wie meinem ehrlichsten Freund, den zärtlichsten, den ich auf der Welt besitze ..«

».. geben Sie mir bitte schnell Nachricht. Sie können sich nicht vorstellen, welche Freude mir Ihre Briefe machen. Aber schreiben Sie mir nicht nur vier Worte, wie Sie es gewöhnlich tun.«

Kein »Ödipus«? Oder erst recht? Überinterpretierbar nach allen Seiten. Ungewöhnlich und nicht unter Konventionen verwelkt erscheint mir die kleine zärtliche Rüge am Ende der Beichte, die Kürze der väterlichen Schreiben betreffend.

Immerhin schreibt der Vater seinem Bruder, dem Abbé, der vor kurzem wegen Ausschweifungen ein paar Tage gebrummt hat, indigniert, daß der dreiundzwanzigjährige Sohn keinen Ball, keine Veranstaltung auslasse, spiele und sich in Kulissen und Bordells herumtreibe.

Das Verhältnis zwischen Vater und Sohn scheint sich zu versteifen. Der Vater will dem Sohn eine reiche Frau suchen, um ihn vom Halse zu haben und schlägt Renée-Pélagie de Montreuil vor. Im März 1763 ist Sade mit ihr verlobt und verlobt mit Laure-Victoire-Adeline de Lauris, einer seiner Geliebten, die er Pélagie vorzieht. Sade père hätte nichts gegen Laure, aber die Lauris machen Einwände, und noch 14 Tage vor seiner Heirat mit Pélagie versucht Sade die Lauris umzustimmen, er, der vier Monate nach seiner Heirat zum ersten Mal wegen Ausschweifungen vom König ins Donjon de Vincennes gesperrt werden wird.

Doppelspiel aus Neigung zu Mademoiselle de Lauris? Aus Abscheu vor Mademoiselle de Montreuil? Doppelspiel aus Neigung zum Doppelspiel?

Am 6. April schreibt er an Laure nach einer »petite histoire de la c..«, die man vielleicht als Gonorrhoe (chaude pisse) dechiffrieren darf.

Der konventionellen und damit nicht weniger gemeinen Selbstmorddrohung folgt die zweite, nacktere:

».. hüte Dich vor Unbeständigkeit; ich verdiene sie nicht. Ich gestehe, ich würde rasend werden und es gibt kein Greuel, zu dem ich mich nicht hinreißen lassen könnte. Die kleine Geschichte der c.. sollte Dich bewegen, etwas Rücksicht auf mich zu nehmen. Ich gestehe, daß ich sie einem Rivalen nicht verheimlichen würde und es nicht bei dieser einzigen Mitteilung beließe..«

Zwischen Selbstmordgedanken, Tripper, Erpressung, Vaterautorität, pekuniären Rücksichten, Puff und Kerker beginnt also diese rührendste, zarteste, kühnste aller Liebesgeschichten der Weltliteratur – die Ehe des Marquis de Sade mit Renée-Pélagie de Montreuil. Sie wird am 1. Mai 1763 in Versailles unter den Auspizien des Königs und der Königin geschlossen.

Die ersten Jahre der Ehe scheinen weder besonders »divin« noch besonders »sadique« gewesen zu sein. Als Sade sitzt, schreibt er an den Polizeileutnant Sartine:

»Ich flehe Sie an, unterrichten Sie meine Frau von meinem traurigen Schicksal. Sie ist sicher in der größten Unruhe, weil sie keine Nachrichten von mir erhält. Ich verdiene Gottes Strafe. Ich weine über meine Fehler und verabscheue meine Verirrungen..«

Und schließlich schon jetzt die später so oft wiederholte Bitte um Spaziergänge in der frischen Luft:
».. ich glaube, sie sind absolut notwendig für meine Gesundheit.«
Was war genau vorgefallen?
Nur der Vater äußert sich etwas ausführlicher:
»(Er) mietete ein Haus, kaufte Möbel auf Kredit und gab sich kalt den äußersten Ausschweifungen hin, er allein in schrecklicher Gottlosigkeit, so daß die Mädchen sich gezwungen sahen, gegen ihn auszusagen.«
Und schon 1763 hängt ihm der Polizeiinspektor Marais als Schatten an, der ihn lange nicht wieder freigeben soll.
Durch Marais weiß man, wie oft Sade mit Mademoiselle Colette von der Comédie Italienne geschlafen hat, daß er Mademoiselle Beauvoisin aushält, daß er Pech bei Mademoiselle Le Roux von der Oper hat und daß er der Beauvoisin öffentlich die Hand gibt.
Sade reist mit der Beauvoisin 1765 auf sein Schloß Lacoste und gibt sie möglicherweise als seine Frau aus. Der Theatersaal des Schlosses wird hergerichtet und zu den Festen, Bällen, Theaterabenden erscheint der gesamte Adel des Vaucluse.
Sade schreibt an Mademoiselle C..:
»Meine Tage sind durch ein unglückliches Band, dem ich mich nur aus Nutzen hingab, nur voller Dornen. Sie hätten mir die ewigen Rosen des Frühlings gebracht..«
In Paris spielen jetzt Mademoiselle D.. und Mademoiselle M.. eine Rolle. M.. scheint ihn zurückzuweisen und Sade schreibt:
»Wenn Sie wollen, übernehme ich jede Verantwortung (für Ihren Sohn); ich lasse ihn auf einem meiner Landsitze erziehen; er wäre dort umsorgt und geachtet wie mein Sohn – nichts auf der Welt wird ihm fehlen.. Seine Fortschritte wären mein Werk.. wenigstens in seinen Augen sähe ich Dankbarkeit: Ich hätte eine Empfindung erzeugt.«

Selbst wenn man den, meiner Meinung nach unzulässigen, Schluß zieht, daß die schlimmen Familienszenen, die Zerstückelungen von Eltern und Kindern im Werke Sade's literarische

Ersatzbefriedigungen seien für Handlungen, die Sade gerne unternommen hätte, wenn man postuliert, daß er den Sohn der Geliebten, vielleicht sogar den eigenen, außerehelichen Sohn, nur aufziehen wollte, um ihn zu pervertieren, so wird man aber auch die verbale, poetische Ambivalenz konstatieren müssen, die sich hier neben all den poetischen und nie realisierten Sadocomics im Werke Sade's ausspricht.

Am 24. Januar 1767 verliert der siebenundzwanzigjährige Sade seinen Vater.
Am 27. August desselben Jahres wird Sade's erster ehelicher Sohn, Louis-Marie, geboren.
Marais berichtet am 16. Oktober, daß Mademoiselle Rivière von der Oper Sade's auch geldliche Angebote zurückweist.
Seit 1766, so berichtet Leutnant de la Bernardière, bringt der Marquis in ein gemietetes Haus in Arceuil »Tag und Nacht Personen beiderlei Geschlechts, mit denen er ausschweifenden Verkehr unterhält«.
Am 1. Februar 1768 nimmt er vier Mädchen mit, die er züchtigt; er gibt ihnen anschließend zu essen und läßt ihnen durch seinen Diener einen Louis d'Or aushändigen.
Hoffen wir, daß der Zeuge Jean-François Vallier genau ausgesagt hat – dies wäre die einzige bezeugte Flagellationsszene des Marquis, die ohne Unterbrechung bis zuende durchgeführt wurde.

Am Ostersonntag, den 3. April 1768, redet Sade an der Place des Victoires die bettelnde Rose Keller an und verspricht ihr einen Platz als Hausangestellte. Er bringt sie nach Arceuil in sein gemietetes Haus.
Über die folgenden Ereignisse differieren die Aussagen der Keller und die des Marquis.
Sie behauptet, bäuchlings auf ein Bett geworfen worden zu sein und gefesselt.
Sade bestreitet das Fesseln.
Sie: Mit Ruten und einem Stock geprügelt.

Er: Mit einer Peitsche aus knotigen Stricken.
Sie: Geschnitten mit einem kleinen Messer. Wachs, geschmolzen, in die Wunden.
Sade leugnet die Schnitte.
Danach sei sie gewaschen, verbunden und verpflegt worden.
Sie flieht, ehe es zu Weiterem kommen kann.
Die Frage nach den Schnitten ist das Entscheidende. Die Antworten sind widersprüchlich.
Sicher ist es nicht für jeden ein großes Vergnügen, gefesselt und verhauen zu werden, und man kann kaum die bewundernden Biographen Sade's verstehen, wenn sie die Keller ironisieren, die Freiheitsberaubung, die Blasphemierung ihres Glaubens, ihre Todesangst und die ihr gegenüber begangenen Brutalitäten lächerlich machen zu moralischen Gunsten eines bis dato nicht viel mehr als vulgären Aristokraten, der nichts anderes personifizierte, von den paar abgründigen Briefen und einem allerdings ingeniösen Vorspiel auf dem Theater abgesehen, als einen besonders rücksichtslosen Vertreter seiner Klasse.
Schocks, wie der der Keller, mögen im Siècle de la Lumière allerdings alltägliche gewesen sein.
Wenn allerdings die Einschnitte stattgefunden haben – was Sade bestreitet, was der Gerichtsmediziner Le Comte bestätigt, was das Gericht anzweifelt, als es Le Comte wegen Falschaussage unter Anklage stellt – doch das kann eine Intrige der mächtigen Schwiegermutter, der Präsidentin de Montreuil gewesen sein –, wenn Sade in den gefesselten Körper der Keller hineinschnitt, dann ist eine andre Phase im Sadismus des Marquis belegt, eine magische, anthropophage und überdies eine Progression der sexuellen Riten von den Soubretten, von den Rutenschlägen bis hin zu Opferschnitten, und eine weitere Annäherung an die monstruösen Mythen seiner Werke wäre immerhin denkbar.
Doch es herrscht keine Klarheit.
Der Einfluß der Schwiegermutter scheint groß genug gewesen zu sein – Sade wird nach einer Haft von sechs Monaten am 16. November entlassen.

Es existiert ein handgeschriebenes Exemplar des Marquis von Œuvres Diverses 1763 bis 1769; enthalten darin sind einige leichte Chansons, eine langweilige Schlachtbeschreibung des Achtzehnjährigen, wesentlichere Briefe und ein Vorspiel auf dem Theater, das – als erstes? – 1764 die Illusion der Zerstörung der Illusion der Guckkastenbühne von Anouilh's *Antigone*, Wilders *The Skin of Our Teeth* vorwegnimmt, das Bedürfnis von Theaterschriftstellern, Shakespeare, Strindberg, Pirandello, Brecht nicht ausgenommen, Falschheit durch falsche Echtheit zu ersetzen, den einen Ritus durch einen anderen, scheinbar unrituellen – Fiktion, indem man sie aufzuheben vorgibt, zu sichern.
Brechungen im Verhältnis von Realität und Repräsentanz, Brechungen, wie sie in anderer Form sein Romanwerk aufweist, und die Wichsvorlage.

In dem später verworfenen Stück *Le Philosophe soi-disant* verspottet der noch nicht Dreißigjährige jugendlich, aufklärerisch den geldgierigen Heuchler, den langsamen Ideologen, die doucereux propos der Liebenden, an Hand eines vorgeblichen Philosophen, der den Gestalten der Komödie zum Amüsement, wie eine Puppe, »verschafft« hat – [eines] Philosoph[en], dessen Haltung er später mit verstellter Bewunderung darstellen wird; propos doucereux, die er selbst nur zu oft gebraucht. Die *Reise nach Holland*, ein Jahr nach *The Sentimental Journey* verfaßt, ist eine Wüste von Unbegabtheit, Beschränktheit und Langeweile. Es erscheint kaum glaublich, daß hier der gleiche junge Mann reist und schreibt, der das Theater von Schloß Evry mit seinem Vorspiel eröffnen ließ und der im *Philosophen* ein paar gezielte Peitschenhiebe à la Wolfgang Bauer gegen die Gesellschaft, in der er agierte, austeilte. Die Präsidentin darin sagt:
»Seit zwanzig Jahren habe ich nichts weiter als die Liste meines Weinkellers und das Menu vom Abendessen gelesen!« – Immerhin, ein französischer Adeliger über die von Kochkunst und Bildung geblähten französischen Adeligen des achtzehnten Jahrhunderts!

Auch die Ereignisse um den 27. Juni 1772 beweisen nicht eindeutig, daß die Handlungen des Marquis mehr waren als weitgehende Flagellationen, mit Gerten, Peitschen voller umgebogener Nadeln. Flagellationen und Erduldung von Flagellationen, mehr als weitgehende sexuelle Reizung, nämlich Einschnitt, unumkehrbarer Eingriff, Zerstörung eines Sexual»objekts«.
(Sade selbst scheint eine solche Scheidung in »petit Sadisme« und »grand Sadisme« gelegentlich unbewußt vollzogen zu haben – in den »Statuten der Freunde des Verbrechens« ist jedem Mitglied gegenüber der Gebrauch von anderen Instrumenten als Ruten streng untersagt; ist dies eine objektive Trennung in verschiedene Arten von Sexualverhalten oder eine subjektive Trennung in angestrebten und erlebten »petit Sadisme« und literarischen, phantasierten »grand Sadisme«?)
Die sogenannte masochistische Komponente ist in Marseille mit den vier Mädchen und seinem Diener ausgeprägter. Sade prügelt und läßt sich prügeln, zeichnet die Zahl der Schläge in die Wände ein.
Die komischen Bonbons aus Anis und Kanthariden, die er den Mädchen verabreicht, die Vergiftungserscheinungen hervorrufen, nehmen weder er noch seine Diener zu sich.
Heißt dies, daß er die Bonbons nicht als Teile des sado-masochistischen Rituals auffaßte, daß also keine Vergiftungsabsicht vorlag, er sie nur als Aphrodisiakum und Karminativ nebenher eingab – oder heißt es, daß er nur in leichteren Riten masochistische Züge aufwies, daß er – dessen Bücher von Vergiftungsphantasien voll sind – sehr wohl Vergiftungsabsichten hatte und sich selbst [ihnen] nicht masochistisch aussetzen wollte?
Eine Entscheidung zu treffen ist unmöglich.
Für die Verabreichung eines Aphrodisiakums geht der 32jährige Libertin erstaunlich unachtsam vor. Die Folgen sind immerhin starkes Erbrechen, Gastritis und Irritation der Harnwege. Für eine rituelle Vergiftung allerdings ein ziemlich harmloser Befund.
Die Verurteilung ist erstaunlich sadistisch und müßte einem Masochisten erhebliche Befriedigung gebracht haben. Sade sollte den Rest seines Lebens darunter zu leiden haben. Genossen hat er sie nicht, wie es scheint.

Sade und sein Diener Latour werden am 3. September 1772 wegen Sodomie und Vergiftung zum Tode verurteilt. Sade soll geköpft, Latour gehenkt und erwürgt werden, »bis der natürliche Tod erfolge«.
Am 12. September werden beide »en effigie« in Aix hingerichtet und verbrannt. Sade ist mit seiner Schwägerin de Launay aus La Coste geflohen.
Am 27. Oktober erreicht der Marquis mit Mademoiselle de Launay incognito Chambery und wird dort auf Betreiben seiner Schwiegermutter und auf Befehl des Königs von Sardinien am 8. Dezember verhaftet und auf die Festung Miolans gebracht.
Sein Diener Latour darf auf seinem Zimmer schlafen. Dieser Diener entlockt dem Marquis anläßlich eines Spielhändels während der Festungshaft den folgenden väterlichen Satz:
»Ich erkläre mich gerne bereit, die 12 Louis, die ich verloren habe, zu opfern; ich habe sie dem Baron sogar schon ausgehändigt. Aber ich flehe Eure Exzellenz an, dem jungen Mann (Latour) den Schuldschein über 100 Louis zurückzugeben. Der kleine Wohlstand, den er sich eines Tages erhoffen könnte, wird ihm jedoch nie ermöglichen, diese Summe zu begleichen, ohne daß er seine Familie ruiniert. Außerdem ist er mir als Kind überantwortet worden. Welche Vorwürfe müßte ich mir machen, wenn ich zuließe, daß er in einem solchen Ausmaß aus der Bahn geworfen würde und das in einer Zeit, als er sich für mich im Gefängnis aufopferte. Ich müßte es mir ewig vorhalten.«
Am 6. März 1773 reist seine Frau in Männerkleidung von Paris nach Chambery. Sie verlangt vergeblich, ihren Mann zu sehen.
Sade:
»Ich habe meinen Vater verloren und das ist mein Unglück, denn ich wäre nicht hier, wenn ich ihn noch besäße ..«
Am 30. April flieht er aus Miolans und schreibt am 1. Mai zurück:
»Das Ungestüm meines Blutes widersetzt sich Bestrafungen dieser Art ..«
Sade flieht über Grenoble, Bordeaux nach Cadix; er hält sich in La Coste auf und verbirgt sich in der Umgebung seines Schlosses beim geringsten Alarm.

Im Januar 1774 wird das Schloß von Polizei durchsucht. Im Juni schreibt Sade an seinen Verwalter Gaufridy:
»(Meine Frau) soll um Gotteswillen alles tun, daß ich nicht mehr herumirren und vagabundieren muß. Ich fühle, ich bin nicht zum Abenteurer geboren, und die Notwendigkeit, diese Rolle zu übernehmen, ist eine der größten Martern meiner Situation.«
Von obsessioneller Kühnheit jedoch veranstaltet er wenig später eine Orgie mit fünf »kleinen Mädchen«; Madame Sade scheint daran teilgenommen zu haben.
Die Überlieferung spricht von einem »Jeux des Boutonnières«, einem Knopflochspiel, und spielt damit unbewiesenermaßen auf Einschnitte in die Haut an. Ein makabres Spiel mit menschlichen Gebeinen wird zur Anthropophagie uminterpretiert – Sade hat beides unwidersprochen bestritten. Die kleinen Mädchen werden bei Verwandten und in Klöstern versteckt.
Sade im Mai 1775 an Gaufridy:
»Man hält mich hier für den Werwolf.«
Am 26. Juli 1775 flieht Sade nach Italien und seine Klagen in den Briefen an Gaufridy häufen sich. Er spricht kein Italienisch: er leidet unter zunehmendem Egoismus seiner Umgebung und an mangelnder Großmut und schließlich:
»Sie haben den Fehler aller derer, die nie gereist sind: Sie können sich nicht in die Person eines anderen versetzen.«

Die Notizen und Exzerpte zu *Voyage d'Italie ou Dissertations critiques, historiques, politiques et philosophiques sur les villes de Florence, Rome et Naples* entstehen zum großen Teil auf der Reise selbst.
Der Titel greift hoch. Er verspricht eine ganz neue Art der Reiseschilderung, Voyage ou Dissertations – eine Art Reisefeature eigentlich. Dies Versprechen wird nicht eingelöst. Die Öde der ersten Reiseschilderungen des Marquis ist noch gegenwärtig. Diese Voyage geschieht aber am Wendepunkt der Sade'schen Existenz. Die faden Anfänge des Homme de Lettres, wenige geniale Glanzlichter des Dichters sind bereits realisiert, Vaterschaft, Liebeszartheit, die großen Ausschweifungen und ihre sadistischen Bestrafungen – Todesurteil und lange Gefängniszeit, sechs

Monate sind lang, liegen hinter ihm. Die axiomatischen Erfahrungen dieses Lebens sind gemacht, sie sind jedoch noch nicht Gewöhnung geworden, nicht System. Erst zehn Jahre später entstehen, literarisch übergangslos horrende die *120 Tage von Sodom*. Das Changieren der Sade'schen Persönlichkeit kann in *Voyage d'Italie* genau beobachtet werden:

Die Bindung des Atheisten an die Kirchen und die Kirche, an die Marter ihrer Märtyrer – drei Viertel des Textes ist mit Schilderungen, wohl meistens Schilderungen aus Handbüchern, angefüllt.

Es ist nicht der Reisebericht eines Malaparte oder eines Burroughs – wie könnte es auch. Doch auf einigen Seiten schwabbt schon Underground genug hoch und die Schilderungen von Neapel stehen denen von *La Pelle* in nichts nach.

Hier läßt sich ahnen, welch neuer Petronius oder welch früher Proust aus Sade hätte werden können, wenn die Sprengung der Konventionen nicht durch Freiheitsberaubung eingetreten wäre, sondern durch eine solche außerordentliche Aneignung von Welt, nicht durch Masturbation, sondern Hingabe.

Der Prüde, der Heuchler spricht sich schon und noch immer aus:

»..mit einem großen Taschentuch, das sie wie die Frauen um den Hals binden, es ist wirklich ebenso lächerlich wie unanständig und beweist, meiner Meinung nach, wenn man die Sitten und den Geist auf Grund des äußeren Benehmens abschätzen darf, wie verdorben die einen sind und wie wenig umfassend der andre.«

»Der Mann«, liest man auf der nächsten Seite, »besitzt eine Sammlung von natürlich kolorierten Terrakotten, die die verschiedenen Arten der Niederkunft darstellen, und er hat ein neun Monate altes Mädchen aus Wachs, das sich auseinandernehmen läßt und an dem man ein vollständiges Studium der Anatomie durchführen kann.«

Der hohe artistische Reiz anatomischer Darstellungen – hier gesteigert durch die Materie des Wachses und die Demontierbarkeit – hat Sade also ebenso fasziniert wie Goethe und die Popkünstler.

Haben seine späteren Vivisektionsphantasien in dieser manieristischen Bildhaftigkeit ihren Ursprung?
Im Palazzo Vecchio, den er »Vieux Palais« nennt, bemerkt er den Hermaphroditen: »Die Zügellosigkeit der Römer wagte die Wollust sogar bei diesen Monstren zu suchen.«
Die Drusilia- und Caligula-Gruppe »erscheint von größter Wahrhaftigkeit des Ausdrucks«.
Der Priapus ist von »wunderbarer Dicke«.
Eine flittrige Schilderung der Kastraten in der Oper:
».. die ihre Entwürdigung ursprünglich den schamlosesten Raffinessen der Wollust verdankten und die der musikalische Geschmack, trotz alles aufstöhnenden Humanismus', beibehielt..«
».. können Sie sich vorstellen, Frau Gräfin..«
denn natürlich sind die Briefe, wie die Sätze von Gustaf Gründgens im Chanson, an eine Gräfin gerichtet:
».. daß diese Herrchen Leidenschaften erwecken?..
Ihre Möglichkeiten, behaupten die ausschweifenden Frauen, seien so geschätzt, weil sie so lange anhielten; ihr Feuer erlösche nie. Aber liegen nicht in der geteilten Leidenschaft die zartesten Vergnügungen? Und wie verachtenswert ist in meinen Augen die Frau, die sich so wenig um die Lust ihres Liebhabers kümmert und ihn nur wegen der Dauer schätzt, die er ihren eigenen Lüsten verschafft.«
System der Heuchelei, gewiß – aber doch wohl auch System der Sublimierung.
Eine luzide Analyse der Schauspielkunst von Florenz folgt. Ein Fachmann, wie Brecht oder Strindberg, schreibt:
»Es ist hier Usus, die Rollen nicht zu lernen. Ein Schauspieler hat die Stirn, sich dem Publikum zu stellen, ohne ein Wort von dem zu können, was er spielen soll, oft kennt er nicht einmal das Stück, in dem er auftritt. Der Souffleur macht die ganze Arbeit. Er diktiert jedem die Rolle, und die Schauspieler haben eine solche Übung, ihm zu folgen, daß sie Wort für Wort, alles, was er sagt, wiederholen und dabei einige Gesten recht und schlecht anbringen und einige richtige oder falsche Betonungen. Das Stück läuft so wie ein Wunder von einem Ende zum anderen, jedoch mit dem

einen Nachteil, daß die Stimme des Souffleurs, die man immer als erste hört, mit der des Schauspielers, der Wort für Wort wiederholt, einen Doppelton bildet.«

Auch hier wirkt die Stimme Sade's wie hochgehalten von dem, was folgen wird – deutet er hier nicht bereits die Menschenmaschinen seiner Romane an, souffliert er hier nicht bereits sein Mannequino Justine und müssen wir nicht, wenn wir die plappernde Tugendhaftigkeit seiner Geopferten und den rhetorischen Satanismus seiner Sadosupermänner monieren, nicht vielleicht bedenken, daß er eben dies artistisch beabsichtigte, daß sein Romanwerk vielleicht nichts anderes abbilden soll als einen gigantischen Opernabend in Florenz?
In Florenz verenden achtjährige Kinder bei Orgien in Adelspalästen.
Die Hälfte des Adels prostituiert sich mit Hilfe zweier Zuhälterinnen, »die, anstatt aufgehängt zu werden«, plaudert der Gegner der Todesstrafe und zum Tode Verurteilte achtlos heraus, »wie sie es verdient hätten, auf Eseln durch die Stadt geführt wurden..«
Oder zielt ein in Abwesenheit hingerichteter Clown hier entlarvend auf das blöde Gelächter seiner gnädigen Frau Gräfin?
Zehn Seiten danach: »Dieser Prinz, der so sanft und menschlich war und der den Preis – den Preis – eines Menschenlebens kannte, fühlte, daß das Verbrechen nicht durch den Unglücklichen ausgerottet wird, der es begeht und daß das Beispiel einer Strafe, die ihn dem Staat allerdings erhält, eher dazu angetan ist, den zur Tugend zurückzuführen, der aus Veranlagung dazu neigt, sich von der Tugend zu entfernen, als das Beispiel eines unnützen Todes, das nur Verzweiflung beschwört und oft nichts anderes bewirkt, als mit größerem Geschick Mittel zu finden, der Todesstrafe zu entgehen.«
Todesurteile, Vestalinnen, die lebendig begraben werden, »die traurige Neugier, die diese heidnische Grausamkeit erweckt..«?
Das Martyrium der Heiligen Cäcilie:
»Es herrscht eine so schlagende Wahrhaftigkeit in diesem gött-

lichen Stück, daß man es nicht sehen kann, ohne ergriffen zu sein.«

In Sankt Agnes besucht er die Souterrains, wo ehemals die Lupanare der Römer waren und wo die Heilige vergewaltigt werden sollte:

»Aber schränken wir hier, Frau Gräfin, die Überlegungen ein, die allzu gewagt sind für Ihre Empfindsamkeit, jedoch nicht ausführlich genug, ich gestehe es, für die Hitze meiner Vorstellungskraft.«

Ein Spanier, berichtet er, schoß zu seinem Vergnügen vergiftete Pfeile in die Menge:

»Diese bizarre Manie, das Böse voller Vergnügen nur um seiner selbst willen zu begehen, ist eine der Leidenschaften des Menschen, die noch am wenigsten verstanden wird und folglich am wenigsten analysiert – der syntaktische Lapsus ist der Sade's, nicht der der Übersetzung – und ich würde es trotzdem für möglich halten, sie in die gewöhnliche Klasse der Delikte der Vorstellungskraft einzustufen. Glücklicherweise für die Menschheit ist sie so selten, daß ich mir die Mühe ersparen kann, sie zu beschreiben.«

Die Lügenhaftigkeit dieser Aussage bedingt ihren philosophischen Quatsch. Mühe? Selten? Ersparen? Seine Romane beweisen lüstern und klarsichtig das Gegenteil.

Schillernd allerdings die Aussage: Das Böse um seiner selbst willen tun ist ein gewöhnliches Delikt der Vorstellungskraft.

Wirft er damit glaubhaft die Hypothese über den Haufen, daß zwischen Phantasie und Verbrechen eine wesentliche Grenze besteht, die nur in ungewöhnlichen Fällen und sicher nicht im Falle Sade's überschritten wird?

In Neapel sieht er ein Kruzifix von »entsetzlicher Wahrheit«.

Tizians Dienerin, eine Art »lebendes Möbel«, das »ein Künstler und Homme de Lettres nur schwer entbehren kann. Es ist gut, sowas zur Verfügung zu haben. Die Natur wird befriedigt und der Kopf nicht gestört. Die Liebe ist nichts für einen Mann, der arbeitet. Wenn seine Begierden sich entzünden und er hat nichts, um sie augenblicklich zu löschen, so verschlingt das Feuer der Sinne das Feuer der Komposition und das Werk muß es büßen.«

Sade schildert die Speisung von fünftausend Armen beim Karnaval.
»Eine Schule der Plünderung, kein wirkliches Fest.«
»Zwei Männer griffen sich wegen einer halben geschlachteten Kuh an.. Schon ist das Messer zur Hand. Einer fällt und schwimmt im eigenen Blut. Aber der Sieger erfreut sich nicht lange seines Sieges. Die Sprossen, auf die er steigt, um die Frucht des Kampfes zu entwenden, brechen unter seinen Füßen und er fällt als Fleisch auf seinen Rivalen.«
Sade nimmt hier die Schilderungen Melvilles sadistisch vorweg.
»Ich fand, es fehlte nur eines am sublimen Horror dieser Szene. Man hätte die Toten und die Verletzten vor aller Augen auf die Reste der Dekoration legen sollen..«
Wie Malaparte schildert Sade:
»Ich habe in Neapel kleine Mädchen gesehen, von vier bis fünf Jahren, die sich zu den schrecklichsten Ausschweifungen anboten und, wenn man ihren Aufforderungen nachkam, baten, man möchte nicht die von der Natur angezeigte Art wählen, wegen ihres geringen Alters, das sie noch nicht befähigte, sich zu dem vom Schöpfer bestimmten Gebrauch herzuleihen..«
Mit Verschleierungen und Eskamotagen beginnt dies Werk, wie es mit Verschleierungen und Eskamotagen enden wird.

Ende Oktober stellt Sade auf La Coste die 22jährige, »sehr hübsche Cathérine Trillet als Köchin ein. Mitte Dezember engagiert er einen Sekretär, Rolland, einen Perruquier aus Paris, ein Zimmermädchen und ein ausländisches Küchenmädchen.
Nachts dringt der Marquis in ihre Zimmer ein und versucht sie unter Geldversprechungen zu verführen. Außer dem Küchenmädchen sind alle entsetzt und verlassen am nächsten Morgen das Schloß. Man benachrichtigt den Vater der Trillet in Montpellier.
Am 14. Januar stirbt Sade's Mutter in Paris. Der Marquis wird es

erst drei Wochen später bei seiner Ankunft in der Metropole erfahren.

Am 17. Januar verschafft sich Trillet Zutritt auf Schloß La Coste und versucht, den Marquis zu ermorden.

Ende Januar 1777 schreibt Sade:

»..in einem Land, wie diesem, wo es wichtig ist, die Vasallen in schuldigem Respekt zu halten, dem sie sich jeden Augenblick zu entziehen geneigt sind.«

»Ich habe erkannt, daß die Bewohner von La Coste Pack sind, die man rädern sollte..«

»Heute kommt ein Unbekannter und verlangt seine Tochter unter Pistolenschüssen zurück, morgen fordert ein Bauer seinen Tagelohn unter Gewehrsalven. Zeigen sie nicht schon genügend Unabhängigkeit, indem sie zur Jagd gehen und ins Gebirge steigen?«

Madame de Montreuil weigert sich, weiter für den Marquis einzustehen:

»Möge er seinen Kopf und seine Ehre fürderhin selbst verteidigen!«

Sade reist nach Paris, erfährt den Tod seiner Mutter und schreibt Anfang Februar an einen Pariser Geistlichen:

»Der Tod meiner Mutter läßt mich hierherkommen..«

Was nicht wahr ist.

»Die Dienste, die ich von Ihnen in der Provence erbeten hatte, können jetzt also hier geleistet werden. Ich gestehe Ihnen übrigens, daß ich selbst das größte Bedürfnis nach diesen Diensten habe, denn ich konnte niemals jemanden finden, der sie mir so geleistet hätte, wie Sie; aber das soll wechselseitig sein, wenn Sie es so wollen.«

Das Anale am Grab der Mutter. Orestes und Pylades?

Aus dem Donjon de Vincennes in einem Brief an die Schwiegermutter liest sich die Übersetzung wie folgt:

»Nach der Pflege, die meine Mutter verlangte, war mein zweites Ziel, Sie geneigt zu machen und zu beruhigen. Mein Zustand war fürchterlich. Nie – das wissen Sie – konnte mein Blut und mein Kopf in genauen Grenzen gehalten werden..

Vom Grund ihres Grabes ruft mich meine unglückliche Mutter,

es scheint mir, daß sie zum zweiten Mal ihren Schoß öffnet und mich auffordert, dorthin zurückzukehren, als dem einzigen Asyl, das mir bleibt.«

Grab, Schoß und Analverkehr und Selbstmorddrohung sind also eins; Eros und Thanatos; Lüge, Geständnis, Bombast.

Im Pariser Argot gibt es das vieldeutige Wort zur Absage an einen Homosexuellen:

»Ma pièce de dix sous est pour les croque-morts.«[1]

Wobei für Pièce de dix sous Anus gesetzt werden kann und für Croque-morts Homosexuelle, was allerdings die verschiedenen Sinnschichten dieses Wortmobiles nicht aushebt.

»Es ist eine Befriedigung, ihr so bald nachzufolgen und ich bitte Sie um eine letzte Gunst, Madame, beerdigen Sie mich neben ihr.«

Madame de Montreuil, die gehaßte Verfolgerin also als Croque-mort, die Schwiegermutter als Totengräber für die Vereinigung mit einem zweiten, dem uranfänglichen Schoß.

Sade wurde am 13. Februar vom ewigen Inspektor Marais verhaftet und auf das Donjon de Vincennes gebracht.

Madame de Montreuil streitet jede Verantwortung ab und schreibt am 4. März:

»Es kann gar nicht besser und sicherer laufen.«

Sade am 6. März an seine Frau:

»Meine liebe Freundin, Du bist das Einzige, was mir auf Erden bleibt: Vater, Mutter, Schwester, Gattin, Freundin. Du ersetzt mir alles. Ich habe nur Dich. Verlasse mich nicht. Ich flehe Dich an..

Seit sieben Nächten schließe ich kein Auge und erbreche nachts, was ich am Tage gegessen..«

An die Schwiegermutter am 13. März:

»Seit langem bin ich Ihr Opfer. Aber glauben Sie nicht, ich sei ein Tölpel. Es ist gelegentlich nicht uninteressant, das Opfer zu sein, aber es ist immer erniedrigend, für dumm gehalten zu werden..«

Woraus sich ergibt, wenn man »Opfer« und »Erniedrigter« gleich

[1] Mein Zehn-Sous-Stück ist für die Totengräber.

setzt, daß es interessant ist, erniedrigt zu werden, oder erniedrigend, ein Opfer zu sein. Dem Akzent nach eine Absage an den Masochismus.

»Sie haben Geist genug, um zu verstehen, daß eine Verfehlung, die durch aufwallendes Blut begangen wurde, nicht gebessert wird, indem man das Blut noch mehr versauert, indem man das Gehirn durch Zurückgezogenheit erhitzt und die Phantasie durch die Einsamkeit entflammt. Für mich kann daraus mit Sicherheit nur eine Störung der Organe resultieren.. Ich kann diese furchtbare Einsamkeit nicht ertragen, ich fühle es. Bedenken Sie, Sie ziehen daraus keinen Vorteil, daß Sie meine Seele verwildern lassen und mein Herz an die Unempfindlichkeit gewöhnen. Geben Sie mir Zeit, meine Irrtümer wiedergutzumachen, und werden Sie nicht an all denen mitschuldig, zu denen mich die schreckliche Unordnung wieder hinreißen wird, die ich in meinem Geist entstehen fühle..«

Am 18. März an seine Frau:

»Ich bin entschlossen, genau so falsch zu sein, wie die anderen..«

Am 20. Juni 1778 trifft Sade, von Inspektor Marais begleitet, in Aix-en-Provence ein.

Am 14. Juli wird das Todesurteil von 1772 kassiert und in eine Geldstrafe von 50 Livres umgewandelt.

Auf der Rückfahrt, am 16. Juli, flieht Sade in Valence und erreicht am 18. Juli La Coste.

Nach 39 Tagen, am 26. August, morgens um 4, wird Sade von Marais und zehn anderen, in La Coste, unter Bedrohungen und Gewalttätigkeiten wieder gefangengenommen.

Nach 13 Reisetagen liefert Marais den Marquis am 7. September 1778 in Vincennes ab.

Am 4. Oktober an Madame de Sade:

»Und erinnern Sie sich wohl, solange ich einen Tropfen Blut in den Adern habe, werde ich Ihnen nicht verzeihen. Ich werde mich verstellen, weil man mich gelehrt hat, falsch zu sein, aber ich werde Sie mein ganzes Leben lang für eine Frau ohne Herz halten und ohne Empfindung, die sich vom geringsten Wind umdrehen läßt und beim geringsten Stoß umfällt.«

Am 21. Oktober an Madame de Sade:
»Hier ist ein kleiner Brief für die armen kleinen Engelchen ..«
Choux, seine Kinder –
».. die ich mehr liebe, als Du Dir vorstellen kannst.
Bestelle Deiner Mutter bitte tausend und abertausend Grüße. Versichere Sie meiner unverbrüchlichen Ergebenheit und meiner Hochachtung.«
Am 8. Februar 1779 an Madame de Sade:
»Madame de Montreuil ist eine Puffmutter!«
Am 17. Februar an Madame de Sade:
»Früher behandelte man mich mit größerer Aufmerksamkeit als jetzt. Früher ging man viel öfter mit mir spazieren. Man ließ mich nie beim Essen allein. Ich war in einem guten Zimmer, wo ich ein gutes Feuer machen konnte.
Jetzt: Niemand mehr, wenn ich esse; viel weniger Spaziergänge und eingeengt in der feuchtesten Kammer der Festung.
Werde ich später darüber schweigen? Man soll mich tausendmal vernichten, wenn das wahr ist. Mein ganzer Trost ist hier Petrarca. Laura verdreht mir den Kopf. Ich werde wie ein Kind. Ich lese jeden Tag über sie und nachts träume ich von ihr:
– Warum quälst Du Dich auf der Erde, sagte sie mir. Komm, gib Dich mir hin. Keine Übel mehr, keine Sorgen, keine Unruhe in den weiten Räumen, wo ich wohne. Habe den Mut und folge mir.
Nach diesen Worten warf ich mich vor ihr auf die Knie und rief:
– O, meine Mutter.«
Schoß und Grab abermals.
Am 22. März 1779 an Mademoiselle de Rousset, seine »liebe Heilige«, kafka'sch:
»Meine Zeit ist bestimmt, der Tag, die Stunde, der Augenblick sind unwiderruflich festgelegt, und da gibt es keinen Onkel, keine Tante, keine Heilige Rousset, die sie nur eine Minute verlängern oder verkürzen könnten ..
.. welche Vernunft wollen Sie von einem Mann erwarten, den man so behandelt, als hätte er keine ..
.. warum sind wir, die wir so zart, so geleckt, so charmant sind, grausamer als Tiberius?
.. ich bin jetzt ein Tier in der Menagerie von Vincennes ..«

Und am selben Tag an seine Frau:
»Reizende Geschenke. Mit Zulage. Und dann zersprang der kleine Spiegel in tausend Stücke, was, ohne Zweifel, ganz bestimmt bedeutet, daß das Jahr nicht glücklich für mich sein wird, denn es gibt nichts Unheilschwangereres als zerbrochene Spiegel.
Meine kleine Pute, ich küsse Dich auf den .. und dann auf den .. und dann auf ..
Am 22. März. Noch elf Monate zu leiden.«
Es sollten fast elf Jahre sein.
Im März oder April an Madame de Sade:
».. mit unendlicher Befriedigung habe ich von den Fortschritten meines Sohnes gehört ..«
Im April oder Mai an Mademoiselle de Rousset:
»Ich habe Ihnen in La Coste gesagt, die größte Folter auf Erden ist, wenn man einem Unglücklichen Hoffnungen macht und sie nicht erfüllt. Ich wiederhole, es gibt auf der Welt keine Folter, die dieser gleicht, und wenn man den Ursachen von Selbstmorden nachginge, stellte man fest, daß 29 von 30 darauf beruhen.«
Es ist eine Folter, die Sade in seinem Werk nie beschreiben wird.
Am 16. Mai 1779 an Madame de Sade:
»Ich muß aus Gesundheitsgründen an die Luft, wenigstens eine Stunde am Tag.
.. Mit der nächsten Sendung also: Biskuits, wie gesagt, sechs gewöhnliche, sechs glacierte und zwei kleine Töpfe mit Butter aus der Bretagne, aber gute, ausgesuchte. Ich glaube, es gibt in Paris einen Laden dafür.«
Mai 1779 an Madame de Sade:
»Wer zuletzt lacht, lacht am besten. In meiner müßigen Zeit amüsiere ich mich mit Plänen. Ich habe einzigartige .. Ich werde nichts Neues erfinden, ich werde mich mit Imitationen begnügen. Was ich brauche, sind Papier und Tinte und willige Gauner, einige aufgefrischte Erinnerungen, und die Druckereien von Den Haag.«
Er bedauert, daß er sich mit der Marquise noch nicht »messen« kann.
»Nicht einmal eine kleine Liebe unter Knastbrüdern.«

Von Monsieur de Rougemont, seinem Kerkermeister, berichtet er, daß der einen dreckigen und ekelhaften Gefangenen zu seinem Geliebten, seinem Lektor, seinem Schriftsteller und seinem Vertrauten mache.
Des Homosexuellen Verachtung der Homosexuellen?
Das Begehren von Dreckigen und Ekelhaften wird ein immer wiederkehrender Topos in seinem Werk.
Haß auf de Rougemont also als Advocatus Diaboli oder heimliche Bewunderung des Kerkermeisters de Rougemont als Gefangener. Oder beide Male beides.
Die Ambivalenz in der Beurteilung der Gefangenenwärter findet bei Hans-Peter Reichelt eine Entsprechung.
Mai 1779 an Mademoiselle de Rousset:
»Meine Frau und meine Kinder sollen sich dem König zu Füßen werfen?! Aber wissen Sie nicht, Mademoiselle, wie ich diese Kinder liebe und daß ich eine vielleicht lebenslange Haft der Unehre vorziehe, mit der sie durch eine solche Handlungsweise befleckt würden?«
Am 29. Oktober an Madame de Montreuil, die Präsidentin, seine Schwiegermutter:
»..die Luft dieses Ortes, Madame, und die Lebensweise, der mich zu unterwerfen es dem Kommandanten gefallen hat, stören meine Gesundheit derart, daß meine Brust so angegriffen ist, daß ich Blut spucke.
..die Zimmer sind hier nicht mit Fliesen ausgelegt, und man kann sich in ihnen nicht bewegen, ohne eine Wolke von Gips- und Salpeterstaub aufzuwirbeln.
..Ich ergreife die Gelegenheit, um Monsieur de Montreuil meiner Hochachtung zu versichern und ihm für die Bücher zu danken, die er so gütig war, mir im Sommer zu senden.«
Am 2. Dezember an Madame de Sade:
»O, ich werde sie bloßstellen, alle die schändlichen Intrigen, die Komplotts aus Geiz und Raffsucht!«
Nach dem 21. April an Madame de Sade:
»Ich kenne nichts, was die Dürftigkeit und die Fruchtlosigkeit Ihrer Einbildungskraft deutlicher bewiese, als die unausstehliche Monotonie Ihrer faden ›Zeichen‹.«

Und es folgt eine Lektion über Kassiber als Kassiber.
»Das Signal muß nicht nur honnête sein, es muß sich auch gänzlich und deutlich von den gewöhnlichen Gegenständen unterscheiden, sonst ist es nur ein Greuel, eine Schwärze und eine Gemeinheit, die Strafe verdient.«
Am 25. Juni 1780 an Madame de Sade:
»Ich habe das Meer immer ausgiebig gefürchtet und gehaßt.«
Darf man hier psychoanalytisch reduzieren und »la mer« mit die Mutter übersetzen?
Die Hofdame im Hause des Prinzen, die eben Gestorbene, die ihn nicht an analen Vergnügungen hinderte – oder sie bedingte, die ihn aus dem Grab in den Schoß zurückruft, Laura schließlich, Petrarcas Laura, die aus einem Buch des Onkels und Erziehers entsteigt, den er zu erpressen versuchte und mit dem er seither verkracht ist?
Sade kann nicht schlafen. Der Arzt findet sein Aussehen blendend.
Am 27. Juli an Madame de Sade:
»Dieser Mann sieht mich wie der Arzt der Inquisition, der den Puls während der Folter fühlt, um festzustellen, ob man sie fortsetzen darf und der jedesmal sagt: Machen Sie weiter!«
Sade greift hier einen Gemeinplatz der Folterpraxis heraus, der noch in Brasilien 1970, also fast 200 Jahre später, gilt.
»Das Gold und der Arsch sind die Götter meines Vaterlandes.«
Und die Säulen einer Wiener Wissenschaft.
»Keine Illusionen mehr. Ich habe das reizende Alter von vierzig erreicht, wo ich mir immer geschworen habe, Satan und seinem Pomp zu entsagen.. Daß meine geliebte Freundin, die allein das Ende meiner Laufbahn mildern kann, mir nicht den Schmerz zufügt, daß ich sie überleben muß.. und daß die unglücklichen Wesen, die mir ihre Existenz verdanken, einmal glücklicher sein werden als wir – das sind die einzigen Wünsche, die ich an den Ewigen zu richten wage, und die einzigen, deren Erfüllung einige Rosen auf den Dornen meines Lebens blühen ließe.«
Hier begeht die ratternde Rhetorik Sade's einen ans Herz greifenden Lapsus. Rosen und Dornen waren das Bild, das er benützte, um Madame Sade mit Mademoiselle C.. zu betrügen. Die

außerordentliche Liebesgeschichte mit seiner Ehefrau nimmt ihren Fortgang. Madame de Sade wird sie auf das innigste erwidern und ihn dennoch, ganz unverständlicherweise, als er nach elf Jahren den Kerker verläßt, nur wiedersehen, um sich von ihm scheiden zu lassen.
Am 17. September an Madame de Sade:
»Der König gewährt mir erneut meine Spaziergänge.«
Am 14. Dezember sendet er der Marquise ein eifersüchtiges Chanson: Nichts fehle ihr, während seiner Gefangenheit, nicht einmal ein dicker Schwanz.
Am 24. Dezember beginnt er die Skizzen zu seiner Komödie *L'Inconstant*.
Am 30. Dezember an Madame de Sade:
»Daß Sie und Ihre verabscheuungswürdige Familie in einen Sack gesteckt werden und ins Wasser geworfen; daß man mir es schnell berichte und dies wird der glücklichste Augenblick sein, den ich in meinem Leben gekostet habe. Das sind meine Neujahrswünsche, Madame, in welche die Nutte de Rousset von Kopf bis Fuß eingeschlossen ist.«
Am 10. Februar 1781 schreibt er an seine Frau einen »Großen Brief«:
».. jemanden vier oder fünf Jahre ins Gefängnis stecken für eine Partie mit Mädchen, wie 100 ähnliche jeden Tag in Paris stattfinden.. Menschenknochen in meinem Garten! Sie sind mir von einem Mädchen, das Du Plan heißt, gebracht worden. Sie lebt, man kann sie fragen. Wir machten uns den guten oder üblen Scherz, das überlasse ich Ihnen, damit ein Zimmer zu dekorieren, dazu sind sie ursprünglich gebraucht worden, und sie wurden im Garten eingegraben, als der Scherz oder vielmehr die Plattitude zuende war..
Ja, ich bin Libertin und ich habe alles gedacht, was in dieser Richtung gedacht werden kann, aber ich habe sicher nicht alles ausgeführt, was ich gedacht habe, und ich werde es bestimmt nicht tun.
Ich bin Libertin, aber ich bin kein Verbrecher und kein Mörder.
Ich bin Libertin, aber ich habe nie die Gesundheit meiner Familie gefährdet...

Habe ich nicht geliebt, was ich lieben sollte und was mir lieb sein sollte?!
Habe ich meinen Vater nicht geliebt?! Ach, ich weine noch täglich um ihn!
Habe ich meine Mutter schlecht behandelt?
Wie kann man also annehmen, daß ich nach einer so unschuldigen Kindheit und Jugend plötzlich zu den extremsten, ausgeklügeltsten Grausamkeiten gekommen sei?«
Am 21. Mai an seine Frau:
»Was wollt Ihr erreichen bei mir, mit allem was Ihr tut? Ich werde meinen Charakter und mein Gemüt gänzlich verlieren und kriecherisch, böse und verbrecherisch werden, wie Ihr alle.«
Am 13. Juli 1781 darf Madame de Sade ihren Mann im Beisein eines Dritten besuchen.
Sade geriet in eine Krise der Eifersucht, er verdächtigt sie der äußersten Ausschweifungen und wirft ihr vor, daß sie sich wie eine Prostituierte kleide:
»Wenn Sie Ehrgefühl haben, so dürfen Sie nur mir gefallen wollen, und Sie werden mir nur gefallen, wenn Ihre Haltung und Ihre Handlungen von der größten Anständigkeit und der äußersten Bescheidenheit sind.
Ich verlange also, .. daß Sie in einem Kleid kommen, welches man ›Robe de Chambre‹ nennt, mit einer großen, einer sehr großen Mütze, ohne jegliche Frisur, mit glattgekämmten Haaren, keine einzige falsche Locke, einen Knust und keine Zöpfe, keine Leibchen und die Brust äußerst bedeckt, nicht unsittlich offen, wie das letzte Mal, und die Farbe des Kleides so gedeckt wie möglich ..
Die natürliche Anlage des Menschen ist es zu imitieren, die des empfindsamen Menschen, dem zu gleichen, den man liebt.
Die Idee, daß man vielleicht in meinen Armen an einen anderen denkt, hat mich immer aufgebracht und ich habe niemals eine Frau wiedergesehen, die ich auch nur verdächtigte, mich betrogen zu haben.«
Vorschriften eines Klosters, es sind schon Vorschriften, wie sie die verschiedenen »Freunde des Verbrechens« in seinen Schriften formulieren werden.

Gab Madame de Sade ihm Anlaß?
Der Marquis geht so weit, das gezeichnete Portrait eines vermeintlichen Rivalen zu durchstechen, eine Hinrichtung »en effigie«, wie er sie vor fast zehn Jahren selbst erduldete, wie sie immer bei magischen Praktiken üblich war und es heute noch ist.
Im August 1781 zieht Madame de Sade in ein Kloster, um ihren Mann zu beruhigen.
Im Oktober stirbt seine ehemalige Hausangestellte Gothon:
»Sie war verdorben und hatte ihre Hände in den schrägsten Abenteuern, vermute ich, aber sie war fröhlich und schlagfertig (omparlée).
Wenn Gothon irgendwelche testamentarischen Verfügungen gemacht hat oder Kinder von ihr existieren, so sollen erstere genau erfüllt werden und man möge sich der Kinder annehmen.«
Ein halbes Jahr später verfaßt er eine Art Totenklage und schreibt:
»Gothon hatte, so behauptet man, den schönsten Arsch . .
Ich stelle fest, daß ich hier ein bedeutsames Sprichwort mißachte:
Im Hause eines Gehängten soll man nicht vom Stricke reden.
Und ich sollte mich also nicht mit jenen schamlosen Gegenständen befassen. Der Hingabe an sie habe ich, so gibt man vor, mein ganzes Elend zu verdanken.«
Das Anale und der Galgen. Unterweltlicher Eros und Thanatos der Unterwelt.
Am 12. Juli 1782 beendet er den, an den kühnen Passagen der *Voyage d'Italie* gemessen, mäßigen *Dialogue entre un prêtre et un moribond.*
Am 6. August nimmt man ihm seine Bücher weg, weil sie ihn anregen, ungehörige Dinge zu schreiben.
Und im August beginnt er die ersten Skizzen zu den *120 Journées de Sodome*, an denen er drei Jahre arbeiten wird.
Am 21. Oktober an Madame de Sade:
»Man treibt die Würdelosigkeit so weit, daß man mir die Hilfe des Arztes verweigert. Das beweist nur zu genau, daß mein Augenlicht verkauft worden ist.«

Am 4. Februar 1783:
»Ich bin so schwach, daß ich nicht selbst meine Notdurft verrichten kann.«
Bedingt dies die Überbetonung der Coprophilie in den *120 Tagen*?
Nach dem 4. Februar:
»Ich habe die Sehkraft meines einen Auges gänzlich eingebüßt. Ich möchte lieber sterben, als so weiterleben. Ich kann weder Ihre Briefe noch sonst etwas lesen. Ich umarme Sie und leide sehr.«
Die Präsidentin, seine Schwiegermutter, Madame de Montreuil, möchte er, lebendig gehäutet, auf Disteln zerren und in Essig tauchen.
Am 13. Februar an Madame de Sade:
»Meine Schmerzen sind unbeschreiblich.«
Anläßlich seiner Komödie *La Folle Épreuve ou Le Mari crédule* schreibt er am 26. März an seine Frau:
»Es ist keineswegs notwendig, daß das Laster zur Lösung der Intrige gestraft werde und die Tugend belohnt. Das ist ein alter Irrtum und ich beweise das mit Aristoteles, Horaz, Boileau und Molière, der unser aller Vorbild ist..
Die Kunst besteht darin, das Laster nicht in der Komödie zu bestrafen, sondern es derart zu zeichnen, daß niemand ihm ähneln will; dann braucht man es nicht mehr zu bestrafen. Die Verurteilung geschieht ganz leise, im Herzen eines jeden Zuschauers.«
Es ist dies die Vorwegnahme des V-Effektes, der Einleitung zu *Froeken Julie* von August Strindberg. Gilt es auch als Leseanweisung für die im Entstehen begriffenen *120 Tage*?
Am 20. April an Madame de Sade:
»Gehen Sie und knabbern Sie Ihren kleinen Lieben Gott und ermorden Sie Ihre Angehörigen. Ich werde mir den Schwanz wichsen und versichere Sie, ich habe danach weniger übel getan als Sie.«
Am 24. Juni zerbricht ein Gefängniswärter beim Reinemachen die Kopie der Venus mit dem schönen Arsch, aus der Sammlung Farnese, die Sade in seiner Zelle hat.
Im Juli 1783 an Madame de Sade:
»Ihr habt mir Phantasien eingegeben, die ich realisieren muß.«

Die er also bisher nicht realisiert hat? Und die er in den Jahren der Haft, der Revolution und des Elends sicher nicht mehr realisieren kann.

».. gefährliche Abweichungen einer zu hitzigen Vorstellungskraft, die immer nach dem Glück rennend, ohne es je zu finden, schließlich Chimären an die Stelle der Realität setzt und schlimme Abweichungen an die Stelle eines anständigen Genusses.«

Am Ende dieses Briefes bittet er um ein Etui, dessen genaue Maße er angibt und dessen harmlose Verwendung er überbetont.

Am 2. September fleht er Madame de Montreuil um die Freiheit an, schreibt jedoch, daß er ohne seine Frau nie in dieser Freiheit leben könnte:

»Man werfe mich ins Gefängnis zurück. Das ist mir lieber, ja, es ist mir tausend Mal lieber, als frei zu sein ohne sie.«

Am 23./24. Dezember schreibt Sade an seine Frau:

»Bezauberndes Wesen, Sie wollen meine dreckige Wäsche, meine gebrauchte Wäsche. Wissen Sie, daß dies von äußerster Zartheit ist?!

Sie sehen, wie ich den Wert der Dinge zu schätzen weiß. Ich werde alles auf der Welt tun, um Sie zu befriedigen, denn ich respektiere jeden Geschmack und alle Phantasien.

Ach, gerechter Himmel, wenn es mir auf ebenso kurzem Wege möglich wäre, mir viele Dinge von Dir zu verschaffen. Sie würden verschlungen, sobald ich sie in Händen hielte. Wie würde ich auf sie stürzen, ich würde fliegen, ich würde sie mit Gold aufwiegen und sagen: Geben Sie her, geben Sie her, mein Herr, es kommt von der, die ich anbete! Ich würde die Aromata Ihres Lebens atmen; Sie würden das Fluidum entzünden, das in meinen Nerven rinnt; Sie würden etwas von ihr in den Schoß meiner Existenz tragen und ich würde meinen, ich sei glücklich ..

.. schicken Sie mir das Etui, ich flehe Sie an, ich brauche es notwendig; wenn ich es nicht bekomme, zwänge ich meine Pläne –«

dessins, desseins, Zeichnungen, Absichten lauten gleich –

»– in Gegenstände, die sie zerreißen, obgleich sie von der gleichen Größe sind.«

Anfang Januar 1784 schreibt Sade an seine Frau, daß er keines-

falls wünsche, seinen Sohn Louis-Marie de Sade in einer anderen Uniform zu sehen als derjenigen, die er 1757 selbst trug.
Ende Februar 1784 an Madame de Sade:
»Wie groß auch die Begierde sein mag, Dich zu sehen, liebe Freundin, so bitte ich Dich doch dringlich, Dich nicht einem so schrecklichen Wetter auszusetzen.
.. Wenn man mir sagte: Mein Herr, es ist nichts natürlicher als das, was Sie treiben, Sie können weitermachen, niemand hat etwas dagegen; würde man mir eine solche Aversion gegen meine Abweichungen einflößen, daß ich nie auf sie zurückfallen würde. Aber man hält mich wegen ihrer im Gefängnis, und darum werde ich sie mein ganzes Leben zärteln. Wenn ich hier herauskomme, braucht man mein Zimmer nicht umzuräumen, es wird nicht lange dauern, bis ich hierher zurückkehre.«
Am 29. Februar 1784 wird Sade in die Bastille überführt. Man kerkert ihn für weitere fünfeinhalb Jahre ein.
Am 29. April erhält Sade seine Sachen aus dem Donjon de Vincennes.
Darunter: *Aventures de J. Andrews,*
Les voyages de Monsieur Bouquinville (sic)
La Maria Anne de Marivaux (sic)
La Logique de Nicole,
Le petit Carême de Massillon,
Les Cérémonies religieuses,
Les Mille et une Nuits,
L'Iliade,
Marivaux,
Jonatan Wild (sic).
Am 24. Mai kommt Madame de Sade zweieinhalb Stunden, am 7. Juni zwei Stunden.
Am 8. Juni schreibt er ihr:
»Der Grund für die große Hitze, für den schrecklichen Zustand, in dem Sie sich jedesmal befinden, wenn Sie mich besuchen, ist also entdeckt: Sie gehen zu Fuß! Wie eine Händlerin, wie ein Straßenmädchen .. und Ihre Eltern dulden es, Ihre Domestiken, die Gauner, widersetzen sich nicht .. so kann ich Ihnen nur eines sagen: Wenn Sie noch einmal in diesem Zustand kommen, werde

ich Sie nicht einmal ansehen und gehe sofort wieder auf mein Zimmer und komme im Leben für Sie nicht wieder herunter. Und warum begehen Sie eine solche Infamie? Warum wollen Sie die einzige, teure Hoffnung meines Lebens zunichte machen und sich der Gefahr aussetzen, umzukommen? Eine Frau, allein, zu Fuß auf der Straße! Ein Betrunkener.. ein Stein, den ein Flegel wirft.. ein fallender Ziegel..«

Es sind Übersprungshandlungen, die Welt ist derart zugestellt, daß nur noch der Ausweg in Phobien bleibt. Die Welt draußen dringt nur noch schreckenbeladen in die Isolation.

»Ich gebe Ihnen das Buch, das zwölf Livres gekostet hat, zurück. Niemand soll sagen können, daß ich Bücher für zwölf Livres erwerbe, während sich meine Frau der notwendigsten Dinge begibt.«

Also nicht nur Rhetorik, sondern auch Handlungen, und von welcher Härte sich selbst gegenüber.

Ende 1784 schreibt Sade seiner Frau eine genaue Analyse seiner Masturbationsgewohnheiten; es scheint, als habe er eine große Schwierigkeit zu ejakulieren. Er onaniere morgens eine Stunde und eine halbe Stunde jeden Abend.

Am 22. Oktober beginnt er mit der Reinschrift der *120 Journées de Sodome ou L'Ecole du Libertinage*. Sie dauert rund einen Monat bis zum 28. November.

Alle Skizzen und die Rolle der Reinschrift bleiben in seinem Zimmer in der Bastille, als man den Gefangenen am 4. Juli 1789 nach Charenton bringt. Bei der Prise de la Bastille, am 14. Juli, wird das Hauptwerk des Marquis, wie Sade den Rest seines Lebens glauben muß, zerstört, tatsächlich fand es Aroux de Saint-Maximin im Zimmer Sade's unversehrt; es wurde 1904 von Eugen Dühren, alias Iwan Bloch, in Berlin zuerst veröffentlicht.

Das Werk sollte sich aus vier Teilen zusammensetzen.

Nur die Einleitung von 67 Seiten und der erste Teil sind ausgeschrieben:

»Die bedeutenden Kriege, die Louis XIV während seiner Regierung führen mußte, erschöpften die Finanzen des Staates und die Kräfte des Volkes, bereicherten aber auf geheimnisvolle Weise jene Blutsauger..«, zu denen auch die vier Libertins gehören, die

sich auf die in dem Buch beschriebene Polanskiparty vorbereiten.
»Das dritte Souper war für die abstoßendsten und schmutzigsten Geschöpfe bestimmt, denen man begegnen konnte .. es ist sehr geil, sich im Dreck zu sielen.« *120 Journées de Sodome* (XIII, 5)*
»Denn, wagen wir es nebenbei zu sagen, wenn das Verbrechen auch nicht die Zartheit besitzt, die man in der Tugend findet, ist es nicht sublimer, hat es nicht etwas Großes und Sublimes, was es über die effeminierten –«
effeminierten
»– Vorzüge der Tugend erhebt und immer über sie erheben wird?« (7)
Sade entwickelt eine quasi hydraulische Theorie der Empfindsamkeit:
»Er bemerkte, daß eine heftige Bewegung, die sich in einem Gegner abzeichnet, auf die Masse unserer Nerven einen Effekt überträgt, der, indem er die tierischen Empfindungen erregt, die in den Höhlungen unserer Nerven rinnen, sie zwingt, auf die Erektionsnerven zu drücken und danach diese Erschütterung zu bewirken, die man eine wollüstige Empfindung nennt.« (10)
So gestelzt der Stil, so unklar die Aussage.
Hier rattert, wie in vielen tausend Seiten des Sade'schen Werkes, Rhetorik um ihrer selbst willen ab. Hier wird nicht erhellt, hier plustern sich die Vorstellungen eines halbgebildeten Laien zu quasisyntaktischen Aussagen auf, die man kaum mit »divin« oder »satanique« aufwerten kann.
Hier liegt der Beitrag zur Psychopathologie des Sexus nicht.
Die Verbindung zwischen Sex und Geld wird hergestellt, zwischen Mord und Raub, zwischen Feigheit und Ausschweifung (12), Ausschweifung und Verblödung und Gourmandise (16).
»Die Eindrücke über das Gehörsorgan schmeicheln noch mehr und sind am lebhaftesten.« (27)
Man wird sich auf der Party also Schweinereien erzählen lassen.

* Fichte zitiert aus der französischen Gesamtausgabe (siehe editorische Notiz). – Die Seitenangaben im folgenden beziehen sich auf Band XIII.

Vier ältere Kuppelmütter werden dafür engagiert. Die Töchter der Libertins werden herbeigeschafft, Jungfrauen, Knaben, Ficker.

»Übrigens ist die Schönheit das Einfache, die Häßlichkeit ist das Außergewöhnliche.«

Man zieht sich auf ein einsames Schloß zurück – das frühkindliche Schloß des Onkels, des Abbés?

Reglements werden gegeben; es sind die Reglements der Klosterschule, der Kadettenanstalt, des Gefängnisses, der Initiationsriten, die Reglements des Leatherman.

»Das geringste Lachen.. ist das schlimmste Vergehen und wird am grausamsten bestraft.« (55)

Zum Schluß der Einleitung noch einmal eine kurze Charakteristik der Hauptpersonen und einige kritische Bemerkungen des Marquis:

»4. Die Brüste der Dienerinnen etwas en détail beschreiben und vom Krebsgeschwür der Fauchon sprechen. Ein bißchen mehr die Gesichter der Kinder ausmalen.«

Der erste fertiggestellte Teil ist überschrieben:

»Die hundertfünfzig einfachen Leidenschaften oder Leidenschaften erster Klasse, welche die 30 Tage des November andauern; die Erzählung der Duclos, vermischt mit den skandalösen Ereignissen auf dem Schloß, in Form eines Tagebuchs.«

Pissen.

Der lüsterne Vater Laurent möchte ganz kleine Mädchen, aber er sieht nie eine zum zweiten Mal. (77)

Vater Henri leckt gerne den Rotz von Kindern. (84)

In die Haare ejakulieren. (103)

Sade nimmt das Feast Fucking* der Ledermänner vorweg. (107)

»Er brauchte eine junge, frische Amme; er tutschte sie und entlud auf ihre Schenkel..«

Bei Sade machen die libertinen und unschuldigen Zuhörer naiverweise sofort nach, was die Duclos ihnen vorerzählt.

So stellt man sich, dem Volksvermögen nach, den Einfluß von bösen Büchern und verderblichen Filmen vor.

* Engl. feast = Fest. Bekannt ist der Ausdruck: fist (= Faust) fucking.

Entspricht es dem menschlichen Verhalten im allgemeinen – dem die Verhaltensweisen der Sexautomaten der *120 Tage* nicht entsprechen?
Entspricht es auch nur dem Verhalten eines schreibenden Onanisten?
Farbige Bänder, wie bei Initiationsriten. (117)
Am Arsch riechen. (123)
Puder; Schminke. (127)
Einer will seinen Samen verschlingen, sobald er ihn hervorgebracht hat. (129)
Wir sind der einfachen Dinge müde. Die Geringfügigkeit unserer Mittel, die Verderbtheit unseres Geistes führen uns auf Abscheulichkeiten *zurück*. (133)
Auch so eine populärwissenschaftliche Vorstellung.
Ein Rhetor, der auf Rülpser steht. (139)
Einer verschlingt, was seine Genossin erbricht. (140)
Anis wird gegessen, um die Fürze zu würzen. (143)
Der Anis, der Sade das Todesurteil eintrug.
Einer frißt Faux Germes und Faux Couches. (150) – Frühgeburten und – was sind Faux Germes? Ein Wortungeheuer. Falsche Keime.
Fressen, was man ihm vorkaut. (152)
Zärtlichkeiten nur bei einer alten abstoßenden Frau. (159)
Durcet sagt, wie Proust: »Nicht im Genuß liegt das Glück, sondern im Wunsch. Das Glück liegt in der Überwindung der Fesseln, die man der Begierde auferlegt.« – Das sagt Proust nicht – oder sollte so die sadomasochistische Szene in *Sodom und Gomorrha* gedeutet werden?
»Ich habe einen hoch, wenn ich etwas Schlechtes tue.« (164)
Hatte Sade einen hoch, wenn er schlechte Taten beschrieb?
»Auf der Welt kann man nur zwei oder drei Verbrechen begehen. Hat man diese begangen, ist alles gesagt.« (sic) (164)
Um das Sagen vom Begehen der Verbrechen ging es ihm also, wenn man annehmen will, daß er sich hier Freud'sch verschrieb.
»Der Rest ist inferior und man empfindet nichts mehr dabei. Wieviele Male, zum Teufel, habe ich nicht gewünscht, die Sonne an-

zugreifen, sie dem Universum zu entziehen und sie zu benützen, um die Erde zu verbrennen.«
Es ist der Mond, den Camus' Caligula will – und es ist ein ptolemäisches Weltbild, vier Jahre vor der Prise de la Bastille.
Was hier noch vergeblich gewünscht wird, die Sprengung des ptolemäischen Kosmos', der Schaden über das Erdenleben hinaus, Gottes Bewußtsein Schaden [so im Manuskript; d. Hg.], wird dann in der *Histoire de Juliette* beschrieben.
Die Nutten müssen einem in die Hosen scheißen. (168)
Scheiße wird dem Reichtum gleichgesetzt. (169)
Scheiße fressen. (170)
Einer läßt sich gänzlich mit Scheiße einschmieren. (183)
Stehlen als erotische Handlung:
»Ich bin gänzlich davon überzeugt, daß alle Güter gleichmäßig auf der Erde verteilt sein sollten und daß nur Gewalt und Verbrechen, diese Gleichheit, das erste Gesetz der Natur, verhindern. Ich unternahm, diese Zufälligkeit zu korrigieren.« (187)
Die Erektionsmuskeln (196) – Seite 10 sind es noch die »Erektionsnerven«.
Ein Brigadier des Königs wird wie ein Kind gewickelt, plärrt und frißt Scheiße. (208)
Der Schnee als Zeichen der Isolation. »Es gibt nur noch Gott und das Gewissen.« (207)
Die eigene Scheiße aus dem Mund eines anderen fressen. (210)
In die Fotze scheißen. (215)
Einen Orgasmus haben, während man jemanden ermordet. (218)
»Wenn man jemandem nicht alles Gute getan hat, das man ihm schuldig ist, gibt es eine gewisse Wollust, ihm Schlechtes anzutun.« (286)
Der häufige Analverkehr wird »Sokratisation« genannt. (238)
Jemand läßt sich blutig peitschen und dann mit Urin einreiben. (238)
Einer läßt sich auf eine Leiter binden und sich die Hoden, den Arsch, die Schenkel mit einer goldenen Nadel durchstechen. (250)

Einem mit einer glühenden Schaufel den Arsch verbrennen. (256)
»Ein andrer wollte, daß ich ihm in den Harnleiter einen kleinen knotigen Stock einführte, den er zu diesem Zwecke in einem Etui mit sich herumtrug.« (268)
Eine Zeremonie, die sowohl bei afrikanischen Einweihungsriten vorkommt als auch im *Leatherman*.
Die auch aus jedem deutschen Bordell bekannte Nummer, daß eine Prostituierte einen Gast mit dem Gummipillermann in den Arsch ficken muß. (272)
Die Eichel mit einer Kordel abschnüren. (273)
»Jeder kennt die Geschichte von dem Marquis de . ., der seinen Schwanz aus der Hose holte, als man ihm berichtete, er sei en effigie verbrannt worden, und ausrief: Zum Teufel, jetzt habe ich erreicht, was ich wollte, jetzt bin ich mit Schmach und Schande beladen. Laßt mich! Laßt mich, darauf muß ich spritzen!«
»Und das ließ einen Mann von Geist sagen, daß er lieber gefickt werden wolle als verstanden.« (279)
»Ich bete den Arsch an und will sterben, indem ich einen küsse.« (287)
Einer läßt sich den Arsch zunähen. (289)
Einer will für einen Esel gehalten werden.
Jemanden mit einer Kerze verbrennen. (295)
Jemanden wie ein Pferd behandeln.
Jemanden in den Schwanz beißen. (296)
Jemanden wie den Heiligen Andreas auf das Kreuz strecken und so tun, als breche man ihm alle Glieder mit einer Stange aus Pappe. (297)
Auf Formosa werden Frauen, die vor ihrem dreißigsten Lebensjahr schwanger sind, mit dem Mörser zerstampft. (302)
Topos: Das grausame Asien!
Mit heißem Wasser verbrühen. (302)
Mit heißem Schotter sengen. Samen auf heißer Schaufel verdampfen. (303)
Jemanden zu Totenwachen bringen und ihn auf den Sarg spritzen lassen. (304)
Auf einen Kadaver scheißen. (305)

Spritzen nach der Wanduhr (305) – nach *Tristram Shandy*?
Spritzen anläßlich von Hinrichtungen und Foltern. (311) Es war wohl eine Mode der Zeit. Auch Casanova hat es getan. Hat Sade es?
Es mit einem zum Tode Verurteilten treiben. (313)
»Nichts ist ein Verbrechen, was geil macht.«
Wichsen, während eine Frau niederkommt. (322)
Zusehen, wie einer es mit Frau und Tochter treibt. (340)
Auch dieser ausgeführte erste Teil endet mit einer Selbstkritik Sade's:
»Ich habe zu oft von aktiver und passiver Sodomie gesprochen.«

Die drei weiteren Teile liegen nur als Skizzen vor.
»Zweiter Teil. Die 150 Leidenschaften zweiter Klasse oder die doppelten Leidenschaften, während der 31 Tage des Dezember, die Erzählung der Champville, denen das genaue Tagebuch der skandalösen Ereignisse auf dem Schloß beigefügt ist.«
Warum hat er sie nicht ausgeführt?
Die Ausführung und Reinschrift des ersten Teils war am 28. November 1785 beendet; Sade blieb bis zum 4. Juli 1789 in der Bastille. In diesen vier Jahren hat er *Aline et Valcour*, *Les Infortunes de la Vertu* und *Les Crimes de l'Amour* verfaßt.
Verlor er an der Ausführung der Skizzen der *120 Tage* die Lust? Meinte er, daß für die schematische Darstellung eines Fantasiebaus der Grausamkeit die Form der Skizze ausreichte?
War das Maß an psychischer und vielleicht physischer Erregung durch das Schreiben der Skizzen ausgeleert, wie eine Pornozeitschrift für viele Onanisten nach einmaligem Durchblättern?
Fühlte er, daß literarisch ein viel ungewohnteres Sprachmonstrum entstanden war, etwas ganz Neuartiges neben dem Inhalt auch in der Form? Daß die Einmaligkeit der mythischen Erfindungskraft in den hundert Skizzenseiten viel gemäßer realisiert war als im goldenen Verschnitt einer klassischen französischen Romanform?
Die 150 Leidenschaften zweiter Klasse, die »doppelten« Leidenschaften also:

Ein Mann fickt drei Mädchen, die er mit seiner Mutter gezeugt hat. (351)
Die so gezeugte Tochter verheiratet er mit seinem Sohn.
Es gibt ein französisches Scherzwort: Mon père est maire à Mamaire et mon frère est masseur.[1]
61. Ein Mädchen reitet auf einem großen Kruzifix, während es gefickt wird. Sie masturbiert sich mit dem Kopf Christi.
64. Zwei Mädchen auf ein Kruzifix scheißen lassen.
Hostien beim Ficken in die Fotze stecken. (356)
86. Sich von Kutschern etc. peitschen lassen und in den Mund furzen.
107. Die Idee der Hormonbehandlung:
Er hält die Menstruation einer Frau durch ein Getränk auf, das ihr schwere Krankheiten eintragen kann.

»Dritter Teil. Die Leidenschaften dritter Klasse oder die verbrecherischen Leidenschaften.«
19. »Will nur Monstren in den Arsch ficken oder Negern oder nachgemachten Menschen.«
31. Er fickt eine Ziege, während man ihn peitscht. Er zeugt dieser Ziege ein Kind, das er fickt, obgleich es ein Monster ist.
37. »In einem eigens dafür hergestellten Korb läßt er eine Frau das Glied eines Stieres empfangen.«
44. »Er fickt einen Affen in den Arsch, der in einen Korb eingesperrt ist; man quält den Affen währenddessen ..«
66. »Sie fällt auf Grund einer Kippvorrichtung in ein schwarz ausgekleidetes Zimmer, wo ein Beichtstuhl steht, ein Sarg; es ist mit Totenköpfen dekoriert. Sie sieht dort sechs bewaffnete Gespenster ..«
Geisterbahn.
75. Er steckt große Nadeln in den Körper des Mädchens, auch in die Brüste und spritzt, wenn sie ganz voller Nadeln ist.

[1] Mon père est maire à Mamaire et mon frère est masseur (= Mein Vater ist Bürgermeister in Mamaire und mein Bruder ist Masseur) lautgleich mit: Mon père est mère à Mamaire et mon frère est ma sœur (= Mein Vater ist meine Mutter in Mamaire und mein Bruder ist meine Schwester).

Eine in magischen Praktiken an einer stellvertretenden Puppe vollzogene Handlung wird hier am Opfer selbst begangen.
92. »Er steckt ihr ein glühendes Eisen in den Anus und in die Fotze, nachdem er sie vorher (sic) sehr gepeitscht hat.«
Sophie wird Blut abgezapft. Der Herzog läßt Blutwurst für sein Frühstück daraus bereiten. (382)
103. Man bindet ihn wie ein wildes Tier an den vier Extremitäten fest. Er ist in ein Tigerfell gehüllt. So wird er aufgestachelt, man peitscht ihn, schlägt ihn, wichst ihm den Arsch. Ihm gegenüber wird ein nacktes Mädchen festgebunden, das sich nicht rühren kann. Sobald er heiß ist, läßt man ihn los und er stürzt sich wie ein wildes Tier auf das Mädchen. Er heult und schreit wie ein Tier und beißt ihr ins Fleisch, in die Klitoris, in die Brustwarzen. Er spritzt heulend.
Zähne werden ausgeschlagen.
Glieder gebrochen.
113. Er schneidet ihr ein Ohr ab.
116. Er reißt ihr Finger und Fußnägel aus.
119. Er schneidet ihr ein Stück Zunge ab.
121. Er macht einen etwa 15jährigen Jungen zum Eunuchen.
132. Er reißt ein Auge aus.
138. »Er löscht beide Augen und verschlingt sie.«
144. Er schneidet einem Jungen die vier Extremitäten ab, fickt den Rumpf und ernährt ihn gut. Der Junge lebt ein Jahr.

»Vierter Teil. Die 150 tödlichen Leidenschaften oder die Leidenschaften vierter Klasse.«
12. Er läßt eine Jungfrau durch einen Hengst deflorieren. Sie stirbt dabei.
21. »..er näht das Mädchen in eine ganz frische Eselshaut ein. Ihr Kopf guckt heraus. Man ernährt sie und läßt sie solange darin, bis die Haut des Tieres sie beim Zusammenschrumpfen erstickt.«
Einer benützt, wie in *Romeo und Julia* und wie angeblich die haitianischen Vaudoupriester, ein Pulver, das scheintot macht. Er beerdigt seine bewußtlosen Opfer und wartet auf ihre Schreie unter der Erde, wenn sie wieder zu sich kommen. (402)

Ein passiver Homosexueller (bougre) zündet (ebenfalls wie in Haiti) gerne die Häuser der Armen an und hofft, daß besonders viele Kinder darin umkommen.
61. Einer hochschwangeren Frau wird der Bauch geöffnet, das Kind herausgezogen und vor den Augen der Mutter verbrannt.
Jemanden in einer Grube voller Scheiße ersticken. (404)
Jemandem das Herz bei lebendigem Leibe ausreißen und in das entstandene Loch ficken. (408)
Ein Mädchen mit einer Maschine in kleine Stücke hacken.
»Es ist eine chinesische Marter.«
Einen an der Stange rösten. (410)
97. Ein passiver Homosexueller reißt die Därme eines Mädchens und eines Jungen heraus und steckt die des Jungen in den Körper des Mädchens und die des Mädchens in den Körper des Jungen.
106. Eine Mutter wird mit ihren vier Kindern eingeschlossen und einer beobachtet, welches ihrer Kinder die ohne Nahrung Belassene zuerst frißt.
111. Er reißt ihm die Hoden aus und läßt sie ihn essen, ohne daß er es weiß.
Tantalus und Leatherman.
115. Er schält einen Jungen, reibt ihn mit Honig ein und läßt ihn so von Fliegen verzehren.
118. Man liefert einen Jungen einem Hengst aus, der zu diesem Zwecke abgerichtet wurde; der fickt den Jungen in den Arsch. Der Junge stirbt. Das Kind war mit dem Fell einer Stute bedeckt und sein Arsch mit dem Fotzensaft der Stute eingerieben.
122. »Nachdem er den Schwanz ganz abgeschnitten hat, macht er mit einer Maschine aus glühendem Eisen dem Jungen eine Fotze..«
Man führt in ihre Fotze eine Hand mit einem Skalpell ein und bricht die Scheidewand zwischen Anus und Vagina. Man zwingt sie, durch die Fotze zu scheißen. (419)
Die zweite wird an den Brüsten aufgehängt.

So etwas war noch nicht geschrieben worden.
Die *120 Tage* erscheinen übergangslos in der Geschichte der

Weltliteratur, übergangslos in der Geschichte des Sade'schen Werkes und der Sade'schen Persönlichkeit.
Die Kuriosa und Abnorma der Italienischen Reise, das zaghafte Epikuräertum und der ambivalente Atheismus des *Dialogue entre un Prêtre et un Moribond* lassen das nicht erwarten.
Die Mythen Hesiods und Homers, die Schächtungen und Kreuzigungen des Alten und des Neuen Testamentes, die Einweihungsriten der Reiseberichte, die Foltermanuale, alle Greuel der Elisabethaner und des Jesuitentheaters sind hier zusammengefaßt und übersteigert, Freud und Kafka, Artaud und Genet, Polanski und Warhol, Grand Guignol und Italowestern in der Vorwegnahme übertroffen.
Es ist, im magischen Rahmen der Initiationsreise – wie *Robinson Crusoe*, *Nils Holgersson*, *Moby-Dick* – eine Schematisierung von Zerstückelungsphantasien; ein Plan, keine Beichte.
Genauer: eine Schematisierung von Zerstückelungssätzen, wie rein verbal das sein kann, beweist der Satz 116. aus dem dritten Teil: »Il lui arrache plusieurs ongles des doigts, des mains ou des pieds.« (384)[1]
Wieder eine quasisyntaktische Aussage, eine grauenvolle Wortkulisse, wie der Witz von dem Schlachtermeister, der sich die linke Hand abschlägt und aus Verzweiflung darüber auch noch die rechte.
War Sade ein dichtender Verbalsadist?

Gleich nach Beendigung der Reinschrift des ersten Teils beginnt er mit *Aline et Valcour* und beendet diesen philosophischen Roman drei Jahre später, am 1. Oktober 1788.
Zwischendurch entsteht 1787 *La Vérité, Pièce trouvée dans les papiers de La Mettrie*; vom 23. Juni bis zum 8. Juli 1787 verfaßt er die erste der drei Fassungen seiner *Justine, Les Infortunes de la Vertu.*
1787 darf Madame de Sade den Marquis regelmäßig fast alle vierzehn Tage zweieinhalb Stunden besuchen.
Sind die zarteren Regungen von *Aline et Valcour* auf diese Besuche zurückzuführen?

[1] Er reißt ihm etliche Nägel von den Händen oder den Füßen.

Am 22. September 1788 wechselt er die Zelle in der Bastille.
Am 2. Juli ruft Sade aus dem Fenster der Festung, daß man die Gefangenen abschlachte und daß man sie befreien solle.
Am 4. Juli, nachts um eins, wird Sade unvorbereitet in die Irrenanstalt von Charenton gebracht.
Das Manuskript von *Les cent vingt journées de Sodome* bleibt in der Bastille zurück und Sade glaubt den Rest seines Lebens, daß es bei der Prise de la Bastille am 14. Juli verbrannt sei.
Aline et Valcour ist ein großes Dichtwerk. Das einzige, das dem Autor einen Platz unter den großen Schriftstellern Frankreichs sicherte, wenn man Literatur an den klassischen Maßstäben Phaenopoeia, Melopoeia, Logopoeia mißt und nicht, was bisher unüblich ist, die Erfindung von Situationen, den Inhalt selbst als literarische Kategorie zuläßt. Der klassischen Literaturkritik nach, und der folgen wir praktisch alle, bis hin zur Beurteilung von Artaud, Beckett, Burroughs, Genet, ist *Aline et Valcour*, von zwei Gedichten und einigen wenigen Novellen abgesehen, das einzige »gelungene« Werk Sade's. Es wurde nicht zufälligerweise für die Bibliothèque de la Pléiade ausgewählt.
Sade, dessen Schicksal und Temperament sich so wenig zur Sublimierung anboten, der nicht geformt wurde, sondern zerbrochen, konnte sich nur in einem endlos und ohne hastige Geschäftigkeit üben – im Briefeschreiben; ist es da so erstaunlich, daß der Briefroman ihm besser als fast alles andre gelang? Die Eiterbeule scheint geleert. Nach den Monstren Menschen, nach der Buchführung der Zerstückelung eine raffinierte artistische Filterung von Entsetzen und Güte, von negativer und positiver Utopie.
»Bedenken Sie, daß die Bettler Menschen sind wie Sie, daß sie die gleiche Sonne bescheint und daß sie auch ein Anrecht auf Brot haben. Sie wollen keine Bettler? Pumpen Sie nicht in die Hauptstadt das Gold der Provinzen. Lassen Sie das Geld frei zirkulieren und sobald das Glück auf jeden Bürger gleich verteilt ist, werden Sie den einen nicht mehr im Pinakel* sehen und den anderen nicht mehr in den Lumpen des Elends.« (I, 62)

* Frz. pinacle = Gipfel der Anerkennung

Was heißt das anderes als die Aufhebung des Kapitalismus?
»Gerechter Himmel, wenn die Menschen, sobald sie ins Leben treten, die Schmerzen kennten, die sie erwarten, gäbe es nur einen, der seine Laufbahn anträte, wenn es nur von ihm abhinge, ins Nichts zurückzukehren?!« (81)
Lessing am Grab seines Sohnes!
Ein Menschenopfer bei den Jagas:
»Sie richteten den Baum, den sie ausgerissen hatten, wieder auf.. und banden einen der unglücklichen Besiegten daran fest; dann fingen sie an, um ihn herumzutanzen, bei jedem Takt.. rissen sie geschickt mit einem Eisen.. ein Stück Fleisch aus dem Unglücklichen und töteten ihn durch Zerstückeln. Das Stück Fleisch wurde gleich, nachdem es abgeschnitten war, gegessen; aber bevor man es zum Munde führte, mußte man sich das Gesicht mit dem Blut, das herausrann, einschmieren. Das war ein Zeichen des Triumphes.« (186)
Er zitiert Fontenelle:«
»Es gibt einsame Vergnügungen, die der Kommunikation nicht bedürfen und die man sehr köstlich findet, obgleich man sie nicht vermittelt.« (213)
Die Onanie?
Schreiben zur Onanie?
Verbrechen beschreiben?
Schreiben ohne die Aussicht auf Veröffentlichung?
Aus Sade's Schilderung eines nach Menschenblut dürstenden afrikanischen Gottes meint man den Kriegsgott Ogun zu erkennen, auch wirkt es, als erwähne er den heute noch existierenden Schlangentempel in Ouidah. (222, 233)
Wieder eines der Leitmotive Sade's:
»Es ist gerecht, daß der Schwache leidet.« (241)
Eine der wenigen Schilderungen von Onanie in der Weltliteratur:
»Verführt durch diese süße und grausame Illusion, wagte ich zum ersten Mal, ohne Leonore glücklich zu sein.« (247)
Auf die negative Utopie – in Afrika natürlich – folgt die positive, die asiatische.
Schon immer galt dem Europäer Asien eher als Ort der Erleuch-

tung, Afrika als Pfuhl, aus dem man bestenfalls Rohstoffe und Arbeitskräfte beziehen kann.
Kurioserweise stellt der gräßlich selbstgerechte, handgewebt eitle, paternalistische Zamé – das lichte Negativ der Butzemänner aus den *120 Tagen*, durch den Sade wohl seine eigenen Auffassungen verkündet – die Homosexualität und den Inzest unter Strafe. Eine selbstquälerische Nuance des Décadent, der, wenn er im Sozialen volontiert, gegen sich selbst und seinesgleichen puritanisch operiert. Eine Verhaltensweise, die nicht auf das Zeitalter der Französischen Revolution beschränkt blieb.
»Ich habe nur einen Feind zu fürchten, fuhr Zamé fort, den unbeständigen Europäer, den Vagabunden, der auf seine eigenen Vergnügungen verzichtet, um diejenigen der anderen zu stören, der anderswo köstlichere Reichtümer vermutet, als die, die er selbst besitzt, der ständig bessere Regierungen will.. turbulent, grausam, unruhig, zum Unglück der übrigen Erde geboren, dem Asiaten den Katechismus bringend, dem Afrikaner die Ketten; er vernichtet die Einwohner der neuen Welt und sucht noch mitten im Meer nach unglücklichen Inseln, um sie zu unterjochen..« (284)
»Was die moralischen Verbrechen anlangt, so werden sie durch ein Zeichen an der Kleidung geahndet.« (300)
Das ist der rosa Stern [Wimpel] der Konzentrationsläger.
»Es gibt, sagt Marmontel, einen Exzeß der Empfindlichkeit, der an die Unempfindlichkeit grenzt.« (255)
Die Antinomie:
»Es müßte zum Nutzen der guten Sitten gewisse Verbrechen geben, die man nicht einmal zu vermuten wagt.« (256)
Mitten im Schmock, im Camp meinetwegen, der mehr und mehr die vielschichtige Komposition des Briefromans zuwuchert, plötzlich wieder ein Bild von poetischer Wildheit und archaischer Härte:
»Sie lag auf der Erde.. ertrunken in ihrem Blut, vor sich die (abgeschnittenen) Zöpfe ihrer Mutter, in die sie die Miniatur gestellt hatte, die sie von ihrer verehrungswürdigen Mutter besaß..«
Die *Crimes de l'Amour* und die *Historiettes, Contes et Fabliaux*, zur selben Zeit entstanden, halten den Vergleich mit Boccaccio, mit

1001 Nacht, mit Stendhals Novellen aus und mit Kleist, seinem Zeitgenossen, der, wie Sade, den Geschlechtsakt, die Entjungferung immer wieder obsessionell in den Mittelpunkt seines Erzählwerkes stellt.

Diese Novellen beschäftigten Sade bis 1804. 1800 erscheinen die düsteren, komischerweise mit einer Einleitung »Idée sur les Romans«.

Die geschichtlichen Novellen sind die schwächsten, die kurzen die besten. Kaum spielts ins Grausige hinüber, setzt ein Tremolo ein, das durch eine außerliterarische Aufgeregtheit bedingt scheint. Die Wiederholungen, das immer ähnliche Räsonieren über Ähnliches sind hier überwunden – von einer Ausnahme abgesehen: Ein guter Witz über den Analverkehr wird zweimal in unterschiedlicher Verkleidung erzählt.

(Soit fait ainsi qu'il est requis; Le Mari complaisant) (XIV, 117 u. 169 f.)[1]

La double Epreuve ist auf eine heitere Art phantasievoll und entsetzlich, wenn auch etwas inkongruent in der Entwicklung des Hauptgedankens.

Der Einfluß von *1001 Nacht* hat ein Spiegelkabinett entstehen lassen, Verdoppelungen und Vernichtungen von höchstem manieristischen Glanz, der sogar Benns Formulierung vom Einfachen und Raffinierten vorwegnimmt:

»..tous néanmoins formés de choses simples, quoique singulières et rares« (X, 84)[2].

Auch Genets literarisches Unterfangen, aus einem Stein künstlerisch etwas herzustellen, was wie ein Stein aussieht, wird hier schon beschrieben. Zitronen, die zu Eis verarbeitet werden, das dann als Zitrone im Baum hängt.

Faxelange benützt Buñuels [Methode], den Bruch vom Lieblichen ins Entsetzliche.

In *Ernestine* begegnen sich, als Oxtiern die Ohnmächtige im Augenblick der Hinrichtung ihres Geliebten entjungfert, Casanova und die Marquise von O.

[1] Machen wir's genau so, wie es sich gehört; Der willfährige Ehemann.

[2] Alle [Geschenke] bestehen nichtsdestoweniger aus einfachen, wenn auch einmaligen und seltenen Dingen.

Indem Sade sich im *Président mystifié* auf eine vergleichsweise benigne Weise an seinen Richtern aus Aix-en-Provence rächt, ironisiert er sich nicht selbst? Löst er hier nicht nach zehn Jahren Kerker, noch immer im Kerker, seine Komplexe auf eine literarische Weise? Macht er sich hier nicht über all den eigenen literarischen Bombast lustig?

Les Infortunes de la Fortune, die erste der drei Fassungen der *Justine*, könnte der Länge und der Darstellungsart nach fast noch zu den Novellen gerechnet werden.

Eine verbindliche Intrige ist jedoch, wie eigentlich ja auch in den *120 Tagen*, aufgegeben, es sind Nummern, Reisereihungen.

Sophie hat schon alle Charakteristika ihrer späteren Reinkarnation Justine – die Plumpheit, Dummheit, Feigheit, Heuchelei, Larmoyanz und Prüderie.

Was war Sade's Absicht, als er eine solche Heroine herstellte?

Glaubte er wirklich, das sei Tugend?

War das die Tugend seiner Epoche?

Fast wirkt es, als wolle er sich über falsche Tugend lustig machen.

Aber verträgt sich diese Idee einer Geißelung von falscher Tugend mit der Widmung der Justine an die kluge, menschliche Gefährtin der späten Jahre, der Widmung an Constance:

»Habe ich es erreicht, Constance? Entscheidet eine Träne aus deinem Auge meinen Triumph? Kurz, wirst du, nachdem du Justine gelesen hast, sagen: O, wie machen mich diese Bilder des Verbrechens stolz, die Tugend zu lieben!? Wie sublim ist sie in ihren Tränen!? Wie verschönt sie das Unglück!?«

Tränen hier, Tränen da. Setzte er Constance gleich Justine?

Machte er sich über beide lustig?

Die in allen drei Fassungen beibehaltene homosexuelle Szene, der die tugendhafte Sophie/Justine lauscht, um sich über sie zu entsetzen, liest sich in den *Infortunes de la Vertu*:

»L'un de ces hommes, celui qui dominait l'autre, était âgé de vingt-quatre ans, il était en surtout vert et assez proprement mis pour faire croire que sa condition devait être honnête; l'âutre paraissait un jeune domestique de sa maison, d'environ dix-sept à dix-huit ans et d'une fort jolie figure. La scène fut aussi longue

que scandaleuse, et ce temps me parut d'autant plus cruel, que je n'osai bouger de peur d'être aperçue.« (XIV, 358)[1]
Monsieur ist der eine, der Passive. Sophie wird entdeckt, gepeitscht, aufs Schloß Bressac gebracht und von der Mutter des Grafen angestellt. Monsieur de Bressac beschließt, seine Mutter von Sophie vergiften zu lassen; Sophie geht zum Schein darauf ein, gesteht Madame de Bressac den Plan, der Sohn entdeckt den Verrat, Sophie wird abermals gepeitscht.

Die gleiche Szene in *Justine ou Les Malheurs de la Vertu*:
»L'un de ces hommes, celui qui se prêtait, était âgé de vingt-quatre ans, assez bien mis pour faire croire a l'élévation de son rang, l'autre à peu pres du même âge paraissait un de ses domestiques.
L'acte fut scandaleux et long. Appuyé sur ses mains à la crête d'un petit monticule en face du taillis où j'étais, le jeune maître exposait à nu au compagnon de sa débauche l'autel impie du sacrifice, et celui-ci, plein d'ardeur à ce spectacle, en caressait l'idole, tout prêt à l'immoler d'un poignard bien plus affreux et bien plus gigantesque que celui dont j'avais été menacée par le chef des brigands de Bondy; mais le jeune maître, nullement craintif, semble braver impunément le trait qu'on lui présente; il l'agace, il l'exite, le couvre de baisers, s'en saisit, s'en pénètre lui-même, se délecte en l'engloutissant; ..« (III, 103f.)[2]

[1] Der eine von beiden Männern, welcher den anderen unter sich hatte, war vierundzwanzig Jahre alt. Er trug einen grünen Überrock und war recht gut gekleidet, so daß er mir ein Herr von Stand zu sein schien. Der andere war offenbar einer seiner Diener, ungefähr siebzehn Jahre alt und sehr hübsch. Die Szene war ebenso lang wie skandalös, und die Zeitspanne erschien mir um so grausamer, als ich nicht wagte, mich zu rühren, aus Angst, entdeckt zu werden.
[2] Der eine von beiden, welcher sich hergab, war vierundzwanzig Jahre alt und sehr gut gekleidet wie jemand, der gesellschaftlich höhergestellt ist; der andere war ungefähr gleichaltrig und schien einer seiner Diener zu sein. Der Akt war skandalös und lang. Der junge Herr stützte sich mit den Händen auf eine kleine Erhebung gegenüber dem Gebüsch, in dem ich saß, und hielt dem Kompagnon seiner Ausschweifung den nackten Opferaltar der Unzucht hin; und dieser erhitzte sich an diesem Anblick und

Madame de Bressac ist hier die Tante des tuntigen Grafen, wieder soll sie durch Justine vergiftet werden, wieder Verrat und wieder Entdeckung des Verrates, Justine wird wieder durchgepeitscht und die drei englischen Doggen des Grafen werden auf sie gehetzt.

La Nouvelle Justine:

»Alors le maître, qui paraît âgé de vingt-quatre ans, déculotte l'autre, dont l'âge est de quatre lustres au plus, le branle, lui suce le vit et le fait bander. La scène est longue .. scandaleuse .. remplie d'épisodes .. entremêlée de luxures et de saletés bien faites pour scandaliser celle qui gémit encore d'outrages à peu près semblables. Mais quelles étaient ces infamies?

Nous voyons d'ici quelques lecteurs, plus curieux de ces obscénités que des détails vertueux de l'intéressante Justine, nous supplier de leur dévoiler ces horreurs. Eh bien, nous leur dirons, pour les satisfaire, que le jeune maître, nullement effrayé du dard monstrueux dont on le menace, l'excite, le couvre de baisers, s'en saisit, s'en pénètre, se pâme en l'introduisant dans son cul.« (V, 168)[1]

streichelte das Allerheiligste, denn er war drauf und dran, es zu schlachten mit einem Dolch, der noch schrecklicher und riesiger war als jener, mit dem der Räuberhauptmann aus Bondy mich bedroht hatte. Doch der junge Herr läßt sich nicht einschüchtern und setzt sich ohne Schaden dem Bolzen aus, der sich ihm da entgegenreckt; er neckt ihn, er geilt ihn auf, bedeckt ihn mit Küssen, packt ihn, drängt ihn in sich hinein, nimmt ihn genüßlich in sich auf.

[1] Dann zieht der Herr, der vierundzwanzig Jahre alt sein dürfte, dem anderen, der höchstens vier Jahrfünfte ist, die Hosen runter und wichst ihn, bläst ihm einen, bis er steht. Die Szene ist lang .. skandalös .. voller Details .. eine Mischung aus Geilem und Schmutzigem, genau das Richtige, um jene zu schockieren, die selber noch stöhnt unter ähnlicher Schinderei. Und was ging da vor an Ungeheuerlichkeiten? Wir sehen voraus, daß etliche Leser uns anflehen, sie ihnen zu verraten; denn diese Obszönitäten wecken ihre Neugier weit mehr als die Reflexe der Tugendhaftigkeit, um derentwillen Justine so bemerkenswert ist. Nun denn, stellen wir sie zufrieden und sagen, daß der junge Herr sich nicht einschüchtern läßt von dem gigantischen Dolch, der ihm da droht, daß er ihn vielmehr aufgeilt, ihn mit Küssen bedeckt, ihn packt, ihn sich in den Arsch steckt, ihn in sich hineindrängt und dabei vor Lust vergeht.

Je nackter die Sprache, desto heftiger werden die Figuren der Heuchelei.
Madame de Bressac ist nun wieder die Mutter des Grafen. Bevor er sie umbringen lassen will, kommt er mit zwei Dienern und führt der Mutter die homosexuellen Handlungen vor, die sie verdammt; er läßt sie von beiden gleichzeitig vergewaltigen; sie wird mißhandelt.
Schließlich sagt der Graf, der bisher ausdrücklich als strikt passiv bezeichnet wurde:
»Oh! foutre, qu'il est divin d'enculer sa mère!« (VI, 199)[1]
Strafe der verräterischen Justine, Sodomie, die englischen Doggen, Muttermord werden diesmal zu einer Szene zusammengeblendet.
Croque-morts also wieder und »Croque-morts«.

Am Karfreitag, den 2. April 1790, wird Sade auf Grund eines [Erlasses] der Assemblée Constituante aus Charenton entlassen.
Er schreibt, daß er jeden Karfreitag auf Knien beten und danken will.
Am 3. April weigert sich Madame de Sade, ihren Mann im Couvent Ste. Anne zu empfangen. Sie hat die Absicht, sich von ihm scheiden zu lassen.
Was bewegt sie dazu?
Was beendet diese ungeheuerlichste aller Liebesgeschichten?
Sade pumpt seine Schwiegermutter Madame de Montreuil an.
Am 22. April an seine Tante:
»(Die Familie de Montreuil) will mich von meiner Frau trennen.
Keiner dieser platten Schelme, meine Kinder, die ich nur loben kann, ausgenommen, hat mir auch nur die Hand geboten, als ich aus dem Gefängnis kam, nicht einer, sage ich. Ich fand mich mitten in Paris, mit einem Louis in der Tasche, ohne zu wissen, wo ich essen und schlafen sollte . .«

[1] O himmlischer Abspritz: die eigene Mutter von hinten ficken!

Am 28. April reicht Madame de Sade im Châtelet die Trennung von ihrem Mann ein.
In den ersten Tagen des Mai an Gaufridy:
».. ich habe die Augen verloren, die Lungen; ich habe aus Mangel an Bewegung eine so enorme Korpulenz, daß ich mich kaum rühren kann; alle meine Empfindungen sind erloschen. Ich habe an nichts mehr Geschmack. Ich liebe nichts. Die Welt, die ich töricht genug war, so sehr zu vermissen, erscheint mir von einer Langeweile, einer Traurigkeit. Es gibt Augenblicke, da möchte ich Trappist werden. Warum tat meine Frau nicht alles, um meine Sachen aus der Bastille zu holen? Meine Manuskripte ..? Meine Manuskripte, deren Verlust mich blutige Tränen vergießen läßt. Man findet Betten wieder, Tische, Kommoden, aber seine Ideen findet man nicht wieder.«
Ende Mai wohnt er mit einer Schauspielerin zusammen, die von ihrem Mann verlassen wurde. Sie hat ein Kind. Ist es bereits die rührende Constance?
Am 9. Juni wird die Scheidung von Madame de Sade ausgesprochen.
Am 1. Juli läßt er sich eine Karte als Citoyen actif de la Section de la Place Vendôme, der späteren Section des Piques, ausstellen.
Am 25. August ist er mit einer noch nicht dreißigjährigen Schauspielerin, Marie-Constance Renelle, liiert, die von ihrem Mann, Quesnet, verlassen wurde. Sie zieht einen Sohn von Quesnet auf.
Am 16. September wird *Le Misanthrope par Amour ou Sophie et Desfrancs, Comédie en cinq actes et en vers libres* einstimmig von der Comédie Française angenommen.
Am 12. Juni 1791 an Reinaud:
».. vergraben in meiner Arbeitsstube mitten unter Molière, Destouches, Marivaux, Boissy, Regnard, die ich betrachte, analysiere, bewundre und nie erreiche.«
1791 ist das Erscheinungsjahr von *Justine ou les Malheurs de la Vertu.*
1791 ist der Beginn der politischen Schriften des Marquis:
In einer Adresse d'un Citoyen de Paris au Roi des Français schreibt er:

»Vous me prenez peut-être à ce langage pour un ennemi de la monarchie et du monarque: non, Sire, je ne le suis point; personne au monde n'est plus intimement persuadé que moi que l'empire français ne peut être gouverné que par un monarque: mais il faut que ce monarque, élu par une nation libre, soit soumis à la loi . .« (XI, 74)[1]
Im Oktober an Gaufridy:
»Ich esse nur einmal alle 24 Stunden.«
Es ist einer der vielen Bittbriefe um Geld an seinen Verwalter.
Am 22. Oktober wird *Comte Oxtiern ou Les Effets du Libertinage* im Theatre Molière aufgeführt und am 4. November wiederholt. Man ruft den Autor auf die Bühne. Sade verneigt sich.
Am 5. Dezember an Gaufridy:
»Meine Denkungsart kann sich für keine der Parteien entscheiden. Ich bin Anti-Jakobiner. Ich hasse sie auf den Tod. Ich bete den König an, aber ich verabscheue die alten Mißgriffe; ich liebe viele Artikel der Konstitution, andre empören mich; ich will, daß man der Noblesse ihren Glanz zurückgibt, denn es bedeutet keinen Fortschritt, ihn ihr zu nehmen; ich will, daß der König das Haupt der Nation sei; ich will keine Nationalversammlung – Assemblée Nationale – sondern zwei Kammern, wie in England, das teilt die Autorität des Königs, die in Zusammenarbeit mit einer notwendigerweise in zwei Ordnungen geteilten Nation ausgewogen wird . . .«
Im August 1792 gerät Sade erneut in Gefahr wegen seiner Kinder, die sich im Ausland befinden und als Emigranten deklariert werden.
Am 3. September fungiert er zum ersten Mal als Sekretär der Section des Piques.
Am 17. September wird das Schloß La Coste geplündert.
Am 28. September macht Sade in den *Observations présentées à*

[1] Sie halten mich vielleicht wegen meiner Ausdrucksweise für einen Feind der Monarchie und des Monarchen: nein, Sire, das bin ich ganz und gar nicht; niemand auf der Welt ist so tief überzeugt wie ich, daß das französische Empire nur von einem Monarchen regiert werden kann, der allerdings von einer freien Nation gewählt werden muß und somit dem Gesetz unterworfen ist.

l'Assemblée administrative des Hôpitaux vernünftige Vorschläge, was die Verwaltung der Krankenhäuser anlangt.

Am 2. November legt er seine *Idée sur le Mode de la Sanction des Lois* vor:

».. cette liberté qui ne s'acquiert que par des flots de sang, ..« (XI, 85)[1]

Private Blutphantastereien und politische Realität klicken zusammen. Ach, die Idee, wie über die Gesetze vom Volk abgestimmt werden soll, ist der Wunschtraum eines jeden politischen Schriftstellers. Sie wirkt geadezu rührend utopisch, humanitär und ehrlich.

»Une lettre d'avertissement préviendra les maires des chef-lieux de chaque canton du territoire français; aussitôt qu'ils l'auront reçue, ils feront convoquer les assemblées primaires, qui se réuniront dans le chef-lieu de ce canton; à peine réunis, que par les sages précautions de nos législateurs, la loi annoncée au peuple leur parviendra par un second courier. Les magistrats du peuple feront lecture de la loi au peuple assemblé; cette loi examinée, discutée, approfondie par la masse collective des individus auxquels elle doit servir, sera donc admise ou rejetée. Dans le premier cas, le courier qui vient de l'apporter la remporte sur-le-champ: la majorité jouit de ses droits, et la loi se promulgue. N'a-t-elle obtenue que la minorité? À l'instant vos députés la retouchent, ils la suppriment ou la refondent; et s'ils parviennent à l'améliorer, elle se représente une seconde fois à la France entière rassemblée par les mêmes formes dans les cantons de ses divers départements ..« (XI, 89)[2]

[1] Vorschlag zu den Modalitäten in der Gesetzgebung:
.. diese Freiheit, die sich nur durch Ströme von Blut erreichen läßt ..

[2] Zuerst werden die Bürgermeister der Hauptstädte aller Kantone auf französischem Gebiet benachrichtigt, welche sofort die Basis-Versammlungen in die Kreisstadt einberufen. Sobald diese sich konstituiert haben, erhalten sie durch die weise Vorarbeit derer, die das Gesetz formuliert haben, den Text durch einen zweiten Kurier zugestellt. Die Beauftragten des Volkes lesen der Versammlung den Text vor; dann wird er von jenen, zu derem Besten das Gesetz sein soll, kollektiv untersucht, diskutiert und auf seine tiefere Bedeutung hin befragt, um schließlich angenommen oder abgelehnt zu werden. Im ersten Fall nimmt der Kurier den Text wie-

».. s'il faut des hommes choisis pour proposer des lois, n'imaginez jamais qu'il en faille de tels pour les sanctionner.« (XI, 90)[1]
»J'aime le peuple; mes ouvrages prouvent que j'établissais le système actuel bien avant que les bouches de feu qui renversèrent la Bastille ne les annonçassent à l'univers. Le plus beau jour de ma vie fut celui où je crus voir renaître la douce égalité de l'âge d'or, où je vis l'arbre de la liberté couvrir de ses rameaux bienfaisants les débris du sceptre et du trône.« (XI, 91)[2]
Geschickt ausgedrückt und vielleicht, was seine Bücher anlangt, auf eine hintergründige Weise wahr.
Die Freiheit als zuwuchernder Baum!
Am 13. April 1793 fungiert Sade als Richter.
Am 7. Mai wird er vom Innenminister empfangen.
Am 12. Juli schreibt er in den *Extraits* das schöne Konvertitenwort »liberticide«. (*XI*, 107)[3]
Am 3. August an Gaufridy:
»Ich spucke Blut. Ich habe Ihnen gesagt, ich war Präsident meiner Sektion. (..) Sie wollten mich über ein Greuel, eine Unmenschlichkeit abstimmen lassen. Ich habe nicht gewollt. Gott sei Dank. Da bin ich heraus!
Ich habe, während ich Präsident war, die Montreuils auf eine rettende Liste setzen lassen; wenn ich nur ein Wort gesagt hätte, wäre es ihnen übel ergangen. Sie sehen, wie ich mich räche.«

der mit: die Mehrheit setzt sich durch, und der Text wird geltendes Recht. Hat nur eine Minderheit dafür gestimmt, so nehmen eure gewählten Volksvertreter ihn sich noch einmal vor, verwerfen ihn oder formulieren ihn ganz neu; und wenn er wirklich besser wird, wird er ein zweites Mal der ganzen französischen Nation vorgelegt, die sich in derselben Weise in den Kantonen ihrer Départements versammelt.

1 Gesetzesvorlagen einzubringen, ist nicht jedermanns Aufgabe, wohl aber ist es die Ratifizierung.

2 Ich liebe das Volk; aus meinen Werken geht hervor, daß ich das gegenwärtige System entwickelt hatte lange bevor die Feuerschlünde die Bastille zerstörten und damit dem Universum seinen Beginn anzeigten. Es war der schönste Tag meines Lebens, als ich die süße *égalité* des Goldenen Zeitalters neu entstehen zu sehen glaubte; als ich sah, wie der Baum der Freiheit mit seinen wohltätigen Zweigen die Trümmer von Zepter und Thron bedeckte.

3 Freiheitsmord.

Am 29. September verfaßt Sade eine Rede an die Manen Marat's und Le Pelletier's:
»Le barbare assassin de Marat, semblable à ces êtres mixtes auxquels on ne peut assigner aucun sexe, vomi par les Enfers, pour le désespoir de tous deux, n'appartient directement à aucun.« (XI, 121)[1]
Wie immer bei Volksrevolutionen müssen die zwischen den Geschlechtern Stehenden daran glauben, so als ginge es nicht um die Veränderung der Produktionsverhältnisse, sondern um die Veränderung der Unterwäsche.
Für Sade ging es natürlich um letztere, und somit ist er nicht nur ein Beispiel für Bisexualität unter revolutionären Bewegungen, er ist das Beispiel für die Angst der Bisexualität unter revolutionären Veränderungen vor Bisexualität, Homosexualität, Hermaphroditismus.
Er legt exemplarisch dar, wie diejenigen, die am meisten zu verdrängen haben, andere, die sich diesen Verdrängungsmechanismen nicht unterwerfen, auch am meisten bedrängen.
Daß die Sade'schen Verdrängungsmechanismen und Bedrängungsmechanismen verbale bleiben, hängt mit der ihm eigentümlichen Ambivalenz zusammen.
Die Verse für die Büste Marats gehören denn auch zum miesesten, was die französische Lyrik hervorgebracht hat.
Sade ist nicht mehr zu bremsen. In der Petition vom 15. November schlägt er einen Tugendtempel, einen Kult der Tugend vor – St. Sulpice für Revolutionäre:
»que la piété filiale, la grandeur d'âme, le courage, l'égalité, la bonne foi, l'amour de la patrie, la bienfaisance, etc. que toutes les vertus, dis-je, érigées, chacune dans un de nos anciens temples, deviennent les seuls objets de nos hommages.« (XI, 130)[2]

[1] Der barbarische Mörder von Marat, diese Ausgeburt der Hölle, gehört wie die Zwitter zum Leidwesen aller Menschen keinem der beiden Geschlechter direkt an.
[2] Es sollen der Familiensinn, die Seelengröße, die Gleichheit, der gute Wille, die Vaterlandsliebe, die Wohltätigkeit und so die Tapferkeit, weiter – alle diese Tugenden sollen in einem unserer alten Tempel der einzige Gegenstand unserer Verehrung werden!

Meinte er es ernst?
Trieb er den Zynismus auf die Spitze?
Am 1. 12. 1793 an Gaufridy:
»Schreiben Sie ›Genosse‹ in Ihren Briefen.«
Am 8. Dezember wird er verhaftet, weil er angeblich 1791 um Einstellung in die Garde Constitutionelle des Königs ersucht hatte.
Am 8. Januar wird der Verleger Jacques Girouard mit 36 Jahren, wahrscheinlich wegen seiner royalistischen Überzeugung, geköpft.
Der Druck von *Aline et Valcour* bleibt unvollendet.
Sade wird durch einen Zufall am 27. Juli 1794 nicht gefunden und entgeht so dem sicheren Todesurteil, das an fast allen Mitangeklagten auf der Guillotine vollstreckt wird.
Am 15. Oktober entläßt man ihn.
Am 19. November an Gaufridy:
»Ich war während zehn Monaten in vier Gefängnissen. Das vierte war ein Himmelreich auf Erden, ein schönes Haus, ein herrlicher Garten, eine ausgesuchte Gesellschaft, liebenswürdige Frauen und plötzlich legte man den Hinrichtungsplatz direkt unter unser Fenster und den Friedhof für die Hingerichteten mitten in unseren Garten. Wir haben, lieber Freund, 1800 Hingerichtete in 35 Tagen begraben, ein Viertel davon aus unserem eigenen unglücklichen Haus.«
Sade sieht sich also plötzlich den Leichengruben aus *Justine* gegenüber, die er früher herbeiphantasierte.
Am 21. Januar 1795 an Gaufridy:
»Meine nationale Gefängniszeit, die Guillotine unter den Augen, hat mir hundert Mal mehr Übel verursacht als alle vorstellbaren Bastillen.«
Am 26. Februar bittet er Rabaut-Pommier um eine Stellung. Er ist ganz mittellos.
1795 ist das Erscheinungsjahr von *Aline et Valcour* und einem Roman in Dialogform *La Philosophie dans le Boudoir*, der wohl gleichfalls zwischen den *120 Tagen* und den *Justinen* entstand.
Eine Schule der Libertinage, in die eine quasirevolutionäre

Passage »Français encore un effort..« eingeschoben ist. (III, 478 ff.)[1]
Hier die später in der *Histoire de Juliette* wieder aufgenommene Idee:
»..mit diesem System werden Sie sogar beweisen, die Ausrottung der menschlichen Rasse wäre nur im Dienste der Natur.«
Die Dialoge enden damit, daß die Mutter der Schülerin von einem syphilitischen Diener von vorne und hinten gefickt wird und dann an beiden Stellen zugenäht.
Die *Histoire de Juliette*, der schwarzen Schwester Justines, ist wohl um die gleiche Zeit entstanden. Das Gedeihen des Lasters ist besser geschrieben als das Elend der Tugend. *Juliette* muß möglicherweise als der Versuch gelesen werden, durch den Sade die verloren geglaubten *120 Tage* ersetzen wollte. Handelt es sich in den *120 Tagen* um die begrenzte Zerstückelung einer Gruppe von Menschen, so ist in *Juliette* die Zerstörung, die Schändung über Friedrich den Zweiten von Preußen, den Papst und die Heilige Familie bis ins Kosmische getrieben.
Auch beobachtet Sade mit größerer psychologischer Schärfe:
»J'idolâtre l'or au point de m'être souvent branlé devant l'immensité de louis que j'amasse« – eine deutliche Adaptation der berühmten Szene aus dem *Geizigen* von Molière, des von Sade so bewunderten Molière. (VIII, 275)[2]
Ein Jugendmotiv klingt wieder an:
»Je ne suis l'ami de personne.« (VIII, 235)[3]
»je frémis; personne n'est plus poltron que moi..« (237)[4]
»ô divin destructeur de l'éspèce humaine!« (300)[5]
»l'art d'aiguiser ses passions par une abstinence industrieuse;« (303)[6]

[1] Franzosen, noch eine große Leistung (wird von Euch verlangt, wenn ihr die Republik wollt).
[2] Ich bete das Gold an, und zwar so sehr, daß ich mich des öfteren vor den riesigen Haufen meiner Louis d'or gestellt und gewichst habe.
[3] Ich bin niemandes Freund.
[4] Ich zittere; niemand ist feiger als ich.
[5] O göttlicher Zerstörer des Menschengeschlechts!
[6] Die Kunst, seine Passion zu verschärfen durch eine Abstinenz voller Betriebsamkeit.

»C'est au grelot de la Folie a sonner les heures de Venus.« (304)[1]
»L'homme du peuple n'est que l'espèce qui forme le premier échelon après le singe des bois;« (311)[2]
Losgesägte Ärsche werden aufgehängt, Kreuzigungen vollzogen. Ein Humanexperiment Himmlers, der Unterkühlte in KZ's koitieren ließ, vorweggenommen.
Die Qualen sollen bis ins Jenseits verlängert werden:
»il fallait, avec du sang tiré près du cœur lui faire signer qu'elle donnait son âme au diable, lui enfoncer ensuite ce billet dans le trou du cul avec le vit. (357)[3]
Weder das Leben nach dem Tode, noch die Hölle sind also abgeschafft, es wird nur alles unternommen, um sie dem kosmischen Zerstörungs- und Schändungsunterfangen dienstbar zu machen.
»Oh, Juliette, quel beau godemiché que le vit de ce bougre-là!« (442)[4]
Im Prinzip wieder Genets künstlicher Stein aus einem Stein:
Ein Godemiché, der ja wie ein Penis wirken soll, aus einem Penis, der abgeschnitten und präpariert worden ist; der Ersatz wird das Eigentliche, das Eigentliche ersetzt den Ersatz, der das Eigentliche ersetzen soll.
»Saint-Fond nous entretint ensuite d'un projet cruel de dévastation qu'il avait conçu pour la France.« (458)[5]
Die Priesterin Durand ist die Alleszerstörerin:
»La vie des hommes est entre mes mains. Je puis répandre des pestes, empoisonner des rivières ..« (519)[6]

[1] Die Schellen des Wahnsinns sollen die Stunden der Venus einläuten.
[2] Der Mann aus dem Volk gehört zu der Gattung, welche die erste Stufe bildet über dem Affen.
[3] Sie müsse gezwungen werden, mit Blut, das nahe ihrem Herzen abgezapft worden ist, ihre Seele dem Teufel zu verschreiben, und dann müsse ihr das Schriftstück mit dem Schwanz ins Arschloch gestoßen werden.
[4] Oh, Juliette, was für ein schöner Kunstpimmel aus dem Schwanz dieses arschgefickten Kerls geworden ist!
[5] Anschließend erzählte uns Saint-Fond von einem grausamen Plan der Verwüstung Frankreichs, den er sich ausgedacht hatte.
[6] Ich habe das Leben der Menschen in der Hand. Ich kann Seuchen verbreiten, Flüsse vergiften ..

Grand guignol und Kasperletheater finden ihren Höhepunkt mit der Orgie in St. Peter:
»Sodomisée par le Pape, le corps de Jesus Christ dans le cul, ô, mes amis, quelles délices.« (IX, 206)[1]
Doch hier wird noch das Symbol Gottes, die Hostie, und sein Stellvertreter, der Papst, profaniert. Sade will Gott selbst erniedrigen und um diese Erniedrigung Gottes darzustellen, erfindet er einen genialen Coup:
Juliette besucht eine Irrenanstalt in der Nähe Neapels und dort findet sie Schizophrene, die sich für Gottvater, Gottsohn und die Jungfrau Maria halten. Sie sind keine Surrogate: indem er ihre Peinigungen und Schändungen darstellt, stellt er die Peinigungen und Schändungen von authentischem Gottesbewußtsein dar.
Am 14. März 1796 zieht Louis-Aldonce Sade mit Constance Renelle nach Clichy-la-Garenne. Die Doppeldeutigkeit geht bis in den Gebrauch der Vornamen des Marquis.
Am 24. Juni an Gaufridy:
».. Geld .. Geld .. oder ich bitte die Ärzte, daß sie Schluß mit mir machen!«
Am 13. Oktober verkauft er La Coste. Er erwirbt noch im selben Jahr die Domänen von Granvillier, Eure-et-Loire und Malmaison, Seine-et-Oise.
Am 29. Januar 1798 bietet sich Sade einer Truppe als Schauspieler an.
Am 15. April erscheint im »Journal de Paris« ein Angriff gegen Sade und seinen Roman *Justine*.
Am 18. April an das »Journal de Paris«:
»... es ist falsch, völlig falsch, daß ich der Autor von *Justine ou Les Malheurs de la Vertu* bin.«
Sade hat wieder Schwierigkeiten mit den Emigrationsgesetzen und weil er gelegentlich verschiedene Vornamen gewählt hat.
Am 24. Januar 1799 an Gaufridy:
»Madame Quesnet wird weiter bei ihren Freunden bleiben und

[1] Sodomisiert vom Papst, den Leib Jesu Christi im Arsch, o meine Freunde, welche Wonnen!

ich werde den Winter über nach Versailles ziehen, wo man von allen Städten in der Umgebung von Paris am billigsten leben kann. Dort, auf einem Boden, mit dem Sohn meiner Freundin und einer Dienerin werden wir ein paar Karotten und Bohnen essen . .«

Sade, der Verwandte des Prinzen Condé, hatte in seiner Jugend ein andres Versailles erlebt.

Am 13. Februar an François Gaufridy:

»Unser Haushalt ist seit dem 10. September zerbrochen. Madame Quesnet lebt, wie sie kann, bei Freunden und ich bin beim Theater von Versailles beschäftigt und verdiene 40 Sous am Tage, solange das anhält, und damit erziehe ich das Kind (den Sohn von Madame Quesnet).«

Am 13. Dezember wird *Oxtiern* von der Société Dramatique de Versailles wieder aufgenommen; Sade spielt selbst die Rolle des Fabrice.

Am 3. Januar 1800 schreibt der fast Sechzigjährige an Gaufridy:

»Ich muß mich damit zufrieden geben, daß mich die öffentliche Fürsorge in ein Spital gesteckt hat.«

Am 26. Januar an Gaufridy:

»Ich sieche seit drei Monaten vor Kälte und Hunger im Spital von Versailles dahin.«

Am 20. Februar soll Sade wegen seiner Schulden ins Gefängnis.

Am 18. August entdeckt die Polizei in einer Buchbinderei, daß 14jährige Arbeiterinnen die obszönen Illustrationen zur *Justine* in eine ausgedruckte Auflage des Buches einlegen.

Während Sade wiederholt die Autorschaft an dem Buch leugnet, wird die Herausgabe des Romans vorangetrieben.

Am 22. Oktober erscheinen sehr feindselige Artikel gegen die eben veröffentlichte Novellensammlung *Les Crimes de l'Amour*.

Am 6. März 1801 hebt die Polizei den Verlag von Nicolas Massé aus; mehrere Manuskripte Sade's, u. a. *L'Histoire de Juliette*, werden entdeckt. Man verhaftet den Marquis. Möglicherweise hatte der Verleger selbst seinen Autor denunziert.

Am 7. März wird Sade verhört und gesteht zu, der »Kopist« von *Juliette* zu sein.
Am 7. April soll Sade in dem Gefängnis Sainte Pélagie »deponiert« werden.
Marie-Constance Quesnet hat die Erlaubnis erwirkt, ihn alle drei Tage besuchen zu dürfen.
Am 20. August 1802 schreibt Sade an Fouché, verleugnet erneut die Autorschaft an der »infamen *Justine*« und fordert, daß er verurteilt werde oder freigelassen.
Im Frühjahr 1803 werden einige Schauspieler nach Unruhen am Théatre Français in Sainte Pélagie eingesperrt. Sade versucht die jungen Leute zu verführen und wird deshalb am 14. März ins Gefängnis von Bicetre verlegt.
Die Familie des Marquis erreicht, daß er am 27. April ins Irrenhaus von Charenton gebracht wird.
1803 schreibt er an Charles Quesnet, den Sohn seiner Geliebten:
»Bedenke, mein Freund, daß die Existenz Deiner Mutter sich geteilt hat, um die Deine zu erschaffen . .
Ich habe Dir oft gesagt, eine Mutter ist eine Freundin, die uns die Natur nur einmal gibt und die durch nichts auf der Welt ersetzt werden kann, wenn wir das Unglück haben, sie zu verlieren.«
Am 14. April 1806 teilt der Marquis de Sade in der Pfarrkirche von Charenton, St. Maurice, das Abendmahl aus.
Am 30. Januar 1806 verfaßt er – mit 66, acht Jahre vor seinem Tod – sein Testament:
»Schließlich: Ich verbiete ausdrücklich, daß mein Körper, unter welchem Vorwand immer geöffnet werde. Ich bitte inständig, daß er 48 Stunden in dem Zimmer, wo ich verscheide, in einem Holzsarg aufgebahrt bleibt, der erst nach den oben vorgeschriebenen Stunden zugenagelt wird . .
. . ich will, daß er ohne jede Zeremonie in dem Dickicht, rechts in besagtem Wald beigesetzt wird . .
Wenn die Grube wieder geschlossen ist, sollen darauf Eicheln gesät werden . . . daß die Spuren meines Grabes von der Oberfläche der Erde verschwinden, wie ich hoffe, daß meine Erinnerung aus dem Geist der Menschen ausgelöscht wird . .« (II, 631 f.)

Er fürchtete also das Zerstückeln seines Körpers noch nach dem Tod und er gab also auch die Idee auf, durch seine Werke noch nach dem Tod Verheerungen anzurichten; doch konnte er das letztere wachen Geistes hoffen? Und selbst wenn sein Name aus dem Gedächtnis der Menschheit getilgt wäre, viele seiner Werke waren anonym erschienen. Seine Hoffnung im Angesicht der Ewigkeit kaufte ihn also nur von der Verantwortung des Autors Sade los, nicht von dem Unheil, das die verlegten Werke anrichten mochten – wenn er wirklich, wofür es allerdings auch schwache Indizien gibt, von einer unheilvollen und nicht von einer aufklärerischen Wirkung seiner Werke letztlich überzeugt war.

Am 25. April 1807 beendet er die *Journées de Florbelle*, eine letzte Reminiszenz der verloren geglaubten *120 Journées de Sodome* und der beschlagnahmten *Justine*.

Zwei Monate später wird das Manuskript in Charenton konfisziert.

Von 1807 bis 1812 schreibt der Siebzigjährige den Roman *La Marquise de Gange*.

»Alles drückt in die Vorstellungskraft diese Art religiösen Schrekkens ein, der uns zu warnen scheint und bedeutet, das wahre Glück liegt – leider! – für den Menschen nur im Schoße Gottes, der alles, was wir bewundern, erschaffen hat.« (XI, 201)

In diesem Roman treten sich die Geistlichen gegenseitig auf die Füße.

Der Abbé de Gange ist der bekannte Sade'sche Bösewicht – ihm zur Seite steht aber der Vater Eusebius, »weit entfernt von den Fehlern seiner Kutte und den sublimen Wahrheiten des Evangeliums nahe ..« (205) Protestanten und Katholiken hören gleichermaßen seinen Predigten zu. Sade lobt die Beichte und die ehemals so profanierte Hostie:

»Große und bewegende Einrichtung unserer heiligen Religion, welche die Auswirkungen des Verbrechens verhindert oder aufhebt, indem sie den, der ein Verbrechen plant, der Verzeihung würdig macht – verehrtes Emblem der Opferung des Gott-Menschen, denn wir finden in diesem sublimen Sakrament einen Teil der Gnade wieder, die uns sein Tod eintrug.« (IX, 233)

»Sublim« war ehemals das Epitheton Ornans für Folterung und Verbrechen.
Allerdings ist ja auch die Kreuzigung Christi eine Folterung gewesen, eine Folterung, die ein Vater an seinem Sohn, in Gegenwart der Mutter-Gemahlin, vollziehen läßt, in Gegenwart auch des Mehr-als-Freundes Johannes – es gibt keine Sade'schere Konstellation; derselbe Gottvater dieses Agnus Dei, der von einem anderen Vater, Abraham, die Opferung seines Sohnes, Isaak, verlangte und erst im letzten Moment, als der Sohn schon den Tod durch den Vater erfühlt hatte und der Vater sich schon als Sohnesmörder vorkam, einen Widder unterschob.
1808 leitet Sade die Theateraufführungen in Charenton, was bis hin zur Hofdame der holländischen Königin und zu Peter Weiss und Peter Brook ein mondänes Interesse auslöste.
Am 7. Juli 1810 stirbt die seit langem blinde Marquise de Sade.
Der siebzigjährige Sade bittet die Anstaltsleitung:
»1. Daß ich Herr meines Zimmerschlüssels bin . .
2. Daß ich spazierengehen kann, ohne daß man mir folgt . .
3. Daß ich frei mit den drei unten aufgeführten Personen sprechen darf, das heißt: Ich verpflichte mich, mit niemandem anders zu sprechen als mit Madame Blotfière, meiner Nachbarin, Monsieur de Savines, meinem Verwandten, und mit Monsieur de Léon . .« (II, 576)

Am 9./10. Juli 1811, am 19. April und am 3. Mai 1812 unterzeichnet Napoleon die Verfügungen, Sade weiterhin in Haft zu halten.
Vom 1. September 1812 bis zum 4. Dezember schreibt Sade den Roman *Adélaide de Brunswick*.
Hier sind die Leiden nicht mehr die Leiden der Tugend, sondern eher die der Untugend, aber auch die Untugend der Adélaide ist eine gemäßigte, gebrochene; Mersbourg, eine zwielichtige Erscheinung, die hinter all dem Leiden steht, erscheint fast wie ein Gesandter einer höheren Macht, der die verirrte Seele in einem manichäischen Geschick, einem Einweihungsgleichnis der Albigenser, der Bogumilen oder der Rosenkreuzer zum Heil zurückholen soll.
In der Dienerin Bathilde ist ein ganz neuer Frauentyp im Sade'-

schen Werk entstanden, eine nüchterne, kluge, liebenswürdige Person, in der man vielleicht einen Schattenriß der Gefährtin Constance erblicken kann.

Die Ritter weinen leichter und fallen in Ohnmacht – das Zeitalter der Empfindsamkeit ist beim greisen Sade in die Irrenanstalt von Charenton eingebrochen, die Romantik mit Nekromantie, Friedhofsszenen und geradezu Hugo'schem Karnaval.

»Ich verurteile Sie zu der Folter, einen Strick von vierzig Fuß zu drehen, sobald er fertig ist, wird er halbiert werden und dazu dienen, Sie (beide) in dieser Wölbung aufzuhängen. Sie werden erst ins Jenseits befördert werden, eine wie die andre, wenn der Strick fertig ist. Arbeiten Sie daran, so lange Sie wollen. Zu unserer Rache haben wir den Trost, daß wir wissen, jeder Augenblick Ihres Lebens dient nur dazu, Sie in den Tod zu führen ..

Von diesem Augenblick an arbeiteten die zarten und zitternden Hände der Prinzessin am finstersten Werk, das man tun kann. Langsamkeit verdoppelte die Qualen ihres Lebens, Eile beschleunigte den Tod. Ach, sagte die Prinzessin, ist diese Folter nicht die Folter aller Menschen? Die Arbeiten und die Vergnügungen, mit denen sie ihre Tage verbringen .. Hetzen sie damit nicht den Augenblick ihres Todes herbei?!« (XIV, 124)

Einweihungsturm, Einweihungsinsel, Einweihungshöhle, hier die schlimme – ist es noch die schlimme der Kindheit, in der Provence, beim epikuräischen Onkel, dem Abbé, die aus den *120 Tagen*, die der *Justinen*, oder ist das Böse hier schon gleichnishaft geläutert?

Es gibt noch eine zweite Abtei, im gewohnten schaurigen Panorama:

»Adélaide will die Pflichten des Hauses erfüllen und sich allen Regeln unterwerfen, die diese heilige Gemeinschaft zur härtesten des christlichen Europas machten.

.. ein solcher Zwang ..

.. eine solche Härte ..

.. eine solche Gewalttätigkeit ..

Ich bin in ihr Haus gekommen, um das Sterben zu lernen.

Meine Hände haben mein Grab unter einer der Weiden im Garten gegraben.«

Wie die Opfer in den *120 Tagen* und in den *Justinen*.
Sade zwingt die Regeln des mönchischen Lebens ein letztes Mal zu blutiger Härte, zur Gemeinschaft mit Tod und Grab herbei, indem er seine sexuellen Phantasien ins Christliche, in die Regeln des mönchischen Lebens sublimiert.
Am 3. März 1813 schreibt Sade an Monsieur de Coulmier:
»Ich bitte Sie dringlichst, Madame Quesnet das Zimmer über mir zu geben, das Sie meinem Sohn versprochen hatten. Meine Ruhe und meine Gesundheit hängen davon ab.«
Am 6. Mai werden die Theaterabende in Charenton durch ministeriellen Erlaß verboten.
Am 19. Mai beginnt Sade die Reinschrift von *Isabelle de Bavière*.
1813 erscheint *La Marquise de Gange*.
Im Oktober 1814 an Monsieur de Coulmier:
»Ich habe die Ehre, Herrn Coulmier zu grüßen, und bitte ihn dringlich, mir den Pfleger zu lassen, den er mir gegeben hat, und mich nicht der Unannehmlichkeit auszusetzen, jeden Tag ein neues Gesicht zu sehen.«
Sade arbeitete bis dreißig Tage vor seinem Tode an dem geschichtlichen Roman *Isabelle de Bavière*.
Schon der Titel ist ein Programm und ein Psychogramm:
»Histoire secrète d'Isabelle de Bavière, Reine de France, dans laquelle se trouvent des faits rares, inconnus ou restés dans l'oubli jusqu'à ce jour et soigneusement étayés de manuscrits authentiques allemands, anglais et latins.«[1]
Angabe, Lüge, Geheimnistuerei, Authentizitätssucht.
Im Vorwort stellt sich Sade die Aufgabe, die »interessante« Isabelle zu entlasten, eine Aufgabe, die das Buch nicht im geringsten erfüllt – niemand hat Isabelle so vieler Verbrechen bezichtigt, wie Sade in seinem Roman. Entweder ist sein Vorhaben also façon de parler oder er bewundert Isabelles Taten. Wessen will er sie dann aber entlasten? Niemand hat sie mangelnder Verruchtheit be-

[1] Die geheime Geschichte der Isabella von Bayern, Königin von Frankreich, worin sich seltene, unbekannte oder bis heute vergessene Begebenheiten befinden, die durch authentische deutsche, englische und lateinische Quellen genau belegt sind.

zichtigt. Oder, dem Changieren des Stils, dem häufiger zu beobachtenden Entgleiten der logischen Folge einer Argumentation, dem Umkippen der Intrigen ins Unnötige und Unwahrscheinliche entspricht hier eine Doppeldeutigkeit der Absichten, die eine höhere Rechtfertigung in Sades Persönlichkeit selbst finden und in seiner Identifizierung mit der Heroine.

Die Einleitung ist voller Kraft, Tempo, Kürze.

Die Kompilationen des Buches sind oft stichwortartig, geschickte Einblendungen von Zitaten oder von als Zitat Ausgegebenem.

Man denkt an ein gelungenes Funkfeature.

»Die Intriganten haben genug geplündert«, sagte Isabelle zum Duc de Touraine. »Jetzt sind wir an der Reihe!«

Unter Napoleon geschrieben!

Die tugendhafte Laura und ihr Liebeshof wird den Lastern Isabelles gegenübergestellt – wie später die Jungfrau von Orléans.

Er würde gern ins Detail gehen, aber er habe sich alles untersagt, was die Sitten verletzen könnte – verständlicherweise, der Insasse will nicht, daß man ihm das Manuskript wegnimmt. Er sucht einen Verleger.

Doch nicht nur in der Schilderung von Isabelle, auch im Portrait Heinrichs des Fünften schwingt Selbstrechtfertigung, Selbstüberhöhung mit.

Hatte Sade nicht auch als Jugendlicher gesündigt?

Hatte er nicht wie dieser seine Grausamkeit sublimiert?

Noch immer, seltener, greift er zu hoch und damit ins Lächerliche:

»Die Mutter sieht die Milch in ihrer Brust gefroren.«

Sade, der Isabelle entlasten wollte, schreibt am Ende:

»Gott gefiel es, sie den vorübergehenden Schmerzen des Lebens zu entreißen, um sie die Schmerzen fühlen zu lassen, die nie enden.«

Hatte Sade Angst vor der Hölle?

In seinem Testament von 1806 verfügt er, daß er ohne Zeremonien beigesetzt werden soll – acht Jahre später, dreißig Tage vor seinem Tode, schließt er den Roman mit der Feststellung, daß Isabelle ohne Feierlichkeiten beigesetzt wurde.

»Die Eingeweide der Erde wären erzittert; sie hätten den Verbrecher, der sich in ihren Schoß mit Üppigkeit niederlassen wollte, zurückgestoßen.«
Fürchtete er, daß er als Gespenst umgehen müßte, wenn man ihn feierlich beigesetzt hätte?
Es ist schwer zu entscheiden. *Isabelle de Bavière* ist wie keiner der Verstellungsromane Sade's ein Roman der Verstellung. Die Erwähnung Lauras, seiner Vorfahrin, der Geliebten Petrarcas, wirkt wie ein sicheres Signal – in Wirklichkeit ist sie nichts andres als eine der zu Leuchtbojen verkleideten Kutschen, mit denen die Halligbewohner Frachtschiffe auf Sand locken wollten.
Er lobt Lauras Liebeshof; er tadelt den Isabelles, tadelt also Isabelle wirklich. Die er entlasten will? Indem er sie anschwärzt? Wie ambivalent ist Lauras Gestalt wieder, die ihm schon aus dem Buch des doppeldeutigen Onkels im Gefängnis erschienen war. Als Mutter, als seine ambivalente Mutter, die ihn in den Schoß ruft, der das Grab ist, das Grab der »Croque-morts«.
Fausseté,
dissumuler,
ourdir,
déguiser,
feindre,
nourrir en silence,
politique raffinée,
perfide,
adroite,
contrefaire,
dupe,
méfiance[1] – sind die Stichwörter, an denen sich die Schilderungen auslösen.
»Es gibt Situationen, wo die Beharrlichkeit, mit der man die Bestrafung des Schuldigen verfolgt, schädlicher wird als das Verbrechen und dann muß, für einen Augenblick wenigstens, die Gerechtigkeit der Vorsicht weichen.« (XIV, 426)

[1] Falschheit – simulieren – intrigieren – verkleiden – so tun als ob – insgeheim aushecken – durchtriebenes Vorgehen – voller Falsch – geschickt – fälschen – hereingelegt – Mißtrauen.

»Tout le monde eut l'air de croire à son chagrin..« (XIV, 358)[1]
Ein Spiegelkabinett der Heuchelei:
Isabelle ist betrübt, alle glauben es.
Isabelle heuchelt ihren Kummer, alle glauben an den Kummer.
Isabelle heuchelt ihren Kummer, alle heucheln, ihr den Kummer zu glauben.
Und Sade deutet damit an, wie es wohl in Wirklichkeit war: Isabelle wußte ganz genau, daß ihr niemand ihre Heuchelei abnahm, und der Hof wußte ganz genau, daß Isabelle ihm seine Anteilnahme nicht glaubte.
Ein Ritual, ein artistisches Muster wird erfüllt.
Doch die Heuchelei ist nicht nur eine gesellschaftliche, die Ritualisierung ist global, biologisch:
»Gewisse Pflanzen, die unter dem übelsten Äußeren die wunderbarsten Eigenschaften verbergen.« (XIV, 384)
Doch nicht nur das Dargestellte, der Darstellende selbst wird in diese Flucht der Standpunkte mitgerissen:
»Wie peinlich ist es, immer widersprechen zu müssen, wo man erzählen möchte.« (XIV, 382)
»Dem Mann, den wir solche Verstellung üben sahen, wagte man im selben Augenblick, soviel Ehrlichkeit zuzutrauen. Man muß blind sein, um derart den Verstand zu verlieren.. Als ob ein solcher Mann sich durch religiöse Schwüre gebunden fühlte, er, dem nicht einmal die heiligsten Gesetze der Natur Fesseln anlegen konnten.«
Diese Gesetze verurteilten zu Sade's Jugend den Sodomiten zum Tode. Hatte sich seit der Revolution und unter Napoleon daran nichts geändert oder waren Sade diese Änderungen entgangen, da sie ohne Bedeutung für ihn geworden waren?
Ist nun in einem Werk über Verstellung, von einem, der sich verstellt, Verdammung der Verstellung Verstellung oder – nach gleichsam mathematischer Rechnung – Selbstkritik?
Setzt Sade, da er den Mechanismus seiner Verstellungen schon im Titel bloßlegt, daß der aufgeklärte Leser ihn durchschaut, Verstellung zum Problem der Verstellung für den Leser und damit

[1] Alle taten so, als glaubten sie, daß sie wirklich Kummer leide.

für Sade nichts mehr fruchtet – Sade also kurz vor seinem Tode ehrlich seine Verstellungskünste an Isabelle geißelt, er sie also in einem kathartischen Sinn, den der Roman *Adélaide de Brunswick* durchaus nahelegt, entlastet?

Am 2. Dezember 1814 stirbt, mit 74 Jahren, Sade; die testamentarischen Verfügungen, die dem Marquis wohl ernst gewesen sein müssen, werden von seinem Sohn für gering erachtet.

Sade wird kirchlich auf dem Friedhof von Charenton beigesetzt.

Ich fasse zusammen:

SADE, DER SATAN, DER SADIST. Trug Sade seinen Namen zu Unrecht?

War Sade Sadist?

Im Sinne des Dialektwitzes: »Nenn mich Puma, peitsche mich mit weißem Flieder!« gewiß.

Doch im weiteren Sinne?

War er ein potentieller Ledermann, der den Masochisten suchte?

Suchte er Opfer?

Ob maligne Aggressionen, Sadismus, vererbbar sind, ist eine Streitfrage, die nicht zuletzt durch populärwissenschaftliche Veröffentlichungen, wie die von Lorenz und Fromm, wieder diskutiert wird.

Entschieden kann sie nicht beantwortet werden.

Sadismus als Folge von psychischen, sozialen Einflüssen, Sadismus als »Dressur« im ethologischen Sinne erscheint möglich. Geklärt ist auch da nichts und man kann sich dann immer auf die »Instinkt-Dressurverschränkung«, den Ödipuskomplex oder gar die maligne Analität und die Nekrophilie herausmogeln.

Die Dressuren, denen Sade bis zu seinem 17. Lebensjahr unterworfen war – Hochadel, Königsnähe, libertiner Klerus, jesuitische Schule, Militär –, lassen den Empiriker eine sadistische Komponente auf Grund von Frustrationen, Schocks und Imitationen vermuten.

Stichhaltig nachgewiesen werden kann eine solche Prägung bei Sade nicht.
Der Dreiundzwanzigjährige besucht Bordelle und erpreßt Laure de Lauris:
«... es gibt kein Greuel, zu dem ich mich nicht hinreißen lassen könnte.«
Welcher Liebhaber hat damit nicht gedroht?
Im Jahr seiner Hochzeit und seiner ersten Einkerkerung »mietete er ein Haus, kaufte Möbel und gab sich kalt den äußersten Ausschweifungen hin, er allein, in schrecklicher Gottlosigkeit, so daß die Mädchen sich gezwungen sahen, gegen ihn auszusagen«.
Am ersten Februar 1768 nimmt er vier Mädchen mit, die er züchtigt; er gibt ihnen anschließend zu essen und läßt ihnen durch einen Diener einen Louis d'Or aushändigen.
Die Schnitte, die er Rose Keller beigefügt haben soll, sind nicht einwandfrei erwiesen, und es erscheint unglaublich, daß er mit Anis und Kantharidenextrakt 1772 die Mädchen in Marseille »sadistisch« vergiften, töten, opfern wollte.
Hoffte er, sich an ihren Krämpfen zu weiden?
Dafür gibt es weniger komplizierte und nicht aphrodisisch und karminativ determinierte Mittel. Unerfahrenheit liegt also näher.
1774 veranstaltet er eine Orgie mit fünf kleinen Mädchen, an der Madame de Sade möglicherweise teilgenommen hat; es wird von einem »Jeux des Boutonnieres« gemunkelt, einem Knopflochspiel, von Einschnitten in die Haut und von Anthropophagie. Beides ist unbewiesen. Sade hat ein makabres Spiel mit Menschenknochen zugestanden. Fromm würde jubeln und Sade zur malignesten analen Aggressivität verknacken; wenn Fromm sich die Mühe gemacht hätte, seine Werke zu analysieren, würde er den Marquis mit Hitler auf eine Stufe stellen – womit nicht mehr bewiesen ist, als daß die Psychoanalyse aggressiver, inhumaner, also sadistischer ist als die moderne Justiz, wo noch immer nur auf Grund von Beweisen verurteilt werden darf und ein zweifelhaftes Indiz dem Angeklagten dient und nicht dem System.
Woher nimmt die Psychoanalyse die moralische Rechtfertigung, dieses Prinzip umzukehren, welche Spitzfindigkeit der Beweis-

führung wirft Nekrophilie, Leichenwäscher und Sadismus in einen Topf – in einer Veröffentlichung, die, nebenbei gesagt, »Anatomie« heißt, obgleich sie sich vorgegebenermaßen psychoanalytischer Termini bedient?
Der Literat, der sich um eine Determinierung des Sadismus bemüht, muß da vorsichtiger sein.
Oktober 1776 versucht Sade noch einmal auf La Coste mit Hausangestellten eine Orgie zu arrangieren. Die Absicht platzt. Fast alle seine Opfer reisen am nächsten Morgen empört ab.
Und das ist schon alles.
Der Rest – Onanie eines Gefangenen.
Als Dreiundsechzigjähriger versucht er noch einmal, die jungen Leute des Théatre Français zu verführen, die mit ihm in Sainte-Pélagie eingesperrt sind. Vergeblich.
Sein Testament von 1806:
»Ich verbiete ausdrücklich, daß mein Körper, unter welchem Vorwand immer, geöffnet werde . .«
Mehr ist nicht nachzuweisen.
Bleibt die Frage: Hätte Sade sich zu mehr hinreißen lassen, wenn die Gelegenheit dazu gewesen wäre?
Hat er Weitergehendes praktiziert, ist es nicht nur aktenkundig geworden?
Auch die masochistische Komponente, von der Psychoanalyse und vom Verfasser des *Leatherman* ungeprüft und unbewiesen als immer paralleles Phänomen zum Sadismus postuliert, ist bei Sade gering besetzt:
Er läßt sich schlagen, wie er schlägt; in Marseille wünscht er mit Peitschen geschlagen zu werden, an denen umgebogene Nadeln befestigt sind. Die Mädchen weigern sich. Die Rutenschläge, die man ihm verabreicht, markiert er in der Wand.
Er läßt sich von seinem Diener »sokratisieren«, und das galt damals in Frankreich, wie noch heute in allen latinischen Ländern, als äußerst unehrenhaft und erniedrigend.
1783 bittet Sade seine Frau wiederholt um Etuis, deren Größe er genau detailliert; bei der Beschreibung seiner Masturbationsgewohnheiten erwähnt er die Anwendung von verschiedenen Etuis. Er scheint sie zu analen Praktiken benützt zu haben, eine Hypo-

these, die auch durch den Satz vom 23./24. Dezember 1783 gestützt wird:
».. wenn ich das Etui nicht bekomme, zwänge ich meine Pläne in Gegenstände, die sie zerreißen, obgleich sie von der gleichen Größe sind.«
Blutiger Masochismus, wenn auch nicht sehr weitgehender.
Sein Verhältnis zur Schwiegermutter, zur gehaßten und umschmeichelten, könnte noch am ehesten einen masochistischen Grundzug aufdecken; jedoch, ist es nicht auch ohne eine masochistische Anlage zu verstehen, daß er sie haßte, und was blieb ihm andres übrig, als sie zu umschmeicheln, da er sich von ihr abhängig glaubte.
Immerhin lieh er sich ausgerechnet von ihr Geld, als er nach elf Jahren aus der Haft entlassen wurde.
Am 13. März 1777 schreibt er ihr:
»Seit langem bin ich Ihr Opfer. Aber glauben Sie nicht, ich sei ein Tölpel. Es ist gelegentlich nicht uninteressant, das Opfer zu sein, aber es ist immer erniedrigend, für dumm gehalten zu werden..«
Opfer – gerne, erniedrigt – nein! Zu Sacher-Masoch ist ein weiter Schritt.
Doch es bleibt die Frage:
Hätte sich Sade zu mehr hinreißen lassen, wenn die Möglichkeit gewesen wäre? Hat er Weitergehendes praktiziert und ist es nur nicht aktenkundig geworden?
Sade selbst leugnete dies in seinen Briefen und in seinen Werken immer wieder ab, aber er hatte ja auch Grund genug, es abzuleugnen:
»Ja, ich bin Libertin und ich habe alles gedacht, was in dieser Richtung gedacht werden kann, aber ich habe sicher nicht alles ausgeführt, was ich gedacht habe, und ich werde es bestimmt nicht tun.« Im »Großen Brief« vom 10. Februar 1781 an seine Frau.
In *La Philosophie dans le Boudoir* spricht er davon, daß man sich in der sexuellen Erregung Greueltaten zuschreibe, die man gar nicht begangen hat.
Doch es gibt auch andre Aussprüche, Äußerungen, die durchaus

auf ein gleitendes Sexualverhalten des Marquis schließen lassen:
»Ce qui n'avait d'abord l'air que de badinage devint peu à peu un tourment réel.« *L'Époux Corrigé.* (XIV, 256)[1]
»Si, contenu par le remords qui se fait sentir au brisement du premier frein, on avait la force d'en rester là, jamais les droits de la vertu s'anéantiraient totalement.« *Dorgeville.* (X, 399)[2]
Er hätte also? Hat er?
»Eugénie: Ne voudriez-vous pas me persuader, mes chers instituteurs, que vous n'avez jamais faits ce que vous avez conçu?
Madame de Saint-Ange: Il m'est quelquefois arrivé de la faire.«
La Philosophie dans le Boudoir. (III, 419)[3]
Geständnis oder satanistische Wichtigtuerei des homme de lettres?
So dünn sadistische Verhaltensweisen des Marquis belegt sind, so häufig sind die Zeugnisse seiner Güte, seiner Liebeszartheit, die ganz sicher paradox im Vergleich mit dem Werk erscheinen, doch eben gar nicht paradox im Vergleich mit Sade's Geschick.
»Ach, ist das Glück«, ruft der 19jährige aus, »das man kauft, ein wahrer Genuß und kann die Liebe ohne Rücksichtnahme wohl recht zart sein?«
An Mademoiselle Collet schreibt er mit 24 Jahren:
»Das Objekt, das mir zu gefallen wußte, bleibt in meinen Augen immer verehrungswürdig.«
Und Mademoiselle M.. bittet er, ihren Sohn ihm zur Erziehung zu überlassen.
».. nichts auf der Welt wird ihm fehlen .. seine Fortschritte wären mein Werk .. wenigstens in seinen Augen sähe ich die Dankbarkeit. Ich hätte eine Empfindung erzeugt.«

[1] Was anfangs nur eine Tändelei zu sein schien, wurde nach und nach zu einer wirklichen Folter.
[2] In dem Augenblick, da die erste Fessel zerrissen ist und man innehält im Gefühl der Reue, hätte man da die Kraft, nicht weiterzugehen, dann würde die Tugend ihr Recht niemals gänzlich verlieren.
[3] Eugénie: Wollen Sie mir denn nicht einreden, meine teuren Lehrmeister, daß Sie selber das, was Sie sich ausgedacht, niemals getan haben?
Madame de Saint-Ange: Bisweilen kam es dazu, daß ich es tat.

1772 über seinen Diener Latour auf der Festung Miolans:
»Aber ich flehe Eure Exzellenz an, dem jungen Mann den Schuldschein über 100 Louis zurückzugeben. Der kleine Wohlstand, den er sich eines Tages erhoffen könnte, wird ihm jedoch nie ermöglichen, diese Summe zu begleichen, ohne daß er seine Familie ruiniert. Außerdem ist er mir als Kind überantwortet worden. Welche Vorwürfe müßte ich mir machen, wenn ich zuließe, daß er in einem solchen Ausmaß aus der Bahn geworfen würde, und das in einer Zeit, als er sich für mich im Gefängnis aufopferte. Ich müßte es mir ewig vorhalten.«
Auf der Italienischen Reise:
»Aber liegen nicht in der geteilten Leidenschaft die zartesten Vergnügungen? Und wie verachtenswert ist in meinen Augen die Frau, die sich so wenig um die Lust ihres Liebhabers kümmert und ihn nur wegen der Dauer schätzt, die er ihren eigenen Lüsten verschafft.«
»Dieser Prinz, der so sanft und menschlich war und der den Preis eines Menschenlebens kannte, fühlte, daß das Verbrechen nicht durch den Unglücklichen ausgerottet wird, der es begeht, und daß das Beispiel einer Strafe, die ihn dem Staat allerdings erhält, eher dazu angetan ist, den zur Tugend zurückzuführen, der aus Veranlagung dazu neigt, sich von der Tugend zu entfernen, als das Beispiel eines unnützen Todes, das nur Verzweiflung beschwört..«
Am 21. Oktober 1778 aus der Festung Vincennes an Madame de Sade:
»Hier ist ein kleiner Brief für die armen kleinen Engelchen« – seine Kinder – »die ich mehr liebe, als Du Dir vorstellen kannst.«
Am 22. März 1779 an Madame de Sade:
»Meine kleine Pute, ich küsse Dich auf den.. und dann auf den.. und dann auf..«
Um dieselbe Zeit an Madame de Sade:
»..mit unendlicher Befriedigung habe ich von den Fortschritten meines Sohnes gehört..«
Im Mai an Mademoiselle de Rousset:
»Meine Frau und meine Kinder sollen sich dem König zu Füßen

werfen?! Aber wissen Sie nicht, Mademoiselle, wie ich diese Kinder liebe und daß ich vielleicht lebenslange Haft der Unehre vorziehe, mit der sie durch eine solche Handlungsweise befleckt würden?«

Am 10. Februar 1781 an Madame de Sade:

»Ich bin Libertin, aber ich habe nie die Gesundheit meiner Frau gefährdet; .. habe ich nicht geliebt, was ich lieben sollte und was mir lieb sein sollte?! Habe ich meinen Vater nicht geliebt? Ach, ich weine noch täglich um ihn! Habe ich meine Mutter schlecht behandelt?«

Am 2. September 1783 fleht er Madame de Montreuil um die Freiheit an, schreibt jedoch, daß er ohne seine Frau nie in dieser Freiheit leben könnte.

Weihnachten an seine Frau:

»Bezauberndes Wesen, Sie wollen meine dreckige Wäsche, meine gebrauchte Wäsche. Wissen Sie, daß dies von äußerster Zartheit ist?!«

Am 8. Juni 1784 an seine Frau:

»Ich gebe Ihnen das Buch, das 12 Livres gekostet hat, zurück. Niemand soll sagen können, daß ich Bücher für 12 Livres erwerbe, während sich meine Frau der notwendigsten Dinge begibt.«

Befreit, als Präsident der Sektion des Piques setzt er 1793 die Familie [seiner Frau] auf eine Liste der Unverdächtigen und rettet ihr damit das Leben.

Am 21. Januar 1795 an Gaufridy:

»Meine nationale Gefängniszeit, die Guillotine unter den Augen, hat mir hundert Mal mehr Übel verursacht als alle vorstellbaren Bastillen.«

1803 schreibt er an Charles Quesnet, den Sohn seiner Geliebten:

»Bedenke, mein Freund, daß die Existenz Deiner Mutter sich geteilt hat, um die Deine zu erschaffen.. Ich habe Dir oft gesagt, eine Mutter ist eine Freundin, die uns die Natur nur einmal gibt und die durch nichts auf der Welt ersetzt werden kann, wenn wir das Unglück haben, sie zu verlieren.«

Und schließlich, im Testament von 1806, der vieldeutige Satz:

»Ich verbiete ausdrücklich, daß mein Körper, unter welchem Vorwand immer, geöffnet werde ..«

Benigner Sadismus, benigner Masochismus, ein cholerisches Temperament, äußerste Sensibilität, eine komplizierte Libido, loser Atheismus, eine zweideutige Konversion, Vorurteile dreier französischer Régime und eigene Vorurteile, um sich zu wehren, um zu überleben – wer könnte von sich behaupten, daß er dreißig Jahre Freiheitsentzug weniger gestört, mit einem größeren Maß an Sublimierung überstehen würde?

Aber das Werk! Ist es nicht ein äußerstes Zeichen von Sadismus, wenn ein homme de lettres dies äußerst aggressive, sadistische Werk schreibt?

Sadismus als Wörter und Wortsadismus, dessen Wirkung in der Zerstückelung und Schändung von Phantasie, in der Verderbnis künftiger Generationen läge?

Sade, der wohl alles in dieser Richtung Auszusprechende ausgesprochen hat, führt dies ein einziges Mal an:

[Zitat fehlt; d. Hg.]

Im übrigen bezeichnet er andre Motive für seine literarische Tätigkeit.

Und die Realisierung dieser anderen Motive läßt sich nachweisen.

Wenn das literarischer Sadismus ist, Quälen durch Sprachwerke, dann müßte man auch Racine, Corneille, Molière, Rimbaud, Claudel des Sadismus bezichtigen und mit ihnen die gesamte Weltliteratur.

Die bizarre Manie, das Böse nur um des Bösen willen zu begehen, wie Sade es in der *Italienischen Reise* nennt, war nur gering in dem Marquis veranlagt, wenn wir das beurteilen, was überliefert ist; und selbst, wenn er von seiner »Dressur« zum Sadismus spricht, bleibt es doppeldeutig:

Im Juli 1783 an Madame de Sade:

»Ihr habt zum Beispiel geglaubt, ein Wunder zu erreichen, indem Ihr mich zu einer grausamen Abstinenz von den Sünden des Fleisches gezwungen habt. Nun, Ihr habt Euch geirrt. Ihr habt mir Phantasiegebilde erzeugt, die ich realisieren muß.«

Phantasiegebilde realisieren heißt aber für ihn, soweit wir es beurteilen können, nicht, Sadist werden, sondern Sadisten beschreiben.

Zwei letzte Beobachtungen gegen die Hypothese von Sade als dem Sade'schen Sadisten:
Diesen Sadisten muß in seinen Phantasien das Zugefügte interessieren, die Reaktionen dessen, dem zugefügt wird, nicht der Zufügende – nun ist der Peilpunkt in Sade's Werk aber immer der Sadist, nicht das Opfer.
Das könnte noch ein Überwiegen der masochistischen Komponente beim Schreibvorgang des Marquis bedeuten.
Doch als letztes Indiz:
Sade hat wiederholt glaubwürdig in seinen Briefen versichert, die größte Qual sei für ihn das Vorgaukeln der Entlassung gewesen, das Versagen dieser Gaukelei.
Diese äußerste Qual, diese äußerste Steigerung der Leiden, die Sade zugefügt werden konnte – wird in seinem schriftstellerischen Werk nie erwähnt.
Wir werden also vom baren Sadisten oder Masochisten Sade'scher Prägung weggewiesen auf das Werk, auf das Werk eines nur mäßig pervertierten Adeligen, auf das Werk eines homme de lettres des XVIII. französischen Jahrhunderts.
Sadistisch im Sinne der Sade'schen Figuration war der Marquis de Sade nicht. Er trägt seinen Namen zu Unrecht.

DER GÖTTLICHE MARQUIS,
DER BEFREIER,
DER AUFKLÄRER!
Gewiß, wir erkennen den Rebellen gegen eine göttliche Ordnung des Universums, gegen den Feudalismus, gegen den Kapitalismus der frühindustriellen Epoche, gegen Totem und Tabu, einen Schriftsteller, der Darwin, Pavlov, Freud, Lorenz gleichermaßen antizipiert wie die Sprachkritik der Wiener Schule.
Doch welch Knick in dem weiten Horizont des Sade'schen Genies.
Die Zeitläufe. Die Gefangenenzeit.
Andrerseits muß man sich fragen, ob ohne die Zeitläufe, ohne die

Gefangenenzeit diese Explosionen ins Außergewöhnliche stattgefunden hätten, ob Sade ohne sie seinen Kopf nicht vertändelt hätte wie viele andre Repräsentanten seiner Klasse.
Sicher, Sade hat die Idee der modernen Evolutionstheorie früher gehabt, aber das Tagebuch der »Beagle« wurde von Darwin – im Todesjahr Sade's – verfaßt.
Sade hat die Traumdeutung geahnt, das Es und das Ich ausgesprochen – jedoch Freud wurde der Vater des Ödipuskomplexes.
Der große Gesetzescode, der z. B. Homosexuellen verhältnismäßige Straffreiheit zusicherte – bis Madame de Gaulle ihn gefährdete –, wurde nicht von Sade angeregt, sondern von dem Sade verfolgenden Napoleon.
Die Todesstrafe, gegen die Sade eindringlich polemisierte, ist in Frankreich bis heute nicht abgeschafft.
Sade polemisierte also vergebens, ungehört, auf die falsche Weise. Ein Aufklärer ist der, der die Klarheit und die Veränderung der Verhältnisse nicht nur wünscht, sondern auch dazu beiträgt, sie herbeizuführen.
Nicht Sade's Methoden und Philosopheme haben die moderne Literatur beeinflußt, sondern die eines Lautréamont, eines Kafka, eines Artaud, eines Genet, eines Schwitters, eines Peter Handke und eines Oswald Wiener, die er alle vorwegnahm, ohne sie zu formen.
Allzu widersprüchlich, allzu abstrus und ver-stellt bietet sich sein Werk dar, und von allen, die ihn anhimmeln oder verdammen, haben ihn die wenigsten gelesen – doch das ist ein Schicksal, das er mit Proust und Joyce teilt.
Wie keiner wagte er, den krudesten Atheismus auszudrücken, die ungeheuerlichste Verachtung der Familie, des Staates, der Kirche und der Jurisprudenz. Er erfand Allegorien, die den ganzen intellektuellen Kosmos Europas hätten in die Luft sprengen können und wußte Vernünftiges zum Problem der Krankenhäuser zu äußern. Wie nie jemand vor ihm und nach ihm stieß er zu archetypischen Mythen und Riten vor – wenn es archetypische Mythen und Riten gibt.
Im Detail liest sich das so:

»L'élément du flambeau de la philosophie c'est le foutre.« (*Nouvelle Justine*, VI, 154)[1]

».. s'il y avait un Dieu il y aurait moins de mal sur la terre; je crois que si ce mal y existe, ou ces désordres sont ordonnés par ce Dieu, et alors voilà un être barbare, ou il est hors d'état de les empêcher: de ce moment, voilà un Dieu faible, et dans tous les cas, un être abominable, un être dont je dois braver la foudre et mépriser les lois.« (*Justine*, III, 300)[2]

Ähnliches wird Gide ein zweites Mal formulieren.

Der Sozialkritiker schreibt halbwegs zu Recht:

»J'aime le peuple; mes ouvrages prouvent que j'établissais le système actuel bien avant que les bouches de feu qui renversèrent la Bastille ne les annonçassent à l'univers ..« (XI, 91)[3]

Der falsch gesetzte Plural könnte eine aufschlußreiche Identifikation Sade's mit der Revolution, mit den Flammenmündern verraten:

Seine Bücher wurden durch Flammenmünder am 14. Juli dem Universum verkündet; praktisch mußte er annehmen, daß die Prise de la Bastille sein Hauptwerk *Les 120 Journées de Sodome* vernichtete.

In den *120 Tagen*, lange bevor die Maximen der Französischen Revolution und des Marxismus Gemeinplätze wurden, in einem Buch, das als Bibel der Satanisten gilt, schrieb er:

»Ich bin gänzlich davon überzeugt, daß alle Güter gleichmäßig auf der Erde verteilt sein sollten und daß nur Gewalt und Verbrechen diese Gleichheit, dies erste Gesetz der Natur verhindern ..« (XII, 187)

[1] Die Grundsubstanz der Fackel der Philosophie ist das, was man abspritzt.

[2] Gäbe es einen Gott, dann wäre das Böse weniger verbreitet auf Erden; dieses Böse aber gibt es, und darum glaube ich: entweder ist diese schlechte Ordnung von jenem Gott befohlen worden, und dann ist er ein Barbar; oder er ist nicht in der Lage, dagegen einzuschreiten, und was für ein schwacher Gott ist er dann! In beiden Fällen ist er ein Greuel, dessen Blitz ich trotzen und dessen Gesetze ich achten muß.

[3] Ich liebe das Volk; aus meinen Werken geht hervor, daß ich das gegenwärtige System entwickelt hatte, lange bevor die Feuerschlünde die Bastille zerstörten und damit dem Universum seinen Beginn anzeigten.

Er bemerkte, in der *Nouvelle Justine*, was seine Klasse für gewöhnlich nicht sah:
»Se gonfler de nourriture sous les yeux de l'affamé.« (VIII, 139)[1]
Sein schärfstes Argument gegen die Todesstrafe:
».. on est bien près du crime quand on n'est plus arrêté que par l'échafaud.« (*Nouvelle Justine*, VII, 292)[2]
».. il n'est aucune sorte de goûts, quelque bizarres, quelque criminels mêmes qu'on puisse les supposer, qui ne dépende de la sorte d'organisation que nous avons reçue de la nature!« (III, 199)[3]
Vererbung also, Instinkt. Aber müßte er es nicht besser wissen; ist sein Leben nicht der Gegenbeweis?
Und Dressur:
»Tout n'est qu'habitude, Madame, il n'est rien à quoi l'on ne se fasse.« (*Faxelange*, X, 201)[4]
Konzipierte er die Verschränkung von Instinkt und Dressur in einer Verhaltensweise?
»L'un, en un mot, était brutal par goût, et l'autre par raffinement.« (*Justine*, III, 164)[5]
Er formuliert eine Theorie der Psychosomatik:
».. la folie qui attaque les facultés morales ne les trouble que parce qu'elles sont physiques; elle ne les dérange que par la raison que tout ce qui attaque le moral lèse infailliblement le physique, et vice versa, et la folie n'étant qu'une maladie attaquant à la fois l'âme et le corps peut donc se donner comme elle peut se guérir, ou pour mieux s'exprimer encore, se donner puisqu'elle se guérit.« (*Isabelle*, XV, 293)[6]

[1] Sich vollfressen unter den Augen dessen, der hungert.
[2] Man ist ziemlich nah am Verbrechen, wenn einen nichts mehr zurückhält außer dem Schafott.
[3] Es gibt keinen Geschmack, wie bizarr, wie kriminell er auch sein mag, der nicht abhängt von dem System, das wir von der Natur empfangen haben.
[4] Man gewöhnt sich an alles, Madame; es gibt nichts, worein man sich nicht finden kann.
[5] Mit einem Wort: der eine war brutal aus Geschmack, der andere war es geworden durch Raffinement.
[6] Wahnsinn kann die sittlichen Fähigkeiten des Menschen nur deshalb durcheinanderbringen, weil er etwas Physisches ist. Denn alles, was die

Am stupendesten sind seine Vorformulierungen der Freud'schen Psychoanalyse.

»Nous sommes de la famille d'Œdipe.« (*Nouvelle Justine*, VII, 181)[1]

Wie Freud weiß er die Kritiker seiner Theorien als ihre Hauptzeugen aufzurufen, ein inhumanes Verfahren, das sehr wohl in das konventionelle Image des Marquis paßt, dessen sadistische und faschistische Implikationen von Freud nie analysiert worden sind:

»Si les pinceaux dont je me suis servi pour te peindre le crime, t'affligent et te font gémir, ton amendement n'est pas loin, et j'ai produit sur toi l'effet que je voulais. Mais si leur vérité te dépite, s'ils te font maudire leur auteur .. malheureux! tu t'es reconnu, tu ne te corrigeras jamais.« (*Crimes de l'Amour*, Nachwort, X, 493)[2]

Es, Ich, Überich:

»La cruauté n'est autre chose que l'énergie de l'homme que la civilisation n'a point encore corrompue.« (*La Philosophie dans le Boudoir*, III, 437)[3]

Um 1787/88 in einer Fußnote zur Novelle *Faxelange* schreibt Sade:

»Les rêves sont des mouvements secrets qu'on ne met pas assez à leur vraie place; la moitié des hommes s'en moque, l'autre portion y ajoute foi; il n'y aurait aucun inconvénient à les écouter, et à s'y rendre même, dans le cas que je vais dire. Lorsque nous attendons le résultat d'un événement quelconque, et que la manière dont il

Sittlichkeit angreift, verletzt unweigerlich auch den Körper, und umgekehrt. Und da der Wahnsinn eine Krankheit ist, die Seele und Körper gleichzeitig befällt, ist sie ebenso ansteckend wie heilbar, besser gesagt: sie ist ansteckend, weil sie heilbar ist.

[1] Wir gehören zur Familie des Ödipus.

[2] Wenn der Pinsel, mit dessen Hilfe ich dir das Verbrechen gemalt habe, dich erschüttert und dir Seufzer entlockt, dann ist Besserung in Aussicht für dich selber, und ich habe in dir genau die Wirkung hervorgerufen, die beabsichtigt war. Solltest du dich jedoch bloß ärgern über die Wahrheit der Schilderung, solltest du ihren Autor verwünschen .. Unglücklicher, du hast dich selber erkannt, du wirst dich niemals bessern.

[3] Grausamkeit ist nichts anderes als menschliche Energie, welche die Zivilisation noch nicht korrumpiert hat.

doit succéder pour nous, nous occupe tout le long du jour, nous y rêvons très certainement; or, notre esprit, alors, uniquement occupé de son objet, nous fait presque toujours voir une des faces de cet événement où nous n'avons souvent pas pensé pendant la veille, et dans ce cas, quelle superstition, quel inconvénient, quelle faute enfin contre la philosophie y aurait-il, à classer dans le nombre des résultats de l'événement attendu, celui que le rêve nous a offert, et à se conduire en conséquence?« (X, 187)[1]

In *Florville et Courval*:

»Mademoiselle, un rêve vous a offerte à moi au milieu des horreurs où me voilà ..« (X, 243)[2]

In den *Notes littéraires* von 1803/1804:

»Il ne faut qu'un mauvais rêve pour décolorer toutes les idées du lendemain.« (XV, 31)[3]

In der *Marquise de Gange* (1806 bis 1807) nimmt Sade den Gedankengang von *Faxelange* – 20 Jahre später – wieder auf:

»Il est dans la nature de l'homme (cette vérité est de tous les temps) d'attacher peut-être plus d'importance qu'il ne faudrait aux rêves et aux pressentiments. Cette faiblesse résulte de l'état d'infortune où la nature nous fait naître tous, un peu plus ou un peu moins les uns que les autres.

[1] Träume sind verborgene Bewegungen, denen man nicht recht ihren eigenen Platz zubilligt; die eine Hälfte der Menschheit geht gleichgültig über sie hinweg, die andere schenkt ihnen Glauben. Es spricht jedoch nichts dagegen, sie zu befragen und sich ihrer Evidenz zu stellen, selbst in Fällen wie dem folgenden. Wenn wir nach irgendeiner Begebenheit auf das Ergebnis warten und wenn die Art und Weise, wie es sich uns als Folge darstellen wird, uns den ganzen Tag beschäftigt, dann werden wir ganz gewiß davon träumen. Da unser Geist dann aber ausschließlich damit beschäftigt ist, zeigt er uns fast jedesmal einen Aspekt der Begebenheit, an den wir am Vortage nicht gedacht haben. Wäre es nun Aberglaube oder nachteilig oder ein Vergehen gegen die philosophische Vernunft, unter die Erwartungen im Zusammenhang mit jener Begebenheit auch das aufzunehmen, was der Traum uns angeboten hat, und uns dementsprechend zu verhalten?

[2] Mademoiselle, ein Traum hat Sie mir dargeboten in einer Szenerie des Schreckens, und ich stand mittendrin ..

[3] Ein böser Traum genügt, und alles, was man am nächsten Tag sich ausdenkt, bleibt farblos.

Il semble que ces inspirations secrètes nous parviennent d'une source plus pure que les événements ordinaires de la vie; et le penchant à la religion, qu'affaiblissent les passions, mais qu'elles n'absorbent jamais, nous ramène constamment à l'idée que tout ce qui est surnaturel nous venant de Dieu, nous sommes, malgré nous, entraînés à ce genre de superstition, que la philosophie réprouve, et qu'adopte en pleurant le malheur. Mais, au fait, où serait donc le ridicule de croire que la nature, qui nous avertit de nos besoins, qui nous console si tendrement de nos maux, qui nous donne tant de courage pour les supporter, n'aurait pas également une voix qui nous en ferait redouter l'approche? Quoi! Celle qui agit à tout moment en nous, celle qui nous indique si bien tout ce qui peut nous conserver ou nous nuire, ne pourrait pas également nous prévenir de ce qui tend à notre destruction, ou de ce qui y touche.« (XI, 195)[1]

Der mythisch-magische Charakter des Traumes wird weiter unten noch einmal hervorgehoben:

»Il faut se rappeler ici les mots qu'elle prononça dans le rêve qu'elle fit la première nuit qu'elle passa à Gange, blessée à cette même épaule où le fer vient d'être enfoncé.« (XI, 383)[2]

[1] Es liegt in der Natur des Menschen (das gilt für alle Zeiten), Träumen und Vorahnungen eine vielleicht zu große Bedeutung beizumessen. Diese Schwäche ist eine Folge des Unglücks, in das wir, der eine mehr, der andere weniger, hineingeboren werden.
Anscheinend fließen diese geheimen Inspirationen aus reinerer Quelle als die Alltagsereignisse des Lebens; und der Hang zur Religion, den die Leidenschaften zwar schwächen, doch nie gänzlich absorbieren, bringt uns immer wieder zu der Vorstellung, wir werden, da alles Übernatürliche von Gott kommt, gegen unseren Willen mitgerissen von einer Art von Aberglaube, den die Philosophie verurteilt und den das Unglück unter Tränen annimmt. Aber machen wir uns denn lächerlich, wenn wir glauben, daß die Natur, die uns alarmiert, wenn wir etwas brauchen, die uns zärtlich tröstet über unsere Gebrechen, die uns so viel Mut gibt, sie zu ertragen – daß diese Natur nicht auch über ein Signal verfügt, das uns warnt vor dem, was auf uns zukommt? Wie denn: sie, welche allzeit in uns wirksam ist, die uns genau anzeigt, was uns bei Kräften hält und was uns schadet, sollte uns nicht auch im voraus dasjenige wissen lassen, was auf unsere Zerstörung zielt oder damit zusammenhängt?

[2] Hier ist zu erinnern an die Worte, die sie sprach in dem Traum der ersten Nacht ihres Aufenthalts in Gange und worin sie an der Schulter

Die tiefenpsychologische Erkenntnis der Mechanismen des Traumes wird gestreift, aber nicht ausgearbeitet, sondern zu Gunsten einer okkulten Auffassung wieder verschleiert.

In der *Histoire de Juliette* gelingt es ihm, Atavismuskritik als Sprachkritik herauszustellen:

»Il est inouï que les Jacobins de la Révolution Française aient voulu culbuter les autels d'un Dieu qui parlait absolument leur langage. Ce qu'il y a de plus extraordinaire encore c'est que ceux qui détestent et veulent détruire les Jacobins le fassent au nom d'un Dieu qui parle comme les Jacobins.«[1]

In der späten *Adelaide de Brunswick* endlich ein Bekenntnis zur Aufklärung und zur Humanität:

».. les passions corrompent, il est vrai, l'âme des hommes, mais je crois aussi que la réflexion les ramène au bien, et quand l'homme ne veut être que lui, qu'il redevient toujours vertueux.« (XV, 182)[2]

Doch welch Wust von Bigotterie, Aberglauben, Ungereimtheiten, Standesdünkel steht dem gegenüber:

Der pornographische, der sexologische Schriftsteller, der sich in einem Brief über die Wörter »Foutre« und »Bougre« aufregt, der Revolutionär, der seinen Sohn wegen ungebührlicher Einstellung in ein nicht geziemendes Regiment bedroht.

Der Libertin, der seiner Gattin gedeckte Kleidung und einen Knust vorschreibt.

Der Naturbeobachter, der die abstrusesten biologischen Ansichten verbreitet.

Göttlich – der sich fürchtete, als Gespenst umgehen zu müssen?

verletzt war genau an der Stelle, der soeben das Eisen aufgedrückt worden ist.

[1] Es ist unerhört, daß die Jacobiner der Französischen Revolution die Altäre eines Gottes umstürzen wollten, der genau ihre Sprache sprach. Noch toller ist, daß diejenigen, welche die Jacobiner hassen und vernichten wollen, dies tun im Namen eines Gottes, der wie die Jacobiner spricht.

[2] Gewiß, die Leidenschaften korrumpieren die Seele der Menschen, doch ich glaube zugleich auch, daß das Nachdenken sie zurückführt zum Guten und daß der Mensch, wenn er nichts anderes sein will als er selbst, von neuem tugendhaft wird.

Im Text liest es sich so:
An Madame de Sade am 22. März 1779:
».. l'année ne sera pas heureuse pour moi, n'y ayant rien de si malheureux que les glaces cassées ..«[1]
»La mère voyant son lait glacé dans un sein flétri ..« (*Isabelle*, XIV, 462)[2] ist falsch, aber komisch, obwohl es nicht komisch gemeint ist; seine Abtreibungsrezepte sind falsch aus Zynismus oder zynisch aus Borniertheit:
».. avec deux amants, il y avait beaucoup moins de risque pour ce qu'elle redoutait qu'avec un, parce que, disait elle en assez bonne anatomiste, les deux fruits se détruisaient mutuellement.«[3]
Der »macho« kreiste um die Jungfernschaft wie Kleist:
»Il est quelques traces d'honnêteté dans l'âme des scélérats, et la vertu est d'un tel prix aux yeux des hommes, que les plus corrompus même sont forcés de lui rendre hommage dans mille occasions de leur vie.« (*Faxelange*, X, 197)[4]
»Die Idee, daß man vielleicht in meinen Armen an einen anderen denkt, hat mich immer aufgebracht, und ich habe niemals eine Frau wiedergesehen, die ich *verdächtigte*, mich betrogen zu haben.« (XII, 330)
Eine Lesbierin spricht:
»Va, je renonce avec joie pour te plaire à des erreurs où la vanité nous entraine presque aussi souvent que nos goûts. Je le sens, la nature l'emporte, je l'étouffais par des travers que j'abhorre à présent de toute mon âme; on ne résiste point à son empire, elle ne nous a créées que pour vous, elle ne vous forma que pour nous; suivons ses lois, c'est par l'organe de l'amour même qu'elle me les

[1] .. dieses Jahr wird mir kein Glück bringen, denn nichts zeigt so deutlich künftiges Unglück an wie zerbrochene Spiegel ..
[2] Der Mutter Milch getroren in einer schlaffen Brust.
[3] .. bei zwei Liebhabern meinte sie, sie riskiere das, was sie fürchtete, in geringerem Maße als bei einem einzigen, denn, so sagte sie als gute Kennerin der Anatomie, die beiden Leibesfrüchte zerstören sich gegenseitig.
[4] Auch in Verbrecherseelen gibt es Spuren von Anständigkeit, und die Tugend gilt den Menschen so viel, daß auch die verdorbensten ihr Opfer bringen müssen in zahllosen Augenblicken ihres Lebens.

inspire aujourd'hui, elles ne m'en deviendront que plus sacrées.« (*Augustine de Villeblanche*, XII, 167)[1]
Ein Text, der zweifelsohne die Billigung der amerikanischen Frauenverbände, der »Internationalen« und des Vatikans fände.
Doch die plappernde Rhetorik des Marquis verirrt sich weiter:
Der Gerichtspräsident in *Le président mystifié* verurteilt jemanden als Sodomiten, obgleich der verheiratet ist und eine Schar von Kindern hat ».. toutes choses démentant son crime.«[2]
Daß in der positiven Utopie von Thamé die Homosexualität mit Verbannung geahndet wird, erwähnte ich bereits.
Asiaten sind unmenschlich grausam, der Marquis schämt sich nicht, diesen Gemeinplatz zu repetieren, und die Afrikaner?
»Die unglückliche Negerin entkam und heulte wie eine Hündin, der man die Kleinen wegnimmt.« (*Le président mystifié*, 190)
Natürlich, denn:
»La compassion est la vertu des sots.« (*120 Journées*, XIII, 187)[3]
»Le fort qui sacrifie le faible, le faible la victime du fort, voilà la nature.« (*Justine*, 209)[4]
War er königsfeindlich?
»Personne au monde n'est plus intimement persuadé que moi que l'empire français ne peut être gouverné que par un monarque« (XI, 74)[5], schreibt Sade noch im Juni 1791, da hat es allerdings schon fast einen karnavalesken Zug.
In *Adelaide* geht er fromm weiter:

[1] Laß nur, ich verzichte dir zu Gefallen gern auf jene Verirrungen, zu denen uns die Eitelkeit beinahe so oft verführt wie unsere Neigung. Ich fühle es, die Natur bleibt Sieger; ich versuchte, sie zu ersticken mit Absurditäten, die ich jetzt von ganzer Seele verabscheue. Man kann sich ihrer Herrschaft nicht entziehen, sie hat uns [die Frauen] nur für euch [die Männer] geschaffen, euch allein für uns gestaltet. Wir wollen ihren Gesetzen gehorchen; sie selber erinnert mich heute an jene durch das Organ, das zur Liebe gemacht ist; und deshalb sind diese Gesetze für mich ab heute nur um so heiliger.
[2] Alles spricht gegen das, was ihm vorgeworfen wird.
[3] Mitleid ist die Tugend der Dummen.
[4] Der Starke opfert den Schwachen, der Schwache ist das Opfer des Starken, so ist nun mal die Natur.
[5] Niemand auf der Welt ist so tief überzeugt wie ich, daß das französische Empire nur von einem Monarchen regiert werden kann.

»Quelque soit un gouvernement, bon ou mauvais, il est à la fois l'ouvrage et l'image du ciel; aucun sujet sans crime ne peut le renverser.« (195)[1]
Im gleichen Buch:
».. les sentiments de franchise et de loyauté sont inaltérables dans le cœur d'un militaire.« (176)[2]
Er nimmt damit nur einen Akzent wieder an, der ihm schon in der ersten *Justine* eigen war; da gehörten die Bettler gehenkt und:
»Le pauvre est dans l'ordre de la nature.« (291)[3]
Man erinnere sich des schlimmen Satzes aus dem Brief an Gaufridy vom Ende Januar 1777:
»Aujourd'hui un étranger vient demander sa fille à coup de pistolet, après demain un paysan viendra demander sa journée à coup de fusil. Ne prouvent-ils pas déja assez leur indépendance en allant les uns à la chasse, les autres à la montagne etc.«[4]
In *Juliette* (VIII, 311):
»L'home du peuple n'est que l'espèce qui forme le premier échelon après le singe.«[5]
Hätte ihn die Verachtung des Volkes nicht davon abgehalten, über dies hingeschleuderte Bonmot nachzudenken, wäre er vielleicht heute als Naturphilosoph bedeutsamer denn als Dichter.
War Sade's Atheismus je von Bedeutung?
Die Kirchensucht des jungen Freigeistes fiel während der Italienischen Reise auf.
Gebete und Anrufungen des Himmels und des Teufels begleiten die dreißig Jahre Gefängnis.

[1] Eine Regierung, sei sie gut oder schlecht, ist sowohl das Werk als auch das Abbild des Himmels; kein Untertan kann sie stürzen, ohne ein Verbrechen zu begehen.

[2] .. die Gefühle der Offenheit und der Loyalität sind unwandelbar im Herzen eines Soldaten.

[3] Der Arme ist Teil der Ordnung der Natur.

[4] Heute fordert ein Fremder mit einem Pistolenschuß ein Mädchen für sich, übermorgen wird ein Bauer mit einem Gewehrschuß seinen Tagelohn fordern. Beweisen sie ihre Unabhängigkeit denn nicht zur Genüge damit, daß sie jagen dürfen und Berge besteigen?

[5] Der Mann aus dem Volk gehört zu der Gattung, welche die erste Stufe bildet über dem Affen.

In *Adelaide* übersetzt er De Profundis:
»C'est du fond des abîmes que nous élevons nos voix vers le Seigneur.«[1]
Und schließlich der Wortlaut des Testamentes, das eine Beerdigung ohne Zeremonie vorschreibt, und die Schlußpassage von *Isabelle de Bavière*:
»..l'arracher enfin aux douleurs passagères de la vie pour lui faire éprouver celles qui ne finissent jamais..«[2]
»..la cérémonie fut illustrée d'aucune pompe: les entrailles de la terre frémiraient, elles repousserait de leur sein le crime qui s'y placerait avec faste.«[3]
Ein Wortungeheuer: Der Schoß der Därme, und die berechtigte Vermutung, daß Sade als Konvertit starb, der sich vor der Hölle fürchtete und davor, als Geist umgehen zu müssen.
Sade's Bedeutung als Befreier, als Aufklärer, als Psychologe liegt also nicht im Detail, nicht im einzelnen genialen Fund, deren gibt es bei ihm viele, die er jedoch alle widerlegt – seine Bedeutung außerhalb der Literatur liegt darin, daß er, wenn auch an Monstren, als erster und einmalig durchgespielt hat, was eine Welt ohne Gott, ohne Schranken – eine Welt ungehemmter Aggression bedeutet. Er hat sich nicht geirrt; diese Welt ist, was die Schrankenlosigkeit der Vernichtung anlangt, bis zum Himmler'schen Humanversuch realisiert worden, wir lesen von ihr noch täglich in den Folterberichten aus Chile und Brasilien.

Bei der Beurteilung von Literatur muß man davon ausgehen, daß der Schriftsteller das, was er ausdrückt, auch selbst meint oder deutlich zu verstehen gibt, wenn er es nicht meint.
Kant und Schiller waren von ihren Schriften überzeugt, und

[1] Aus der tiefsten Tiefe erheben wir unsere Stimmen zum Herrn.
[2] ..ihn schließlich den flüchtigen Schmerzen des Lebens zu entreißen, um ihn jene fühlen zu lassen, die niemals enden..
[3] ..die Zeremonie vollzog sich ohne allen Pomp: die Gedärme der Erde würden erzittern und aus ihrem Schoß das Verbrechen wieder ausstoßen, das sich dort einen Platz suchen würde mit solchem Aufwand.

selbst Swift in *Modest Proposal* gibt deutlich seine Überzeugung an, nämlich die des Satirikers, der aus Ironie den Standpunkt eines Kinderschlächters einnimmt.

Zur Zeit Sade's gibt es zwei Beispiele, wo diese Deutlichkeit ins Wanken gerät, erstaunlicherweise bei zwei Revolutionären, bei Kleist und Büchner. Welches sind Kleists Überzeugungen im *Prinzen von Homburg* und im *Käthchen von Heilbronn*? Wie steht Büchner zu Danton oder St. Just?

Die psychische Realität reduziert nicht nur für den Leser die Eindeutigkeit der Aussage des Schriftstellers – es gibt diese Eindeutigkeit nicht mehr.

Bei Sade nun ist es doppelt und dreifach unmöglich zu wissen, welches sein Standpunkt war, in welcher Absicht er schrieb.

Die deutlich geäußerte Absicht der Heuchelei kann jede Tendenz, jede Position und philosophische Meinung das Gegenteil bedeuten lassen.

Die ganz beispiellose Kühnheit seiner Phantasien kann ihn zu Rücksichten genötigt haben, muß es aber nicht – und schließlich gibt es bei Sade ein Verheddern, ein Umkippen, freiwillig oder unfreiwillig, das den Leser gelegentlich im Satz von einem Standpunkt zum anderen befördert.

Am 18. April 1777 schreibt Sade an seine Frau:

»De ce moment, je me résolus à être aussi faux que les autres, et je me compose à présent, de manière que je donne au plus fin à démêler mes sentiments sur ma figure.«[1]

Sade ist 37 Jahre alt. Er ist zum vierten Mal eingekerkert worden und wird vorerst 11 Jahre und später noch einmal 14 Jahre in Haft bleiben.

Es ist anzunehmen, daß die Neigung zur Verstellung unter diesen Bedingungen zugenommen hat.

Mit 37 war keines der bedeutenderen Bücher verfaßt. Das ganze uns betreffende Werk kann also nur unter diesem Aspekt der Verstellung – gegen den Strich quasi gelesen werden.

[1] Von dem Augenblick an war ich entschlossen, ebenso falsch zu sein wie die anderen, und ich spiele nunmehr meine Rolle so, daß nur Leute mit sehr feiner Gabe der Beobachtung meine Gefühle auf meinem Gesicht lesen können.

Das Motiv der Falschheit, der Heuchelei, der Verstellung zieht sich durch alle Schriften des Marquis.
In der *Nouvelle Justine* (VII, 31):
»Augmenter mes vices sous le masque imposant de la religion.«[1]
In den *Notes littéraires* von 1803/1804 (17):
»Il est si à la mode d'ailleurs de prétendre juger les mœurs d'un écrivain d'après ses écrits, cette fausse conception trouve aujourd'hui tant de partisans que l'on n'ose presque plus, de nos jours, essayer une idée hardie.«[2]
Kühne Ideen auszuprobieren wäre also das Feld der Literatur, andre Ideen vorzutragen als diejenigen, welche die privaten Sitten bestimmen.
Galten also weder seine satanistischen Philosopheme der *Nouvelle Justine* noch seine sozialen Maximen der Politischen Schriften?
In *Adelaide de Brunswick*:
»N'est-il donc pas permis de tromper les autres quand il s'agit de se sauver soi-même?« (171)[3]
Isabelle de Bavière, das letzte Werk Sade's, ist eine Orgie der Intrigen, der Heuchelei, der Falschheit, der Verstellung:
»Tout le monde eut l'air de croire à son chagrin.«[4]
»Qu'il est pénible d'être toujours obligé de contredire quand on ne voudrait que narrer.« (XIV, 382)[5]
»C'est à l'homme que nous venons de voir user d'une telle fourberie, qu'on ose dans le même instant prêter tant de bonne foi! Convenons qu'il faut avoir envie de s'aveugler pour déraisonner à ce

[1] Meine Laster vermehren unter der eindrucksvollen Maske der Religion.

[2] Es ist übrigens so sehr Mode geworden, den Lebenswandel eines Schriftstellers nach seinen Schriften zu beurteilen, und diese Denkweise findet so viele Anhänger, daß man heute kaum noch wagt, eine kühne Idee zu skizzieren.

[3] Darf man denn die anderen nicht betrügen, wenn es darum geht, sich selbst zu retten?

[4] Alle taten so, als glaubten sie an seinen Kummer.

[5] Welche Qual, immer widersprechen zu müssen, wo man einfach nur erzählen möchte.

point.. comme si un homme semblable pouvait se croire lié par des serments religieux lui que n'enchaînaient pas même les plus saintes lois de la nature.« (445)[1]

Heuchelei, Verstellung, Doppelspiel im Leben, nicht im Geschriebenen des Marquis, läßt sich den ganzen Lebenslauf entlang beobachten.

Der Neunzehnjährige schreibt an seinen Vater:

»..ich weiß wohl, .. man muß den Hof machen, um es zu etwas zu bringen. Aber ich tue es nicht gern.

.. nur das Beste sagen, von denen, die schlecht über einen geredet haben.«

Der Dreiundzwanzigjährige verlobt sich mit zwei Mädchen zur selben Zeit.

Dem Polizeileutnant Sartine schreibt er aus seiner ersten Verhaftung:

»Ich verdiene Gottes Strafe. Ich erdulde Sie ..«

Zwei Jahre später gibt er seine Geliebte Beauvoisin wahrscheinlich als seine Frau auf Schloß La Coste aus.

An Mademoiselle C.. schreibt der verheiratete Marquis:

»Meine Tage sind durch ein unglückliches Band, dem ich mich nur aus Nutzen hingab, nur voller Dornen ..«

Ja, sein erster Coup de Génie, das Vorspiel auf dem Theater zur Eröffnung der Bühne von Schloß Evry, ist Verstellung, die Vorgabe, der Vorhang öffne sich zufällig über dem noch nicht auf den Beginn des Spektakels eingestellten Personal der Bühne.

In Marseille Ver-Stellung im sexuellen Ritual: Er nennt seinen Diener »Monsieur le Marquis« und Latour nennt ihn, Sade, »Lafleur«.

In der *Voyage d'Italie* sind die Figuren noch vergleichsweise simple, leicht zu durchschauende:

[1] Dem Mann, den wir soeben gesehen haben, einem derartigen Betrüger, sollte man so viel ehrliche Absicht zubilligen dürfen! Wir sind uns doch einig: man muß sich schon selber blind stellen, wenn man so sehr gegen die Vernunft denkt.. Wie könnte sich denn ein solcher Mensch an Gelübde gebunden fühlen, den nicht einmal die heiligsten Gesetze der Natur im Zaume hielten.

»Am besten reißt man sich sofort von diesen Gegenständen los, über die man nicht nachdenken kann, ohne zu schaudern ..«
Und dann 1777 der Satz aus dem Gefängnis:
»Von diesem Moment an habe ich mich entschlossen, so falsch zu sein, wie die anderen ..«
Ist es von einem bestimmten Moment an?
Ist es nicht vielmehr eine wie immer durch Instinkt oder Dressur erklärbare Neigung zur Doppeldeutigkeit und Verstellung?
Eines ist klar: Schriftsteller, homme de lettres, Dramatiker, Romancier, Philosoph wollte er immer sein, naiv, seit er achtzehn ist und seine dröge Schlachtbeschreibung liefert.

Und gelegentlich hat er sich im Laufe seines Lebens blank zu Literatur und literarischer Absicht geäußert, ohne Verstellung, wie es wirkt, ohne onanistischen Nebenseufzer, ohne zu geifern:
In der *Italienischen Reise*:
»Tizians Dienerin, eine Art ›lebendes Möbel‹, das ein Künstler und homme de lettres nur schwer entbehren kann. Es ist gut, sowas zur Verfügung zu haben. Die Natur wird befriedigt und der Kopf nicht gestört. Die Liebe ist nichts für einen Mann, der arbeitet. Wenn seine Begierden sich entzünden und er hat nichts, um sie augenblicklich zu löschen, so verschlingt das Feuer der Sinne das Feuer der Komposition und das Werk muß es büßen.«
In seinem Entwurf zu *Séide, conte moral et philosophique* steht:
»La philosophie du conte projeté serait ..«[1]
»Le but moral sera ..«[2]
»(dissertation sur l'aumone et la pitié) ..«[3]
Was er schrieb, konnte also philosophische Richtung haben und sollte ein moralisches Ziel erreichen.
Er treibt die Analyse des Literarischen bis hinein ins Wortmaterial:

[1] Die Philosophie des geplanten Märchens ist folgende ..
[2] Die moralische Absicht ist folgende ..
[3] (Abhandlung über Almosen und Mitleid) ..

»Tout ce qui est barbare a conservé l'idiome de la barbarie. Il semble que nous ne devions nécessairement parler que la langue de nos cruels ancêtres, chaque fois que nous imitons leurs atroces coutumes. Voyez le style des arrêts, des monitoires, des assignations, des lettres de cachet; il est heureusement impossible de tuer ou d'enfermer un homme, en bon français.« (*Alineet Valcour*, V, 2)[1]
Ein blendender, wenn auch unbewiesener Satz, der nach dem 2. Weltkrieg (*Wörterbuch des Unmenschen*) und besonders von der Wiener Schule wieder vertreten worden ist.
1791, frei, sieht Sade sich »vergraben in seine Arbeitsstube, mitten unter Molière, Destouches, Marivaux, Boissy, Regnard, die er betrachtet, analysiert, bewundert, aber nie erreicht«.
Vielleicht spielt also bei der Sade'schen Überhöhung der Zerstörungsmythen eine Art von gekränktem Literatenstolz mit eine Rolle?
»Pendant cette savante dissertation, Madame de Noirceuil et les gitons s'étaient endormis.« (VIII, 147)[2]
Klingt die selbstkritische Furcht an, daß dies bei seinen Dissertationen auch eintreffen könnte?
Vor allem aber taucht wiederholt in seinem Werk die Idee der Verfremdung, der Distanciation [so im Manuskript], der Entfernung, die Worte schaffen, auf.
Dem steht gegenüber der Entlarver, der Schädiger, der Quäler durch Literatur, der also Wörter gerade nicht als eigengesetzlich auffaßt, sondern als unmittelbare, unverfremdete, undistanzierende Fortsetzung von Taten, Quälen und Qual:
An Madame de Sade am 2. Dezember 1779:
»O, ich werde sie bloßstellen, alle die Greuel, die schändlichen Intrigen, die Komplotts aus Geiz und Raffsucht!«

[1] Alles Barbarische hat die Sprache der Barbarei beibehalten. Es scheint, als müßten wir die Sprache unserer grausamen Vorfahren sprechen, sobald wir ihre entsetzlichen Bräuche nachahmen. Denken Sie an den Stil der Urteile, Mahnungen, Vorladungen, Haftbefehle. Zum Glück kann man einen Menschen nicht töten oder einsperren in gutem Französisch.

[2] Während dieses gelehrten Vortrags waren Madame de Noirceuil und die Lustknaben eingeschlafen.

An Monsieur le Noir am 12. April 1781:
»Ich werde sie (Madame de Montreuil) durch öffentliche Schriften entehren!«
Schon auf der italienischen Reise:
»Aber begrenzen wir hier, Frau Gräfin, die Überlegungen, die allzu gewagt sind bei Ihrer Empfindlichkeit, aber nicht ausführlich genug, ich gestehe es, für die Hitze meiner Vorstellungskraft.«
».. die traurige Neugier, die diese heidnische Grausamkeit erweckt ..«
Und aus der Haft:
»Sie haben Geist genug, um zu verstehen, daß eine Verfehlung, die in aufwallendem Blut ihren Grund hat, nicht gebessert wird, indem man dies Blut noch mehr versauert, indem man das Gehirn durch die Zurückgezogenheit erhitzt und die Phantasie durch die Einsamkeit entflammt ..«
Im Juli 1783 an Madame de Sade:
».. Ihr habt mir Phantasien eingegeben, die ich realisieren muß .. gefährliche Abweichungen einer zu hitzigen Vorstellungskraft, die immer nach dem Glücke rennend, ohne es je zu finden, schließlich Chimären an die Stelle der Realität setzt und schlimme Abweichungen an die Stelle eines anständigen Genusses.«
In den *120 Journées de Sodome* lesen wir die programmatische Zeile:
»D'ailleurs la beauté est la chose simple, la laideur est la chose extraordinaire.«[1]
Als Motto über der *Philosophie dans le Boudoir*, die in der Okulation der Syphilis auf die Mutter der Heroine und dem Zunähen von deren Anus und Vagina gipfelt, steht:
»La mère en préscrira la lecture à sa fille.«[2]
Sadistisch der Mutter gegenüber, gezwungen selbstquälerisch und verderblich für die Tochter.
Im selben Buch:

[1] Übrigens ist Schönheit das Einfache, Häßlichkeit das Außerordentliche.
[2] Mütter sollen dieses Buch ihren Töchtern geben als Pflichtlektüre.

»Car il est très doux de scandaliser.« (434)[1]
»J'aurais deux plaisirs à la fois, celui de jouir moi-même de ces voluptés criminelles et celui d'en donner des leçons, d'en inspirer le goût.« (376)[2]
»Je ne m'adresse qu'à des gens capables de m'entendre et ceux-là seuls me liront sans danger.« (494)[3]
In der *Idée sur les romans*:
»Il fallait donc appeler l'enfer à son secours, pour composer des titres à l'intérêt.« (15)[4]
Und die geniale Anspielung auf den aggressiven Ödipus:
»..le romancier est l'homme de la nature; elle l'a créé pour être son peintre; s'il ne devient pas l'amant de sa mère dès que celle-ci l'a mis au monde, qu'il n'écrive jamais, nous ne le lirons point..« (X, 16)[5]
Ödipus war der erste Kriminalist des Abendlandes, der die Untaten aufdeckt zu seiner eigenen Qual und Vernichtung und damit von Sophokles über Sade bis zu Freud, Chandler und Simenon die Spekulation über die Natur des Menschen nährt am Beispiel von Crime and Sex, inzestuösem Crime and Sex.
In der *Justine* heißt es:
»..ces écrivains pervers, dont la corruption est si dangereuse, si active, qu'ils n'ont pour but, en imprimant leurs affreux systèmes, que d'étendre au-delà de la vie la somme de leurs crimes; ils n'en peuvent plus faire, mais leurs maudits écrits en feront commettre, et cette douce idée qu'ils emportent au tombeau les console de l'obligation où les met la mort de renoncer au mal.« (III, 211)[6]

[1] Denn es ist überaus köstlich zu schockieren.

[2] Mein Vergnügen wäre zweifach: ich würde selber diese kriminellen Lüste auskosten, und ich würde sie lehrend weitergeben und den Wunsch nach ihnen verbreiten.

[3] Ich wende mich nur an solche Leser, die fähig sind, mich zu verstehen, und nur diese lesen mich ohne Gefahr.

[4] Es war also nötig, die Hölle zu Hilfe zu rufen, um Buchtitel zu finden, die Vergnügen machen.

[5] ..der Romanschriftsteller ist das Produkt der Natur; sie hat ihn geschaffen, damit er ihr Maler werde; wenn er nicht vom Augenblick der Geburt an zum Geliebten seiner Mutter wird, er mag schreiben, was er will, wir werden ihn nicht lesen..

[6] Jene perversen Schriftsteller, die in ihrer Verdorbenheit so gefährlich,

Stellen wir ein Mannequino auf, das Schriftsteller sein soll und Sade heißen!
Ein junger Mann aus bestem Hause, gebildet, über die Maßen unruhig und sexy, nährt mit dem Ehrgeiz, Schriftsteller zu werden, eine vertrackte Neigung zum Doppelspiel, zum Theater vor und hinter den Kulissen, zu Rutenstreichen und Analverkehr.
Seine Ausschweifungen bringen ihn ins Gefängnis und hier schreibt er, um vor der Welt seine Leiden zu bezeugen und um sich an seinen Quälern zu rächen, gigantische literarische Universen der Qual, der Entrechtung – Spiegelwelten mit eigentümlich blinden Stellen und voller lüsternem Hauch.
Literatur und Schreiben von Literatur mag immer einen onanistischen Gegenpunkt haben.
Die linke Hand ist beim Schreiben mit der Feder unbeschäftigt; beide Hände sind es in den Pausen beim Maschineschreiben.
Es wäre eine interessante Untersuchung: Schreibvorgang und Masturbation.
Schon in der *Voyage d'Italie* sagt es Sade deutlich genug:
»Die Liebe ist nichts für einen Mann, der arbeitet. Wenn seine Begierden sich entzünden und er hat nichts, um sie augenblicklich zu löschen, verschlingt das Feuer der Sinne das Feuer der Komposition und das Werk muß es büßen!«
Das hat das Sade'sche Werk allerdings oft genug.
Nicht nur wie jeder andre Literat mag er also beim Schreiben getändelt haben, er befand sich beim Schreiben während der Haft unter besonderer sexueller Frustration:
»Nicht einmal eine kleine Liebe unter Knastbrüdern!«
Und überdies erregten ihn schon immer die Erzählungen von Grausamkeit, die artistische Verarbeitung von Entrechtung, Schändung und Zerstückelung.

so tätig sind, daß sie nur eines im Sinn haben, wenn sie ihre scheußlichen Gedankenwerke drucken lassen, nämlich das Ausmaß ihrer Verbrechen weit über das eigene Leben hinaus auszudehnen – sie können selber keine mehr begehen, aber ihre verfluchten Schriften stiften andere dazu an, und diese süße Vorstellung nehmen sie mit ins Grab als Trost dafür, daß der Tod sie zwingt, dem Bösen zu entsagen.

Dies erotische Problem der Poetologie des Sade'schen Werkes spricht der Marquis selbst oft genug an:

In *Juliette*:

».. je t'ai dit que je ne bandais que d'imagination ..« (VIII, 283)[1]

In der *Nouvelle Justine*:

».. l'enthousiasme religieux est une passion qui trouble l'esprit comme toutes les autres.« (VI, 306)[2]

In der *Philosophie dans le Boudoir*:

»Quand vous bandez, vous aimez à dire des horreurs et peut-être nous donneriez-vous ici pour des vérités les libertins prestiges de votre imagination enflammée.« (III, 463)[3]

In *La double Epreuve*:

»il y a des moments dans la vie où rien ne coûte à dire;« (X, 122)[4]

Seine Anlage, seine Entlarvung, seine Rache konditionieren ihn also langsam in den Gefängnisjahren zur Masturbation über seine eigene Literatur der Entrechtung, der Schändung, der Zerstückelung und möglicherweise gar zur Masturbation über Räsonieren über Entrechtung, Schändung, Zerstückelung.

Neigung und Konditionierung treiben ihn also in einem Schnekkengang zu Entlarvung und Rache, Rache und Entlarvung zu Konditionierung und Neigung.

Der unidealste Knotenpunkt von Literatur, die Wichsvorlage, regt ihn an zu einer entlarvenden Bürokratie des Schreckens von geradezu prophetischem Ausmaß.

Am 2. Dezember 1779 an Madame de Sade:

»Oh! je les dévoilerai, toutes les horreurs, toutes les trames odieuses, tous les complots construits par l'avarice et la rapacité! Je les

[1] .. ich sagte dir doch, daß nur das Spiel der Einbildung mich erregt.

[2] .. der religiöse Enthusiasmus bringt wie jede Leidenschaft den Geist durcheinander.

[3] In der sexuellen Erregung sagen Sie gern gräßliche Dinge um Ihrer selbst willen; und vielleicht geben Sie jetzt vor uns als wahre Erlebnisse aus, was bloß eine libertine Glanzleistung Ihrer entflammten Einbildungskraft ist.

[4] Es gibt im Leben Augenblicke, wo einem kein Geständnis zu schwer wird.

sais tous à présent, je les ai appris à mes dépens: Il faut que toute la France les sache aussi.« (XII, 227)[1]

Am 20. März 1783 – die ersten Skizzen zu den *120 Tagen* sind schon gemacht:

»Or, voila l'art: il consiste non pas à punir le vice dans la comédie, mais à le peindre de telle sorte que personne ne veuille lui ressembler; et étant ainsi on n'a plus besoin de le punir. Sa condamnation se prononce tout bas dans l'âme de tous les spectateurs.« (XII, 381)[2]

In der *Idée sur les Romans*:

»A quoi servent les romans?

A quoi ils servent, hommes hypocrites et pervers? Car vous seuls faites cette ridicule question – lächerliche Frage, die er sich selbst gestellt haben muß, sonst hätte er nicht seinen Essai verfaßt – ils servent à vous peindre tels que vous êtes.« (XI, 15)[3]

»Jamais, enfin, je le répète, jamais je ne peindrai le crime que sous les couleurs de l'enfer: je veux qu'on le voie à nu, qu'on le craigne, qu'on le déteste, et je ne connais point d'autre façon pour arriver là que de le montrer avec toute l'horreur qui le caractérise...« (XI, 22)[4]

Eugenie de Franval, die inzestuöse Novelle, beginnt:

[1] Oh, ich werde sie alle aufdecken, die Greuel, die abscheulichen geheimen Umtriebe, die Verschwörungen, welche alle auf Geiz und Raffgier gegründet sind. Ich kenne sie jetzt alle, ich habe mich genau unterrichtet und teuer dafür bezahlt: Nun soll ganz Frankreich wissen, welche es sind.

[2] Denn die Kunst besteht ja nicht darin, ein Lustspiel zu schreiben, in welchem das Laster bestraft wird, sondern darin, es so zu schildern, daß niemand sich in ihm wiedererkennen möchte, und dann ist alles Strafen überflüssig. Tief in der Seele aller Zuschauer wird dem Laster das Urteil gesprochen.

[3] Wozu sind Romane gut?

Wozu sie gut sein sollen, ihr scheinheiligen und perversen Herren? Ihr seid es doch, ihr allein, die diese alberne Frage stellt – sie dienen dazu, euch darzustellen, wie ihr wirklich seid.

[4] Niemals, ich wiederhole, niemals werde ich das Verbrechen anders darstellen als in den Farben der Hölle; ich will, daß man es in seiner ganzen Nacktheit erkennt, daß man es fürchtet, daß man es verabscheut, und ich weiß keinen anderen Weg zu diesem Ziel als jenen, es in der ganzen Gräßlichkeit zu zeigen, die seine Eigenart ausmacht..

»Instruire l'homme et corriger ses mœurs, tel est le seul motif que nous nous proposons dans cette anecdote.« (XI, 425)[1]
Und schließlich die vor Rührseligkeit glitzernde Widmung an die Gefährtin Constance:
».. diras-tu: O, combien ces tableaux du crime me rendent fière d'aimer la vertu. Comme elle est sublime dans ses larmes. Comme les malheurs l'embellissent. O, Constance, que ces mots t'échappent et mes travaux sont couronnés.«[2]
Der auf eine Wichsvorlage hin spritzt, muß nicht auf die Realisierung der Wichsvorlage hin spritzen.
Die Wichsvorlage, nicht nur die Sade'sche, hat mit der Schauergeschichte, nicht nur mit der Sade'schen, das gemein, daß sie einen erregt, ohne daß man ihre Realisierung braucht, ohne daß man sie vielleicht nur erhofft.
Nach einmaliger Benutzung sind beide verbraucht – wir sind ihnen gegenüber abgestumpft, ohne abgestumpft zu sein im allgemeinen.
Jeder kennt die lüsternen Erzählungen von Verkehrsunfällen, Operationen, die uns beim ersten Mal interessieren, beim zweiten Mal langweilen, ohne daß wir darum brutale Väter, sadistische Krankenwärter würden.
»Es ist ja nur eine Geschichte!« und »Diesen Witz kenne ich schon« sind ähnliche Motive, wie die des Onanisten, der von einem Sexshop zum anderen eilt.
»Diese Geschichte kenne ich schon« kann auch der Beweggrund gewesen sein von Sade's Variationen der immer gleichen sexuellen und sadistischen und intellektuellen Gegenstände.
Hier schreibt ein Erduldender, hier masturbiert kein Sadist.
Der masturbierende Sadist würde sich an den Leiden der Gequälten hochziehen, sie und ihre Reaktionen schildern, nicht das Handeln der Quäler.

[1] Den Menschen zu unterrichten und ihn sittlich zu bessern, dies ist die einzige Absicht, die wir mit dieser Anekdote verfolgen.
[2] .. du wirst sagen: wie sehr bestärken mich die geschilderten Verbrechen in meiner Tugendliebe! Ja, sie ist göttlich in ihren Tränen! Ja, sie wird schöner noch im Unglück! O Constance, solche Worte aus deinem Munde, und meine Arbeit ist königlich belohnt.

Sade aber schildert die Quäler. Er schildert nicht die Qualen der bis in alle Ewigkeit geschädigten Seele des Lustgemordeten, sondern er schildert, wie ein Lustmörder darüber räsoniert, auf welche Weise er noch die Seele seines Opfers bis in alle Ewigkeit schädigen kann.
Und noch etwas:
Als äußerste Grausamkeit empfand Sade, daß man ihn vertröstete, von einem Monat auf den anderen, von Jahr zu Jahr.
Diese fürchterlichste seiner Qualen tritt nie in seinen Büchern auf.
Hätte er sie nicht eingesetzt, wenn seine Werke die Ersatzbefriedigungen eines »Grand Sadique« gewesen wären?
Sade stand auf Horrorberichte.
Diese Wichsvorlagen sind Wichsvorlagen doppelt: Auch der Erzählstoff, die Fotos und hektografierten Blättchen, die sonst für den Onanisten von außen kommen, aus einer fremden Quelle, quasi vom »Du« – auch sie liefert Sade selbst, es ist das Spiegelwichsen eines Literaten – Autoanalyse der Erregungsfähigkeit und der Vorstellungskraft – hier setzt die Relevanz für den Ledermann ein.
Wie setzten sich diese Psychismen, diese Poetologien in Wörter um?
Es gibt heftigere Stücke Prosa von dem 18jährigen:
»..nous campâmes le 15 au soir dans la plaine de Brauweiler, où nous avions été en bataille et en présence la veille. L'on séjourna jusqu'au 24 a Brauweiler. Les ennemis décampèrent le 23; nous partîmes le 24.« (*Campagne de 1758*, XVI, 47)[1]
Das andre Extrem ist der triefende Kitsch:
»Ce n'est plus une femme, c'est un ange qui mérita pendant quelques instants la colère des cieux, et qui fut enfin pardonné.« (*Adelaide*, XV, 215)[2]

[1] ..wir schlugen am 15. abends in der Ebene von Brauweiler, wo wir am Tag zuvor gekämpft und in Bereitschaft gestanden hatten, das Lager auf. Wir blieben bis zum 24. in Brauweiler. Der Feind rückte am 23. ab, wir brachen am 24. auf.

[2] Das ist keine Frau mehr, das ist ein Engel, der einen Augenblick lang den Zorn des Himmels verdient hat und dem zuletzt vergeben wurde.

Süßer Kitsch, dem die blanke Heuchelei nicht fern ist:
».. Franval voulait consommer son crime. Frémissons .. Il le fut!« (*Eugénie de Franval*)[1]

Saurer Kitsch:
»Il lui arrache plusieurs ongles des doigts, des mains ou des pieds.« (*120 Journées de Sodome*, XIII, 384)[2]

Rhetorische Figur, die ins Irreale umkippt, Verbalsadistik, ein Wortungeheuer.

Der Konvertit stellte der Revolution seine Figuren zur Verfügung:
»Le barbare assassin de Marat semblable à ces êtres mixtes auquels on ne peut assigner aucun sexe, vomi par les enfers ..« (*Manes de Marat*, XI, 121)[3]

Unfreiwillige Komik:
».. il rendit promptement à Dieu l'âme candide et pure ..« (*Marquise de Gange*, X, 236)[4]

Unfreiwillige Komik?
».. (il) l'enfile tout à coup sans lui donner le temps de se défendre. – Oh! monsieur, que faites-vous? s'écrie la pudique enfant, quels lieux choisissez-vous pour de telles choses? Grand Dieu! savez-vous où vous êtes?« (*Nouvelle Justine*, VII, 101)[5]

Nein, das kann nicht ernst gemeint sein!

Wie straff kann die klassische rhetorische Hülle seinen Gedanken ansitzen:
»Il y a longtemps, madame, que je suis votre victime; mais ne croyez pas me rendre votre dupe. Il est quelquefois intéressant d'être l'une, toujours humiliant d'être l'autre, et je me flatte d'au-

[1] Franval wollte sein Verbrechen bis zuende ausführen. O schauerliche Vorstellung .. Er war es! [fut vermutlich irrtümlich für fit = er tat es]

[2] Er zieht ihm etliche Nägel von den Händen oder den Füßen.

[3] Der barbarische Mörder Marats, diese Ausgeburt der Hölle, verwandt jenen Mischwesen, die man zu keinem Geschlecht rechnen kann.

[4] .. er hauchte auf der Stelle die treue und reine Seele aus ..

[5] .. er dringt in sie ein mit einem einzigen Stoß, ohne ihr Zeit zu lassen, sich zu wehren: – Oh, Monsieur, was tun Sie da? schreit das züchtige Kind, welche Stelle wählen Sie für das, was Sie vorhaben? Großer Gott! Wissen Sie, wo Sie sind?

tant de pénétration que vous pouvez vous supposer de fausseté.« (*Lettres*, XII, 117)[1]

Zum Aphorismus zwischen Argot und Hochsprache kondensiert:

»Et voilà ce qui a fait dire à un homme de beaucoup d'esprit qu'il valait mieux le foutre que le comprendre.« (*120 Journées de Sodome*, XIII, 218)[2]

Die Sprache des galanten Jahrhunderts:

»Ah! je vous réponds que si quelqu'une de ces bonnes âmes de Dieu a le moyen d'ouvrir .. la route de la béatitude céleste, c'est certainement Monsieur le vicaire, car je n'ai jamais vu une aussi grosse clef.« (*Le Talion* XIV, 240)[3]

Sade, der Satiriker:

».. et voilà tout d'un coup quarante ou cinquante magistrats provençaux, la braguette à bas et le prépuce à la main prouvant ainsi que le matelot qu'il n'est aucun d'eux qui ne soit chrétien comme Saint Christophe.«[4]

Die Veräppelung der eigenen Horrorstücke erreicht im *Président mystifié* geradezu Busch'sche Züge:

»Comment voulez-vous qu'un homme qui a passé la nuit avec une négresse, qu'on a traité d'hérétique le matin, à qui on a fait prendre un bain à la glace pour son déjeuner, qui est tombé peu après dans la rivière, qui se trouvant pris sur des commodités comme un

[1] Seit langem, Madame, bin ich Ihr Opfer; doch glauben Sie nicht, ich ließe mich von Ihnen an der Nase herumführen. Das erste mag bisweilen eine interessante Rolle sein, das zweite ist immer erniedrigend für den Betroffenen, und ich meine, in eben dem Maße einen wachen, durchdringenden Verstand zu besitzen, wie Sie sich für falsch halten dürfen.

[2] Und das hat einen Mann von Geist veranlaßt zu sagen, er wolle lieber gefickt als verstanden werden.

[3] Ah, dazu sage ich Ihnen nur: wenn eine von diesen treuen Seelen die Mittel besitzt, den Weg zur himmlischen Glückseligkeit aufzuschließen, so ist es gewiß der Herr Vikar, denn ich habe nie einen so großen Schlüssel gesehen.

[4] Und mit einem Male stehen da vierzig oder fünfzig Beamte aus der Provence mit offenem Hosenlatz und der Vorhaut in der Hand, die wie Matrosen beweisen möchten, daß sie alle nicht weniger Christen sind als der Heilige Christophorus.

pierrot dans la glu, eut le derriere calciné pendant qu'il poussait ses selles, et à qui l'on a osé dire en face que des juges qui recherchaient le crime n'étaient que des fripons méprisables et que des catins qui avaient la colique n'étaient pas des catins empoisonnées, comment voulez-vous, dis-je, qu'un tel homme pense encore a dévirginiser une fille?«[1]

Unübertrefflich karnavalesk:

»Sodomisée par le pape, le corps de Jésus-Christ dans le cul, ô mes amis, quelles délices!« (*Juliette*, IX, 206)[2]

Und ironisch; so, wenn er in den *120 Tagen* einem Rhetor in den Mund rülpsen läßt.

Die Phaenopoeia, die literarische Kunst der Bildhaftigkeit, ist bei Sade gewöhnlich schwach ausgeprägt, wenn man von seinem fast mythischen Vermögen absieht, auf das ich zurückkommen werde.

In den Novellen jedoch gelingen ihm einige Szenerien von beunruhigender Schönheit:

»Là, dans une salle décorée, Eugénie, nue sur un piédestal, représentait une jeune sauvage fatiguée de la chasse, et, s'appuyant sur un tronc de palmier, dont les branches élevées cachaient une infinité de lumières disposées de façon que les reflets, ne portant que sur les charmes de cette belle fille, les faisaient valoir avec le plus d'art. L'espèce de petit théâtre, où paraissait cette statue animée se trouvait environné d'un canal plein d'eau et de six pieds de large, qui servait de barrière à la jeune sauvage et l'empêchait d'être approchée de nulle part. Au bord de cette circonvallation, était placé le fauteuil; un cordon de soie y répondait: en manœu-

[1] Sagen Sie mir, wie soll ein Mann, der die Nacht mit einer Negerin verbracht hat, den man am Morgen als Ketzer ausschreit, den man zu einem Bad im Eis gezwungen hat anstelle des Frühstücks, der kurz darauf in den Bach gefallen ist, der auf einer gewissen Örtlichkeit festsaß wie der Vogel auf dem Leim und dem der Hintern verkohlt ist, während er sich entleerte, und dem man ins Gesicht gesagt hat, die Richter bei der Verfolgung des Verbrechens seien bloß arme kleine Gauner und die Nutten mit ihrem Durchfall seien keine vergifteten Nutten – wie soll, so frage ich Sie, dieser Mann da noch auf die Idee kommen, ein Mädchen zu deflorieren?

[2] Arschgefickt vom Papst und den Leib Christi hinten nachgeschoben: Freunde, das sind Genüsse!

vrant ce filet, il faisait tourner le piédestal en telle sorte que l'objet de son culte pouvait être aperçu de tous les côtés, et l'attitude était telle qu'en quelque manière qu'elle fût dirigée, elle se trouvait toujours agréable.« (*Eugénie de Franval*, X, 468f.)[1]

Hart und einfach:

»Gehen Sie und knabbern Sie Ihren kleinen Lieben Gott und ermorden Sie Ihre Verwandten. Ich will mir den Schwanz wichsen und versichere Sie, daß ich danach weniger übel getan habe als Sie.« (Am 20. April 1783 an Madame de Sade.)

Das Zeitlos-Schönste hat der Verfemte wohl als Lyriker geleistet; seine Gedichte gehören zu den schönsten Gedichten der französischen Lyrik.

Ihr Timbre ist dem Villons, Rutebeufs und Ronsards verwandt:

»Chanson, chanson
Il vous faut, dites-vous, poulette
Pour vous rendre plus grassouillette
Un mandat? – Fi!

Ah! bon dieu, comme elle me flanque!
Je sais bien que rien ne vous manque,
Même un gros v(it). (XII, 259)[2]

[1] Dort in einem geschmückten Saal stand Eugénie nackt auf einem Sokkel und stellte eine junge Wilde dar, die müde ist von der Jagd und sich auf den Stumpf eines Palmbaums stützt. Aus den Zweigen leuchteten zahllose Lichter hervor, die so angeordnet waren, daß sie nur die Reize des jungen Mädchens zeigten und diese mit großem Geschick zur Wirkung brachten. Die lebende Statue stand auf einer Art Bühne, umgeben von einem sechs Fuß breiten Kanal, der mit Wasser gefüllt war und jegliche Annäherung an die junge Wilde verhinderte. Jenseits des Kanals stand ein Sessel, zu dem eine seidene Kordel hinführte; wenn man das Netz bewegte, drehte sich der Sockel, und man konnte die Kultfiguren von allen Seiten sehen; und wie man sie auch drehte, der Anblick war stets köstlich.

[2] Chanson, chanson / Ich soll Ihnen, sagen Sie, meine Henne, /
Damit Sie noch etwas anspecken können, / Geld schicken? – Pfui!

Mein Gott, wie sie mich stößt! / Ich weiß wohl, daß Ihnen nichts fehlt, /
Nicht mal ein großer (Schwanz).

Und das dem *Carillon de Vincennes* nachgesungene:

je te plains – je te plains
il n'est plus pour toi de fins
qu'en poudre – qu'en poudre

et j'ai dit
de plaisir, de jouir
il faut donc vous désaisir
mon âme, mon âme

Capucin, capucin
rencontre au moins, une main
qui b(ranle) – qui b(ranle)

mais ici – quel souci
pour tout bien j'ai dieu merci
la mienne, la mienne

venés donc – venés donc
soulager par votre c(on)
ma peine, ma peine

ma moitié, ma moitié
me rend sans nulle pitié
tantale, tantale[1]

[1] Ich klage um dich! / Aus dir wird nichts mehr / Als Staub

Und ich sage: / Auf Freude, auf Lust / Mußt du also verzichten, / Mein Herz

Ein Kapuziner / Findet immer noch eine Hand. / Die ihn w(ichst)

Aber hier – welche Trübsal – / Habe ich nur, Gott sei's geklagt, / Die meine

Komm, / Stille mit deiner F(ut) / Meinen Schmerz

Meine Ehehälfte / Macht mich ohne Mitleid / Zu einem Tantalus

ah quel sort! ah quel sort
oh, par ma foi c'est trop fort
j'en crève, j'en crève

le sainfoin, meurt sans soin
venés en chercher au moins
la graine – la graine

Quel martir – quel martir
je vois bien qu'il faut souffrir
sans cesse, sans cesse« (XII, 388)[1]

Es sind die zarten Synkopen der Renaissancedichtung, vermischt mit verbalen und lautlichen Kühnheiten, die bereits Verlaine andeuten.

Doch auch die Absolute Metapher eines *Bateau Ivre* von Rimbaud finden wir bereits in *Aline et Valcour*:

»Nous aperçûmes dans notre incursion cet animal extraordinaire à peu près de la grosseur d'un chat, qui a le visage d'un homme, une très belle barbe blanche, et une voix semblable à celle d'une personne qui se plaint; il se tient communément sur les arbres, et ne s'apprivoise que très difficilement; doué du même amour pour la liberté que l'homme, il dépérit et meurt dès qu'on l'enchaîne.« (V, 60)[2]

[1] Ach, welch ein Schicksal! / Mein Gott, es ist zu viel, / Ich kann nicht mehr

Das Pflänzlein stirbt ohne Pflege; / Hol dir doch wenigstens / Das Samenkorn

Welch ein Martyrium! / Ich sehe, das Leiden / Hört nimmer auf

[2] Unterwegs sahen wir jenes außerordentliche Tier, das die Ausmaße einer Katze hat und ein menschliches Gesicht, einen sehr schönen weißen Bart und eine Stimme wie ein menschlicher Klagelaut. Es lebt auf Bäumen und ist sehr schwer zu zähmen; es liebt die Freiheit ebenso wie der Mensch; sobald man ihm Fesseln anlegt, geht es zugrunde.

Es sind drei Ebenen, auf denen sich das poetische Geschehen vollzieht: Sade schildert ein – phantastisches – Tier und vergleicht dies mit dem Menschen im allgemeinen; Schilderung und Vergleich dieser Schilderung bilden die Absolute Metapher für seine eigene Situation.

Daneben stehen fast bäuerliche Provinzialismen:

»Un homme déja sur le retour imagina de se marier ..« (*L'Epoux Corrigé*, XIV, 255)[1]

In den Bemerkungen über die verlorenen *Journées de Florbelle* überraschen wir den Autor, wie er zu sich selbst von seinen Helden spricht:

»C'est là qu'on expédie l'ermite; Eudoxie bien vexée, mais bien fraîche encore.« (XV, 52)[2]

Die mythische Knappheit des Kochbuches:

»115. Il pèle un jeune garçon, le frotte de miel, et le laisse ainsi dévorer aux mouches.« (*120 Journées de Sodome*, XIII, 416)[3]

Joyce – das heißt: Ein innerer Monolog, der außen aufgeschrieben wird:

»A Carteron, dit La Jeunesse, dit Martin Quiros,
Martin Quiros .. tu fais l'insolent mon fils si j'étais là je te rosserois .. je t'arracherois ton j. f .. de toupet faux que tu renouvelles tous les ans avec les poils de queue des bidets de la route de Courtheson à Paris comment tu ferois au vieux matin pour réparer ça? aint dis comment fairois-tu ..«[4]

Schwitters:

»Cat chu kri cacambos« (*La Double Epreuve*, X, 82)[5]

Und in den Briefen (XII, 196):

[1] Ein älterer Herr wollte heiraten ..

[2] Hier wird der Eremit umgebracht; Eudoxie wird ordentlich gequält, sieht aber noch ganz intakt aus.

[3] Er häutet einen jungen Burschen, reibt ihn mit Honig ein und gibt ihn den Fliegen zum Fraß.

[4] Martin Quiros .. du bist unverschämt, mein Sohn, wenn ich .. schlage ich dich windelweich .. ich reiße dir dein Scheißtoupet runter, das du alle Jahre erneuern läßt aus Pferdeschwanzhaar von der Straße zwischen Courtheson und Paris, wie willst du das am späten Vormittag wiedergutmachen? Sag, wie willst du das machen ..

[5] [eigene Wortschöpfung]

»..qu'il s'appelle comme il voudra Chivarucmarbarbarmarocsacrominecpanti«[1]

Wortschöpferische Kraft, die seine Aussagen gelegentlich überhöht:

»..et je ne comprends pas davantage, ni n'y tache!«[2]

(Am 4. März 1781 an Madame de Sade.)

Marlitt und Homer, Kafka und »him, das Magazin mit dem Mann«.

Ein Schriftsteller von einmaligem Reichtum der Sprachfiguren, der viele wichtige Entdeckungen der modernen Literatur vorwegnahm, der die hohe Literatur durch die Gesetzlichkeiten der Wichsvorlage erweiterte.

Legen wir die Parameter Ezra Pounds an, Logopoeia, Melopoeia, Phaenopoeia, und bessere gibt es nicht, so haben wir mit der Melopoeia keine Schwierigkeiten, das Klangliche, Rhythmische der Sade'schen Kunstfertigkeit läßt sich leicht erkennen und eindeutig analysieren; im ganzen gesehen kommt die Melopoeia etwas zu kurz, messen wir die Sprachmelodie des Provenzalen etwa an seinem Ahn Arnaut Daniel oder seinem Nachfahr, dem Schäfer des Vaucluse, Aubanel.

Die Logopoeia, die Kunst, gewisse Sprachhaltungen durchzuführen oder gegeneinander zu verschränken – Thomas Mann's künstliche Archaik und seine vielzitierte Ironie im *Erwählten* etwa –, Logopoeia ist bei Sade von besonderer, von einmaliger Vielfalt; Phaenopoeia, die Kunst, die Literatur bildhaft zu machen, ist zu kurz gekommen, es ist eine Bilderwelt aus Pappe, die Kulissen von Corneille müssen oft auch für Molière herhalten.

Und doch scheint es, als fiele bei solchem Abmessen der Sade'schen Literatur etwas Entscheidendes unter den Tisch.

Nun ist jede wichtige literarische Erscheinung wohl nur insoweit von Wichtigkeit, wie sie herkömmliche Parameter als zu eng erweist; doch in Sade's Fall ist das Unmeßbare nicht eine x-beliebige Imponderabilie – das Unmeßbare ist das Wesentliche der

[1] ..soll er doch heißen, wie er will: chiva..

[2] ..und ich verstehe es genausowenig und will es auch gar nicht!

Sade'schen Literatur und zwingt zu einer neuen literarischen Kategorie:
Es gibt nur zwei Literaturkritiken, die den dargestellten Gegenstand selbst zum Kriterium von Literatur erheben – die katholische und die marxistische; und indem sie das tun, sprengen sie den Literaturbegriff selbst, der diese Sprengung nicht überstehen kann, denn selbstverständlich ist Genet besser als Claudel, Wedekind besser als Brecht, was immer Trotzki und der Vatikan an Gegenteiligem behaupten mögen.
Das Dargestellte ist also egal; die Art der Darstellung ist das allein Ausschlaggebende und diese Art mißt man am besten nach Logopoeia, Melopoeia, Phaenopoeia – Burroughs, Genet, Artaud, Proust, Joyce, Kafka, Lautréamont sind eindeutig an diesen Parametern abzumessen.
Eine Großmutter, die auf einer öffentlichen Bedürfnisansalt einen Schlaganfall bekommt, interessiert heute schon nicht einmal mehr den berühmten Bildzeitungsleser – die Darstellung in der *Recherche du Temps Perdu* ist eine der großen Tragödien der Geschichte der Menschheit.
Bei Sade gibt das Dargestellte den Ausschlag – nicht nur für den wie immer spezialisierten, masturbierenden Leser.
Das literarische Interesse dieses Werkes beruht eben doch nicht auf zwei oder drei einmaligen Gedichten und einer Reihe von raffiniert gearbeiteten Novellen – es beruht auf den horrenden Mythen, die es nur einmal in der Weltliteratur gibt, die nicht besonders gut und oft herzlich schlecht geschrieben sind – für Sade's mythisches, magisches Genie müssen wir unsere Parameter erweitern, wir müssen eine frühliterarische Schicht des phantastischen Faktischen anerkennen, Camp, Pop, aber nicht als Sprachfigur, als intellektuellen Kalkül, sondern unmittelbar, nur berichtete Fakten schon als Literatur in diesem Falle auffassen, so wie der Onanist nur berichtete Pornographie, wenn sie in seinen Rayon fällt, schon als geil bezeichnet, ob sie nun von Genet stammt oder »Mutzenbacher« heißt.
Der Mythos von Ödipus hat literarische Kraft, ob er nun von Hölderlin übersetzt wird oder von Freud oder gar von Gustav Schwab.

Die ungeheuerliche, zerstörerische Abrechnung mit dem Kosmos gipfelt in der *Histoire de Juliette*, als die Heroine den Analverkehr mit der Jungfrau Maria, Jesus Christus und Gottvater selbst schildert. Die Art der Darstellung ist da piepe. Sade, um sein Vorhaben zu erreichen, erfindet einen genialen erzählerischen Trick, der weder melodisch, noch topisch, noch bildlich ist:

Die Szene spielt in einem Irrenhaus bei Neapel. Irre werden geschändet, Irre, die glauben, die Heilige Familie zu sein, nicht, sie zu repräsentieren – dann hätte Sade eine Schauspielertruppe vergewaltigen lassen können oder die Hostie schänden; auch literarische Tricks herkömmlicher Art, eine Allegorie, Libertins, die in den Himmel fahren und ihre Schweinereien über den Wolken begehen, hätten Sade's Vorhaben nicht gelingen lassen; der Leser hätte abgewinkt, das Gottesbewußtsein wäre nur wieder Sade's Bewußtsein gewesen; indem er aber dem Leser die Paranoiker schildert und die Schändung dieser Jungfrau Maria, dieses Jesu Christi und dieses Gottvaters, macht er dem Leser die Schändung von einem authentischen Gottesbewußtsein glaubhaft und nur so.

Das Was ist also das Ausschlaggebende, nicht das Wie – wieder wie bei der Wichsvorlage. Daß es Worte sind, die die geile Geschichte erzählen, ist für den Onanisten das Entscheidende, daß es Worte sind, die dies Was übermitteln, ist für den Literaten Sade das Entscheidende.

Ist nun Was in der Literatur nicht aber immer doch bildhaft? Also Phaenopoeia, Verarbeitung der Realität zu literarischer Bildhaftigkeit, Repräsentanz von Realität nicht quasi durch literarische Bearbeitung, unangetasteter Bericht?

Indem wir das Außerliterarische als literarischen Topos betrachten wollen, kommt uns gleich ein außerliterarisches Problem auf den Hals.

Ist Sade's mythisch-magischer Berg Bild oder Stoff?

Sind brutale Fernsehfilme Bild oder Stoff?

Wirken sie als Bild oder als Stoff?

Ist eine Veränderung ins diskutierbar Sekundäre, in Phaenopoeia hin eingetreten oder nicht, setzen sie nur Handlungen fort, konditionieren sie weitere Handlungen, wirken sie im Verbrecherischen als Verbrechen und bilden sie Aggressionen aus?

Oder gerade nicht?
Sind es im Gegenteil Riten, die eher stellvertretende, entlastende Funktion haben, wie die Puppe, die man statt des Feindes durchbohrt – zwar soll der Feind getroffen werden, doch es ist die Frage, ob er erliegt; er kann zum Beispiel einen Gegenzauber anstrengen, die Aggressionen des Durchbohrenden aber sind abgelenkt auf die Puppe, nicht auf den Menschen. Sade durchbohrte das Bild des vermeintlichen Rivalen, nicht ihn selbst oder gar seine Frau.
Sades Mythen sind wie das Durchbohren der Puppe. Es ist die ganz außerordentliche Literatur eines Mannes, der 30 von 70 Lebensjahren wegen geringfügiger Ausschweifungen in Haft verbrachte; wie meiner Meinung nach jede magische Prozedur hat sie eine aggressionsableitende, eine therapeutische Funktion, es ist nicht das Selbstgespräch eines Psychotikers, es ist die schriftliche Therapie eines Mannes, der sich vor der Psychose bewahrt hat.
Kann dies Werk nun zur Analyse des Sadomasochismus der Lederfetischisten etwas beitragen?
Das kann es nur, wenn man ungeprüft Volksmeinungen übernimmt, wenn wir von Archée, von Kollektivem Unbewußten, vom Es und von Ödipus schwärmen, wenn wir Analogieschlüsse für wissenschaftlich verbindlich erklären und den Beweis für diese Verbindlichkeit eskamotieren.
So bleibt mir nur die Feststellung, daß in Sade's Werk Vorgänge geschildert werden, die mit den Schilderungen von afrikanischen Einweihungsriten kongruent sind und mit den Ritualisierungen der Lederszene.

Jeder kann der nächste sein

Über Pier Paolo Pasolinis Film Salò

Hamburg, Februar 1976

Es handelt sich um Abwässer, Samen, Blut, Kot, Verwesung. Eine intime Katastrophe wird aufgrund ihres Umfelds und mit Hilfe der Medien über die ganze Welt projiziert.
Jeder Homosexuelle fühlte sich betroffen, als die Ermordung des Dichters und Filmers Pier Paolo Pasolini bekannt wurde; jeder hatte schon einmal seinem Mörder nachgeblickt; jeder würde ihm wieder und wieder begegnen.
Weder Ruhm noch Erfahrung, noch Reichtum bieten Schutz. Jeder kann der nächste sein – in New York, in Eimsbüttel, in Cotonou.
Es gibt praktisch zwei Möglichkeiten: Entweder war Pasolini schon tot, als er in seinen Wagen geschafft wurde, und es könnte sich um einen politischen Mord, um den Fememord einer schwulen Gangstervereinigung handeln – doch das ist allem Augenschein nach falsch –, oder – und alles weist darauf hin – Pasolini las sich einen oder mehrere Strichjungen an der Stazione Termini auf und fuhr damit, bekannt, erkannt, in seinem Alfa Romeo nach Ostia und wurde dort, nachts, an einem abgelegenen Ort von einem einzelnen oder von einer Gruppe ermordet.
Jeder 53jährige, der mit den Statussymbolen des Homosexuellen, Fama, Parfum, ausgewählt teurer oder flusiger Kleidung, Sportwagen, nach Mitternacht mit einem oder mehreren Prostituierten nach Ostia fährt, riskiert einen Überfall und den Tod. Jeder Homosexuelle weiß das und jeder Strichjunge weiß, daß sein Freier das weiß. Es dennoch zu tun, drückt ein Durchbrennen der Verhaltenssicherungen aus oder das bewußte oder unbewußte Spielen mit der Gewalttat, den Wunsch nach Selbstvernichtung.

Als Gustaf Gründgens am 7. Oktober 1963 in Manila ermordet aufgefunden wurde, tarnte man den Tod als Unglücksfall.
Bei Pasolini nicht. Wochenlang füllte der Mord die Titelseiten der italienischen Zeitungen. Das Wort »homosexuell« allerdings wurde von der katholischen Kirche und der kommunistischen Partei, die beide die Leiche für sich in Anspruch nahmen, vermieden.
Sie, die gemeinsam in Italien in die Kränze weinten, die gemeinsam in Portugal eine sexuelle Revolution abgewürgt hatten, würden ihm in Spanien, in Ecuador, in der Sowjet-Union und in Kuba jede Arbeitsmöglichkeit, jede Glücksmöglichkeit gekappt haben. Öffentlich wurde von keinem Freund, von keinem Polizisten auf eine mögliche masochistische Komponente beim Mord an Pasolini hingewiesen.
Wenige Tage nach der Beerdigung wurde Pasolinis letzter Film *Salò* der italienischen Zensur vorgeführt und verboten.
Es war ganz klar: Wie kaum ein anderer Dichter oder Filmer war Pasolini von Gewalttaten abgestoßen und fasziniert, stand der Gewalt im Studio und im Privaten nahe, kleidete seine Neigungen in Sentimentalität und Artistik.
In einer schwarzen Passion mußte er wie der Sade-Verehrer und Widerstandskämpfer Jean Desbordes, der von den Nationalsozialisten zu Tode gefoltert wurde, die Konsequenz seiner Phantasiebilder erleiden.
Zu Beginn einer pseudoliberalen, pseudogewaltlosen Nachkriegsepoche stehen die eleganten Mörder Jean Genets, der Hitler und die Konzentrationslager bewunderte, selbst aber nie einen Mord beging – steht der Herrenmensch Orest aus den *Fliegen* von Sartre, der sich in die Stadt Argos wie in eine Decke rollen wollte und mit einer kalten, ungeheuerlichen Tat die Schuld eines ganzen Volkes übertreffen. Ganz zum Theater des Absurden wurde das Stück 1947, als Gründgens, der Göring-Protegé, den Verwandtenmord auf der Bühne zelebrierte.
Am Ende dieser Epoche stehen die Ermordung Allendes, die Morde der Manson-Familie, revolutionäre Terrorakte, das 14. Strafrechtsänderungsgesetz der Bundesregierung über verfassungswidrige Befürwortung von Gewalt, das Atomenergie-

Abkommen der Bundesrepublik mit Brasilien, die brasilianischen Folterschulen, die Lederwelle, die Sadowelle, Pasolinis Ermordung, Pasolinis Film *Salò*.
Ritualisierungen von Gewalt, Bürokratisierungen, Eskamotage, x-beliebige Gewalt, erdichtete, verbildlichte, Gewaltphilosophie.
Kurz nach der Fertigstellung seines letzten Filmes, kurz vor der Ermordung hatte Pasolini geäußert, die proletarische Gewalt der Elendsviertel Italiens habe sich verändert, sie habe den revolutionären Impetus verloren, ziele auf nichts anderes als Konsumgüter ab; sie müsse bestraft werden wie die Gewalt der Neofaschisten.
Jean Genet widersprach im Gespräch mit mir dieser Auffassung. Die Morde der Genet'schen Helden vollziehen sich nach strengen Ritualen, wie die Morde in den Pasolinischen Filmen. Genet, der schnell antwortet, daß seine eigenen Mordimpulse durch dichterische Arbeit abgelenkt wurden, der ältere Homosexuelle als Jugendlicher ausgeraubt hat, der im Alter wiederholt in Gefahr war, unter ähnlichen Umständen wie Pasolini ermordet zu werden – Genet leugnet eine solche grundsätzliche Veränderung proletarischer Gewalt.
Für ihn ist Pasolini ein Lire-Milliardär, der für den Bäckerjungen Pelosi möglicherweise als Verräter der Arbeiterklasse dasteht. Genet deutet die Gewalttat der Entrechteten als einen panischen Rausch, als eine Art Potlatsch, der zwar Konsumgüter zum Vorwand nimmt, in Wirklichkeit aber den Regeln des Carnaval, der Jacquerien, der Revolte, der Revolutionen untersteht.
Man kann bei homosexuellen Verhaltensweisen ein häufiges, häufig irreversibles Schlittern von Bindungssuche zu Bindungslosigkeit, von Bindungslosigkeit zu Fetischismus und Sadismus beobachten. Es scheint, als brächen in sexuellen Randformen archaische Verhaltensmuster durch.
Die Flagellationen der S&M-Szene, ihre Kot- und Urinriten, ihre Fetische, ihre Mutilationen und Heavy Scenes werden nicht nur im Werk von Proust und Genet und Sartre vorweggespiegelt – sie finden eine genaue Entsprechung in Einweihungsritualen der ganzen Welt, vor allem der afrikanischen Geheimgesellschaften.

Es handle sich um Übergangsriten, meint Genet, Übergangsriten, die er selbst als junger Mann im Gefängnis durch seine Romane nachvollzogen habe, wo das gleiche Syndrom wirksam wird: Qual, Eisen, Leder, Fäkalien, Mord.
Heißt das: Gewisse sexuelle Verhaltensweisen regredieren, und zwar nicht nur auf frühkindliche Phasen, sondern vielmehr auf gesellschaftliche Formen, auf rituelle, magische? Heißt das umgekehrt: Religiöse, magische Riten denaturieren in säkularisierten Gesellschaften, in der Konsumgesellschaft zu Randverhalten, Neurosen, Spaltungssymptomen?
In fast allen Filmen Pasolinis stehen neben den süßesten erotischen Environments die fürchterlichsten Blutbilder: Menschenopfer, Kastration, Hinrichtungen. Sie werden auf eine Weise gezeigt, daß es dem Zuschauer den Atem verschlägt und er den eigenen Herzschlag hört.
Immer schon – nicht erst in *Salò*.
Darf man nur das Entsetzen des Machers glauben oder auch seine synästhetische Lust?
Nun wird in *Medea* das Menschenopfer, in den *Canterbury Tales* die Hinrichtung, in *1001 Nacht* die Kastration schonungslos gezeigt und wie mit vor Genuß geschärftem Auge – in einen dialektischen Zusammenhang gebracht werden sie nicht. Und sicher muß Pasolini doch auch bei diesen Fluchten in die bewunderten magischen Gesellschaften das Menschenopfer als entsetzlich empfunden haben, diese überdeutlich vorgeführte Verwandlung des schönen jungen Mannes in Fleischstücke.
Warum läßt Pasolini dies wie achselzuckend ablaufen?
Warum benutzt er Sades *120 Tage von Sodom* für seine Anklage gegen veränderte, säkularisierte, faschistische Gewalt in *Salò*? Oder ist die Anklage nur vorgeblich – so wie die Poetisierung der magischen Welt einer *Medea* nur vorgegeben sein könnte?
Wer war Sade, auf den sich *Salò* beruft?
Sade war kein Sexualverbrecher, wie er sie in den *120 Tagen* darstellte, wie sie Pasolini in *Salò* Gestalt werden läßt. Sade war ein herrschaftlicher Libertin, der seine soziale Stellung ausnützte, ein Revolutionsheuchler auch, den die Revolution schlug. Er tat, was zu seiner Zeit üblich war, weniger als das, was heute

mancher schwule Bankangestellte im »Anvil«, im »Bronx«, in der »Knolle« vorführt. Sades Pech war, daß er schreiben wollte und daß er – aufgrund der jahrzehntelangen Haft – zwanghaft seine philosophischen Traktate nur als Wichsvorlagen konzipieren konnte.

Bei Pasolini wirkt es eher spiegelverkehrt: Verkleidet er nicht letztlich seine bis an die Grenzen der Existenz vorangetriebene Wichsvorlage in die Form des »philosophischen« Films *Salò*? Sades *120 Tage von Sodom*, die immer als sein durch unglückliche Umstände unvollendetes Hauptwerk gelten, wurden nicht von außen am Abschluß gehindert.

Sades Ideologie, Sades Poetologie sind widersprüchlich. Auf der einen Seite die weinende Tugend, die er der Lächerlichkeit preisgibt und die er ernst nimmt – auf der anderen: Wortfetische, Wortteufeleien, die er als Anklage gegen sadistische Gesellschaftsformen und ihre Vertreter – im Königtum wie unter der Revolution – formuliert, aus denen er authentische Befriedigung zieht.

Bei Pasolini liegt das ähnlich. *Salò* ist oft eine im Wesen wie im Buchstaben genaue Verfilmung der Vorlage – das geht bis zur unglaubwürdigen, weinenden Tugend –, dann wieder entfernt sich der Film vom Roman, übertrifft ihn, hat gar nichts mehr damit zu tun.

Erst einmal: Sades *Sodom* besteht aus Wortfetzen, Begriffskulissen – es sind schwarze Schemen auf weißem Grund; Pasolinis *Salò* besteht aus schönen Bildern. *Salò* ist auch vom Bild-Ästhetischen her ein Vermächtnis. Aber im Gegensatz zur Wortkulisse, die vergeblich vorgibt, den Leser auf alle Zeit hin zu verderben, schädigt eine in diese sanften Bilder gekleidete Folter möglicherweise endgültiger.

»Erinnerungen, die wir uns immer geschämt haben zu erzählen«, benennt Pasolini seinen Film *Salò* im Vorspann. Es ist also nicht wahr, wenn man *Salò* zur Kritik am italienischen Faschismus simplifiziert. Vielmehr weist Pasolini in den schönen Bildern den faschistischen, den ahumanen Charakter eines großen Teils der abendländischen Ästhetik nach.

Klossowski und Nietzsche, Paulus, Baudelaire und Dada und

Benn werden einbezogen, der ganze pikturale Glanz unserer Zivilisation, wie auch die Kirchenmusik der Renaissance, die zu den KZ-Szenen des Schlusses und ganz zu Recht erklingt, denn sie erklang auch zu den Folterszenen der Inquisition.

Der Satz einer Gefolterten: Mein Gott, warum hast du mich verlassen! ruft den Zuschauer in einen alten sadistischen Zusammenhang zurück: Gottvater, der durch eine unerhörte Tat, wie der Orest Sartres, die Welt erlösen will und seinen Sohn einer der fürchterlichsten Foltern aussetzt, der Kreuzigung, die seither vom Marzipan bis zum Schmuckanhänger in unserem Alltag fortdauert.

Die faschistischen Quäler fügen ihren Opfern nicht mehr zu als der liebe Gott seinem menschgewordenen Sohn. Eine Kreuzigung allerdings zeigt Pasolini nicht.

Erinnerungen, die wir uns immer geschämt haben zu erzählen; deren wir uns also nicht schämen sollten? Zu denen sich Pasolini bekennt?

Im *Höllenkreis des Blutes* finden wir die archaischen Masken des *Edipo Re*, der *Medea*, von *1001 Nacht* wieder.

Es ist alles Ausdruck von Einem, seit Urzeiten bis hin zur Konsumgesellschaft, bis zum Sexus als Ware: Aggression, Zerfetzen.

Und es fasziniert ihn.

Haß und Begierde fallen in eins zusammen. Pasolini geht weiter als Sade, Freud oder Genet. Sein Film ist eine ganz neue Spezies: eine ästhetische Phänomenologie der Gewalttat.

Gab es für Pasolini danach nur noch eine Befriedigung? Den Untergang?

Hat Pasolini den 17jährigen Bäckerjungen zu seiner Tat provoziert? Indem er den jungen Mann, Giuseppe Pelosi, einlud – hier möchte ich den Aussagen Pelosis glauben –, durch Schläge reizte, ihn zu schlagen, vergiftete er das ganze Leben des jungen Mannes – über seine eigene, Pasolinis, Vernichtung hinaus.

Sade spintisierte so etwas, Sade setzte es nicht in Szene. Pasolini wäre nicht nur das Opfer – Pelosis Ruin wäre durch Pasolinis Selbstmordabsicht angezettelt worden.

Die Gewalttat des einen ist mit der Rache des anderen identisch.

Die Opfer in *Salò* sind gänzlich ausgeliefert. Sie schädigen ihre Quäler nicht.

Ruft nun ein Film wie *Salò* gerade die Formen der Grausamkeit im Betrachter hervor, die er anzuprangern vorgibt? Verdirbt er uns unwiderruflich, so wie Sade, vorgeblich, seine Leser schädigen wollte?

Gewiß: *Salò* ist ein Produkt eben der brutalen Konsumwelt, die sein Schöpfer verdammt. Wann erreichen welche Bilder Dressurcharakter? Wann konditionieren sie Individuen und eine Gesellschaft?

Die Idee der Katharsis bei Aristoteles, die Idee des Théâtre de la Cruauté bei Artaud gehen von der Voraussetzung aus, daß die horrende Darstellung des Zerfleischens den Menschen von seinen Nöten und Ängsten befreie.

Die Richtigkeit kann in einigen theatralischen Riten der Wolof oder im Vaudou nachgeprüft werden. In *Salò* erfährt der Betrachter eine absurde Umkehrung: Dieser raffiniert grausame Film über Grausamkeit ist dort am unmenschlichsten, wo er den Zuschauer schont.

Die KZ-Szenen des Schlusses werden durch das Opernglas des Voyeurs gezeigt – der Voyeur Pasolini spannt also vor seine Kamera einen zweiten Filter und will durch diese doppelte Verneinung das Unverdauliche wieder ästhetisch konsumierbar machen.

Auch das entbehrt nicht der Folgerichtigkeit: Da Pasolini alles Ästhetische als faschistisch erscheint – warum sollte die KZ-Folter nicht ästhetisch werden?

Die scheinbare Milderung aber nimmt dem Zuschauer die Möglichkeit des Aufstands, der kathartischen Umkehr.

Das Théâtre de la Cruauté verwandelt sich in eine stumme KZ-Oper. *Salò* entläßt den Zuschauer nicht erlöst.

Die Grausamkeit der Bäckerjungen hat sich nicht verändert – aber die Medien, die sich ihrer bedienen.

Vaudoueske Blutbaeder – Mischreligioese Helden

Anmerkungen zu Daniel Casper von Lohensteins Agrippina

Caracas, Mai 1977

1.

Kaum eine Figur der Weltgeschichte ist haeufiger dargestellt, nachgeahmt, gelobt und verworfen worden als Nero – kaum ein Dichter heftiger verdraengt als Daniel Casper.
Ich halte Lohensteins Werk nicht fuer schwuelstig; Schwulst bedeutet beliebige, schaedliche Wucherung.
Lohenstein laesst Nero vor Poppaea sagen:

Mein Kind / der Kreis der Zeiten
Pflegt aus dem Lentz uns ja auch in den Herbst zu leiten /
Der Baum trägt endlich Frucht / der erstlich hat geblüht;

Agrippina dagegen, um Nero in den Inzest zu ziehen:

Wir müssen die Natur der Dinge Zirckel nennen.
Denn würde nicht ihr Lauff zu seinem Uhrsprung rennen /
So würd ihr Uhrwerck bald verwirrt und stille stehn.
Des Himmels Umb-trieb muss nach Osten wieder gehn /
Wo sein Bewegungs-Kreiss den Uhrsprung hat genommen.
Der Frühling muss zum Lentz / der Fluss zum Kwälle kommen.
Die Sonne rennet stets der Morgen-röthe nach /
Und ihrer Mutter Schoos ist auch ihr Schlaf-Gemach.
Warumb sol denn diss Thun als Unthat seyn verfluchet /
Wenn ein holdreicher Sohn die Schoos der Mutter suchet?
Den Brunnen der Geburth? Da er die Libe Frucht
Und die Erneuerung des matten Lebens sucht.

An der Leiche Agrippinas fasst Anicetus den Kampf zwischen Regression und Norm noch einmal zusammen:

Nun ligt das stoltze Thier / das aufgeblassne Weib /
Die in Gedanken stand: Ihr Uhrwerck des Gehirnes
Sey mächtig umbzudrehn den Umbkreiss des Gestirnes.

Schwulst?
Wir entdecken uns in Nero und Nero in uns – Lohenstein aber erschreckt mehr als Sade und Freud, denn er bietet weder die Absolutionen der Wissenschaft noch die Troestungen eines mechanischen Weltbilds.

2.

Mit Vaudou bezeichnet man eine haitianische Volksreligion, eine Mischform aus afrikanischen Riten – vor allem des Stammes der Fon – und Katholizismus; das Wort kommt von Vodun und bedeutet auf Fon Gott.
Antonin Artaud kam auf seiner Reise nach Mexiko in Habanna mit der Kultur der Afroamerikaner in Beruehrung.
Aristoteles' Katharsis – die Umkehr des Grauens und Schreckens der Tragoedie, des Bocksgesanges, in Mitleid und Heiterkeit – findet auch im Vaudou statt.
In der Trance begegnen sich Arme und Mysté, die Besessenen verwandeln sich in die Vodun.
Der Vaudou entstand zur Zeit der Sklaverei; er dauerte unter Kaisern und Koenigen an, unter der amerikanischen Besatzung und unter Tourismus und Neokolonialismus.
Die Schichten der haitianischen Geschichte werden in jeder Zeremonie deutlich: die Musikinstrumente und die Gesaenge Afrikas, die Trillerpfeifen und Peitschen der Sklaventreiber, die Macheten der Zuckerernte, amerikanisch naeselnde Goetter.
In der Trance rechnen die Glaeubigen mit ihren Zwaengen ab.
Das Théâtre de la Cruauté von Antonin Artaud versprach den Parisern etwas Gleiches.
Auch im Vaudou haeuft sich Grausamkeit: Bocksopfer, Schlachtrituale, Einweihungsproben, hierarchische Unterdrueckungen.
Primal Scream, Beruehrungstherapie, Traumdeutung versuchen, desinfiziert und in der Sitzecke, bei hoeheren Gagen etwas Aehnliches.
Wie in den Elendsvierteln wird in den Vaudoutempeln alles verwendet, was zugaenglich ist.

Eine Réligion de Bricollage, eine Flickenmythologie:
Kostueme der Franzoesischen Revolution,
das Propagandafoto des Président a vie,
der Plastikeimer,
die alte afrikanische Goetterstatue, von den Verschleppten im Darm heruebergeschmuggelt.
Pop. Underground. Landscape Art – taeglich von den Hungernden realisiert.
Berge und Taeler umgeformt zu afroamerikanischen Chartres und Ephesus.
Feine Ideologen rechnen unerbittlich die Verbindung des Vaudou mit dem Faschismus auf – wie die Baptisten die mit dem Teufel.
Die feinen Ideologen vergessen, dass die Revolution, die 1804 zur Unabhaengigkeit des ersten schwarzen Staates in der Neuen Welt fuehrte, nur durch den Vaudou ermoeglicht wurde; sie vergessen, dass die aus Dahomey tradierten Ackerbaustrukturen, das Koumbite, kommunenartige sind, die noch immer Millionen Haitianer am Leben halten; sie vergessen, dass das haitianische Volk 400 Jahre Hunger, Elend, Folter nur ueberlebte durch die Wirksamkeit des Vaudou und durch seine Schoenheit.

3.

Man wird Lohenstein – auch wenn man das Magische in seinem Werk herausschaelt – kaum einen Reaktionaer nennen:
In *Epicharis* und *Cleopatra* tadelt er die Maechtigen und diskutiert republikanische Ideen; nicht *Miss Sara Sampson* – 1755 –, sondern *Epicharis* stellt zum ersten Mal auf dem deutschen Theater eine Buergerliche vor; 1665 und entgegen Opitzens Forderung, vor *Nathan dem Weisen* plädiert er fuer religioese Toleranz, rund 150 Jahre nach Beginn des ueberseeischen Sklavenhandels verteidigt er in *Cleopatra* und *Sophonisbe* die Rechte der» Mohren«, die Rechte der Afrikaner gegen den Imperialismus.
Lohenstein kannte sich aus. Er hatte sich bei arabischen Aerzten belesen, bei Herodot, bei dem Afrikaner Corippus, bei Leo Africanus.
Er holt sich aus John Miltons *Pro Populo Anglicano* die Informa-

tion fuer einen Wortwechsel in der *Epicharis* (174):
SENECA: Der Mohren Oberhaupt ist fast zum Gotte worden.
NATALIS: Wenn es ihr Prister heisst / mus es sich selbst ermorden.
Masinissa ruft in *Sophonisbe* (302):
Auf! edle Mohren / lehnt Gewalt ab mit Gewalt.
Sophonisbe (339):
Eh ihr wolt Africa der Völcker Raub sehn werden /
Die edlen Mohren sein Verwürflinge der Erden /
Eh ihr wolt Fässel zihn?
1665 (347):
Ihr unbarmhertzgen Götter!
Was schüttet ihr auf uns nicht für ergrimmte Wetter?
Nun sich itzt Africa durch eignen Stahl aufreibt;
Gegen rassische und moralische Vorurteile zitiert er, dass Scipio und Asdrubal in einem Bett schliefen, und (284):
der Helden gröstes Paar /
Der Römer Scipio und Asdrubal der Mohren /
Auch bei Lohenstein herrscht die allesumfassende Gegenwart der Magie.
Agrippina spielt in Endzeit, eben noch anhaltender Zeit, tragischer Zeit – Mischmasch.
Lohensteins Stimmung ist heidnisch. Das Christentum erscheint bei ihm als religioese Variante, fast alibihaft, nicht einmal schwaermerisch manieristisch wie bei Quirinus Kuhlmann.
Lohensteins Helden sind mischreligioes:
Ibrahim Bassa steht zwischen Christentum und Islam – wie viele Neger der Neuen Welt auch.
Cleopatra ruft alles an, was zur Verfuegung steht.
Antonius, der Vertreter der roemischen Staatsreligion, betet zur Isis.
Agrippina hoert auf Chaldaeer, Nero auf den Vaudoupriester Zoroaster.
Epicharis praktiziert heidnische Blutriten (181):
Das Blutt des grimmen Fürsten
Soll uns zu süsser Lust gemischt in süssen Wein /
Die Hirnschal
unser Glass und Trinckgeschirre sein.

EPICHARIS: Mein und derselben Blutt die den Tyrannen hassen
Sey Vorschmack künfftger Lust.
Riten der Leopardenmaenner, der revolutionaeren Verbrecherbuende Afrikas – Pacte du Sang au Dahomey und Cochons sans Poils; die Revolution in Haiti wurde von einer Vaudoupriesterin mit einem Blutumtrunk begonnen.
Auch Sophonisbe begeht eine synkretistische Zeremonie.
Von Ibrahim Sultans schlimmer Heyden-Weise wird gesprochen; sein Sohn hoert auf die Maltheser.
Lohenstein gibt eine der raren anthropologisch exakten Schilderungen synkretistischer Trance:
Die Mohrin Sophonisbe aeussert bei einer Beschwoerungsszene (335):
Die Schlaffsucht fällt mich an; mein ganzer Körper schwitzet.
Cleopatra verwandelt sich – Shakespeare wendet das Verfahren in *Romeo und Julia* an – in einen Zombie.
Sie wird – auch die haitianischen Priester sollen es mit einem Curarepraeparat verstehen – in einen totenaehnlichen Zustand versetzt, aus dem sie nach einiger Zeit wieder zurueckgerufen werden kann.
In fast jedem Stueck Daniel Caspers gibt es eine oder mehrere Geistererscheinungen.
Eine besondere Bedeutung haben redende Wachsbilder:
PISO (*Epicharis* 241):
Der Himmel laesst viel zu den Geistern schwartzer Hölen.
Kont er ein wächsern Bild begeistern: Dass es hat
Mir fälschlich wahrgesagt.
Lohenstein notiert dazu einen Bericht von Pierre Matthieu: Il ne dira pas, qu'il ne m'ait fait voir une image de cire parlante et que disoit ces deux mots latins: Rex impie peribis.
Und noch einmal (261):
Natal hat mich ins Garn durch Zauberey gefällt /
Ein wächsern redend Bild zum Engel fürgestellt /
Redende Orakelbilder gibt es auch auf Haiti – vielleicht nahmen sie von dort ihren Ausgang?
Der Sohn des Columbus berichtet in der Biographie des Vaters von indianischen Priestern der Inseln, die Tonfiguren ihrer Götter

mittels Roehren zu Weissagungen brachten. Noch heute aeussern sich durch Roehren und andre Manipulationen die Ahnen in den Vaudouheiligtuemern. Sie sprechen aus urnenartigen Tontoepfen heraus.

Bei Lohenstein kommen vaudoueske Blutbaeder vor und Kultpflanzen, afrikanische Nagelfetische und haitianische Blumenorakel und ein politisches Beispiel:

Nero bestraft einen Mitverschwoerer der Epicharis (269):

Scevinius Wohnung muss man bis in Grund abreissen;

Auch das war lange Sitte auf Haiti: Die Haeuser gestuerzter Politiker wurden von ihren siegreichen Feinden und vom Volk ausgepluendert und niedergerissen.

Als der junge Jean-Claude Duvalier den einflussreichen Innenminister und Geliebten seiner Mutter, Cambronne, stuerzte, wurde es als Fortschritt im westlichen Sinne gewertet, dass Pluenderung und Schleifen nicht mehr stattfanden.

4.

Vaudoupriester – Houngan – ist oft Synonym fuer homosexuell, Vaudoupriesterin – Mambo – fuer lesbisch.

(Im afrobrasilianischen Synkretismus heisst es fuer den Mann entendido – einverstanden, eingeweiht, fuer die Frau uma forte pessoalidade – eine starke Persoenlichkeit.)

Als eine der wenigen Religionen verfuegt der Vaudou ueber eine homosexuelle Gottheit, den Totengott Guédé Nibo, und am Totensonntag singen die Vaudouglaeubigen in der Stadt und auf dem Land: Guédé Nibo Massissi, Guédé Nibo Massissi! – schwuler Guédé Nibo, schwuler Guédé Nibo!

Entendido, Tunte, Priester-Princeps Nero – forte pessoalidade, Kessmus Epicharis sind auch die Antagonisten der beiden roemischen Trauerspiele Lohensteins.

Fast alle Helden Daniel Caspers lassen sich androgyn deuten; fast alle Frauen treten als starke Persoenlichkeiten auf. Soliman sagt zu Ibrahim Bassa (22):

Schien Ossman dir zu schlecht / schien Ossman dir zu wenig
Zu liben der dich libt? . .

War dir die Hand zu schwer die dich mit linden Fingern
So sanft in Schlaff einwiegt?

Unerreichbar stark in ihrer Tugend Isabelle; stark in ihrer Tuecke und fuer den schwankenden Soliman sicher erschreckend, Roxelane, seine erste Frau.

Marc Anton geht als lover des Gaius Julius Caesar durch, der jeder Frau ein Mann und jedem Mann eine Frau war – dem gewissenhaften Sueton nach.

Cleopatra eine forte pessoalidade, die nicht vor dem Scheintod zurueckschreckt und nicht davor, falsch, auch einem dritten Eroberer den Kopf zu verdrehen.

Die geschichtlich ueberlieferten erotischen Beziehungen zwischen Nero und Otho drueckt Lohenstein behutsam aus:

OTHO (23): Dass ich der Donner-Gott
Mich achtete zu seyn / wenn diesen Safft der Rebe
Ein Ganimedes mir / nicht eine Venus gäbe...

Darauf NERO:
Wo ist der Venus-Stern der aber itzt uns scheint?

Die Gespraeche Agrippina – Octavia haben etwas von einem lesbisch angeschwippten Kaffeekraenzchen. Stark sind alle Frauen der ersten roemischen Tragoedie, auch wenn sie verlieren, Agrippina, Octavia, Poppaea, die eifersuechtige Petzerin Acte und auch die unbeirrbar fluechtende Sosia.

Unnahbar pruede geisselt Octavia ihren Mann Nero (28):
Dass er mit Knaben-Lust den Eckel ihm versuesst /
Den unsre Keuschheit schafft / mit Männern sich vermählet
Und ein entmanntes Kind zu seiner Braut erwaehlet /

Dazu Daniel Casper in den Anmerckungen (118ff.):
Diese Schand-That hat Nero selbst am Britannicus begangen. Hernach ihn allererst mit Giffte beflecket.. Wie Nero aber den Sporus als ein Weib geheyrathet / beschreibet Sueton.. Ja Nero hat sich als ein Weib dem Dr̊yphoro.. oder dem Pythagone sich verlobet..

Sardanapalus machte es noch aerger / dieser wollte mit Gewalt ein unkeusches Weib seyn / liess ihm die Haare gäntzlich wegnehmen / und heyrathete einen Knecht aus Carien / Nahmens Hierocles: Ja er wolte oft gleichsam in der That betroffen werden /

als wenn er mit andern Männern Unzucht getrieben; Desswegen er denn vom Hierocles Scheltworte und blaue Augen machende Schläge willig vertrug / ihn auch endlich zum Käyser zu machen entschlossen war. Dieser Käyser liess auch einen solchen Buben Nahmens Aurelius Zoticus aus Smyrna .. mit höchster Pracht nach Rom holen / machte ihn zum Kämmerer / ehe er ihn sahe / badete und trieb alle abscheuliche Laster mit ihm / ruhete und speisete auf seiner Schoos...

Keusch Epicharis, kess, ein Transvestit von uneingestandener lesbischer Veranlagung oder gar nicht so uneingestandener:

Schon Jean Desmarets de Saint-Sorlin umgibt Epicharis in seinem Roman *Ariane*, den Lohenstein kannte, mit einem transsexuellen Ambiente.

Bernhard Asmuth schreibt (*Lohenstein und Tacitus*, 80):

..eine verheiratete Dame, die sich in Buch 6 in die als Mann namens Eurylas verkleidete Epicharis verliebt und ihr nachstellt..

Epicharis sagt selbst (163):

Hierauf erzeugte sich der Himmel holder mir /
Weil Ariane mir der Aussbund dieser Erden
Die Neffe meines Herrn begonte hold zu werden.
Die Wolcke ward verkehrt in heitern Sonnenschein.
Ich ward der Arian als eigen heim gegeben:
Bey ihr verzuckert ich mein vor vergälltes Leben.
Ihr Antlitz war mein Trost / ihr Thun mein Unterricht /
Ja meine Dienstbarkeit war mir kein Dienen nicht.
Sie lebt' in süsser Lust / ich diente mit Vergnügen /
.. Mein treu Gemütte zwingt
In Männer-Kleidern mich den Helden nachzuziehen.

Und noch einmal (168):

Ich aber / dass ich mich mehr sicher flüchten kann
Leg einen Helm und Rock der todten Schildwach an /

Kryptisch pornographisch laesst Daniel Casper Epicharis schreiben (240):

Wil ich die Lust noch schmecken
Dass Nerons Zunge wird mein bluttig Fessel lecken.

Und Sophonisbe schoepft auch aus dem Elend Lust. Ihr, der star-

ken, maennerknackenden, steht ein Ehemann, Syphax, gegenueber, der sich durch das Trauerspiel meistens in Ketten bewegt.
Sophonisbe leitet ihre Travestie ein (270):

Den Helm her! schneidet mir
Nun das unnütze Haar zu Seenen auf die Bogen
Von Stirn und Scheutel ab.

Als eines der Themen des Trauerspiels wird das Schwanken des Koenigs Masanissa zwischen Frauenliebe und Maennerliebe ausgesprochen.
Scipio, der ehemals mit dem Mohren Asdrubal im Bett lag, sagt zu dem Koenig (321):

als er kam in mein Zelt /
Als wir ein Freundschaffts-Pfand einander zugestellt /

Und:
Hast du den Scipio nie eine Frau sehn küssen?
Masanissa verlaesst Sophonisbe fuer Scipio genauso laechelnd amoralisch, wie Sophonisbe ihren Mann fuer Masanissa verliess.
Doch haftet dem Androgynen hier etwas Schamanistisches an.
Syphax von der priesterlichen Sophonisbe (285):
Ich höre meinen Schatz / schau aber einen Mann.
Zwei Seiten spaeter sagt Masanissa von eben dem Syphax:
Wie? hat der Syphax sich in eine Frau verstellt?
Und droht ihm:
Dass Masanissens Stahl in deinen Därmern rase /
Von den Sikh an den Haengen des Himalaya wird berichtet, dass sie unterlegene Gegner in den Arsch ficken.
Junge Maenner in der Oase Gabes sagen, um ihre Bereitschaft zur Hingabe an einen Freund anzuzeigen:
Tu es le couteau, je suis la viande.
Und Jean Genet spricht im *Enfant Criminel* von der Identitaet des Messers mit dem Phallos.
Vom Ibrahim Sultan schreibt Lohenstein (176):
Der stuendlich sich beflecket wie ein gemeines Weib
.. der ärger brennt und glüht
Als ein Sardanapal ..
Und die keusche Ambre nimmt damit eine Anmerkung wieder

auf, die Daniel Casper vor acht Jahren verfasst hatte. Ibrahim Sultan schafft es weder, die alternde Witwe Sisigambis rumzukriegen, noch kann er ohne die Hilfe seines Achmet die minderjaehrige Ambre vergewaltigen. Seine starke Mutter laesst ihm die geliebte Riesin ermorden.

Mutterliebe und anale Phase ruecken dicht zusammen (121):

KIOSEM: Denn deine Mutter wil
Und den gezückten Dolch fühln in den Därmern rasen /

Eine nun ganz ausgesprochen lesbische forte pessoalidade zeichnet Lohenstein in der Sekierpera. Sie sagt von der noch nicht 15jaehrigen Ambre (123):

Der Zunder heisser Brunst ist selbst in mir entglommen /
Seitdem ich zweymal sie im Bade wahrgenommen.

Und dieser unkeuschen Sekierpera verspricht die keusche Ambre:

Ich kan / und wil / und sol den Ibrahim nicht lieben.
Wilst aber du / mein Licht / mit der Erbarmung üben /
Die dich verliebt umbhalsst / ja dir zu Fusse fällt /
Die dich fürs Sultans Hertz / und ihren Engel hält /
Wirstu / wie du vermagst / die schwermende Begierde
Dem Sultan reden auss / den Schatten meiner Zierde
Vernünfftig bilden für / so sol die milde Hand
Dir hier stets offen stehn. (151)

Eine Formel, die Lohenstein schon einmal fuer ein homosexuelles Verhaeltnis benuetzt hat, fuer die Beziehung Soliman – Ibrahim, eine sehr konkrete Formel!

Daniel Caspers Schilderung des Sexualverhaltens schließt den Inzest, die Verfuehrung Minderjaehriger, maennliche und weibliche Homosexualitaet, Nekrophilie, Sadismus und Masochismus ein.

Diese Schilderungen gelangen bis zu einer amoralischen Heiterkeit:

Wie selbstverstaendlich betruegt Cleopatra zwei Maenner, wie selbstverstaendlich werden die Partner in der *Sophonisbe* getauscht, wie selbstverstaendlich traegt sich das Maedchen Ambre der Sekierpera an.

War auch dies Lohensteins Utopie? Eine Republik ohne rassische

Diskriminierung, bei Gleichberechtigung der Frau und ohne sexuelle Einschraenkungen – vor Sade, vor Freud?
Diese sexuelle Freizuegigkeit scheint sich ihm mit den Mohren, mit Afrika zu verbinden – es ist die freundliche Amoral des Vaudou. Lohenstein formuliert sie als Utopie der Vernunft:
Der schwule Scipio zum bi-en Masanissa (349):
Wenn der Vernunft ihr Licht den Nebel wird vertreiben.

5.

Lohensteins Blick ist skeptisch.
Im Gegensatz zu Freud zeigt er die Ueberlegenheit des Thanatos ueber den Eros.
Ehrgeiz, Machttrieb, Folter, Mord stehen ueber der Liebe. Schon Lohenstein formuliert die Idee des Traumas:
(*Epicharis* 172) Rom fühlt die Seelen-Wunden
Die Nero ihr gekerbt /
Octavia (28) wuerde die Perversionen Neros noch hingehen lassen, aber:
Dass er ihm Mägde legt in unser Bette bey /
Frist einer Frauens Hertz / beist Marck und Bein entzwey.
Nero zu Poppaea (41):
Wie? oder zweifelstu? Dass deine Strahlen seyn
Die Fackel unser Brunst? Des Mörders Zutritt frischet
Entleibter Wunden auf / die gleich sind abgewischet.
Nicht anders wallt mein Hertz und treibt das Blutt empor
In deiner Gegenwart. Mein Wundenmahl bricht vor
An Stirne / Mund und Brust.
Paris sagt von Agrippina (65):
Dass ihr hat Unzucht solln zu Ehrenflügeln dienen.
Und Daniel Casper haette da Tacitus als Zeugen nennen koennen, der in den *Annalen* XII, 7 bemerkt:
Ihr Haus war ohne Schamlosigkeit, wenn diese nicht die Herrschsucht befoerderte . .
Aber Lohenstein uebergeht diese Stelle in seinen »Anmerckungen«.

Die eigentliche Darstellung von Tugend, Puritanismus, Verdraengung geschieht mit der *Epicharis* (227):

ja wenn ich die bluttgen Glieder schrencke
Umb Pfal und Folterbanck / empfind ich grösser Lust /
Als Acte / die gleich ruht dem Käyser auf der Brust.

Der ganz tugendhafte Kessmus wird der ganz lasterhaften Tunte gleich;
Daniel Casper laesst Nero ein Wort der Maessigung, der Ironie sprechen (267):
Epicharis: Wol! reicht das schöne Haupt mir / dass ichs küssen kan;
Dass sein wolriechend Blutt mit meinem sich vermische;
Dass meine Freuden-Thrän ihm Koth und Sand abwische!
Nero: Reichts hin der Rasenden zu sehn / was Wahnwitz thut.
Epicharis: Mein lächsend Mund erkwickt sich durch so kräftig Blutt.
Der Sadist gewaehrt der Masochistin einen Dienst, damit sie, die vergeblich zur Sadistin umschlaegt, dem sich rational gebenden Sadisten die Lust steigre.
Jeder der beiden spielt das Spiel des andren hier.
Epicharis (269): Kannstu du Blutthund nicht dem Foltern mehr sehn zu?
Er gibt nun selber nach: Dass es ihm weher thu.
Das Opfer hat ueber den Schlaechter gesiegt.

6.

Exkurs ueber Milch, Brust und Brueste.

Die Brutpflege, nimmt die Verhaltensforschung an, sei vererbt und bestimme die Sinnlichkeit, die Erotik und die Sexualitaet des Heranwachsenden.
Ibrahim Bassa, das Werk des 14jaehrigen Daniel Casper, beginnt mit einem Monolog (16):
Asien wird in gestalt einer Frauen von den Lastern angefässelt auf den Schau-Platz gestället.

Darin heisst es:
Die welke Seuge-Brust
An die des Schöpfers Sohn der Schöpffer angehangen /
Gibt Hunger Krig und Pest als Egeln / Molch und Schlangen
Vergifte Lebe-Kost.
. .
Ertz-Mörder! Ach hab Ich
Dich Tigerthier dich Wurm mit meiner Milch gesogen
Hab Ich Dich Drache Mich zu fressen aufferzogen
Dich Kinder-Mörder dich!
Isabelle sagt (27):
kommt stost mich in die Brüst /
Bis blutt und Seel aus-sprütz ich sterbe wi ein Christ.
Soliman (33):
Es ist nicht sicher / nein / der gifftgen Schlangen häucheln
Und mit den Fingern sträucheln.
Nicht sicher; ob man sie mit süsser Milch gleich tränkt /
Dass man sie auff die Schos hebt / und an Halss jhm hängt.
Isabelle wieder (45):
Mit was erschröknüs hab Ich die erboosten Wellen
Die mächtiger / als mich mich schwaches Weib zu fällen
Erduldet auf der Brust?
Soliman schwoert falsch, dass er Ibrahim wieder in die Freundschaft einsetzen will und Isabelle nicht mehr begehren (52):
Die Marmel-Brüste nicht /
Mehr Brustmetaphern, Bruestemetaphern, Milchmetaphern sind mir in dem Werk des pubertierenden Lohenstein nicht aufgefallen – fuenf auf 72 Druckseiten.
In der *Cleopatra* etwas mehr. Ich zaehle elf auf 130 Seiten. Cleopatra sagt von der Schlange, die sie toeten soll (135):
Sie hat den Arm verschmeht / sie durstet nach den Brüsten.
Komm her. Weil ich den Tod verdient mit meinen Lüsten.
Nun stich! und sauge Gift / wo mancher Rosen-Mund
Vor Milch und Honig soog. Sie beisst! ich werde wund.
Ich fühle Schlaffsucht schon und Ohnmacht mich befallen.
In der *Agrippina* des Dreissigjaehrigen:
(20) Otho: Dass der Lampreten Milch nebst Scarus Lebern man

Auffs Käysers Taffel zinst; . .
Ist wenig sonderlichs.

(22) Otho: Die Brust ist Schnee zu nennen /
Wo auff der See-voll Milch kein sanffter Liebes-Wind
Umb die zwey Felsen spielt.

(23) Otho, um Nero an seine Frau Poppaea aus Ehrgeiz zu kuppeln:
Aus ihrer Brust kwilt mir solch kräfftig Himmel-brod /
Solch eine Nectar-See: . .

(24) Nero von seiner Mutter Agrippina:
Und ihre Mutter-brust umbfängt nicht nur / sie hekket
Solch Gifft; Das auch der Schlang- und Nattern bitter schmecket.

(30) Agrippina, um sich reinzuwaschen, luegt:
In meinen Mutter-Brüsten
Läst mich kein Kalt-seyn nicht nach frembder Glutt gelüsten.

(34) Agrippina fleht ihren Sohn zur Verteidigung an:
Wer unsre Mutter-Milch der Liebe wil vergällen
Der weise: Dass von ihm was süssers könne kwällen
Als aus der Mutter Brust?

(40) Nero luegt, um Poppaea zu verfuehren:
Ich wil mein treues Leben
Auff deiner Brust Altar dir hin zum Opfer geben.
Nun / so eröffn uns auch dein Himmlisch Heyligtum
Der Seele / deine Brust.

(41) Poppaea, kokett:
Das Küssen auff den Mund / das Spielen auff den Wangen
Die Kurtzweil auff der Brust sind Blumen / die ein Weib
Noch brechen lassen kan. . .
Hier schwillt die nackte Brust!

Nero erwidert: Mein Schatz / sie sätzt an mich
Mit grimmer Sparsamkeit. Dem / der schon einst gesogen
Der Wollust Mandel-Milch wird ja zu früh entzogen
Die ungeleerte Brust.

(42) Poppaea in derselben Szene:
Die Andacht aber schwindet /
Wenn Nero einer Magd selbst Libes-Oel anzündet /

Den Ambra seiner Brunst auff Actens Schooss und Brust /
Die Knechten offen stand / entweyht mit schnoeder Lust.

Und spaeter:

Und ich erlange kaum
(Nachdem die Magd zuvor den Kern genass) den Schaum
Von seiner Anmuths-Milch.

(57) Acte, als sie berichtet, wie Agrippina aus Machtgier ihren Sohn anmacht: .. die gantz entblösste Brust
War ihrer Geilheit Garn / ..
Die Brüste schwellten sich hoffärtig in die Höh /
Durch schnelles Athem-hohln. Gleich / als aus dieser See
Sein schon verschmachtend Hertz die Nahrung solte saugen
Der süssen Anmuths-Milch. Diss Gift drang durch die Augen
Dem Käyser in die Seel.

(58) Burrhus beschwichtigt: die geile Lilgen sämt
Umb keine Mutter-Brust. Die Bossheit steht beschämt
Und läscht die tolle Brunst in diesem Marmel-Kwällen /
Daran die Zunge soog.

(60) Agrippina versucht ihren Sohn zu verfuehren:
Die Libe die sich noch lässt in den Augen wigen /
Lässt sich mit lauer Milch der Küsse zwar vergnügen.

(61) Die Brüste / die du oft geküsst hast / säugten dich:
Was hat nun Brust und Schoss für Unterschied in sich?
.. Sol sich die Mutter schämen
Zu liben ihren Sohn? Die mit der Milch ihm flösst
Die Libes-Ader ein ..
Wer sol die Mutter-Brust mehr lieben / als ihr Kind?

(63) Mein Licht / komm lasse doch aus diesen Marmel-Brüsten /
So wie vor Milch / itzt Oel zu säugen dich gelüsten:
Schmeck / ob hier nicht was mehr als Milch für Kinder rinnt;
Weil diese Berge doch der Richt-platz Ida sind /
Da Hoheit und Verstand von Schönheit wird besiget.

(64) Nero ist besiegt:
Ich brenn / ihr Brüst / ich brenn / itzt hab ich erst geschmeckt:
Dass in dem Schneegebirg ein feurig Etna steckt.

(65) Paris:

Ich sorge grosser Fürst / er wird zu letzte fühln
Mit was für Nattern wir in unserm Busen spieln.
Anicetus:
Des Ninus Faust durchstach der geilen Mutter Brüste.

(68) Nero heuchelt Begierde seiner Mutter gegenueber, um sie zu toeten:

So fängt auch unsre Lust itzt doppelt an zu blühn /
Wenn ihr der Missgunst-Zahn wil Milch und Wachs entzihn.

(69) Als er sie auf das Todesschiff entlaesst:

Doch lasse sie uns hier vor dise Gunst genüssen:
Dass wir ihr Augen / Hand / und Brüste mögen küssen.

(73) Der Geist des von Nero ermordeten Halbbruders Britannicus:

Es billt ein Hund ja in der Brust
So oft das Hertzte schlägt / der den vom Schlaff erwecket /
Den mehr geronnen Blutt als edler Purpur decket.
..

Dein Sinn ist allzu hart / und deine Brust zu wilde: ..

(82) Die Liebe singt im Reyen:

Mein Saame wird geflösst den Seelen ein /
Eh als in Mund der Brüste Milch-Kwäll rinnt.

(87) Agrippina unruhig:

Mein wallend Hertzte stürmt auf diese Marmel-Klippen!

(88) Schaut! wie sie meiner Schuld die bluttgen Brüste weist.

(91) Agrippina vor ihren Moerdern:

Kommt nicht der Blutthund selbst / der euch hieher bewogen?
Dass er hier sauge Blutt / wo er vor Milch gesogen?
..
Stoss durch der Brüste Milch! Die solch ein Kind gesäuget ..

(92) Nero betrachtet die Leiche seiner Mutter:

Dass solche Brüste mir die süsse Nahrung gaben.
.. Dass dise Lilgen-Brust / ..
Ein so kohl-schwartzes Hertz inwendig habe stecken.
..

Zinnober kwillt aus Milch / Rubin aus Helffenbeine /
. .
(97) Poppaea verfolgt ihre ehrgeizigen Ziele weiter:
. . ob die Brust gleich Lieb und Glutt auffacht.
(96) st dieser Mund / die Brust für Liebens-werth zu achten?
(99) Agrippinas raechender Geist:
Mein Adern-Kwäll hat nie kein Blutt gezeugt /
Das nicht mit Milche theils dein Leben
In zarter Kindheit hat gesäugt /
Theils hat es Farbe dir zum Purpur abgegeben.
Doch endlich musts ein süsser Kühlungs-Wein
Der Ehrensucht / der Rache Labsal seyn.
Kein Geyer speisst sich nicht mit Geyers Blutte;
Du aber saugst der Mutter aus.
(102) Anicetus von Agrippinas Resten:
Weil sie noch giftge Milch in ihrer Asche wissen?
(107) Zoroaster in der Vaudouzeremonie:
Denn Hecate steigt auf. Du must mir Milch herbringen
Von einer schwartzen Kuh / umb also bald zu sehn /
Was künftig in der Welt / im Himmel soll geschehn!
. .
Die Grube seyn gescharrt / in welcher wird gewehrt
Den Geistern Honig / Milch / und Blutt und Saft aus Reben
Wenn sie den Opfernden Gehöre sollen geben.
. .
Wie dieses Messer dringt durch Mnesters kalte Brust
So dringe deine Seel auch durch des Abgrunds Wust /
Für dises Söhn-Altar / . .

Honig, Milch, Blut, Wein werden auch in den afroamerikanischen Religionen geopfert, den Toten auf Haiti in einer Grube.
Bei dem Priester Dieusifort in Croix de Mission habe ich zum ersten Mal ein Milchbad beobachten koennen; es soll Glueck und Kraft bringen.
An der afrikanischen Westkueste, in Senegal, bespeit man die Novizen in dem psychotherapeutischen Einweihungsritus N'Deup mit Milch.
Über vierzig Erwaehnungen von Milch, Brust und Bruesten in der

Agrippina – nur wenige in der wegschnuerenden *Epicharis*, in *Sophonisbe* an die dreissig, in *Ibrahim Sultan* gleich viele.

Brust, Brueste, Milch und
zerfleischende Donnerkeile,
Blut der Adern,
scharfer Schnitt,
Rach und Eifer,
schoenes Schwert,
Seufzer,
Nattern,
Purpur,
Herzopfer,
Pfeil,
Gift,
geiler Wollustkot,
gezuecktes Messer,
Gall aus Zucker,
groesster Feind,
vergaellender Liebe Zucker,
Gift und Blut,
Dunst,
Ekel,
Flammen,
Schlangen,
Schwelgerei,
geiler Bruenste Rauch,
Molche,
Schimpf,
Saebel,
Brandmal,
Aufruhrs Glut.

Brust, Brueste, Milch zu Kindesmord, Muttermord, Vergewaltigung, Verrat, Luege, Meineid, Koketterie, Ehrsucht, Weltuntergang, Gier, Selbstmord, Unruhe, Erniedrigung, Reue, Schrekken, unedler Geburt.

In der *Agrippina* treten die Brusten, Brueste, Milchen der Verschwendung, der Kuppelei, des Machttriebes an gegen die des

Inzests, des Muttermordes, des Brudermordes, der Rache, der Nekrophilie, der Totenbeschwoerung.

Es gibt nur ein einziges erspriessliches Bruestezitat, wenn die Liebe im Reyen singt (82):

Mein Same wird geflösst den Seelen ein /
Eh als in Mund der Brüste Milch-Kwäll rinnt.

Und dies ist einschraenkend, besagt es doch, dass die Brutpflege mit dem Eros nichts zu tun hat; fuer Lohenstein geht die Liebe nicht durch den Magen.

Die instinktmaessige Pflege und Erhaltung des Neugeborenen ist fuer Daniel Casper nichts andres als Unterdrueckung, Zerstoerungsgier.

(Und ist sie es nicht?)

Das Bild der aggressiven, beissenden Brust, der zerstoerenden Saeugerin ist mir – ausser bei Lohenstein – nur noch in einer archaischen, magischen Kultur bekannt. In der achttausend Jahre alten Siedlung Çatal Hüyük, in Anatolien, hat man an Goettinnen Brueste gefunden, in denen die Gebisse wilder Opfertiere, Schnaebel von geopferten Voegeln einmodelliert waren.

7.

Lohenstein geht in seinem Theaterwerk axiomatisch vor.

Er setzt Gleichungen fuer menschliche Verhaltensweisen, die an immer neuen Orten, in immer neuen Kombinationen durch den rhetorischen Kodex schimmern.

Verstellungen durch vieldimensional verstellte Woerter.

Lohenstein beginnt dieses Verfahren am Ende des dreissigjaehrigen Krieges mit vierzehn:

Soliman in der Tragoedie des Schuelers schmarotzt ueber seinen Freund Ibrahim an dessen ganz unerreichbarer Geliebten Isabelle – fuenfzehn Jahre spaeter wird das Verhaeltnis Nero – Otho diese Konstellation umkehren: Otho flieht nicht mit seiner Frau, wie Ibrahim, sondern er bietet Poppaea seinem Geliebten an.

Isabelle, die, vom Kaiser begehrt, sich wirklich Entziehende, nicht wie Poppaea sich nur gespielt Entziehende, flieht dennoch in das Bild der roemischen Kurtisane:

Isabelle (45):

Mit was erschröknüs hab Ich die erboosten Wellen
Die mächtger / als mich mich schwaches Weib zu fällen
Erduldet auf der Brust?

Poppaea (41):

Die Kurtzweil auff der Brust sind Blumen / die ein Weib
Noch brechen lassen kan.

Die Liebesbeziehung Nero – Agrippina ist die Liebesbeziehung des Homosexuellen zur femme impossible.

In *Ibrahim Bassa* tritt Roxolane, die Europaeerin am tuerkischen Hof, als Muttervertreterin auf, beim homosexuellen Suleiman.

Hat hier der dialektisch gewandte Praeceptor, der Mufti, der den Mord an dem Geliebten spiegelverficht, nicht Aehnlichkeit mit dem dialektisch gewandten Seneca, dem Praeceptor, der den Muttermord des Nero deckt?

(Beide sahen die Christen als gefaehrlich an.)

Wie in *Agrippina* vor dem Mord an der Mutter erscheint in *Ibrahim Bassa* vor dem Mord an dem Geliebten der ausser den Grenzen des Trauerspiels ermordete juengere Rivale, hier der Sohn Mustafa, dort der Halbbruder Britannicus – in *Agrippina* misslingt der Mordversuch, in *Ibrahim Bassa* versucht Soliman den Mord rueckgaengig zu machen.

(Der Mord an den Britannicussen, an den uebrigen Kronpraetendenten hatte in der Tuerkei kultische Formen angenommen – wie auch in manchen Kulturen Afrikas.)

In der Haltung Isabelles gegen Soliman erkennt man die Haltung der Epicharis bereits vorgeformt.

Isabelle erhaelt von Soliman den Kopf des Geliebten als truebes Trauergeschenk, Epicharis von Nero den Kopf des Senecio.

(Auch der Weltmann Stendhal endet *Le Rouge et le Noir* mit einem abgeschlagenen Kopf auf den Knien der Geliebten; und in Haiti kursieren Geruechte, dass hohe Priester die Koepfe ihrer ehemaligen Feinde im Eisschrank aufbewahren und zu besonderen Gelegenheiten auf dem Schreibtisch ausstellten.

Goethe bewahrte 1829 den Schädel seines Freundes Schiller bei sich zu Hause auf: »Im ernsten Beinhaus war's ..«)
Lohenstein schrieb sein zweites Trauerspiel *Cleopatra* mit etwa zwanzig Jahren und arbeitete es mit 45, drei Jahre vor seinem Tode, noch einmal durch.
Cleopatra, die dem Antonius von einem bisexuellen Freund, Gaius Julius Caesar, uebereignet worden war, begruesst Marc Anton intrigant (36):
Mein Fürst! mein Haupt! mein Hertz!
wie Poppaea kokett den Nero, dem sie von ihrem Gatten Otho uebereignet wird (40):
Mein Fürst / mein Herr / mein Haupt /
Cleopatra, um fuer Antonius zu sterben (68):
Hier schwillt die nackte Brust / wo ist Gifft / Schwerd und Glutt?
Hier schwebt der warme Mund beherzt den Dolch zu küssen /
Poppaea um Nero zu umgarnen (41):
Hier lächst der durstge Mund!
Hier schwillt die nackte Brust!
Thyrsus stellt Cleopatra eine Falle. Sie tappt hinein (60):
Sie zittert! sie erblasst; sie starret / wie ein Stein /
Sie seufzet / sie verstummt / ihr beben alle Glieder /
Sie lächst / das Hertze schlägt / itzt kommt die Farbe wieder;
Agrippina in der Inzestszene (63):
Er zittert / er erblasst / ihm beben alle Glieder /
Itzt säufzt / itzt lächelt er; itzt kommt die Farbe wieder!
Cleopatra versucht den Augustus fintenreich herumzukriegen (122):
Er säufzet / er erblast!
Augustus antwortet:
Welch Stein sol hier nicht Wachs / welch Eiss nicht Schwefel werden?
wie Nero seiner Mutter entgegnet (64):
Wer hier nicht lüstern werden /
Wer hier nicht naschen wil / muss ein entseelter Stein /
Nicht Agrippinens Kind / nicht ihr Geblütte seyn.
Cleopatra soll zur Erniedrigung nach Rom fahren (131):
Und dass das Schiff / der Hund / schon segelfertig steh /

Nero ladet seine Mutter zum Ertrinken (69):
Das Schiff / mein Licht / wird itzt schon segelfertig stehn /
Cleopatra will von ihrem Sohn ermordet werden (132):
Hier sind die Brüste bloss / Hier ist ein scharffes Eisen / ! / Stoss zu.
In der Inzestszene bietet Agrippina dem Sohn die Brueste; in der Mordszene die Brueste den Moerdern (91):
Stoss durch der Brüste Milch!
Cleopatra bespricht eine Schlange (135):
Nun stich! und sauge Gift / wo mancher Rosen-Mund
Vor Milch und Honig soog.
Agrippina stirbt (91):
Kommt nicht der Blutthund selbst / der euch hieher bewogen?
Dass er hier sauge Blutt / wo er vor Milch gesogen?
Agrippina und *Epicharis* schrieb Lohenstein moeglicherweise gleichzeitig mit dreissig Jahren.
Wie Nero an der Frau des Otho schmarotzt, schmarotzt Epicharis an Ariana, ueber Melint, den Verlobten.
Die republikanischen Revolutionaere verursachen, wie ihr Verfolger Nero, die Qual einer Mutter.
Der von Tacitus nicht unmenschlich gezeichnete Dichter Annaeus Melae Lucanus, Neffe des Annaeus Lucilius Seneca, gibt, als die sogenannte pisonische Verschwoerung auffliegt, seine Mutter, Acilia, an.
Lucan wird hingerichtet und stirbt wie ein Soldat in einer seiner Dichtungen und sagt vor dem Tode seine eigenen passenden Verse auf (– und stirbt damit eben wieder nicht wie der Soldat in seiner Dichtung).
Seine Mutter Acilia, sagt Tacitus in den *Annalen* IV, 71 sine absolutione, sine supplico dissimulata – sie blieb verborgen, uebergangen, vergessen, ohne Freispruch und ohne Bestrafung, ohne Marter. Dies Wort supplicium entzuendet Lohenstein, und er erfindet eine Szene dazu.
Im Inhalt des Trauer-Spiels schreibt er: Attilla (Acilia), weil sie nicht bekennen wil / wird mit Ruten geschmissen .. Im Beisein des Sohnes und Dichters Lucan.
Epicharis sieht sich als die Geliebte ihres Folterers Nero (227):
ja wenn ich die bluttgen Glieder schrencke

Umb Pfal und Folterbanck / empfind ich groesser Lust /
Als Acte / die gleich ruht dem Käyser auf der Brust.

Aber nicht nur Epicharis und Lucan werden in die Naehe des Muttermoerders Nero gerückt, sondern der Onkel, der Stoiker Seneca auch (225):

Wer / was ich schrieb / wird lesen /
Wird urtheiln: Dass der Tod mein Mittel-Punct gewesen /
In dem Gedanck und Schrift als Striche sich verlohrn /
Die aus dem Zirckel warn der Eitelkeit gebohrn.

Und wer Senecas Tragödien und die Briefe an Lucilius kennt, muss in der Tat zu dem Schluss kommen, dass auf den Staatsmann Seneca Folter, Zerstoerung und Tod eine auf vielen Seiten nachlesbare Faszination ausuebten.

Nero dagegen erklaert sich mit einer bekannten Formel zu einer Mutter selbst (237):

Wir saeugen eine Schlang an unsern Mutter-Brüsten /
Die keine Wolthats-Milch nicht zahm und sanfte macht /
Noch ihren Bluttdurst stillt.

Er spricht so, wie Agrippina von ihm, von seinem Guenstling Subrius Flavus.

Epicharis am Ende singt sich das Grablied der Kaiserin (268):

Die Sternen aber wird der Geist zur Wohnung haben.

Mnester ueber Agrippina (101):

Sie stieg den Sternen zu die auch ihr Uhrsprung warn.

Sophonisbe – wohl 1666 oder 1669, uraufgefuehrt – ist eine Transvestitin wie Epicharis (270):

Den Helm her! schneidet mir
Nun das unnütze Haar zu Seenen auf die Bogen
Von Stirn und Scheutel ab.

(Auch Sadomasochistin: Schurriten haben in der Lederszene eine Bedeutung wie bei Sade und wie in *Le Rouge et le Noir*.)

Der Priester Bogudes, ein Mohr, stimmt das Hochzeitslied fuer Sophonisbe an (297):

Der Himmel segne selbst dis unser Heyligthum!

Der Priester Zoroaster das Beschwoerungslied fuer Agrippinens Geist (104):

Der Himmel segnet selbst mein Todten-Heyligthum /

In einer komplizierten Anordnung versucht Sophonisbe Selbstmord, Muttertod und Kinderopfer in eins zu vollziehen (281):
So treib dis schöne Schwerdt (ich schmecke schon die Lust!)
Durch meiner Kinder Leib in Sophonisbens Brust.
Sophonisbe will einmal wieder sterben (290):
Ich opfere mein Hertz und wiedme meine Brust
Zum Tempel.
Nero will Poppaea verfuehren (40):
Ich will mein treues Leben
Auff deiner Brust Altar dir hin zum Opfer geben.
Sophonisbe vor dem Kinderopfer (272):
Nimm diesen Kuss noch hin.
Nero vor dem Muttermord (69):
nimm einen Kuss noch hin!
Sophonisbe als sie sich selbst toetet (344):
Kommt und gesegnet uns auch noch durch einen Kuss.
Nero zu Poppaea (44):
Jedoch gesegne sie uns noch durch einen Kuss.
Vor der Endkatastrophe wieder eine Geistererscheinung.
Der androgyne Koenig Masanissa ueber Sophonisbes Leiche (348):
Allein es glimmet noch in ihrer kalten Brust
Ihr unausleschlich Oel und Schwefel meiner Liebe.
Der androgyne Kaiser Nero ueber der Leiche seiner Mutter (92):
Die Waermbde / die ihr itzt noch steigt aus Blutt und Wund
Hat so viel Kraft in sich: dass unser Zung und Mund
Empfinden Hitz und Durst. Reicht uns ein Glass mit Weine.
Masanissa:
Ja ich wil Lieb und Lust mit ihrem Schatten treiben.
Mit *Ibrahim Sultan*, seinem letzten Stueck, kehrt Lohenstein zu den Tuerken seiner Pubertaet zurueck.
Ibrahim versucht an der frischen Witwe Sisigambis, welkender Gestalt, zu schmarotzen.
Die Mutter Kiosem schliesst Ibrahim wie einen Papegoy im Keficht und toetet ihm die geliebte fellinische Riesin.
Die lesbische Kupplerin Sekierpera begruesst den Sultan, wie Poppaea den Kaiser (122):

Mein Fürst / mein Herr / mein Haupt /
Von Ibrahim heißt es (176):
der stündlich sich beflecket /
Wie ein gemeines Weib /
Vor acht Jahren hatte Daniel Casper in den Anmerckungen zur *Agrippina* geschrieben (119): Sardanapalus machte es noch ärger / dieser wolte mit Gewalt ein unkeusches Weib seyn /
Beim Kindermord Ibrahims (166):
Du Raben-Vater du / welch Thier frisst seine Jungen?
Welch Drache seine Frucht? wohl hastu's Kind verschlungen /
So friss die Mutter auch.
Nero schreit bei einem Anschlag seiner Mutter (24):
Welch Drache frist sein Kind? Welch Wurm erbeisst die Jungen?
Ambre (144):
So tauche der Tyrann eh in die Adern ein
Die von Blut fette Faust; und weihe Gott die Brüste /
Eh als der Blutthund sie zum Opfer seiner Lüste
Zu unserm Schimpf erkiest.
Anicetus rät Nero (65):
Des Ninus Faust durchstach der geilen Mutter Brüste.
Ibrahim, als er Ambre zu verfuehren sucht (170):
Sie säufzet / sie erblasst / sie schauet auf die Erden!
Den vielverwandten Satz.
Wieder ein Geist, der ermordete Bruder Ibrahims (185):
Amuratens Geist:
Fleuch! Mutter / fleuch! eh du des Sohnes Schwerdt must färben.
Kiosem:
Mein Kind! mein Amurath! halt! ach / wo fleuchstu hin?
Nero zu Agrippinens Geist (100):
Ach! Mutter / ach! Vergib! vergib dem bösen Kinde!
..
Fleuchstu? Verzihe doch!
Mit Kiosem als Oma kommt dies Kaleidoskop des Grauens, zehn Jahre vor Lohensteins Tod, zum Stillstand. (212):
Verwirrtes Trauerspiel! verkehrte Mitter-Nacht!
Da ich den Sohn vergehn / den Enckel wachsen schaue.
Lebt iemand / welchem nicht für diesem Zucker graue

Des Herrschens / der zuletzt als Gall und Essig schmeckt?
Wie / dass Regiersucht denn fast iede Seel ansteckt?
Lohensteins Axiomatik funktioniert wie Traum, Irrsinn und Psychoanalyse:
Sultan Soliman wird zu Nero,
die keusche Isabelle zur Kurtisane Poppaea,
die intrigante Gattin Roxolane zur intriganten Mutter Agrippina,
die keusche Isabelle zur keuschen Epicharis,
die ehrgeizige Cleopatra zur ehrgeizigen Poppaea,
die zitternde Cleopatra zum zitternden Nero zum zitternden Augustus,
die Mutter Cleopatra zur Mutter Agrippina
Nero zu Epicharis,
der Stoiker Seneca zur rasend entzuendeten Epicharis,
Nero zu seiner Mutter,
seine Mutter zu seinem Vater,
Epicharis zu Agrippina,
Sophonisbe zu Epicharis,
Sophonisbe zu Cleopatra,
Sophonisbe zu Nero,
der Koenig Masanissa zum Kaiser Nero,
Sophonisbe zu Agrippina,
die Mutter Kosem zur Mutter Neros,
die lesbische Sekierpera zum schwulen Otho,
Ibrahim zu Nero,
Ibrahim zu Agrippina,
die keusche Ambre zur Kurtisane Poppaea,
die keusche Ambre zum keuschen Ninus,
Ambre zu Nero,
die Mutter Kiosem zum Sohne Nero.
Verfuehrung wird zu Vergewaltigung,
Flucht zu Kuppelei,
Entzug zu Gewaehrung,
Laster zu Tugend,
Machtintrige bleibt Machtintrige,
Mord am Geliebten wird zu Muttermord,
Sohnesmord zu Brudermord,

das Sterben der Geliebten zur Verfuehrung durch die Geliebte,
Falle bleibt Falle,
Erniedrigung der Geliebten wird zum Muttermord,
Sohnesmord zu Inzest mit dem Sohn,
Folter zu Liebeslust,
Brust zu Glied,
Glied zu Scheide,
Mutterliebe zu Analverkehr,
Hochzeitslied zu Totenlied,
Selbstmord zu Hingabe,
Kindermord zu Muttermord,
Muttermord zu Koketterie,
Nekrophilie bleibt Nekrophilie,
Mutterherrschsucht bleibt Mutterherrschsucht,
Kuppelei bleibt Kuppelei,
Tunte bleibt Tunte,
Tunte wird zu Kessmus,
Inzest zu Verfuehrung Minderjaehriger,
Machtverlust bleibt Machtverlust,
Kindermord wird zu Inzest,
Geistererscheinung bleibt Geistererscheinung.

Agrippina sagt im Sterben (91):
Stoss / Mörder / durch das Glied / das es verschuldet hat /
Versprechen. Verschreiben. Verstellen.
Neros homosexuelle Handlungen gehen – so lassen sich die Historien deuten – seinen inzestuoesen Handlungen voraus; Lohenstein stellt diese Zeitfolge als sicher dar.
Es ist wie in der Sage von Oedipus, wo ueber Lajos der Tod durch den Sohn und der Inzest des Oedipus als Strafe fuer Lajos' homosexuelle Jugenderlebnisse verhaengt wird.
Die Erzieher, die Gespielen, der juengere Halbbruder, die Intrigen der Mutter, die Nero zum Kaiser machen, draengen den jungen Mann von der Norm weg.
Er wird des Mordes an seinem Stiefvater Claudius verdaechtigt, vielleicht war er daran beteiligt, sicher geschah er zu seinen Gunsten und sicher liess Nero ihn deswegen geschehen.

Auch der von Nero begangene Mord am juengeren Halbbruder Britannicus, den Nero »missbraucht« hatte, also von hinten stiess, ist ein thebanisches Motiv und ein psychoanalytisches.
Die Kastrationsdrohung durch den Stiefvater und der Konkurrent auf die Mutterliebe fallen beide weg.
Sueton nach wird der Inzest oeffentlich, leichthin und wiederholt vollzogen.
Lohenstein nach nicht, nur angezettelt, einmal aus machtpolitischen Erwaegungen von Agrippina, um Nero von der Befreiung weg, von Poppaea weg zurueck zur von der Mutter angekoppelten Halbschwester Octavia zu holen, von der Mutter selbst zurueck zur Mutter.
– Wenn du nicht mit der Mutter schlaefst, wirst du zur Strafe fuer Vatermord und Brudermord entmachtet.
– Wenn du mit der Mutter schlaefst, verlierst du die Macht, wirst du kastriert.
– Wenn du mit der Jokaste schlaefst, verlierst du beide Augen, als waeren es deine Hoden.
Nero entgeht dem, indem er den Inzest das andre Mal vorspiegelt, um seine Mutter zu ermorden.
Stoss / Mörder / durch das Glied / das es verschuldet hat /
Agrippina wird durch diesen Satz zu einer androgynen Schamanengestalt, wie sie auch der bi-kontinentale Vaudou aufweist.
Ihre Vulva ist ein Membrum.
Sie gebar Nero durch das Glied.
Sie zeugte ihn mit der Vulva.
Glied und Messer sind eins, Messer und Scheide.
Sie kastriert den Sohn an Stelle des Vaters.
Sie toetete den Vater an Oedipus statt.
Nero aber laesst Agrippina das Messer in die Scheide stossen.
Glied und Glied begegnen sich.
Inzest mit Vater und Mutter, Kastration von Vater und Sohn, Vatermord und Muttermord fallen in einem Satz zusammen.
Stoss / Mörder / durch das Glied / das es verschuldet hat – es ist die Coincidencia Oppositorum des Vaudou und des Barocken.

8.

Exkurs ueber Des Feindes Leiche gibt anmuttgen Dampf von ihr.

Jeder Vergleich hinkt. Einige koennen sich ein nuetzliches oder grazioeses Stueck voranbewegen, andre sind durch orthopaedische Fehler bewegungsunfaehig.
Soll man Lucius Annaeus Seneca mit Henry Kissinger vergleichen?
Rat, Sekretaer, Ghostwriter in einem Weltreich zur Zeit der groessten Ausdehnung, der die Fehler eines psychopathischen Staatsoberhauptes deckt und wettmacht – ein Intellektueller als maechtigster Mann der Welt?
Oberlehrerbeflissenheit hat Seneca mit Goethe verglichen. Ich weiss, daß es toericht ist, Goethe jeden kulturellen oder poetischen Einfluss abzusprechen, trotz der ihn ueberdeckenden Romantischen Bewegung; doch ist dieser Einfluss keiner der klassischen Tradition.
Homer kennen wir durch Voss, Sophokles durch Hoelderlin, die Sagen des klassischen Altertums durch Gustav Schwab; die *Iphigenie* gilt – zu Unrecht – als Nebenwerk; und wer haette die *Achilleis* gelesen?
Des Olympiers Einfluss ist ein romantischer. Faust steht in der romantisch-gothischen Tradition, nicht in der romanisch-hellenistischen.
Der Grund der griechischen Tragoedie war – zwischen Saekularisation und Magie – ein verzweifeltes Stirb / sei / sei / stirb.
Stirb und werde ist ein romantische Aufforderung, poetisch eine Verniedlichung, politisch eine Parole des aufkommenden Industrierittertums und der Arbeitsteilung: Die einen mussten sterben, damit aus den anderen etwas wird.
Bei der Abstimmung ueber das Todesurteil einer Kindermoerderin schrieb der Gretchenverfasser: Auch ich, Goethe.
(Der Senecazoegling Nero bei aehnlicher Gelegenheit: Ach, koennte ich doch nicht schreiben!
Deutsche Kleinstadtueberheblichkeit und klassische Welt.)
Als Dichter kann man den Verfasser von *Wanderers Nachtlied*

nicht mit dem Maerpott Seneca vergleichen; als Vermittler klassischer Tradition und roemischer Intellektualitaet, einer dem Urchristentum oft nahen Stoik an die Renaissance, an das Barock, an Shakespeare, Corneille, Racine, Lohenstein, Goethe selbst, Nietzsche, Rilke, Benn, ist Seneca eine millenare Erscheinung.

Mit Goethe beginnt kein Tradieren, mit Goethe wird es aufgefangen und hoert es auf.

Schliesslich: Weimar war wirklich nicht Rom.

Daniel Casper, mit 35 zu Daniel Casper von Lohenstein geadelt, wurde von den Kollegen Zesen und dem jüngeren Gryphius mit Seneca verglichen.

Das war nett gemeint. Es war, wenn man Breslau mit Rom vergleicht, laecherlich, und wenn man Senecas endloses Geweisele mit Caspers Donnerperioden vergleicht, fast unbedacht, fast unempfindlich. – Eine bestenfalls horrorerfuellte Unempfindlichkeit, die sich in der deutschen Literaturgeschichte fortzeugen wird. Lohenstein und Seneca – doppelt nett und doppelt falsch.

Und doch!

Seneca sagt (92) im vierten Akt der *Agrippina*:

Des Feindes Leiche gibt anmuttgen Dampf von ihr.

Ein anruechiger Satz; anruechig fuer die Figur, die ihn aeussert, anruechig fuer den Dichter, der ihn dem Kollegen in den Mund legt.

Des Feindes Leiche ist Agrippinas Leiche.

Anmuttg ist anmutig.

Dampf ist Dampf.

Seneca ist ein Stoiker.

Lohenstein ist unser teutscher Seneca.

Der Satz eines unversoehnlichen Sadisten, eines Nekrophilen, der Satz eines Intellektuellen in spaeter Zeit, der sich in die Ausrufe archaischer Goetter hineinversetzt, der Satz eines dekadenten Anthropophagen.

Wie kommt Lohenstein diese Aeusserung ein? Wie motiviert, wie belegt er sie? In seinem differenzierten Trauerspiel *Agrippina* gibt Lohenstein ein ziemlich undifferenziertes Bild des Philosophen und Dichters Seneca:

Die ersten Akte redet er geblaehten Schrott – von einer sarkastischen Bemerkung abgesehen (48): Ja! Diener solln auch Schuld an Brand und Hagel haben.
Im vierten Akt nimmt er an der toedlichen Intrige gegen seine Maezenin Agrippina teil, der Fuerstenerzieher argumentiert wie der Kupplerfreund.
Seneca sieht wortlos der Folterung und der Ermordung des Agerinus zu.
Er, der mit Burrhus zusammen die Staatsgeschaefte leitet, laesst den Muttermord geschehen, betrachtet mit Nero die Leiche, stellt deren anmutigen Duft fest, laesst sich vom Kaiser zur Vertuschung benuetzen und bringt seinen Schueler dazu, die Mutter nur schmaehlich zu begraben.
Seneca erinnert sich nicht daran, dass Agrippina ihn aus der Verbannung zurueckholte, ihn zum Lehrer des Thronanwaerters einsetzte und damit dem Philosophen den Weg zur Macht freigab.
Lohenstein laesst vorher selbst Agrippina ihre Handlungen und damit Seneca auch herabwuerdigen (88): Die Gunst des Seneca durch Unzucht überkommen.
In den Anmerckungen schwaerzt Lohenstein das Vorbild noch weiter an (129):
Von diesem Welt-berühmten Welt-Weisen meldet Xiphilinos in Neron. p.m. 161: Er habe mit der Agrippine zu thun gehabt / er habe fast in allem ein anders gethan / ein anders gelehret. Er habe getadelt die Tyranney / und sey eines Tyrannen Lehrmeister gewest: er habe gescholten die mit Fürsten umbgiengen / und er sey selten vom Palaste wegkommen. Er habe die Heuchler verflucht / und er habe Königinnen und Freygelassenen Lob-Reden verfertigt. Er habe die Reichen gestrafft / und er habe ter millies sestertium, welches 7500000. Philipsthaler nach Lipsii Rechnung macht / vermocht: Er habe anderer Leute Überfluss verdammet / und er habe 500. Cederne Taffeln mit Helffenbeinernen Gestülen gehabt.
Einen Satz der Rechtfertigung fuegt Lohenstein immerhin an:
Und p. 162. meldet er vom Seneca / er habe den Nero zum Muttermorde angefrischet:

.. Dass ihn desto eher Götter und Menschen stürtzen solten.
Ein machiavellistischer Satz der Rechtfertigung.
So zwiespaeltig sah man wohl zur Zeit des Barock das Bild des verehrten Praeceptors.
Der Dichter Busenello, der fuer Monteverdi um 1642 das Textbuch zur *Incoronazione di Poppea* verfasst, laesst die Kurtisane sagen:
Seneca il tuo Maestro
Quello stoico sagace
Quel filosofo astuto
Che sempre tenta persuader altrui
Che il tuo scettro dipenda sol da lui
Nero antwortet:
Ché? Quel decrepito pazzo ha tanto ardire.
Und Monteverdi verschaerft noch dies Urteil seines Librettisten, indem er im zweiten Akt eine von Busenello vorgeschriebene Apotheose des Seneca einfach weglaesst.
Der Seneca der Geschichtsschreibung, vor allem des Tacitus, ist ein andrer.
Tacitus, *Annales* XIII, 2 (in der Übersetzung von Carl Hoffmann):
Man haette mit dem Morden fortgefahren, wenn nicht Afranius Burrus und Annaeus Seneca dem entgegengewirkt haetten. Beide waren die Fuehrer des jungen Kaisers und ausserdem, was bei gemeinschaftlicher Machtstellung selten ist, untereinander eintraechtig. Durch entgegengesetzte Mittel vermochten sie gleichvieles, Burrus durch seine militaerische Tuechtigkeit und Sittenstrenge, Seneca durch den Unterricht in der Beredsamkeit und durch seine ehrenhafte Umgaenglichkeit. Sie unterstuetzten sich gegenseitig, um desto leichter den Fuersten auf der schluepfrigen Bahn seiner Jugend wenigstens bei erlaubten Genuessen festzuhalten, wenn er schon von der Tugend nichts wissen wollte. Beide fuehrten ein und denselben Kampf gegen Agrippinas wilden Uebermut, die von allen schlechten Herrschgeluesten entbrannt war ..
18: Darauf (nach dem Mord an Britannicus) beschenkte Nero seine naechsten Freunde reichlich. Und es fehlte nicht an Leuten,

die gewissen tiefen Ernst zur Schau tragenden Maennern (wie Seneca und Burrus), den Vorwurf machten, dass sie dieser Zeit Palaeste und Landhaeuser wie Beute geteilt haetten. Andre glaubten, das Kaiser habe dabei Zwang angewendet, weil er seiner Schuld wohl bewusst war . .

42: Darauf wird ein Mann, der von mancherlei Schicksalen hin und her geworfen war und sich vieler Menschen Hass zugezogen hatte, angeklagt und verurteilt, aber nicht ohne boese Folgen fuer Senecas Ruf. Es war Publius Suillius, der unter Claudius' Regierung als gefuerchtet und kaeuflich galt . .

Er schalt Seneca einen Feind aller Freunde des Claudius, unter dem jener mit Recht die Verbannung erduldet habe. Zudem sehe Seneca, nur an unfruchtbaren Studien und an den Verkehr mit unerfahrenen Juenglingen gewoehnt, scheel auf alle, die ihre lebendige und ungekuenstelte Beredsamkeit in den Dienst ihrer Mitbuerger stellten. Er sei Quaestor des Germanicus, jener aber nur ein Ehebrecher in dessen Haus gewesen. Oder muesse man es etwa fuer ein groesseres Verbrechen halten, sich aus freien Stuecken von einer streitenden Partei fuer eine ehrenhafte Bemuehung den verdienten Lohn auszahlen zu lassen, als das Ehegemach fuerstlicher Frauen zu verunehren? Durch welche Weisheit, durch welche philosophischen Grundsaetze habe Seneca denn waehrend der vier Jahre seiner kaiserlichen Freundschaft 300 Millionen Sesterzen zusammengerafft? In Rom wisse jener kinderlose Erblasser in seine Netze zu locken, Italien und die Provinzen sauge er durch unermesslichen Zinswucher aus. Er dagegen besitze nur ein kleines, durch Arbeitsamkeit erworbenes Vermoegen . .

XIV, 7: Wenn nicht Burrus und Seneca irgend etwas (erfaenden); er hatte sie sofort rufen lassen, wobei es ungewiss war, ob sie schon vorher eingeweiht waren. Beide blieben nun lange Zeit stumm, weil sie nicht einen vergeblichen Versuch machen wollten, ihm abzuraten, oder glaubten, die Sache sei schon so weit gediehen, dass Nero verloren sei, wenn man Agrippina nicht zuvorkaeme. Darnach war Seneca insofern entschlossener, dass er Burrus einen Blick zuwarf und ihn fragte, ob man nicht den Soldaten den Mord (an Agrippina) befehlen koenne . .

Die im Trauerspiel folgende Folterszene mit dem stumm zusehenden Seneca erfindet Lohenstein.
II: Er (Nero) erzaehlte sogar von dem Schiffbruch. Doch wer koennte so schwachsinnig sein, zu glauben, dass dieser zufaellig war..
So stand denn nicht mehr Nero, dessen Unmenschlichkeit die Klagen aller noch ueberstieg, sondern Seneca in ueblem Ruf, der in einer solchen Rede nur sein eigenes Schuldbekenntnis niedergelegt habe.
52: Burrus' Tod brach auch Senecas Einfluss, weil das Gute nicht mehr die gleiche Wirkung hatte, nachdem der eine Fuehrer ausgeschieden war und Nero den schlechtesten Elementen zuneigte. Diese erheben verschiedene Anschuldigungen gegen Seneca..
53: Seneca kannte aber sehr wohl seine Anklaeger, da sie ihm diejenigen verrieten, denen das Gute noch einigermassen am Herzen lag. Und da der Kaiser immer mehr seinen Umgang mied, bittet Seneca um eine Unterredung.
..Du aber hast mich mit so ueberschwenglicher Gunst und so unuebersehbaren Guetern beschenkt, dass ich mich gar oft selber frage: Ich, im Ritterstande und in der Provinz geboren, werde den Grossen des Staates beigezaehlt? Ich, der Emporkoemmling, stehe neben den Hochadeligen, die eine lange Reihe ruhmvoller Ahnen aufzuweisen haben? Wo bleibt da die beruehmte Bescheidenheit und Genuegsamkeit? Ist sie es denn, die solche Gaerten anlegt, die sich in diesen prachtvollen Villen bei der Stadt ergeht, die in so endlosen Kornfeldern, in so weitverbreiteten Zinsgeschaeften schwelgt? Mir faellt nur eine einzige Entschuldigung dafuer ein, dass ich deine Geschenke nicht ablehnen durfte.
54: Aber nun ist fuer uns beide das Mass voll..
XV, 45: Seneca habe, wie man sich erzaehlte, um die Gehaessigkeit eines solchen (von Nero befohlenen) Tempelraubes von sich abzuwenden, um Urlaub nach einem weit entfernten Landgut gebeten. Als er diesen nicht erhielt, habe er sich nervenkrank gestellt und sein Schlafgemach nicht mehr verlassen. Einige haben berichtet, es sei ihm von einem seiner Freigelassenen auf Neros Befehl Gift gereicht worden. Seneca sei aber dem Anschlag ent-

gangen, entweder durch eine Warnung des Freigelassenen oder durch seine eigene aengstliche Vorsicht.
Er fristete naemlich sein Leben mit der einfachsten Kost, mit Feldobst (im Gegensatz zum Edelobst) und gegen den Durst mit fliessendem Wasser.
65: Es ging das Geruecht, Subrius Flavius habe in geheimer Beratung mit den Centurionen, aber nicht ohne Wissen Senecas beschlossen, es sollte nach der unter Pisos Mitwirkung erfolgten Ermordung Neros auch Piso beseitigt und die Herrschaft Seneca uebergeben werden, weil er unbescholten und wegen des Ruhmes seiner Tugenden zur hoechsten Herrscherwuerde erwaehlt sei.
Von Sadismus, Nekrophilie, Schamanentum nichts, auch nichts bei Sueton; das pointierte Proust-Vorbild Plinius der Juengere, der Foltern anordnete und Foltern zusah, Kaiserberater auch er und Lebemann, verzichtet in seinen Briefen auf die Erwaehnung des Uropas Seneca ganz.

Lohenstein weist Seneca in der *Epicharis* zwei grosse, etwas ausserhalb der Haupthandlung befindliche Szenen zu.
In der ersten verteidigt er das Gotteskaisertum Neros, ein Reaktionaer (176): Die Laster werden seyn / weil Menschen werden leben. – der den Faschismus ablehnt (175): Die Römer urtheiln nicht nach Argos Bluttgesätzen. – ein Weiser von geradezu Gandhi'schen Prinzipien (176): Viel besser ists / vergehn / als sich durch Blutt beflecken. – der ausgekochte Staatsmann (177): Ich werde nicht bey euch / auch nicht beim Nero stehen. – ein Diplomat, der, auch wenn er die Revolution bejaht, mit Sousentendues operiert (177): Dis hett auch Seneca / wär er Natal / gemeint. – und der sich mit dem letzten Satz als Advocatus Diaboli entbloesst und sich selbst, seine Lehren, seinen Zoegling, die Roemische Verfassung und den Gottkaiser Nero in Frage stellt (177): Mein Wunsch ist euer Sieg / mein Lehren: säumt euch nicht.
Der Rat des reaktionaeren Konvertiten war praezise. Haetten die Revolutionaere ihn doch befolgt.
Schon zu Beginn der zweiten Szene bringt sich der alte Mann in

ziemliche Naehe zur tugendhaften Sadomasochistin Epicharis – und damit einmal mehr zu Nero
(248): Sie und ein Weiser kan die minsten Schmertzen fühlen /
(249): Nichts ist so herb / aus dem ein Weiser nicht schoepft Trost.
– So / weil die Weisen ja auf Erden Götter seyn.
Wie die Fuersten!
Hier wird nun die Apotheose des Seneca nachgeholt, die Monteverdi eine Generation vorher unterschlug – aber auch mit heftigen Gegenargumenten (248) – Wie reimt sichs weise seyn / und ein Tyrannen-Knecht?
Seneca weist die in Xiphilinos zusammengefassten Verleumdungen zurueck (250) – Dass Seneca den Tand verrathen könne /
Und das geschenkte Nichts ihm wieder bitten an /
Dagegen (251):

Wer's Vaterland nicht rettet wenn er kan /
Steckt Furien ein Licht / Tyrannen Weyrauch an;
Stürzt Völcker in Verterb / hilft Freinden auf die Baare
Und baut mehr als Busir den Göttern Mord-Altare.

Seneca verteidigt sich gewandt gegen Verläumbdungs-Gifft und Jäscht –

Am Seneca muss kleben
Mehr Bossheit / als er nie verdammt in Schriften hat
Und andern fürgerückt. Bald sol er haben Rath
Zum Bruder-Mord ertheilt / bald sich mit Agrippinen
Durch geile Brunst befleckt.

Die Ohnmacht eines maechtigen écrivain engagé, eines Machiavelli, eines Gorki, eines Brecht, eines Malraux, eines Marquez.
De Gaulle: Mais laissez-donc les intellectuels!

Dis alles kan dir dienen
Zur Warnung: Dass wer nur Tyrannen Pflaumen streicht /
Bei ihnen keinen Danck / bey andern Spott erreicht.
Die Nachwelt / sichre dich / wird noch den Nero rühmen /
Und seiner Laster Schmach durch deine Schuld verblümen /
Des Mutter-Mörders Dolch dir mahlen in die Hand.

Eben das hatte Lohenstein – wider besseres taciteisches Wissen – vor ein paar Monaten getan.

Schon im naechsten Satz geisselt Lohenstein sich selbst:
Doch kan kein frembder Wahn den Glantz von Tugend trennen /
Ob blöden Augen schon ihr Schön-seyn nicht gefällt.

Mit einem wundervollen Satz laesst der Dreissigjaehrige den Siebzigjaehrigen die Todesdrohung akzeptieren (252):

Ich sehne mich so sehr
Nach Angst und Leben nicht / und wenig Kummer-Jahren.

Seneca weist Lohn und Erfolg seiner politischen Karriere zurueck und verteidigt sich als Manipulator einer gefaehrlichen, wahrscheinlich erblich belasteten Herrscherpersoenlichkeit, im Feld von Macht, Imperialismus und Intrige (253):

Noch wil der Argwohn schlüssen:
Ich hett ihm allzu sehr den Zügel lassen schiessen;
Wenn ich: Umb dass er nicht Rom presste Thränen aus
Ihn liess die Harffe spieln.

Schliesslich aber in manieristischer Nekrophilie (255):

Ich hab auch bey der Lust Egyptisch Tisch gehalten /
Ein abgefleischt Geripp in letzter Tracht gesätzt
Zum Schaugerichte für; mit Töpffen mich ergetzt
Von Todten-Asch erfüllte. Wer / was ich schrieb / wird lesen /
Wird urtheiln: Dass der Tod mein Mittel-Punct gewesen /
In dem Gedanck und Schrift als Striche sich verlohrn /
Die aus dem Zirckel warn der Eitelkeit gebohrn.

Einen boesen Satz zu Senecas Selbstmordversuchen findet der deutsche, vom Kaiser entsandte Hauptmann Cotuald (258):

Wer wil nicht der zarten Wunden lachen?
Habt ihr / wie ihr euch rühmt so sehr zu sterben Lust
So stost den kalten Stahl ins Hertze durch die Brust /
Und kürtzt euch Schmertz und Tod.

Seneca weicht metaphorisch aus; vielleicht kalkuliert er schon den Schierlingsbecher ein.

Lohenstein erspart Seneca nicht die ueberheblichen Saetze (259):

Ich sehe Socraten mir diesen Kelch zutrincken / . .
Genug: Dass Seneca wie Socrates erbleicht.

Gleich zweimal, was geschichtlich ebensowenig ueberliefert ist, wie das Totengerippe beim Essen. Auch schreibt Tacitus aus-

druecklich, *Annalen* XV, 63: Dabei schneiden sie (Seneca und seine Frau) sich mit einem Schnitte des Messers die Pulsadern auf. Weil aber aus Senecas greisem und schlecht genaehrtem Koerper das Blut zu langsam floss, schneidet er sich auch die Adern an den Beinen und Kniekehlen auf.
Zarte Wunden?
Was veranlasste Lohenstein, Heuchelei auch noch zu Senecas Sterben hinzuzuerfinden?
Wie kollegial wirkt dagegen Tacitus' Bemerkung:
Und da ihm selbst im Augenblick des Todes noch die Redegabe zu Gebote stand, liess er seine Schreiber kommen und diktierte ihnen eine laengere Rede ..

Tacitus – Bernhard Asmuth hat es herausgearbeitet – ist Lohensteins Quelle fuer die roemischen Trauerspiele *Agrippina* und *Epicharis*, fuer Staatskunst und Verstellung.
Seneca ist in den Anmerckungen zur *Agrippina* nur mit De beneficiis, mit Hercules furens, Thyestes und mit dem zweiten Brief der Episteln vertreten.
Lohenstein unterschlaegt, was Asmuth beweist, dass die Zoroasterszene am Schluss der *Agrippina* der Hexenkuechenszene der *Medea* des Seneca nachgebildet ist.
Als Hauptquelle fuer das geblaehte Senecabild der Agrippina erscheint der obskure Dionverwerter Xiphilinos. Der Satz Des Feindes Leiche gibt anmuttgen Dampf von ihr bleibt in den Anmerckungen, die sonst jeden Papegoy belegen, unbelegt.
Die Anmerckungen zur *Epicharis* fuehren bis zum vierten Akt wieder Tacitus vor allen an. Von Seneca wieder De beneficiis, De ira, Hercules furens, De clementia, Troades, Octavia.
Mit dem vierten Akt haeufen sich die Berufungen auf Seneca, De mundi gubernatione et divina providentia kommt hinzu und endlich auch die Luciliusbriefe 75, 104, 118. Im fuenften Akt die Briefe 69, 60, 36, 55, 24, 93 und noch De tranquillitate vitae ad Serenum.
Schliesslich diskreditiert Lohenstein sich selbst und sein Senecabild aus der *Agrippina*:

Was fuer grausame Laster P. Suillius dem Seneca aufgebürdet / beschreibt Tacitus.
Und sein Hauptzeuge in der *Agrippina* gegen Seneca wird blossgestellt: Noch ärger schmähet ihn Xiphpilinos in Neron.
Wie zur Entschuldigung nimmt Lohenstein den Dampf- und Geruchssatz des Seneca in der *Epicharis* wieder auf und erweitert ihn (197).
Sulpitius Asper, einer der mitverschworenen Republikaner, aeussert:

Ja aus den Todten-Knochen /
Die ein Tyrann erschellt / ein Hencker hat zerbrochen /
Steigt ein beliebt Geruch des Nachruhms in die Welt /
Der den Entgeisterten beim Leben noch erhält.

Wollte Seneca in der *Agrippina* aus republikanischer Gesinnung heraus also bedeuten: Dies ist der anmuttge Duft und Dampf eines Tyrannenopfers, der Agrippina den Nachruhm sichern wird?
Eine diplomatische Ausdrucksweise und aufrecht, die Seneca dennoch nicht auf den Richtplatz brachte?
So haette sich Lohenstein vielleicht herausreden und ueberinterpretieren koennen.
Beide roemischen Trauerspiele erscheinen im Jahr 1665 – der Selbstmord Senecas lag genau 1600 Jahre zurueck! Es wirkt, als seien beide Stuecke fast gleichzeitig gearbeitet.
Fasste Daniel Casper sie als die beiden Haelften eines dialektischen Ganzen auf? Hier der tuntige Lasterteufel Nero, dort der tugendhafte Kessmuss Epicharis? Hier die Schranze Seneca mit Kadaveraspirationen, dort der zerrissene Weise? Die Anmerckungen sprechen dagegen.
Xiphilinos wird in der *Agrippina* ohne Einschraenkung als glaubwuerdig angefuehrt – in der *Epicharis* abgewertet.
Hat Lohenstein den Seneca der *Agrippina* und die Anmerckungen dazu vor dem Seneca der *Epicharis* fertiggeschrieben und, nachdem er blindlings in einer Richtung uebertrieben, betroffen darueber, in der *Epicharis* seine eigene Zeichnung widerrufen?
Lohenstein war sich also mit Seneca im unreinen.
Der stoische Mnester, der saekularisiert in der *Agrippina* alle ma-

gischen, atavistischen Begraebnisriten zurueckweist, besteht auf einem:
Auf dem Blutopfer fuer die tote Kaiserin und bringt sich selbst als ein solches dar – so wie in Dahomey, wo viele Vaudouriten ihren Ursprung haben, sich beim Tode eines Koenigs von Abomey Angehoerige, Diener und Frauen, freiwillig selbstverstaendlich, mit dem Herrscher zu Grabe begaben.
Auch Seneca in *Epicharis* ist vom Blut fasziniert. Sein letzter Satz (260):

Mein Leben hat ein Ende.
Erlöser Jupiter nimm dis mein Opffer an /
Die Hand voll Blutt / weil ich dir sonst nichts opffern kan.

Seneca – ein roemischer Lohenstein?

Muss man nun Lohensteins Theaterwerk nur lesen als Schoepfung eines reinen Utopisten, eines tiefenpsychologischen Revolutionaers?
Die entscheidenden Entwicklungsjahre lebte Daniel Casper im dreissigjaehrigen Krieg; 1649 verfasste er mit 14 sein erstes Trauerspiel, den *Ibrahim Bassa.*
Der Rest seines kurzen Lebens, er wurde nur zwei Jahre aelter als Schiller, kontrastiert geruhsam, fast behaebig, grossbuergerlich mit seiner Jugendzeit.
Da finden sich kaum mehr Ansaetze fuer Inzest, Homosexualitaet, Sadomasochismus, die im Krieg, in der Gymnasialzeit, in den Wanderjahren gegeben sein koennten.
Ab 22 scheint alles Matrimonium, Kinderkriegen, Gesellschaftsleben, Regierungsrat, Syndikus.
Lohenstein besass drei Gueter.
1675 reist er in politischer Mission an den Kaiserhof in Wien.
Klaus Guenther Just, dem wir die Ausgabe saemtlicher Trauerspiele von Lohenstein verdanken, schreibt: Er gewann den Hofmarschall und den Reichshofrat fuer sich, ja, verschrieb sich per Stafette aus Breslau eine Kiste mit Lachsen, deren groesster dem Kaiser als Praesent zuteil wurde, waehrend die restlichen drei Delikatess-Stuecke u. a. den drei Kanzlern zukamen. –
Doch schon der Schueler hatte Gottesschicksal, Staatsmacht und

Sadismus in einem System unterbringen koennen (*Ibrahim Bassa* 32):

Also hilft Gott zwar den gepresten /
Doch stürtzt er nicht Tirannen eh
Ob sie zwar jhm ein Dorn in Augen
Vnd uns aus-ädern und aus-saugen
Als bis von jhnen Nutz entsteh
Als bis Er / wenn wir uns an jhm sich oft versündigt
Durch sie als Dihner seiner Rachche
Als Bohten seiner muntern Wachche
Hat seines Eifers Grimm und heissen Zorn verkündigt.

Kann man Lohensteins Theaterwerk – oberflaechlich – nicht auch lesen als Moralpauken und Trompeten, »Tuerken raus«, »Schwanz ab«, »Ruebe ab«!?

In den Dichotomien Tugend – Luxus, Fortschritt – Anpassung, Empfaenglichkeit den Lachsen gegenueber und Empfindlichkeit gegenueber den Unterdrueckten war Lohenstein jedenfalls nicht unerfahren.

Existiert Seneca dagegen aus eitel Heuchelei, Tugendaefferei, Taktik – hat Lohenstein das aegyptische Totengerippe und den nekrophilen Dampf unberechtigt dazugelassen?

In den Briefen an den jungen Lucilius, drei Jahre vor seinem Tod, fasst Seneca seine Ueberzeugungen und seine Stilfiguren noch einmal zusammen.

Im 50. Brief schreibt er – ich zitiere aus der Uebersetzung von Ernst Glaser-Gerhard:

Du weisst, Harpaste, die schwachsinnige Dienerin meiner Frau, ist als laestiges Erbe im Haus verblieben. Nun lege ich keinen Wert auf solche seltsamen Wesen; wenn ich mich ueber einen Narren freuen will, brauche ich nicht lange zu suchen: ich lache ueber mich. Diese bloede Frau wurde ploetzlich blind. Es hoert sich unglaublich an, was ich dir erzaehle, aber es ist wahr: Sie weiss nicht, dass sie blind ist. Immer wieder bittet sie den Hofmeister, ausziehen zu duerfen, das Haus sei zu dunkel. Wir lachen darueber, aber mach dir klar, uns allen geht es genau so.

Im 66. Brief:

Ohne Bedenken kann ich daher die verstuemmelte und zusam-

mengeschrumpfte Hand des Mucius mehr preisen als die unverletzte jedes noch so beruehmten Helden.
Voller Nichtachtung der Feinde und der Flammen stand er da und sah seine Hand im Herdfeuer der Feinde dahinschmoren, bis Posenne, der ihm die Strafe goennte, ihm aus Neid auf seinen Ruhm wider Willen das Feuer wegnehmen liess . .
Oder sollte ich lieber einem Buhlknaben meine Gliedmassen hinstrecken, sie geschmeidig zu machen? Oder wuenschen, dass ein Frauenzimmer oder ein zum Frauenzimmer gewordener Bursche das mit meinen Fingern mache? Weshalb sollte ich nicht den Mucius fuer gluecklicher halten, der mit dem Feuer so verfuhr, als haette er seine Hand dem Masseur hingestreckt?
Im 78.:
Frische die Erinnerungen an die Gegenstaende deiner groessten Bewunderung auf: Dann wird dir mancher Held, mancher Sieger ueber den Schmerz einfallen; z. B. der Mann, der ruhig in seinem Buch weiterlas, als er sich die Krampfadern herausschneiden ließ; oder der andre, der unentwegt lachte, als seine dadurch aufs aeusserste gereizten Peiniger alle grausamen Folterwerkzeuge an ihm ausprobierten.
Im 94. Brief an Lucilius:
Den unseligen Alexander trieb seine Zerstoerungswut in unbekannte Fernen. Oder haeltst du einen Mann fuer geistig normal, der mit der Niederwerfung Griechenlands, wo er seine Bildung erhielt, seine Laufbahn begann?
Seneca / Lohenstein / Lohenstein / Kissinger – eine putzige Kombination:
Lachse und Alexandriner.
Folter und Weisses Haus.
Kairo und Oedipuskomplex.
Sadat und Marc Anton.
Ich will das Kaleidoskop bei Sprachsplittern anhalten:
Wie bei Lohenstein gibt es bei Seneca ruecksichtslose Formulierungen:
Im ersten Brief:
Einen Teil unserer Zeit entreisst man uns, einen anderen entzieht man uns heimlich, und der letzte zerrinnt von selbst.

Im 7. Brief:
Habgieriger, ehrgeiziger, genussuechtiger komme ich wieder heim: Auch grausamer, unmenschlicher – gerade, weil ich unter Menschen war.
Im 14. Brief:
Ein Folterwerk wird weit mehr ausrichten, wenn es eine Menge Marterwerkzeuge zur Schau ausbreitet.
Das erinnert noch Brecht und laesst es Galileo Galilei bestaetigen!
Im 22. Brief:
Niemand ist so feige, dass er lieber fuer immer haengt, als einmal faellt.
Diesen Satz legt Lohenstein Agrippina vor ihrem Tod in den Mund, ohne dass er die Entlehnung in den Anmerckungen kennzeichnete.
Im 23. Brief:
Manche fangen erst zu leben an, wenn sie aufhoeren muessen. Findest du das seltsam, so kann ich noch etwas Seltsameres beisteuern: manche haben schon zu leben aufgehoert, ehe sie begannen.
Im 43. Brief:
Die Schmeichelei – ach, wie aehnelt sie der Freundschaft.
Im 44. Brief:
Du wirst kaum einen Roemer finden, der bei offener Tuer leben koennte. Unser schlechtes Gewissen, nicht unser Stolz hat Tuerhueter davor gesetzt; wir leben so, dass unser ploetzlicher Anblick dem Ertapptwerden gleichkommt.
Im 91. Brief:
Die Aeusserungen ungebildeter Leute haben fuer mich dieselbe Bedeutung wie die Blaehungen, die den Menschen entfahren. Ob sie oben oder unten Toene von sich geben, ist egal.
Offizieller Ton und Slang, Gesetzestafel und Stilbruch.
Aber auch bei Lohenstein gibt es das, was Caligula in Senecas Sprache nannte:
Sand ohne Kalk.
Durchlauchtige / Hochgebohrne Herzogin / Genädige Fürstin und Frau.

Agrippine / welche Rom anbethen / der Käyser verehren / die Völcker bedienen musten / meinet nunmehr den Giepfel ihrer Ehrsucht erlangt zu haben / wenn sie sich zu Eur: Fürstl. Genad: Füssen legen darff. Denn ihre Laster wüssten nirgends als bey den Tugenden einer grossen Herzogin Gnade / und die / welche das Mord-Eisen ihres Sohnes nicht entfliehen kan / nur bey einer Mutter des Landes Beschirmung zu finden.
So ganz ohne Kalk doch nie.
Auch Seneca vibriert vor Ehrgeiz, Machttrieb, Folter und Zerstoerungslust. Wo aber Seneca die Zwiespaelte zuschuettet –
im zweiten Brief: Nicht der Mensch ist arm, der zuwenig besitzt, sondern wer mehr begehrt.
im vierten Brief: Eine durch Naturgesetze beschraenkte Armut ist grosser Reichtum.
im fuenften Brief:
Gross ist, wer aus irdenem Geschirr isst wie aus Silber; gross ist aber auch, wer mit silbernem umgeht, als sei es irden. Es zeugt nicht von Seelengrösse, wenn man Reichtum nicht ertragen kann.
im zwanzigsten Brief:
Es ist schon etwas, sich durch den staendigen Umgang mit dem Reichtum nicht verderben zu lassen; gross ist der Mann, der arm bleibt bei all seinem Reichtum.
im fuenfundfuenfzigsten Brief: Denn es ist eine Anstrengung, sich immer tragen zu lassen.
im vierundneunzigsten Brief: Die Natur schafft uns mit reinem Herzen, ohne Laster. –
reisst Lohenstein die taktischen Folien auf.
Zu einem philosophischen System als Rente hat es Daniel Casper am Kaiserhof nicht gebracht. Er wagte es, seine poetische Analyse ohne Zugestaendnisse aufzufuehren.
Des Feindes Leiche gibt anmuttgen Dampf von ihr ist der Ausspruch eines Denkers, der sich einem System der Verdraengung unterworfen hat; nicht um Wahlverwandtschaft zu signalisieren, steht er da, unvermittelt – er macht einen umgekehrten Weg der Erkenntnis deutlich.

Seneca laesst Dampf ab.
Nicht pensée sauvage, sondern Domestikation.

9.

Es gibt im Vaudou – wie in vielen magischen Gesellschaften – eine ambivalente Haltung der Macht und der Aggression gegenueber, eine aggressionshemmende Anerkennung von Power-Structures.
Glaeubige, Kulthelfer, Novizen werden Jahre hindurch einem dezenten Terror ausgesetzt, den sie, von immer hoeher, nach unten ableiten, bis sie schliesslich an der Spitze stehen, selbst maechtige Vaudoupriester sind.
Die aeusserste Spitze ist die magische Funktion des Président à Vie.
Die Beurteilung von Macht und Aggression bleibt bei Lohenstein, wie auch bei Busenello und Monteverdi, undurchsichtig – Verdammungen wechseln mit Entschuldigungen. Nero ist princeps à vie, Priester, goettlich. Es dreht sich um mehr als ein Drama, Lohenstein meint Goetterschicksal, Archetypen, Komplexe.
Sexueller Ambivalenz, rhetorischen Perversionen, Sexmythen stehen fleischlose Ritualisierungen gegenueber.
Religion und Sex scheinen sich – allem Gegenteiligen, was vorgegeben wird, zum Trotz, doch auszuschliessen.
Zwar schaekern Otho und Nero zusammen – in Clinch gehen sie nicht; Poppaea heizt Nero auf, ran laesst sie ihn auf der Buehne nicht; gerade wollen Agrippina und ihr Sohn losmachen – da haut Acte dazwischen.
Hoefische Unmoeglichkeit des Barock?
Es gaebe doch Suetons Saefte.
Nein. Vaudoueske Ungeschlechtlichkeit, Uebergeschlechtlichkeit.
Zum Sex wird nicht eingeladen, Sex wird zerlegt, ritualisiert, typisiert – wie auch bei Fellini.
Magie stellt Aggressionsvermeidung her, auch Vermeidung sexueller Aggression durch karnavaleske Uebertreibung.

Nicht der Feind wird einmal mit dem Schwert durchbohrt, sondern die Puppe tausendmal mit Naegeln.
Verwandlung.
Katharsis – deren Funktionieren Lohenstein durch die Vermittlung Senecas kannte.
Lohensteins Analyse aggressiver Verhaltensweisen scheint weit ueber jedes Vaudoubeispiel hinauszugehen.
Es gibt im haitianischen Vaudou, wie in allen anderen afroamerikanischen Religionen, grausame Opferriten – Menschenopfer, mit rituellen Schlachtschnitten sind rar, Folter und Qualmorde gibt es nicht.
Die Erzaehlungen der Glaeubigen aber von Cochons sans Poils, vom Boxer mit zwei Koepfen, von den Loups Garous spiegeln die Taten der afrikanischen Ahnen.
Also nicht?
Also doch!
Leute, denen sich die Glieder abloesen, zerschmetterte Babies, mit Kultpflanzen genudelte Haensels und Gretels, Menschenkoepfe im Eisschrank, Blutumtruenke – wie aus Tacitus und Xiphilinos.
Und in der politischen Wirklichkeit?
Haftet den Koenigen und Kaisern auf Haiti, den Revolutionaeren und Unterdrueckern, dem Schwiegersohn Napoleons, des Konsuls, nicht etwas Spaetroemisches, etwas Neronisches an?
Diese schwarzen Othos und Agrippinen, Senecas und Epicharissen leben als Heroen in den Tontoepfen des Vaudou fort neben den anthropophagen Ledermaennern und Lederfrauen, Erzulie Zé Rouge, Ti Jean Pied Fin, Guédé Nibo, Guédé Journaille.
In sie verwandeln sich die Glaeubigen waehrend der Trance, von der das Barocktheater nur ein spaeter, saekularisierter Nachhall ist.
Diese Trance bedeutet – neben den christlichen Litaneien und Messen der Mischreligion – den umgekehrten Moralweg: Nicht Imitation des Guten, also Naturalismus, Klassik, sondern Entaeusserung des Boesen, Concepts, Asianismus.
Lohenstein beruft sich auf die asianistischen Sagen von Candaules, von Medea und auf die attizistischen von Oedipus, von Orest.

Die Beispiele holt er sich aus der Tuerkei, aus Rom, aus Afrika. Er schafft sich seine eigene synkretistische Mythologie.

10.

Wer Lohensteins Verfahren als Schwulst missversteht, verfuegt ueber geringe Einsicht in das Funktionieren des Unbewussten und der Magie, in Sprachverhalten und in die Aesthetik der Konzepte.

Das Sprachverhalten der Magie gliedert sich in Glossolalie, das Reden in Zungen, das begeisterte, das schwaermende Reden, Délire Verbal, die »Langage« des Vaudou, Litaneien. (Ich meine nicht das unter den Intellektuellen verbreitete »Zwitschern« – eine letzte bourgeoise Spracherweichung, die weder Bedeutung hat noch transportiert.)

Der Feine und Gebildete meint, alles was unter seiner Universitaetskarriere und seiner Gehaltsklasse liegt, sei wild, frei, ungeordnet, barbarisch.

Das magische Sprachverhalten ist fein und eng strukturiert, wie die Reimformen und die rhythmischen Formen der Barockdichtung.

Die Langage des Vaudou ist eine Sprachlegierung, die das Afrikanisch der Vorfahren und Goetter darstellen soll, es hat keinen Diktionaer und keine Grammatik, jeder Glaeubige erfindet es fuer sich neu, es erinnert an die ersten Phoneme, die Roman Jacobsen bei Neugeborenen beschreibt, an Schwitters. Auch Lohenstein reicht so tief und frueh hinunter (*Ibrahim Bassa*, 16):

So nimm dies lächtsend Ach / bestürtzter Abgrund an!
Bestürzter Abgrund! o die Glieder triffen
Vol Angstschweis! ach des Achs!

Das Délire Verbal ist ein emotionaler, unbegrenzt wirkender Schwall, der wie Watte aggressive Handlungen abfaengt, Schwierigkeiten zerfieselt.

Der Eingangsmonolog des Zauberpriesters Zoroaster – Klimpern, das auch zum Handwerk des Vaudoupriesters gehoert (*Agrippina*, 104):

Der Käyser sorge nicht. Die Sternen folgen mir /

Ich schreibe Satzungen den Göttern selber für ..
In einer Litanei werden formelhaft geschichtliche Zitate, Ahnennamen, Heroennamen, Goetternamen, Zauberstoffe, Empfindungskuerzel hergesagt – in einer solchen Haeufung, dass eine Vereinigung zwischen Zuhoerern und Priestern eintritt, ein Verschwimmen des individuellen Bewusstseinsstroms mit den von der Tradition und von der aktuellen Grossfamilie kombinierten Sprachpartikeln – es ist eine Art Vergiftung des Individuums durch Sprache, moeglicherweise eine chemische Veraenderung von Druesenvorgaengen.
Gib das gefaerbte Tuch ..
Gibs Rauchfass ..
Gib Kräuter ..
Gib her sein Jungfern-Wachs ..
Jetzt gib den Distel-Strauch ..
Fehlt Osirite nicht / durch welche man beschwert
Der Todten blasse Schaar?
Sprache ist eine psychische Realitaet; sie bewirkt im Vaudou psychische Veraenderungen (*Agrippina*, 106):
Die Augen, die an Luchss / und Basilissken gläntzen /
Das Kraut / das / steckt man nicht Dianen Opffer an /
Wenn mans ins Wasser wirft / die Augen bländen kan /
Des Habichts-krauttes Safft / die das Gesicht erfrischet /
Solln in dis Heyligthumb ietzt werden eingemischet
Umb zu ersätzen ihr ihr aussgeleschtes Licht.
Hier ist die Heydechs-Haut / die sie / weil sie sich nicht
Uns gönnet / selbst verschlingt. Die wird die Würckung haben
Mit neuem Fleisch und Haut zu Todte zu begaben.
Hier füllet frisch Gehirn ihr leeres Todten-Haupt /
Das ich den Molchen hab am fruchtbarn Nil geraubt.
Itzt eign' ich ihr das Marck von ungebohrnen Kindern.
Die Ars Combinatoria des Barock tut nichts andres – auch sie stellt – um die Unio Mystica, die Concordia Discors zu erreichen – eine Haeufung von Bildungselementen und Emotionszitaten her.
Rhetorische Figuren sind saekularisierte Zauberformeln.
Sogar das Concetto, diese spaete, aeusserste Verknappung

sprachlicher Kuenstlichkeit (ehe eine Gesellschaft die Sprache zum Bonmot herabwirtschaftet), kommt schon im Vaudou, in den Goetternamen zum Beispiel, vor:
Ti Jean Pied Fin – der grauenvolle, zerstoererische Gott Haenschen klein mit den feinen Fuessen – oder der moerderische Totengott Guédé Journaille – der Reporter als Skelett, oder in dem Ausspruch eines Haitianers ueber die Niederlage eines weissen Kolonialisten:
Blanc vini vert – Der Weisse wurde gruen.
Nach Lohensteins vorfreud'schen und ueber Freud hinausreichenden Kombinationen koennte man fragen, ob Freud und seine Theorie nicht eigentlich auch Poetik sind und Poesie, Kombinatorik, Quacksalberei, psychologischer Vaudouzauber.
Vergleiche hinken – was tut Oedipus andres?
Was tat Freud andres, als eine neue Art des hinkenden Vergleichs fuer die Heilung von »Seelenwunden« Hinkender zu benuetzen.
Form und Inhalt decken sich gaenzlich – leider oft auch das Resultat.
Es gibt die Idee der Verstellung in Sprache und durch Sprache.
Es gibt eine barocke Ironie und auch eine vaudoueske.
Ist es ein Zufall, dass Dr. François selig, unselig, der sich nicht scheute, Mao Tse Tung und Rosenberg in sein Weltbild einzubauen, den maechtigsten Mann der Welt vorfuehrte – J. F. Kennedy?

11.

Es waere angenehm, wenn die Medien in der Bundesrepublik und das Publikum soviel Geduld, Toleranz, Neugierde aufbrachten, um das Trauerspiel eines fast unbekannten Dichters aus dem 17. Jahrhundert in ganzer Laenge und handwerklich einwandfrei zu verarbeiten.
Doch darf damit gerechnet werden?
Die deutsche Literazzia hat – was die *Agrippina* des Daniel Casper von Lohenstein anlangt – diese Chance 300 Jahre lang verpasst.

Meine Bearbeitung soll vor allem beweisen, dass dieser Text durchaus spielbar ist, durchaus theaterwirksam und eine der bedeutendsten Tragoedien deutscher Sprache.
Ich mache Vorschlaege, die, wie ich hoffe, in sich folgerichtig sind und andre Vorschlaege provozieren werden.
Es geschieht eine entscheidende Verfaelschung, wenn man den Nerovaudou zur Sexshow umfunktioniert.
Statt Magie Fickfuck.
Aber bin ich denn ein Vaudoupriester, ein Barockdichter?! Vorne und hinten, rechts und links mag Neue Zuechtigkeit de rigueur sein – ich gehoere ihr nicht an.
Warum soll das bundesdeutsche Abonnementspublikum beim hohen Theaterereignis wieder auf ein Vergnuegen verzichten, das vor ein paar Jahren noch jedes Heimkino, jeder Vatertagsausflug liefern durfte?
Den Darstellungen von Folter und Aggression legt niemandem Beschraenkungen auf – ich schlage den Vaudou und die Graefin Marizza und den Gummipillermann zur Entfesselung vor.
Zaertlichkeiten – um die Zerstueckelungsrituale der Agrippina aufzuwiegen.
Tacitus, Sueton, Plinius widersprechen mir nicht – ich bin sicher, ich kann auch Daniel Casper ueberzeugen.
Gekuerzt muss leider wohl werden. Und, da die Musik zu den Allegorien der Zwischenopern fehlt und weil ich keine Allegorien mag, ueberlege ich, ob die Reyen nicht ganz fehlen sollten – von der Traumvision der Errettung Agrippinas abgesehen, die fuer Lohenstein so wichtig war, dass er sie vier Mal wiederholt.
Mein dritter veraendernder Vorschlag ist die Einfuegung von Monteverdis *Incoronazione di Poppea*. Der grazile Revolutionaer komponierte diese Oper etwa zwanzig Jahre frueher – ein geiles Opus Magnum, mit dem der Vierundsiebzigjaehrige seine Plagiatoren ein letztes Mal aussticht.
Die *Incoronazione di Poppea* von Monteverdi ist schroff und pervers wie die *Agrippina* von Lohenstein. Die leichte zeitliche Verschiebung erzeugt Spannung – Spannung erzeugt auch die schiefe Brechung, welche Nero, Nerone, Poppaea, Poppea, Otho, Othone erfahren.

Der Schluss des Lohenstein'schen Trauerspiels ist, auch wenn die Schlussallegorie nicht entfiele, unentschlossen: Der Geist der Mutter erscheint nicht, Nero und der Zauberer fallen in Ohnmacht.
Hier nun tritt mit den Posaunen Monteverdis das Normale ein, Katharsis als operettenhaftes Happy End.
Der Satz des Mnester Aus Nerons (Augen) wird noch kwälln anstatt der Thränen Blutt bedeutet geradezu eine Aufforderung, Oedipus an Nero darzustellen.
Welcher Zuschauer der siebziger Jahre daechte nicht zur Agrippina Sophokles und Hoelderlin hinzu?
Hoelderlins noerdlich puritanisch durchgedrehte Sprache zu Lohensteins romanisch-roemischer.
Auch im Vaudou selbst gibt es die Variante des protestantischen Délire Verbal auf Trinidad im Gegensatz zum katholischen Délire Verbal auf Haiti.
Schliesslich koennte ich zu meiner Hoelderlin-Oedipus-Collage im fuenften Akt ein geschichtliches Argument anfuehren:
Magische, ekstatische Religionsformen, wie es sie im fruehen Griechenland gab, saekularisieren sich zur Tragoedie, zum Bocksgesang – halb Scala di Milano, halb Oberammergau.
(Auf Trinidad existiert in den Mahabarata-Spielen der Inder eine naive Form der griechischen Tragoedie – Goetterkampf und Gebetshymnen.)
Sophokles und Hoelderlin markieren also genau den Verbindungspunkt zwischen Vaudou und Raub der Sabinerinnen.
Es stellte sich fuer mich das Problem der Szenenanweisung – wie sich wohl fuer Lohenstein das Problem der Anmerckung stellte.
Es gibt fuer den Dichter keine zweite, keine Ausweichsprache ausserhalb der poetischen – oder er luegt.
Prousts Zeitungsartikel sind immer auch eine Suche nach der Verlorenen Zeit. Ich kann nicht schreiben:
Hans (schlaegt die Tuer zu, haemisch):
Das hat mich 15 Jahre lang gehindert, Theaterstuecke, ja auch nur Hoerspiele zu schreiben.
Ich habe mir jetzt Georges Braque zum Vorbild genommen.

Braque sollte einen Goldsaal des Rokoko im Louvre vervollstaendigen; er malte eine zu einem groben weissen Kreuz stilisierte Taube auf blauen Grund in das Mittelmedaillon.
Sonst habe ich nur wenig unternommen.
Oedip' Orest einzufuegen, mochte ich nicht unterlassen, denn Nero hat ja den Muttermoerder Orest und den blinden Oedipus gespielt.
Otho ist eine interessante Figur, ein aufgeklaerter Mensch. Ich wollte das unterstreichen durch den Satz: Ich will auf Wollust hoffen.
Die von mir eingefuegten O!s und A!s bei der Schilderung des Inzests sind Klamotte. Aber sie stehen vor der Verfuehrung Neros durch seine Mutter – und schon Shakespeare wusste, dass das Ergreifende nur noch ergreifender wird durch die vorhergehende Klamotte.
Ich habe mich bemueht, jedes schoene, widerspruechliche purpern und purpurn, Freind und Freund, itzt und jetzt zu erhalten und lieber unverstaendlich zu sein als glatt.
Jede Interpretation ist Ueberinterpretation und bleibt weit hinter ihrem Gegenstand zurueck.
Wenn man sich fuer den Vaudou interessiert und gerne Barockliteratur liest, geht es einem leicht wie dem Zoellner mit der kaiserlichen Werft.
Wahrscheinlich kann man auch mit einiger Gewandtheit Idi Amin und Sappho in einem Essai zusammenbringen.
Und warum eigentlich nicht?
Ich wollte zeigen, dass es keine ganz exotische, ganz abwegige, ganz primitive, ganz durchgedrehte Kultur gibt – die der Afroamerikaner – und nicht einen ganz verwerflichen, ganz schwuelstigen, ganz perversen, ganz elitaeren Literaten – Lohenstein.
Beide stellen unsere Entwicklung dar.
In die Aesthetik des regelhaft Unregelmaessigen gehoert der Vaudou mit hinein.
Die Gesten der Magie gleichen den Gesten der Manie und des Manierismus.

Ach des Achs!

Anmerkungen zu Daniel Casper von Lohensteins Türkischem Trauerspiel Ibrahim Bassa

Hamburg, 1978

1.

1649, ein Jahr nach dem Westfälischen Frieden, beginnt der vierzehnjährige Lohenstein die Niederschrift des *Ibrahim Bassa*.
1650 wird das Trauerspiel wahrscheinlich zum Karnaval von den Schülern des Magdalenäums in Breslau aufgeführt, 1653 gedruckt und von seinem Autor versendet.
Lohenstein zeichnet damals Daniel Casper von Nimptsch und spielt durch die Ortsangabe einen Adelstitel vor, den er erst nach 1670, vom Kaiser geadelt, als Daniel Casper von Lohenstein führen darf.

Asien wird in gestalt einer Frauen von den Lastern angefässelt auf den Schau-Platz gestället.
WEh weh! Mir Asien / ach! weh!
Weh mir! ach wo Ich Mich vermaledeien
Wo Ich bei diser Schwermuths-See
Bei so vil Ach selbst mein bethränt Gesicht verspeien;
Wo ich Mich selbst mit höuln und Zetter-Rüffen
Durch strängen Vrtheils-Spruch verdammen kan!
So nim dis lächtsend Ach / bestürtzter Abgrund an!
Bestürtzter Abgrund! o die Glider triffen
Vol Angstschweis! ach des Achs! der lawe Brunn der dürren Adern schwällt,
Den Jäscht der Purpur-flut!
Mein Blut-schaum schreibt mein Elend in den Sand!
Entthrönte Königin! entzepterte Beherscherin der Welt!
Gestürtztes Asien! aus Ichts in Nichts und Staub verstobens Land!
(16)

Ein außerordentliches Stück Dichtung, das es von keinem anderen Vierzehnjährigen gibt; nur zu vergleichen dem *Bateau Ivre* des siebzehnjährigen Rimbaud:

Mais, vrai, j'ai trop pleuré! Les Aubes sont navrantes.
Toute lune est atroce et tout soleil amer:
L'âcre amour m'a gonflé de torpeurs enivrantes.
O que ma quille éclate! O que j'aille à la mer!

Oder den *Voyelles* aus demselben Jahr:

A noir. E blanc. I rouge. U vert. O bleu: Voyelles.
. .
Golfes d'ombre:

Nur zu vergleichen den *Rowley Papers* des Thomas Chatterton, der sich mit siebzehn umbrachte – Chattertons *African Eclogues*:

I'll strew the Beaches with the mighty dead
And tinge the Lilly of their feautures red.

Innhalt.

Ibrahim ein Wälscher Fürst / welchen Soliman wegen tapferer Thaten aus einem Leibeigenen zum grossen Visihre gemacht / wird aus der Flucht nach Genua / durch welche Er seine Libste (Isabelle) zu retten dachte / in die sich in währendem Aussen-Sein des Ibrahim in Persen Soliman verliebet / nach Constantinopel gefangen bracht / und auf Ohrenbläserisch Anstiften der Keiserin und des Rustahns / jämmerlich erwürget.

Der Schau-Platz ist zu Konstantinopel die Burg zu den sieben Thürmen.

Daß Trauer-Spiel begünnet des Morgens / endet sich umb Mitter-Nacht.

Das stimmt und stimmt nicht.

Es gibt mehrere Möglichkeiten, das Stück zu lesen – offizielle und apokryphe; die 1653 gedruckte Inhaltsangabe hält sich zwischen Staatsaktion und Intimsphäre.

Alberto Girri, der argentinische Lyriker, hat es schon 1963 noch einmal zusammengefaßt:
La poesìa es el tema del poema.
Der Gegenstand von Lohensteins Dichtung ist die Poesie, das Poetische; der vordergründigste und der verborgenste Sinn des Werkes von Daniel Casper sind Allegorien, Metaphern, Vergleiche, Worte, Wörter, Silben, Seufzer.
(28)
O wort / das wie der blitz
Durch Mark und Adern dringt! O wort / das einen Ritz /
Durch beider Seelen reist! o Donner-Keul der Hertzen!
(35)
/ ja / iedes Wort-glid zwang
Mich . .
(60)
/ er hat umb ein Wort Leib / Leben / Glük und Länder
Oft in den Stich gesätzt.

Gefühlslabyrinthen stehen Wortlabyrinthe gegenüber:
(60)
Der Fürst schwur ihm den Tod / itzt wil er ihn aufhäben.
Der erste Schwur zerreist was erst der ander spricht.
Der ander Eidschwur macht das erste Wort zu nicht.
Das ander war kein Schwur. Dis hängt an dinner seide.
Der Fürsten ides Wort gilt eben viel als Eide.
(66)
Dass er auf unser Wort sich wider lasse binden:
Der Kaiser Suleiman der Grosse wird dargestellt, wie er Wörter benützt.
Der Charakter der Kaiserin Roxelane wird aufgedeckt durch ihre Behandlung von Worten, Eiden.

Die Allegorie ist – wie der Vergleich – eine ganz unpoetische Ausdrucksform; sie greift auf etwas hinter der Sprache Liegendes zurück, sie erklärt, staffiert aus, sie ist synthetisch, ideenhaft.

An meinem Text kann nicht viel dran sein, wenn ich Frau Wahrheit bemühen muß, um ihn deutlich zu machen.
(Wie an meinem Satz, meinem Wort nicht viel dran sein kann, wenn ich sagen muß, es ist »wie« ein andres.)
Poesie ist analytisch.
Aber es scheint, als vollziehe sich menschliches Denken immer vergleichend, auch in der Utopie rückgreifend, übergreifend auf Sinnbilder.
Wir kennen alle die vielen Wies, die vielen Eigentlichs, die wir in einer ersten Fassung hingesetzt haben und von denen wir uns in der Reinschrift nur ungern trennen.
Poesie ist immer auch widersprüchlich.
Sie widerspricht ihren Grundsätzen bereits, indem sie erhoben werden.
Lohenstein ist nun, unter dem Druck des barocken Formenapparates, etwas Neues eingefallen:
Er benützt die Urbilder seiner Allegorie nicht zur Abwattierung einer Aussage, sondern um sie zu Bruch gehen zu lassen:
Erlöst der Schlaf Soliman von dem Eid, dem Wort, der Bindung an den Freund?
Die Sinne treten zum Reigen an und diskutieren es – in einer Art frühem Frühschoppen.
Die Eigentlichs fallen weg wie die Wies in der absoluten Metapher des *Bateau Ivre* von Rimbaud.
Kühnheit und Kindlichkeit stehen nahe beieinander, Pauken und Trompeten und der gedackte Ton der Schwarzen Galle, das Dunkle neben dem wissenschaftlichen Kalkül des Manieristen:
Wie sagt die Begihrde im Reien?
Die Nihren zünd ich an mit liben. (41)
Wer dächte da heute nicht an die Adrenalinausschüttungen, an die Sexualhormone der Nebennierenrinde, über die man sich erst dreihundert Jahre nach Daniel Caspers Jugendwerk deutlicher klar wurde; übrigens hat auch Hans Henny Jahnn in seinen Hormonversuchen Ende der fünfziger Jahre darauf hingewiesen, daß die Begierde, die Nebennieren mit Lieben anzünde.
Zerrissenheit der Zeit der Geschichte – Zerrissenheit der Pubertätszeit des Schreibenden – extreme Wortgebilde:

Überlängte Zeilen auf die – synkopisch – eine übermäßig verkürzte folgt:

(73)

Weh! weh! weh!
Hastu / du Drachen-geahrteter Vater / du von den Tigern gesäugeter Wurm
Von Schlang und Nattern genährеter Blutt-hund / über mich einen so häfftigen Sturm
Solche See
Solche trübe Well ergossen?

(28)

Rustahn:
Fort / fort / hier ist nicht Zeit dass man die zeit verschertze.
Isabelle:
Ade! mein Leben!
Ibrahim:
Ach! ade!
Isabelle:
Mein Licht!
Ibrahim:
Mein Hertze!
Isabelle:
Mein Aufenthalt! ade! wir scheiden / ach! mein Licht!
Wir scheiden / gutte Nacht!
Ibrahim:
Allein / mein Hertze nicht!
Mein Hertze nicht / mein Sinn!
Isabelle:
Ade! zu gutter letzte!
Ibrahim:
Ich lib und ob man mich auf lichten Schweffel sätzte!
Isabelle:
Ich lib / und ob ich stürb / ach Jammer! ich vergeh!
Ibrahim:
Noch einen kuss / mein Schatz!
Isabelle:
Noch einen kuss! ade!

Lohenstein löst also den Alexandriner wie zu einem ungebundenen Ton hin auf und führt damit vor Augen, daß hinter jeder Konversation rhythmische Gesetze stehen, rhetorische Takte – hinter Proust Racine, hinter Döblin Hölderlin und Novalis.

Nicht nur Aufhebung, fast, des rhythmischen Korsetts, auch äußerste Einschnürung, wenn er – im sechshebigen Alexandriner – mit der Zäsur in der Mitte der Zeile zu spielen scheint und, bis an den Rand des Taktfehlers, die Hebungen verschiebt und spannt:
(51)
Ihr alle / die Ihr Mich bestürtzt schaut / und was Mir
mit dem ambivalenten »und« gegen Zeilenende, das dem Schauspieler ein hinreißendes Mittel zur Gefühlsformulierung bietet;
(56)
Vihr Stumme dihnten Ihm auf mit schwartz-seidnen Strängen

Über die Mittelzäsur springt er von Hebung zu Hebung und erreicht damit eine Art Ear-Dizzling, das jenes Zitternde der Todesszene noch einmal abbildet, Natur als reine Form, manieristische Mimesis.

Lohenstein zerbricht die Transportmittel seiner Metaphern.
Er schiebt Schutt und Verschüttetes übereinander – bis an den Rand des wohl auch 1649 Verständlichen:
(58)
Er trat den blauen Steig
Mit dem Visier hinab zur Sommer-laube.
(68)
Je öfter man die Hand an spitzge Dörner sticht
Ie mehr bekräntzt man sich mit Blut-bemilchten Rosen.
– bis an den Rand des Pubertätsirrsinns:
(74)
Bluttdürstger Blutt-hund! ach! das Unschuld-reiche blutt
Des tapfern Ibrahims / das du als epp und flutt
Als schwäm hältst und als schilff / das seine Zunge mus aufläkken
Schreibt an die wänd / und mahlt auf die beflekten Todten-däkken /

eine Schreibweise seherisch-automatisch wie die des früheren und des späteren Surrealismus:

(50)
Wiewol ist Wund und Zeit umb dieses schwartze band
Umb diesen Todten-Rokk so träulich angewand!

Doch sollte man sich hüten, die Arbeit des Vierzehnjährigen ins Pathologische abzuschieben, ins Ridikül-Absonderliche, mit den Etiketten Schwulst, Exotismus, Perversion, die eine impotente Geschichtsschreibe der deutschen Literatur Lohenstein annäht wie einen rosa oder gelben Winkel; im bürokratischen Gekritzle der Epigonen, im Mief inniger Verlogenheit, in den Wonnen der Vielschreiberei kannte er sich nicht aus – doch das heißt nicht, daß es bei ihm kein Maß, keine Gemessenheit, keine Stille und keine Innigkeit gäbe:

(65)
Die Fürsten sind so wol als die geringen Schäffer /
So wol die Haar und stroh als Purpur tragen / Schläffer.

(35)
O Zwitracht unsrer Seel und der entsinnten Sinnen!

(28)
Gehört doch nicht erhört / beschuldigt nichts erwiesen
Verdammet!

Ein Schüler-Autor benützt noch die vom Schulhof und vom Schulaufsatz her gebräuchliche unmögliche Formulierung.

Der siebzehnjährige Hans Henny Jahnn hat so Formeln in den Expressionismus des Vorkrieges (1911) eingebracht, die an die Concetti des Klein-Erna-Witzes erinnern.

Im Romanfragment *Jesus Christus* schreibt er:

Der passende Einfall kam dem König viel später.

Der König aber schrie ihn zornig an, nannte ihn einen blöden Wackelgreis.

Denke dir, Joseph, daß alle Bäume und alle Tiere und alle Steine und alle Menschen seelenlos sind und ab von Gott.

.. aber es vergnügte sie, daß alles so männlich und überlegen ge-

schah. Doch dies war immerhin eine angenehme Bereicherung der Gefühle . .
. . er glaubte, daß alle Kunst des Sprechens in der Nuancierung läge, er gurgelte, er quiekte, er lachte, er weinte; aber er wurde nicht verstanden.

Denkt man nicht an:
– Frau Puhmeier, was haben Sie denn? Sie sehen ja so angegriffen aus.
– Mein Mann ist tot.
– Wie unangenehm!

Für uns heute ist es schwer zu erkennen, was Hohes Wort und was Schülerslang war;
doch wenn Lohenstein schreibt
(27)
Als er schon wakkelnd hing und halb-zersplittert knakte –
findet er den Anschluß an eine mächtig ordinäre Sprache, die bei Luther immer gegenwärtig war, welche die Klassik unserer Poesie aber gründlich ausräumte, so daß wir heute noch keine Fickerei beschreiben können, ohne klinisch zu sein oder brutalistisch.
Das Französische hat die Verbindung zum Analen etc. ebensowenig geleugnet wie das Lateinische und wenn Hammer-Purgstall 1828 das türkische Dorf Amm göti eindeutschen will, das schlicht Fotze-Arsch heißt, muß er cunnus anus schreiben, was ja wohl das gleiche bedeutet.
Den Schritt vom Lächerlichen zum Erhabenen, einen Schritt zur Tragödie hin vollzog schon Villon:
Je suis François, dont il me poise
Né de Paris emprès Pontoise
Et de la corde d'une toise
Saura mon col que mon cul poise.
Und noch Jean Genet mischt die Sprachgesten des französischen Königshofes mit denen des Galgenstricks:

Et c'est pour t'emmancher, beau mousse d'aventure,
Qu'ils bandent sous leur froc les matelots musclés.
Mon amour, mon amour, voleras-tu les clés
Qui m'ouvriront le ciel où tremble la mâture
..
D'où tu sèmes, royal, les blancs enchantements,

Lohenstein zerlegt die Wörter, die Worte, den Sinn in Materialien, in Phoneme:

(51)
.. du du durch mich in Rauch
Und in umb-schwermend Asch und graus verkehrtes Persen

(26)
Ach! wenn si Ach und Pein /

(72)
Welch säufzend schweres ach

(16)
.. ach des Achs!

Lohenstein läßt die traurige Handlung auf dieser Silbe beruhen, der Freund verurteilt den Freund endgültig zum Strang – nicht auf Grund rationaler Überlegungen, sondern, als von weither, nach der Erinnerung an den Mord seiner zweier Söhne, der Kaiser wieder diesen Seufzer ausstößt. Es ist das Ach, das Ibrahims Tod herbeiführt.

Die ganze Handlung des Trauerspiels wird zusammengefaßt an dem Unterschied von scharfem und gedehntem I:

(47)
Daß Ossman der sie bitt ihr Macht hat zu gebitten.

Ein offiziöses hormonales Drama kommt zu Tage mit einem – wohl bewußt – falsch eingesetzten Possessivpronomen:

(22)
War dir die Hand zu schwer die dich mit linden Fingern
So sanft in Schlaff einwiegt'? die Sonn zu Bizanz
Zu dunkkel? die dir gab als seinem Monde Glantz?

Wie sagte Malaparte?
Im Deutschen ist die Sonne weiblich.

Philipp von Zesen gab 1645 in Amsterdam *Ibrahims oder des durchleuchtigen Bassa und der bestaendigen Isabellen Wunder-Geschichte: durch Fil. Zaesien von Fuerstenau* heraus – nach Madeleine de Scudérys *Ibrahim ov l'illvstre Bassa* von 1641.
Zesen fühlte sich an diesem Buch jedoch so beteiligt, daß er 1663 klagt:
O des hoellischen neides! Meine uebersetzung des Ibrahims hat man zu Sarbruekke mir auch nachgedruckt. Da ist ebenmaessig mein Nahme weggelaßen; wie auch meine Vorrede; ja selbst die Zuschriften an die hoechstloebliche Palm- und Rosen=gesellschaften.
Daß er selbst Madame de Scudérys Namen unterschlug, bekümmert ihn nicht – eine widersprüchliche Empfindlichkeit, wie man sie öfter bei Übersetzern und Bearbeitern findet.

Zesen war nicht nur für Ibrahim Bassa bei Lohenstein Vorgänger – 1647 (!) gab Zesen eine Sophonisbe heraus, und es wäre sicher aufschlußreich zu untersuchen, ob der Mann Lohenstein dem Philipp ebenso folgte wie Daniel Casper, der Schüler.
Folgt Lohenstein Zesen?
Philipps-Scudéry ist ein umständliches und umfangreiches Werk. Ob alle, die sich darauf berufen, es auch gelesen haben.
Aber ich will es sicher nicht dem Messias annähern.
Eine naive Phantasie:
(60)
.. und in solcher gestaltnues gaeb' Er ihr 300 000 Sultaninnen zur Morgengabe.
Und das soll nicht etwa Sultaninen heißen, was dann etwa 30 Kilogramm getrocknete Weintrauben hieße, sondern 300 000 wirkliche Gemahlinnen des Kaisers Suleiman samt ihrer Töchter – eine Pariser Wunschvorstellung von Potenz an der Pforte.

Das Buch ist an etwas welken Blüten reich; oft verdeckt die gleichmäßige Vielfalt jede Sinn-Perspektive.
Was heißt es, wenn Zesen vermerkt:
(141)
Er (Suleiman) sagte zu ihm (Ibrahim) mit solcher innerlicher Liebes=bezeugung / als ihm ein Maensch' immermehr einbilden kan / daß er sich ueberaus unglueksaelig schaezte / weil er saehen mueste / daß er einen solchen Maenschen / dehn er einig und allein liebte / nicht glueksaelig machchen koente.
(559)
Sobald er nuhn in das Zimmer hinein traht / befahl Soliman / das man hin=aus ginge / dehr=gestalt / daß er ihn (Ibrahim) / naachdehm er sahe / daß sie beyde allein waren / mit einer solchen Herz=entfuendligkeit umarmete . .

Lohenstein schreibt selbst, mit achtzehn Jahren, 1653 an den Gros-günstigen Läser:
(13)
Ich / wie wol Ich Mich allenthalben an die ausführliche Beschreibung Philip Zesens in seinem aus dem Französischen übersätzten Ibrahim gehalten / hab Ich doch nothwändig mit den meisten Geschicht-Schreibern in dem von seiner Meinung abschreiten müssen / wenn dise / daß Er nicht / Er aber / daß Er unerwürget davon kommen / berichten.

Wer sind diese Geschichtsschreiber?
Lohenstein hat zu *Ibrahim Bassa* keine Anmerkungen verfaßt, wie zu allen seinen anderen Trauerspielen.
Wir wissen nicht genau, was der Schüler las.
Und wenn wir in Daniel Caspers, des Erwachsenen, Bücherliste Augerii Gislenii Busbecquii *Legationis Turciae Epistolae*, nämlich die Vier Türkischen Briefe des Gesandten Ogier Ghiselin von Busbeck finden, so beweist die falsche Plazierung des Mustafa Gespänstes, daß Daniel Casper diesen Text als Schüler nicht kannte, denn sonst hätte er die Ermordung Mustafas geschichtlich richtig nach die Ermordung Ibrahims stellen müssen und nicht wie Zesen-Scudéry falsch davor.

Lohenstein weicht nicht nur durch die Vollstreckung des Todesurteils an Ibrahim von Zesens fünftem Buch des vierten Teiles, nein, von Zesens ganzen 1300 Seiten ab, die er genau kannte und, wie wir noch sehen werden, auf das ungewöhnlichste paraphrasierte.

Die dreimalige Verdammung des Freundes Ibrahim durch seinen Freund, den Kaiser, mit den entsprechenden Begnadigungen, ist Lohensteins Erfindung.

Die Totenmahlzeit und der schwarze Rock sind zwar bei Zesen vorgebildet, als Scheitelpunkt der Handlung setzt Lohenstein sie ein, mit allen für einen Vierzehnjährigen horrenden Details – einen Vierzehnjährigen zwölf Monate nach dem Westfälischen Frieden.

(Wie läßt Lohenstein Seneca in der *Epicharis* sagen:

(255)

Wer / was ich schrieb / wird lesen /
Wird urtheiln: Daß der Tod mein Mittel-Punct gewesen /
In dem Gedanck und Schrift als Striche sich verlohrn /
Die aus dem Zirckel warn der Eitelkeit gebohrn.)

Ibrahim, so korrigiert Lohenstein seine Vorlage, ist kein Adeliger, wie bei Scudéry-Zesen (im zweiten Buch des ersten Teiles), sondern ein ehemaliger Sklave.

Also doch Auswahl, Umformung, vielartige Korrektur.

Warum er die süße Liebesgeschichte der aus der Luft gegriffenen Isabelle beibehält, bleibt mir unklar.

Zwang es Lohenstein, bewußt oder unbewußt, den Zwist zwischen Männerfreundschaft und Frauenliebe zu inszenieren, hätten doch die geschichtlichen und sicher nachschlagbaren Frauengestalten genügt:

Die Schwester Suleimans als Frau des Ibrahim und Roxelane, die ehemalige Sklavin aus Rußland, als Frau des Kaisers Suleiman.

Oriana Fallaci meinte, nach der Ermordung Pasolinis, dem Unglücklichen habe nur eine Dame gefehlt; so etwa muß Madame de Scudéry argumentiert haben, als sie, um die Ungereimtheiten am türkischen Hof in einen Roman zu bringen, *Der Bestaendigen Isabellen Wunder=Geschichte* reinfabulierte.

2.

Eine offizielle Lesart des Ibrahim Bassa ergibt ein Stück der Türkenverdammung – Soliman, der schwächliche, grausame Moslem gegen den treuen, sich aufopfernden, normalen Christen, den »wälschen«, den Romanen also – ein Stück der türkischen Schauerromantik, das 100 Jahre nach Suleiman, dem Prächtigen, ungenau, und damit unkritisch, mit dem osmanischen Weltherrscher umgeht.
Ogier, der reaktionäre Busbecquius, dessen *Vier Türkische Briefe* wir später in Lohensteins Bibliothek finden, zeichnet – bei aller schuldigen Türkenverdammung – ein differenzierteres Bild des Entwicklungslandes als der stürmische, verdrängende Schüler Daniel Casper.
Es ist eine befreiende Erfahrung, wenn man die kristallische Naivität des Weltmannes und Humanisten Ogier gegen die krausen Scuderien Zesens stellt. Welch liebevoller Aphorismus hier, welch bürokratische Qual dort.
Ogier mischt Vorurteile mit Beobachtungen, so daß Mythen neben Exaktem stehen, eine Mischung, die man noch heute oft bei Gesandten in der III. Welt antrifft:
(Busbeck, I, 16)
Ich staunte auf dem Wege zu ihm, daß in den kalten Dezembertagen die Frösche quakten: die warmen Schwefelquellen, die dort versumpften, bewirken das.
(Ich zitiere aus der Übersetzung des lateinischen Originals von Wolfram von den Steinen)

(Busbeck, I, Seite 19)
Diese Janitscharen kamen meistens zu zweit zu mir. Wurden sie ins Speisezimmer zugelassen, so grüßten sie mich mit gesenktem Kopf; dann traten sie rasch, fast im Lauf an mich heran und berührten mir Kleid oder Hand wie zum Kusse; sie überreichten dann einen Hyazinthen- oder Narzissenstrauß und traten nunmehr mit etwa gleicher Geschwindigkeit zur Tür, rückwärts schreitend, um mir nicht den Rücken zu wenden; denn es gilt nach ihren Bräuchen als ungebührlich. Dort standen sie dann

schweigend, die Hände in höchster Bescheidenheit vor der Brust zusammengelegt, den Blick zur Erde: so glichen sie mehr unseren Mönchen als Soldaten. Sobald sie aber etwas Kleingeld bekommen hatten – und das einzig begehrten sie –, gingen sie nach erneuter Verneigung und lauter Danksagung, Glück und Segen wünschend und berufend, von dannen.

(Busbeck, I, 42)
Mütter, freie und unfreie, aus Brussa laufen herbei, und da sie die grause Tat hören, rasen sie vor Wut und ergießen sich Bacchantinnen gleich aus den Toren ..

Auch Zesen-Scudéry beziehen sich auf archaisches Tranceverhalten und bringen es ausdrücklich mit Pan in Zusammenhang:
(32)
Alle diese Geistliche schryen und heulten mit erschroeklichem Getoehne / .. welches nicht ungleich zu seyn schiene den dreyjaehrigen Gottes=diensten der alten Griechen und Bachchus=feyern der Roemer.

Busbeck berichtet von Eßtabus, wie sie noch heute in Afrika üblich sind und wie man sie eher auf Haiti vermuten sollte als in der Türkei des 16. Jahrhunderts:
(Busbeck, I, 44)
Denn – um das im Vorbeigehen zu sagen – sie würden sich lieber die Zunge oder die Zähne ausreißen lassen als irgend etwas essen, was nach ihrer Überzeugung unrein ist, wie etwa Frosch, Schnecke oder Schildkröte. Die Griechen leiden an dem gleichen Aberglauben. Ich hatte einen Knaben griechischen *Bekenntnisses* in meine Dienerschaft aufgenommen, den ich zum Einkaufen gebrauchte. Den konnten meine übrigen Diener niemals dahin bringen, Schnecken zu essen. Schließlich setzten sie sie ihm einmal so zubereitet und gewürzt vor, daß er sie als eine Art Fisch hielt und gierig verzehrte. Aber als er am Lachen und Kichern der anderen und an den ihm vorgeworfenen Schalen den Betrug erkannte, war er ganz unbeschreiblich aufgeregt, zog sich in seine Kammer zurück und fand kein Ende mit Erbrechen, Weinen und

sich Kummer machen: kaum zwei Monatslöhne würden ausreichen, ihn von dieser Sünde loszukaufen. Denn diese Sitte haben die griechischen Priester: je nach Gattung und Größe des Vergehens bestimmen sie denen, die ihre Sünden gebeichtet haben, einen größeren oder geringeren Preis für die Lösung und sprechen sie nicht eher los, als bis sie die ausgemachte Summe eingesteckt haben.

(Busbeck, I, 50)

Auch sahen wir in dieser Gegend mächtige Schildkröten in großer Zahl herumlaufen; sie wären uns eine willkommene Beute gewesen, wenn wir unsere türkischen Begleiter nicht hätten schonen wollen. Denn die hätten, wenn sie sie anfaßten oder auch nur auf unserer Tafel sähen, sich so verunreinigt geglaubt, daß kein Wasser es von ihnen abwaschen könnte.

(Busbeck, I, 57)

Schwarz ist bei ihnen eine gemeine und heillose Farbe. Wer bei ihnen im schwarzen Gewand auftritt, erscheint als ein bösartiger oder als Unglücksmensch: so haben einmal die Paschas, als wir im schwarzen Kleide zu ihnen kamen, sich verwundert und ernstlich beklagt.

Das kann einem heute noch in Miami passieren, bei den Santeriazeremonien der Exilkubaner.

In den römischen Trauerspielen Lohensteins – wie auf Haiti und in New York – hatten wir Gelegenheit, den Topos Brandschatzung zu bemerken.

Dazu Ogier:

(Busbeck, I, 62)

Erwünscht kommen in der Tat für die türkischen Soldaten die Brände. Denn da sie mit ihrer Hilfe nur, wie gesagt, durch Einsturz der anstoßenden Gebäude eingeschränkt werden, fallen ihnen nicht bloß die Güter in dem brennenden Haus, sondern auch die der Nachbarn zum Raub. Daher legen sie selber oft heimlich Feuer an, um Gelegenheit zum Stehlen zu haben.

(Busbeck, I, 64f.)
Die vom Sultan die größte Macht bekommen haben, sind meistens Söhne von Hirten oder Ochsentreibern, und sie sind so weit entfernt, sich dessen zu schämen, daß sie sich sogar damit rühmen: sie gelten sich selbst um so mehr, je weniger sie den Eltern oder dem Glück der Geburt zu verdanken haben. Sie glauben nämlich nicht, daß Tugend mitgeboren und vererbt werde, sondern zum Teil werde sie von Gott verliehen, zum Teil durch gute Erziehung, viele Mühe und Eifer erworben; und wie kein väterliches Können, weder Musik noch Rechenkunst noch Geometrie, so gehe auch Tugend nicht auf den Sohn oder Erben über. Auch werde die Seele nicht aus dem väterlichen Samen erweckt, woher dann der Sohn dem Vater ähnlich zur Welt kommen müßte, sondern vom Himmel, so glauben sie, werde sie dem Körper eingegossen. So sind bei diesem Volk die Würden, Ehren und Ämter Lohn für Tugend und Verdienst . .
Bei uns lebt man nach anderen Sitten: der Tugend ist kein Raum gelassen, alles der Geburt zugetraut; nach der Achtung vor der Geburt werden alle Zugänge zur Ehre besetzt.

Beim Bürokraten Busbeck – nicht beim Dichtertrio – wird uns Ibrahims Aufstieg aus den Verhaltensweisen des Volkes deutlich.
Die Türken hatten bereits im 16. Jahrhundert begriffen und verarbeitet, wofür noch heute bei uns Lehrer aus dem Amt geworfen werden.
Aufklärung nämlich.
Und Achtung vor der Frau.
(Busbeck, I, 69)
Auch damals hat er (Suleiman) sich nie vom Wein verführen lassen oder schmählicher Knabenliebe hingegeben, wie es die Türken mit Vorliebe tun. Ihm kann auch von Böswilligen nichts Ernstliches vorgeworfen werden außer zu großem Hang zu seinem Weibe, der ihn vielleicht auch beim Tode Mustaphas der Vorsicht vergessen ließ, was vom Volk den Liebestränken und Zauberkünsten seiner Gattin zugeschrieben wurde. Nachdem er diese zur rechtmäßigen Gemahlin erhoben hatte, hat er,

wie allbekannt, kein Kebsweib mehr angerührt, obwohl kein Gesetz ihn daran gehindert hätte.

Nein, der Knabenliebe scheint Suleiman sich nicht hingegeben zu haben – aber, vor Roxelane, der Zuneigung zu einem Mann und dies mit entsetzlicher Treue bis zur Katastrophe – Treue, die er dann noch einmal variiert in seinem Verhältnis zur Femme Impossible Roxelane (wenn man über das Verhältnis zu Rustahn, dem Henker seines Freundes, welches das Verhältnis zu seinem Freund noch einmal zu spiegeln scheint, hinwegsieht).

(Busbeck, III, 116)
Scheidungen gibt es bei ihnen aus vielen Gründen, leicht kann der Mann einen finden. Er gibt dann der Frau die Mitgift zurück, sofern nicht ein Makel Scheidungsgrund ist. Schwerer kommen die Frauen von den Männern los. Zu den Gründen, weshalb ihnen das freisteht, gehört: wenn die Männer sie um die pflichtmäßige Versorgung prellen; desgleichen, wenn sie sie gegen das Gebot der Natur – ein bei Türken beliebter Frevel – zu mißbrauchen suchen. Dann gehen sie zum Richter und sagen aus, sie könnten nicht länger bei dem Manne bleiben; fragt der Richter nach dem Grund, so antworten sie nichts, sondern ziehen den Schuh vom Fuß und drehen ihn um.

Bei Ogier schon die Schminke Suleimans, von der wir später noch in groteskerem Ausmaß erfahren:
(Busbeck, I, 69)
Er sucht die erwähnte schlechte Farbe durch Tropfen und Auflage von Purpur auf die Wangen auszubessern, so oft er Botschafter mit einer großen Meinung von seiner Gesundheit entlassen will. Er meint nämlich, das trage dazu bei, daß ihn die auswärtigen Fürsten als blühend und kräftig doppelt fürchten. Ich habe dies Vorgehen selber deutlich bemerkt..

O über unsre Fernsehtürken Breschnew, Pompidou und Nixon!

Die Zeit am türkischen Hof scheint Ogier ironischer gemacht zu haben und toleranter:
(Busbeck, I, 76)
So entlassen kam ich an dem Tage nach Komorn. Nachdem ich dort lange auf mein fälliges Fieber gewartet hatte, merkte ich schließlich, daß ich es los sei und daß das türkische Fieber nicht gewagt hatte, auf christliches Gebiet überzugehen.

Achmet, dem wir bei Lohenstein begegnen, findet sich auch bei Ogier:
(Busbeck, III, 89)
Wie dem auch sei, als er eines Morgens ahnungslos in ihr Rathaus, den Diwan kam, stand da ein Mann und kündigte ihm im Namen des Sultans den Tod an. Die Botschaft regte den Achmet, der von unglaublicher Standhaftigkeit war, so wenig auf, als ginge sie ihn gar nichts an. Nur trieb er den Henker zurück, der schon seinen Auftrag vollziehen wollte, indem er es für unziemlich hielt, sich von dessen schmutzigen Händen anfassen zu lassen, da er eben noch auf solcher Höhe gestanden hatte. Und nachdem er die Umstehenden mit den Augen gemustert hatte, bat er einen ehrenwerten Mann, seinen Freund, um den Gefallen, daß er von seinen Händen den Tod empfinge: er werde das als ein großes und letztes Geschenk hinnehmen. Der schlug es auf wiederholtes Bitten nicht ab. Achmet aber ermahnte ihn, er solle ihn nicht sofort und auf einmal in der Schlinge ersticken, sondern sie noch einmal lockern und ihn aufatmen lassen; erst dann solle er die Schlinge anziehen, bis er tot sei. Darin wurde ihm willfahrt. Mir scheint, Achmet hat den Tod, bevor er starb, erst kosten und die Unterwelt als Lebender begrüßen, nicht mit einem Male sterben wollen.

Ogier, der unter den Türken gelitten hatte, zeichnet die Türken mit mehr Achtung als der Höhere Schüler Casper, für den jeder Türke jeden als Blutt-Hund schimpft:
(Busbeck, III, 113)
Und wenn in der Nähe eine Hündin mit ihrem Wurf ist, treten sie hinzu, suchen Knochen, Brei und Suppenreste für sie zusammen

und halten das für ein Werk der Frömmigkeit. Ich halte ihnen wohl einmal vor, daß sie soviel für ein unvernünftiges Tier tun, während sie es für ein vernünftiges und artverwandtes Wesen schwerlich tun würden, jedenfalls nicht für einen Christen; dann antworten sie, dem Menschen sei von Gott die Vernunft als ausgezeichnetes Werkzeug verliehen, er aber mißbrauche sie, daher stoße ihm nichts Widerwärtiges ohne eigenes Verschulden zu, und so sei er geringeren Mitleides würdig. Den Tieren dagegen habe Gott nur die natürlichen Regungen und Begierden verliehen, denen sie wahllos folgen müßten, daher müsse ihnen der Mensch mit Hilfe und Barmherzigkeit beistehen.
Deshalb werden sie auch böse, wenn ein Tier mit Quälerei getötet wird oder wenn man Lust daran hat, es zu peinigen.

Der lateinisch schreibende Ogier findet das lateinische Miser Sacer auch am türkischen Hofe:
(Busbeck, III, 102)
Sie (die türkischen Bettler) sind zunächst weit seltener als bei uns und meistens nur Landstreicher, die sich den Schein der Religion geben und allerlei Wegen der Heiligkeit folgend umherschweifen. Manche nehmen Stumpfsinn zum Vorwand der Bettelei; das ist nun eine sehr liebenswürdige Art, daß die Toren und Wahnsinnigen, als zweifellos zum Himmel bestimmt, schon in diesem Leben für göttlich gehalten werden.

Erschreckt einen nicht beim Vierzehnjährigen das oft unverhohlene »Türken raus!«, das man heute als Variante von »Juden raus!« bei uns schon wieder an den Mauern und in den Pissoirs liest?!
Dazu Ogier:
(Busbeck, III, 156)
Zuerst bemerkte ich die hervorragende Ordnung, in der die Soldaten jeder Truppe überall verteilt waren.. Überall herrschte vollständige Stille, tiefste Ruhe, es gab keinen Streit, keinerlei übermütige Tat; man hörte kein Wort, keinen Fluch des Mutwillens oder der Trunkenheit. Dazu die größte Reinlichkeit: kein Mist- oder Kothaufen, nichts was Auge oder Nase beleidigte.

Alles dieses vergraben die Türken entweder, oder sie bringen es außer Sehweite. Wenn sie sich den Leib erleichtern, graben sie mit der Hacke eine Grube, die gleich für viele hinreicht. So bleibt das ganze Lager frei von Schmutz. Aber es gibt auch keine Zechgelage oder Schmausereien, keinerlei Zufallsspiel, das große Laster unserer Kriegsleute: die Türken kennen weder Spielkarten noch Würfel.

Mit wieviel Tiefsinn schildert Ogier Sohnesmörder und Henker der Enkel:
(Busbeck, III, 142)
So entbrannte Suleimans Haß gegen Bajazet mehr und mehr. Deshalb vermahnte er ihn durch einen feierlichen Brief, wie viele Milde er gegen ihn habe walten lassen, was der Sohn ihm versprochen habe – alles Vergangene rief er ihm ins Gedächtnis zurück. Nicht immer werde an Verzeihung zu denken sein; er möge aufhören, den Bruder durch Unbill zu reizen, ihm selber Beschwerden zu schaffen. Er, Suleiman, habe nur noch kurz zu leben, und danach werde das Schicksal ihrer beider in Gottes Hand stehen. Bis dahin müsse er still bleiben und an des Vaters und des Staates Ruhe denken.

(Busbeck, IV, 213f.)
Das Los des Vaters (Bajazet) fiel auch den vier Kindern zu. Ich erwähnte einen Sohn, den er als kaum Geborenen bei seiner Flucht in Amasia zurückließ und den der Großvater zur Erziehung nach Brussa gebracht hatte: als nun Bajazets Ende feststand, schickte er einen zuverlässigen Eunuchen nach Brussa zu seiner Ermordung. Aber da der Eunuch ein weicheres Gemüt besaß, hatte er sich einen von den Türhütern mitgenommen, der versteint genug zu jeder Untat war, um durch ihn den Knaben umzubringen. Als der Mann in das Gemach trat und den Strick um den Hals legte, lachte das Kind ihn an, richtete sich empor, soweit es konnte, und wollte ihn mit offenen Ärmchen umarmen und küssen. Das brachte den sonst wilden Menschen derart in Bewegung, daß er es nicht aushielt und ohnmächtig zusammenfiel. Der vor der Tür stehende Eunuch wunderte sich über den

Verzug, trat ein, fand den Türhüter am Boden ausgestreckt: darauf brachte er, um sein übernommenes Amt auszuführen, mit eigenen Händen den unschuldigen Knaben ums Leben.

(Busbeck, III, 117)
Die Weiber lieben einander, und Kupplerinnen ihrer Buhlerei sind die Bäder . . Doch dies beschmutzt nur den gemeinen Mann; die reicheren, ich sagte es schon, waschen sich daheim.
Einmal wurde in einem solchen Bad eine hochgeborene Frau von Liebe zu einem jungen Mädchen ergriffen, der Tochter eines schlichten Mannes von Konstantinopel. Und als sie bei ihr durch Reizen und Schmeicheln nicht so weit kam, wie ihre Tollheit verlangte, wagte sie etwas nach unseren Sitten fast Unglaubliches: mit vertauschten Kleidern gibt sie sich als Mann aus, mietet ein Haus nah der Wohnung des Vaters, nennt sich einen von den Hörigen des Sultans, einen Tschauschen, und kommt alsbald, wie es unter Nachbarn so ist, mit dem Vater in näheren Umgang. Nicht lange danach bringt sie die Rede auf Hochzeit mit der Tochter und, kurz, der Antrag schien dem Vater nicht zu verachten. Er stimmt freudig zu, setzt eine Mitgift nach seinem Vermögen sowie den Tag der Hochzeit fest. Wie nun der schöne Bräutigam zur jungen Braut ins Schlafgemach tritt, den Turban ablegt und zu plaudern beginnt, wird er gleich erkannt: das Mädchen schreit und ruft die Eltern zurück . . Tags darauf gehen sie vor den Obersten der Janitscharen, der in Abwesenheit des Sultans die Stadt regierte. Er schilt, wie eine so hochgeborene Frau so wahnwitzig sein könne; ob sich das Schandweib einer so abscheulichen Lust, eines so verrückten Beginnens nicht schäme? Darauf sie: »Geh, du weißt nicht, was Liebe vermag. Helfe Gott, daß du nie ihre Kräfte erfährst.«
Auf ein so verdrehtes Wort hielt der Oberst sein Lachen nicht zurück; er ließ sie abführen und ertränken. So ging das Gelüsten der Vettel übel aus.

Am moralischen Pauken fehlt es also auch bei Ogier nicht und am Witzchen des Gebildeten über den Tod und die Marter einer Untergebenen.

Den Gemeinplatz »Grausige Türkenfolter« finden wir beim Diplomaten wie beim Oberschüler:
(Busbeck, I, 49)
.. man bohrte ihm dann in grausamer Strafe eine Stange vom After in die Schultern, doch er ertrug es mit größtem Gleichmut.

Aber auf jeden Fall, ein größerer Einfluß der Lektüre Ogiers hätte dem Türkenbild Lohensteins nichts geschadet.
Es bleibt bemerkenswert, daß der Dichter, der doch sonst gern korrigierte und bearbeitete, das Jugendwerk, nachdem er Ogiers Briefe in seine Bibliothek aufnahm, nie verbessert hat.
Heißt das, es ging Lohenstein um eine ganz andre Geschichte, um eine ganz andre Realität?

Der große Hammer – auch ein großer Vergessener –, der die Geschichte des Osmanischen Reiches in geradezu homerische Dimensionen preßte, sieht Suleiman und sein Jahrhundert anders als Lohenstein:
(Hammer, Band 3, 2)
Endlich haben in der alten und mittleren Geschichte selten und in der neueren noch nie so viele durch Klugheit und Thatenkraft oder Liebe für Wissenschaft und Kunst ausgezeichnete grosse Herrscher gleichzeitig auf Thronen gesessen, als damahls, wo Heinrich VIII. und Franz I. den von England und Frankreich verherrlichten, Papst Leo X. dem Jahrhunderte wiederaufblühender Kunst, und Kaiser Carl V. dem der Reformation ihre Nahmen an die Stirn hefteten, wo der Stuhl des Dogen durch Andreas Gritti's Staatsweisheit rühmlichst gefüllt ward, wo Astrachans Eroberer, Wassilji Johannowitsch des russischen Reiches künftige Grösse begründete, und Sigmund I. vierzig Jahre lang die Wohlfahrt Pohlens befestigte, wo in Persien Schah Ismail, des Reiches der Ssafi Stifter, und in Indien der Grossmogolen grösster, Schah Ekber, asiatischen Herrschern die Fackel weiser Staatseinrichtungen vortrug. Mit Fürsten solcher Grösse wetteifernd trat Suleiman auf..

(Hammer, Band 3, 3)
Suleiman wird Salomons Nahme von den Arabern, Persern und Türken ausgesprochen.
(Hammer, Band 3, 4)
Wie Timur als der Herr des neunten Jahrhundertes (des 14. unserer Zeitrechnung) da steht, so Suleiman als der Herr des zehnten (des 15. Jahrhunderts)..

Und ich könnte die Parallele verdoppeln:
Wie Marlowe im 16. Jahrhundert Timur – Tamerlan auf die Bühne bringt, so Lohenstein im 17. Jahrhundert Suleiman – Soliman.

(Hammer, Band 3,17)
Starke Stirne, braune Gesichtsfarbe und ernstes Aussehen kündeten sein cholerisches Temperament, und noch finsterer sah er aus, weil er den Turban bis auf die Augen herunter gewunden trug.

(Hammer, Band 3, 454)
Suleiman's Satzungen sind das wichtigste Denkmahl seiner Grösse in den Augen seines Volkes, welches ihm den Beynamen Kanuni, d. i. des Gesetzgebers, beygelegt, während ihn die europäischen Geschichtsschreiber den Grossen, oder bloss den Prächtigen, nennen.

(Hammer, Band 3, 455)
Weder bisher, noch hernach beut irgend eine Periode der osmanischen Geschichte solchen Reichthum an grossen Werken der Baukunst und der Literatur, an grossen Gesetzgelehrten, Dichtern und Philologen..

(Hammer, Band 3, 463)
Suleiman's Gedichten ist zwar nicht der Stämpel dichterischen Genius, wohl aber der ernster Herrscherwürde und reiner Sittlichkeit aufgedrückt, und der menschenfreundliche Geist, der durch dieselben haucht, entspricht gar wohl dem Nahmen Mu-

hibbi, d. i. des mit Freundschaft Liebenden, welchen Suleiman als Dichter annahm.

(Hammer, Band 3, 471)
Suleiman, von Natur aus grossmüthig und freygebig, erkannte nichts desto weniger den vollen Werth des Schatzes als Kriegsnervens und Friedensader. Gleich in den ersten Jahren seiner Regierung hatten die Feldzüge von Belgrad und Rhodos die Nothwendigkeit einer ausserordentlichen Finanzmassregel herbeygeführt, und unmittelbar vor dem dritten Feldzuge, d. i. dem von Mohacs, wurde im ganzen Reich eine ausserordentliche Kriegssteuer, von fünfzehn Aspern auf den Kopf, ohne Unterschied der Religion oder der Vermögensumstände, ausgeschrieben. Diess war unter Suleiman's Regierung die einzige ausserordentliche Besteuerung, deren Wiederversuchung, bedenklich durch das Murren der Völker, als unnöthig unterblieb, da die folgenden Feldzüge dem Reiche nicht bloss mit schweren Kosten Gränzfestungen erwarben (wie Belgrad und Rhodos), sondern den Ersatz der Kriegskosten in der Plünderung der eroberten Länder, oder dem auferlegten Tribute mit sich führten.

(Hammer, Band 3, 485 f.)
Der gegebene Auszug des Strafgesetzes zeigt, dass Suleiman's Sittengesetze und Polizeysatzungen nicht anders als volksangenehm seyn konnten, denn diese sorgen für die Wohlfeilheit und die Güte der nöthigsten Bedürfnisse der Nahrung und Kleidung, und jene sind so mild und nachsichtig gegen die Vergehen der Sinnlichkeit, dass sie eher geeignet dieselbe zu ermuthigen, als in Schranken zu halten. Wenn in dieser Hinsicht Suleiman's Gesetzbuch dem Tadel strengerer Sittenrichter schwerlich entgehen kann, so verdient dasselbe doch des Menschenfreundes sowohl, als des Staatsmannes Lob . .

. .

Eben so nachsichtig war Suleiman gegen anderen neueingeführten Sinnengenuss, von dem es wenigstens zweifelhaft, ob denselben der Prophet erlaubt oder verbothen haben würde, nämlich den Kaffeh, und wiewohl er gegen Ende seiner Regierung strenges Weinverboth ergehen liess, so beweiset dasselbe durch die Sperrung der Weinschenken, dass dieselben vorher geduldet waren.

(Hammer, Band 3, 493)
Des Grosswesirs Ibrahim und Ahmedpaschas verrätherische Hinrichtung wird für immer die Geschichte der Grossthaten Suleiman's beflecken, wenn auch die Hinrichtung so vieler anderer, durch Macht oder Talent ausgezeichneter Männer während seiner Regierung nicht als Grausamkeit, sondern als Massregel nothwendiger Strenge zur Erhaltung der Ordnung beurtheilt werden dürfte.

(Hammer, Band 3, 495)
.. so können wir ihm wohl wegen der menschlichen Schwäche zu grosser Hingebung für sein Weib, und wegen der unmenschlichen Strenge gegen seine Söhne und Enkel den Nahmen des grossen Mannes, aber keineswegs den des grossen Herrschers versagen, und von der Geschichte minderer Verbrechen und Schwächen geziehen, als Constantin der Grosse der Gründer Constantinopel's, verdient Suleiman mit grösserem Rechte als dieser den Nahmen des Grossen; Er, der Erheber des osmanischen Reiches zum höchsten Gipfel seiner Grösse und Macht und Pracht, Suleiman der Gesetzgeber, der Eroberer, der Mächtige, der Prächtige, der Grosse, der einzige unter den osmanischen Sultanen mit diesem Ehrennahmen verherrlicht, und desselben werth.

Und – so fügt der Populärwissenschaftler im modernen Sachbuch hinzu:
(Barber, 57)
Fur mehrere Tage hatte man den toten Sultan in seinem Zelt auf den Thron gesetzt. Man hatte seine Augen offengehalten, die Wangen hatte man rot gefärbt und das Haar geschwärzt.
..
Und noch als die Schlacht zu Ende und das Zelt des Herrschers abgebrochen war, setzte man Suleiman in die Hofkutsche, so daß

sein ernstes und strenges Gesicht deutlich erkannt werden konnte und seine Soldaten jubelten ihm zu, als er vorbeifuhr.

Was schreibt Hammer-Purgstall über das unerklärliche Verhältnis zu Roxelane?

(Hammer, Band 3, 228)
Dieser (Suleiman), mehr als einem Alleinherrscher geziemt, der geliebtesten unter seinen Frauen ergeben, und von ihr seit dem wahrscheinlich durch sie grossen Theils herbeigeführten Sturze des Freundes und Günstlings Ibrahim noch ausschliessender beherrscht, fing schon jetzt an, die Zügel oberster Macht den Händen Rustem's zu überlassen, welcher dieselben aber nicht nach eigener Willkühr führte, sondern nach der des Harems.

Mustaphas Ermordung setzt Hammer-Purgstall in der Geschichte des Osmanischen Reiches auf den 21. September 1553 – 17 Jahre nach der Hinrichtung des Freundes Ibrahim.

(Hammer, Band 3, 316)
Der Prinz bestieg hierauf ein herrlich ausgestattetes Pferd und ward von den Wesiren und Janitscharen, unter lautem Beyfallsrufe der letzten, zur Audienz des Sultans geleitet. Aber welch' Entsetzen befiel den unglücklichen Prinzen, als er beym Eintritt ins Zelt nicht den Vater, nicht den Sultan, keinen Wesir, sondern nur die sieben Stummen, die fürchterlichen Handlanger des Blutbefehls Suleiman's, fand, welche den Grosswesir, den Günstling, den Freund Ibrahimpascha im Schlaf gewürgt. Sie fielen über ihn her und schnürten ihm die Kehle zu, die das Mitleid, das Erbarmen des hinter der Seitenwand befindlichen Vaters vergebens anrief.

(Barber, 54)
Taubstumme wurden als Scharfrichter für Hohe Würdenträger eingesetzt und dafür präpariert, indem man ihnen die Zungen aufschlitzte und die Trommelfelle durchbohrte.
. .

Als alles vorbei und der Sohn, den er geliebt hatte, tot war, erschien er (Suleiman) »ohne das geringste Zeichen von Mitleid oder Reue«.

Und später:
(Barber, 54)
Vom Diwan kam ein mit weißer Tinte auf schwarzem Papier geschriebener Brief an, der über den Tod seines Sohnes (Mustapha) in Kenntnis setzte, Suleiman warf seinen Turban auf den Fußboden, riß sich alle Juwelen herunter und drehte die Teppiche so um, daß die Unterseite nach oben zeigte.

(Hammer, Band 3, 350)
Die Sultaninn Chasseki, die Russinn Churrem, d.i. die Fröhliche, überlebte nicht lange.. den Triumph der Wiedereinsetzung ihres Eidams als Grosswesir und die durch des Thronfolgers Tod einem ihrer eigenen Söhne gesicherte Anwartschaft auf den Thron; sie ward an der Suleimanije unter besonderem Grabdome bestattet. Dieses Grabmahl der Russinn, welche durch Reitz und Talent sich von der Sclavin nicht nur zur Gemahlinn Suleiman's aufschwang, sondern als alleinige Genossin seines Bettes denselben auch, als schon lange die Reitze ihrer Schönheit verblüht seyn mussten, durch die Ueberlegenheit ihres Geistes und Charakters nach ihrem Willen lenkte, welche von der Geschichte der Blutschuld der Hinrichtung von zwey Grosswesiren (Ibrahim und Ahmed) und des Sohnesmordes, welchen Suleiman an Mustafa beging, geziehen wird, welche im Bruderzwiste den blutigen Samen des Bruderkrieges ausstreute, durch den in der Folge die Massregel der Einsperrung der Prinzen im Käficht des Harems, und durch dies die Entnervung der Herrscher herbeygeführt ward; dieses Grabmahl im Friedhofe der Suleimanije, an der Seite des grössten Kaisers der Osmanen, den das Weib, wie er das Reich, unumschränkt beherrschte, dieser Russin Grabmahl steht in der Mitte der Kaiserstadt, auf dem dritten der sieben Hügel Istambuls..

Von der Märchenprinzessin Isabelle ist bei Hammer-Purgstall nur zweimal nebenbei die Rede.
Und Ibrahim nun?

(Hammer, Band 3, 72 f.)
Ibrahim.
Sohn eines griechischen Schiffers von Parga und von Jugend auf ein geschickter Violinspieler, war er, von türkischen Corsaren geraubt, als Sclave an eine Witwe in der Nähe von Magnesia verkauft worden, die des jungen Griechen natürliche Anmuth und Talente durch Schmuck, Kleidung und Unterricht noch mehr heraushob. Suleiman als Kronprinz fand denselben auf einem seiner Spazierritte auf der Violine spielend, und ward von des jungen Griechen Spiel und Witz so eingenommen, dass er ihn von nun an zum unzertrennbaren Gesellschafter, und als er den Thron bestieg, zum Vorsteher der innersten Pagenkammer und obersten Falkenjäger erkor.

Ibrahim in Kairo:
(Hammer, Band 3, 41)
Ausrufer forderten alle Unterdrückte auf, ihre Klagen anzubringen; die bloss Schulden halber eingesperrten Armen erhielten ihre Freyheit, für den Unterhalt der Waisen wurde gesorgt.

Ibrahim als Heerführer – im Vergleich zu Manövern heute:
(Hammer, Band 3, 55)
Den Marsch zeichnete die grösste Ordnung und die strengste Manneszucht aus; es war bey Lebensstrafe verbothen, die Saaten zu betreten, Pferde hineinzutreiben oder ihren Besitzern wegzunehmen.

Ibrahim – hochmütig:
(Hammer, Band 3, 134)
Wenn er (Ibrahim) wolle, würde er heute ein Concilium zu Stande bringen, würde den Luther auf eine und den Papst auf die andere Seite stellen, und beyde zur Kirchenversammlung zwingen.

Ibrahims Übermut:
(Hammer, Band 3, 160f.)
.. nach der Hinrichtung desselben wähnte Ibrahim den Augenblick günstig, sich Serasker Sultan nennen zu lassen, vermuthlich als vorbereitende erste Stufe zur Himmelsleiter der Herrschaft..
Vor zwölf Jahren hatte Ahmed der Wesir aus Rache, weil er den Posten des Grosswesirs dem Günstlinge Ibrahim hatte überlassen müssen, in Aegypten den Titel Sultan angenommen, statt dessen ihm hierauf in der Geschichte der des Verräthers geblieben. Durch die Annahme desselben Titels von Ibrahim wurde Suleiman von der Furcht aufgelärmt, dass auch bey Ibrahim dem angenommenen Titel des Sultans sich nothwendig der des Verräters anschliessen müsse. Nicht minder als von dieser Furcht wurde Suleiman durch das beständige Schreckenbild eines Traumes geplagt, den er in der Nacht nach der Hinrichtung Iskendertschelebi's zu Bagdad gehabt. Der unschuldig hingerichtete Defterdar war ihm in himmlischem Lichte erschienen, hatte ihn mit Vorwürfen überhäuft, dass er sich von einem treulosen verrätherischen Wesire gängeln, und zum Morde unschuldiger Schlachtopfer verleiten lasse. Die Gestalt warf sich auf Suleiman, und drohte ihn zu erdrosseln, als er mit lautem Schrey aus dem Schlafe emporfuhr.

(Hammer, Band 3, 161)
Der Eindruck war tief und dauernd, aber für den Augenblick nicht so abschreckend, dass nicht Suleiman mit Ibrahim zu Bagdad die Gräber der Heiligen besuchet, zu Tebris hernach mit Ibrahim öffentlich gebethet, und mit demselben sowohl Pallast als Schlafstätte getheilt hätte. Erst nach Jahr und Tag ward das Mass der Furcht vor des Günstlings Allmacht und Verrath voll, sey es durch die seit einiger Zeit ohne Scheu kundgegebene Verachtung des Korans und aller Gesetzbücher, sey es durch anderes unbekanntes Verbrechen beleidigter Majestät, welches Suleiman vielleicht eben so geheim gehalten wissen wollte, als Harun Raschid..

Hammer unterstreicht das Ungeheuerlich-Unbekannte noch einmal durch die Anmerkung:
(Hammer, Band 3, 161; 690)
Harun Raschid: »Wenn mein Hemde es wüsste, würde ich's zerreissen;« so sagte Philipp II.: »Wenn meine Perücke mein Geheimniss wüsste, würde ich sie verbrennen.«

Das Spiel von Tod und Schlaf geht durch die Zeiten:
Bandier referiert aus der Türkei:
Du hast geschworen, dass du ihn nicht töten willst, wenn du am Leben bist. Lass ihn erdrosseln, wenn du gerade schläfst, denn wenn jemand schläft, so ist er doch im eigentlichen Sinne nicht lebendig, und so kannst du sein ungetreues Verhalten ahnden, ohne deinen Eid zu verletzen.
Scudéry-Zesen tändeln es durch und noch 1688 reflektiert Sagredo:
Che gli insino che se il sonno non e morte effetiva e almeno per il tempo, che se dorme un imagine o una copia tratta da quel originale.

(Hammer, Band 3, 162)
Wie dem nun sey, eine Nacht im Ramasan begab sich Ibrahim, wie gewöhnlich, ins Serai, um dort mit dem Sultane zu speisen, und dann im selben Schlafgemache zu schlafen. Der Morgen fand ihn gewaltsam erwürgt, nicht ohne Vertheidigung, denn man zeigte noch ein Jahrhundert darnach im Harem die Spuren seines vergossenen Blutes; . .

(Hammer, Band 3, 162 f.)
So endete der übermächtige und übermüthige Grieche, der sich vom violinspielenden Sclaven zum reichslenkenden Staatsmanne, zum heerführenden Feldherrn, zum unumschränkten Gewalthaber des Sultans emporgeschwungen, welcher denselben zuerst eben so sehr durch Schmeicheley als durch kühne Vertraulichkeit, durch Geist- und Musiktalent bezaubert, dann durch grosse Dienste im Staate und im Felde sich dankbar verbunden, endlich durch Gewohnheit und Charakterkraft völlig

sich unterworfen hatte. So endete der Grosswesir, der Schwager des Sultans, der Belagerer von Wien und Güns, der Eroberer von Tebris und Bagdad, der Serasker Sultan Ibrahim. Er, der die Tafel und Kleidung, das Schlafgemach des Sultans und das Bett seiner Schwester theilte; er, den Ferdinand Bruder, und der sich Kaiser Carl's und des Sultans Vetter, und zuletzt selbst Sultan nannte, der mit Kaisern titelverwandt, wie Cäsar Augustus mit Zeus die Herrschaft zu theilen, und mit Julius Cäsar, dessen Geschichten er las, in der Geschichte an Ruhm wettzueifern sich anmasste, hatte mit diesem für gewiss denselben Ehrgeitz, dieselbe Todesart und denselben Todestag gemein, denn er fiel wie Julius Cäsar meuchlerisch am fünfzehnten März (1536). Von zweyhundert berühmten Wesiren der Chalifen, der persischen Schahe und tartarischen Chakane, deren Leben die persischen Geschichtsschreiber Chondemir beschrieben, hat Keines Sturz so weit und mächtig in der Geschichte wiedergehallt, als der Dschasers des Barmekiden, und von zweyhundert Wesiren, welche das osmanische Reich bald zählen wird, ist kein mächtigerer und grösserer gestürzet, als der Günstling Ibrahim.

Wenn man Suleimans des Großen Tagebücher liest, ergibt sich eine dürre Attrappe aus den Wörtern des Dichterfreundes:
Köpfe abgeschnitten.
Beifall.
Hände geküßt.
Gräber voller Leichen.
Folter.
Belohnung.
Nichts.
Wiederholt nichts.
Marsch.
Brücken.
Regen.
Kälte.
Am 3. Juli 1535 immerhin:
Der Serasker (Ibrahim) schlief mit dem Kaiser im Pallaste von Tebris.

Waren Suleiman und Ibrahim schwul?
Erklären sich Nähe und plötzlicher Mord aus erotischen Motiven?
War Roxelane, die Femme Impossible, Edward des Zweiten Anna, Prousts Oriane de Guermantes, Cocteaus Coco Chanel, eine Zarah Leander des türkischen Hofes?
Erklärt sich Lohensteins angezündete Sprache, die oft an die lechzenden Passagen des schwulen Thomaskantors Rosenmüller erinnert, aus der sympathetischen Bisexualität des Vierzehnjährigen?
Hammer-Purgstall, der Zeitgenosse Goethes, scheut sich nicht, homosexuelle Verhaltensweisen mancher osmanischer Sultane beim Namen zu nennen.
Und auch eingangs zur Geschichte Suleimans finden wir die abgewogene Feststellung:
(Hammer, Band 3, 50)
Der abgesetzte Wlad erhielt zu Constantinopel als tägliche Pension fünfzig Aspern, sein Sohn aber, ein sechzehnjähriger, wohlgebildeter Jüngling, hundert; um so viel mehr galt des Jünglings frischer Liebreiz, als des Vaters verdorrte Würde. – Was Suleiman selbst anlangt, so bleibt Hammer präzise unentschieden:
(Hammer, Band 3, 40)
Der Sultan begleitete, was weder vorher, noch seit dem erhört worden, die Flotte selbst in einer Galeere bis nach den Prinzeninseln, wo er von seinem Grosswesir, Schwager und Günstling, rührenden Abschied nahm.
(Hammer, Band 3, 53)
Die Innigkeit Suleiman's und Ibrahim's war die grösste noch je von einem Sultane gegen seine Wesire erhörte. Sie assen nicht nur oft mit einander –
der Kaiser durchbrach also ein altes Tabu, sich beim Essen beobachten zu lassen.
– sondern schliefen auch oft neben einander Bett an Bett.

Bragadin bestätigt diese Feststellung wörtlich:
Ibrahim . . molto amado dal Sr. dorme spessissimo al Seraio in un letto che si tocca uno ad uno.

Vergißt sich Hammer oder will er sich vergessen:
(Band 3, 161)
.. mit Ibrahim .. sowohl Pallast als Schlafstätte getheilt ..

Mit welcher Raffinesse skizziert der große Hammer einen geschichtlichen Vorgang von noch ganz ungekannter psychologischer Perspektive:
(Band 3, 38)
Zu Constantinopel feyerte Suleiman mit bisher noch ungesehenen Festen die Hochzeit seiner Schwester mit dem Grosswesir Ibrahimpascha, der nun sogar zur Ehre sultanischer Verwandtschaft erhoben ward.
Als Hochzeit auch schildert Hammer die Beschneidungszeremonien für die Söhne Suleimans.
(Band 3, 99)
.. in feyerlichem Aufzuge die Hochzeitspalmen oder sogenannten Beschneidungskerzen.

Und schließlich:
(Hammer, Band 3, 100f.)
Darauf sich etwas zu Gute thuend, fragte Suleiman den Grosswesir-Günstling:
»Was meinst du wohl Ibrahim, welche von unseren beyden Hochzeiten die herrlichere gewesen, die deinige mit meiner Schwester, oder die Beschneidungshochzeit meiner Söhne.« Sogleich antwortete der Günstling: »Eine Hochzeit wie die meinige ist, so lange die Welt steht, nicht gesehen worden und wird nie wieder gesehen werden.« Suleiman, durch diese unerwartete Antwort etwas aus der Fassung gebracht, fragte: »Wie so?« – »Eurer Majestät haben als Gastgeber ihrer Hochzeit keinen Gast aufzuweisen, wie ich bey der meinigen, welche der Padischah Mekka's und Medina's, der Salomon unserer Zeit, mit seiner Gegenwart beehrt hat.«

Indem Suleiman die Hochzeit des Ibrahim der Beschneidung seines Sohnes gleichsetzt, erhebt er nicht nur Hochzeit und Beschneidung zu einer urweltlichen Gleichung, nicht nur Ibrahim

zu seinem Sohn – er deutet auch den Schemen einer Hochzeit mit Ibrahim an.
Wir werden sehen, wie diese Konstellation beim Mord an dem Geliebten vom vierzehnjährigen Lohenstein aufgenommen und bestätigt wird.

3.

Von den geschichtlichen Vorgängen an der Pforte zur Zeit ihrer größten Macht erfuhren die Schüler des Magdalenäums durch ihre Sex Pistol Daniel wenig oder Falsches.
Suleimans Figur wird verkannt – er war kein Zweifler, der Mord an seinem Freund Ibrahim wurde nicht wiederholt versucht, bereut, widerrufen und denn doch begangen.
Die eigentümliche Verbindung des Kaisers zu Prousts Albertine, die obsessionelle Bindung des Homosexuellen an eine einzige Frau, Roxelane, wird in Lohensteins Stück vorausgesetzt – entwickelt, dargestellt wird sie nicht.
Daß Suleiman seinem Freund Ibrahim die Schwester anheiratete, unterschlägt der Schüler.
Die Ehe mit der beständigen Isabelle, die Begierde Solimans, die sinnliche Eifersucht auf Ibrahim sind romantische Erfindung.
Rustahn, der Ibrahim in der Gunst beim Sultan ablöste, kommt in der Theatermaschinerie kurz nach Ibrahim um.
Und schließlich wurde der Sohn Mustapha nicht vor Ibrahims Tod am 15. März 1536 ermordet, sondern 17 Jahre später – am 21. September 1553.
Im Trauerspiel erscheint Mustaffens Gespänste aber bereits vor der Ermordung des Ibrahim.

In einem Gewaltakt zitiert Daniel Casper Asien mit seinen Lastern herbei.
Der Chor der Leibeigenen Christen und der Reien der Sarazenischen Pfaffen skizzieren die Glaubensambivalenzen am türkischen Hof zu Istambul, im alten Byzanz.
Doch alles dies macht das Stück nicht aus.

Die Lebenserzählungen, die Schlachtenberichte sind eher konventionelle Häufung, als Poesie erstaunlich für einen Vierzehnjährigen – erstaunliche Poesie sind sie nicht.

Zwar heißt das Stück *Ibrahim Bassa* – doch die Hauptfigur, schon der Bühnenpräsenz nach, ist Suleiman.
Soliman, der Schwächliche, der wenig gemein hat mit dem Großen, dem Prächtigen, dessen Taten und Charakter dem Gebildeten des 17. Jahrhunderts doch nachschlagbar gewesen sein sollten.
Was hat Lohenstein zu diesen Fälschungen bewegen können und – wenn er sie bei Scudéry-Zesen vorfand – was hat ihn bewegen können, sie beizubehalten?

Wenn man die Staatsaktionen und das anskizzierte Lokalkolorit abzieht, bleibt ein befremdliches Kammer-Trauerspiel.
Das Hauptmotiv darin – doppelte Begierde – erscheint doppelt gebrochen und doppelt gedoppelt.
Soliman liebt zwei Frauen, Roxelane und Isabelle;
Isabelle wird von zwei Männern geliebt;
Ibrahim schwankt zwischen Eheverpflichtung und Freundestreue;
Soliman zwischen Frauenliebe und Männerzuneigung.
Jedoch:
Als Isabelle sich Soliman verweigert, begnadigt der den Freund und Konkurrenten Ibrahim.
Als Ibrahim aus dem Wege geschlachtet wurde, läßt Soliman die begehrte Isabelle ziehn.

Es gibt wenigstens zwei apokryphe Versionen des Textes; den ganzen Formenapparat pubertären Verhaltens aus dem Text hervorzulösen ist wohl ein unmögliches Unterfangen.
Im folgenden einige Hinweise.

Wie deutet Isabelle Solimans Liebesgesten?
(26)
/ und der durch seine Gunst
Mir blossen Haß anboth /
Was will Soliman mit Isabelle?
(37)
Durch Hoheits Glantz verbländen!
Befremdlich genug sind Roxelanes Statements über ihr Verhältnis zum Kaiser:
(57)
Sie hat sich aus Leibeigenschaft *kuenstlich* eingespielt in das Bett des Kaisers.
(58)
Eh er an beischlaffs-statt uns ihm zur Eh empfinge.
Soliman, der möglicherweise das Bett mit Ibrahim teilte, sicher Bett an Bett mit dem Freund schlief, erhob Roxelane anstatt zum Beischlaf ins Bett – zur Ehe; hätte hier Lohenstein das Unerklärliche richtig gedeutet, die historische Bindung an die russische Sklavin als eine weit über den Beischlaf hinausgehende, den Beischlaf vermeidende Treue?
Roxelane sagt von Ibrahim und Soliman:
(57)
Daß Ihr bund ja bald bekräfftigt wärd.
Und von Ibrahims Tod spricht Roxelane als einer Erlösung.
(39)
Sie fädelte die Intrige mit einer aus dem Stück nicht erklärlichen Sicherheit und Leichtigkeit.

Rustahn hat eine pikante Anspielung bereit:
(24)
Wer weis ob Ibrahim verräthrisch nicht verstäkket
Lig unter dieser Däkk.

Verrat als Beischlaf.
Verrat am Beischlaf?
Rustahn denunziert Ibrahim vor Roxelane:

(56)
Der Kaiser reichte Ibrahim Kuss auf Kuss.
Und die Frau des Kaisers redet im Klartext von ihrem Mann:
Ha Weibisches Erbarmen!

Isabelles Äußerungen über ihre Liebesbeziehungen zu Ibrahim und ihre Haßbeziehungen zu Soliman zitieren beide das ganze Repertoire des Sadomasochismus.
Letztenendes hat Isabelle ihrem Gatten gegenüber die gleichen Folterphantasien wie dem verabscheuten Soliman.

Ibrahim wirkt im Stück als der Simple, der Normale, den die sadistische Isabelle belehren muß. Dem begnadigenden Freund Soliman entzieht er sich durch eine Metapher:
(54)
Was wünsch Ich mehr mit Ihr als daß ich Ossmanns Füsse
Mit tifstem Dehmuths-dihnst und Ehr-erbittung küsse /

Es ist die Metapher der sich kokett entziehenden Poppaea:
(*Agrippina*, 40)
/ Daß nun der Fürst diß Gold
Schätzt werther / als es werth / rühm ich als höchste Hold /
Und küß ihm Händ und Füß.
Bestand Ibrahim auf den getrennten Betten und fühlte sich Soliman zu Recht vernachlässigt?
So ergäbe es einen Sinn, wenn Ibrahim hofft, durch sein Blut die Glut des Kaisers zu löschen – denn die Glut zu Isabelle würde er durch sein Blut ja eher leichter brennen machen.
(51)
/ ach! man lasse dise Glut
Des Sulthans läschen aus / allein durch unser Blut /

Meint Ibrahim eine andre Glut, eine subterrane, eine unterweltliche, wie Thomas Mann sie in seinen Romanen – nicht in seinen Tagebüchern – genannt hätte?
Das könnte auch einen horrenden Fehler des Vierzehnjährigen erklären (oder eine horrende Ente des Setzers) – als Soliman den

Freund endgültig dem Henker überliefert, steht Ibrahim im Schlafzimmer des Kaisers dabei und der junge Dichter läßt ihn kein einziges Wort äußern.
Wollte Daniel Casper ihn, den Normalen, statt der Verfälschung des Hormonspiegels den Tod, stumm, wählen lassen?
Soliman hatte, indem er die Haremsfrau, mit ihrem Anspruch auf Sexualrationen, in die rare Kaiserehe erhob, das Problem anders gelöst.

Solimans Aussagen über sein Verhältnis zu Ibrahim sind weit aufgefächert. Unverfängliche Sätze stehen neben doppelzüngigen.
(52)
Des Ibrahims Freundschaft findet
Den alten Sitz in uns: der Libes-Dunst verschwindet /
Der uns umb-nebelt hilt / durch den erneuten Glantz
Der würkenden Vernunfft.

In der nach Zesens Vorbild geschriebenen *Sophonisbe* sagt Scipio zu Masanissa in einer ganz ähnlichen Situation:
(349)
Wenn der Vernunft ihr Licht den Nebel wird vertreiben.

Doppeldeutig:
(34)
Wen? umb den Soliman in hitzger Sucht verwäset /
Der unsre Lib aus-bläset?
Kan der wol lebend sein / umb den man gantz vertirbt /
Vmb welchen / Soliman so lang Er lebet / stirbt?
Daniel Casper amalgamiert hier das Sprachverhalten der Liebe und der Eifersucht und er läßt den Hörer in der Schwebe – von wem spricht der Kaiser, von einem Konkurrenten oder von einem Geliebten?
(35)
Zum minsten tröstets uns / daß Sie kein Libs-gewärbe
Nach dem erblasten Ibrahim
Mit andern treiben kan;

Das ist doch aber sehr unsicher.
Sicher nur, daß Ibrahim mit ihr kein Libs-gewärbe mehr treibt.
Auf wen war Soliman nun eifersüchtig – auf Ibrahim oder auf Isabelle?
Das psychologische Vermögen des Vierzehnjährigen hält seine Charaktere ebenso am Flattern wie den Zuschauer.
(21)
Und mein gantz Hertz gekränkt / das Ibrahm dir bewogen
Mehr als mir selber war. Nein red es mir nicht ein:
Es kostet Ibrahms Hals /

Ibrahim soll also sterben, weil er Isabelle mehr liebte als den Freund.
(38)
Der der uns Hertz und Sinn und Händ und Glider hält.
Auf dem Rach Haß und Grimm mit Kraft zurükke prellt
Wie die erboste Schwulst des Meer-schaums an den Felsen.
(40)
Selbst Ossman spricht für Ihn
Selbst Ossmann / der ihn sol dem Hänker gäben hin;
Der einen Augen-blik verflucht / verdammt / verhöhnet /
Den andern liber ihn verehrt / begnadigt / krönet
Bald Gunst bald strang spricht zu.

Erklärt sich dieses Sieden im eigenen Saft aus einer akzeptierten Liebesbeziehung zu Ibrahim oder aus einer zurückgewiesenen?

(40)
/ welchem wir
Mit unsrer sanften Hand zu harte kommen für!

Machte es Ibrahim also keinen Spaß oder doch?
(22)
War dir die Hand zu schwer die dich mit linden Fingern
So sanft in Schlaff einwiegt'?

Trotz der sanften Ammenpraxis war Ibrahim Solimans Hand sicher zu schwer, und es ist ja diese sanfte, schwere, die Ibrahim nicht nur zur mutuellen Onanie dient, sondern die ihm auch – übertragen gesprochen – die Schlinge zum Todesschlaf zuzieht.

Ganz dichtungs-schwul geht es zu, wenn Mustaffens-Gespänste Wortwirbel anrührt:
(74)
ach! das Unschuld-reiche blutt
Des tapfern Ibrahims / das du als epp und flutt
Als schwäm' hältst und als schilff / das seine Zunge mus aufläkken
Schreibt an die wänd / und mahlt auf die beflekten Todten-däkken /

Ganz klar spricht sich die Empfindlichkeit des Vierzehnjährigen männlicher Schönheit gegenüber aus, wenn er schreibt:
(76)
O höchst-beschimpftes Haupt
Von dieses Panthers Klaw! das dich des Schmuks beraubt
Des Ansehns freier Stirn / des freindlichen Gesichtes
Mit unter-mengtem Ernst! des langsamen gewichtes
Des stoltzen Augen-throns.

Der Junge läßt Isabelle sprechen – es ist eine schriftstellerische List, die schon der minnesingende Kaiser Heinrich benützte:
Rîtest du nu hinnen der aller liebste man . .
und auch noch Thomas Mann:
O Willo, welch Gewaffen! – im *Erwählten*.

Ohne Zweifel identifizierte sich Lohenstein mit seiner scheußlichen Hauptfigur, dem Schwächling, dem geschichtlich Prächtigen und Großen.
Der Elephant, über den der 15jährige eine Rede hielt, stand auch am Hofe Solimans.
Und so kommen wir darauf:

Lohenstein schildert keinen schwächlichen Staatsmann, er schildert einen leidenschaftlich zerrissenen Menschen, der sich dessen bewußt ist.
Wie nachtwandlerisch umkreist der Junge ein Problem:
Warum bringt Soliman seinen Freund um?
Und dahinter die Frage:
War Soliman schwul?
Und dahinter die Frage der Pubertät:
Bin ich schwul?
Und die Frage, die jedes Kind trifft:
Warum verrät mich mein Freund?
Darf man so weit gehen?
Darf ein Kompilator, in dem Bemühen, subterrane Traditionen aufzufinden, extrapolieren, der *Ibrahim Bassa* sei eine homosexuelle Liebesgeschichte, ein Gleichnis für Lohensteins eigene pubertäre Zwiespälte?
Wie ist barocke Sexualpraxis?
Was geschah in den Schlafsälen des Magdalenäums?
Geschichte und Strukturen von Varianten des Sexualverhaltens sind weitgehend undokumentiert.
Man gehe einmal in ein sexualwissenschaftliches Institut und versuche etwas über die Gesetzgebung zur Homosexualität in der Volksrepublik China zu erfahren.
Geschweige denn über Schülersexualität im 17. Jahrhundert.
Bei Grimmelshausen gibt es eine Transvestitenszene am Rande der Schlüpfrigkeit.
Gerhard Spellerberg unterrichtete mich von einem Todesurteil in Breslau, das über einen Schüler verhängt worden war, weil er ein Mädchen geschwängert hatte.
Die Bevölkerung bemühte sich durch Eingaben, das Leben des Jungen zu retten.
Er wurde hingerichtet.
Doch eine schroffe Sexualmoral schließt schroffes Sexualverhalten nicht aus.
Während des Dritten Reiches, wo jeder gleichgeschlechtliche Stich das KZ bedeuten konnte, waren die Bedürfnisanstalten, die Klappen während der Fliegerangriffe gerammelt voll.

Vergleichen wir zu Unrecht die Schwanzparaden und Spritzwettbewerbe der eigenen Jugend mit den Zuständen im Breslauer Internat nach dem Dreißigjährigen Krieg?
Johann Beer in *Jan Rebu* berichtet von dem deutschen Komponisten Rosenmüller und schreibt:
Er hatte mich / weil ich // ein Teutscher ware / über die massen lieb / habe es auch durch seine Gunst / alle Wochen fast auf 20. Ducaten gebracht . .
Das ist eine Bemerkung, die meistens überlesen wird.
Sie gewinnt an Bedeutung, wenn man bedenkt, daß der Thomaskantor Rosenmüller seinen Posten wegen Päderastie aufgeben mußte und durch Europa irrte, von der Gnade adeliger Mäzene abhängig, aber von ihrer Gnade existierend.
Im *Ibrahim Bassa* geht es um ein Geschehen zwischen Traum und Tod. Wie durch Traumbilder bewegt sich die Freundschaft von Soliman und Ibrahim, Traumbilder, die Bilder des Todes werden und enden als Tod.

4.

Exkurs über den abgeschnittenen Kopf.

Nicht nur Todessehnsucht des Pubertierenden – auch gliederzerstückelnde Wut des Betrogenen, Psychoqual und eine erschrekkende Anerkennung von Realpolitik; doch diese finden wir beim Schöngeist Hammer ebenso wie im Konversationslexikon von Meyer aus dem Jahre 1876 und in der Encyclopaedia Britannica von 1965, wenn wir unter dem Stichwort Suleiman nachschlagen.
Lohenstein erfindet zur blumigen Geschichte der Scudéry-Zesen einen frühreligiösen Totenritus hinzu;
Lohenstein schreibt – und im Laufe des Trauerspiels in mehrfacher Brechung – eine der unbeirrtesten Schilderungen von Hinrichtung.
Man vergleiche sie mit Melvilles genialer Eskamotage im *Billy*

Budd, mit Ernst Jüngers feiger Preziosität, mit Che Guevaras verzückter Verlogenheit.
Doch der Vierzehnjährige erfindet auch das furchtbare Spiel von Todesverdammung, Begnadigung, Todesverdammung und Hinrichtung des Freundes.
Eine apokryphe Lesart des *Ibrahim Bassa* ergab die Darstellung eines Lederfetischisten – die sadistischen Beziehungen von Isabelle und Soliman.
Die Märchenprinzessin würde damit zu einer Vorläuferin der Epicharis; Soliman erhielt, einmal mehr, neronische Züge.
Mustaffens Gespänste spricht es aus:
Der Mordpalast ist Erhitzter Löwen Auffenthalt – und damit Aufenthalt von Hommes-Leopards, Löwenmenschen, Schauplatz von Einweihungsproben und Blutpakten.
Der Schüler Daniel Casper hat sich die richtige Landschaft gewählt. Seine Zitate von Brust und Milch, also von Brutpflege und Zärtlichkeit als Aggressionen, sind in der Türkei richtig plaziert: Vor achttausend Jahren gab es im anatolischen Çatal Hüyük Göttinnen, aus deren Brüsten Schnäbel stachen.
Man braucht die Szenen nur der Reihe nach anzumerken und man entdeckt, wie stark die sadomasochistische Komponente in dieser Treuetragödie ist, in der Todes- und Hinrichtungstrunkenheit des Knaben.
Soliman sagt von seinem geliebtesten Günstling:
(22)
Trew-Loser! hat sich ie ein Sklaff ein Knecht gewidrigt
Zu herrschen über den dem er gehorchen mus?
Zu träten dessen Haupt dem er doch unterm fuß
Verschmachtend dienen sol.

Ibrahim hält sich auch nicht zurück:
(23)
Ha! Ibrahim wirds nicht schäuen
Ich will noch so behertzt den harten Knoten käuen
Der Mich bald strängeln wird; ich wil mit Hertzens-Lust
Dem stumpffen Dolch bestehn auf der zernarbten brust;
Ich will das scharffe Beil / ich will die Schwerdter küssen /

Den Henkker der mich bald wird säbeln oder spissen
Auf des Tirannen Wortt / so standhaft / so behertzt:

Isabelle, die Christin:
(27)
Kommt hauet mich in stükke;
Zerfleischt die Glider uns; Ich schätz Mirs für ein glükke /
Ihr thut mir einen dihnst / kommt stost mich in die brüst /
Bis blutt und Seel aus-sprütz ich sterbe wie ein Christ.

Und die leibeigenen Christen selbst:
(31)
Wird man uns auf Galeen schmiden?
In sidend-heissem Oele siden?
etc. etc.
Der ganze Katalog der bösen Qualen der bösen Türken, die noch bei Mozart widerhallen.
(47)
Soliman:
Sie sol den Keiser selbst Ihr zum Leib-eignen haben.

Und in genauer Erkenntnis der Ambivalenzen von S&M und M&S:
Isabelle:
Dis heist mit Ketten / nicht mit Freiheit uns begaben.

Isabelle will mit Ibrahim im Tode vereint sein:
(70)
Wol! reist uns auch mit Ihm / erwürgt / kocht Hertz und Lunge /
Verbrennt und läscht mit mir den Blutt-durst eurer Zunge!

Die Riten der Kochkunst sind den Riten der Folterqual identisch. Das erkennen später Proust und Françoise neu.
Als kleine sadistische Aufmerksamkeit übersendet Kaiser Soliman den abgeschnittenen Kopf seines Freundes Ibrahim der begehrten Isabelle, der Frau des Toten, zur Entlassung aus dem Gefängnis.

Und der sexuelle Akzent dieser Handlung wird von Isabelle genau verstanden, denn sie fragt:
Ist dis der Abschieds-dank die schöne Morgen-Gabe?
Le Rouge et le Noir von Stendhal endet:
Un grand nombre de prêtres escortaient la bière et, à l'insu de tous, seule dans sa voiture drapée, elle porta sur ses genoux la tête de l'homme qu'elle avait tant aimé.
Goethe hatte, so berichtete mir Theodore Ziolkowski, einen Abguß des Schädels von Raffael in seinem Zimmer.
Goethes Gedicht über Schillers Schädel ist bekannt.
Dr. François Duvalier, der Präsident von Haiti bewahrte den abgeschnittenen Kopf eines Feindes im Eisschrank auf und stellte ihn, bei Verhandlungen mit seinen Gegnern, auf den Schreibtisch, geht die Sage.
In Goethes Zeitgenossen Hammers *Geschichte des Osmanischen Reiches* findet man fast auf einer jeden Seite einen abgeschnittenen Kopf.
Und, da Lohenstein Hammer nicht lesen konnte, spricht es für den psychologischen Instinkt des Schülers, daß der abgeschnittene Kopf in seiner Türkengeschichte ebenso zum Topos geworden ist wie in der Geschichte der Türken.
Wenn Ibrahms bluttig Kopff . .
Sol Sulthans strenger Fus
Mit euern Köpfen spielen . .
Kom Karl / kom kom / dein Kopff sol bald die Zähne bläkken
Und kreischen an der Sonn . .
Des Zellibs Kopff zerkipft . .
Von Kopfjägerei und Kopfsucht berichtet uns auch Suleimans Tagebuch:
7. Juli 1521.
Hundert Köpfe Besatzung eingesandt.
8. Juli.
Die Köpfe wurden längs des Weges aufgestellt.
15. Juli
. . und sechzig abgeschnittene Köpfe . .
31. August 1526.
Der Kaiser auf goldenem Thron empfängt die Huldigung der We-

sire und Bege; zweytausend Gefangene geköpft, die Köpfe in den Diwan gebracht; strömender Regen.
(Hammer, Band 3, 111)
»Ein Jeder« (sind Petschewi's des osmanischen Geschichtsschreibers Worte) »nahm die Seele auf die Zunge und schrie: Entweder nehme ich des Feindes Kopf, oder ich gebe den eignen.«
(Erhält Goethes Gedicht auf Schillers Schädel da nicht einen unheimlichen Hof?)
Auch das Haar finden wir bei Stendhal, das Scheren des Ledermanns.
Die herrische Mathilde de la Mole hat sich Julien hingegeben.
Die Mutter und das Kammermädchen werden wach.
Julien flieht und reißt sich dabei blutig.
Il sentit tomber quelque chose sur ses mains, c'était tout un coté des cheveux de Mathilde, qu'elle avait coupé et qu'elle lui jetait.
Busbeck (I, 25) beobachtet in Serbien:
Desgleichen waren bei vielen Gräbern Haare aufgehängt; diese hatten die Weiber oder Mädchen bei der Bestattung zum Zeichen der Trauer gespendet.
Und Lohenstein:
(23)
.. Persens Kron auff Ossmanns Haar gehäuffet ..
Und bei Busbeck lese ich:
(I, 21)
Was über ihnen ist, das, meinen sie, gehe sie nichts an und sie überlassen die oberen Stockwerke den Ratten und Mäusen zum Bewohnen.
Frazer, auf den sich Freud nach flüchtiger Lektüre beruft, erklärt:
(Taboo and the Perils of the Soul, 252)
The head sacred because a spirit resides in it.
(254)
Objection to have any one overhead.
(258)
When the head is sacred the cutting of the hair becomes a difficult and dangerous operation.

In Lohenstein gibt es einen Auflehner, der für die Rechte der Mohren eintritt, der Frauen und der Bürger; bewußt neigt seine Sympathie wohl dem Underground-Emporkömmling Ibrahim zu, dem Nichtgeadelten, dem Parvenu.
(Der Nichtadelige Lohenstein zeichnet seinen *Ibrahim Bassa* Daniel Casper von Nimptsch.)

Doch der Dreißigjährige Krieg ist eben zuende.
Wir wissen nicht, was der Vierzehnjährige erlebt hat, gesehen, gehört.
(49)
Wie kan ich als ein Mensch was menschlich ist verhütten?
sagt Ibrahim.
Aber wie erschreckend ist es, daß schon der Junge Obrigkeitstreue und Rechtgläubigkeit so gut in seiner Poesie unterbringen kann.
Die leibeigenen Christen singen:
(32)
Also hilft Gott zwar den gepresten /
Doch stürzt er nicht Tirannen eh
Ob sie zwar jhm ein Dorn in Augen
Vnd uns aus-ädern und aus-saugen
Als bis von jhnen Nutz entsteh
Als bis Er / wenn wir uns an ihm sich oft versündigt
Durch Sie als Dihner seiner Rachche
Als Bohten seiner muntern Wachche
Hat seines Eifers Grimm und heissen Zorn verkündigt.

Und der Mufti entscheidet, daß der Kaiser seinen Schwur brechen darf und seinen Freund, sobald Soliman schläft, töten lassen, denn im Schlaf lebt der Kaiser nicht.
Die Sinnen und der Schlaff diskutieren im Reien den Glaubensspruch.
Und sie einigen sich unisono:
Je mehr wer / weil er lebt / dem schlaffen ist ergäben /
Je weniger ist er lebendig in dem Leben.

Das kann man sich denken. Das war nicht die Frage.
Der Vierzehnjährige ist also muffiger als der Mufti – diplomatisch. Und diese aus dem allwissenden Allegorienhimmel gedonnerte Halbherzigkeit bedeutet natürlich Ibrahims, des Geliebten, der Titelfigur Tod.
Hier wird Lohenstein zum Schreibtischtäter, wie Seneca später in *Agrippina* und *Epicharis*.
Aber:
Er konnte sich auf Al-Ghazali berufen, der im 12. Jahrhundert geschrieben hatte:
Suche nicht den Schlaf (künstlich) herbeizuführen, indem du besorgt bist, das weiche Bett bequem zu richten; denn der Schlaf ist die Ausschaltung des Lebens.
Wie sagt der *Koran*:
Allah nimmt die Seelen zu sich zur Zeit ihres Todes und die noch nicht gestorben sind, während ihres Schlafes. (Sure XXXIX, 43)
Heraklit meinte:
Es ist immer dasselbe, was in den Dingen wohnt: Lebendes und Totes, Wachendes und Schlafendes, Junges und Altes. Denn dieses wird, sich wandelnd, zu jenem und jenes wieder, sich wandelnd, zu diesem.

Der Mensch zündet sich selber in der Nacht ein Licht an, wenn er gestorben ist und doch lebt. Im Schlaf berührt er den Toten, wenn sein Augenlicht erloschen ist, im Wachen berührt er den Schlafenden.

Doch bei dem Jungen Daniel gibt es noch das Aufbrechen der sadistischen Fixierung:
(48)
Isabelle rast so vor sich hin:
Es geh nun wie es geh / Er wirds erfreuter leiden
Als uns aus seiner Lib in Keisers Dihnst sehn scheiden /
Doch ach! wo dänkk ich hin. Ich führ ihn in die Noth
Auf diese Schiffbruchs-klipp in Marter Angst und Tod /
In diese Donner-Wolkk / die über ihn ergrimmet.

Wieder drückt Lohenstein psychische Schichten im Wörtlichen aus:
Die Erhitzten Löwen reißen »Köpfe« ab.
Die Stimmen der Menschlichkeit sprechen, selten, vom »Haupt«.
(76)
Ich schweige! dieses Haupt ist Vhrsach das ich weine.
(77)
O werthes Haupt.

5.

Exkurs über Mustaffens Gespänste.

Vor dem Mord an dem Geliebten Ibrahim erscheint dem Kaiser Soliman Mustaffens Gespänste, das Gespenst des Sohnes, den er umbringen ließ – falsch, den Suleiman umbringen lassen wird, denn Ibrahim stirbt am 15. März 1536 und Mustapha am 21. September 1553 – siebzehn Jahre später.
In Zesen-Scudéry wird Ibrahim begnadigt – also erscheint auch kein Warngeist.
Lohenstein beruft sich Zesen gegenüber darauf, daß er sich mit der Ermordung des Freundes an die geschichtliche Wahrheit halte.
Im gleichen Atemzug aber schlittert er – bewußt oder unbewußt – in eine neue ungeschichtliche Fabel hinein.
Es muß dem Schüler also viel daran gelegen haben, daß er auf der inkonsequenten Geschichtsfälschung gerade an einem Punkte poetisch bestand, wo er sich auf Wiedereinsetzung der geschichtlichen Wahrheit im Vorwort etwas zu Gute tat.
Durch diese Geschichtsklitterung nimmt Lohenstein ein dramatisches und psychologisches Moment vorweg, das er als Dreißigjähriger in der *Aggrippina* wiederholen wird:
Das Gespenst des Britannicus erscheint dem Nero vor dem Mordversuch an seiner Mutter.

Es gibt noch andere Parallelen zum Jugendstück im Meisterwerk:
Der Mufti, der Eide fürs Leben umdeutet zu Hinrichtungssprüchen, hat der Kaiserin Roxelane das politische Priesteramt zu verdanken wie Seneca der Kaiserin Agrippina seinen politischen Erzieherposten.
In beiden Stücken gibt es einen mehrfachen, mehrfach bereuten Mordversuch eines Weltherrschers an einem geliebten, nahestehenden Menschen.
Dieser Mordversuch ist mit Wasserfahrten – den alten schamanistischen Einweihungswegen – verbunden:
Agrippina wird zum Tod auf ein Mordschiff geladen;
Ibrahim wird zum Tod von einer Wasserreise geholt.
Jedoch die Entsprechungen sind noch mikroskopischer.
Mit dem *Ibrahim Bassa* beginnt ein kaleidoskopisches Spiel, in dem Empfindungen, Riten, Verhaltensweisen als rhetorische Kürzel durcheinanderfallen bis zum letzten Trauerspiel Lohensteins hin, bis zum *Ibrahim Sultan*.

(36)
Soliman:
Man pflägt es heim-zuställen
Dem Spihler der verspihlt / ob er ein Blatt zerreist

Paris in der *Agrippina*:
Man lacht / wenn / wer verspielt / die Karte reisst entzwey.
(74)
Soliman:
Mein Sohn! mein Mustaffe! mein Mustaffe! verzih;
Verzih / verzih! hilf Gott! Was ists? hilf Himmel! wie
Schrökt' Euch hier kein Gespänst? . .
(100)
Nero:
Ach! Mutter / ach! Vergib! Vergib dem bösen Kinde!
Wasch ab durch Straff und Blutt des Brandmal ärgster Sünde!
Fleuchstu? Verzihe doch!

Ist das noch Absicht, ist da noch Sinn in, wie Klein Erna als Thalia-Theaterabonnentin fragen würde?
Ich glaube schon.
Hammer liefert uns als Geschichtswissenschaftler, vor Frazer und Freud, eine wichtige Anmerkung, die erweist, wie magisch verhaftet der Mord am Sohn Mustapha und der Mord am Bruder Britannicus noch sind:

(Hammer, Band 3, 383)
Bey den Parthern war Vater- und Kinder- und Brüdermord feyerlicher Königsbrauch. Bey den Römern erlag die väterliche Liebe unter des Brutus republikanischem Beile und unter dem Manlischen Blutbefehle. Mithridates liess mehr als Einen seiner Söhne hinrichten, und Philippus von Macedonien seinen Sohn Demetrius vergiften. In ihre Fussstapfen trat als Sohnesmörder Schah Abbas der Grosse. Der gewaltsame Tod der Söhne Constantin's und Peter des Grossen und Philipp des Zweyten bedeckt die Jahrbücher ihrer Geschichte. In der osmanischen gab Sultan Murad I. durch seines Sohnes Sawedschi Hinrichtung trauriges Beyspiel, welches Suleiman bey weitem überbothen, indem er durch Sultan Mustafa's und Sultan Bajesid's und ihrer Söhne Hinrichtung zweymal die Hand in das Blut seiner Kinder und Enkel getaucht.

Durch die geschichtlich falsche Einsetzung des Ermordeten Mustapha und das Auftreten seines Gespänstes erscheint Ibrahim – im Vergleich mit Agrippina – in einer ganz neuen psychologischen Stellung.
Ibrahim gleich Agrippina?
Inzestuöse Begierde des Kaisers Nero gleich inzestuöser Begierde des Kaisers Soliman?
Ibrahim gleich Mustapha?
Wie berichtete uns Hammer? Hochzeitskerzen wurden zum Beschneidungsfest des Mustapha von seinem Vater Soliman herbeigetragen.
Schimmert hier bei Hammer, bei Lohenstein eine mögliche Mo-

tivierung für den noch so ungenügend erklärlichen Beschneidungsritus durch?
Eine subterrane Gegenhochzeit?
Gegenliebe?
Gegeninzest?
Ein Hymen, den der Vater beim Sohn blutig reißt?
Ein tödlicher Vorgang zwischen Vater und Sohn – keine Kastrierung –, der zur Beschneidung umgespielt wird, damit das gesellschaftliche Leben weitergehe?
Auch bei Hammer bringt Suleiman die Beschneidung seines Sohnes in einen dichten Zusammenhang mit seiner Freundschaft zu Ibrahim.
Auch ist überliefert, daß Suleiman vor der Hinrichtung des Freundes von einem Traumgesicht erschreckt wurde. (Hammer, Band 3, 161)
Diesem Traumgesicht den Namen Mustaffe zu geben, war der Funke Lohensteins.
Ogier berichtet, daß der Mufti zum Mord am Sohne Mustapha herangezogen wurde, wie Seneca zum Mord an Agrippina, wie der Mufti zum Mord an Ibrahim im Trauerspiel.
Die geschichtlich falsche Reue über den Mord finden wir in der Vorlage Lohensteins, bei Scudéry-Zesen, Reue über den Mord an Mustapha, die Lohenstein in die Reue über den Mord an Ibrahim umwandelt.
Bei Scudéry-Zesen wollen die Soldaten nach Mustaffens Ermordung dem Rustahn das Herz ausreißen; auch Lohenstein läßt Rustahn das Herz ausreißen – auf Solimans Befehl, nach der Ermordung des Ibrahim.
Der Kaiser Nero will Agrippina töten, des Britannicus Geist erscheint und erinnert, daß der Kaiser den Bruder getötet hat; mit beiden hatte Nero ein inzestuöses Verhältnis.
Der Kaiser Soliman will Ibrahim töten, des Mustaffen Gespänste erscheint.. Britannicus war Kronprätendent, wie Mustapha.
Auch stirbt Mustapha nicht als Sohn des Suleiman, sondern als Kronprätendent, als Konkurrent seines Bruders, des rechtmäßigen Erben der Macht – wie so viele andre Brüder der osmanischen Kaiser.

Sigmund Freud hat uns einige anregende Seelenrätsel aufgegeben und einen etwas barocken Erklärungsversuch für abweichendes Sexualverhalten gemacht – im Ödipuskomplex, den er leider, wie viele religiös veranlagte Wissenschaftler, zum Dogma erhob.

Freud hat einigermaßen plausibel gemacht, wie das Bild der begehrten Mutter sich zwischen Sohn und fremde Frau schiebe und so eine neurotische Impotenz verursacht.

Dann kommt ein Sprung, den Freuds Patienten mit falsch behandelten Nasen zu bezahlen hatten, Herr Fließ aber mit einer Todfeindschaft, Freud selbst mit einer Ohnmacht in der Wiener Universität vor der Büste des Ödipus – viele Homosexuelle in der Dritten Welt aber mit dilettantischen Behandlungsmethoden.

Der Junge wird also schwul, krank.

(Wann strich die Psychoanalytische Gesellschaft die Homosexualität von der Liste der Geisteskrankheiten?)

Der Schwule gibt sich nun gerade dem gefürchteten kastrierenden Bild des freud'schen Vaters hin.

Das Bild dieses Vaters wird zum Signal, das Erektionen und Ejakulationen ermöglicht.

Da läßt uns Freud im Stich.

Lohenstein und sein Gespänste führen uns da früher weiter.

In Lohensteins Dramen gibt es wenige offene Schilderungen von Homosexualität, die heftigeren Erwähnungen werden – auf griechisch oder latein – in die Anmerckungen verdrängt.

Bewußt oder unbewußt setzt Lohenstein Metaphern:

Messer rasen im Darm (*Agrippina*); linde Finger wiegen in den Schlaf (*Ibrahim Bassa*); Ibrahim käut Knoten.

Er setzt den Mord an Ibrahim dem Mord am Sohne Mustapha gleich, wie die Beschneidungs-Hochzeit mit dem Sohne Mustapha der Freundschaft zu Ibrahim von Hammer-Purgstall gleichgesetzt wurde.

Ein Homosexueller begehrt also das Bild seines Vaters – welches läge denn näher?

Ödipus geht ins Elend, weil er den Vater begehrt und den Geliebten erschlug.

Lohenstein hat die verschiedenen Kombinationen der griechischen Muster in seinem Theaterwerk durchgespielt.
Ödipus' Liebe zur Mutter in der *Agrippina*, den Mord am Stiefvater, Orests Mord an der Mutter, Medeas Mord an den Kindern in *Sophonisbe* und *Cleopatra*, den Sohnesmord gibt es wieder in Lohensteins letztem Stück, dem *Ibrahim Sultan*.

Die poetische Aufklärung der Lust des Mannes am Mann durch die Übertragung des türkischen Verhältnisses vom Sohn zum Vater und vom Vater zum Sohn geht allen diesen Konstellationen im *Ibrahim Bassa*, im Trauerspiel des Vierzehnjährigen voraus.
Ich habe behauptet, Lohenstein geht über Freud hinaus.
Was sagt der Schüler vom Traum und seiner Bedeutung:
(59)
Doch daß man dis und das was ohn-gefähr geschihet
Nach seinem Sinn und Kopff zu deuten sich bemühet
Ist Arbeit sonder Frucht.

Damit erhebt sich Lohenstein aus Vernunft über vielen trüben Quatsch, der in der Tradition des Hermetismus auch in sein Jahrhundert hereinschwabbte, und er nimmt neuere Forschungsergebnisse zur Traumdeutung vorweg.

Revolution als Restauration

Jean-Nicolas-Arthur Rimbaud als Ethnologe

Hamburg, August 1979

Man trägt wieder rechts.
Ist dies einer der Gründe, daß bei Matthes und Seitz die Werke Rimbauds neu herausgegeben werden?
War Rimbaud ein Vorläufer jener »Faschistischen Literatur von Rang«, als die Walter Heist das Werk von Sartre, Camus, Genet etc. rubriziert hat?
In Frankreich blieb Rimbaud ständig präsent.
Es gibt an die 3000 Bände Sekundärliteratur, Rimbaldinische Studien und immer wieder die Koloraturen der Literaturpäpste.
Paul Claudel:
– Arthur war ein Mystiker im Zustand eines Wilden, eine versikkerte Quelle, die aus einem gesättigten Boden hervorbricht.
Jean-Paul Sartre:
– Als Rimbaud versuchte, sein eigener Schöpfer zu werden . .
etc. etc.
Die mächtigen Familien, die in der Bundesrepublik den Kurswert von Literatur festlegen, ignorieren Rimbaud.
Vor zwanzig Jahren nahm man ihn nicht in die 100 Exempla Classica des Fischer Verlags auf, ein Urteil, das die »Zeit« im Vorjahr bestätigte, mit einer Liste, auf der das Nibelungenlied figurierte; der italienische »Espresso« stellte eine Gegenliste auf, er ließ das Nibelungenlied weg und setzte Rimbaud dafür ein.
Im Lande der Dichter und Denker herrschen Mythen über den jüngsten Poeten der Moderne vor:
Genie.
Schmiß Läuse auf Passanten.
Hatte ein Verhältnis mit Verlaine, das der Ältere zu einer Liebesaffäre aufbauschte.
Verstummte mit achtzehn.

Handelte Sklaven.
Verlor das Bein. –
Geraune – fast immer inexakt.
Womit hängt das zusammen?
Wohl auch damit, daß sich hierzulande nur wenige die Mühe machen, die Literaturen Europas im Text zu verfolgen – von den Literaturen der Dritten Welt gar nicht zu reden.
Wenigstens drei unserer maßgeblichen Lyrikrezensenten könnten aus dem Französischen kaum mehr als den Ausruf Rien ne va plus übersetzen; was nicht heißt, daß die »Seher«attitüde von uns nicht geübt würde.
Ich kenne zwei deutsche Literaten, die verkündeten, daß sie ein Werk rezensieren können, ohne es zu lesen. Einem dritten entwischte die Rimbaud-Karikatur: Ich sehe zurück und weise voraus.

Die neue deutsche Rimbaud-Ausgabe enthält eine Sensation:
Den Bericht des Dichters von der Landschaft Ogaden in Äthiopien.
Wie verhält sich ein Avantgardist, ein Revolutionär, ein Umstürzler in der Dritten Welt.
Hier nun wirklich primäres Sein in Neuer Sprache.
Wie sieht das aus?
– Die Ogadiner sind immer im Krieg mit ihren Nachbarn und untereinander.
– Sie hüllen sich in ziemlich saubere Kleider.
Eine Aussage, die sich mit den Feststellungen von Helmut Schmidt in Santo Domingo deckt – und die in der neuen Ausgabe entschärft wird zu:
– Die Ogaden . . sind reinlich gekleidet.
Wie ist das möglich?

Ein früher Wunsch des Revolutionärs Rimbaud ist der Ruhestand:
– Je ne veux pas de place. Je serai rentier.
– Ich will keinen Platz im Leben. Ich werde Rentner sein, schreibt der Zehnjährige im Schulaufsatz.

Doch diese Aussage ist gesplissen, wie viele Worte des Dichters. Je serai rentier steht in einer soziologischen Phantasie. Rimbaud träumte sich für den Schulunterricht in die Zustände des frühen sechzehnten Jahrhunderts zurück.
Der Sechzehnjährige verfaßt in sorgfältig patiniertem Französisch einen Brief des Dichters Charles d'Orléans an Louis XI, in dem er sich expressionistisch altertümelnd Gedanken über Villon macht –
Sechzig Jahre später unternahm Paul Zech etwas Ähnliches in Deutschland.

Rimbaud über Villon:
– .. tous ces pauvres enfants secs et noirs comme escouvillons, qui ne voient de pain qu'aux fenêtres, que l'hiver emmitoufle d'onglée, ont choisi maistre François pour mère nourricière. (176)

Paul Zech über Villon:
– An den Wänden standen in hohen Regalen die schweren Folianten in Reih und Glied, viel zu schwer für so einen magren Dreikäsehoch. In seinem siebenten Jahr aber las er bereits Griechisch und Latein und hatte es mit Hilfe des klösterlichen Schreibers Sabeau zu einer fabelhaft flüssigen Handschrift gebracht, zu einer staunenswerten Fertigkeit in der Miniaturmalerei. Der Herr Kaplan war sehr zufrieden mit dem Fortschreiten seines Schützlings, und an einem schönen Sommerabend packte er ihn in die Kalesche und brachte ihn auf die Schule der Faculté des Arts.
Das war in des Meisters dreizehntem Jahr. Er hatte das Aussehen eines netten jungen Mannes von sechzehn, etwas Flaum lag ihm schon auf der Oberlippe, und die Stimme klang dick und dunkel. Er kam auch gleich zu den Chorsängern, erlernte das Spiel auf dem Virginal und bewältigte mühelos die Pensen. Der Rektor der Anstalt war ein Mann von Mitte fünfzig, etwas beleibt und, wie das in der damaligen Zeit nicht ungewöhnlich war und auch noch nicht den Gesetzen der hohen Obrigkeit zuwider, den ihm anvertrauten Knaben nicht nur als Lehrer zugetan.

Den schrillen Ton des Chaoten vermutet man und findet in der Gesamtausgabe der Pléiade die lateinischen Verse des Vierzehnjährigen.
Er war von einer noch immer unfaßlichen Belesenheit, er hatte »alle« Bücher gelesen und läßt auch seine französischen Kommentatoren hinter sich, wenn sie zum Beispiel die mehrfache Anspielung auf Mörder, Assassin, in den Haschischgedichten, nicht mit den Assassinen in Verbindung bringen, die im Haschischrausch mordeten; Rimbaud kannte solche Etymologien und solche Zusammenhänge.

Überhaupt, man wünschte sich von seiten der Kommentatoren etwas mehr Bücherwissen und Hinterfotzigkeit.
Der Übergang von Samen in Staub treibt bei Rimbaud die tollsten Stilblüten, die den Archépoeten als Poeta Doctus ausweisen.
Die Zeile Ithyphalliques et pioupiesques . .
in *Le Cœur du Pitre* wird in der Pléiadeausgabe, Seite 891, mit obscène. Le phallus est dressé kommentiert.
Ganz gewiß; das weiß jeder, der die ithyphallischen Statuen im ägyptischen Museum gesehen hat; in ithýs, euthýs, »geradegerichtet, aufrecht« etc. schwingt aber immer auch der Sinn von »gleich, genauso« mit.
Der Ithyphallicus ist ein dem wippenden Holzphallos der bacchischen Feste nachskandierter Vers,
– v – v – v
wobei die letzte Länge/Kürze obszönerweise das Entscheidende zu sein scheint. (Willige, Bayer, *Sophokles Tragödien und Fragmente*, München, 1966; siehe auch Korzeniewskis *Griechische Metrik*. Pikanterweise verweigert sich der richtunggebende Bruno Snell in seiner *Griechischen Metrik* dem Ithyphallicus. Das Fehlende holt Korzeniewski reichlich auf.)
Die machistische Geste junger Soldaten wird für Rimbaud zu einem klassischen Metrum, dem Ithyphallique, der im klassischen Griechenland eben dieser Geste nachgebaut war.
Um die Situation reigenförmig zu insinuieren, kehrt die Zeile Ithyphalliques et pioupiesques noch zweimal wieder – und um das Versmaß anzugeben:

Um eine Länge, Kürze erweitert ist die Zeile, wie andre des Gedichtes im Ithyphallicus geschrieben:
–v–v–v–v!

In vier Gedichtgruppen hat Rimbaud die Anregungen zur modernen Lyrik aufgenommen und weitergetrieben zu einem ersten Inneren Monolog über pubertäres Verhalten und Intellektualität.

Die großen lyrischen Entdeckungen waren getan:

1751 beginnt die französische *Enzyklopädie* zu erscheinen, in der Diderot das Zusammenfallen von Genie und Immoralität feststellt, dem Genie das Recht auf Wildheit zubilligt.

Freie Rhythmen, darauf hat man sich geeinigt, wurden zuerst von Klopstock gemeistert.

1758 im *Allgegenwärtigen*:

– Das sah kein Auge, das hörte kein Ohr,
Das kam in Keines Herz, wie sehr es auch rang,
Wie es auch nach Gott, nach Gott,
Nach dem Unendlichen dürstete;
..
Erd', aus deren Staube
Der erste der Menschen geschaffen ward,
Auf der ich mein erstes Leben lebe,
In der ich verwesen werde
Und auferstehen aus der:
..

Und 1759 in *Über die ernsthaften Vergnügungen des Landlebens* – bekannter als *Die Frühlingsfeier*:

– Nicht in den Ozean der Welten alle
Will ich mich stürzen, schweben nicht,
Wo die ersten Erschaffnen, die Jubelchöre der Söhne des Lichts
Anbeten, tief anbeten und in Entzückung vergehn.

1798 in den *Fragmenten* und 1801 im *Heinrich von Ofterdingen* verkündet Novalis:

– Der Zauberer ist Poet (1851).
– Der echte Dichter ist allwissend (1852).
– Dichter sind »divinatorische, magische Menschen«.

Der Dichter ist reiner Stahl, hart wie ein Kiesel.
1827 schreibt Victor Hugo die Einleitung zu seinem Drama *Cromwell.*
Diese Einleitung wird zum Manifest des französischen Romantizismus; sie wirkte bis hin zu Rimbaud:
– Dans la pensée des modernes, au contraire, le grotesque a un rôle immense.
Im Gegenteil, im Denken der Modernen spielt das Groteske eine immense Rolle.
Die Idee zu den Prosagedichten *Spleen de Paris* und *Paradis Artificiels* kam Baudelaire im Jahre 1855.
Rimbaud sollte sie bewundern.
Mit den 40 Seiten Prosa *Le Poëme du Haschisch*, wird Baudelaire aber wohl auch Lautréamont und seine essay-artigen *Poésies* beeinflußt haben.
Walt Whitmans *Leaves of Grass* erscheinen 1855 zu Kosten des Autors, die *Fleurs du Mal*, mit *Correspondances*, jenem Gedicht, das die Synästhesis in die moderne Lyrik einführt und für den sogenannten Symbolismus, bis hin zum Surrealismus entscheidend wird, im Jahre 1857.
Sainte, das wie sinnleere, dunkle, streng kalkulierte Gedicht von Stéphane Mallarmé entstand im Dezember 1865.
Isidore Ducasse erklärte zwischen 1868 und 1870 Collagen, Wissenschaftsjargon, Essayismus zu *Poésies*.
All das hat Rimbaud gekannt, oder fast alles, er hat es zitiert, paraphrasiert.
Mit 15 schreibt er
Les Etrennes des Orphélins:
– La chambre est pleine d'ombre. On entend vaguement
De deux enfants le triste et doux chuchotement.
Leur front se penche, encore alourdi par le rêve,
Sous le long rideau blanc qui tremble et se soulève . .
Au dehors, les oiseaux se rapprochent, frileux;
Leur aile s'engourdit sous le ton gris des cieux;
Et la nouvelle Année, à la suite brumeuse,
Laissant traîner les plis de sa robe neigeuse,
Sourit avec des pleurs et chante en grelottant . . (3)

Walther Küchler übersetzte das in der inzwischen vergriffenen Ausgabe des Lambert Schneider Verlages von 1946:

– Die Kammer ist voll Schatten. Leis und unbestimmt
Ein traurig Flüstern zweier Kinder man vernimmt.
Die Köpfchen, unter weißen, langen Bettvorhängen,
Die zitternd schwanken, traumschwer noch herniederhängen.
Eng beieinander, draußen, friert der Vögel Schar,
Im kalten Himmelsgrau sind ihre Flügel starr.
Das neue Jahr, im Nebelschleier noch des alten,
Hinschleppend seines schneebedeckten Kleides Falten,
In Tränen lächelt und, vor Kälte klappernd, singt. (9)

Auch diese Verlogenheit hat Tradition. Es gibt sie bei Sade, bei Hugo, bei Lautréamont.
Der Anfang:
– La chambre est pleine d'ombre
ist ein Hugozitat aus »Pauvres Gens«:
– Le logis est plein d'ombres,
wobei ombres im Plural kitschiger ist als der sachlichere Schatten bei Rimbaud in der Einzahl.
Als nächstes
Sensation –
eines der vollkommensten Gedichte der Weltliteratur.

Sensation
Par les soirs bleus d'été, j'irai dans les sentiers,
Picoté par les blés, fouler l'herbe menue:
Rêveur, j'en sentirai la fraîcheur à mes pieds.
Je laisserai le vent baigner ma tête nue.

Je ne parlerai pas, je ne penserai rien:
Mais l'amour infini me montera dans l'âme,
Et j'irai loin, bien loin, comme un bohémien,
Par la Nature, – heureux comme avec une femme.

Eine adäquate Übersetzung ins Deutsche ist mir nicht bekannt.
Vielleicht hat Georg Büchner ein halbes Jahrhundert vor Rimbaud ähnliche Empfindungen in Wörtern abgebildet:
Freies Feld. Danton.
Freies Feld. Leonce und Valerio.
Freies Feld. Woyzeck: Immer zu! immer zu! Still Musik!
Lenz: .. oder er stand still und legte das Haupt in's Moos und schloß die Augen halb, und dann zog es weit von ihm, die Erde wich unter ihm, sie wurde klein wie ein wandelnder Stern und tauchte sich in einen brausenden Strom, der seine klare Fluth unter ihm zog.

Rimbaud war 16, als er es 1870 schrieb.
Er hatte eben die Dichter des Parnasse entdeckt.
1866 hatten C. Mendès und Xavier de Richard *Le Parnasse Contemporain* herausgegeben.
Rimbaud kannte die Gedichte von Coppée.
Vers le passé war im ersten Parnasse erschienen.
Coppée schreibt:
– Quand je vais dans les champs, par les beaux soirs d'été
Au grand air rafraichir mes tempes
Rimbaud:
– Par les soirs bleus d'été, j'irai dans les sentiers,
Picoté par les blés, fouler l'herbe menue:

Die Blauen Abende hat er wohl von Mérat bezogen, doch weder Mérat noch Coppée gelingt die klassische Präzision des jugendlichen Revolutionärs.
Das Exemplarisch-Außenseiterische und eine frivole Innigkeit, Weltengeste und Schenkenliedchen.
Das kann weder Isidore Ducasse, noch Verlaine, noch Whitman; gelegentlich hört man es bei Nietzsche heraus, bei Wedekind, Morgenstern, Ringelnatz und deren späten Erben Olga Rinnebach und T. A. Odemann.
Es ist ein altes Trällern.

Arnault Daniel begann damit, Rutebeuf – bei Villon kommt es vom Schindanger, im Volkslied von der Schlacht:
– Le Roi René de Guerre revient
Il tient ses tripes à la main . .
Es ist jene proletarische Eleganz, von der Lautréamont spricht und Jean Genet.
Einfach und raffiniert nannte Gottfried Benn das.
Théodore de Banville meinte, das Gedicht nicht im zweiten *Parnasse* veröffentlichen zu sollen.

Das Jahr 1870 hindurch kristallisiert der Sechzehnjährige die verschiedenen Muster pubertären Denkens in seinen Versen aus:
Antiklerikalismus und hüpfende Bosheit in
Le Châtiment de Tartuffe;
Antiklerikalismus, den er in
Un cœur sous une soutane
weiter ausführt.
Ein karikaturales Stück Prosa und dennoch eine präzise Schilderung pubertären Verhaltens von einem Pubertierenden, Persiflage des eigenen lyrischen Ichs, des Albatros' von Baudelaire:
– Jésus! Joseph! Jésus! Marie!
C'est comme une aile de condor
Assoupissant celui qui prie!
Ça nous pénètre et nous endort!
. .
La fin est trop intérieure et trop suave: je la conserve dans le tabernacle de mon âme. A la prochaine sortie, je lirai cela à ma divine et odorante Thimothina.
Attendons dans le calme et le recueillement. (199f.)

Paul Zech übersetzt:
– O Jesus, Joseph, Heilige Marie:
wie Flügel eines Kondors schwirrt
um uns der Wind, wenn man das Knie
ihm beugt, vom süßen Duft verwirrt.
. .

Der Schluß kommt mir ein wenig zu innerlich und zu zart vor. Ich hebe das Gesicht im Allerheiligsten meiner Seele auf. Bei meinem nächsten Besuch werde ich es meiner angebeteten und frühlingsfrischen Thimothina vorlesen.

Jugendkult – in *Soleil et Chair*, das erst pompös *Credo in unam* heißen sollte.
– Je regrette le temps de l'antique jeunesse.
Bei Wedekind wird das zu:
– Ich hab meine Tante geschlachtet,
Meine Tante war alt und schwach,
Ihr aber, o Richter, ihr trachtet
Meiner blühenden Jugend – Jugend nach.

Bei Brecht:
– In mildem Lichte Jakob Apfelböck
Erschlug den Vater und die Mutter sein
Und schloß sie beide in den Wäscheschrank
Und blieb im Hause übrig, er allein.

Es schwammen Wolken unterm Himmel hin
Und um sein Haus ging mild der Sommerwind
Und in dem Hause saß er selber drin
Vor sieben Tagen war es noch ein Kind.

Bei Benn wird das zu »Dorischer Welt«:
– Oben die weißen Viergespanne und die Gutgewachsenen mit den Namen der Halbgötter: Sieg und Gewalt und Zwang und den Namen der großen See, unten klirrte es: Ketten, Sklaven . .

Hugo von Hofmannsthal – um die Zeit wieder zurückzuspulen:
– Manche müssen freilich drunten sterben,
Wo die schweren Ruder der Schiffe streifen . .

– Je regrette les temps de l'antique jeunesse
– Ich sehne mich nach den Zeiten der antiken Jugend
– Parce qu'il était fort, l'Homme était chaste et doux

– Weil er stark war, der Mensch, war er keusch und zart
– Et qu'il a rabougri, comme une idole au feu
Son corps Olympien aux servitudes sales
– Seinen olympischen Körper hat er jetzt der dreckigen Knechtschaft gebeugt.

In *Venus Anadyomène* probiert er den klinisch-gräßlichen Schock im hohen Lied aus:
– Belle hideusement d'un ulcère à l'anus
Gräßlich schön durch einen Ulkus am Anus.

Les reparties de Nina – der Machismo eines gallischen Oberschülers aus bürgerlichem Hause.
Morts de quatre vingts douze – Die Toten von (17)92 erinnert an die Rede des Marquis de Sade auf Marat und Le Pelletier von 1793:
Rimbaud – mit 16:
– O Soldats que la Mort a semés, noble Amante,
Pour les régénérer dans tous les vieux sillons.
Sade, Redakteur – mit 53:
– Unique déesse des Français, sainte et divine LIBERTE ..
ce seront des lois, des exemples, des vertus et des hommes que nous donnerons à la terre étonnée ..
Rimbaud:
– O Soldaten, die der Tod, die edle Geliebte, gesät hat,
Um sie zu neuem Leben zu erwecken, in alle alten Furchen.
Sade:
– Einzige Göttin der Franzosen, heilige und göttliche Freiheit ..
Gesetze, Beispiele, Tugenden werden es sein, Menschen, die wir der erstaunten Erde geben.
Nonsensdichtung:
Der Tod sät die Soldaten als »Geliebte«, um sie zu »regenerieren« in alle alten Furchen.
Wer soll regeneriert werden?
Die Furchen oder die Soldaten?
Sade möchte Menschen der erstaunten Erde geben.

Es soll ein Bild des Lebens sein:
Gesetze, Beispiele, Tugenden, Menschen der erstaunten Welt geben.
Gesetze, Beispiele, Tugenden, Menschen der Erde geben, heißt sie als Leichen begraben.
Und das meinte er wohl auch und hat es mit einem Freud'schen Mechanismus produziert.
Was aber meint Rimbaud?
Es ist der Ton der Vaterlandsfeste, der Anciens Combattants, der Ton der Nationalsozialisten:
Und ihr habt doch gesiegt!
Der Ton der Revolution auf Grenada, 1979:
– Fertilizing our Revolution.
Fertilizer heißt Kunstdünger.

Rêvé pour l'hiver – eine zarte Frivolität, das Insekt, das man sucht, gibt es auch bei Sardou – es ist ein Topos der gepflegten, erotischen Boulevardkomödie.
Den Schläfer im Tal – *Le Dormeur du Val* – Rimbaud hat ihn nicht liegen gesehen. Die beiden eindruckschindenden Blutstropfen sind angelesen.
Er schrieb das Gedicht im Oktober 1870. Zu dieser Zeit gab es keine Schlacht bei Charleville.
Rimbaud kannte das Motiv aus *Lélia* von George Sand, auch ihr Stenio ruht auf Cresson bleu.
Leconte de Lisle hat die berühmt gewordene Szene und den Namen Stenio in *Poèmes Antiques* zitiert und Léon Dierx veröffentlichte im ersten *Parnasse* ein Gedicht mit demselben Thema.
Auch kannte Rimbaud wohl Victor Hugo's Vers:
– L'enfant avait reçu deux balles dans la tête.
– Das Kind hatte zwei Kugeln in den Kopf bekommen,
als er schrieb:
– Il a deux trous rouges au coté droit.
– Er hat zwei rote Löcher rechts.

Ball der Gehenkten – Bal des Pendus – saurer Kitsch im Gegensatz zum süßen Kitsch der Waisenkinder.
Saurer Kitsch, den es bei Schiller ebenso gegeben hatte wie bei Heine!
In der Leichenphantasie des Klassikers und in *Belsazer* des Romantiker-Journalisten.

Le Forgeron – Der Schmied – ein Gedicht, das sich, wie andre auch, herablassend beim revoltierenden Volk anbiedert.
Von geradezu tuntenhafter Bewunderung der brutalen Kraft:
– .. ce maraud de forge aux énormes épaules ..
– .. der Schlingel aus der Schmiede mit den enormen Schultern ..
– Le bras sur un marteau gigantesque, effrayant ..
Der Schmied hatte also einen erschreckenden, gigantischen Hammer ..
– D'ivresse et de grandeur, le front vaste, riant
– Erschreckend in seiner Trunkenheit und Größe, die Stirn breit, lachend ..
Das wird später Reichsparteitag, Kunst am Bau und Françoise Sagan.
Nichts ist gefährlicher, als wenn ein Décadent volkstümelnd unter sein Niveau geht:
– Nous sommes
Pour les grands temps nouveaux ..
Où l'Homme forgera du matin jusqu'au soir,
– Für die große neue Zeit
Wo der Mensch von morgens bis abends schmiedet.

Schöne Aussichten für die Arbeiter, von einem Arbeiterliebhaber einem Arbeiter in den Mund geschoben.
Doch werden solche Denkmuster bei Revolutionen gelegentlich in die Betriebsplanung umgesetzt, im Chile Allendes ebenso wie von den revolutionären Führern des New Jewel Movement.
Sogar Rudi Dutschke entwarf eine Utopie mit Arbeitern, die der Befreiung halber gleich in den Fabriken wohnen sollten.

Am 29. August 1870 verläßt Rimbaud Charleville.
Er kommt am 31. in Paris, Gare du Nord, an.
Sein Billett gilt nur bis Saint Quentin.
Die Polizei liest ihn auf.
Er ist ohne Wohnung und Arbeit. Er wird ins Dépot de la Préfecture de Paris eingeliefert.
Er erlebt den Sturz des Kaiserreiches am 4. September 1870 hinter Gittern.
Sein Freund und Rhetoriklehrer Izambard löst ihn aus.
Rimbaud begleitet ihn nach Douai, wo Izambard ein republikanisches Journal herausgibt.
Rimbaud fordert darin Waffen für die Nationalgarde, in einem Ton, der zwischen St. Just und der chilenischen MIR liegt.

Auch veröffentlicht er den Bericht über eine republikanische Sitzung in der Rue D'Esquerchin.

1870 – ein Jahr des sechzehnjährigen Dichters Rimbaud:
Mittelalterliche Pretiosen.
Alle Bücher gelesen.
Weinerlichkeit und Maß.
Satire, Antiklerikalismus, Schlüpfrigkeit.
Überheblichkeit und Anbiederung, Machismo und Tunterei.
Boulevardwitzchen und Republikanischer Pomp und eine in ihrer Sachlichkeit witzige Darstellung von Provinzrevolutionären.

Zwei Briefe des Siebzehnjährigen sind in die Literaturgeschichte als die »Seher«briefe eingegangen.
Die neue deutsche Rimbaudausgabe eröffnet damit:
Erster Brief des »Sehers« an Georges Izambard
Charleville, 13.5.1871

Mein Herr!
Sie sind also wieder Lehrer. Man ist der Gesellschaft verpflichtet, so waren doch Ihre Worte. Sie sind also wieder Teil des Lehr-Körpers: Sie schwimmen im richtigen Fahrwasser. – Auch ich

halte mich an diesen Grund-Satz: ich lasse mich zynischerweise unterhalten; ich grabe die alten Idioten von der Schule wieder aus: alles, was mir an Dreck, Blödheit und Bosheit in Worten und Taten einfällt, serviere ich ihnen: man zahlt mir in Humpen und Schoppen. Stat mater dolorosa, dum pendet filius. – Ich bin der Gesellschaft verpflichtet, ganz recht; – und mit was für einem Recht! – Sie, Sie haben auch recht, für heute. Im Grunde glauben Sie, Ihre Prinzipientreue sei subjektive Poesie: Ihre Versessenheit, den akademischen Futterkorb – Pardon! – zurückzugewinnen, beweist das. Aber Sie werden immer nur wie ein Satter dastehen, der nichts getan hat, weil er gar nichts tun wollte. Daß Ihre subjektive Poesie immer furchtbar abgeschmackt sein wird – das wollen wir mal nicht berechnen. Eines Tages hoffe ich – eine Reihe von Leuten hoffen dasselbe –, in Ihrem Grund-Satz die objektive Poesie zu erkennen, und zwar mit einer Wahrhaftigkeit, zu der Sie unfähig sind! –

Ich werde ein Arbeiter sein: Das ist der Gedanke, der mich zurückhält, wenn die rasende Wut mich nach der Schlacht von Paris treibt – wo so viele Arbeiter sterben, während ich Ihnen schreibe! Jetzt arbeiten? Nein, niemals! Ich bin im Ausstand.

Zur Zeit stürze ich mich mit Feuereifer in alle möglichen Ausschweifungen. Warum? Ich will Poet werden, und ich arbeite daran, mich sehend zu machen: Sie kapieren das absolut nicht, und ich weiß kaum, wie ich Ihnen das begreiflich machen soll. Es geht darum, das Unbekannte zu erreichen durch die ENTREGELUNG aller Sinne. Die Leiden sind ungeheuerlich, aber ich muß stark sein, wenn man als Poet geboren ist – und ich habe mich als Poet erkannt. Das ist durchaus nicht mein Fehler. Es ist falsch zu sagen: ICH denke: man müßte sagen: ES DENKT MICH. – Verzeihen Sie das Wortspiel.

ICH ist ein ANDERER. Pech für das Holz, das sich als Violine vorfindet, und Hohn über die Ahnungslosen, die über Dinge räsonieren, von denen sie keinen blassen Schimmer haben!

Sie sind kein Lehrer für mich. Ich gebe Ihnen das hier: es ist eine Satire, wie Sie sagen würden? Ist es Poesie? Immerhin ist es ein Ein-Fall. – Aber, darum bitte ich Sie, streichen Sie weder mit Bleistift noch zu sehr mit Gedanken darin herum:

Das gekreuzigte Herz
Mein trauriges Herz sabbert auf dem Deck
. .
Das hat nicht nichts zu sagen. –
Antworten Sie mir: bei M. Deverrière, für A. R.
Von Herzen einen guten Tag
Ar. Rimbaud

Je veux être poète, et je travaille à me rendre Voyant.
. .
C'est faux de dire: Je pense: on devrait dire on me pense.
. .
Je est un autre.
Woher diese Idee des Sehers, des Voyant, dessen Blick mehr erfaßt als andre, verbunden mit der Idee des Ichlosen, Abbewußten?
Soll man beides durch den Genuß von Haschisch und Absinth erklären?
Es besteht die Möglichkeit, daß Rimbaud am 19. April 1871 ein drittes Mal nach Paris reiste und dort bis zum 3. Mai blieb.
Der erste Seherbrief wurde 10 Tage nach einer solchen Reise verfaßt – eine Woche vor der Semaine sanglante.
Hätte er damals schon Rauschmittel kennengelernt?
Antoine Adam merkt an:
– Die Idee, der Poet ist ein Seher, ist keine Entdeckung Rimbauds. Eine progressive Revue Le Mouvement hatte am 1. Januar 1862 einen Aufsatz von Henri du Cleuzio veröffentlicht, der diese Idee entwickelte: Der wahre Poet ist ein Seher.
Henri du Cleuzio gab nicht vor, damit eine Entdeckung gemacht zu haben. Diese Idee, sagte er, ist deutsch. Sie ist tatsächlich eines der Grundkonzepte der deutschen Romantik.

Das stimmt. Aber diese Erklärung reicht nicht aus, um das Wiederauftauchen dieses Konzepts zehn Jahre später, zur Zeit der Commune beim Arbeiterliebhaber Rimbaud zu fundieren.
Viele Texte Rimbauds lesen sich wie die Beschreibungen oder wie die Aufzeichnungen aus Einweihungsreisen, Geistreisen, wie

man sie von Mohammed niedergeschrieben hat, von Christus, Quirinus Kuhlmann hat eine Jerusalemreise imaginiert, das Schiff des Bateau Ivre, das Ich als Schiff, kann verstanden werden als das alte Einweihungsvehikel einer Wasserreise der Schamanen.

(Noch für Ibsens Peer Gynt ist das Pferd das Vehikel der Todesreise seiner Mutter, Selma Lagerlöfs Wildgänse ermöglichen eine schamanistische Luftreise für den kleinen Nils Holgersson, Strindberg imaginiert eine Geistreise nach Damaskus.)

Sehertum, Haschisch, Aufgabe des Ich, Fluch bringt Rimbaud noch einmal zusammen, wenn er in *Matinée d'Ivresse*, dem Hanfgedicht, das Wort Assassins hervorstreicht.

Die Assassinen, von denen das Wort Assassin, Mörder, herstammt, eine islamische Geheimgesellschaft, mordeten aus religiösen Gründen im Haschischrausch.

W. S. Burroughs hat darüber einen Text verfaßt.

Doch auch in *Voyelles* finden wir Anspielungen auf die Geschichte der Magie von Eliphas Lévi; später zitiert Rimbaud Michelets *Sorcière*, und in der *Alchimie du Verbe* steht der Satz von den Sophismes Magiques.

Dies alles weist bei dem jungen Materialisten eine enge Verbindung zur Magie auf, eine Verflechtung, die man auch in den Sprachfiguren Che Guevaras finden kann und praktisch in den Einbalsamierungen von Lenin und Mao Tse Tung.

Das sehr gespaltene Verhältnis des linken Intellektuellen zum Arbeiter wird in dem Brief an Izambard – wohl ohne daß der jugendliche Seher das wahrnimmt – ausgeschrieben:

– . . je me fais cyniquement entretenir; je déterre d'anciens imbéciles de collège: tout ce que je puis inventer de bête, de sale, de mauvais, en action et en paroles, je le leur livre: on me paie en bocks et en filles.

– ich lasse mich zynischerweise unterhalten; ich grabe die alten Idioten von der Schule wieder aus: alles was mir an Dreck, Blödheit und Bosheit in Worten und Taten einfällt, serviere ich ihnen: man zahlt mir in Humpen und Schoppen. (Neue Rimbaud Ausgabe)

– Je serai un travailleur: c'est l'idée qui me retient, quand les co-

lères folles me poussent vers la bataille de Paris, – où tant de travailleurs meurent pourtant encore tandis que je vous écris! Travailler maintenant, jamais, jamais; je suis en grève!
– Ich werde ein Arbeiter sein: Das ist der Gedanke, der mich zurückhält, wenn rasende Wut mich nach der Schlacht von Paris treibt – wo soviele Arbeiter sterben, während ich Ihnen schreibe! Jetzt arbeiten? Nein, niemals! Ich bin im Ausstand. (Neue Rimbaud Ausgabe)

An Paul Demeny:
– Mais il s'agît de faire âme monstrueuse: à l'instar des comprachicos, quoi! Imaginez un homme s'implantant et se cultivant des verrues sur le visage.
In der Neuen Rimbaud Ausgabe:
– Aber es geht darum, die Seele ungeheuerlich zu machen: nach Art der Kinderschänder, was! Stellen Sie sich einen Menschen vor, der sich Warzen ins Gesicht pflanzt und großzüchtet.
Dazu Antoine Adam:
– Die Comprachicos – comprachicos heißt auf spanisch Kinderkäufer – erscheinen in *L'Homme qui rit, Der lachende Mensch*, von Victor Hugo (1869). Es sind Kinderdiebe, welche die Kinder entstellen, um aus ihnen Monstren zu machen.
Ich meine, daß diese Verstümmelungen geschehen, damit man die Kinder zum Betteln benützen kann, wie es noch heute in den Gesellschaften des Elends geschieht.
Stellen Sie sich einen Menschen vor, der sich Warzen ins Gesicht pflanzt und großzüchtet.
Mallarmé kehrt diesen Gedanken um, als er von Rimbaud sagt:
– Bei lebendigem Leibe an der Poesie operiert.
Auch verweist der Gedanke der Kindesmißhandlung auf Lautréamont, auf den ersten *Gesang von Maldoror*, der 1868 zuerst erschienen war.
Die universelle Sprache aller Dinge, sozialer Fortschritt, Seherblick, Verbrechertum waren bald im Alltag des franco-afrikanischen Handels vergessen, verdrängt, Konversion, Kapitalshäufung, Heiratsabsichten treten an die Stelle.
Auch diesen Umschwung ins Quasi-Bürgerliche vollzog ein Jahr

früher der Comte de Lautréamont, Isidore Ducasse, der nach den Halluzinationen Maldorors in zwei Bänden seine Ansichten zur Poesie als *Poésies* veröffentlichte, ehe er mit 24 starb.
In diesen Essays nimmt Ducasse sein ganzes Werk zurück. (Wenn dies spielerisch oder zynisch geschieht, so ist das an den Texten nicht abzulesen. Aber warum sollte diese radikale Wende zur Klassik gespielt sein, zur Wohlanständigkeit? Sie ist ein Topos im Leben des Revolutionärs – wir beobachten sie beim Marquis de Sade ebenso wie bei Büchner.)
Die Seherbriefe von Rimbaud nehmen wieder auf, was Ducasse in den Gesängen von Maldoror vorgeführt hatte, was er in *Poésies* dann verleugnete.
Kannte Rimbaud Lautréamonts Werk?
Wir finden es nirgends erwähnt.
Aber Rimbaud erwähnt auch nicht Äschylos oder Jules Verne, die er dennoch paraphrasiert.
Der erste *Gesang von Maldoror* war 1868 in Paris als Buch erschienen und Anfang 1869 in Bordeaux in der Anthologie *Parfums de l'Ame*.
Die Gesänge 2 bis 6 wurden 1870 gedruckt, aber nicht ausgeliefert.
Es kursierten einige Exemplare in den literarischen Zirkeln.
Die beiden Bände *Poésies* wurden 1870 in Paris veröffentlicht.
Hatte Rimbaud *Maldoror* in der Bibliothek Izambards, als er 1870 »alle« Bücher las, kennengelernt?
Kannte er die *Poésies* von Isidore Ducasse, diese heftigste Absage an die Romantik, nach dem *Nouveau Parnasse*, als Rimbaud 1871 sein heftiges Bekenntnis zur Romantik mit den Seherbriefen verfaßte?
Ducasse in *Poésies I.*:
– Seit Racine ist die Poesie nicht einen Millimeter vorangekommen. Sie ist zurückgeschritten.
Auch Rimbaud lobt Racine vor Demeny – aber höhnisch:
– .. der große, der starke, der reine ist Racine.
..
Nach Racine schimmelte das Spiel. –
Nicht nur ihn, die ganze klassische Tradition, die Ducasse restaurieren will, will Rimbaud demolieren.

Beide berufen sich auf das Wörterbuch der Akademie.
Ducasse:
– Villemains Einleitung zum Dictionnaire de l'Académie wird die Romane von Walter Scott, von Fennimore Cooper, wird alle möglichen und vorstellbaren Romane überdauern.
Rimbaud:
– Da im übrigen jedes Wort eine Ein-Sicht ist, wird die Zeit einer universellen Sprache kommen! Man muß schon Akademiker sein, – verfaulter als ein Fossil –, um ein Wörterbuch zu machen . .
Rimbauds Concetto wirkt bei Ducasse vorgeprägt:
– . . Was! ist es nicht gelungen, auf den Rücken einer lebenden Ratte, den abgeschnittenen Schwanz einer anderen Ratte zu pflanzen?
Rimbaud:
– . . was! Stellen Sie sich einen Menschen vor, der sich Warzen ins Gesicht pflanzt und großzüchtet.

Der Frage nach dem Einfluß von Lautréamont auf Rimbauds Werk muß die Frage nach dem Einfluß Whitmans folgen.
Rimbaud schreibt im zweiten Seherbrief:
– Ineffable torture où il a besoin de toute la foi, de toute la force surhumaine, où il devient entre tous le grand malade, le grand criminel, le grand maudit – et le suprême savant!
Die neue Rimbaud-Ausgabe:
– Unsägliche Folter, wo er volles Vertrauen, alle übermenschliche Kraft braucht, wo er unter allen der große Kranke, der große Gesetzesbrecher, der große Geächtete sein wird – und der höchste Wissende!
Dazu Antoine Adam in der Ausgabe der Pléiade:
– Es besteht eine beunruhigende Verbindung zwischen diesem Satz und demjenigen von Walt Whitman:
Wenn Sie degradiert sind, kriminell, krank – ich werde es aus Liebe zu Ihnen . .
Aber es ist evident, daß Rimbaud in Charleville im Mai 1871 keine Kenntnis des Werkes von Walt Whitman haben konnte.

Ist das so evident? Nach den drei Parisreisen und nach der Kenntnis der Bibliothek des Rhetoriklehrers Izambard?
Whitman hatte 1855 die *Leaves of Grass* veröffentlicht. Sie waren 1868 in England erschienen. 1872 wurde er in Frankreich Mode.
Da hätten ihn die jungen Avantgardisten ein Jahr früher nicht gelesen?
Aber vielleicht sind es damals noch Wahlverwandtschaften, Correspondances.
Beide, Rimbaud und Whitman waren Décadents mit einem faible für den einfachen Menschen, beide waren bisexuell.
Es erscheint mir aber als sicher, daß Rimbaud und Verlaine spätestens auf ihrer Englandreise 1872 Whitmans Werk in den Bibliotheken lasen. Was hätten sie denn sonst gelesen, wenn nicht den großen avantgardistischen Amerikaner?!

Lautréamont schreibt:
– Die Beurteilungen von Poesie haben mehr Wert als die Poesie.
Rimbaud setzt diese Ansicht in Poesie um:
Les Poètes de sept ans – ein flackerndes Gedicht über Frühpubertät und frühreife Dichter.
Ce qu'on dit au poète à propos des fleurs – eine Abhandlung über Metaphern, über Phaenopoiea, würde Pound es genannt haben, in Gedichtform.
In der *Alchimie du verbe* skizziert Rimbaud noch einmal – in der lyrischen Prosa der *Saison en Enfer* – die Entwicklung eines lyrischen Ichs, dessen Beginn er in den *Poètes de sept ans* andeutet.
– A se renfermer dans la fraîcheur des latrines ..
– Sich einschließen in der Frische der Latrinen ..
Urinriten und moderne Literatur!
Marcel Proust:
– Ein kleines Zimmer, das nach Iris roch. Es war zu einem besonderen und vulgäreren Gebrauch bestimmt und diente mir lange als Refugium, da es das einzige war, das ich abschließen durfte, und so bot es allen meinen Beschäftigungen eine unverletzliche Einsamkeit, der Lektüre, der Träumerei, den Tränen und der Wollust.

Durch das ganze Werk Prousts ziehen sich der Geruch des Urins und die Reflexionen darüber.
Rimbaud:
– Il pensait lâ tranquille et livrant ses narines.
– Dort dachte er nach mit offenen Nüstern.

Inmitten des wildesten Engagements, in der *Orgie Parisienne* – plötzlich Synästhesis, Baudelaires *Correspondances* klingen an, Huysmans *Des Esseintes* und Prousts *Charlus*, die beide auf das Vorbild des Grafen Montesquiou zurückgehen.

Voyelles

A noir, E blanc, I rouge, U vert, O bleu: voyelles,
Je dirai quelque jour vos naissances latentes:
A, noir corset velu des mouches éclatantes
Qui bombinent autour des puanteurs cruelles,

Golfes d'ombre; E, candeurs des vapeurs et des tentes,
Lances des glaciers fiers, rois blancs, frissons d'ombelles;
I, pourpres, sang craché, rire des lèvres belles
Dans la colère ou les ivresses pénitentes;

U, cycles, vibrements divins des mers virides,
Paix des pâtis semés d'animaux, paix des rides
Que l'alchimie imprime aux grands fronts studieux;

O, suprême Clairon plein des strideurs étranges,
Silences traversés des Mondes et des Anges:
– O l'Oméga, rayon violet de Ses Yeux!

Stefan George übersetzt:

Vokale

A schwarz E weiß I rot U grün O blau – vokale
Einst werd ich euren dunklen ursprung offenbaren:
A: schwarzer sammtiger panzer dichter mückenscharen
Die über grausem stanke schwirren· Schattentale·

E: helligkeit von dämpfen und gespannten leinen·
Speer stolzer gletscher. blanker fürsten. wehn von dolden·
I: purpurn ausgespienes blut· gelach der Holden
Im zorn und in der trunkenheit der peinen·

U: räder· grünlicher gewässer göttlich kreisen·
Ruh herdenübersäter weiden· ruh der Weisen
Auf deren stirne schwarzkunst drückt das mal·

O: seltsames gezisch erhabener posaunen·
Einöden durch die erd- und himmelsgeister raunen·
Omega – ihrer augen veilchenblauer strahl·

Es gibt grundsätzlich zwei Interpretationen:
Entweder handelt es sich um ein höhnisches Spiel mit dem Leser; magische Dunkelheit wird nur vorgespiegelt – Rimbaud schildert nichts weiter als die bunten Farben eines ABC-Buches – oder er versucht mystische Erfahrungen, Studien der Magie und des Haschisch in eine neue Sprache zu übersetzen.
Antoine Adam meint, nicht der Laut der Vokale habe Rimbaud zu den Farbtönen angeregt, sondern die Form der Buchstaben und die durch diese Form suggerierten Dinge oder Lebewesen mit ihrer Farblichkeit: also A – Fliege – schwarz.
Das ist eine Differenzierung; eine grundsätzlich neue Deutung stellt es nicht auf.

Ich glaube, man kann nicht leugnen, daß sich Rimbaud für magische und mystische Zusammenhänge interessierte und damit für die Sprache aller Dinge, für die Sprache als Welt.
(Mallarmé hat diese Idee ausgedrückt mit seinem Buch als Welt –

Mallarmé, mit dem Rimbaud, laut Henri Mondor und G. Jean-Aubry, am ersten Juni 1872 auf dem Diner der Vilains Bonshommes zusammengetroffen war.)
Rimbaud schreibt im zweiten Seherbrief:
– Du reste, toute parole étant idée, le temps d'un langage universel viendra .. Cette langue sera de l'âme pour l'âme, résumant tout, parfums, sons, couleurs, de la pensée accrochant la pensée et tirant.
– .. wird die Zeit einer universellen Sprache kommen. Diese Sprache reicht unmittelbar von Seele zu Seele, faßt alles zusammen: Düfte, Klänge, Farben; Gedanke, der das Denken an sich zieht und auf seine Bahn bringt.

Und in der *Alchimie du verbe* interpretiert er selbst sein Gedicht *Voyelles*:
– J'inventai la couleur des voyelles! ..
Je réglai la forme et le mouvement de chaque consonne, et, avec des rhythmes instinctifs, je me flattai d'inventer un verbe poétique accessible, un jour ou l'autre, à tous les sens.

Übrigens wollten auch die Impressionisten, besonders Seurat, die Welt auf ein Farb-ABC zurückführen, das im Falle des Pointillismus abstrakt, fast mechanisch angewendet wurde.
Seurat benützte seine vorher gemischten Farben, ohne sich vom Licht des Moments beeinflussen zu lassen.
Kein Gedicht ist so zum Siegel dieses Dichters geworden wie *Le Bateau Ivre – Das trunkene Schiff*, keines hat seinen literarischen Einfluß – bis hin zu Brecht – so befördert:

– Comme je descendais des Fleuves impassibles,
Je ne me sentis plus guidé par les haleurs:
Des Peaux-Rouges criards les avaient pris pour cibles
Les ayant cloués nus aux poteaux de couleurs.

Man stellt sich vor, das Dichterisch-Revolutionäre, das Lyrisch-Seherische müsse von Bilderfluten begleitet sein, von Neutönerei, von rasenden Sprachgesten:
Marlowes Tamerlan, Kuhlmanns Kühlpsalter, Hölderlins Sophoklesübersetzungen. Man konzediert dabei das nebenherlaufende Kalkül, die erschreckende Beherrschung von Regeln und Topoi. Magie und Mathematik, Manie und Berechnung treten paarweise auf.
Rimbaud lehrt noch etwas weiteres über das Funktionieren von Revolution und Sehertum auf dem Papier.
So wie die Revolutionen aus Fleisch und Blut zu Zitaten des 14. Juli erstarren, zu Maratreden, zu Festen für das Höhere Wesen, zu Plätzen, Triumphbögen, Hauptverkehrsadern, so besteht auch das *Bateau Ivre* aus einem Panzer von Zitaten, aus einer für einen Siebzehnjährigen kaum vorstellbaren Lesewut und Literaturbeherrschung.
Als Rimbaud das Gedicht verfaßte, kannte er nicht Afrika, nicht Amerika, noch das Meer.
– Des Peaux-Rouges criards les avaient pris pour cibles
Les ayant cloués nus aux poteaux de couleurs.
Chateaubriand hatte ein Eichhörnchen beschrieben, das von Indianern an farbige Pfähle gefesselt worden war.
Im *Magasin Pittoresque* singen die Treidler wie im *Bateau Ivre* und auch die Péninsules démarrées sind aus den Promontoires flottantes, den freischwimmenden Vorgebirgen des XXIII. Bandes des *Magasin Pittoresque* entstanden.
– où, flottaison blême
Et ravie, un noyé pensif parfois descend;
bezieht sich auf die nachdenklichen Toten der Tristesse d'Olympio von Victor Hugo und auf die schwimmenden Kadaver im Golf von Bengalen aus *20000 Meilen unter dem Meer* von Jules Verne.
– Et j'ai vu quelquefois ce que l'homme a cru voir.
Antoine Adame meint, daß Rimbaud so bibelfest war, daß er diesen Satz aus Paulus zitiert. Die Zeile läßt sich aber auch mit Jules Verne belegen: *20000 Meilen unter dem Meer*: Ich möchte gesehen haben, was kein Mensch noch gesehen hat!

Eine Sentenz, die in Rimbauds Briefen aus Äthiopien wieder auftauchen wird. Die singenden Fische waren ein Hit der Epoche. Rimbaud kannte sie aus Jules Verne und aus dem *Magasin Pittoresque*.

Die Zitate in Rimbauds emphatischem Gedicht fallen so dicht, daß man schon fast von einer Collage aus Chateaubriand, *Magasin Pittoresque*, Victor Hugo, Äschylos, Poe, Vigny und der Bibel sprechen kann – Collage, deren Verfahren Lautréamont bereits drei Jahre vorher ausprobiert hatte.

Das rhetorische Vorgehen im *Bateau Ivre* hat man als absolute Metapher bezeichnet.

Rimbaud vergleicht nicht mehr: Ich bin wie ein trunkenes Schiff.

Er setzt auch nicht die Metapher: Ich, ein trunkenes Schiff.

Er trägt also nicht mehr, im Laufe des Gedichtes, eine Realität in eine andre hinüber.

Er setzt sich als andre Realität absolut.

(On me pense.

Man denkt mich.

Ich ist ein andrer.

Je est un autre.)

Das hindert ihn jedoch nicht, auf traditionelle manieristische Verfahren zurückzukommen:

Das Gleiche im Gleichen – das Gespiegelte im Spiegel:

– Et dès lors, je me suis baigné dans le Poème
De la Mer . .

– Und von da an habe ich mich im Gedicht des Meeres gebadet . .

Der Dichter, der ein trunkenes Schiff ist, genauer: ein Gedicht mit dem Titel *Le Bateau Ivre*, badet sich, Schiffsgedicht, in einem Gedicht des Meeres. Diese Feststellung wird gegen Ende des Gedichtes noch einmal gedoppelt, wenn das trunkene Schiff, das von sich die ganze Zeit über als im Wasser befindlich spricht, ausruft:

– ô que j'aille à la mer!

– O, daß ich ins Meer gehe.

Wobei ich nicht beurteilen kann, ob Rimbaud da einen Doppelsinn von Zerstörung mitspricht, wie es etwa das deutsche »Ins-Wasser-Gehen« ausdrückt.
Das Trunkene Schiff sieht sich noch einmal in einer europäischen Pfütze als Spielzeugschiff im kleinen gespiegelt:
– Si je désire une eau d'Europe, c'est la flache
Noire et froide où vers le crépuscule embaumé
Un enfant accroupi plein de tristesse, lâche
Un bateau frêle comme un papillon de mai.
(Den Schlußvergleich: wie einen Maischmetterling – kann ich nur als Formwitz erklären.)
Loslösungen von der Realität.
Der Dichter nur mehr als dichterische Form.
Spiegelungen.
Spiegelverkehrungen:
– Panthères à peaux
D'hommes!
Leopardenmänner, Panthermänner, magische Verbrechergilden, Assassine sind alt wie die Menschheit.
Schon vor etwa 20000 Jahren gibt es in *Les Trois Frères* einen Zauberer als Ledermann in der Haut eines Tieres.
Rimbaud kehrt dieses Urbild um:
Panthères à Peaux d'Hommes – Panther in Menschenhäuten.

Dagegen wirken die *Vers nouveaux et chansons* mit ihrer Annäherung an Verlaine reduziert. Sinnlichkeit und früher Faschismus:
– Qu'est-ce pour nous, mon cœur, que les nappes de sang
– Was sind uns, mein Herz, die Decken von Blut . .
. .
Tout à la guerre, à la vengeance, à la terreur,
Mon Esprit . . Ah! passez,
Républiques de ce monde! Des empereurs,
Des régiments, des colons, des peuples, assez!
. .
Jamais nous ne travaillerons . .
Man erklärt das Gedicht zu einem haßvollen Aufbegehren des

enttäuschten Revolutionärs – die Weigerung zu arbeiten und dafür ganze Völker hinmorden zu lassen aber war bisher das Postulat andrer Klassen gewesen als der des Proletariats.
Die Lyrik Rimbauds wird so dunkel, daß sie hundert Jahre nach dem Entstehen nicht mehr entziffert werden kann.
Der Seher sieht nur noch für sich selbst.
Vieles kann alles bedeuten – ein Schicksal, das er mit James Joyce teilt.
Ein unerklärlicher privater Zauber geht für mich von *Bonne Pensée du matin* aus.

Une Saison en Enfer ist das erste von zwei Seelenfeatures, zwei Inneren Monologen – erstaunlich, stilistisch immer noch unerreicht und entsetzlich.
Was sich in den Seherbriefen noch als Weigerung für das System zu arbeiten getarnt hatte
– Je suis en grève
wird hier zur blanken Verachtung des Arbeiters:
– J'ai horreur de tous les métiers.
Maîtres et ouvriers, tous paysans, ignobles.
– Ich habe ein Grauen vor allen den Berufen. Meister und Arbeiter, alle Bauern, unedel.
. .
– La race inférieure a tout couvert . .
– Die niedere Rasse hat alles zugedeckt . .
Bis hin zum ganz unhumanen Démocratie in *Illuminations*, das in der neuen deutschen Ausgabe fehlt.
– . . au service des plus monstrueuses exploitations industrielles et militaires.
Selbst wenn diese Zeilen erst 1876 entstanden und Rimbauds Erlebnisse in der holländischen Fremdenlegion verarbeiten – es ist ein sittlichkeitsfeindliches Gedicht, es singt kokett von der Brutalität und dem Zynismus der Söldner.
In ein paar Jahren sollte sich Rimbaud in Äthiopien wieder in diesen Dienst begeben, bewußt und freiwillig.

Das Zitat wächst ihm an den Lippen fest – wie eine aufokulierte Warze.

Solche Texte werden begleitet von Briefen, vom Melodrama in Brüssel, von Schüssen, Operationen, Gerichtsverhandlungen. Der Achtzehnjährige zieht mit dem älteren Verlaine herum, der selbst kein alter Mann war, wie man es sich immer vorstellt, er war gerade 28.

Verlaine an Rimbaud:
– Mon frère (brother-plainly), j'éspère bien. Ça va bien. Tu seras content.
Sind diese Zeilen auch nur gut, nur lebhaft geschrieben?
Brother-plainly?
Die Ehe im Hintergrund und als zweites schlechtes Gewissen das Christentum.
Kann man nicht sogar den zur Hochachtung konvertierten Kollegenneid herauslesen.
Doch immerhin eine aufschlußreiche Aussage:
– Je suis ton old cunt ever open ou opened, je n'ai pas là mes verbes irréguliers.
Das verstand ich nicht, vermutete aber eine wichtige Schweinerei.
Heißt Cunt nicht die Fotze?
Der Oxforddictionär von 1971 mag darüber keine Auskunft geben, obwohl er sonst nicht zimperlich ist.
Ebensowenig *The New American Webster Dictionary* und die *Encyclopaedia Britannica.*
Der Bürgerfamilie Burckas Taschenwörterbuch von 1852 ziert sich nicht.
Cunt weibliche Scham.
Das hat nun aber Implikationen – über die uns auch Antoine Adam in der Pléiade keinen Aufschluß gibt.
Gemeinhin wird doch Rimbaud als das Fräulein Rimbaud angesehen.

Ich bin deine old cunt ever open oder opened, ich habe meine unregelmäßigen Verben nicht da –
kehrt diesen Tatbestand um.

Das geht im nächsten Brief bis zur Erpressung mit Selbstmord. Rimbauds Antwort vom 4. Juli ist hart beurteilt worden, vom Vorurteil Mademoiselle Rimbauds ausgehend.

Henri Guillemin:
– Rimbaud erscheint wie ein Strichmädchen, das von seinem Beschützer fallengelassen worden ist und das verspricht, ganz sanft zu sein, wenn der reiche Herr es wieder aufnimmt.
Verlaine als reicher Herr?
Rimbauds Brief vom 5. Juli ist nicht charaktervoller.

Und auch der schlimme Hohn in seinem Brief vom 7. Juli, als Verlaine ihn nicht ausgelöst hat, ist exemplarisch als Haßbrief und Liebesbrief, gut geschrieben im Vergleich mit der Verwaschenheit Verlaines:
– Du willst nach London zurückkommen! Du weißt nicht, wie alle Leute dich dort empfangen würden! Und die Gesichter, die Andrieu und andre machen würden, wenn sie mich wieder mit dir sähen. Dennoch werde ich sehr tapfer sein. Sage mir deine wirkliche Absicht. Willst du wegen mir nach London zurückkommen? Und an welchem Tag? . .

Rimbauds »Déclaration à la Police« ist angsterfüllt, aber vorsichtig, luzide – schließlich hatte Verlaine auf ihn geschossen; eine Kugel mußte dem Jungen am 17. Juli 1873 aus dem Handgelenk geschnitten werden.
Verlaine dagegen beginnt:
– Je suis arrivé à Bruxelles depuis quatre jours, malheureux et désespéré.
Der miese Stil bietet eine genaue Entsprechung zur miesen Handlungsweise:
– Seit vier Tagen bin ich in Brüssel angekommen, unglücklich und verzweifelt.

Ein stilistischer Lapsus in Rimbauds zweiter Deklaration zeigt, wie mir scheint, sein Ausgeliefertsein, sein Engagement an Verlaine.
Er sagt von dem Geliebten:
– Il était fort surexité . .
– Er war stark übererregt . .

Verlaine kommt ins Gefängnis.
Rimbaud reist herum.
Brüssel, Paris.
1874 wieder London.
1875 Stuttgart, Mailand, Paris, Charleville.
Er nimmt Klavierstunden.
Seine Mutter mietet ein Klavier.
Wien, Bayern, Frankreich, Brüssel.
Im Mai 1876 tritt er in die Holländische Fremdenlegion ein.
Rotterdam, Java.
Am 19. Juli erreicht er Batavia.
Samarang, Salitaga.
Am 15. August wird Rimbaud als Deserteur gemeldet.
Queenstown, Corck, Liverpool, Le Havre, Paris, Charleville.
Am 19. Mai hält sich Rimbaud in Bremen auf.
Er möchte in die amerikanische Marine aufgenommen werden und schreibt an den Konsul der USA:
– Late a teacher of sciences and languages.
Recently deserted from the 47e Regiment of the French army.
Stockholm, Kopenhagen, Norwegen, Marseille, Rom, Charleville.
Hamburg, Roche.
Am 20. Oktober 1878 reist er in die Schweiz.
Lugano, Mailand, Genua, Alexandrien, Zypern.
Er leitet die Arbeiten in einem Steinbruch.
Typhus.
Nach Roche zurück.
Marseille. Rückfall. Roche.

März 1880 Aufbruch nach Alexandrien.
Zypern.
Rimbaud sucht Arbeit in Alexandrien, in Djedda, in Souakim, in Massaouah, in Aden.
Am 13. Dezember trifft er in Harar, Abessinien, ein, wo er als Handelsvertreter, mit kürzeren Unterbrechungen, bis zum März 1891, etwas mehr als zehn Jahre bleiben wird.

Afrika zieht sich durch Rimbauds ganzes Werk:
Die Prosadichtungen waren als *Livre Paien ou livre Nègre* geplant.
(An Delahaye im Mai 1873.)
In den *Vers nouveaux et chansons* ruft er die Unbekannten Schwarzen an:
– Oh! mes amis! – mon cœur, c'est sûr, ils sont des frères;
Noirs inconnus, si nous allions! allons! allons!
– Oh! meine Freunde! – mein Herz, es ist sicher, sie sind Brüder;
Unbekannte Schwarze, wenn wir gehen würden! Los! Los!

In *Jeune Ménage* singt er die afrikanische Fee.
In der *Saison en Enfer* preist er sich selbst als Neger und stellt sich gegen die falschen Neger der Kultur.
– Oui, j'ai les yeux fermés à votre lumière. Je suis une bête, un nègre. Mais je puis être sauvé. Vous êtes de faux nègres, vous maniaques, féroces, avares.
In der neuen Ausgabe heißt es:
– Ja doch, ich schließe die Augen vor eurem Licht. ICH bin ein TIER, ein Neger. Aber ICH kann gerettet werden. IHR seid falsche Neger, ihr Be=sessenen, ihr Blut=sauger, ihr Geiz=krägen.

In den Briefen aus Afrika wird sich Rimbauds Einstellung verkehren.
Für die *Illuminations* sind es noch die Superbes Noires dans la Mousse vert-de-gris..
Die superben Schwarzen im grünspanfarbenen Schaum..

(Die neue Ausgabe setzt: Moosschaum – und verbindet so die Meerbilder und Gartenbilder des Textes.)
In *Villes* werden zum ersten Mal die Roupien erwähnt, von denen wir später soviel in den Briefen aus Afrika lesen – bis hin zum Satz des gealterten Revolutionärs:
– Il s'est produit dépuis deux mois une révolution énorme dans le change de la roupie . .
– Seit zwei Monaten hat sich eine enorme Revolution vollzogen – im Wechselkurs der Rupie.

Rimbaud ist in Afrika nicht verstummt.
Seine Briefe füllen an die 300 engbedruckte Seiten.
Er schreibt von Geld, von Profit, von Zinsen und Renten.
Gelegentlich ordert er Fachbücher.
Sonst ist von Elefantenzähnen die Rede, von Elefantenjagd, von Gewehren, von Waffen, von Wolfsfallen, die er zum Leopardenfang benützen will, von Karawanen mit Töpfen und Deckeln.
Etwas Koran. Etwas Ehe.
Die Angst vor dem Militärdienst geht durch diese ganze Korrespondenz.
Schilderungen des Klimas färbt er, wie sie ihm passen.
Bald ist es unerträglich, bald ausgezeichnet. (385)
Aber auch das Klima wird nicht ohne geschäftliche Absichten betrachtet:
Am 15. Januar 1883, mit 29, an seine Familie:
– Tout l'avantage est que le climat est très sain et qu'on y fait des affaires assez actives.
– Der ganze Vorteil ist, daß das Klima sehr gesund ist und daß man dort recht aktive Geschäfte macht.

Die Abenteurerlust, die Sehnsucht ins Unbekannte muß sich auszahlen:
– Soyez tranquilles, je ne m'aventure jamais qu'à bon escient. Il y aurait beaucoup à faire et à gagner ici . . (338)

– Seid unbesorgt, ich wage mich nur wohlüberlegt hinaus. Es gäbe viel zu tun und zu verdienen hier.. (7. 11. 1881)
– .. où c'est inconnu et où ça me rapportera une petite fortune.. (351)
– .. wo es noch unbekannt ist und wo es mir ein kleines Vermögen einbringt.. (28. 9. 1882)
Ja, selbst die hundert Jahre vorausgreifende Idee vom Homme de Lettres, der sich zum Fotointeressierten verwandelt – man denkt an die Essais von Susan Sontag, an Robbe-Grillets Filme, an Warhols Schnappschüsse – geschieht nicht ohne Profitdenken:
– .. et je rapporterai des vues de ces régions inconnues. C'est une très bonne affaire. (341)
– .. Und ich werde Aufnahmen aus diesen unbekannten Regionen zurückbringen.
Das ist ein sehr gutes Geschäft.
Der Geschäftsmann Rimbaud verpaßt die Reflexion über den Umschlag von einer Kultur der Begriffe in eine Kultur der Bilder.
Es sieht so aus, als habe Rimbaud eine Äthiopin aus ihrem Dorf gelotst und sie später, mit ein paar Thalern, wieder weggejagt; als habe er 34 Bände der Aufzeichnungen seines Kompagnons Labatut verbrannt und nur die Aktien bedauert, die dabei mitverkohlt sind. (462)
Noch 1891, in seinem Todesjahr, wird Rimbaud gezwungen, Gelder zurückzuzahlen, die er bei der Liquidation des Erbes von Labatut unterschlagen hat, anders kann man es wohl nicht bezeichnen. (654)
Der schweizer Ingenieur Ilg, als Berater des Kaisers Menelik sicher kein zimperlicher Mann, beklagt sich bei Rimbaud:
– Sie geben nie genug Reiseproviant. Keine einzige Karawane, die nicht ausgehungert angekommen ist, alle Domestiken befinden sich in einem erbarmungswürdigen Zustand und alle beklagen sich bitter über Sie. (591)
– Ich war gezwungen viele Vorräte nach Hawash zu senden, weil sie vor Hunger starben, wie es scheint. (592)
Rimbaud nimmt diese Vorwürfe ernst genug; er verteidigt sich wiederholt:

– Je suis au contraire connu partout pour ma générosité dans ces cas.
– Ich bin im Gegenteil überall für meine Großzügigkeit in diesen Fällen bekannt.

Briefe sind halbherzige Zeugen.
Was steht nicht in ihnen?!
In welcher Stimmung wurden sie geschrieben?!
Was ist Übertreibung?!
Resche Geste?!
Wenn die Fakten schon kompakt genug sind:
– Je vous confirme très sérieusement ma demande d'un très bon mulet et de deux garçons esclaves.
Ich bestätige Ihnen sehr ernstlich die Bestellung eines sehr guten Maultieres und zweier junger Sklaven. (602)
So daß Ilg antworten muß:
– Was die Sklaven anlangt, verzeihen Sie, ich kann mich nicht darum kümmern, ich habe nie welche gekauft und will damit nicht anfangen. (638)
Rimbaud an Ilg:
– Morale, rester l'allié des nègres, ou ne pas les toucher du tout, si on n'est pas en pouvoir de les écraser complètement au premier moment.
– Moral: Der Alliierte der Neger bleiben oder sie gar nicht erst anfassen, wenn man nicht die Mittel hat, sie beim ersten Kontakt völlig zu vernichten. (480)
Wie oft frißt sich auch hier das Ethische bis in die Grammatik hinein:
– .. quelques fonds .. de retour du massacre d'Ensa, et dont je paie d'ailleurs les intérêts!
– .. einige Geldmittel .. die aus dem Massaker von Ensa zurückfließen, und wofür ich übrigens die Zinsen zahle. (609)
– Il va peut-être y avoir quelque chose à faire à Massouah avec la guerre abyssine.
– Vielleicht läßt sich in Massouah etwas machen, mit dem abessinischen Krieg. (459)
Rimbaud:

– . . perdu au milieu des nègres dont on voudrait améliorer le sort et qui, eux, cherchent à vous exploiter et vous mettent dans l'impossibilité de liquider des affaires à bref délai? Obligé de parler leurs baragouins, de manger de leurs sales mets, de subir mille ennuis provenant de leur paresse, de leur trahison, de leur stupidité! (502)

Meint man nicht Claude Lévi-Strauss zu hören?

– . . verloren mitten unter Negern, deren Schicksal man verbessern möchte und die nur versuchen, Sie auszubeuten und die es Ihnen unmöglich machen Geschäfte kurzfristig abzuwickeln? Gezwungen ihr Kauderwelsch zu sprechen, von ihren dreckigen Gerichten zu essen, tausend Unannehmlichkeiten zu erleiden, auf Grund ihrer Faulheit, ihrer Verräterei und ihrer Dummheit.

Bis hin zu dem ungeheuerlichen Statement:

– Je jouis du reste, dans le pays et sur la route, d'une certaine considération due à mes procédés humains. Je n'ai jamais fait de mal à personne.

. .

Les gens du Harar ne sont ni plus bêtes, ni plus canailles que les nègres blancs des pays dits civilisés; ce n'est pas du même ordre, voilà tout.

. .

Il s'agit d'être humain avec eux. (612)

– Die Leute aus Harar sind weder dümmer, noch gemeiner als die weißen Neger der sogenannten zivilisierten Länder.
Es ist nicht von der gleichen Kategorie – das ist alles.

. .

Es handelt sich darum, menschlich zu ihnen zu sein.

Herzensgüte ist keine Vorbedingung für gute Literatur.
Moralischer Einfluß wird oft von ganz verrotteten Individuen ausgelöst.
Wir können Rimbauds Briefe als dürren Privatkram abtun – der Ogadenbericht läßt eine solche Vernachlässigung nicht zu.

Rimbaud hat ihn unter seinem Namen versendet, an eine wissenschaftliche Gesellschaft, als ein Stück Prosa über ein Volk der Dritten Welt, nicht als Brief.
Hier nun also die Traumsituation – der Avantgardist im Schwarzen Afrika, der Revolutionär gibt Rechenschaft über eine Region im Elend.

– Voici les renseignements rapportés par notre première expédition dans l'Ogadine.
– Ogaden ist der Name eines Zusammenschlusses somalischer Stämme mit gemeinsamem Blut und Lebens=Raum, der sich auf den Land=Karten durchgängig im Norden, im Süden und Osten von den Somali=Stämmen der HABR-GERHADSCHID, DOLBOHANTES, MADJERTINS, und HAWIJAS begrenzt findet.
Im Westen grenzt Ogaden an die GALLA, Hirtenvolk von EN NIA, bis zum WABI, ein Fluß, der dann im weiteren die Haupt=Stämme der OROMO und ORUSSI abtrennt.

Ich glaube nicht, daß dieser Bericht von seinem Mitarbeiter Sotiro stammt, wie vermutet worden ist.
Der einfache Mann hätte ihn nicht so pervers trocken verfaßt wie der Dichter a. D.
Sotiros Briefe nach Marseille bezeugen das:
– .. c'est la peine que j'aurais eue de trouver le long de la route des personnes mortes de faim. Le sac de riz est monté à 14 th. Moconen a fusillé beaucoup de Gallas Itous qui mangeaient leurs frères et leurs enfants. (683)
– .. der Schmerz, den ich empfunden hätte, am Straßenrand Verhungerte zu finden. Der Sack Reis ist auf 14 Thaler gestiegen. Moconen hat viele Gallas Itous erschossen, sie aßen ihre Brüder und ihre Kinder.
Wovon spricht Rimbaud:
Von Routen, Märkten, Steppen, nicht vorhandenen Ondulationen, Wasserläufen, Regen, allgemeinem Aspekt, vom Ensemble der Stämme.

Die rare Aussage zum Verhalten von Menschen verallgemeinert unwissenschaftlich auch im Sinne der Société de Géographie:
– Die Ogadiner sind immer im Krieg mit ihren Nachbarn und untereinander.
Sie hüllen sich in ziemlich saubere Kleider.
Ihre tägliche Beschäftigung ist es, sich in Gruppen unter den Bäumen niederzuhocken, die Waffen in der Hand, und ohne Ende über ihre verschiedenen Schäferinteressen zu verhandeln.
Sie sind völlig unaktiv.

Ein einziges Mal zerreißt Rimbaud diese Schulbuchprosa:
– Wilde Strauße gibt es in großer Zahl. Der Jäger, verborgen im Balg eines Straußenweibchens, durchbohrt das Männchen mit Pfeilen, wenn es sich nähert.

Für die europäische Literatur findet die Dritte Welt nicht statt.
Müßte ein Avantgardist nicht danach beurteilt werden, wie er sich mit den Grundbedingungen seiner Gesellschaft sprachlich neu auseinandersetzt?
Schon für das Frankreich Rimbauds, noch immer für das Frankreich Rimbauds waren diese Grundbedingungen die Rohstoffe der Dritten Welt.
– Das, in der Tat, ist unser Ziel. Einer der unseren oder ein verbündeter Eingeborener mit Tatkraft, wird in einigen Wochen eine Tonne Elfenbein zusammenschaffen, die man direkt zollfrei über Berbera ausführen kann.
Einige Habr-Awal .. brachten für einige hundert Dollar Federn nach Boulhar zurück.

Fast möchte man an eine Erkrankung glauben, wie beim alten Darwin, an Malaria etwa, die das ganze Sensorium schwächt – man weigert sich, ein Exempel für europäische Literatur herauszulesen.
Hätten sich wirklich Verlaine und Mallarmé, Pound und Eliot, Kafka und Joyce, Proust und Döblin genauso verhalten?
Welch sprachliches Versagen vor Afrika!
Welch sprachliches Versagen vor der eigenen Sprache:

– Absurde, ridicule, dégoutant, sagt er von der Veröffentlichung seiner Werke in Frankreich.
– Des rinçures, ce n'était que des rinçures.
– Aufguß, es war nur ein Aufguß.
– Absurd, lächerlich, ekelhaft.
Es ist tatsächlich eine doppelte Verweigerung der Verantwortlichkeit: einmal seinen immer einflußreicheren Werken gegenüber, zum anderen seiner Handlungsweise gegenüber in Afrika.
Menschlichkeit kehrt erst wieder zurück, wenn er vom eigenen Leiden spricht.
Aber auch die Briefe vom Krankenbett sind eine Korrespondenz mit den Mächtigen, mit Feudalherren und bürgerlichen Kaufleuten.
Warum Rimbaud seinem Domestiken 750 Thaler vermacht – von 37 000 herübergeretteten Franken –, bleibt ein Rätsel.
(Irre ich mich – oder macht Rimbauds Vermögen, nach dem Preis des Krankenhauses und des Holzbeins geschätzt, an Kaufwert etwa eine halbe Million Mark aus?)
Alle diese Geschäftsbriefe werden in extremis noch einmal durcheinandergewirbelt zu einer Todesharlekinade, wie sie kein Surrealist hervorgebracht hat.
Am 9. November 1891 – einen Tag vor seinem Tod – schreibt Rimbaud aus dem Krankenhaus in Marseille an den Direktor der Messageries Maritimes:
Un lot: Une dent seule.
Un lot: Deux dents.
Un lot: Trois dents.
Un lot: Quatre dents.
Un lot: Deux dents.
Monsieur le Directeur,
Je viens vous demander si je n'ai rien laissé à votre compte. Je désire changer aujourd'hui de ce service-ci, dont je ne connais même pas le nom, mais en tout cas que ce soit le service d'Aphinar. Tous ces services sont là partout, et moi, impotent, malheureux, je ne peux rien trouver, le premier chien dans la rue vous dira cela.

Envoyez-moi donc le prix des services d'Aphinar à Suez. Je suis complètement paralysé: donc je désire me trouver de bonne heure à bord. Dites moi à quelle heure je dois être transporté à bord . .
Ein Posten: Ein Zahn allein.
Ein Posten: Zwei Zähne.
Ein Posten: Drei Zähne.
Ein Posten: Vier Zähne.
Ein Posten: Zwei Zähne.

– Par les soirs bleus d'été j'irai dans les sentiers,
Picoté par les blés, fouler l'herbe menue:
hatte die Reise Rimbauds mit sechzehn begonnen, sie endet mit 37 nach dem Horten von Elfenbein mit dem Herausspucken eines Zahns nach dem anderen.
Es sind vertraute Namen, die wir in Rimbauds Briefen lesen:
Ogaden, Mogadischu, Asmara – eine Landschaft, in der eben eine andre Revolution verkam:
Nachdem jahrelang die eritreischen Revolutionäre in Havanna zum Kampf gegen die Zentralmacht in Addis Abeba ausgebildet wurden, bekämpfen heute kubanische Militärberater eben diese eritreischen Revolutionäre von Addis Abeba aus.
Eine weitere Auswirkung der europäischen Idee von Revolution und ihrer restaurativen Anwendung in den Ländern der Dritten Welt.

Über die Ewe-Stämme von Jakob Spieth

Hamburg, August 1979

Eine poetische Dimension entsteht in den Wissenschaften vom Menschen nicht, wenn Hochschullehrer Witzchen und Albumsblätter in ihre Texte mischen. Sechs Gedichte, meinte Gottfried Benn, müßten vom Werk eines Lyrikers bleiben – und von wie wenigen bleiben sie! –, dann hätte sein Werk poetische Bedeutung.

Wie unnütz also, wenn Konrad Lorenz mit Wilhelm Busch konkurrieren will oder Claude Lévi-Strauss mit Schwitters; es entstehen unfreiwillige Nonsens-Texte – weder wissenschaftlich noch poetisch relevant.

Dichterische Ethnologie entsteht anders.

(Ich spreche nicht von jenen Dichtern, die Wissenschaftler waren, nicht vom *Don Carlos* oder von der *Geschichte des Abfalls der vereinigten Niederlande von der spanischen Regierung*, nicht von Bourbaki, Lewis Carroll, Tacitus.)

Könnten Anthropologie, Ethologie, Soziologie, Ethnologie, Psychologie nicht als Material und als Disziplin die Poetik erweitern oder erneuern?

Das hieße auch, die Trennung von Form und Inhalt aufheben – in der experimentellen Physik und im Nouveau Roman findet das seit 30 Jahren statt.

Die Anordnungen des Dichterischen und die Anordnungen des Wissenschaftlichen sind verwandt.

Auch Poesie ist menschliches Verhalten.

Auch das entfernteste menschliche Verhalten unterliegt verbalen, und damit poetischen Ritualisierungen.

Deutlich werden solche Verschränkungen, wie ich meine, in der *Geschichte des Osmanischen Reiches* vom großen Hammer, im

Golden Bough von Frazer, in den Abhandlungen von Lydia Cabrera und in der Summe:
Die Ewe-Stämme. Material zur Kunde des Ewe-Volkes in Deutsch-Togo von Jakob Spieth, Missionar der Norddeutschen Missionsgesellschaft. Berlin 1906.

Vorwort (1*)

Das vorliegende Buch möchte den Leser mit einigen Stämmen des *Ewe*volkes in Togo bekannt machen, die seit dem Jahre 1890 durch Vertrag mit England unter deutsche Schutzherrschaft gestellt worden sind. Mit diesem, für jene Stämme tiefgreifenden Ereignis sind sie uns nicht nur als kaiserliche Untertanen, sondern auch als Menschen näher gerückt, denen gegenüber wir Verpflichtungen haben. Wie nun diese letzteren auch aufgefaßt werden, ob unter dem Gesichtspunkte der Kultur oder der Religion, ihre segenbringende Erfüllung läßt sich ohne möglichst genaue Kenntnis jener Völkerschaften nicht ausrichten. Das Buch bringt nicht nur Mitteilungen über die Geschichte und Rechtsverhältnisse, über das soziale und wirtschaftliche Leben der Stämme von *Ho, Matse* und *Taviewe,* sondern gewährt auch einen umfassenden Blick in ihr Geistesleben. Gerade dieses Gebiet war uns Europäern bisher am meisten verschlossen. Die Ursache lag nicht sowohl in mangelnder Sprachkenntnis der Europäer, als vielmehr darin, daß der Afrikaner Zeit braucht, bis er seine innersten Seelenvorgänge einem Fremden anvertraut.
Während einer über mehr als zwei Jahrzehnte sich erstreckenden Missionstätigkeit im *Ewe*lande war mir reichlich Gelegenheit gegeben, in freundschaftlichem Verkehr mit dem Volke vieles zu hören und Zeuge von Vorgängen und Zuständen zu sein, die sonst vor den Europäern geheim gehalten werden. Soweit meine Zeit und Kraft es erlaubten, pflegte ich Selbstgehörtes und -beobachtetes unmittelbar darauf unter Mithilfe eingeborener Augen- und Ohrenzeugen, mit Angabe von Zeit und Ort des Erlebten, aufzuschreiben. Einzelnen Eingeweihten aus dem Volke, besonders

Häuptlingen, Priestern und Zauberern, verdanke ich die wertvollsten Mitteilungen. Dieselben wurden von mir oder von eingeborenen Gehilfen unmittelbar aus dem Munde der Erzähler in ihrer Sprache niedergeschrieben.

..

Der größere Teil des vorliegenden Buches ist in der Landessprache geschrieben, der eine möglichst genaue Übersetzung beigegeben wurde. Gerade bei der letzteren ergaben sich allerlei Schwierigkeiten. Legte man den Nachdruck auf möglichste Formvollendung, so entfernte sich die Übersetzung zu sehr vom Urtext; legte man ihn dagegen auf genaue Wiedergabe des Originaltextes, so kam die deutsche Form zu kurz. Da die Druckbogen direkt, wie sie von der Presse kamen, im orientalischen Seminar in Berlin gelesen worden sind, so wurde von dort her der Gedanke ausgesprochen, daß ein genauer Anschluß an den *Ewe*text sich für den Zweck des Ganzen durchaus empfehle. Ich unterzog deswegen das schon fertig vorliegende Manuskript noch einmal einer eingehenden Revision, bei der noch vieles verbessert werden konnte.

.. Für die Sicherstellung der Erzähler gegen etwaige Vorwürfe ihrer Landsleute mußte durch Abkürzung ihrer Namen Sorge getragen werden.

Auf Seite 6* gibt Spieth eine

Kurze Inhaltsangabe. Ausführliches Inhaltsverzeichnis siehe Seite 928–953.

Der Missionar hat also genaue ideologische und theoretische Überlegungen angestellt, ehe er an die Gliederung seiner Arbeit ging.

Er geht zuerst von der Welt aus, die er beschreiben will.
Er teilt nicht in Länder, Regierungsbezirke, Rassen, wie ein Kolonialist, sondern in Stämme, wie die Afrikaner selbst es tun würden.
Schroff daneben, der Einbruch des europäischen Weltbildes:
XV. Nachtrag: Barometer- und Temperaturmessungen.

Wenn ich Jakob Spieth gegen Arthur Rimbaud anführe, so geschieht es nicht aus Chauvinismus, dennoch bleibt es ungerecht, die beiden zu vergleichen:
Rimbaud war kein Ethnologe;
Spieth kein modernes lyrisches Ich.
Doch:
Beide haben fast zur selben Zeit Afrika erlebt und beschrieben.
Rimbaud ließ sich, bewußt, auf ethnographische Aussagen ein,
Spieth, ohne es zu wissen, auf poetische.

In welcher sprachlichen, in welcher wissenschaftlichen Situation beginnt Spieth seine Arbeit?
In Meyers Konversations-Lexikon von 1874 steht unter Afrika:
Der fast insulare, südwestliche Theil der alten Welt, der lange dem Europäer verschlossen gewesen, indem sich Natur und Mensch vereinigten, ihm den Eingang in das Innere, seit den Zeiten des Alterthums ein Land der Räthsel und Wunder, zu verwehren. Hafenarmut, verderbliches Klima an den Küsten, eine in Sprache und Sitten fremde Bevölkerung, im Süden verwildert durch Jahrhunderte alten Sklavenhandel, im Norden fanatisiert durch einen noch älteren Glaubenskrieg gegen die christliche Welt des südwestlichen Europa, waren Hindernisse, welche nur durch das Zusammenwirken dreier der kräftigsten Hebel, welche menschliche Thatkraft zu verstärken im Stande sind: des kaufmännischen Egoismus, des wissenschaftlichen Ehrgeizes und der religiösen Hingebung, zuletzt überwunden werden konnten, und ihnen verdanken wir unsere, immerhin noch unvollkommene, gegenwärtige Kenntnis Afrika's.

Krude, Herr Meyer.
1874:
Erst den Arabern, dem Kulturvolke des Mittelalters, verdanken wir wesentliche Erweiterung der geographischen Kenntnis Afrika's.
..
Im 15. Jahrhundert traten die Portugiesen ihre große Entdeckerlaufbahn an, angeregt von ihrem Infanten Heinrich dem Seefahrer (1416–60), der rastlos bemüht war, die Schiffahrt seines Landes zu heben, und dadurch der Schöpfer von Portugals Größe wurde.
..
Nach dem Ende der Religionskriege, welche ganz Europa erschüttert hatten, treten neue Interessen in den Kreis der Triebfedern..
..
1788 die Afrikanische Gesellschaft zu London..
Die Thätigkeit evangelischer Missionäre beginnt in Oberguinea..
der ebenso kühne wie zähe Deutsche Burckhardt (1816)..
Nachdem das mörderische Klima hier Steudner, Schubert, Frau Tinne und mehrere ihrer Begleiterinnen hinweggerafft, kehrten die übrigen 1863 nach Europa zurück.
..
Die Bestrebungen verschiedener Kirchen, durch Missionen im Nilgebiete zu wirken, haben zu wesentlichen Erfolgen auf dem Gebiete der Kirche nicht geführt, so förderlich sie auch der geographischen Wissenschaft geworden sind.
..
Zuletzt allein im heldenmüthigen Widerstande, fuhr Mungo Park den Strom hinab, um nahe am Ziele bei Bussa ein ruhmvolles, doch nutzloses Ende zu finden. Die Deutschen Hornemann, Seezen, Röntgen waren die nächsten Opfer.
..
Die 1873 in Berlin gegründete Deutsch=afrikanische Gesellschaft..
Große Nimrode, wie Cumming und der unter den Fußtritten

eines verwundeten Elefanten gebliebene Schwede Wahlberg, drangen tief ein, keiner aber so weit als der Missionär Livingstone, der Schwiegersohn Moffats.

.. hatte ein unternehmender Amerikaner, Henry Stanley, im Auftrage des »New-York-Herald« bereits das große Werk vollbracht. Reich mit Mitteln ausgestattet, brach er am 21. März 1871 von Sansibar nach dem Innern auf und traf dort (am) 10. November in Uschidschi auf den gerade aus dem Manjuemalande zurückgekehrten Livingstone.

Für Jakob Spieths Vorgehen ist das Verzeichnis der Abbildungen kennzeichnend:

- Frauen mit Holzlasten auf dem Weg zum Markt
- Der König Kofi von *Ho* mit seiner Hauptfrau
- Einblick in einen Acker
- Händler einen Fluß überschreitend
- Lastenträger beim Flußübergang
- Yamshaus von innen gesehen
- Yamshaus von außen gesehen
- Ein erlegter Leopard mit dem Helden davor kniend
- Das Räuchern des Palmweins (7* ff.)

Wie heißen Bildunterschriften in *Tristes Tropiques* von Lévi-Strauss:

- Tendres ébats ..
- .. et luttes amicales.
- La rêveuse.

Das Textmaterial der ethnologischen Darstellung besteht aus:
Protokollen,
essayistischen Kompilationen,
Statistiken etc.
Meistens gehen solche Textschichten unkontrolliert durcheinander.
Eine besondere Spannung wird erreicht, wenn man verschiedene Aussagen zu einer Tatsache aufeinander folgen läßt:

Agatha Christie verwendet diesen Trick in *Death on the Nile*, Döblin in *Hamlet oder die lange Nacht nimmt ein Ende*.
In der Bibel geschieht es mit den Evangelien, und Lydia Cabrera erstellt derart ihre Abhandlungen zur afrokubanischen Kultur.
Auch Spieth geht so vor:
Ad: Unsere Vorfahren stammen aus dem *Notsie*, das hinter *Gawe* liegt. Der Grausamkeiten ihres Königs wegen verließen sie jenen Ort.
Kw: .. Nach dem Tode jenes milden Königs herrschte ein grausamer König über sie. Der rief eines Tages alle Häuptlinge zu sich in sein Haus mit dem Vorgeben, er müsse eine Gerichtssitzung mit ihnen abhalten. Er ließ aber die versammelten Häuptlinge alle töten, damit er ungehindert tun konnte, was ihm gefiel. Seine Untergebenen plagte er mit schwerer Arbeit. So befahl er ihnen z. B. einmal, sie müßten ihm Lehm treten. Bevor die Leute aber zur Arbeit gekommen waren, ließ er Dornen und Kaktus in den Lehm mischen, so daß sie beim Treten desselben schmerzhafte Wunden bekamen; zornig verließen sie deswegen den Platz. Ein andermal befahl er, sie müßten ihm ein Seil aus Dornen und Kaktus machen.
Adyr: In jener Zeit befahl der König von *Hogbe*, ihm ein Haus zu bauen. Auf dem Bauplatze gab er Anweisung, man solle den *Ho*ern spitze Dinge unter ihre Erde mischen, die sie zu treten haben. Das hörte eine alte Frau; sie rief deswegen einen *Ho*ältesten und berichtete es ihm mit dem Auftrag, er solle es seinen Kindern mitteilen, damit dieselben zerbrochene Holzteller unter die Füße binden, ehe sie den Lehm treten. Der Häuptling teilte es ihnen mit, und sie befolgten den Rat. (4)

Spieths Werk, grob gesprochen, ist ein kompilierender Essay, dem Zitate in originalem Ewe und in deutscher Übersetzung beigegeben sind.
Doch bleibt Spieth dabei nicht immer konsequent. Schon auf Seite zwei lesen wir: 1. Kapitel: Geschichte – und finden das daneben in Ewe übersetzt, wobei ich mich freue, das Wort Ta, Kopf, Caput für Kapitel wiederzuerkennen.

Titel und breite essayistische Passagen (z. B. Seite 638 ff.) doppeln den deutschen Text auf Ewe.
Spieth verstand also seine Arbeit über Gesellschaft und Religion in Togo nicht nur als ein 1000 Seiten langes Kompendium über die Ewe, das sie herbeizitiert, er verstand es auch als ein erstes Lern- und Lesebuch für die Ewe, denen er seine Aussagen zur Kontrolle überträgt.

Er arbeitet mit einer Vielzahl von Kompositionselementen.
Ein Titel heißt:
Nachgeschriebene Gerichtsverhandlungen.
1. Eine Unterschlagung.
a. Die Veranlassung dazu.
Man muß nur darauf kommen.
Warum sollten Gerichtsverhandlungen in Afrika weniger bedeutsam sein als der Fall Bovary in Frankreich?
»Ihr Gemeinden von *Ho*, höret, Groß und Klein soll hören! Von heute an ist *Dente Komla* aus der nächsten Umgebung des Königs ausgeschlossen; es ist jedermann verboten, ferner noch in sein Haus zu gehen. Wenn er bei irgend jemand Schulden gemacht hat, so soll er dieselben einfordern. Wenn seine Frau am Brunnen Wasser holt, so darf ihr niemand behilflich sein, den Topf auf den Kopf zu nehmen. Wenn irgend jemand seine Frau berührt, so braucht er keine Strafe zu bezahlen; wir verbieten es.« (150)

Spieth macht sich die Mühe, die Praxis des Totenbeschwörers zu beschreiben und – ohne Tonbandgerät – die Performance eines Priesters und seiner Besucher aus der anderen Welt zu übermitteln – jenes Geistertheater, das man noch heute auf Haiti antrifft, wo es einen großen Einfluß der Ewe gibt:
Das Geld und die Speisen nimmt der Beschwörer sofort mit sich in das Dunkel seines *Trõ*hauses, wo er sich zuerst seine Mahlzeit schmecken läßt. Nachdem er sich gestärkt hat, ruft er durch Schlagen auf ein hellklingendes Eisen den Götterboten *fiele*, der schon nach wenigen Augenblicken zur Stelle ist und den Priester in quiekendem und näselndem Tone grüßt.
Götterbote bei seiner Ankunft: »Gebt acht!«

Priester: »Ich bin hier.«
Götterbote: »Warum habt ihr mich gerufen?«
Priester (antwortet mit lauter Stimme): »Die Brüder der verstorbenen N. N. kamen und brachten Wasser für ihre verstorbene Schwester. Sie soll trinken und mit dem Wasser ihre Brust kühlen. Dann soll sie ihnen sagen, wer sie getötet habe, ob ein böser *trõ*, ein böser *gbetsi* oder ein Zauberer? Die Angehörigen haben dazu Mehlwasser ins Zimmer gebracht.«
Götterbote geht in das Land des Toten. Einige Augenblicke verstreichen, und er kehrt wieder zurück.
Götterbote, von seinem Gang ins Totenreich zurückgekehrt: »Gebt acht!«
Priester: »Ich bin hier.«
Götterbote: »Was machen die Zurückgebliebenen?«
Priester: »Es geht ihnen gut! Hast du gesehen?«
Götterbote: »Ich bin hingekommen und habe sie gesehen.«
Priester: »Was machte der Geist der Verstorbenen, als du hinkamst?«
Götterbote: »Sie waren gerade an den Brunnen gegangen und in den Busch, um Holz zu holen.«..
Priester schlägt unterdessen beständig sein Eisen. Plötzlich hört er auf, denn der Geist meldet sich an.
Geist: »Achtung!« (er spricht in hohem, zartem, näselndem Tone, wie jemand, der zum Reden den Finger in die Nase steckt.)
Priester grüßt den Geist mit lauter und tiefer Stimme: »Willkommen, wie gehts im Land der Toten?«
Geist: »Es geht.«
Priester: »Wie geht es deinen Brüdern dort?«
Geist: »Es geht ihnen! Aber wer rief mich denn, daß ich reden soll?«
Priester im Namen des *trõ*: »Ich sagte, daß du kommen solltest. Ich lud die Bittsteller, nimm deswegen das Mehlwasser und trinke es und kühle deine Brust damit. Ist ein Wort in deinem Munde, so sage es mir, damit ich es deinen Brüdern (und Schwestern) auf der Erde mitteile, damit dieselben erfahren, an welcher Todesart du gestorben seiest.«
Geist: »Es hat mich niemand mit Zauberei gegessen; um meiner

Mutter und meines Mannes willen habe ich sterben müssen. Meine Mutter hatte mich einem Manne in *Wegbe* gegeben, nahm mich aber wieder von ihm weg und gab mich einem andern Manne zur Frau. Diesem Mann entriß sie mich wieder und gab mich einem dritten Manne. Dieser aber schlug mich, worauf mich mein Vater in das Haus meines Onkels K. brachte. Inzwischen kühlte sich der Zorn meines Vaters wieder, und er forderte mich auf, wieder zu meinem Manne zurückzukehren. Auch die Dorfhäuptlinge sagten, ich solle wieder zu meinem Manne zurückkehren. Ich hatte aber inzwischen die Erde berührt . ., daß ich nie wieder zu meinem Manne zurückkehren werde. Das bekannte ich aber niemand. Trotz meines Eidschwurs ging ich doch zu meinem Manne zurück, und zwar, ohne daß die Erde vorher versöhnt wurde. Mein Vater ging nach *Wegbe* und verließ den *trõ*. Der wurde darüber sehr böse und sandte deswegen eine Schlange, die mich biß, daß ich starb. Hätte ich meinem Vater offen gesagt, daß ich auf die Erde geschworen hatte und wäre nicht wieder in meines Mannes Haus zurückgekehrt, so hätte der Tod keinen Weg zu mir gefunden. Aber danket dem Weißen, den mein Tod schmerzt, als ob sein eigenes Kind gestorben wäre. Wäre ich nicht durch Schlangenbiß gestorben, dann wäre ich an einer Geburt gestorben.« Der Geist kehrt wieder zurück, und der Priester ißt die für den Geist mitgebrachten Speisen in demselben Zimmer, in dem er mit dem Geist gesprochen hatte. Dann gibt er die Kalebasse den Familienmitgliedern des Verstorbenen, die inzwischen draußen vor der Hütte dem Gespräch zugehört hatten. Sie sind der Meinung, der Geist habe die Speise zu sich genommen. (500 ff.)

Es fällt auf, daß Spieth die Aussagen der Ewe in das Deutsch der Gebildeten übersetzt, mit häufigen Konjunktiven und einem vollen Genitiv:

. . in meines Mannes Haus zurückgekehrt . .

Auch schreibt der Missionar in einer ethnologischen Abhandlung:

Götterbote geht in das Land der Toten. Einige Augenblicke verstreichen, und er kehrt wieder zurück.

Götterbote, von seinem Gang ins Totenreich zurückgekehrt. –
Der gläubige Christ weiß durch Lazarus und Christus genug von Gängen ins Totenreich; aber wie wenige Christen billigen anderen Völkern eine gleiche Glaubensrealität zu.
Zum Schluß der Passage spaltet er die Bewußtseinsebenen:
Sie sind der Meinung, der Geist habe die Speisen zu sich genommen. –
Indem Spieth nicht in eine heuchlerische, anbiedernde Primitivität übersetzt, was von sehr ausgepichten Persönlichkeiten auf Ewe geäußert wurde, erreichte er etwas Doppeltes:
Einmal Takt, Verständnis, Klarheit der ethnologisch zu erfassenden Situation gegenüber, zum anderen zweifelt der Leser alle Aussagen viel heftiger an, weil sie ihm ja in seinem eigenen Jargon angeboten werden; man fühlt sich auch in die Erzählung der toten Frau hinein und stellt sie ganz in Frage – der Text steht so in einer psychoanalytischen Perspektive, ohne der Realität und ohne dem Leser Gewalt anzutun.
.. er spricht in hohem, zartem, näselndem Tone, wie jemand, der zum Reden den Finger in die Nase steckt..
Spieth geht so weit, Adjektive der Erzählungen der Ewe einzusetzen, als seien es seine eigenen:
Der Schnapsrausch ist eine »Krankheit«, denn der Betreffende leidet drei Tage lang unter seinen Folgen. Ein vom Branntwein Betrunkener liegt auf dem Boden und ist so heiß, daß seine Angehörigen kaltes Wasser über ihn gießen, bis er schließlich in einer Schmutzlache liegt. (400)
Arbeiten der Mädchen analysiert Spieth, Spiele der Kinder.
Er übermittelt Szenenanmerkungen der Ewe und gibt eigene dazu:
Das Versteck-Spiel.
.. Wenn es die andern nicht rasch findet, so geht es durch die ganze Stadt und spricht allerlei Worte vor sich hin, wodurch die im Versteck weilenden zum Lachen gereizt werden sollen..
.. atsunu heißt die Speise, die die Braut ihrem Bräutigam kocht. Nach der Verheiratung hört das Atsunukochen auf. Auch das, was eine Konkubine ihrem Liebhaber kocht und in sein Haus schickt, nennt man atsunu, liest man als Glosse des Missionars. (212)

Er gibt Rätsel auf und löst sie:
Meto du gome de Asante.
Egome: Alododo.
Ich kam nach Asante und umging die Städte.
Was ist das? Antwort: Der Schlaf.
Erklärung: Wer in wachem Zustand nach Asante gehen will, muß durch die Städte hindurchgehen, die unterwegs sind. Wer aber im Schlaf nach Asante kommt, der ist plötzlich dort, ohne eine Stadt auf dem Wege gesehen zu haben.
Fofonye wle godoe gãa de nam mede edo ge do kpoe.
Egome: Mowo.
Mein Vater hat mir ein großes Lendentuch gekauft. Ich wollte es anziehen, konnte aber nicht.
Was ist das? Antwort: Der Weg.
Erklärung: Das Lendenband besteht aus einem langen, schmalen Streifen. Ebenso ist auch der afrikanische Weg schmal und lang. Aber man kann dieses lange Band nicht abschneiden und um die Lenden schlingen.
Wudu gbo.
Egome: Ne, ago, adiba.
Stürzen und Rauschen.
Was ist das? Antwort: Die Nuß, die Fächerpalmfrucht und die Wassermelone.
Erklärung: Schwere Früchte fallen schnell vom Baum und geben beim Auffallen ein Geräusch. Die Namen der Früchte müssen vom Rätselrater aufgezählt werden. (597)
Der Leser nimmt so an einer Analyse togolesischen Denkens teil, er lernt die Metaphorik der Eweer verstehen, ihren Stil und ihr Understatement. Zu Sprichwörtern liefert Spieth nicht nur Übersetzung und Erklärung; er skizziert auch die Anwendung des Sprichworts dazu:
Ayroe medoa golowo dome o.
Der Vogel *ayroe* schläft nicht beim Vogel Strauß.
Erklärung: Diese Vogelart ist sehr klein und hält sich deswegen nicht in Gesellschaft der Straußen auf.
Anwendung: Ein Armer kann nicht in der Gesellschaft der Reichen sein

Agata-kese be, wole ye kom, eye wole ye tsola ha kom.
Man verlacht nicht nur einen Affen in seinem Käfig, sondern auch dessen Träger.
Anwendung: Wer mit einem törichten Menschen zu tun hat, wird samt diesem ausgelacht.
Nyowola hoa fu.
Der Wohltäter pflegt Haß zu ernten. (599 ff.)

Vierter Hauptabschnitt:
Die Literatur.
A. Fabeln.
1. Die Fabel von dem Königssohn *Safudu Kwaku.*
Eines Tags log ein König über seinen Sohn, daß derselbe etwas mit seiner Frau gesprochen habe. Sein Sohn *Safudu Kwaku* sagte zu seinem Vater, er wolle sich einem Gottesurteil unterziehen. Der König war damit einverstanden und sandte Männer nach *Gẽ,* die ihm ein Schwert und Nadeln kaufen sollten. Als sie die Gegenstände gekauft hatten, da ließ sie der König siebzehn Tage lang schleifen. Die geschliffenen Buschmesser und Nadeln ließ er dann unter einem hohen Seidenwollbaum in die Erde stecken. Dann ließ der König alle Leute einladen, daß sie kommen und dem Gottesurteil beiwohnen sollen. Der König, seine Frau und sein Sohn *Safudu Kwaku* wurden in der Hängematte auf den Platz getragen, auf welchem das Urteil vorgenommen werden sollte. Dort befahl der König seinem Sohn, *Safudu Kwaku,* er solle auf den Baum hinaufsteigen und sich von dort herunter auf die scharfen Schwerter und Nadeln stürzen. Seine Mutter fing zu weinen an; er selbst aber fürchtete sich nicht, weil er wußte, daß er unschuldig sei.
Safudu Kwaku stieg auf den Baum und sang das Lied: *Dedende manyimato Safudu Kwaku . .* Nachdem er das Lied fertig gesungen hatte, stürzte er sich vom Baum herunter, nahm aber keinen Schaden. Der König aber sagte, er habe es nicht gesehen, weil er gerade im Bad gewesen sei. Zum zweiten Mal stieg er auf den Baum, sang dort wieder sein Lied und stürzte sich auf die Erde. Darauf sagte der König, jetzt erst habe er sich fertig gebadet, deswegen solle er zum dritten Mal auf den Baum steigen: *Safudu*

Kwaku stieg wieder auf den Baum. Aber der König sagte, er habe sich eben mit Fett eingerieben und habe deswegen nicht zugesehen. Noch einmal befahl er ihm, auf den Baum zu steigen; aber wieder sah er es nicht, weil er gerade seine Sandalen angezogen habe. Zum fünften Mal stieg *Safudu Kwaku* auf den Baum; aber der König hatte ihn auch diesmal nicht gesehen, weil er eben eine Prise Schnupftabak genommen habe. Als er nun zum sechsten Mal auf den Baum stieg, da sagte der König: »Jetzt erst kann ich kommen, um es zu sehen«, und befahl ihm zum siebten Mal, auf den Baum zu steigen. Alle Zuschauer ergriffen nun Partei für den *Safudu Kwaku*; dieser aber stieg zum siebten Mal auf den Baum. Als er sich nun herunterstürzte, da nahm ihn der Himmel, *dzingbe*, weg und versetzte ihn in den Sonnenaufgang. Wenn nun die Sonne aufgeht, und man will ihr Angesicht sehen, so verdeckt sie ihr Angesicht und sagt: »Man hat mir siebenmal Unrecht getan.« Daher kommt es, daß man das Angesicht der Sonne nicht ganz sehen kann. (572 f.)

In diesem Text erfährt man nicht nur von Aggression und Aggressionsvermeidung der Togolesen, von Unterwürfigkeit und Herrschermacht – der Mythos berichtet von einem weltanfänglichen Inzest, der weder von Frazer im *Golden Bough*, noch bei Freud, geschweige denn von den Ortigues in *Oedipe africain* verarbeitet worden ist.

Spieth findet Märchendialoge auf, die an die Brüder Grimm erinnern:

Der Yams setzt einen König ein.
Eines Tages geschah es, daß die Yamsart *Kasanti* zu *Klewu* kam und sich mit ihm über die Rangordnung der Yamsarten unterhielt. *Kasanti* frug, ob es denn wahr sei, daß er König unter den Yamsarten sei? Darauf antwortete *Klewe*: »Sagt man denn nicht, daß ich von alters her König sei?«
Kasanti: »O, *Klewu*, was für ein Wort hast du gesprochen, der du doch heute lebst und morgen nicht mehr! Du könntest ja morgen oder übermorgen von uns wegsterben und uns als Waisen zurücklassen.« . .

Fühlt man sich nicht an die Wunderliche Gasterei in der Urfassung der Kinder- und Hausmärchen erinnert:
Auf eine Zeit lebten eine Blutwurst und eine Leberwurst zusammen, und die Blutwurst bat die Leberwurst zu Gast..

Spieth gliedert weiter in Parabeln, und – von der artistischen Ökonomie der afrikanischen Darstellungsweise und der Übersetzung abgesehen – ich frage mich, wer heute noch auf Anhieb eine Fabel von einer Parabel absetzen könnte, wie es der Missionar in seinem fiebrigen und ekstatischen Leben verstand.
Eine statistische Angabe führt Spieth auf ganze Sätze zurück und macht sie damit eindringlicher:
In Beziehung auf Kindersterblichkeit lassen sich folgende Tatsachen zusammenstellen. *Kdz.* hatte neun Brüder, von welchen nur *Kdz.*, ein jetzt fünfundzwanzig Jahre alter Mann, am Leben ist. Die Frau *A. H.* aus *A.* hatte zwanzig Kinder geboren, von welchen im Jahre 1886 fünfzehn gestorben waren. *A. D.* hatte zehn Kinder geboren, von welchen 1886 vier gestorben waren. *Kk.* hatte von drei Frauen zwanzig Kinder, von welchen achtzehn starben. (218)
Spieth holt damit zu einer großen inoffiziellen Chronik der Massen in der Dritten Welt aus – zu der weder Brecht noch Marquez angesetzt haben: Die Frau A. H. aus A. hatte zwanzig Kinder geboren, von welchen im Jahre 1886 fünfzehn gestorben waren.
Wo in der modernen Literatur finde ich einen solchen Satz?!

Im Jahre 1847 kamen die *Ewe*er zum erstenmal in dauernde Berührung mit den Europäern. Damals begannen die Missionare der Norddeutschen Missionsgesellschaft in dem Stamme der *Peki*er westlich von *Ho* zwischen Volta und *Tsawoe* gelegen, ihre Missionsarbeit, schreibt Spieth (73*ff.) und er erläutert seine Quellen und die Methode der Forschung:
Daß die *Ewe*er als illiterates Volk keine schriftlichen Quellen aus alter Zeit besitzen, ist nicht zu verwundern..
Die einzige Quelle ist also das Volk selbst..
Sie wissen oft merkwürdig viel; aber es liegt die Wahrscheinlich-

keit nahe, daß sich verschiedene fremde Elemente in ihrer Vorstellung zu einem geschlossenen Bilde vereinigt haben . .
Ähnlich verhält es sich mit älteren Lehrern und Christen. Sie mögen allerlei Zuverlässiges über ihre Stammesgeschichte, über wirtschaftliche und soziale Verhältnisse zu erzählen wissen; aber über die einheimische Religion sind ihre Mitteilungen sicher nicht mehr ganz zuverlässig. Einmal liegt den meisten daran, das Alte womöglich ganz zu vergessen. Eine Frau z. B. bat mich, ich möchte sie nichts über diese Dinge fragen, weil es ihr stets ein Kummer sei, wenn sie daran denke. Zum anderen vermischen sich bei ihnen unbewußt heidnische und biblische Erinnerungen.

. .

Die Methode der Forschung wird natürlich bei jedem Einzelnen sich wieder verschieden gestalten. Ich persönlich schlug folgenden Weg ein: Da mich mein Amt von Anfang an viel mit solchen Heiden in Berührung brachte, die entschlossen waren, das Heidentum zu verlassen und zum Christentum überzutreten, so suchte ich von ihnen ihren religiösen Lebensgang zu erfahren. Trotzdem das von ihnen Gehörte in den vorliegenden Mitteilungen nicht verwendet ist, so hatten sie doch insofern einen bestimmenden Einfluß, als ich von ihnen erst lernte, um was es sich beim Heidentum im *Ewe*lande eigentlich handle. Dort drängten sich Fragen auf, deren Lösung mir schon deswegen sehr am Herzen lag, weil ich wissen wollte, welches die geistige Atmosphäre und Nahrung unserer Christen im Heidentum gewesen war. Nur unter diesen Voraussetzungen lassen sich gewisse Vorgänge in der christlichen Gemeinde verstehen und richtig behandeln. Aber auch für den Heidenprediger ist ein klarer Einblick in die Vergangenheit und Gegenwart seiner Zuhörer, in ihre religiösen und sittlichen Zustände unerläßlich. Ich werde nie vergessen, mit welch vornehmer Überlegenheit mir vor vielen Jahren ein alter Häuptling klar machte, daß ich eigentlich von ihren heidnischen Gebräuchen nichts verstehe. Das alles wirkte mit, daß ich mir in den einzelnen Stämmen Namen solcher Personen geben ließ, die nach dem Urteil ihrer Bekannten viel über ihr Volk wußten. Solche machte ich mir zu Freunden, nahm sie wohl auch als Lasten-

und Hängemattenträger mit auf Reisen und erfuhr unterwegs, in der einsamen Savanne oder am Herdfeuer in der Herberge, die interessantesten Dinge. Eingeweihte, die ich auf meinen amtlichen Reisen nicht erreichen konnte, ließ ich auf eigene Kosten auf die Station kommen, wo sie schon deswegen offener waren, weil sie sich hier nicht von ihren Stammesgenossen beobachtet wußten.

. .

Freilich zeigte sich auch hier, daß viele Fragen die Gerufenen nur ermüdeten, und daß es ersprießlicher war, sie einfach erzählen zu lassen und je und dann nur eine Frage dazwischen zu richten.

. .

Ich selbst verwendete viele Nachtstunden, auf Reisen und zuhause, sowie Ferienzeiten zum Sammeln und Niederschreiben. Wird das gleichmäßig durch Jahrzehnte hindurch fortgesetzt, so kommt allmählich ein reiches Material zusammen.

In welcher Situation entstand dies Buch?
Es wäre zu lang, im Detail die Manöver der deutschen Kaufleute und der »Sophie« wieder vorzunehmen, die nach Deutschland die Geiseln der Königsfamilie von Anecho entführt hatte.
Die »Möve« bringt sie in ihr Land zurück und Nachtigal, der damals deutscher Konsul in Tunis war, geht in Lissabon an Bord des Schiffes und begleitet die Geiseln nach Anecho zurück auf einer Schiffsreise, welche Deutschland ein westafrikanisches Imperium verschaffen wird.
Am 4. Juli (1884) geht Nachtigal in der Nähe des Dorfes Bagida von Bord, begibt sich nach Togo und findet sich in Gegenwart des Stockträgers des Häuptlings Mlapa, der übrigens selbst gestorben war, Nachtigal verteilt Rum, Gin und Tabak und läßt diese Leute dann ein einfaches Kreuz unter einen Vertrag setzen, der englisch verfaßt war, die einzige europäische Sprache, die am Ort verstanden wurde, schreibt Robert Cornevin:
Den nächsten Tag reist Nachtigal nach Petit-Popo zurück und, ehe er nach Kamerun weiterfährt, ernennt er Henri Randad, den Agenten einer deutschen Faktorei, als geschäftsführenden Konsul. Mit unermüdlicher Aktivität, bemüht sich der letz-

tere, dies kleine, von Deutschland beschützte Territorium zu erweitern.
Viering schreibt:
Die Deutschen setzten einen Häuptling ein und beginnen ein strenges Besatzungsregime. Sie ziehen die Kabre zu Zwangsarbeit heran. Ein alter Mann erinnert sich auch daran:
»Erst dachten wir, wir sollten auf dem Feld arbeiten, aber es handelte sich darum, Eisenträger für eine Brücke zu tragen. Die Arbeit war so schwer, daß jeder, der dabei war, nur einen Gedanken hatte, bei der kleinsten sich nur bietenden Gelegenheit zu fliehen. Die Last war zu schwer und die begleitenden Wachsoldaten schlugen ständig mit ihren Peitschen. Von 10 Leuten, die sich in *Atakpame* auf den Weg machten, kamen jeweils nicht mehr als drei oder vier in *Lama-Kara* an.«
..
Um die *Kabre* in ihrer militärischen Wirksamkeit entscheidend zu schwächen, zwingen die Deutschen nämlich mehrere Dorfquartiere, die besonders am Krieg beteiligt gewesen sind, ihre Wohnsitze zu verlassen und sich im Süden anzusiedeln. Ohne ausreichende Verpflegung müssen sie sich zu Fuß auf den 300 km langen Marsch begeben. Viele halten das nicht durch und sterben auf dem Weg. Der Rest gelangt schließlich total erschöpft im Norden des Kreises *Nuatja* an und darf sich an einem Fluß niederlassen, der in den *Mono* fließt. Sie nennen ihn in ihrer Sprache *Ahala*, das heißt Schmerz. Die Deutschen machten daraus *Kra*, während sich später der Name *Chra* für die mit dem Fluß gleichnamige Siedlung durchsetzt.
Heute leben in Chra nur noch zwei Einwohner, die die Schmerzenswanderung als kleine Kinder mitmachten.

Schreibt Spieth alles das mit christlicher Hand zu?
Seite 12*:
Wird zugegeben, daß die Bevölkerung einer Kolonie ihr größter Reichtum ist, so ist Togo nicht nur die fruchtbarste, sondern auch die reichste aller deutschen Kolonien Afrikas. Es darf uns daher nichts gereuen, was wir an Arbeit und Kapital für Togo einsetzen.

Seite 35*:
Die bedeutendste Stadt ist *Lome*, ein einstiges Fischerdorf, jetzt der Sitz des deutschen Gouvernements von Togo. Im Jahre 1884 unter deutsche Schutzherrschaft gestellt, blühte der damals noch kleine Handelsplatz rasch auf.
Robert Cornevin beschwichtigt dazu:
Gewiß, der »Baum des Gehenkten«, nahe am Bierplatz, der über jeden Verwaltungsposten herausragt, kann gewissen Leuten ich weiß nicht welchen teutonischen Sadismus evozieren, aber tatsächlich wurden vom Erhängen nur die zum Tode Verurteilten betroffen, das heißt, die Mörder, und diese Formen der Verurteilung erschienen den Afrikanern gerechter und einfacher als das althergebrachte System oder die endlosen französischen Prozeduren. Dreißig Jahre nachdem die Deutschen abgezogen waren, sagten die Togolesen von ihnen, daß sie »hart aber gerecht« waren.

Der Kolonialismus bildet die verschiedensten sprachlichen Verhaltensweisen aus.
Spieth widersteht meistens.
Wo er aufklärerisch reduziert, geschieht es ohne Herablassung und ohne Verachtung:
Fügen wir diesen Mitteilungen aber doch auch noch einige gutbezeugte Proben solcher Zauberwirkungen hinzu.
Die Wirkungen des Kriegszaubers *ankui* bestehen darin, daß sie einen Menschen, der sich mit der dazu gehörigen Medizin gebadet hat, auf neun Schritte kugelfest macht. Schon bei dem Kauf dieses Zaubermittels wurde in Gegenwart vieler Zeugen die Probe auf seine Echtheit gemacht. Der Verkäufer zählte neun Schritte von seinem Standort ab, gab zwei Flinten, in die je drei Kugeln geladen waren, in die Hand zweier Gehilfen und erteilte ihnen den Befehl, auf ihn zu zielen und zu schießen. Er selbst hatte eine mit Wasser und geweihten Blättern gefüllte Schüssel vor sich stehen, in die er seine Hände hielt. Die beiden beauftragten Männer schossen ihre Flinten gegen ihn ab und siehe da, der Zauberer fing die Kugeln mit den Händen auf und zeigte sie den anwesenden Zuschauern, die den Zauberer voller Freu-

de nach Hause trugen und ihn reichlich beschenkten. Das Geheimnis seiner Kraft aber hatte darin bestanden, daß die gegen ihn abgeschossenen Kugeln aus Ziegenmist bestanden hatten, der in feines Staniolpapier eingewickelt worden war. Unter den geweihten Blättern in der Schüssel hatte er die gleiche Art von Kugeln versteckt, und diese zeigte er hernach seinen urteilslosen Zuschauern. (530)
Beachtlich ist Spieths, des Missionars, sexuelle Vorurteilslosigkeit – bis hin zu der Feststellung:
Ahali ist ein Mann mit großen männlichen Organen.
Den Jargon des Missionars muß man in dem Riesenwerk suchen. Er ist auf die Wörter: Götze, heidnisch, sittliche Versunkenheit, oft jämmerlich zu Tode gemartert begrenzt.
Ein einziges Mal entwischt ihm eine ganz dumme Bemerkung:
Mit der Aufnahme des Evangeliums erschlossen sie sich auch für die Kultur und erlernten das Holzsägen, das Maurerhandwerk und die Tischlerei. (47)

Meistens sind Spieths Wertungen differenziert:
An Mondscheinabenden ergibt sich der *Ho*er gerne dem Spiel auf der offenen Dorfstraße. Doch ist der Charakter der nächtlichen Spiele in den meisten Fällen abstoßend. (242)
(233): Die Reinlichkeit der Betten, bzw. der Matten läßt manches zu wünschen übrig.
wird eingeleitet durch:
(230): Reinlichkeit der Kleider trifft man bei fast allen *Ho*ern.
Schon in der Einleitung schreibt der deutsche Spieth:
Die *Ho*er sind fleißige Ackerbauern und Weber, unter denen das Wort »faul« zu der schimpflichsten Bezeichnung gehört, die einem Manne gegeben werden kann. (45)
Ein zarter Missionar:
Sie sprechen so, weil sie sich vor dem Walde fürchten, den sie für einen *trõ* halten. Sie glauben, daß der Wald ihnen zürne. (396)
Oft spricht Spieth nicht von Negermusik, von der Töpferei der Schwarzen, sondern von afrikanischer Töpferei und afrikanischer Musik, ein diplomatischer Takt, eigentlich eine Selbstverständlichkeit, die noch heute von den meisten und unseren aufgeklär-

testen Schreibern nicht befolgt wird, 100 Jahre nach dem Bremer Missionar.

Seite 55* allerdings gefährdet die Contenance des ganzen Werks:

Aus dem bisher schon Mitgeteilten ist zu ersehen, daß die *Ewe*er in Ackerbau, Viehzucht und Handwerk zwar eine gewisse Kulturhöhe erreicht haben, dann aber auf einem Punkte stehen geblieben sind. Die Hacke und der Webstuhl von heute sind noch ganz ebenso wie vor hundert Jahren. –

Eine unchristliche Aussage im Schwung der Gründerjahre des jungen deutschen Kaiserreichs.

Welcher Schriftsteller ist nicht einmal müde im schwierigen Klima?

Der Bombast, der synthetische, unverständige Stil sind auf den 1000 Seiten selten:

.. und ehe er sichs versah, hatte ihn eine Kugel des Feindes niedergestreckt. Dieselbe traf ihn in der Mitte der Brust und machte seinem jungen Leben ein jähes Ende. Bald darauf kamen zwei schwer verwundete schwarze Soldaten bluttriefend auf unsere Station *Ho*, und wenige Minuten später brachte man auch den wackeren Schotten in einer Hängematte als Leiche auf die Station. Am Sonnabend, den 12. Mai, wurde er auf unserm Gottesacker beerdigt. (66)

Solche Aussagen sind so selten, daß ich fast ein Gran Spott mit herauslese. Mir erscheint erratet (213) für errät ein Fehler, aber vielleicht war es 1906 noch so gebräuchlich, wenn nicht, ist es ein gutes Beispiel für eine Geschichte des deutschen Lektorats im Zwanzigsten Jahrhundert.

Sonst ist Spieths Deutsch im Urwald nicht verschimmelt.

Nur eine einzige übereilte Deutung fällt mir auf:

Unter seinen langen Fingernägeln aber hat er Pfeffer versteckt. Deswegen lassen sich die *Aka*besitzer auch sehr lange Fingernägel wachsen. (678)

Der einzelne lange Fingernagel kann auf der ganzen Welt beobachtet werden, die Träger geben selbst die unterschiedlichsten Erklärungen dafür an. Eine gründliche Studie steht aus.

Leider, wie es einem oft bei wissenschaftlichen Summen geht, die allein auf denjenigen Gebieten etwas weniger zu glänzen scheinen, wo man selbst etwas beschlagener ist, finde ich bei Spieth wenig über Geisteskrankheiten und ihre Behandlung, nichts über Schockriten, über togolesische Psychoanalyse, die es jedoch gibt, nichts über das System der Botanik, über das Lesen des Kpele, die Geomantik und nichts über jene die Jugend des Togolesen spaltenden sadistischen Einweihungsriten der Buschschule, der Geheimbünde, der Priester.

Jakob Spieth setzt ein Inhaltsverzeichnis von einer halben Seite an den Anfang und läßt am Ende ein über dreißig Seiten langes folgen. Europäische Kategorien- und Regelwut aufs Äußerste gebracht:

I. Der *Ho*-Stamm.
1. Die Landschaft *Ho*.
1. Kapitel: Geschichte 2 – 97
1. Hauptabschnitt: Allgemeine Stammesgeschichte 2 – 69
I. Die ältesten Überlieferungen der *Ho*er 2 – 20
A. Der Stammsitz 2 – 10
1. *Dahome* und *Adadam* 2

Ich übertreibe nicht; so steht es da.

2.
B.
C.
1.
2.
3.
II.
A.
1.
a.

Wissenschaftliche Riten, die ihren Ursprung haben mögen in Riten, die denen der Hoer und ihren Zaubersystemen nicht unähnlich sind.

Man gewinnt allerdings auch eine Vorstellung von Verfremdung.

Welche wilhelminischen und viktorianischen, napoleonischen und umbertonischen Streckverbände wurden den Afrikanern und ihrer Wirklichkeit angelegt.

Doch so eingekapselt die 1000 Seiten des Buches auf den 30 Seiten des Inhaltsverzeichnisses auch wirken – es sind die tollsten Überschriften, die auf die kleinen und großen A, die römischen und arabischen Einser folgen:

Die materielle Kultur
Die geistige Kultur
Die Zauberei im Rechtsleben
Die *Ho*er auf ihren Stadtruinen
Verfrühte Siegesgewißheit und neue Niederlage der Verbündeten
Ehebruch im Verhältnis zum Diebstahl
Die Haare der Göttersklaven
Tod der Mörder.

In welcher ethnologischen Abhandlung finde ich ein Kapitel über die für ein Ackerbauvolk so wichtigen »Verschiedenen Bodenarten«? Wo eins über die entwicklungsgeschichtlich so relevante »Verteilung des Jagdfleisches«? Dies Buch gibt wie kaum ein andres den Eindruck, alles oder das meiste Wichtige von der Existenz eines Volkes zu vermitteln.

Woran liegt das?

Erst einmal an der Praxis der Erforschung.

Jakob Spieth hat das Material in zwanzig Jahren Missionsarbeit gesammelt.

Welcher Ethnologe kann schon schreiben:

Ich selbst bin Augenzeuge gewesen, wie in *Have* und *Wodze* und in dem Dorf *Dzake* in *Peki* sich alle Frauen des Dorfes miteinander verbanden und auf einen bestimmten Tag ihre Männer verließen. Die *Have*frauen hatten sich dem König von *Nyagbo* bei *Avatime* und die von *Dzake* dem König *Kwadzo De* von *Peki* geschenkt. In beiden Fällen wurden die Männer bestraft und dazu verurteilt, ihre Frauen zu bitten und sie nach Hause zu begleiten. (65*)

(542 f.):

Im Jahre 1881 war ich in dem Dorfe *Waya* Augenzeuge gewesen, wie ein im Gottesurteil schuldig befundener Mann hingerichtet wurde. Derselbe wurde gewaltsam an den Rand seines offenen Grabes im Busch gebracht. Dort boten ihm zwei Männer in einem Menschenschädel Palmwein mit Branntwein gemischt zum Trinken an. Dann warfen sie ein weißes Tuch über ihn; zwei mit Knüppeln bewaffnete Männer stürzten sich auf ihn und zerschlugen ihm Kopf und Körper, so daß er tot in sein Grab stürzte. Ein Häuptling schoß seine Flinte über demselben ab. Das Grab wurde zugescharrt und die Leute gingen nach Hause. Unterwegs wuschen sich alle Teilnehmer an einem Bach die Füße.

Nächstwichtig:

Eine stupende Sprachbeherrschung:

Die Indigopflanze, die in der Ebene und auf den Bergen gedeiht, hat für den *Ewe*er die größte Bedeutung. Aus ihren Blättern und Blüten gewinnt er jene unverwüstlich blaue Farbe, die in seiner Vorstellung das Bild der Ewigkeit geworden ist. Am *Agu* bedeutet der Ausdruck *tso ama me yi ama me,* »von Indigoblau zu Indigoblau« soviel wie »von Ewigkeit zu Ewigkeit«. (27*)

(56*):

Angesichts der Tatsache, daß das *Ewe*volk keine eigene Schrift hat und weder lesen noch schreiben kann, würde kaum jemand erwarten, daß die Sprache für einzelne *Ewe*er Kulturgegenstand wäre. Daß das aber doch der Fall ist, geht daraus hervor, daß, wenn der Sprecher in *Anlo* früher in einer öffentlichen Rede einen Satzartikel an falscher Stelle brauchte, dadurch das sprachliche Schönheitsgefühl seiner Zuhörer so beleidigt ward, daß sie ihm ihren Unwillen darüber zu verstehen gaben.

(424):

Nun führt uns aber die Sprache noch einen Schritt weiter. Sie redet davon, daß Gott sich in »bunt« und in »weiß« kleide, sowie davon, daß er »sein Angesicht mit Dunkel verhülle«. Während der Regenzeit ruft etwa frühmorgens ein Freund dem andern zu: *Mawugadze*

adanu wo nu bubu, va kpoe da, »Gott zeigt uns heute wieder eine andere Kunst, komm und sieh!« ..
(550 f.):
Das ganze *Ewe*land, dazu die Bäume, Steine und die Menschen, sie alle sind von Gott gesandt. Wie das aber zugegangen ist, darüber kann und darf der Mensch nichts wissen. »So wenig der Sohn den Vater fragt, wie er ihn gezeugt habe, ebensowenig darf der Mensch nach der Entstehung des Seienden fragen.«

Und schließlich:
Der sichtbare Himmel wird dziwo, dzingbe, dzimenyi, dzingoli, und dzingo genannt.
Hinzukommt bei Spieth die Kenntnis angrenzender Gebiete, der Landwirtschaft zum Beispiel, das hilft Fehler vermeiden, die man bei sozialistisch engagierten Schöngeistern wie Thomas Mann findet, aber auch bei Anthropologen wie Claude Lévi-Strauss.
(298):
Der sehr steinige Boden von *Ho* hat nicht viel natürlichen Nährgehalt und müßte deswegen tüchtig gedüngt werden. Von einer künstlichen Bedüngung (1906!) muß aber schon deswegen ganz abgesehen werden, weil kein Vieh in *Ho* gehalten wird und der *Tsetse*fliege wegen wohl auch künftig nicht gehalten werden kann. Die unter Anbau genommenen Ländereien müssen daher immer einige Jahre ruhen, bevor sie aufs neue bebaut werden können.
(320):
Wenn man Mais säen will, macht man zuerst ein kleines Loch und legt je drei oder vier Maiskörner hinein, ganz wie man es will. Ist der Acker groß, so bestellt man Leute, die ihn säen. Einer macht die Saatlöcher und ein anderer legt die Maiskörner hinein. Hatte die Saatfrucht vor der Aussaat im Wasser gelegen, so ist sie nur drei bis vier Tage in der Erde und sprießt dann hervor. Ist das Saatkorn aber vorher nicht im Wasser gelegen, so braucht es sieben Tage lang, bis es hervorsprießt.

Zeitliche Ausdehnung der Feldforschung, Sprachbeherrschung, Kenntnisse aus angrenzenden Fachgebieten ergeben Aussagen von geradezu beschämender Exaktheit:

(24*):

Die Asche der Frucht ist ein wichtiger Bestandteil der Landesseife.

Eine Bildunterschrift Seite 65:

Feindesschädel, woraus zum Tode Verurteilte noch trinken müssen.

Auch Häuptlinge trinken zuweilen daraus.

(227):

In die frische Wunde wird zur Stillung des Blutes Ruß gerieben. Sollen die Zeichen möglichst deutlich und erhaben erscheinen, so wird eine aus zerriebenem Schießpulver und Kaktusmilch gewonnene Salbe in die Wunde gestrichen.

So ergibt sich die Möglichkeit von Strukturvergleichen im geschichtlichen Ablauf – jenseits der geblähten Schwärmerei:

(738):

Was der Bräutigam in früherer Zeit dem Mädchen geben mußte, ist folgendes: 7 *hoka* Kaurimuscheln, zwei Armlängen Zeug, für 7 *hoka* Seife, eine Kalebasse voll Limonen und einen Landesstuhl. Die jetzigen Geschenke sind: ein Landeskleid, zwei Armlängen europäischen Stoff, ein Brusttuch von zwei Armlängen, drei Kopftücher, ein europäischer Kamm, ein Spiegel, ein Krug, ein Holzteller mit Yams, ein Holzteller mit Pisang.

Auch die meisten Verallgemeinerungen formuliert der Missionar in einer vertrauenerweckenden Zurückhaltung:

(61):

Es ist eine bekannte Tatsache, daß die *Ewe*er die Musik liebhaben.

(418):

Das Fremde wie das Geheimnisvolle hat ja den *Ewe*ern stets tiefen Eindruck gemacht.

(69*)

Wie schon bemerkt, treiben die meisten Heiden für sich und ihre

nächsten Familienangehörigen Zauberei. Dieselbe ersetzt ihnen die Hausapotheke.
(722):
Warum jemand Zauberer wird:
Die Furcht ist es, welche die Leute veranlaßt, Zauberei zu treiben und andere zu verzaubern.
(568):
Vaterlandsliebe kennt der *Ho*er nicht – wohl aber die Liebe zur Heimat.

Man kann in dem Text beobachten, wie eine differenzierte Auseinandersetzung mit der Welt sich in differenzierte Formen der Sprache verwandelt)
(855)*
Ein von ihm besessener Mensch benimmt sich jeden Abend wie ein Verrückter . .

Noch ein halbes Jahrhundert später wird die Trance im Vaudou, einer Religion auf Haiti, die den Riten der Togolesen nahesteht, wenn sie nicht gar davon abstammt, als Neurose, als hysterisches Phänomen gedeutet – erst heute beginnt man, die Trance in den Religionen Afrikas und Afroamerikas als eine Art Therapie gegen Neurosen und Psychosen zu beschreiben – eine Deutung, die Spieth bereits vorwegnimmt:
Ein . . besessener Mensch benimmt sich *wie* ein Verrückter.
Stil also:
(238):
Der *Ho*er empfindet das Bedürfnis, wenn irgend möglich, täglich seine Familienmitglieder und seine Freunde zu begrüßen . .
(555):
In alten Zeiten soll die Ansicht bestanden haben . .
Im Wortwörtlichen gelingen Spieth die kühnen Prägungen:
Der Ausscheller
Die Racheecke
Grabkönige
der höckerichte Kopf – ruft Hamlet und Schlegel ins Gedächtnis:

* Falsche Seitenangabe von Fichte.

»Doch wer, o Jammer!
Die schlotterichte Königin gesehn –«
..
»Wie barfuß sie umherlief und den Flammen
Mit Tränengüssen drohte; einen Lappen
Auf diesem Haupte, wo das Diadem
Vor kurzem stand;«
..
Stehlen ist schmutzig..
Wir bitten euch sehr..
Er weinte und schrie in seinen Fesseln..

Neben dieser raffinierten Einfachheit stehen formelartige Aussagen, Wiederholungen, die dem wissenschaftlichen Text selbst etwas von den Zaubersprüchen und Litaneien verleihen, von denen er spricht:
(756):
Wer im Busche erschossen wurde, der ist »im Krieg gefallen«.
Wer vom Blitz erschlagen wurde, ist »im Krieg gefallen«.
Ist jemand heruntergefallen und gestorben, so ist er »im Krieg geblieben«.
Wer vom Wasser mit fortgerissen oder ertrunken ist, wer verbrannt wurde und starb, »blieb im Krieg«.
Dies Vermögen leitet Spieth zu solchen Schönheiten:
(176):
Sie begruben das Kind; für Vater und Mutter war es verloren, der Mörder aber wurde verkauft, *ist* heute noch am Leben und *ißt* Salz.
(294):
Schwestern.. des Verstorbenen stecken dem Verstorbenen noch Speise in den Mund und sagen, das sei seine letzte Speise.
(27*):
Der zähe Bast der Raphiapalme wird häufig zu kultischen Zwekken verwendet und wirft man in *Matse* ihre Blätter in einen gewissen Bach, so trägt er mit ihnen das Leiden und Leid der Menschen hinweg.

Spieth fällt gelegentlich in eine zweite Archaik zurück, in eine fast biblische Sprachschicht, in etwas Alttestamentarisches, das den Glaubensgegebenheiten der Eweer nicht unangemessen scheint.

(16):

Die *Ho*er führten den Großvater *Letsa* selbst nach *Kpevi* in ein kleines Plantagendorf in der Nähe von *Klewe*. Als nun der Großvater *Letsa* sah, daß alle Dorfbewohner auf den Acker gegangen und nur die Kinder zuhause geblieben waren, rief er die Kinder alle zu sich heran und tötete dieselben, dann warf er sie in einen Steinmörser und zerstampfte sie wie Yams.

Klingt es nicht wie von David?:

Aber das Volck drinnen füret er eraus vnd legt sie vnter eisern segen und zacken vnd eisern keile vnd verbrand sie in Zigelöfen . .

(2. Buch Samuel 12,31.)

(344):

O, *Mawu Sodza*, Bleib er bei den Menschen, du Schiff voller Yams und Schiff voller *wle*! Gib mir, so geb' ich dir, übergehe mich, so übergehe ich dich. Hier ist dein Yams, den ich für dich gegraben habe. Wenn ich den meinigen grabe, so gib, daß ich die Fülle bekomme, und lege du Yams von anderswoher noch dazu.

Und noch vor die Bibel zurückgreifend, an den Anfang der Zeit und der Töne:

(96):

Eines Tages fing das Meer zu trommeln an und sang verschiedene Lieder dazu.

Aber nicht nur den dunklen Dampf der Magie – auch harte Verknappungen, die bis zu einer fürchterlichen Klassik reichen.

(274):

Hat sich einer in der Nähe der Stadt erhängt, so stößt man ihm eine Stange durch die Brust und trägt ihn wie ein Schwein und verscharrt ihn im Busch.

Könnte nicht bei Kleist stehen:
(243):
Im Zorn stach er ihr das Messer durch die Brust und erhängte sich neben ihr.

Spieths Werk liefert dem Poeten und dem Wissenschaftler neue Parameter und Kriterien.
Doch, welche theoretischen Anregungen finde ich?
Der Text gibt mir Argumente an die Hand zum Begriff des Magischen:
(67*):
Eine zweite, den Menschen viel näherstehende Götterklasse sind die *anyimawuwo*, Erdengötter, im *Ewe*land auch *trowo* und bei uns wohl mit Unrecht Fetische genannt.
Ich finde Material zu einer Studie über die bisher unbeachteten Ursprünge des haitianischen Vaudou in Togo.
Anmerkungen zur Entstehung von Riten:
(94):
Nach langer Zeit erst fanden sie im Busche den Stockyams (Maniok).
Sie merkten zwar, daß derselbe eßbar sei, fürchteten sich aber davor und kochten denselben erst für ihre Hunde. Als sie sahen, daß diese nicht daran starben, fingen auch die Menschen an, davon zu essen.

Spieths wiederholte Schilderung von Folterungen der Tiere und die quasi-religiösen Zwänge der Essenszubereitung legen uns 20 Jahre vor Proust nahe, daß die Kochkunst eine Folter sei und daß Foltern möglicherweise mit der Kochkunst entwicklungsgeschichtlich zu tun habe.
Bei Spieth berichtet Sprache nicht nur von Verhalten – es wird deutlich, daß Sprache selbst Verhalten ist:
(469):
Es ist das die Sprache der Unterwürfigkeit und der Ergebung.

Doch, zum Schluß kann nicht vergessen werden, daß dieses bedeutende und ergreifende Buch über Afrikaner und Afrikanische

Kultur von einem Bremer Missionar des deutschen Kaiserreiches zur Zeit der Gründerjahre geschrieben wurde:
(55*):
Den europäischen Regierungen war es vorbehalten, die *Ewe*-stämme ganz zur Ruhe zu bringen und sie für die friedliche Entwicklung des Landes unter Mithilfe der Mission zu erziehen.

Selten werden so heftige Einsichten in das Leben eines afrikanischen Volkes vermittelt, wie hier – doch es geschieht, um dies Volk zu »befrieden«, um es anders zu erziehen, es geschieht zum Lob des Herrn. Die Perversion, die es darstellt, wenn ein Missionar die Religion so liebevoll beschreibt, die er vernichten will, scheint sich bei Jakob Spieth in eine zweite Unschuld zu verkehren.
Ich glaube fast, die Erforschung der Riten der Eweer war hier nicht nur die Voraussetzung zur Christianisierung – der Missionsberuf schuf vielmehr die Bedingung für die Einfühlung in das Glaubenssystem eines fremden Stammes.

Das Land des Lächelns

Polemische Anmerkungen zu Tristes Tropiques
von Claude Lévi-Strauss

Grenada, Mai 1979/Hamburg, August 1979

Es gibt verschiedene Kategorien von Titeln:
Lucien Leuwen – Sie werden von jemandem lesen, der Lucien Leuwen heißt.
Ulysses.
Nora.
Die Ewe-Stämme.
L'Éducation Sentimentale – Sie werden von einem Prozeß lesen, der die Entwicklungen von Empfindungen betrifft, von einem Kampf in Combatimento di Tancredi et Clorinda.
Es gibt Titel, die spielen mit Wörtern:
Der Schatten des Körpers des Kutschers.
Und mit Sinn:
Wie es Euch gefällt.
Und schließlich:
Ein Herz spielt falsch.
Ein Sprachverhalten der Anspielung, der Zwiezüngigkeit, falsche Strenge und falsches Necken – eine tantenhafte Atmosphäre.
Les Fleurs du Mal steht zu Beginn der modernen Literatur.
Es folgt:
Une Saison en Enfer.
Frühlingserwachen.
Also sprach Zarathustra.
Si le grain ne meurt.
Morgens um acht ist die Welt noch in Ordnung.
Die Reihe mit dem leuchtend roten Rahmen.
Und auch:
À la Recherche du Temps perdu mit:

À l'Ombre des Jeunes Filles en Fleurs.
Wobei allerdings Symbolismen wie Les Faux Monnayeurs schon wieder reduziert sind auf Recherche.
Auch muß Verlorene Zeit nicht als Kitsch eingesetzt worden sein.
Prousts Werk ist ein Versuch über das Vergehen von Zeit.
Perdu – ja, aber was wäre besser gewesen? Passé? Écoulé?
À l'Ombre des Jeunes Filles en Fleurs, ein Titel, der wie kaum ein andrer tuntig, parfümiert, doppelt gemobbelt wirkt, erweist sich bei genauem Überlegen als klar, knapp, einfach:
Ich fasse Mädchen als blühende Bäume auf und berichte von Tatsachen, die in ihrem Schatten geschehen.
Die Auffassung von Mädchen als Bäumen ist sehr alt, und da es Proust um die Analyse des Unbewußten geht, setzt er nur exakt seine poetischen Mittel, wenn er sich auf eine alte mythische Vorstellung beruft.

Tristes Tropiques heißt das Buch eines Autors, der sich selbst als Soziologe, als Ethnologe, meistens aber als Ethnograph bezeichnet – als ein Wissenschaftler also, der ohne das theoretische Korsett von Anthropologie, Soziologie, Völkerkunde Völker beschreibt.
Et voici que je m'apprête à raconter mes expeditions – Und jetzt gehe ich daran, meine Expeditionen zu erzählen, nimmt Claude Lévi-Strauss sich im ersten Kapitel der französischen Ausgabe von 1955 vor.
Es ist eine Absichtserklärung, die in der deutschen Ausgabe von 1970 fehlt, der Ausgabe, die für die Lévi-Strauss-Rezeption in der Bundesrepublik entscheidend wurde.*
»Der deutschen Ausgabe liegt – wie der englischen und amerikanischen – eine vom Verfasser autorisierte gekürzte Fassung der Originalausgabe zugrunde.«

* Fichte bezieht sich hier auf die Pocket-Ausgabe des Buches bei Kiepenheuer & Witsch. Zehn Jahre zuvor, 1960, war die deutsche Übersetzung von Suzanne Heintz erstmals in diesem Verlag erschienen. – In der Hamburger Staatsbibliothek findet sich eben diese 1960er Ausgabe von *Traurige Tropen* mit feinen Bleistift-Anmerkungen von Hubert Fichte. Inzwischen gibt es eine vollständige Neuübersetzung des Buches von Eva Moldenhauer, erschienen 1978 im Suhrkamp Verlag.)

Auch *L'Illustre Bassa* von Madame de Scudéry benützt ein wertendes Adjektiv, um das Thema ihres Romans im Titel zu bezeichnen.

Doch erscheint Illustre hier weniger wertend als eingrenzend, es handelt sich eben um jenen Berühmten Bassa Ibrahim, nicht um irgendeinen anderen. *Nils Holgerssons underbara resa genom Sverige* setzt Wunderbare Reise fast als farblose Floskel und bei den unerhörten Überraschungen dieser Reise durch die Welt der Lüfte und der frühkindlichen Träume erscheint »wunderbar« wirklich als eine Konvention.

Tristes im Zusammenhang mit Tropen ist mehr – wenn man von dem fashionablen Anklang an den Nouveau Roman einmal ganz absieht (*Tropismes* von Nathalie Sarraute war 1939 erschienen, *Les Gommes* von Alain Robbe-Grillet 1953): dreckige, hungernde, überbevölkerte, erodierte, trockene Tropen würde Fakten zu kennzeichnen versuchen, entsetzliche, erschreckende etc. Tropen kennzeichnete die Meinung eines Schriftstellers.

Tristes aber beruft sich auf ein abfälliges Vorurteil – es ist fast so geringschätzig wie »triste«.

Strauss will uns also von einer schäbigen Realität berichten, die nicht seine oder unsere Revolte hervorrufen kann, sondern Verachtung, ein kleines Mitleid wider Willen, ein schließlich achselzuckendes Hinnehmen einer solchen Realität.

1955 – ein Jahr vorher hatte Mendès-France den Indochinakrieg beendet – beugt sich die Grande Nation (noch ist de Gaulle nicht Président de la République Française – mit Sondervollmachten ausgestattet) zu erbärmlichen Verhältnissen herunter.

1952 hatte Jean-Paul Clébert, der Pariser Clochard, in *Paris Insolite* (trotz des leidigen Doppelsinns: Unehrenhaftes, herausforderndes Paris – unehrenhafte Wetten) eine ganz andere Dialektik aufgezeigt:

Das Buch schildert die tristen Tropismen der Pariser Wohnungssituation:

Im Winter 1954 legten die Obdachlosen ihre Erfrorenen auf den Asphalt der Boulevards der Ville de la Lumière, um die Öffentlichkeit zu einer Reaktion zu zwingen.

1952 war auch *Géopolitique de la Faim* in Frankreich erschienen,

das Buch des brasilianischen Agrarwissenschaftlers Josué de Castro über den Hunger in der Welt – kannte Strauss es nicht, als er seinen schulterklopfenden, weinerlichen Titel 1955 für sein Brasilienbuch erfand.
Denn wie bei *Africa Addio* steht hinter diesem Titel ja noch ein anderes Sprachverhalten, eine weitere ideologische Auffassung:
Die Tropen waren doch sicher nicht immer triste.
Sie sind es ja erst geworden.
Zu früh in die Unabhängigkeit entlassene Völker oder nie in eine rechte Erziehung genommene Völker verwalten die Tropen ja auf eine so minderwertige Weise, daß etwas Tristes dabei herauskommen muß.
Man hat dem Strukturalismus eine restaurative Tendenz vorgeworfen – mir geht es weniger um die Beurteilung einer Philosophie – mir geht es um Sprachverhalten, um das Transportieren von Fakten.
Tristes Tropiques verwendet wie *Götter, Gräber und Gelehrte*, Rolls Royce, Rowohlts Rotations Romane das poetische Verfahren der Alliteration, oder was man vulgär unter Alliteration versteht.
Wir kennen den Ursprung dieses poetischen Mittels und ihre Auswüchse – bis hin zur Deutschtümelei im Symbolismus.
Ich weiß nicht, was einen Ethnographen 1955 bestimmen kann, dieses Verfahren einzusetzen, und einen Übersetzer, es 1970 traut einzudeutschen.
Aber selbst wenn ethnographische Dürre hier in den Schatten junger Mädchenblüte hochgerilkt werden sollte – ist es denn auch nur in einem restaurativen Sinn eindrucksvoll, poetisch, schön:
Tr.. Tr..?
Claude Lévi-Strauss' Buch, das ohne Genrebezeichnung 1955 von Plon in der Reihe Terre Humaine ausgeliefert wurde, ist ein Gemisch von Reiseerinnerung, ethnologischer Untersuchung, Lebensbericht, lyrischer Anrufung, dessen verschiedene Komponenten wie willkürlich ineinander übergehen. Neuartig sicher der Versuch, die Beschreibung von Reisen zu südamerikanischen Indianern durch Parallelen aus Asien zu versehen, um damit dem Anspruch zu genügen, über Tropen im allge-

meinen etwas auszusagen und eine quasi-poetische Freizügigkeit zu erreichen.
Eine zweite Eigentümlichkeit sind Dichotomien, Widersprüche teils absichtlicher Art, teils unfreiwilliger.
Das Buch gilt seither als Fanal einer vom Naturwissenschaftlichen abgekehrten Wissenschaft vom Menschen, mit Freud, Artaud, Sartre, Bataille, Leiris, Lacan, Foucault gehört es zum Repertoire einer phantasievolleren Linken, es wurde kürzlich in die »Zeit«-Bibliothek der 100 Bücher gewählt; George Bataille lobte es als un livre humain, un grand livre. Peu d'ouvrages soulèvent des problèmes aussi vastes, aussi fondamentaux.
Traurige Tropen – der Titel des vorliegenden Buches meint das große Sterben in den Urwäldern Brasiliens. Es ist der Bericht einer abenteuerlichen Reise zu den von Trauer umwobenen Überresten fremder Kulturen im Mato Grosso, erlebt und beschrieben mit poetischer Kraft – erklärt der Waschzettel der deutschen Ausgabe.
Bin ich gerecht, wenn ich, auf den Titel hin, Claude Lévi-Strauss Gemeinheit und Sentimentalität andichte?
Vielleicht war er wirklich betroffen und wollte nichts anderes ausdrücken, als daß er von Gegebenheiten schreiben wird, die ihn in Brasilien zur Traurigkeit veranlaßten?

Auf der ersten Seite der französischen Ausgabe:
.. mais cette scorie de la mémoire: »A 5 h 30 du matin nous entrions en rade de Recife tandisque piaillaient les mouettes et qu'une flotille de marchands de fruits exotiques se pressait le long de la coque«, un si pauvre souvenir mérite-t-il que je lève la plume pour le fixer?
.. aber ein solcher Auswurf des Gedächtnisses: »Um 5 Uhr 30 morgens legten wir an der Reede von Recife an ..« Eine so arme Erinnerung, ist sie es wert, daß ich die Feder hebe, um sie festzuhalten? –
Der Ethnograph hebt die Feder, um armselige Erinnerungen festzuhalten!
Das Erinnerungsvermögen mag armselig sein.

Das von Claude Lévi-Strauss Erinnerte auch.
Aber ist die Reede von Recife ein armseliger Gegenstand der Erinnerung? Die Aussagen, die Josué de Castro drei Jahre vorher über die Hungernden von Recife auf französisch veröffentlicht hatte, waren alles andre als armselig; sie provozierten die ersten Reflexionen über den Hunger in der Dritten Welt.
Josué de Castro hob vielleicht auch keine Feder – er wird in der Hitze Pernambucos den Kugelschreiber genommen haben.
Welche Gegenstände der Erinnerung und welche Art von Erinnerung erscheinen Strauss wichtig genug, um sie auf den 169 Seiten Einleitung zu fixieren:
19: Je voudrais aujourd'hui qu'il m'ait été donné, voici vingt ans, d'apprécier à sa juste valeur le luxe inouï, le royal privilège qui consiste dans l'occupation exclusive par les huit ou dix passagers du pont, des cabines, du fumoir et de la salle à manger, sur un bateau conçu pour accomoder 100 ou 150 personnes.
Strauss findet diese Aussage so wichtig, daß er damit die gekürzten Ausgaben seines Werkes eröffnet:
11: Ich wünsche mir heute, ich wäre vor zwanzig Jahren imstande gewesen, den Wert jenes unerhörten, geradezu königlichen Vorrechts gebührend zu ermessen, das darin bestand, daß eine Gruppe von acht bis zehn Passagieren nicht nur über Deck und Kabinen, sondern auch über Rauchsalon und Speisesaal erster Klasse eines Schiffes verfügte, das hundert bis hundertfünfzig Personen Platz bot. –
Vielleicht konnte 1970 eine solche Aussage für den Klassenkampf umgeschminkt werden.
Eine nächste Aussage, die in der deutschen Übersetzung fehlt, läßt eine solche Deutung kaum mehr zu:
Die andre (Kabine) würden sich vier Männer teilen, zu denen ich gehörte – eine exorbitante Begünstigung, die darauf beruht, daß M. B., er sei dafür hier bedankt, es als Unmöglichkeit empfand, einen seiner ehemaligen Luxuspassagiere wie Schlachtvieh zu befördern.
Seite 27:
Drei Personen nur durften an Land . . ich auf Grund einer besonderen Gnade, die dem Kommandanten von dem Contrôle Naval

gewährt wurde, denn wir hatten uns als alte Bekannte wiedergefunden..

Seite 30:

Glücklicherweise gab es zu dieser Epoche noch im Herzen eines jeden brasilianischen Beamten einen schlummernden Anarchisten, der durch diese Überbleibsel von Voltaire und Anatole France am Leben blieb, die sogar im tiefsten Busch, in der Kultur der Nation sich in einem freischwebenden Zustand erhielten. (»Ah, mein Herr, Sie sind Franzose! Ah, Frankreich! Anatole, Anatole!« rief ein aufgewühlter Greis in einem Dorf des Inneren aus, indem er mich in seine Arme schloß; er war noch niemals einem meiner Landsmänner begegnet.)

Seite 32:

.. meine Situation auf Martinique besserte sich dank der Intervention eines hohen Beamten der Ponts et Chaussées..

Seite 35:

.. ich konnte die Insel erkunden unter der freundlichen Führung von Herrn Christian Belle, damals Generalkonsul..

Seite 50:

Célestin Bouglé, damals Direktor der Ecole Normale Supérieure..

Seite 51:

.. Ich hörte aus dem Mund des brasilianischen Botschafters in Paris..

Seite 62:

Ungefähr mit siebzehn war ich in den Marxismus eingeweiht worden von einem jungen belgischen Sozialisten, der heute Botschafter seines Landes im Ausland ist..

Finessen, die alle in der deutschen Ausgabe fehlen.

Nicht fehlt (Seite 88):

In diesen Wäldern, die sich auf beiden Seiten des Rio Tibagy erstrecken und die in etwa tausend Meter Höhe liegen, begegnete ich zum ersten Mal den *Indianern*, als ich einen Beamten des Büros zum Schutze der Eingeborenen auf einer seiner Dienstreisen begleitete.

Das Original allerdings setzt: Sauvages – Wilde an Stelle des Wortes Indianer. (Seite 174)

Wie sagt Strauss selbst schon auf Seite 66:
Es sind langwierige und unnütze Betrachtungen!
Solches Namedropping geschieht nicht ohne lyrische, ja, expressionistische Airs:
Das Kapitel La Fin des Voyages, das doppeldeutig Das Ende der Reisen und das Ziel der Reisen heißt – beginnt:
Ich hasse Reisen und Forscher und nun gehe ich daran, von meinen Expeditionen zu berichten.
173:
Campeurs, campez au Parana. Ou plutôt non; abstenez-vous.
Kampierer, zeltet am Parana. Oder lieber nein; haltet Euch zurück, findet sich im Original und fehlt in der deutschen Ausgabe.
Strauss ruft ganze Klassen auf, ganze Gesellschaften und ordert sie wieder zurück:
391:
Il eût fallu que la société entière confessât la supériorité des montagnes et m'en reconnût la possession exclusive, wird für Wert befunden auch in den gekürzten Ausgaben zu erscheinen. Im Deutschen heißt es also:
Wenn es nach mir gegangen wäre, hätte jedermann die Überlegenheit der Berge verkünden, sie mir jedoch gleichzeitig als ausschließliches Eigentum überlassen müssen.

Das Abenteuer hat keinen Platz im Beruf des Ethnographen, Seite 13 – aber kaum ein Sigel wird von Claude Lévi-Strauss öfter gesetzt als »Abenteuer«:
30: .. war mir ein gleiches Abenteuer begegnet
92: Das Ende des Abenteuers
182: Ich war bereit zu den wahren Abenteuern.
301: Im Anschluß daran würde das Abenteuer beginnen.
305: Nichts läßt sich mit den Abenteuern vergleichen.
383: .. dies Abenteuer im Enthusiasmus begonnen, ließ mir einen Eindruck der Leere.
435: Mein abenteuerliches Leben ..
Wozu?
Wozu die koketten Ignoranzen:

16: Ich weiß nicht mehr, ob es ein Donnerstag war oder der Sonntagmorgen. – Ein Franzose, der den Sonntagmorgen nicht von einem Donnerstag unterscheiden könnte?
23: Das Schiff transportierte ich weiß nicht was für ein verbotenes Material.
32: Mönche, ich weiß nicht welchen Ordens.
45: En roulant mes souvenir dans son flux, l'oubli a fait plus que les user et les ensevelir. Le profond édifice qu'il a construit de ces fragments propose à mes pas un équilibre plus stable, un dessin plus clair à ma vue.
Im Deutschen heißt das 1970:
12: Im Strom des Vergessens haben sich diese (Erinnerungen) nicht nur abgenutzt und vergraben, sondern die Fragmente haben sich auch zu einer Struktur zusammengefügt, die meinem Vorgehen Festigkeit und meinen Augen einen Plan bietet.
Das Vergessen, so resümiere ich das Original, bietet Strauss' Vorgehen ein sicheres Gleichgewicht und seiner Sicht einen klaren Plan.

.. il a fallut vingt années d'oubli pour m'amener au tête-à-tête avec une expérience ancienne dont une poursuite aussi longue que la terre m'avait jadis refusé le sens et ravi l'intimité.
In der deutschen Ausgabe heißt dieser Kapitelschluß:
Zwanzig Jahre des Vergessens sind nötig gewesen, um ins Zwiegespräch mit einer Erfahrung zu kommen, der ich einst bis ans Ende der Welt nachgejagt war, die mir jedoch ihre Bedeutung, ihren innersten Sinn verweigert hatte.
Der hohe Beamte der Ponts et Chaussées?
Der Direktor der Ecole Normale Supérieure?
Der belgische Botschafter?
Der Beamte des Büros zum Schutze der Eingeborenen?
Ich bezweifle, daß man nach Freud und Proust noch so im Vergessen dilettieren kann.
Seite 56:
Or, mon ésprit présente cette particularité, qui est sans doute une infirmité, qu'il m'est difficile de le fixer deux fois sur le même objet.

Nun, mein Geist bietet diese Besonderheit, die ohne Zweifel eine Behinderung ist, daß es mir schwer wird, ihn zweimal am selben Gegenstand festzuhalten. –
Einer solchen Aussage über Denken, folgt auf der nächsten Seite dann die Beleidigung der Menschen in der Steinzeit:
57: J'ai l'intelligence néolithique.
Das ist lieb und flott gemeint, soll wohl auch poetisch wirken.
Tatsächlich, und das kalkuliert Strauss genau, wenn er seine Gedanken auch vorgeblich nicht zweimal leicht auf dasselbe Konzept heftet, schindet er rechts und links damit Eindruck.
Und Zeilen.
Was für Zeit muß ein Intellektueller in Frankreich 1955 zur Verfügung gehabt haben, wie finanziell muß er abgefüttert gewesen sein.
Zeilen und Zeit, die Strauss bei der Beschreibung der Indianerstämme fehlen – und bei der Erlernung der Indianersprachen.
Der Kapitelanfang von Seite 161 fehlt im Deutschen:
Sans que j'en aie formé le dessein, une sorte de travelling mental m'a conduit du Brésil central à l'Asie du Sud . .
Ohne daß ich die Absicht geformt hätte, hat mich eine Art geistigen Travellings von Zentralbrasilien nach Südasien geführt . .

Claude Lévi-Strauss wurden doch Jugendliche, Arbeiter, Fonds anvertraut – es würde mich interessieren, was mit dem Bankangestellten Kafka geschehen wäre, wenn er schriftlich solche Aussagen über seine Zurechnungsfähigkeit aus der Hand gegeben hätte.

Strauss mag nichts auslassen, nicht, daß er Chopin vor sich hinsummt, noch, daß er gerne Berge steigt, daß er surrealistische Zeichnungen macht und ein römisches Trauerspiel entwirft.
Er liefert Feuilles de Route und Gedichte für die Faschingszeitung.
Eine Poesie mit der Pfeife im Mund.
Seite 70:

Plus haut encore dans le ciel, des diaprures blondes se dénouaient en sinuosités nonchalantes qui semblaient sans matière et d'une texture purement lumineuse.

Da Strauss klug genug war, 1970 nicht mehr darauf zu bestehen, muß ich versuchen, diese Zeilen ohne Gemeinheit zu übersetzen.

Höher am Himmel lösten sich blonde Vielfarbigkeiten zu lockeren Krümmungen, die ohne Materie zu sein schienen und von rein luminöser Textur.

Seite 98:

.. un fragment de lune rougeâtre qui passe et repasse et disparaît comme une lanterne errante et angoissée.

wird in der deutschen Ausgabe verschönt zu:

.. ein Stück rötlichen Mondes .. das wieder verschwand wie ein geängstigtes Irrlicht.

Tatsächlich heißt es:

.. ein rötliches Fragment (!) des Mondes, das kommt und geht und verschwindet wie eine herumirrende und geängstigte Laterne.

Zu einer Zeit, als es in Frankreich die Prosa eines Alain Robbe-Grillet gab.

Seite 101:

Les bananeries qui la couvrent sont du vert le plus jeune et le plus tendre qu'on puisse concevoir; plus aigu que l'or vert des champs de jute dans le delta du Brahmapoutre avec quoi mon souvenir aime à les réunir; mais cette minceur même de la nuance, sa gracilité inquiète comparée à la paisible somptuosité de l'autre, contribuent à créer une ambiance primordiale.

Diese Aussagen hat auch die Übersetzerin des Kiepenheuer Verlages nicht ganz entschärfen können:

45: Die Bananenpflanzen, von denen die Ebene bedeckt ist, sind vom frischesten und zartesten Grün, das man sich vorstellen kann, leuchtender noch als das grüne Gold der Jutefelder im Delta des Brahmaputra, mit denen sie sich in meiner Erinnerung vermischen ..

Erinnerung?!

Ein harmloses Aus-sich-heraus-Gemäre.

Harmlos?
Seite 173: Une race plus sage et plus puissante que la nôtre, heißt doch sogar in der deutschen Ausgabe: .. einer Rasse, die weiser und mächtiger war als die unsrige ..
In der Schlußpassage des Buches ist
adieu sauvages! adieu voyages! zu finden:
Adieu Wilde! Adieu Reisen!
Tat es das liebe Tier im Französischen wirklich nur des Reimes willen?
Doch kennen wir solche Peinlichkeiten auch von Heisenberg und Lorenz. Strauss nennt sich nicht St. John Perse und *Tristes Tropiques* sollte ja nicht die *Anabase* werden.
Es wurde zum Buch, das den Strukturalismus in Mode brachte.
Was sagt Lévi-Strauss zu seiner Methode?
Seite 50: J'ai appris que la vérité d'une situation ne se trouve pas dans son observation journalière, mais dans cette distillation patiente et fractionnée que l'équivoque du parfum m'invitait peut-être déjà à mettre en pratique, sous la forme d'un calembour spontané, véhicule d'une leçon symbolique que je n'étais pas à même de formuler clairement.
Die deutsche Übersetzerin war geschickt genug, diese Aussage zu streichen.
Ich habe gelernt, daß sich die Wahrheit einer Situation nicht in ihrer täglichen Beobachtung findet, sondern in dieser geduldigen und immer wieder abgebrochenen Destillation, vielleicht lud mich die Zweideutigkeit des Parfums schon ein, sie in der Form eines spontanen Kalauers, der das Vehikel einer symbolischen Lektion darstellt und den ich nicht einmal klar formulieren konnte, in die Praxis umzusetzen.
Seite 62: Comprendre consiste à réduire un type de réalité à un autre.
Verstehen besteht darin, einen Typus von Realität auf einen anderen zurückzuführen. –
Ich finde, diese Aussage hätte in der deutschen Ausgabe nicht fehlen dürfen, stellte sie doch – 1955 – nicht nur eine Rechtfertigung des französischen Kolonialismus dar und damit der Foltern in Algerien – sie bietet dem Kolonialismus eine ideale erkennt-

nistheoretische Grundlage und schafft den Meisterstreich fürs Poesiealbum, die Tortur auch noch als Bemühung um Verständnis auszugeben.
Die Tortur des französischen Universitätsbetriebes.
Die Tortur der Ethnologie.
Und allen Kolonialismus'.
Wußte Strauss das nicht?
Doch.
Nur eine Seite später finde ich:
Elle (l'ethnographie) tranquillise cet appétit inquiet et destructeur dont j'ai parlé, en garantissant à ma réflexion une matière pratiquement inépuisable fournie par la diversité des mœurs, des coutumes et des institutions.
Die Ethnographie beruhigt diesen unruhigen und zerstörerischen Appetit, von dem ich sprach, indem sie meiner Reflexion ein praktisch unerschöpfliches Material garantiert, welches durch die Verschiedenheit der Sitten, der Gebräuche und der Institutionen geliefert wird. –
Wie nannte George Bataille das Buch:
Menschlich.
Wenn ich davon absehe, daß Strauss hier Ethnographie und Ethnologie verwechselt, daß er die Gemeinheit begeht, jede Ethnographie auf ein solches faschistisches Muster festzulegen – auch Spieth, auch Frazer, auch Malinowski –, bleibt bestehen, daß Strauss, zehn Jahre nach dem Ende des Zweiten Weltkriegs, von Völkern, Menschen aussagt, sie garantierten praktisch unerschöpfliches Material, das geliefert würde . .
Ein unruhiger und zerstörerischer Appetit.
Welches sind die Tatsachen, die einen Ethnographen machen?
Der Leser erfährt es auch in der deutschen Ausgabe auf Seite 199:
Ein Jahr nach dem Besuch bei den Bororo hatte ich sämtliche Bedingungen erfüllt, die aus mir einen Ethnographen machen sollten. Ich hatte den Segen von Lévy-Bruhl, Mauss und Rivet erhalten, hatte meine Sammlung in einer Galerie des Faubourg Saint-Honoré ausgestellt, hatte Vorträge gehalten und Artikel geschrieben. –
Wohl nirgends entlarvt sich das Verhältnis der intelligentesten

Nation der Welt zur Welt so wie hier in ihrem sensibelsten Wissenschaftler.

Seite 330 klittert die deutsche Fassung:

Aber bevor diese Kultur für immer verlöschen sollte, wartete meiner noch eine Überraschung.

Im Original heißt es:

415: Pourtant, vers la fin de cette liquidation mélancolique de l'actif d'une culture mourante, une surprise m'était réservé.

Jedoch, gegen Ende dieser melancholischen Liquidierung der Aktiva einer sterbenden Kultur, war mir eine Überraschung vorbehalten. –

Ein Leichenfledderer, der unterhalten sein will.

Menschen als Aktiva einer Kultur melancholisch liquidieren.

Liquidieren, ich möchte darauf bestehen, heißt flüssig machen und hinrichten – es ist ein Terminus, der die zwölf Jahre des nationalsozialistischen Faschismus begleitet hat, und zwar in dem von Strauss wiedereingesetzten Doppelsinn.

Waren Strauss 1955 die Goldzähne von Auschwitz kein Begriff mehr?

Doch vielleicht läßt sich die Methode des Lévi-Strauss'schen Strukturalismus nicht durch solche kurzen Zitate zur Ethnographie erfassen, die man sich nach mehrmaliger Lektüre von *Tristes Tropiques* herausschreibt. Wo wird dies Verfahren zwischen »Feuilles de Route« und »Parties de Corps« zusammengefaßt, poetisch, wissenschaftlich oder privat?

Vielleicht Seite 61, wo er davon spricht, daß seine intellektuelle Entwicklung gefärbt wurde durch seine geologischen Interessen:

Que le miracle se produise, comme il arrive parfois; que, de part et d'autre de la secrète fêlure, surgissent côté à côté deux vertes plantes d'espèces différentes, dont chacune a choisi le sol le plus propice; et qu'au même moment se devinent dans la roche deux ammonites aux involutions inégalement compliquées, attestant à leur manière un écart de quelques dizaines de millénaires: soudain l'espace et le temps se confondent: la diversité vivante de l'instant juxtapose et perpétue les âges.

La pensée et la sensibilité accèdent à une dimension nouvelle où chaque goutte de sueur, chaque flexion musculaire, chaque halètement deviennent autant de symboles d'une histoire dont mon corps reproduit le mouvement propre, en même temps que ma pensée en embrasse la signification. Je me sens baigné par une intelligibilité plus dense, au sein de laquelle les siècles et les lieues se répondent et parlent des langages enfin réconciliés.
Ich verstehe nicht, warum die deutsche Ausgabe diesen konzisen Text zu Diachronie und Synchronie, diese Zusammenfassung der neuartigen Methode des Strukturalismus, dies Beispiel einer poetischen Anthropologie unterschlägt – warum Claude Lévi-Strauss es in einer gekürzten Fassung strich:
Auf daß das Wunder sich einstelle, wie es gelegentlich vorkommt; daß auf der einen und der anderen Seite der verborgenen Spalte, nebeneinander zwei grüne Pflanzen unterschiedlicher Art hervorsprießen, deren jede den ihr förderlichsten Boden gewählt hat; und daß im selben Augenblick sich im Felsen zwei Ammonshörner abzeichnen, mit verschieden komplizierten Einrollungen, die auf ihre Weise einen Zeitsprung von einigen zehntausend Jahren bezeugen: plötzlich schmelzen Raum und Zeit zusammen. Die lebendige Verschiedenheit des Augenblicks verlängert die Zeitfolgen und setzt sie nebeneinander. Denken und Empfindlichkeit erhalten Zugang zu einer neuen Dimension, wo jeder Schweißtropfen, jede Muskelbeugung, jedes Hecheln auch zum Symbol eines geschichtlichen Ablaufs werden, dessen Eigenbewegung mein Körper reproduziert, während zu gleicher Zeit mein Denken die Bedeutung davon umfaßt. Ich fühle mich in einer dichteren Intelligibilität gebadet, in deren Schoß die Jahrhunderte und die Meilen aufeinander antworten und endlich versöhnte Sprachen sprechen.

Es scheint mir ein faires Zitat zu sein.
Dennoch entlarvt es den Schreiber ebenso wie es ihn rechtfertigt.
Auch steht ein solches Axiom für wissenschaftliches Vorgehen immer leer herum, wie mathematische oder logistische Axiome auch.

Was sie wert sind, wird erst in der Praxis deutlich.
In der Praxis dieses Buches von Strauss heißt es wohl, daß er zur strukturalistischen Darstellung der Vorgänge in Brasilien die Lebensumstände von Asiaten heranzieht, daß er zum Verstehen der Strukturen der Bororo Südamerikas asiatische Geschichte einsichtig machen muß.
Das wäre allerdings eine Intelligibilité Nouvelle und Plus Dense.
Die Gefahr: Daß die Doppelsichtigkeit zum Schielen wird, daß die ethnographische Empirie ausmultscht zu Dr. Tigges Studienreisen und daß exakte Geschichtsforschung zu Panoramen à la Malraux verkommt.
Claude Lévi-Strauss' Buch schrägt sich auf den letzten Seiten zu Aussagen hoch, deren Breite in keinem Verhältnis mehr zu ihrem Gewicht steht:
463: Man fühlt hier noch einmal die Schwierigkeit des Islam, die Einsamkeit gedanklich nachzuvollziehen.
466: Allumfassende Güte des Buddhismus, christlicher Wunsch des Dialogs, moslemische Intoleranz.
1955 geschrieben!
472: Der Mensch schöpft wirklich Großes nur zum Beginn.
473: Damals also verlor der Okzident seine Chance, Frau zu bleiben.
Resumées von 1955, die in der deutschen Ausgabe allesamt fehlen.
Wie immer, solche Folgerungen basieren oft auf zweifelhaften Prämissen.
Ungenauigkeiten finden sich auf jeder Seite des Buches.
Hier einige Beispiele:
Auf Seite 35:
Bertrand Goldschmidt ..
.. erklärte mir eines Abends das Prinzip der Atombombe und eröffnete mir, es war im Mai 1941, daß die wichtigsten Länder sich auf ein wissenschaftliches Wettrennen eingelassen hatten, das demjenigen den Sieg garantierte, der sich als erster einstufen würde.
Da wußte Strauss mehr als Bohr und Einstein.

Denn erst im November 1941 fuhr Nils Bohr mit der berühmten Flasche schweren Wassers von Kopenhagen nach Amerika, um Roosevelt vor der Atombombe der Deutschen zu warnen.
Heisenbergs Angebereien im besetzten Dänemark hatten Bohr fälschlich überzeugt, die Deutschen stünden unmittelbar vor dem Einsatz ihrer Atomwaffen.
Das atomare Wettrennen begann erst, nachdem Bohr die USA gewarnt hatte.
Aus der Luft gegriffen – und tendenziös – erscheinen die Zahlen, die Strauss auf Seite 81 über Haiti verbreitet und die kritiklos 1970 in der deutschen Ausgabe wiederholt werden:
Während die Eingeborenen der Insel Hispaniola .. von denen es im Jahre 1492 (also bei der Entdeckung durch Kolumbus) ungefähr hunderttausend, hundert Jahre später nur noch etwa zweihundert gab ..
Das »etwa« ist im Deutschen dazugedichtet.
Man hat sich im allgemeinen darauf geeinigt, die 3 Millionen Indianer, die Las Casas angibt für das Jahr der Entdeckung – auf eine Million zu reduzieren.
Doch in der neuesten und gründlichsten Geschichte Haitis von Heinl schreibt der Autor:
Probably exaggerating, Bishop Bartolomé de las Casas put the Indian population at 3 million when Columbus came ..
In 1550 only 150 Caribs could be found.
Strauss reduziert die Urbevölkerung auf ein Dreißigstel dessen, was der von der spanischen Krone eingesetzte Las Casas feststellte – in 50 Jahren wurden über eine Million Indianer umgebracht und nicht, wie Strauss begötscht, in hundert Jahren weniger als 100000.
Kann dies das Verfahren eines Wissenschaftlers sein in einem Buch über Indianer?
Seite 97 trifft Strauss strukturalistische Aussagen zum Städtebau:
.. im Jahre 1935 ließ sich die soziale Stellung des einzelnen sozusagen am Höhenmesser ablesen – sie war um so tiefer, je höher die Wohnung lag.
Eine elegante Folgerung – wenn sie nur fundiert werden könnte:

Es gibt in Rio jedoch das koloniale, bourgeoise Viertel von Santa Teresa, das Largo do Boticario, das Alto da Boa Vista – hochgelegen alle – eben vor Rio liegt in 300 Meter Höhe die reiche Bergstadt Petropolis, wo Kaiser Pedro II. seinen Sommersitz hatte.
Ungenauigkeiten und Ignoranz, in die sich Herablassung mischt:
58: In Brasilien, das mit Euclides da Cunha, Oswaldo Cruz, Chagas und Villa-Lobos wenige, jedoch glänzende Gelehrte hervorgebracht hat, sind Bildung und Wissen bis vor kurzem ein Spielzeug der Reichen gewesen.
Réussites individuelles steht im Original für »Gelehrte« – wenige?
Strauss unterschlägt die Namen Nina Rodrigues, Arthur Ramos, Gilberto Freire, Guimarães Rosa, Jorge Amado, Edison Carneiro etc.
La culture, wie im Original für Bildung und Wissenschaft steht – ein Spielzeug der Reichen?
Sind die Escolas de Samba keine Kultur, der Karnaval, der Candomblé, die Kirchenarchitektur, die brasilianische Musik – gilt Professor Strauss die Kultur des Volkes gar nichts?
Seite 62: Ich hoffe, daß jene meiner charmanten Schüler – heute meine Kollegen –, die einen Blick in dieses Buch werfen, mir nicht böse sein werden. Wenn ich an sie denke, so kommen mir nach ihrem eigenen Gebrauch ihre Vornamen in den Sinn, die in europäischen Ohren so seltsam barock klingen, in deren Vielfalt sich jedoch das Vorrecht der Väter ausdrückt, frei aus dem Überfluß einer uralten Geschichte zu wählen – Anita, Corina, Zenaide, Lavinia, Thais, Gioconda, Gilda, Oneide, Lucilia, Zenith, Cecilia, Egon, Mario-Wagner, Nicanor, Ruy, Livio, James, Azor, Achilles, Decio, Euclides, Milton. Ich denke ohne jede Ironie an jene tastenden Anfänge zurück.
Was gibt Strauss das Recht, diese Namen ironisch anzuführen?
Dokumentiert er hier doch nichts andres als seine eigene Borniertheit und Unbelesenheit:
Seltsam barock? Anita? Egon? Ruy, James?
Kennt er nicht die nach dem Ersten Weltkrieg geschriebene Wiedergefundene Zeit von Proust?

Wie heißen die Verwandten und Bekannten des Monsieur de Charlus:
Hannibal de Bréauté.
Boson de Talleyrand.
Sosthène de Doudeauville.
Charlus selbst: Palamède.
64: .. in einem Land, in dem die Vielfalt der Rassen und das – wenigstens bis vor kurzem – fast völlige Fehlen von Vorurteilen zu Mischungen aller Art geführt haben.
Das ist die offizielle Sage.
Hat Claude Lévi-Strauss nie ein Hotelpapier ausgefüllt mit der Rubrik Cor – Farbe?
Hat er in den Zeitungen nicht die Stellenangebote gelesen, wo boa aparencia verlangt wird – helle Hautfarbe?
Wann wurde in Brasilien die Scheidung legalisiert?
Seite 79: Die Regenfälle des Winters würden die Baumstämme in fruchtbaren Humus verwandeln..
Vielleicht ist ein Anthropologe einer genaueren Kenntnis der Ackerbaulehre enthoben – der Dichter Thomas Mann hat zur Landwirtschaft auch oft unsicher kompiliert –, doch dann sollte der Anthropologe sich auch der Aussagen über Humus enthalten.
Humusbildung ist ein sehr komplizierter mikrobiologischer Vorgang, der von der sogenannten Gare abhängig ist.
Nun gibt es sehr unterschiedliche Bedingungen, die Gare, also Humus fördern: Die Schattengare, die Hitzegare, die Frostgare, die Düngergare – das einzige, was es nie gibt, ist Regengare; Regen jeglicher Art verhindert nicht nur die Humusbildung, er schwemmt den Humus von den Böden weg.
Es ist möglicherweise von einem Humanwissenschaftler zuviel verlangt, die leichte Dreisatzaufgabe von Seite 166 richtig durchzuführen – doch wie ist es mit dem wissenschaftlichen Lektor von Plon bestellt?
Auf Seite 163 führt Strauss die Kenntnis sehr komplizierter geschlossener Systeme ohne Erfahrung ein:
Von einem orientalischen Bazar kennt man alles, ohne ihn besichtigt zu haben, außer zwei Sachen: Der Besucherdichte und

dem Dreck. Weder die eine noch der andre sind vorstellbar. Man braucht die Erfahrung, um sie zu empfinden. –
Der Unsinn geht in die Lüge über, in den blanken Rassismus.
Lévi-Strauss mag keine Schwulen, das dokumentiert er auf den Seiten 27, 52.
Seite 300 ist ihm kein Illustriertenwitz zu schade, um seiner Tendenz zu dienen:
Außerdem hatte mir der Bischof von Cuiaba einen seiner Schützlinge als Koch aufgedrängt; nach einigen Tagen sollten wir allerdings bemerken, daß es sich um einen veado branco, um ein »weißes Reh«, das heißt um einen Homosexuellen handelte, der derartig unter Hämorrhoiden litt, daß er kaum reiten konnte. (218)
Ein menschliches Buch.
Es klingt richtig, wenn auch nicht neu, wenn Strauss ausruft:
Wer Mensch sagt, sagt Sprache, und wer Sprache sagt, sagt Gesellschaft. (450) Seine Aussagen über Brasilien beruhen auf einer Kenntnis des Portugiesischen, die in Frankreich wohl kaum von den Fachkollegen überprüft worden ist, die orthographischen Fehler, die bei Plon durchgehen, finden sich alle auch in der deutschen Ausgabe.
Eine individuelle Orthographie ist etwas Schöpferisches; wenn der Strukturalist aber gallinha, assucar, favella stehenläßt, heißt dies, daß ihm die Struktur der portugiesischen Sprache verschlossen bleibt.
Im Gegensatz zu anderen romanischen Sprachen verdoppelt sie die Konsonanten nach einem kurzen Vokal nicht.
155: Auf diese Weise lernte ich die pittoreske Sprache des Sertão kennen, die zum Beispiel für unser Pronomen man eine ganze Sammlung von Ausdrücken zur Verfügung hat – homem Mensch oder Mann, camarada Kamerad, collega (sic! für colega auch in der deutschen Fassung) Kollege, negro Neger, tal dieser oder jener, fulano irgendeiner und so weiter.
Diese Ausdrücke sind nicht typisch für die Sprache des Sertão. Sie werden von jedem Brasilianer benützt, ja, von jedem Portugiesen.
Mit einer solchen Beherrschung des Portugiesischen läßt sich

Strauss die indianischen Sprachen übersetzen von Indianern, die meistens noch weniger Portugiesisch können als er.
111: Während unseres kurzen Aufenthaltes war es natürlich nicht möglich, die Sprache (Caduveo) zu lernen, obgleich das Portugiesisch unserer Gastgeber ziemlich dürftig war.
Strauss beherrscht auch kein Bororo:
159: Mit Hilfe von Zeichen erklärten wir ihnen, daß wir ihr Dorf besuchen wollten..
237: Die deutsche Ausgabe schönt: .. machte ich mich deshalb daran, Nambikwara zu lernen.
Strauss gesteht im Original zu, daß es auch mit der Beherrschung dieser Sprache nicht weit her war:
318: J'apprenais donc un Nambikwara rudimentaire.
Und das Tupi-Kawahib?
Seite 299: Ohne die Sprache zu kennen und ohne über einen Dolmetscher zu verfügen, gelang es mir immerhin, gewisse soziale und intellektuelle Aspekte der Gruppe zu erfassen..
Die Fehler der Ethnographen sind ihre Tugenden!
Seite 300: Die Indios, übersetzt Suzanne Heintz 1970, waren bereit, mir ihre Gebräuche und Vorstellungen zu erklären, aber ich kannte ihre Sprache nicht.
Eine der wenigen ehrlichen Aussagen Strauss', die er aber zwanzig Zeilen später schon wieder poetisch weglügt:
So spreche also der Boden, in Ermangelung der Menschen, die sich verweigern?
Die Indianer hätten sich verweigert? Lévi-Strauss war zu faul, ihre Sprache zu lernen.
Suzanne Heintz hat das gespürt und im Hinblick auf die Vertriebsabteilung des Kiepenheuer Verlages übersetzt:
So will ich in Ermanglung der Menschen, *die ich nicht verstand,* die Erde sprechen lassen.
Trotz dieses Sachverhaltes sagt Strauss auf Seite 329: Die Frauen denken sich als eine Kollektivität.
Ich möchte die Methode wissen, wie man, ohne eine Sprache zu beherrschen, über Gedanken in diesem Sprachbereich etwas Stichhaltiges äußern kann.
Es ist die gleiche Methode, die junge Strukturalisten und Psycho-

logen im Senegal in Stand setzt, Aussagen über den Ödipuskomplex zu fällen, ohne auch nur eine einzige afrikanische Sprache zu verstehen. Dies Unverständnis ermächtigt die Strukturalisten und Psychologen aber auf der anderen Seite, täglich Hunderte von Elektroschocks ohne die primitivsten medizinischen Vorsichtsmaßregeln auf den Fluren von Krankenhäusern durchzuführen.

Das gestörte Verhältnis von Homme und Langage, von Langage und Societé geht bis ins Französische.
Ich meine nicht die geschwollenen Passé Simples:
Nous fûmes reduits.
Nous roulâmes, die man auch 1955 nur noch in Sottisen verwenden konnte – oder die aufspleißende Art, Prozesse in Sprache umzusetzen:
.. sauterelles, qu'ils avaient passé la journée entière à recolter.
Das ist Aktenfranzösisch, wie vieles andre auch.
Ich meine logische Probleme:
314:.. paraît à peine croyable..:
etwas erscheint so oder so
etwas ist kaum glaublich.
Eine »kaum glaublich erscheinende« Tatsache ist eine quasi syntaktische Aussage, eine Wortvogelscheuche.
Die wiederholte Verwechslung von sociologique und social – der in Deutschland die häufige Verwechslung von psychisch und psychologisch parallel läuft – führt bei Strauss zu einer interessanten Aussage:
Seite 261 korrigiert die deutsche Übersetzung zu Recht den Autor:
Sie, die Nambikwara, hatten die Symbole übernommen, ohne deren Bedeutung zu verstehen, und dies eher im Hinblick auf ein *soziales* als auf ein intellektuelles Ziel.
Lévi-Strauss aber setzt im Original:
– und dies im Hinblick auf ein *soziologisches* Ziel.
Das führt im Original zu dem ungeheuerlichen Geständnis:
Sie hatten die Symbole übernommen, ohne deren Bedeutung zu verstehen, und dies eher im Hinblick auf ein *soziologisches* als auf

ein intellektuelles Ziel. So handelte es sich offensichtlich nicht darum, zu wissen, zu behalten und zu verstehen, sondern darum, Prestige und Autorität eines einzelnen – oder einer Funktion – zu vergrößern.
Wer übernimmt hier Wörter, also Symbole, ohne deren Bedeutung zu verstehen?
Wo hätte sich die Soziologie, und groteskerweise durch die Mechanismen der Freud'schen Analyse, deutlicher erklärt als hier?

Unbedachte, unbedeutsame Adjektive füllen das ganze Buch:
Der Corps ist robuste,
die Stimme rauh oder melodiös,
der Brief aufmerksam und diskret,
der conseiller déférent oder glacial,
die gèste navré,
die Haltung liebenswürdig,
die Haltung diskret und zuvorkommend,
der Blick freundschaftlich,
die Schüler sind charmants,
die Resolution virile,
die gravité charmante,
die fraternité discrète,
der conservatisme remarquable,
der Aspekt charakteristisch,
die Geister verführerisch und poetisch,
der Fluß ist lachend,
die Woche angenehm,
die Eingeborenen sind graziös,
und die Durchfahrt ist exaltant . .
und weiter so auf jeder Seite.

Doch dies Nichtssagende bereitet ein anderes Sprachverhalten vor:
Triste sollten die Tropen doch sein, aber sie werden das Buch hindurch nicht auf Elend hin analysiert, die Mechanismen der Trauer des Autors werden nicht aufgezeichnet – das Triste wird mittels Wortfetischen einsuggeriert:

Die Erinnerungen sind armselig (14).
Die Eingeborenen sehr dreckig und schlecht rasiert (34).
Ein Stamm ist auf eine Handvoll elender Entwurzelter reduziert (39).
Die Allerärmsten drängten sich zuoberst auf den morros zusammen, in den favellas (sic!), wo die Negerbevölkerung in immer frisch gewaschene Lumpen gehüllt auf der Guitarre jene fröhlichen Melodien erfand, die zur Zeit des Karnevals von den Höhen herunterklangen und die Stadt mit fröhlichen Rhythmen überschwemmten.
Die deutsche Übersetzung verwischt geschickt den Rassismus und den Paternalismus dieser Schilderung:
Strauss schreibt:
Miséreux – arme Teufel.
Noirs – Schwarze.
Lessiver – spülen, statt laver – waschen.
Er war nie in einer Favela und hat die horrende Eleganz beobachtet, mit der sich die Afroamerikaner von Rio kleiden!
Doch Strauss sieht nur Bevölkerungen, die, von Malaria und Hakenwürmern unterminiert, verlöschen (128).
Lumpige Bauern (129).
Leben in einem Taschentuch (159).
Fischereiverfahren, die kärglich von den Weißen imitiert wurden (197).
Miserable Weiler (197).
Lumpige Bauern (202).
Keine echte Fröhlichkeit (241).
Armselige Gegenstände (335).
Lächerliche Mittel (354).
Erbärmliche Persönlichkeiten (421).
Und ich trieb mich derweil in der Wüste herum, um irgendwelchen Überresten fremder Völker nachzujagen (347), übersetzt Suzanne Heintz, was dem Original nach heißt: um dem Abfall der Menschheit nachzujagen.

Gelegentlich werden in dem Text die Störungen deutlich, die zu einer solchen Härte der Aussage führen.

Wer Bienen sagt, sagt Honig (216)..
Und was hat Claude Lévi-Strauss mit den verschiedenen Sorten des Urwaldhonigs gemacht?
J'en ai recensé treize (307) – Er ißt ihn nicht, er schmeckt ihn nicht.
Honig wird in der Nachfolge von Marcel Mauss »rezensiert«.
Parfums s'analysent en plusieurs temps (307) – Gerüche werden nicht gerochen, sondern in mehreren Phasen analysiert.
Wenn er Fleisch ißt, verschlingt er kein Bruststück, keine Keule – chacun en devora und bonne livre –, er verschlingt ein gutes Pfund (370).
Perroquet rôti et flambé au whisky – Papagei mit Whisky abgebrannt, ist nur eine andre Facette der selben Unempfindlichkeit.
Strauss bleibt Professor, Vertreter der Grande Nation auch im Urwald.
Mon chauffeur (235).
Mir bleiben nur 12 Rinder (371).
Mein Truppenchef.
Ich habe mich von einem Teil meiner Truppe entfernt (388).
Ein halbes Jahrhundert brasilianischer Geschichte, zu kurz, um dem Urteil unserer tausendjährigen Gesellschaften *dienen* zu können (107).
Die Extravaganzen des Stils von 1890 sind zum Teil entschuldbar durch das Gewicht und die Dichte des Materials (108).
Architekturen treten bei Strauss zur Entschuldigung an.
Den Malern von Florenz hält er vor, daß sie genau das gemacht hätten, was man nicht hätte machen dürfen (472).

Doch nicht immer verbirgt sich die Brutalität hinter Mitleid, Herablassung und Dünkel:
Seite 179: Quelle difficulté pour se procurer ces pauvres objets! La distribution préalable.. de nos bagues, colliers et broches de verroterie est parfois insuffisante pour établir l'indispensable con-

tact amical. – übersetzt Suzanne Heintz, um das Buch auch 1970 noch verkäuflich zu machen: Welche Schwierigkeiten aber türmten sich auf, wenn man einen dieser armseligen Gegenstände kaufen wollte. Die Verteilung *all* unserer Glaswaren unter die Mitglieder der betreffenden Familie, all unserer Ringe, Halsketten und Broschen, genügte *bei weitem* nicht immer, um den *so* unerläßlichen freundschaftlichen Kontakt herzustellen.
Die »all«, »bei weitem«, »so« hat die Übersetzerin dazugedichtet.
Im Original sagt der Satz mit ganzer Härte:
Die vorhergehende Verteilung unserer Ringe, Halsketten und Broschen aus Glas an die ganze Familie ist manchmal ungenügend, um den unerläßlichen freundschaftlichen Kontakt herzustellen.
Auf derselben Seite:
On se sent honteux d'arracher à ces hommes si dépourvus un petit outil dont la perte sera une irréparable diminution.
In der deutschen Nachdichtung:
Man schämte sich im Grunde, diesen armseligen Leuten etwas zu entlocken, das sie vielleicht nie wieder ersetzen konnten.
Da steht etwas andres:
Man war beschämt, diesen bedürftigen Menschen ein kleines Werkzeug zu entreißen, dessen Verlust eine irreparable Verminderung sein würde.

Strauss ist ebenso kokett wie zynisch.
Was tut er, einer wissenschaftlichen Erfahrung zuliebe?
96: Ein fiebriger Indianer, den wir allein in einem verlassenen Dorf antrafen, schien uns eine leichte Beute zu sein. Wir *würden* ihm die Hacke in die Hand drücken, ihn *ein wenig* schütteln und stoßen. Leider half dies gar nichts, denn er schien überhaupt nicht zu verstehen, was wir von ihm wollten. Sollten wir unser Ziel wieder nicht erreichen? Wir beschlossen unsere letzte Karte auszuspielen und ihm zu erklären, daß wir selbst koro essen wollten. Da gelang es uns endlich, das Opfer zu einem Baumstamm zu schleppen.
Das Original geht ohne Konditionalis vor, auch wird der Indianer nicht ein wenig geschüttelt.

Man drückt ihm die Axt in die Hand, man schüttelt ihn, man stößt ihn.
Es sind die Verhaltensweisen der nationalsozialistischen Besetzung in Frankreich, die Strauss durch seinen Aufenthalt in New York floh.

Seite 256 beginnt eine etwas längere Erzählung:
Wenigstens gelang es mir, meine *Freunde* von Utiarity zu überreden, mich in ihr Dorf mitzunehmen und dort eine *Art* Treffen mit anderen verwandten oder alliierten Gruppen zu veranstalten . .
. . er stellte einzig die Bedingung, daß wir einen Teil des Gepäcks zurücklassen und nur *vier* Ochsen mitnehmen sollten, um die *Geschenke* zu tragen.
Diese im Grunde ziemlich gefahrvolle Reise ist mir als groteske Episode in Erinnerung geblieben. Kaum hatten wir Juruena verlassen, als mich mein brasilianischer Kollege auf die Abwesenheit von Frauen und Kindern aufmerksam machte; in der Tat waren es nur die mit Bogen und Pfeilen bewaffneten Männer, die uns begleiteten. *Gemäß der Reiseliteratur* lassen solche Umstände auf einen sofortigen Angriff schließen. Wir setzten unseren Weg daher mit *gemischten Gefühlen* fort und versicherten uns von Zeit zu Zeit, ob unsere Revolver Smith und Wesson – was unsere Leute als Cemite Vechetone aussprachen – und unsere Karabiner griffbereit lagen.

Freunde Freunden gegenüber.
Das empörende Verhalten des Anthropologen soll durch Verniedlichung vertuscht werden, durch die schulterklopfende Anmerkung über die schlechte Aussprache des Englischen durch Brasilianer.
Später gibt es nichts zu essen:
Die Indios – Frau Heintz übersetzt das wertfreie les indiens immer mit dem rassistischen Indios – Die Indios hatten sich darauf verlassen, daß wir Wild finden würden, weshalb sie nichts mitgenommen hatten; wir selbst verfügten nur über unsere Notrationen, die natürlich nicht für alle reichten.
Im Original steht:

Es war unmöglich, sie unter alle aufzuteilen.
Seite 62: und selten gehe ich daran, ein Problem der Soziologie oder der Ethnologie zu lösen, ohne zuvor meine Reflexionen durch einige Seiten (Marx) aus dem *18. Brumaire des Louis Bonaparte* oder der *Kritik der politischen Ökonomie* zu beleben.
Der Führer des Indianerstammes hat ein anderes sozialistisches Bewußtsein:
Dieser verschwand denn auch in Gesellschaft einer seiner Frauen; am Abend kehrten beide zurück, den schweren Tragkorb bis zum Rand mit Heuschrecken gefüllt, die sie den ganzen Tag lang gesammelt hatten. Obgleich die Heuschrecken keine sehr begehrte Nahrung darstellen, fiel doch jedermann mit großem Appetit über das Essen her und fand seine gute Laune wieder . .
Die Geschichte endet mit einer Liste:
Die Liste der Gegenstände, die ich gegen die Geschenke der Indianer eintauschen sollte. –
Böse Indianer.
Traurige Tropen.
Vier Ochsen mit Geschenken belädt Strauss, die Indianer tun aber nur so, als schenkten sie. In Wirklichkeit erwarten sie Gegenstände von der schenkenden Tugend des Europäers.
Suzanne Heintz hat das Ausmaß dieser Heuchelei genau erkannt und mildert es in der Übersetzung:
. . die Liste der Gegenstände . . die ich gegen die Geschenke der Indios eintauschen wollte.
Seite 200 kann man Strauss beim Einkaufen in Paris beobachten:
Da die Indios ihren Bindfaden mit Urucu zu färben pflegen, wählte ich ebenfalls einen roten, grob gezwirnten Faden, der ein handwerkliches Aussehen bewahrte. –
Mit der Gabe künstlich primitiv verfertigten Garns will er wertvolle Gegenstände der Indianer ergaunern und versaut damit noch ihr Stilempfinden, in seinem Bericht darüber schiebt er den Indianern aber Besitzgier unter.
Es ist das gleiche Verfahren, das er benützt, wenn er sich über den Mangel an Revolte bei den Indern beschwert oder wenn er seine mangelnde Sprachkenntnis den Indianern zur Last legt.

Auf Seite 21 steht:
.. je me sentais déjà gibier de camp de concentration ..
Es gibt im Französischen den Ausdruck gibier de potence, den man wohl mit Galgenvogel übersetzt, genau heißt es Galgenwild.
Gibier de potence wird in einer gelassenen, seigneurialen Situation geäußert, es ist schulterklopfend.
Gibier de camp de concentration.
KZ-Vogel.
Auf Seite 42 steht:
Pauvre gibier, pris aux pièges de la civilisation mécanique, sauvages de la forêt amazonienne, tendres et impuissantes victimes, je peux me résigner à comprendre le destin qui vous anéantit ..
Armes Wild, gefangen in den Fallen der mechanischen Zivilisation, Wilde des amazonischen Waldes, zart und machtlos, ich kann resignieren und das Schicksal verstehen, das euch vernichtet ..
Noch ein rhetorisches Anzweifeln der Unmenschlichkeit, welche die Indianer ausrottet, dann aber doch die Einsicht in den Lauf der Dinge, in das Recht des Stärkeren etc.
Die Bezeichnung Pauvre gibier, armes Wild, arme Hühnchen, hatte die Indianer ja schon zu Beginn des Absatzes verdammt und ausgeliefert.
Seite 144:
Nie ohne Zweifel – außer in den Konzentrationslagern – hat man bis zu diesem Grade die Menschen mit Schlachtfleisch verwechselt ..
als in Indien:
als in der bitteren Verkaufsausstellung, in der das volkstümliche religiöse Leben in Indien abläuft. –
Nicht der Kolonialismus und seine Folgen sind in Indien KZ-artig, sondern die Volksreligionen! Sie verwechseln Menschen mit Schlachtfleisch.
Seite 377:
Il suffit d'une balle dans leurs troupes bondissantes (de singes) pour abattre à coup prèsque sûr une *piéce de ce gibier*; rôtie elle devient une momie d'enfant aux mains crispées, et offre en ragoût la saveur de l'oie.

Man braucht nur eine Kugel in die hüpfenden Gruppen der Affen hineinzuschießen, um mit ziemlicher Sicherheit ein Stück dieses Wildes zu schlagen; gebraten wird es eine Kindermumie mit zusammengeschrumpften Händen und bietet als Ragout den genußvollen Geschmack der Gans.
Une pièce de ce gibier.
Gibier de camp de concentration.
Indiens, pauvre gibier.
Momie d'enfant.
Die indischen Volksreligionen verwechseln Menschen mit Schlachtfleisch, wie es auch in den KZs geschah!

Seite 370:
Oder, wenn eine Bande von Eingeborenen vorbeikommt, etabliert sich eine andre Routine, Zählen, Namen der Körperpartien, Verwandtschaftsbezeichnungen, Genealogien, Inventar . .

Es ist die Routine eines Lagerleiters.

Seite 112:
Unsere Freunde waren nicht wirklich Personen, sondern eher Funktionen.
Seite 152:
Comment donc ne pas emporter et . . ne pas les traiter en bêtes, puisqu'ils vous contraignent à les considérer tels par cette déraison qui est la leur?
Lévi-Strauss spricht von den rickshaw boys:
Man kann nicht anders, als die Geduld verlieren und sie als Tiere behandeln, weil sie Sie dazu zwingen durch diese Unvernunft, die ihnen eigen ist.

Nicht der die Unmenschlichkeit hervorruft, ist der Schuldige, sondern der sie erleidet:
Seite 153:
Und ich kann nicht widerstehen, wenn ich auch etwas Scham dabei empfinde, diese Flüchtlinge, die ich den ganzen Tag von den Fenstern meines Palastes aus an der Tür des Premierministers

seufzen und weinen höre, anstatt uns aus unseren Zimmern zu verjagen, in denen mehrere Familien wohnen könnten, mit den schwarzen Raben mit grauer Gesichtszeichnung zu vergleichen, die ohne Unterlaß in den Bäumen von Karachi krächzen.

Ein aufrührerisches, ein selbstanklagendes Air!

Dabei ist es die größte Gemeinheit, wenn man aus einer uneinnehmbaren Position heraus den handlungsunfähigen Elenden vorwirft: Ihr seid so erbärmlich, daß ihr euch nicht einmal gegen mich auflehnt.

Ist auch nur die Einsicht ehrlich: Wenn es vernünftig zuginge, lebten in meinem Palastzimmer mehrere Familien!?

Seite 455 kann man lesen, wie er reagiert, wenn Inder auf ihrem Recht bestehen.

Er drängt sich – officiel et urgent – in das einzige Abteil Erster Klasse und zwingt eine Familie zur Trennung.

Viele der zitierten Passagen scheinen in einer Art Trance verfaßt, in einem Zwitschern, wie wir es auch bei Sartre, Malraux, Claudel, Jünger und vielen anderen beobachten können.

Intime, nette, humorige Passagen schrecken mich, wie auch bei Lorenz, mehr; in einer weniger überreizten Schreibsituation muß er doch eher beim Wort genommen werden können:

Seite 29:

Je suis tout occupé à photographier des détails d'architecture, poursuivi de place en place par une bande de négrillons à demi nus qui me supplient: tira o retrato! tira o retrato! (»Fais-nous une photo!«) A la fin, touché par une mendicité si gracieuse – une photo qu'ils ne verraient jamais plutôt que quelques sous – j'accepte d'exposer un cliché pour contenter les enfants.

Der Ethnograph ist *gänzlich* damit beschäftigt, *Details* von Architektur aufzunehmen – also in einer sehr diffizilen beruflichen Spezialisierung zu dilettieren (was bei seiner touristischen Knipserei herauskommt, kann man in der französischen Ausgabe mit Untertiteln beurteilen: »Zarter Streit..« ».. und freundschaftliche Kämpfe.« »Die Träumerin«.), als er *verfolgt* wird von einer *Bande* von kleinen Afroamerikanern; Strauss wählt den Aus-

druck der Sklavenhändler négrillons. Sie sind *halbnackt* und *flehen* ihn an: Machen Sie ein Porträtfoto von uns. Sie haben sicher nicht falsch Tira o retrato gesagt, sondern logisch richtig Tira um retrato, und das heißt so oder so eben nicht: Mach ein Foto *für uns.* Sie denken nicht an den Besitz. Auch ist kein Negerjunge von Bahia so dumm, daß er vor der Erfindung von Polaroid angenommen hätte, er könnte dies Foto noch besitzen.
Sie wollten vielleicht nur für würdig befunden werden, ihre Stadt zu repräsentieren.
Endlich ist der konzentriert arbeitende europäische Wissenschaftler *berührt* von einer so graziösen Bettelei.
Graziös deshalb, weil sie einige Geldstücke ja in Händen halten könnten. Negerkinder betteln von vorneherein. Sie haben gemeinhin nur Sinn für das, was sie anfassen können.
Er findet sich also bereit, ein *Cliché zu belichten,* um die Kinder zu *befriedigen.*
Hat Strauss sich nie Gedanken gemacht, was ein Negerkind von Bahia unter der Diktatur von Getulio Vargas befriedigt?

Die Unmenschlichkeit dieses Verhaltens und dieser Aussagen wird nur übertroffen durch die Strategien des Verschweigens – im Buch von 1955 und in der deutschen Ausgabe von 1970.
Gontram de Veiga Jardim, der im Jahre 1968 eine Serie über Indianer im brasilianischen Correio de Manha veröffentlichte, stellte fest:
In den vergangenen dreißig Jahren ist an den Indianern ein Völkermord ohnegleichen begangen worden.
Man jagte sie mit Bluthunden, tötete sie vom Flugzeug aus, vergiftete die ihnen bestimmten Nahrungsmittel mit Arsen, infizierte ihre Kleider, ließ die Indianer verhungern, rottete sie mit Napalm aus, spritzte ihnen statt Serum Pockenerreger ein, man schlug sie mit Macheten in Stücke.
Die Nambikwara sind heute ausgerottet. Die Bororo arbeiten als Sklaven auf den Fazendas.

Möglicherweise bin ich dem Theoretiker Strauss ungerecht gegenüber, vielleicht sind seine abstrakten Schriften humaner, präziser, fundierter. Ich möchte nicht verhehlen, daß mir nach einer ersten Lektüre auch da manches als geblähter Stuß erschien.

Ist es nicht schamlos, wenn ein Schriftsteller einen anderen derart zaust?
Sicher.
Was hat mir Claude Lévi-Strauss getan?
Aber was hat Lévi-Strauss getan, um seine Aussagen über die Indianer Brasiliens zu modifizieren?
So wurde das Buch *Tristes Tropiques* zum Ausgangspunkt für eine neue Geschwollenheit, Wehleidigkeit, Brutalität, die beide kennzeichnen, Dichtung und Wissenschaft der siebziger Jahre.

Die Verstellung des Heils

De Instauranda Aethiopum Salute von Pater Alonso de Sandoval, S.J. 1627

Hamburg, Juni 1980

1627, der Dreißigjährige Krieg war vor neun Jahren ausgebrochen, erschien in Sevilla der erste Teil eines Werkes, dessen zweiter wohl geplant, aber nie veröffentlicht wurde.
Der Titel:
De Instauranda Aethiopum Salute,
was in holder Übersetzung bedeutet:
Wie man den Äthiopen das Heil bringt – in böswilliger:
Von der Herstellung des Heils der Schwarzen.
Sandoval wurde am 7. Dezember 1576 in Sevilla geboren, Sohn des Tristán Sanchez aus Toledo.
Der König beorderte den Vater ein Jahr später als Contador de las Cajas Reales nach Peru, nach Lima.
Tristán Sanchez nahm seinen Sohn mit.
Am 30. Juli 1593, mit siebzehn, trat Alonso, nach Studien im Seminar von San Martin de Lima, in die Gesellschaft Jesu ein.
Einige Jahre später erklärte der Orden Neu Granada zu einer jesuitischen Glaubensprovinz.
1605 reiste Sandoval nach Cartagena und ging 1606 als Missionar in die Region von Urabá.
Ein Gefährte schreibt:
– Wenn er einen Neger sah, gingen ihm die Augen über, und wenn er konnte, blieb er stehen und sprach mit ihm, auch, um ihn im Glauben und in der Religion zu unterrichten.
Sandoval ließ sich abermals in Cartagena nieder und machte sich sofort auf die Suche nach Negern.
Padre Gonzalo de Lira berichtet 1612 über den Sechsunddreißigjährigen:
– Er hatte eine große Neigung zu dieser Arbeit, die so wichtig ist

und er geht so vorsichtig auf den Fischfang der Seele, daß er weder tags noch nachts ruhen will, derart, daß die Oberen ihm in den Arm fallen müssen, damit er seine Arbeit mäßige.

Aus dem Einleitungsessai zur Neuausgabe von Angel Valtierra, S. J. kann man schließen, daß Sandoval zum Rektor des Jesuitenkollegiums von Cartagena avancierte.
Er befreundete sich mit Pedro Claver.
Sandoval wurde vom Inquisitionsgericht vorgeladen und der General der Jesuiten gab Order, daß Sandoval mit »gebührendem Respekt zu den Vertretern der Inquisition spreche«.
Ohne zu datieren, berichtet Valtierra:
– Vielleicht schlecht bei Kasse, dachte der Pater Sandoval, daß die Lösung darin läge, einen ihm behilflichen Klosterbruder in die Region von Cabo Verde zu senden, um Linnen und Salben zu verkaufen; er hatte kein Glück mit der Wirtschaftsmission und auf dem Rückweg wurde das Boot von Holländern angegriffen, er verlor alles und rettete mit harter Mühe das Leben.
Der Padre Vitelleschi, Jesuitengeneral, befahl, als erstes die Fakten zu untersuchen und: Wenn es stimmt, verdient der Rektor, daß er seines Amtes enthoben werde und daß man ihm eine andre harte Strafe auferlegt.
Wir begreifen, daß Gott beabsichtigte, die Habsucht des Paters Sandoval zu bestrafen.
Wurde Sandoval seines Amtes enthoben?
Valtierra deckt es mit milder Feder zu.
De Instauranda Aethiopum Salute sei wahrscheinlich zwischen 1617 und 1619 in Lima geschrieben; die Zitate in dem Werk setzten eine Bibliothek voraus, größer als die im Jesuitenkollegium von Cartagena.
1619 publizierte Sandoval in Sevilla die Übersetzung einer portugiesischen Biographie des Heiligen Francisco Javier.
1651 brach eine heftige Epidemie in Cartagena aus.
Im Jesuitenkollegium starben neun Klosterbrüder.
Alonso de Sandoval erkrankte.
Ein eiternder Tumor bedeckte seinen Körper.
Er starb am ersten Weihnachtstag 1652 mit 76 Jahren.

1627 waren die Angelegenheiten der Äthiopier zur Routine geworden.
Noch nicht zweihundert Jahre nach der Erschließung Afrikas, noch nicht 150 Jahre nach der Entdeckung der Neuen Welt, geschahen unter der Berufung auf die Bibel, mit Absegnung der Päpste Genozid, KZ, Zwangsverschleppung öffentlich und protestlos.
Sandovals Buch bot wenig Neues.
Sandovals Kompilationen zu Afrika, bald von durchsichtiger Toleranz, bald von nachkalligraphierten Ressentiments, beruhen selten auf eigener Feldforschung – sie zitieren vorveröffentlichte Arbeiten; selbst die Idee der Heilsinstauration war bereits formuliert in *De procuranda indorum salute* von Pater Joseph de Acosta, den Sandoval zweimal zitiert,
Bartolomé de Las Casas' *Die einzige Methode alle Menschen zum rechten Glauben zu erziehen*, von 1537, wird von Sandoval nicht erwähnt.
Das Werk ist heute wieder akut durch die Neuausgabe, durch den in Kolumbien popularisierten 400. Geburtstag von Sandovals Schüler Pedro Claver, vor allem aber durch seine Zerrissenheit, seine Widersprüche, durch das Festschreiben von Vorurteilen und Verhaltensweisen, die alle ungemindert heute im Zusammenhang mit afroamerikanischer Kultur andauern.
Der Text tritt nicht ohne artistische Grazie auf:
– Von einigen einzigartigen und wunderbaren Dingen .. in den Königreichen dieser Äthiopen. (164)
– Unter anderen, ausgezeichneten Eigenschaften, welche der Geschichte eigen sind, begleiten sie zwei über das Gewöhnliche hinaus: Wahrheit und Vergnügen.
– Voll von raren Dingen und erinnerungswürdigen.
– Nicht weniger wunderbar oder, um es anders auszudrücken, monströs. (166)
Sandoval schreibt als Zeitgenosse von Gongora.
Wir finden die für einen Jesuiten erstaunliche Schilderung von Hermaphroditen, geprägt von aristotelischem Geist und vielleicht von intimer Affinität:
– Hermaphroditen von der Natur des Mannes und der Frau und

manchmal bedienen sie sich ihrer (de ella) als Männer und manchmal als Frauen, wie es die Androgynen zu tun pflegten, von denen Aristoteles erzählt, daß sie die rechte Brust des Mannes haben und die linke der Frau. (29)

– Da nun die Frau aktives Prinzip ist, wie der Mann, des Generierens wegen, erreicht sie eine wirkliche Ähnlichkeit mit seinem Prinzip, das auch ein weibliches war.

Und derart ist es vernunftmäßiger zu sagen, das Monstrum ist nichts andres als ein Fehler, ein Irrtum (pecado) der Natur. (29)

Das Gedärm fasziniert ihn:

– In ihren Därmen zeugt diese Erde Minerale und viele und reiche Metalle. (135)

– Es scheint, daß wir den wichtigsten Grund aus den Därmen der Sache selbst herauslösen können. (29)

Und dem Jesuitenpater Sandoval gelingt die Schilderung des Herrn Jesus Christus in einem afrikanischen Einweihungsritus:

– Sich mit den Därmen unseres Herrn Jesus Christus kleiden in wahrer Barmherzigkeit. (466)

Die Serer im Senegal schnüren den Novizen zum psychiatrischen Ritus des N'Doep mit den Gedärmen des Opferstieres ein.

In einer kühnen Volte deutet Sandoval 1627 an:

– Nun glaube ich wohl, daß solche tierischen Formen auf der Welt möglich sind, vor allem in Äthiopien .. nicht mit vernünftigem Vermögen aber mit einem natürlichen Instinkt, der so hochentwickelt ist, daß er glauben macht, sie benützten ihn (frei), und wenn man dies sieht, würde man glauben, es seien Menschen, da diese Tiere in der Haltung ihrer Glieder einige Ähnlichkeit mit den Menschen haben, wie wir es (auch) bei den Affen beobachten, welche die Glieder fast dem Menschen gleich haben und einen so entwickelten Instinkt, daß er als Vernunft erscheint. (34)

Über die Entstehung der Arten durch natürliche Zuchtwahl erscheint zweihundert Jahre später, im Jahre 1859.

1865 veröffentlichte der Jesuitenpater Mendel *Versuche über Pflanzenhybriden* mit den Mendel'schen Vererbungsregeln, die aber erst ab 1900 beachtet wurden; klingen sie bei Sandoval nicht schon an?

Und nimmt nicht die Behandlung der Wörter Instinkt – instinto – und Vernunft – entendimiento – eine moderne, ethologische Auffassung vorweg?
Völlig durchgedreht für einen Pater und hellsichtig ist Sandovals Aussage auf Seite 67:
– .. und um die Leute in Schrecken und Furcht zu versetzen, gab es keinen (der afrikanischen Galla), der nicht einen Fuß, eine Hand oder irgendein andres menschliches Glied quer zwischen den Zähnen hatte, dieser Anblick und seine Wildheit waren genug, um ganze Heere zur Flucht zu bewegen, die ausgezogen waren, um sie anzugreifen.
Daraus können wir folgern, wenn diese Barbaren, mit Menschenfleisch im Mund ihre Feinde zur Flucht bewegten, was ein unterwürfiger Christ, Sohn der Kirche, Soldat der Miliz Christi, unseres Herrn, könnte, das Fleisch Gottes im Munde mit sich führend.
Er entblößt damit einen religionsgeschichtlichen Zusammenhang, der bis heute eskamotiert wird.
Doch wie immer poetisch und kühn und naiv in Stil, Methode, Aussage –
Valtierra: Er benützte Karteikarten und Übersetzer.
Sandoval: Aller dieser Tatsachen bin ich selbst Zeuge.
Sandoval: Wie die Gemälde bezeugen.
Valtierra: In Cartagena wurde das große soziologische Experiment Sandovals durchgeführt.
– der Jesuitenpater verliert nie die katholische Kirche, den Orden, den Ordensstifter Iñigo aus den Augen:
Das Lob der Gesellschaft Jesu – oder was Sandoval als Lob der Gesellschaft Jesu auffaßte –, zieht sich durch das ganze Werk.
Seite 48 in den Philippinen:
– Konversion und »Reduktion« der Völker fast immer als Aufgabe der Compañia de Jesus.
Seite 63 in Afrika:
– Wo der große Handel der Portugiesen stattfindet, fehlten niemals die Patres unsres Bekenntnisses.
Seite 108 in Cartagena, wenn die Bewohner bei der Ankunft neuer afrikanischer Sklaven zusammenlaufen:

– Und unter ihnen die Patres unserer Compañia.
Sandoval hat eine saugende Art, Topoi und Motive sprachlich durchzuführen – das Bild des Mondes zum Beispiel bis hin zu einer ideologischen und sprachlichen Apotheose des Ignatius von Loyola, an der in einer literarischen Arbeit so wichtigen Stelle kurz vor Schluß, auf dem Höhepunkt, ehe das Riesenwerk zum Ende hin abfällt:
– Der schönste Mond des Heiligen Paters Francisco Javier habe ihr göttliches Licht erhalten von unserer Sonne und unserem Patriarchen San Ignacio.
Sandovals diskrete Ordenstreue geht unauffällig bis in die Bibliographie.
Wenn man sich die Mühe macht, Sandovals Zitate herauszuziehen, wird man erkennen, daß fast alle wichtigen Werke der Entdeckungsgeschichte Afrikas unbeachtet bleiben:
Herodot nur einmal zitiert und falsch:
Die äthiopische Königin wird nicht im zweiten Kapitel des ersten Buches erwähnt sondern I, 185 und II, 100; auch heißt sie nicht Nitrotes sondern Νίτωκρις – Sandoval zitierte wohl aus dem Gedächtnis, was gegen eine Benützung der umfangreichen Bibliothek in Lima spräche.
Die Klassiker, vor allem Aristoteles und Plinius der Ältere, sind häufig vertreten, sogar Homer und Diódorus Siculus.
Aber außer Marco Polo und Mendez Pinto findet man weder die Berichte der Araber, nicht Idrisi, noch Ibn Batuta, oder die Schilderungen jüdischer Kaufleute in arabischen Diensten.
Der portugiesische Entdecker Azurara wird ebenso übergangen wie Ramusios' Veröffentlichungen, Jasper Thompson und Boccara.
Dafür findet man Fr. Juan de los Santos, den Pater Guerrero, den Pater Guelino etc. etc.
Die Erklärung steht auf Seite 493.
– Como refieren nuestros autores – Sandoval gibt den Zeugnissen der Jesuitenpater den Vorrang.

In seiner Anklage des afrikanischen Sklavenhandels gelingen ihm Sentenzen von Büchner'scher Schärfe:
– Es ist eine bekannte Sache, wenn die Ehrenmänner, von denen wir handeln werden, es auch nicht so auffassen .. daß zu Beginn der Welt Gott, unser Herr die Erde nicht mit Herren und Sklaven bevölkerte ..
Womit Sandoval engagiert oder unwissend gegen den Text der Heiligen Schrift opponiert.
– Der Arme und der König, sagt Salomon, der Monarch und der kleine Schäfer wurden unter gleichem Los geboren. Sie sind Gesetzen unterworfen .. Die Natur gab dem Adeligen nicht mehr Augen als dem Sünder, noch mehr Füße und Hände.
Große und Kleine haben wir alle einen Beginn und müssen sterben. (105)
Ich kenne keine Schrift der Weltliteratur, die so unerbittlich den Menschenhandel bloßstellte wie *De Instauranda Aethiopum Salute* des Jesuitenpaters Alonso de Sandoval, und zwar in allen seinen Phasen:
Seite 100 schildert er, wie die Europäer zwei feindliche Afrikaner-Fürsten unterstützen, damit ihnen nach dem Krieg nur um so mehr Sklaven zum Handel zufielen. Die Kapitäne der Sklavenschiffe selbst bestätigen dem Priester,
– daß es unter den Negern nicht die Hälfte der Kriege gäbe, wenn sie wüßten, daß keine Spanier kämen, um (dann) die Sklaven aufzukaufen. (102)
– Sind die Neger einmal gefangen, mit Rechtstiteln, die (nur) Gott kennt, werden sie in rauhe Gefängnisse gefüllt, aus denen sie nicht wieder herauskommen, bis sie in diesem Hafen von Cartagena angelangt sind ..
Und wenn sie von den Flüssen Guineas stammen, sichern (die Sklavenfänger) ihre Stücke oder Ladungen mit sehr langen Ketten, die sie Corrientes nennen ..
Und wie auf der Insel von Loanda erleiden sie viel Leid, und Elend und Unglück, ans Eisen gefesselt durch Ketten, und die schlechte Behandlung, was das Essen und Trinken anlangt, der Tag vergeht so übel, das gibt ihnen solche Traurigkeit und Melancholie und auch eine gewisse Überzeugung, daß diejenigen, die

sie fortziehen, aus ihnen bei der Ankunft Öl pressen würden oder sie fressen, so daß während der Überfahrt, die mehr als zwei Monate dauert, ein Drittel daran sterben.
Diejenigen, die sie herüberschaffen, sagten mir selbst, daß (die Neger) so eng, so ekelhaft, so schlecht gehalten werden, daß sie immer sechs mit Halseisen an die langen Ketten fesseln und dazu, immer zwei und zwei, mit Fußeisen . .
Unter Deck, wo sie nicht Sonne noch Mond sehen, daß es keinen Spanier gibt, der es wagen würde, den Kopf unter die Luke zu stecken, ohne sich zu übergeben, geschweige denn eine Stunde da unten zu verweilen, ohne schwere Erkrankung zu riskieren.
Ausflucht und Trost sind, daß sie einmal alle 24 Stunden essen, nicht mehr als einen halben Napf voller Maismehl oder Mijo oder Millo, roh, das ist so etwas wie bei uns der Reis, und mit einem kleinen Becher voller Wasser, und nichts andres, nur viele Stockschläge, viele Peitschenhiebe und böse Worte und schlimme Behandlung, Fesseln, Ketten, Eisen, Schellen, eiserne Jungfraun, Blöcke, Freundesfüße, Halseisen und andre Erfindungen, mit denen sie sie einschüchtern und strafen, wer könnte es alles aufzählen?! (194)
– Und dann sei der Priester gekommen zum Schiff gekommen und habe einen kleinen Napf hervorgeholt, so groß wie die Handfläche und schüttete daraus Wasser auf die Köpfe, ohne daß sie vorher gewaschen worden seien . .
Und man bestätigte mir, daß diesen Tag so viele Neger zu taufen waren, daß der Pater, der sie taufte, müde wurde und sich setzte und sitzend weitertaufte und ihm dabei aber die Arme müde wurden vom Taufen.
Er half ihm auf diese Weise: Der Neger kam, Pater, und kniete sich nieder vor dem Napf oder Topf und ich packte ihn am Nacken und ich stopfte ihn in den Topf und wenn er dann wieder hochkam, hielt der Pater ihm die Hand auf den Kopf. (355)
Dieser heftigen Karikatur der katholischen Taufpraxis in Afrika stellt Sandoval die eigene Taufbesessenheit in Cartagena de Indias gegenüber, die später noch ausführlicher behandelt werden soll:
– Vor allen Dingen wenn ein Schiff ankommt und die Neger aus-

geladen werden, müssen wir gleich sie aufsuchen und uns unterrichten, wie viele es sind und was für welche, aus welchen Ländern und Häfen sie kommen, was für Krankheiten sie mitführen, wie viele Schwerkranke es gibt und an welchen besonders gefährlichen Krankheiten sie leiden, und wie viele Kinder. Sie müssen wir mit sehr genauem Eifer behandeln und uns erkundigen, welche kein Wasser mehr haben und auch denen zu trinken geben, die starr vor Durst sind, zum Sterben liegen oder sterben. Das sind die meisten. Das ruft großes Mitleid hervor.
Denn sie wissen nicht zu bitten. Die traurigen Mütter wagen nicht, die äußerste Bedürftigkeit ihrer Söhne anzuzeigen. Sie verströmen sich im Weinen und weinend beim Katechismus setze man dem Jungen die Kanne an den Mund und er trinkt eine leer, zwei und drei, wie es mir unzählige Male vorgekommen ist. (378)
– Das Wasser rinnt vom Kopf des Täuflings in die Schale und ich wunderte mich, was aus dem Wasser geworden sei und begriff, daß er es getrunken hatte, bis auf den letzten Tropfen.
So groß ist der Durst und das Bedürfnis, das gewöhnlich diese bedauernswerten Menschen erleiden. (381)
– Wenn die Gesunden dort nicht krank werden . . wird befohlen, sie zu mästen, damit man sie mit mehr Gewinn verkaufen kann.
Aber da die Armen derart gelitten haben, ist es nicht zu vermeiden, daß viele (noch) bei der Ankunft erkranken, vor dem Überfluß selbst, wie groß er auch sein mag, nach so großem Hunger, er hilft nur dem Übel, das in kurzer Zeit, als wäre es die Pest, in der ganzen Ladung aufflammt. Es hat das Gute, daß es die Geduld der Herren übt, die, wenn sie arm sind, die Neger zu behandeln pflegen und zu beschenken – und wenn sie reich sind, übergeben sie sie ungläubigen und grausamen Hausverwaltern, da die reichen Herren selbst wichtige Geschäfte haben, und Haus und Schiff, einige wenige Tage später, sind ein Krankenhaus, ein Universum von Toten; die einen enden an Durchfall, an Seitenschmerzen, an Hitze, andre an Blattern, an Typhus und Scharlach und an einer Krankheit, die sie Luanda nennen, unheilbar, der ganze Körper schwillt an und es fault das Zahnfleisch. (108)

– Und es ruft großes Bedauern und Mitleid hervor, so Kranke zu sehen, so Hilfsbedürftige, mit so wenig Erquickung und Erfrischung von seiten ihrer Herren, denn die lassen sie für gewöhnlich am Boden liegen, nackt, ohne Dach, ohne Schutz, da und dort, elendiglich, sie sterben, ohne daß einer sich um ihre Körper noch um ihre Seelen kümmre, so daß man sich fragen muß, ist der Grund ihres Todes das Ausgeliefertsein oder die Krankheit.
Mein Beweis soll sein, was ich mit meinen Augen gesehen habe und weinte: In einigen Häusern dieser Schiffsherren gibt es Unterkünfte aus Brettern, Bretterverschläge, wo die Männer und Frauen getrennt nachts zum Schlafen eingesperrt werden . .
dort endlich, von Fliegen verzehrt, einige auf Brettern, andre darunter, starben sie . .
und das nur, nachdem die Herren sie mit einiger Rücksicht behandeln, früher ließ man sie nackt in den Patios, in den Ausläufen fürs Vieh, an den Ecken, wo die Schwere der Krankheit sie geschlagen hatte. (109)
– Denn die Behandlung, der die Herren sie für gewöhnlich wegen sehr geringer Sachen . . unterwerfen, ist: Federn, Sengen, bis sie ihnen die Haut abreißen und damit das Leben, grausame Peitschenschläge und schwerste Foltern. Vor Furcht sterben sie und faulig und voller Würmer . . Und wer würde nicht zerbrechen über der Tatsache, daß eine noble Herrin ihre Sklavin tötete, um die zu strafen, und zwei andre, das sind drei.
Die erste hing sie an einen Balken ihres Hauses, sagend, sie habe sich erhängt. Sie legte sie in einen Kasten, befestigte zwei Steine und befahl einem Neger, daß er sie ins Meer werfe, damit man ihre Sünde nicht kennte, aber sie wurde herausgeholt und die Wunden bezeugten die nie gehörte Unmenschlichkeit. (194)
– Dann, wenn wir das Essen betrachten, das ihnen für gewöhnlich gegeben wird, kaum daß man ihm diesen Namen geben kann, denn es ist so wenig. Und wenn, bei soviel Strafen und bösen Worten, bei so schlechter Kleidung und Verpflegung, die Herren sie schlafen ließen, es scheint, als ruhten sie ihr halbes Leben aus, um die andre Hälfte zu leiden. Aber so ist es nicht, sondern, wenn der Neger in den Minen arbeitet, arbeitet er von Sonnenaufgang bis Sonnenuntergang und auch einen guten Teil der

Nacht und wenn sie sich ausruhen, sollten sie einen Ort haben, wo sie es können, und sollten die frechen und grausamen Mükken sie lassen – um drei Uhr morgens müssen sie wieder ans Werk.
Arbeitet der Neger auf den Plantagen, ist es fast das gleiche. (195)
– Die Christen strafen ihre Sklaven in einer Woche mehr als die Mauren die ihren in einem Jahr. (195)
– Auch haben die Herren die Angewohnheit, damit sie sie nicht behandeln lassen müssen, ihnen die Freiheit zu geben, solange sie krank sind, mit der Auflage, daß sie zum Dienst zurückkommen, sobald sie genesen. (197)
– Sie lassen sie in ihren Exkrementen sterben. (196)
– Als die Messe zu Ende war, gingen wir zu ihm, wir fanden ihn mit nach oben gewendetem Mund, Materie aus dem Mund hervorstoßend, die Augen weiß und die Hände am Kopf. (578)

Doch es lassen sich auch andre Sätze zitieren:
– San Ambrosio bemerkte, der Grund, weswegen Abraham so sehr Sorge trug, daß sein Sohn keine Frau Kanaans heiratete, .. lag nicht darin, daß die Kananäer Götzenanbeter waren, sondern daß sie von einem ehrlosen Vater abstammten; Noah hatte seinen Sohn Ham verflucht, wegen der Schamlosigkeit, mit welcher der sich ihm gegenüber betrug, als er ihn mit so wenig Ehrerbietung behandelte. Ham verlor seine Ehre und auch seine Freiheit und wurde zum Sklaven, er und sein ganzes Geschlecht. (26)
Wie kommen die Neger in Versklavung?
– Die Vergehen sind gemeinhin Ehebruch, Totschlag und Raub und wenn dergleichen Verbrechen begangen wurden, vereinigen sich alle Greise der Republik (der Neger) mitten auf dem Platz und der Delinquent erscheint dort und sie stimmen über die Strafe ab, die sie zu verhängen haben, die im Höchstfall Tod oder Gefangenschaft sein kann, so verfährt der König mit seiner Nachkommenschaft, der sie auch, wie jene entweder verkauft oder auf seinen Dominien beschäftigt.
Sklaven, so läßt Sandoval durchblicken, wären also Verbrecher,

Afrikaner, die schon lange nicht mehr lebten, entweder grausam zu Tode gebracht oder in Fronarbeit durch die eigenen Herrscher aufgerieben, hätte man sie nicht zur Sklaverei in der Neuen Welt begnadigt.
Wie kennzeichnet Sandoval die Kapitäne der Sklavenschiffe von Cartagena?
– .. einige portugiesische Kapitäne, Männer von solcher Qualität, daß mehr nicht zu wünschen bleibt .. (9)
Eine Ausnahme?
Wollte Sandoval, als Spanier, seinen Chauvinismus den Portugiesen gegenüber transzendieren?
Fast jedes europäische Schiff brachte in den größten Sklavenumschlagplatz der Neuen Welt zur Zeit des Jesuitenpaters Sklaven herüber. Auch steht der weltläufige Satz Sanodvals nicht allein.
– .. ein portugiesischer Kapitän, ein ritterlicher und vertrauenerweckender Mann ..
Ritterlich sicher, nur ist der Satz nicht als Kritik der Idee der Ritterlichkeit gemeint.
Und auch das Vertrauen, das der Menschenhändler genießt, analysiert der Priester nicht genauer.
Auf Seite 60 entfährt dem Menschenfreund:
– Neger und andre Sachen ..
Und das ist kein Geraschel von Wortfetischen, kein Klappern im semantischen Getriebe, dahinter steht eine ganze Schicht von wirren, widersprüchlichen Auffassungen.
– .. knochige Neger, gesund und für viel Arbeit, für welche sie, das weiß man, von größerem Wert sind und wofür sie in höherem Ansehen stehen als alle die anderen (afrikanischen) Völker. (91)
– .. gesetzloser und von geringerem Wert .. für größere Arbeiten, widerstehen Krankheiten besser, sind nicht so empfindlich und fliehen weniger. (94)
Und wie verfährt die göttliche Gnade?
– Sondern, die göttliche Güte wollte, daß diese Sklaven wenig Verständnis hätten, damit ihnen die Empfindsamkeit abgehe, Empfindsamkeit, die sich sehr auf die Feinheit des Verständnisses und des Gemütes gründet. (193)

Und was stellt die Prudencia, die vorsichtige Klugheit des Jesuiten fest, der Linnen und Wundsalben an die Neger verscheuern wollte:
– Unser größter Ruhm ist, daß Gott uns derart achtete und uns freikaufte, alle gleichermaßen, durch das Blut seines Sohnes. (106)
Blut gleich Geld.
Sklavenhandel bis hoch zum Höchsten.
Sklavenhandel mit Afrikanern.
Afrikaner als Ware:
– Ich kenne diesen hohen Handelsherrn, dessen Begier ist, aus dem Orient und dem Okzident Perlen von höchstem Wert herauszuholen – das sind die durch sein Blut ausgelösten Seelen – aus den derben und häßlichen Muschelschalen der schwarzen und indianischen Körper. (586)
So deutlich hat sich die Kirche selten als Statthalterin des blutigen Imperialismus deklariert.
Warenwelt:
– Gott, Unser Herr, wollte seine Läden in dieser Neuen Welt aufschlagen und deshalb sandte er undenkliche Arten von reichen Stoffen, golden, Brokat, stellte Samt aus, Atlasseiden, Damaste, reiche und wichtige Männer. (587)
Wenn man an Gott glaubt, wird man es nicht leugnen können.
– Und wenn die Kinder den Herren dienen sollen, wie Gott selbst, dessen Person die Herren verkörpern und weil Gott selbst wünscht, daß sie dienen und gehorchen, so ist es nur gerecht, daß die Herren im Namen Gottes den Kindern befehlen und sie regieren. (206)
– Und wie das Kind den Herrn nicht verachten soll noch Gottes Gesetz brechen, so hat auch der Herr das Kind nicht zu verachten und Gottes Gesetz zu brechen . .
Die Knechte sind Kinder, ich habe sie geschaffen und erlöste sie aus der Knechtschaft der Sünde.
Ein raffiniertes Schlittern der Begriffe beginnt.
Da Sandoval konkret, stichhaltig zu schildern weiß und das vorgeführt hat, kann er beim Leser Willigkeit voraussetzen, seinen Extrapolationen zu folgen.

»Gott selbst«, »Gottes Gesetz«, »Herren« werden aus ihrem sozialen und moralischen Feld gelöst und im Manieristischen Sprachwerk vertauscht. »Afrikaner«, »Negersklave«, »Knecht«, »Kind« sentenziös ausgewechselt. Der Pater darf sich seine Blöße mit dem Mäntelchen des Befreiers zudecken, denn er trägt ja dazu bei, daß der im KZ gehaltene Sklave von der »Knechtschaft der Sünde« befreit wird.
Und schon guckt das andre hinter den Phrasen raus:
»Kind«, »Diener«, »Sklave«, »Afrikaner« – »tierisch«, »nicht ohne höheren Sinn als Tier gehalten«, »Vieh«, »Material des Siglo de Oro«, »Rohstoff«:
– Wo ist das edle Vieh, für das du die Verantwortung trägst? Und nenn es aus gutem Grund edel, denn es wurde durch die heiligste Menschlichkeit Christi gekauft. (206)
Diego de Torres missioniert in Afrika. Sandoval sagt:
– Er hat Gott eine große und reiche Mine entdeckt, in der er jetzt arbeitet. (353)

Sandoval steht mit solchen Aussagen nicht allein. Er folgt einer Tradition.
Die Einstellung zu den versklavten Massen der Afrikaner ist immer ähnlich geblieben – von Mose bis hin zu Angel Valtierra:
– Der spanische König hatte Domingo Bioho Unabhängigkeit und Freiheit garantiert – aber der Gouverneur von Cartagena de Indias hielt sich nicht daran und rottete die Zimaronensiedlungen aus, Gott sei Dank!
sagt Valtierra, schreibt aber:
– Das Werk des Paters Sandoval stellt die größte Apologie und Verteidigung der Katholischen Kirche dar. Nie solidarisierte sie sich mit der Unterdrückung.
Solche Elogen und solche Eskamotagen findet man schon in der Heiligen Schrift; auch Sandoval kannte die Bibel und berief sich auf sie und zitiert sie in seinem Heilskompendium:
Schon im Ersten Buch Mose steht:
– Verflucht sey Canaan/
vnd sey ein Knecht aller knecht vnter seinen Brüdern.

Vnd sprach weiter/
Gelobet sey Gott der HERR des Sems/
Vnd Canaan sey sein Knecht.
Gott breite Japhets aus/
vnd las jn wonen in den Hütten des Sems/
Vnd Canaan sey sein Knecht. (I. Mose, C. IX, 25 bis 28.)

Schon Moses, und sein Übersetzer Luther, drückten Menschen als Geld aus:

– Wer seinen Knecht oder Magd schlegt mit einem stabe/
das er stirbt vnter seinen henden/
Der sol darumb gestrafft werden.
Bleibt er aber einen oder zween tage/ (am Leben)
so sol er nicht darumb gestrafft werden/
denn er ist sein geld. (II. Mose, C. XXI, 20.)

– WIltu aber leibeigen Knechte vnd Megde haben/
So soltu sie keuffen von den Heiden/
die vmb euch her sind/
von den gesten/
die frembdlinge vnter euch sind/
vnd von jren Nachkomen die sie bey euch in ewrem Lande zeugen.
Die solt jr zu eigen haben/
vnd solt sie besitzen vnd ewre Kinder nach euch/
zum eigenthum fur vnd fur/
die solt jr leibeigen Knechte sein lassen.
Aber vber ewr Brüder die kinder Jsrael/
sol keiner des andern herrschen mit der strenge. (III. Mose, C. XXV,44)

Der apokryphe Jesus Syrach geniert sich gar nicht mehr:

– DEm Esel gehört sein futter/
geissel vnd last/
Also dem Knecht sein brot/
straffe vnd erbeit.
Halt den Knecht zur erbeit/
so hastu ruge fur jm/
Lessestu jn müssig gehen/
so wil er Juncker sein.

DAs joch vnd die seile beugen den hals/
Einem bösen Knechte/
stock vnd knüttel.
Treibe jn zur erbeit/
das er nicht müssig gehe/
Müssiggang leret viel böses.
Lege jm erbeit auff/
die einem Knecht gebüren/
Gehorcht er denn nicht/
so setze jn in den Stock.
Doch lege keinem zu viel auff/
vnd halt masse in allen dingen.
Das ist altes, atavistisches Testament, mag man einwenden; oder: Empfehlungen sind es, nicht Gebote; oder: Beispiele, ethnologisch, nicht ethisch.
Doch auch im Evangelium der Liebe, Matthäus xxv, finde ich ein herrisches Beispiel über den Mehrwert:
– Da trat auch herzu/der einen Centner empfangen hatte/vnd sprach/Herr/Jch wuste/das du ein harter Man bist/Du schneittest/wo du nicht geseet hast/vnd samlest/da du nicht gestrawet hast/Vnd furchte mich/gieng hin/vnd verbarg deinen Centner in die erden/Sihe/da hastu das deine. Sein Herr aber antwortet/vnd sprach zu jm/Du Schalk vnd fauler Knecht/wustestu das ich schneitte/da ich nicht geseet habe/vnd samle/da ich nicht gestrawet habe/So soltestu mein geld zu den Wechslern gethan haben/vnd wenn ich komen were/hette ich das meine zu mir genomen mit wucher. Darumb nemet von jm den Centner/vnd gebets dem/der zehen Centner hat. Denn wer da hat/dem wird gegeben werden/vnd wird die fülle haben/Wer aber nicht hat/Dem wird auch das er hat genommen werden. Vnd den vnnützen Knecht werfft in die finsternis hin aus/Da wird sein heulen vnd zeenklappen.
Selten äußert sich Christus so.
Doch er äußert sich so.
Die Apostel nehmen diese Ideologie wieder auf:
Paulus im Römerbrief:
– JEderman sey vnterthan der Oberkeit/

Die gewalt vber jn hat.
Denn es ist keine Oberkeit/
on von Gott/
Paulus an die Epheser:
– Jr Knechte seid gehorsam ewren leiblichen Herrn/
mit furchte vnd zittern/
in einfeltigkeit ewers hertzen/
als Christo/
Im Titusbrief:
– Den Knechten/ das sie jren HErrn vntherthenig seien/
in allen dingen zugefallen thun/
Nicht widerbellen/
Petrus in der ersten Epistel:
– Jr Knechte seid vnterthan mit aller furchte den Herren/
nicht allein den gütigen vnd gelinden/
sondern auch den wünderlichen.
Denn es ist gnade/so jemand vmb des Gewissens willen zu Gott/
das vbel vertregt/vnd leidet das vnrecht.

Auch hier also schon das Predigen des Masochismus, damit die Ausbeutung funktioniere.
Die Verkehrung des Weißen ins Schwarze.
Unrecht als Gnade – Gnade als Unrecht.
Eine gerade Linie des Krummen.
In der zweiten Epistel dann die nie fehlende Verwechslung von Mensch und Tier, was immer auch impliziert, daß man Tiere beleidigen und schinden darf und das Hineinwerfen des Elenden in die rettungslose Prädestination:
Jene, die nicht erzittern, die Majestäten zu lästern:
– Aber sie sind wie die vnvernünfftigen Thier/
die von natur dazu geborn sind/
das sie gefangen vnd geschlacht werden/
Lestern da sie nichts von wissen/
vnd werden in jrem verderblichen wesen vmbkomen/
vnd den Lohn der vngerechtigkeit davon bringen.
Wie später bei Lévi-Strauss: Der Leidende ist ungerecht, nicht der Schinder!

So ist es nicht einmal unorthodox, wenn Angel Valtierra, S. J., der Biograph des Heiligen Pedro Claver schreibt – im Gestus der Naivität, der Selbstverständlichkeit:

– Die Kirchen und die Klöster hatten Sklaven und die Päpste und die Heiligen.

Die Katholischen Könige schenkten 1488 Papst Innozenz dem VIII. 100 maurische Sklaven und er nahm sie mit Vergnügen an und Papst Nikolaus der V. erteilt in seiner berühmten Bulle den Portugiesen das Monopol (des afrikanischen Sklavenhandels).

Sandoval schreibt:

– Gott öffnete ihnen den Weg, daß sie die Trophäe des Heiligen Kreuzes unter barbarische und unbekannte Völker brächten und ihnen ewiger Ruhm durch diese berühmte Unternehmung würde.

Der erste, der sie zur Glorie Gottes begann und zu der seiner Nation, war der ausgezeichnete Infant von Portugal, Don Enrique .. (54)

– .. als Cristóbal de Gama die Mauren (Abessiniens) befreite. (127)

Die Wirklichkeit ist weniger von Sätzen des Glaubens verbrämt: 1441 werden die ersten 12 Afrikaner von Antam Gonzalvez und Nuno Tristão nach Lissabon verschleppt.

Heinrich der Seefahrer schickt einen Sonderbotschafter zum Papst und stellt ihm den Plan für weitere Beutezüge nach Afrika vor.

Papst Eugen IV. begrüßt solche Feldzüge und gewährt allen, die daran teilnahmen, im voraus einen gänzlichen Ablaß ihrer Sünden.

Am 3. Mai 1493 – vor drei Wochen war Kolumbus von seiner Entdeckungsreise zurückgekehrt – gesteht Papst Alexander VI., mit der Bulle Inter Cetera, den Spaniern die Neue Welt zu.

Über Nacht ändert der Papst, auf Interventionen von Portugal hin, seine Entscheidung und gewährt, in der Bulle Inter Cetera II, Portugal die Westküste Afrikas.

Damit bestimmt er Spanien zum Sklavenkäufer – Portugal zum Sklavenlieferanten.

1517 fordern die Hieronomiten auf Haiti mehr afrikanische Sklaven.
Der Priester Las Casas erhält, was er in seinen melancholischen Selbstbekenntnissen unterschlägt, eine Einfuhrlizenz.
Jedem Spanier werden 12 Negersklaven zugebilligt.
1518 schenkt man Papst Leo X, Giovanni Medici, einen gefangenen Mauren, Leo Africanus.
Im Mai 1520 erteilt der König dem Priester Bartolomé de las Casas und 50 anderen Kolonialisten abermals das Recht, Sklaven in die Neue Welt zu verschleppen.
Am 20. Januar 1531 schreibt Las Casas wegen weiterer Sklaven an den spanischen Hof.
– Das Mittel für die Christen ist ganz sicherlich dies: Wenn Eure Majestät die Güte haben würde, jeder dieser Inseln 500 oder 600 Neger zu leihen.
Nicht nur der Erzbischof von Cartagena de Indias hatte Negersklaven zu seiner Verfügung, »die aller Rechte ledig sind«; auch die Inquisitoren verfügten über schwarze Bedienstete und die christlichen Orden waren am Sklavenmarkt als gute Kunden bekannt.
1540 gründete Ignatius die Gesellschaft Jesu.
1540, 50 Jahre nach der Entdeckung der Neuen Welt, betrug der Sklavenimport bereits 10000 Sklaven im Jahr.
1540 erscheint der *Kurzgefaßte Bericht von der Verwüstung der westindischen Länder* von Las Casas.
1540 werden nach Cartagena Rinder aus Santo Domingo eingeführt. Eine Viehzucht beginnt, deren letzte Auswirkungen die rechtlosen Nachkommen der Sklaven heute zu spüren bekommen.
Die Viehzüchter dingen Lohnmörder, welche die Arbeitervertreter aus dem Weg schaffen.
1547 missionieren Jesuiten im Kongo.
1548 in Marokko.
1549 gibt es ein Jesuitenkollegium in Brasilien.
1557 eins in Äthiopien.
Angel Valtierra, vom Jesuitenkollegium in Cartagena schreibt:
– Man sah sich gezwungen, Sklaven als Übersetzer zu kaufen.

Das könnte paradox erscheinen.
Pedro Claver, der Verteidiger der Sklaven als Sklavenaufkäufer. (212)
Wie kommt man da raus?
Angel Valtierra:
– Die Kirche, zutiefst bewegt, verfolgte eine wunderbare Taktik: Statt das Herz der Sklaven durch Haß zu verbittern, widmete sie sich der Aufgabe, das Herz der Unterdrücker zu erweichen. (181)
Und wenn Valtierra den Heiligen Claver schildert, wie er in die afroamerikanischen Riten hineinpeitscht, beruft er sich – zu Recht – auf den Heiligen Paulus:
– Unterweist im Geist der Milde!
Aber:
– Straft hart!
Allein der Jesuit Alonso Rodriguez, mit Sandoval ein weiterer Lehrer des Heiligen Pedro Claver, begehrt gegen die unerbittliche Regel des Ordensstifters Inigo auf:
– Und die anderen Dinge auf dem Antlitz der Erde sind geschaffen für den Menschen. Daraus folgt, daß der Mensch sie in soweit benützen soll, als sie ihm in seiner Bestimmung helfen und sie insoweit lassen, als sie ihn daran hindern. Deshalb ist es notwendig, uns allen erschaffenen Dingen gegenüber gleichgültig zu machen.
San Alonso Rodriguez setzte:
– Unterwirf dich jeder Kreatur, um Gottes willen.

Die Bibel und das Klima, Profit und Exerzitien, Infektionen und Empfindlichkeit treiben Sandoval und seine Schüler Pedro Claver und mit ihnen eine Reihe von Kollegiumsbrüdern und Kollegiumssklaven zu einer ganz wahnsinnigen Geschäftigkeit.
Taufen und Taufdiskussion überkommt die Patres wie eine Epidemie.
Hunderte von Seiten widmet Sandoval dieser Frage:
Gelten die eiligen Massentaufen der verschleppten Neger in Afrika?

Wie wurde dort getauft?
Berührte das Taufwasser die Kopfhaut?
Wußten die Neger, was die Taufe bedeutet?
Gaben sie ihr Einverständnis? Wie muß hier, in Cartagena de Indias, getauft werden?
Wie tauft man sub conditione?
Wie tauft man sine conditione?
Wie tauft man in extremis, damit der Sterbende nicht der Hölle verfalle?
Wenn er nicht das ausreichende Wissen um die Sakramente erworben hat?
Wenn er nicht mehr sein Einverständnis geben kann?
Sandoval scheint noch nicht einmal die Idee zu kommen, daß er damit einem religiösen Materialismus nachgibt, der genau das instauriert, was er angeblich bekämpft – nämlich Magie.
Erweitert allerdings durch Tränenfeuchte, Peitschenschlag und Blutfeudel, durch den Sadomasochismus einer jesustrunkenen Bürokratie, die Menschen verachtet.
Doch ist es sicher jener Tauffetischismus, der den Erfolg bei den Sklaven auslöst.
Angel Valtierra geht großzügig mit den Zahlen um.
300 000 Neger habe Pedro Claver getauft.
Das wären 7500 jährlich, er allein, 20 jeden Tag, 365 Tage lang, 40 Jahre.
Doch auch der Congregación von 1627 nach taufte Sandoval, in den ersten 20 Jahren seines Aufenthaltes in Cartagena, bereits 70 000 Afrikaner.
Auf der Congregación von 1642 wird dagegen die Zahl auf 40 000 in 30 Jahren eingeschränkt.
Immer noch mehr als 20 am Tag, jeden Tag.
Sandoval selbst merkt an:
– Dies ist die Art und Weise wie in Cartagena examiniert wird, wie man den Katechismus abhält und wie man jedes Jahr 6 000 tauft, ohne daß man die geringste Unschicklichkeit dabei entdekken könnte.
Die Afrikaner kannten von ihren eigenen Religionen ähnlich alogische Machinationen; Magie und Magie, Unduldsamkeit und

Unduldsamkeit schlossen sich für die Ausgebeuteten leicht zur Kette.
Denn wie für die intellektuellen Priester auch, sind es ja nicht Vernunft und Einsicht, welche das Funktionieren des Glaubenssystems garantieren, wenn das von christlicher Seite auch immer wieder vorgegeben wird, sondern Prügel und Bonbons:
– Die sine conditione getauft werden müssen, kommen immer zehn und zehn, erst die Männer, dann die Frauen; sie werden auf die Knie gestoßen, wie es der Heilige Pater Francisco Javier zu tun pflegte.. ihre Hände werden mit aller Devotion und Geruhsamkeit um einen Brunnen oder eine Schüssel gelegt, wenn nichts Besseres da ist, was das Taufwasser auffangen kann, und der Pater der Compãnia legt sich eine Stola um und stellt jedem einzelnen erneut die gleichen Fragen und kurzen Exhortationen, die wir aufgezählt haben, mit Übersetzern, damit sie den Willen haben, die Taufe zu empfangen, und daß sie Glauben, Hoffnung und Erbarmen und Zerknirschung oder wenigstens Reue ihrer Sünden wegen haben.
Und ist dann der Pater überzeugt, daß sie genügend vorbereitet sind, verleiht man ihnen, immer zehn und zehn, einen der gewöhnlichsten Namen, den sie aussprechen können, man läßt ihn wiederholen, damit sie ihn nicht vergessen, .. sagt ihnen, daß sie sich mit diesem Namen nennen und kennen müßten, von jetzt an, als Christen, und vergessen sollten und lassen den, mit dem sie sich in ihrem Lande vorher nannten, denn es ist Mohrenname, Heidenname, Name des Sohns des Teufels. (402)
Es ist die Heilsbürokratie eines Konzentrationslagers und erinnert an das Moorsoldatenlied.
– Von der Vortrefflichkeit dieser Aufgabe, des großen Vorteils wegen, für diejenigen, die sie ausführen – wird ein Kapitel überschrieben. (270)
Nach der Lüge in die eigene Erlösungstasche bleibt die Herablassung, das Schulterklopfen nicht aus:
– Sagt mir, Söhne, so frug Sandoval die, immer zehn und zehn, Angetretenen, ich, der euch so viele Sachen gelehrt hat und der euch mit soviel Arbeit, wie ihr seht, zu Christen machen will, liebt ihr mich nicht? Liebt ihr mich nicht sehr?

Alle sagen dann ja. (396)

– Sie haben gehört, sie heben alle die Hände und richten die Augen nach oben und zeigen an, dort ist Gott. (391)

Sind solche Gehirnwäschen der Massen noch immer das Ziel der Gesellschaft Jesu?

Achtung vor den Äthiopen, den Afrikanern, den Schwarzen, den Negern wird in Sandovals Werk häufig ausgeschrieben:

– Von der großen Achtung, die Gott Unser Herr diesen Negern und ihrer Bekehrung gegenüber bezeugt hat und bezeugt. (211)

Gespalten immerhin und sich im blanken Rassismus zwei Seiten später schon bekräftigend verplaudernd:

– Denn Gott verachtete niemals eine Hautfarbe, er achtete die Seelen. (213)

Was die Verächtlichkeit der Hautfarbe impliziert.

– Von der Achtung, welche die Heiligste Jungfrau, Unsere Herrin diesem Volk gegenüber bezeugt hat. (219)

Entsetzlich rührende Argumente!

– Von der großen Achtung, welche die Heiligen Apostel der geistlichen Beschäftigung der Neger gegenüber hegten. (224)

Mit den Worten verstand er zu jonglieren.

– Von der Würdigung und der großen Achtung, welche die Compañia de Jesus der Rettung der Äthiopen gegenüber hatte. (490)

Der Rettung der Äthiopen gegenüber sicherlich.

Kommt es einem nicht vor wie die verzweifelte Anbiederei eines Intellektuellen an Arbeiter, Unterdrückte, an den Guten Wilden?

Wichtig nur der kurze Satz auf Seite 345:

– Estos negros no son bestias como he oido decir.

– Diese Neger sind keine Tiere, wie ich habe sagen hören.

Er brauchte nicht weit herumzuhören.

Er brauchte nur sein eigenes Manuskript durchzublättern.

Denn wie in einem Délire Verbal, einem ekstatischen Heraus-

schnattern, das bis heute nicht überwunden ist, entfahren dem geprüften Soldaten Jesu fast auf jeder Seite des Buches Beleidigungen derer, die er lieben mußte und zu lieben vorgab und die er bis zu Konvulsionen des Ekels liebte:
Seite 11: Ungebildete Neger..
Seite 14: Ohne Gesetze, ohne einen menschlichen Zug..
Seite 16: Barbaren..
Seite 18: Entfernt von jedem menschlichen Handel..
Seite 23: Seelenlos.. Häßlich..
Seite 35: Seelenlos..
Seite 41: Miserabel..
Seite 47: Wie Tiere..
Seite 56: Barbaren und schwarz, mit gekräuselten Haaren..
Seite 89: Ohne Sauberkeit..
Seite 115: Bestialisch..
Seite 116: Den Tieren zu vergleichen..
Seite 118: Wie Katzen..
Seite 118: Wie dumpfe Tiere..
Seite 119: Wie Wilde oder Tiere..
Seite 119: Nicht menschlich..
Seite 166: Äthiopen oder Bestien..
Seite 269: Mit so schlechtem Geruch..
Seite 323: Schlecht riechend..
Seite 355: Fettiges und schmutziges Haar..
Im Dritten Buch, Kapitel 18, auf sechs Seiten sechzehn Beleidigungen.
Seite 558: O Volk der Kaffern! Nicht weniger dunkel und häßlich in der Seele als am Körper!
– Ihre Pönitenzen, denen sie sich unterwerfen, sind nicht weniger bestialisch. (38)
Ein Jesuit mußte das schreiben!
Hinter den Geißelungen im Jesuitenkollegium von Cartagena mußte mit dem Feudel das Blut aufgewischt werden.
Am schlimmsten aber:
– Die Neger, tyrannisch und grausam, machen Sklaven. (50)
Achtung Gottes vor den Negern, Achtung der Jungfrau Maria, Achtung der Apostel, Achtung der Gesellschaft Jesu:

– Das Schicksal der Schwarzen, traurig und schwarz – plappert er, deutlich kennzeichnend heraus.
Und ein Kollege schreibt ihm aus Afrika:
– Und daher wurden Neger geboren .. wir könnten auch sagen »Sklaven«. (27)
– Und wenn sie auch schwarz anzusehen sind, so können sie doch die Makellosigkeit und Weiße haben, die das Blut Christi dem gibt, der sich darin wäscht. (5)
Schwarz zu sein, ist also nicht nur ein irdisches Unglück, die Farbe, die Hautfarbe auch drücken Sünde und geistliche Verdammung aus.
Es sind Vorurteile, die, über den Heiligen Pedro Claver, der mit der Peitsche in die afrikanischen Riten hineinfuhr und der von einem Afrikaner und einer Afrikanerin, wenn sie auf dem Markt miteinander sprachen, eine Geldbuße verlangte, andauern, bis heute, bis zu dem Pater Angel Valtierra im selben Jesuitenkollegium:
– Neger – so derb. (XV)

– Dies war die Mentalität des Padre Sandoval und später von San Pedro Claver. Sie boten der Sklaverei die Stirn (XXVI), preist Valtierra den Ordensbruder; in einer weiteren Veröffentlichung wird er behaupten:
– San Pedro Claver, der eine Rasse befreite.
Es geht nicht darum, wie Peter Michel Ladiges festgestellt hat, die Widersprüche in einem Menschen aufzuzeigen, sondern einen widersprüchlichen Menschen.
Einem so umgetriebenen und intellektuellen Mann wie Alonso de Sandoval war sicher der Zynismus nicht fremd; doch auch diese Anfechtung mag er nach Geißelhieben ausgeblutet haben – er handelte und schrieb nicht als Zyniker.
Was er schrieb, meinte er wohl »ehrlich«, seine Widersprüche sind »echt« – was weder ihr Vorfallen erklärt, noch ihre Folgen entschuldigt; die Tauferei des Ideologen hat alle afroamerikanische Kultur in Kolumbien ausgelöscht.
Aber es ist nicht möglich, auf der einen Seite alle schlimmen Zita-

te aus *De Instauranda Aethiopum Salute* zu häufen und auf der anderen die edlen, eine Summe zu ziehen und eine Schlußzensur zu erteilen.

Ist es lobenswert, wenn er schreibt:

– Wenn es auch wahr ist, daß die große Kontroverse, die unter den Doktoren um die Berechtigung dieses so mühseligen und bedenklichen Handels besteht, mich lange Zeit perplex ließ . .

Alles in allem, ich bin entschlossen ihn zu behandeln, und lasse das Urteil über seine Berechtigung den Doktoren, die über diesen Punkt so gelehrt geschrieben haben, vor allem unser Doktor Molina. (97)

Er zitiert den Brief des Padre Luis Brendon, S.J.:

– Es gab immer Patres unseres Ordens, eminent gebildet, welche diesen Handel nie für unerlaubt hielten und als Patres in Brasilien kaufen wir diese Sklaven für unseren Dienst ohne irgendeinen Skrupel.

Denn die Händler, welche diese Neger mitführen, führen sie in gutem Glauben und Sie können von solchen Händlern ohne jeden Skrupel kaufen und Sie können sie verkaufen, denn es ist allgemeine Auffassung, daß der gutgläubige Besitzer einer Sache sie verkaufen kann und sie erworben werden darf. (98)

Ist es schlimm, wenn Sandoval anklagt:

– Ich hörte sie an und antwortete ihnen:

Pater, ich fahre nach Angola, um Neger zu holen. Ich erdulde unterwegs große Mühen, Ausgaben und viele Gefahren; schließlich fahre ich mit meiner Ladung aus, seien es zu Recht versklavte Neger oder zu Unrecht. Ich frage: Trage ich zur Rechtfertigung ihrer Gefangennahme durch die Mühen, Ausgaben und Gefahren bei, die ich auf der Hin- und Rückfahrt hatte, bis ich ankomme und sie verkaufen kann, in christlichen Ländern, wo sie ihr ganzes Leben lang Heiden bleiben?

Ich antwortete ihm:

Gehen Euer Gnaden von hier bis zur Kirche San Francisco, die ziemlich weit ist, und wenn Sie ankommen, schneiden Sie die Kordel der Lampe ab und nehmen Sie sie mit in Ihr Haus, und sollte die Justiz Sie als Dieb verhaften und hängen wollen (wie neulich einer gehängt wurde, weil er die der Kirche Santo Domingo geraubt hat) und ließe Sie ledig, weil Sie ihr sagen, daß Sie nicht die Lampe geraubt hätten, sondern genommen, um sich für die Mühen zu entschädigen, die Sie aufbrachten, um von hier nach dort und wieder zurückzugelangen. Wenn daraufhin, wie ich sage, das Gericht die Rechtfertigung Ihrer Arbeit anerkennt und Sie nicht strafen wird, würde ich sagen, daß Sie in gutem Glauben Ihre Neger herbeischaffen und daß der Grund, auf dem Sie bauen, gut sei.

Daraufhin wendete sich sein Kompagnon an ihn und sagte wütend:

Um Gottes willen.. Habe ich nicht gesagt, daß Sie diese Padres nach nichts fragen sollen?!

War Sandoval Aufklärer oder Reaktionär?

Verstellte er sich, wenn er für die Sklaven sprach oder wenn er für die Kirche handelte?

Folgte er dem Gebot des Ordensstifters Ignatius:

– Wir müssen uns immer daran halten, in allem zu bestätigen, daß das Weiße, was ich sehe, schwarz zu glauben sei, wenn die hierarchische Kirche es so bestimmt. (365. Geistliche Übung)

War seine Verstellung die echte, jesuitische, war sie eine private, ungeübte, hilflose?

Verlor er den Kopf vor dem Völkermord an den Afrikanern, weil er einen hatte?

Aus welcher Schicht bricht der Ekel hervor, der wirkt wie verkehrte Liebe?

Von Buch zu Buch, von Seite zu Seite, Absatz um Absatz müssen solche Fragen anders beantwortet werden.

Das Buch ist vor allem Zeugnis des totalen Widerspruchs; es zeigt, was ein erfahrungsreicher, kluger Christ vor den Afrikanern für Verhaltensweisen zeitigt.

Deshalb ist das Werk auch heute noch so wichtig.

Es legt Reflexe bloß, denen nur einige Griechen wie Homer und Herodot entgingen, die schon einklickten, als die Ägypter die Inschriften ihrer schwarzen nubischen Könige aus dem Porphyr wieder wegmeißelten, Reflexe, denen noch Adorno und Sartre unterlagen – wie Sandoval im Jahre 1627.

Mein Freund Herodot

New York, November 1980

Ich hole mir die Sonntagsausgabe der New York Times an der Kreuzung Christopherstreet, 7th Avenue Sonnabend gegen elf Uhr nachts.
Sie ist unangenehm zu tragen.
Sie schwärzt das Zeug.
Ich schätze, sie wiegt zwei Kilo.
Ich nehme die Untergrundbahn.
Wenigstens jeder zweite, der jetzt in Richtung Times Square fährt, hat die Times auf den Knien und liest, aufmerksam, süchtig, skeptisch und ein bißchen unterwürfig, die Negerin, der Ledertyp, der Lehrer, die Touristin, der Polizist.
Die New York Times vom Sonntag, dem 9. November 1980, hat neun Abteilungen – Arts and Leisure, Business etc.
Herodots neun Bücher wurden den Musen zugeordnet – 632 Seiten griechischer Text.
630 Seiten – Reklame, Magazin, Review of Books – die New York Times.
Im Durchschnitt etwa 3500 Wörter je Seite, an die 2,2 Millionen Wörter in dieser Sonntagsausgabe.
Bei Herodot stehen durchschnittlich neun Wörter in der Zeile, 37 Zeilen je Seite, das ergibt 210456 Wörter im ganzen.
Herodot hat sein Leben daran gearbeitet.
Er wurde um das Jahr 480 vor Christus in Halikarnass, einer ionischen Stadt Kleinasiens, geboren.
Sein Vater war ein Karer, wie man vermutet.
Herodot revoltierte gegen den Herrscher Lygdamis und mußte nach Samos fliehen.

Er bereiste einen großen Teil der damals bekannten Erde.
Er soll mit Sophokles befreundet gewesen sein und auf einer Olympiade gelesen haben.
Um das Jahr 424 vor Christus starb er, vielleicht in Thurioi, in Großgriechenland.
An drei Orten wird sein Grab gezeigt.
Die Ausgabe der New York Times vom Sonntag, dem 9. November, enthält zehnmal soviel Wörter wie das gesamte erhaltene Werk Herodots, das die Summe des Wissens über die Welt bedeutete, die Summe des Lebens und der Forschungen Herodots, die Summe der Kunstfertigkeit einer ganzen Epoche.
Die schriftlichen Aussagen, die jedes Wochenende von der New York Times und von anderen, zwei Kilo wiegenden Zeitungen, dem Estado de São Paulo, dem Miami Herald, in Millionen Exemplaren, 52mal im Jahr, etwa 3000mal in der Lebenszeit Herodots vertrieben werden, diese Mauern von Gedrucktem, können von einem Menschen, der nicht allein darauf spezialisiert ist, von Woche zu Woche, unmöglich durchgelesen werden und auf Fehler überprüft.

Das schriftliche Abbild der Welt, das zur Zeit des Herodot menschlich, unzulänglich hinter der Welt zurückblieb, hat in der New York Times die Welt überholt, der Einzelne ist nicht mehr fähig, das schriftliche Abbild der Welt, ebensowenig wie Herodot die Welt selbst, zu beherrschen.

Herodot – dennoch mein Freund und deshalb?
Schon wegen seines ersten Satzes:
Ἡροδότου Ἁλικαρνησσέος ἱστορίης ἀπόδεξις ἥδε.
Dies ist die Darlegung der Forschungen des halikarnasseischen Herodot.
Ich kann immer wissen, daß Wälder für jede Sonntagsausgabe der New York Times gefällt werden, daß ich schon nach der dritten Seite vor allzu vieler Information ersticke – ich kaufe sie trotzdem an der Ecke Christopherstreet, 7th Avenue.

Ich muß Forschungen aufdecken, wie jeder Schriftsteller, wie Herodot, wie Hekataios, der ionische Vorläufer:
τάδε γράφω ὥς μοι δοκεῖ ἀληθέα εἶναι.
Ich schreibe nun, was mir die Wahrheit zu sein scheint.
οἱ γαρ Ἑλλήνων λόγοι πολλοί τε καί γελοῖοι ὥς ἐμοὶ φαίνονται εἰσίν.
Auch mir erscheinen die Wörter und die Redeweise der Imperialisten redundant und lächerlich.
Forschung.
Aufdecken.
Es ist ein zerstörerischer Reflex.
Ohne ihn höre ich auf zu existieren.
Ich erkenne ihn schon bei Herodot – den Widerspruch zwischen Wissen und Handeln, Liebe und Erkennen, Aufklärung und Magie:
ϑωμάζω δέ προσϑήκας γὰρ δή μοι ὁ λόγος ἐξ ἀρχῆς ἐδίζητο . .
Ich staune aber, meine Rede, meine Wörter untersuchten von Anfang an Nebensachen, Abschweifungen, Anhängsel, Details . . (IV, 30)
Staunen – das bedeutet auch Zweifeln.
Trotz dieser ein für allemal Empirie, Naturwissenschaft festlegenden Formeln hat man Herodot der Fälschung, der Flüchtigkeit bezichtigt.
Herodot trennt auf eine moderne Weise Bericht und Kommentar, zu einem Vorfall zitiert er oft mehrere Zeugenaussagen und überläßt dem Leser das Fazit.
Es ist ein journalistisches Verfahren und ein poetisches.
Herodot bewegt sich in einem eigenen, ziemlich säkularisierten Kosmos, aus dem heraus er genau feststellt, wie abhängig die Welt von Mystifikationen ist; aus Forschungseifer schlüpft er in die Argumentationen der Magier hinein und plötzlich bemerkt er, wie die Versuchsanordnung über ihm zuschnappt.
Herodot, mein Freund.
Herodots Umgetriebensein, nicht still sitzen können.
Was ist hinter der Ecke!
Was ist jenseits der Bergkette!
Nicht: Wissen ist Macht! – sondern: Reisen ist Wissen.

Sex.
Der erste Prosaschriftsteller schrieb die erste Psychopathologia Sexualis – graziöser als Freud legt Herodots Text nahe, daß, da man des Sex' wegen reist, Reisen ein sexuelles Bedürfnis sei – schreiben und aufdecken!

Ich bin überzeugt davon: Herodot ärgerte sich über Hotels!
Er resignierte und schrieb die wichtigsten Kapitel, während das Zimmermädchen bohnerte.
Die Priester in Ägypten brachten ihn zum Auswachsen!
Er aß gerne Austern und besuchte schwule Bäder!
Aber was machte er gegen Läuse?
Mich stört, daß er seine Reisen dadurch finanzierte, daß er Ersatzteile verhökerte.
Aber ich höre die Redakteure, wenn er zurückkam, Herrn Doktor Thukydides und Genossen: Das interessiert doch unsere Hörer nicht – Schwarze, Bauernprobleme, die Skythen. Ich bitte Sie.
Man wußte nicht, was er dachte.
Gelegentlich entschlüpft ihm das Wort Schönheit.

Berichte über Entdeckungsfahrten sind so alt wie Entdeckungsfahrten selbst.
Noch heute kann niemand zum Sommerschlußverkauf in die Stadt gehen, ohne von den Bauarbeiten und den Umleitungen zu erzählen, den Farben der Stoffreste und den unmöglichen Hüten der gierigen Nachbarinnen.
Schriftlich, in Ton, in Stein, auf Wachs, auf Papyros werden die heimgeführten schwarzen Zwerge verzeichnet, Schimpansen, Gold, von Phiops, von Salomon, vom punischen Hanno.
Warenlisten als Litaneien.
Gesetzestafeln.
Kurze Schriftstücke.
Bei Hekataios zum ersten Mal ein Superbuch – etwas Riesiges, Weltumfassendes, unheimlich Unübersichtliches wie die Welt selbst.
Hekataios ist nur in Bruchstücken überliefert.

Die ganze Welt als Buch – bei Mallarmé etwas später: nur das Buch noch ganz als Welt – wird zum ersten Mal deutlich an Herodots neun Büchern der Historien – ἱστοριῶν – was zu Unrecht mit »Geschichte« übersetzt wird.

Sprache ist – mehr als Zahlen, Knochensplitter, Grünspanplättchen – Geschichte, an Sprache kann abgelesen werden, wie Ereignisse gedacht, geplant werden, an Herodot, wie Denken und Handeln vor 2500 Jahren funktionierten.
Die Ausgabe des Heimeran Verlages setzt:
Herodot aus Halikarnass veröffentlicht hiermit seine Forschung . .
Bei Herodot steht:
Ἡροδότου Ἁλικαρνησσέος ἱστορίης ἀπόδεξις ἥδε . .
ein Gedankenschub, der in Deutsch etwa so nachzuvollziehen wäre:
Herodots Halikarnassers Forschung Aufzeichnung diese . .
Die modernen Ausgaben bei Heimeran und Kröner ersparen uns oft die »entweder . . oder«, »sowohl . . als auch«, »weder . . noch«, »zwar . . jedoch« mit denen eine restaurative Geschichtsschreibe ihre Bildungsblähungen beduftete, Wortvogelscheuchen, die mit Denken in deutschen Köpfen ebensowenig zu tun haben wie mit Denken in griechischen.
Sicher!
Aber bei Herodot muß von Partikelflucht gesprochen werden:
μέν, μήτε . . μήτε, τε καί, δὲ . . fallen, als wäre es gar nichts.
Wie soll man sie nachempfinden, nachbilden?
Oder sind es nur naturalistische Füllsel einer archaischen Plaudertasche?

Es gibt grvndsätzlich zwei Theorien zum geschichtlichen Verhältnis von Sprache und Musik:
Erstens: Die Geburt der Tragödie aus dem Geiste der Musik.
Zweitens: Umgekehrt.
Musik ist etwas Spätes, aus natürlichen, mimetischen Äußerun-

gen, Grunzen, Schreien entwickeln sich sinntragende Phoneme, die schließlich zu Versen verdichtet werden und musikalische Überhöhung erfahren.
Oder:
Differenzierte, gesangsähnliche Partikel werden zu sprachähnlichen Ensembles zusammensäkularisiert, sehr komplizierte musikalische Gebilde vereinfachen sich zum sapphischen Elfsilber, zur Tragödie, und zum Streichquartett, zum Schluß schließlich das Grunzen, Schreien und die Partikelfluchten der Regenbogenpresse.
Herodot steht zwischen Magie und Naturalismus.
Die Tragödie seines Freundes Sophokles war nicht mehr reiner Vaudou, wie fast noch bei Äschylos, sie war noch nicht zweifelgeschütteltes Rührdrama wie bei Euripides.
Herodots Prosa könnte also – nach den kultischen Gesängen seiner Väter, vor dem naturalistischen Geplaudre seiner Enkel – einen Sprachzustand überliefern, der noch Gesangsartiges, Litaneihaftes in der Prosa bewahrt.
Bedeutete die Masse der Partikel bei Herodot also nicht das naturalistische, »natürliche« Geplappre eines Conferenciers, sondern vielmehr den materialen Rest einer archaischen Musik, dem strengen Gezwitschre der Äffchen, den gemessenen Trancen der Steinzeit verwandt?
Das Studium der Partikel bei Herodot würde uns also vielleicht etwas vom Zustand Griechenlands zur Zeit der großen Tragöden, zur Zeit der ersten Wissenschaftler erfahren machen, von der Verfassung der Phantasie, vom Contenu Mental einer Zeit, in der die erste, größte uns erhaltene Prosa über die ganze Welt verfaßt wurde.
(Jorge Luis Borges, leider von einem im Wortsinn idiotischen Fernsehreporter unterbrochen, deutete eine Gegenbewegung an, die meine Hypothese nicht zerstört:
Borges sagte:
– Freie Rhythmen sind schwieriger als Verse, Prosa ist schwieriger als freie Rhythmen.)

Es ist vielleicht unzulässig, die Entstehung von Prosa an diesem ersten uns erhaltenen, riesigen Prosawerk des Herodot exemplifizieren zu wollen.
Zu vieles der vorprosaischen Texte bleibt unklar:
Waren die Königskartuschen der Ägypter Bildmusik? Bildlyrik?
Hatten die Listen der Kaufleute, die frühen fürchterlichen Gesetzestafeln Litaneicharakter? Waren sie, vorgelesen, ein pingeliges Délire Verbal?
Wie skandiert man eigentlich Sappho?
Der Vorsokratiker Empedokles schrieb noch Verse.
War des Hekataios' Werk rhythmisch gegliedert?
Was bedeutete es, in moderne Sprache übersetzt, daß die Sgraffiti an den Kolossen von Abu Simbel. Ich zu sich selbst sagten, daß Menschen, die Sgraffiti schrieben, Wörter also als Wesen auffaßten, die von sich selbst reden konnten?
Kann man Prosa als Ausdruck von Säkularisierung auffassen? Als Entgöttlichung also? Als Aufklärungsprozeß?
Als eine Abnahme von magischer Kraft, trancetragendem Gleichklang, Identifikation des Wortes mit der Welt?
Der arme Grieche Leon wird von den Persern als Opfer geschlachtet, Leon, der Löwe, vielleicht zog er sich es auch des Namens wegen zu, schreibt Herodot im Siebten Buch (VII, 180).
Τήλεφος μ'ἔγραφε..
Telephos hat mich geschrieben, mich Wort, steht an den Götterstatuen in Nubien.
Dichterwort war Orakelwort, Macht, Welt, von Homer bis Rimbaud und Kafka, hingeworfen, hinkalkuliert – Säkularisation, Ablösung vom Magischen zum Naturwissenschaftlichen hin, von Homer zu Thales, von Hesiod zu Hekataios und zu Herodot, von Äschylus zu Sophokles, heißt auf das Dunkle, Pythische, Geworfene verzichten – auf Gewalt zu verzichten und auf Identifikation.
Apodeixis, Darlegung, Beweis – und eben nicht von Geschichte, denn das ist wieder ein dunkler, mächtiger Begriff, sondern von Forschung – ἱστορίη, wie Herodot es genau ionisch benennt.

Bei Herodot wird dieser Säkularisierungsvorgang der Wortmächtigkeit und der Wortmacher deutlich abgebildet.
Im Vierten Buch (IV, 13) schildert er Aristeas als ποιέων ἔπεα, einen Epen Machenden, er war φοιβόλαμπτος, von Apoll ergriffen, also wohl in Trance dichtend.
Von Hekataios dagegen, dessen γράφω ὥς μοι δοκεῖ ἀληθέα εἶναι – ich schreibe, was mir die Wahrheit zu sein scheint – wieder anklingt τῇ γέ μοι φαίνεται εἶναι ἀληθές (VII, 139) – von Hekataios spricht Herodot ausdrücklich dreimal als λογοποιός, eine Vokabel, die mit Schriftsteller übersetzt wird, wörtlich heißt es Wortmacher. (II, 143; V, 36, 125)
In der deutschen Übersetzung finde ich regelmäßig »Geschichtsschreiber« und eine historio-zentrische Altertumswissenschaft mag für solche Übersetzung ihre triftigen Gründe haben.
(Apropos Übersetzung: Ich frage mich, wie in einer »durchgesehenen« Ausgabe des Heimeran Verlages aus dem Jahre 1977, die auch von der Wissenschaftlichen Buchgesellschaft vertrieben wird »so ziemt es sich für ein Herrenvolk« [Seite 1265] stehenbleiben konnte für:
οἰκὸς δὲ ἄνδρας ἄρχοντας τοιαῦτα ποιέειν [IX, 122].)
Der Vater der Geschichte soll es sein und so deutet man alles auf Geschichte hin, wie sich am deutschen Text zeigt, auf eine ganz bestimmte Art von Geschichtsdenken.

»Plan und Aufbau des Werkes« schrauben bei Tusculum und Kröner den unruhigen Text in ein historistisches System des Widersinns:
I. A. I. II. 1. B. I. 1.
Also:
Buch I.
Einleitung:
1. Ziel des Werkes.
2. Griechen und Barbaren in mythischer Zeit.
I. Teil. Die Griechen in den Kolonien und die Barbaren.
A. Die kleinasiatischen Griechen und die Lyder.
I. Älteste Geschichte der Lyder.
II. Kroisos.

1. Kroisos und Solon . .
B. Die Griechen außerhalb des Mutterlandes und die Perser.
I. Die Entstehung des persischen Weltreichs und Kyros.
1. Die Jugend des Kyros . .
Die gewaltigen Felder, die Herodot in seiner Prosa abschreitet, werden so nicht ausgemessen, nicht die Mythenschübe, die Strukturen des Frauenraubs, im ersten Kapitel schon.
Wenn wir annehmen, daß Herodot seine neun Bücher selbst in die Tausende Kapitel einteilte, die wir heute vorfinden, fällt die Exzentrik auf, mit der er sehr kurze Kapitel und sehr lange Kapitel nebeneinandersetzt . .
Die Textmassen wirken synkopisch gegliedert, außereuropäisch, asianistisch, jazzartig.
Der Freund des Sophokles erzählte nicht in klassischem Gleichmaß.
Der geschichtliche Ablauf geht von mythischer Zeit bis zur Schlacht bei Salamis und zur Flucht der Perser, jedoch zuckend, vorgreifend, rückblendend.
Die riffartige Konstruktion von Aggressionen, Frauenraub zu Anfang unterbricht Geschichte: Kroisos (I, 6; I, 7) rückgreifend die Erzählung von Kandaules und Gyges – eine Analyse zur Sexualpathologie:
Exhibitionismus, Voyeurtum, möglicherweise als Ausdruck verdrängter Homosexualität oder von Impotenz.
VII, 130 ff. nimmt vorweg, das wird VII, 138 genau bezeichnet:
Doch das nun ereignete sich viele Jahre nach dem Feldzug des Königs, ich aber kehre zu meiner früheren Erzählung zurück . .
Auch das Problem der Abbildung zeitlich parallellaufender Ereignisse in einem diachron gerichteten Medium hat Herodot bereits beschäftigt, wie nach ihm Heissenbüttel und, in gewissem Sinn, Döblin und Marinotti.
Herodot hat das Vermögen, ganze Epopöen in einem Satz unterzubringen:
Sie (die Phoiniker) waren vom rot genannten Meer zu diesem Meer hergekommen und besiedelten das Land, das sie auch jetzt bewohnen, sie unternahmen sogleich große Schiffsfahrten . . (I, 1)

Er übersetzt zwei Züge in so kurze Aussagen, daß der Leserblick sie fast gleichzeitig erfaßt und ein »und« genügt, um das Heer des Kambyses in eine Richtung ziehen zu lassen und – synchron – das Heer der Lakedaimonier in die andre. (III, 39)
Was erbringen die Forschungen des Herodot:
Erdkunde und Geologie, Ethnologie, Psychologie, Sagen, Klatsch, Dialoge, kleine Theaterstücke, Schulfunk, Geschichte, Religion, Kurzgeschichten, Novellen, meinetwegen »Novellenkränze«, Romane, Strukturenanalysen, Biologie, Zoologie, Architektur, Bildende Kunst, Pflanzenkunde, Medizin, Ackerbaulehre, ein Lehrbuch der Diplomatie.
Es ist eine bildhafte Prosa, die keine Bilder benötigt, heftig, ohne Adjektive, gelegentlich vergleicht sie – Metaphern werden nie benützt.
Ironie, Witz, Verachtung, Haß, Ethik entstehen nicht durch ironisches, wohlmeinendes, haßerfülltes Schreiben, sondern durch eine Schroffheit und Offenheit des Textes, durch Engführung scheinbar widersprüchlicher Aussagen, die eine witzige, abwertende, beispielhafte Wirkung zeitigen; dieser Text ist nicht durch Poesie poetisch, sondern durch seinen Materialismus.
Herodot scheut sich nicht vor Effekten:
Kroisos ruft auf dem Scheiterhaufen, jeder Schüler erinnert es, in die Stille hinein dreimal: Solon.
Er ruft es im Ersten Buch, Kapitel 86, Herodot und sein unglücklicher Held erinnern sich 50 Kapitel zurück (I, 32) – wo Solon dem König rät, niemanden vor seinem Tode glücklich zu preisen.
Solche Bögen baut Herodot und er mußte wohl erwarten können, daß seine Leser und Hörer solche Konstruktionen nachzubauen vermochten.

Im Siebten Buch fügt Herodot einprägsam verschiedene poetische Schichten, verschiedene Wissensgebiete in einer an das moderne Feature erinnernden Weise zusammen:
VII, 34: Geschichtlich, sagenartig – die Brücken über den Hellespont werden durch ein Unwetter zerstört.
Kapitel 35:
Psychopathologie – oder Religionswissenschaft:

Xerxes befiehlt, dem Hellespont 300 Geißelhiebe zu geben.
Wie genau Herodot beobachtet, geht aus den Details hervor, die der Volksmund gemeinhin nicht überliefert:
Xerxes ließ auch ein paar Fußfesseln ins Meer versenken und trug Brandmarkern, Stechern auf, den Hellespont zu brennen oder zu stechen.
Xerxes trug ihnen auf, dabei zu reden.
Und erst hier ein Wort der Stellungnahme:
Barbarische und frevelhafte, unschickliche Worte.
Da Herodot also noch die verletzliche Heiligkeit des Hellespont begreift, begreift er ebenfalls den heilig-frevelnden Akt des Persers.
Xerxes' Formeln nun gibt Herodot in direkter Rede, in der Art des Altvaters der Tragödie Äschylos, der das gleiche in den *Persern* getan hatte – heute findet man so etwas in historischen Romanen.
Mit der Enthauptung der Brückenbaumeister endet kurz und deutlich das 35. Kapitel.
Das 36. beginnt mit drei Sätzen Humanismus.
Es folgt eine Seite Brückenbaukunde.
Ein unruhiger Forscher, zwischen Bacchanten, Kaputten, Magie und Aufklärung – nicht der Verfasser von Geschichtskompilation am Schreibtisch.
Im Zweiten Buch steht:
πυνθανόμενος περί τῶν πτερωτῶν ὀφίων . . (II, 75)
Forschend über geflügelte Schlangen, alles interessiert ihn:
Im 54. Kapitel des VII. Buches geht es immer noch um Xerxes und den Hellespont. Vor dem Zug nach Europa wirft Xerxes eine Schale, einen goldenen Mischkrug und ein persisches Schwert ins Meer.
ταῦτα οὐκ ἔχω ἀτρεκέως διακρῖναι
Ich weiß es nicht genau, um entscheiden zu können, schreibt Herodot.
Ob nämlich Xerxes Weihegeschenke darbrachte oder ob er es bereute, das Meer gegeißelt zu haben.
Herodot verfügt also über zwei gleich stichhaltige Erklärungsmöglichkeiten, eine magisch überpersönliche und eine andre

magische, jedoch schon individualistisch, psychopathologisch gefärbte.

Im Siebten Buch (VII, 125) werden Löwen geschildert, die nachts weder Menschen noch Vieh einer Karawane anfallen und sich nur die Lasttiere, die Kamele als Beute aussuchen.

ϑωμάζω δὲ τὸ αἴτιον.. Ich frage mich nun staunend nach dem Grund.

Wieder der Grund, der Anfangsgrund.

Die Löwen hätten Kamele vorher weder gesehen noch gekostet.

Der Verhaltensforscher fragt nach Vererbung und Prägung.

.. τε καὶ προεϑυμέετο κατά τε τὸ ἔχϑος τὸ Λακεδαιμονίων καὶ κατὰ τὸ κέρδος. (IX, 38)

Hegesistratos opferte aus Haß auf die Lakedaimonier und aus Klugheit, Gewinnsucht, Berechnung.

Nicht nur die Graugänse von Lorenz – auch Adler und Freud.

Auf jeden Fall keine Standbilder für den Geschichtsunterricht.

So exakt sind sein Interesse und seine Empirie, daß er im Dritten Buch, wie die traditionellen Psychiater der Togolesen, die Epilepsie von den Geisteskrankheiten trennt:

Kambyses Krankheit:

τὴν ἱρὴν ὀνομάζουσί τινες.. die einige die heilige nennen.

οὔ νύν τοι ἀεικὲς οὐδὲν ἦν τοῦ σώματος νοῦσον μεγάλην νοσέοντος μηδὲ τὰς φρένας ὑγιαίνειν. (III, 33)

Es ist wirklich nicht unwahrscheinlich, daß er, der an einer großen Krankheit des Körpers erkrankt war, auch an den Sinnen nicht gesund blieb.

Auch hier den Togolesen nahe, die annehmen, daß von einer bestimmten Dauer und Stärke epileptischer Anfälle an auch das Gemüt betroffen werde.

Wörter.

Wahrheit.

Demaratos vor Xerxes fragt, wie er reden soll:

Auf welche von beiden Weisen soll ich – der Wahrheit nach oder dir zu gefallen? (VII, 101)

Die Thebaner:

λέγοντες τὸν ἀληθέστατον τῶν λόγων.. (VII, 233)
sagten das wahrste der Wörter.
Wörter wird Herodot sagen, die er gehört hat..
τὸν.. ἤκουον λόγον.. λέξω.. (IV, 14)
im Gegensatz zu den gottbegeisterten Epen.
Was ihm unglaubwürdig erscheint, weigert er sich ausführlicher mitzuteilen. (IV, 36)
Er kannte die Schwierigkeiten beim Schreiben der Wahrheit:
Ich weiß es nicht genau, um entscheiden zu können.. (VII, 54)
Wörter bis in den Tod – die Wörterverweigerung:
ἦν δὲ λόγος οὐδεὶς τοῦ ἀπολλυμένου. (VII, 223)
heißt eben nicht: Niemand kümmerte sich um den, der umkam.
Sondern: War nun kein Wort des Umgekommenen.
(Wenn es nicht sogar heißt: Es wurde stumm gestorben.)
Unmenschliche Stummheit der Schlacht vor dem Einzelschicksal, die Herodot ins Menschliche, ins Poetische zurückholt, durch seine betont verkürzende Erwähnung.

Nicht immer hält Herodot sich derart zurück.
Schon seine Auswahl, Längung, Kürzung eines Berichtes sind, selbstverständlich, Kommentar.
Er kann uns immer wieder versichern:
ταῦτα μὲν ἀτρεκέως ἔχω περὶ αὐτῶν εἰδὼς εἰπεῖν.. (I, 135–140)
Genau weiß er es, denn er hat es gesehen.
Was?
Persersitten.
Ganze anderthalb Seiten.
Deutlich sagt er, ihm gefällt es nicht, wie die Ägypter sich herausreden:
ἔμοιγε οὐκ ἀρεστά. (II, 64)
Er glaubt nicht, wie der Pharao Rhampsinitos versuchte, einen Leichendieb zu überführen:
ἐμοὶ μὲν οὐ πιστά. (II, 121)
Herodot verdammt, daß Cheops seine Tochter ins Freudenhaus schickt:
Χέοπα κακότητος.. (II, 126)

Im 146. Kapitel [des Zweiten Buchs] gelingt ihm eine kurze Zusammenfassung von Kommentar und Objektivierung:
Er schildert verschiedene Sagen und deutet seine eigene Meinung dazu an – jeder wähle das seine heraus!
Er lacht über Stümper – Konkurrenten:
γελῶ δὲ ὁρῶν γῆς περιόδους γράψαντας πολλοὺς ἤδη ..
ἐν ὀλίγοισι γὰρ ἐγὼ δηλώσω μέγαθός τε ἑκάστης αὐτέων .. (IV, 36)
Ich lache, wenn ich sehe, wie viele schon Karten der Erde gezeichnet haben ..
In wenigen (Worten) werde ich klar machen die Größe eines jeden Erdteils und auch wie jeder gezeichnet werden soll.
Gelehrtenhochmut ist also kein Privileg unseres Jahrhunderts.
Σάτραι .. ὅσον ἡμεῖς ἴδμεν .. (VII, 111)
Die Satren sind .. soweit *wir* wissen ..
Das »wir« in der Haltung der Modestia oder der Majestät?
Ein Kapitelchen von neun Zeilen über die Satren und dann:
καὶ οὐδὲν ποικιλώτερον ..
und nichts weiter Buntes, Kunstvolles, Interessantes.
Die Welt als ein Kreis, der sich um die Neugier des Griechen, des Ioniers dreht.
In einem exzentrischen, fast synkopischen Gefüge von Erzählmassen immer wieder Formeln, starre Gesten, Partizipienhäufungen, Begriffsknoten, Partikelfluchten:
λόγον λέγοντες
οὐκ πιστὰ
dagegen mächtige Einzelsätze:
᾿Αθηναῖοι μέν νυν ηὔξηντο .. (V, 78)
Die Athener waren nun groß geworden.
Wir finden poetologische Betrachtungen zu Homer (II, 116) und Fürze, wenn auch gelinde benannte. (II, 162)
Selten liest man noch in der New York Times eine solche Heftigkeit der Berichterstattung:
τὸν δὲ θυμωθέντα ἐμπηδῆσαι αὐτῇ ἐχούσῃ ἐν γαστρί, καί μιν ἐκτρώσασαν ἀποθανεῖν. (III, 32)
Der erzürnte (Kambyses) trat sie mit Füßen. Sie war schwanger und während sie fehlgebar, starb sie.

Wie Eis fällt es auf den Leser, wenn er erfährt, daß der Skeptiker, der Agnostiker, der Analytiker mit schreibender Hand die eigenen Ansichten verwischt – vor der Großen Zeit:
Die Sigynner behaupten Abkömmlinge der Meder zu sein. Herodot kann sich nicht erklären, wie das möglich sein soll:
ἐγὼ μὲν οὐκ ἔχω ἐπιφράσασθαι, γένοιτο δ'ἄν πᾶν ἐν τῷ μακρῷ χρόνῳ. (V, 9)
Ich aber kann es nicht einsehen, nun mag alles in der großen Zeit entstehen.

Wenn dies Werk mehr ist, als eine Anhäufung von Beispielen für den Geschichtsunterricht, mehr als ein erster Versuch, Verhalten, Aggressionen zu analysieren, wenn es wirklich eine poetische Dimension, nicht nur im Sinne von »ursprünglich machen«, sondern auch von spätem, städtischem, lyrischem Ich enthält, wo bleibt dann die tragische Umkehr, die Hölderlin – für die Tragödie – fordert, tragische Umkehr, die jedes Dichtwerk im Gegensatz zum Kompendium aufweist, wo sagt Herodot, der Poet, in seinem Sprachwerk »Ich« zu sich selbst, wie die Sgraffiti an den Kolossen von Abu Simbel es tun, wo wird Herodot mehr als nur in Randbemerkungen deutlich?

Ἡσίοδον γὰρ καὶ Ὅμηρον ἡλικίην τετρακοσίοισι ἔτεσι δοκέω μευ πρεσβυτέρους γενέσθαι καὶ οὐ πλέοσι. (II, 53)
Hesiod nämlich und Homer seien mir vierhundert Jahre vorangegangen, meine ich, und nicht mehr.
Herodot nennt sich also in einem Atem mit den Alten, Großen vom Berge, wie Thomas Mann sich mit Goethe verwechselte, Grass sich an Döblin maß und Rühmkorf an Walther von der Vogelweide – weniger lächerlich sicher, kühn dennoch, untrüglich als Literaturethnologe sich selbst gegenüber und seiner Kultur.
Am Ende des Kapitels bringt er die drei Namen noch einmal zusammen, bescheidener jetzt, Herodot will über Homer und Hesiod schreiben; aber nach dem hochgreifenden Anfang ist die Zurücknahme des Kapitelendes nur eine raffinierte Steigerung.
.. τὰ δὲ ὕστερα τὰ ἐς Ἡσίοδόν τε καὶ Ὅμηρον ἔχοντα ἐγὼ λέγω.

Neben dem Selbstbewußtsein wird Herodots Neugier deutlich dokumentiert; es ist jene enzyklopädische Neugier, die vor nichts zurückschreckt, Herodots Neugier umfaßt alles, bündelt es, holt es jedoch, kritisch, ins menschliche Maß zurück.
Es bleibt unfaßlich, daß nach einem so neugierigen Beginn ein so unneugieriges Europa entstand, für das Wissen selten etwas andres war als Macht, die Kolonialgeschichte Europas bleibt die Geschichte der Unempfindlichkeit, die Philosophie Europas unneugieriger Idealismus, Scholastik, Scheuklappen und Gebetsmühlen, schon Thales fiel vor den Augen der Magd in den Brunnen, die Fehler in der praktischen Anschauung füllen Bände, Bände Aristoteles, Sartre und Lévi-Strauss.
Einige Topoi durchziehen Herodots ganzes Werk:
Todestopoi, Menschenopfer, Kriegstopoi, ausgetrocknete Flüsse, leergesoffene Flüsse, Hungerbilder, die Tötung des Sohnes im Angesicht des Vaters; dies Bild kehrt so oft wieder, es scheint vor Entsetzen starr aufgezeichnet – man glaubt fast an eine Jugenderinnerung.
Herodot persönlich; nie so persönlich wie im Sex:
Neugier, Umgetriebensein und gelegentlich Zimperlichkeit.
Es ist eine Gegenwelt der Sinnlichkeit, die Herodot aufzeichnet, keine Welt der Zärtlichkeit und des Linden.
Die Aufdeckung seiner Forschungen beginnt mit der Frage nach dem Grund der Aggressionen zwischen Kleinasien und Europa – δι' ἥν αἰτίην ἐπολέμησαν ἀλλήλοισι – Frauenraub.
Herodot beginnt mit einer riffartigen Darstellung von Frauenraub. Strukturen des Frauenraubs, würde man es heute nennen.
Auf der dritten Seite bereits die pikante, rätselhafte Geschichte um Kandaules und Gyges.
Es ist der Archéporno, wenn man von den Porno-Comics der Hieroglyphen absieht, denn was ist Porno andres als Darstellung von anzüglichem Ausziehen und von lüsternem Beiwohnen am Beiwohnen andrer, dazu nun zwingt die Frau des Kandaules den widerwilligen Näscher Gyges und der Kunkler und Kokler Kandaules muß sein Peepen und Peepen-Lassen mit dem Tod bezahlen, was heute im allgemeinen weder auf der 42nd street noch auf der Reeperbahn nachts um halb eins üblich ist.

οὗτος δὴ ὢν ὁ Κανδαύλης ἠράσθη τῆς ἑωυτοῦ γυναικός (I, 8)
Dieser Kandaules liebte seine Frau also mit Wollust, Begierde – ἐρᾶν – das Verb hat zu tun mit ἔρως, Eros, dem Gott der Liebe selbst, woher es stammt, ist unbekannt, es ist einfach so da.
Kandaules hielt in seiner Liebe seine Frau für die schönste der Welt. Zeigen mußte er sie; Geltungssucht, Gefallsucht spielen von allem Anfang an bei Herodot mit in die Wollust hinein.
Wem zeigt er sie ausgerechnet?
Gyges, dem Sohn des Daskylos, seinem αἰχμοφόρος, seinem Leibwächter, Trabanten, seinem Lanzenträger, witzig, αἰχμή heißt die Lanze, der ihm sehr angenehm ist.
Fast scheint es, als benütze Herodot einen zärtlicheren Terminus für die Empfindung des Kandaules dem Lanzenträger gegenüber, als derjenigen gegenüber, die als schönste der Frauen die Lanzen entgegengetragen bekommt . .
In ἀρέσκω, ἀραρίσκω schwingt die Idee von fügen, passen hinein – bei Thomas Mann gibt es im *Joseph* für dieselbe Epoche den Terminus »unterweltlich scherzen«.
Kandaules muß nun von der Schönheit seiner Frau schwärmen, er muß sehen, wie Gyges sie vergeblich begehrt, der Lanzenträger, vielleicht um durch ihn seine Lanze zum Tragen zu bringen, oder gar, bei Casanova gibt es eine ähnliche Szene, um sich am Lanzenträger zu erquicken, sich von der Lanze des erregten Gyges durchdringen zu lassen; und das wird ja dann – doppelter Liebestod, Kandaules stirbt durch Gyges Lanze im Bett der schönsten, so begehrten Frau – geschehen.
Herodot beginnt diese Passage mit einer unverständlichen und sonst in seinem Werk ungebräuchlichen orakelnden Formel:
χρῆν γὰρ Κανδαύλῃ γενέσθαι κακῶς – es war vom Schicksal bestimmt, Kandaules mußte übel werden.
Gyges soll also zusehen, wie die Königin sich entkleidet, nachdem Kandaules ihn mit schlüpfrigen Worten dazu überredet hat.
Sie wird sich auskleiden und ihre Gewänder eins nach dem anderen auf einen Sessel legen.
Die Frau des Kandaules sieht Gyges, als er wieder wegschleicht.

Ließ sich Gyges absichtlich ertappen?
Wollte er dem schwülen Kandaules eins auswischen?
καὶ ἡ γυνὴ ἐπορᾷ μιν ἐξιόντα.
Und die Frau sah ihn, während er hinausging, steht sehr kurz, ohne Füllsel, unheimlich dort.
Wir haben beobachtet, daß alles Harte bei Herodot verkürzt erscheint.
Die Königin stellt Gyges am nächsten Tag vor die Wahl, entweder muß er selbst sterben oder er tötet Kandaules, und zwar von der gleichen Stelle aus, wo er sie nackt sah.
ὑπνωμένῳ δὲ ἡ ἐπιχείρησις ἔσται. (I, 11)
Im Schlaf wird der Überfall stattfinden.
Schon vorher hatte Herodot bemerkt, daß es bei den Lydern auch als entehrend galt, wenn man einen Mann nackt sieht.
So unzüchtig kam Herodot selbst dieser Urgrund von verdrängter Homosexualität, von Homosexualität als tödlichem Eros, von Peep-Show und Striptease vor, daß er nach sechs Kapiteln, wie zur Entschuldigung trocken anführt:
Gyges erhält das Königtum und die Frau.
Γύγης, τοῦ καὶ 'Αρχίλοχος ὁ Πάριος, κατὰ τὸν αὐτὸν χρόνον γενόμενος, ἐν ἰάμβῳ τριμέτρῳ ἐπεμνήσθη.
Gyges, dessen Archilochos von Paros, der zur gleichen Zeit lebte, in einem iambischen Trimeter gedachte. (I, 12)

Nach diesem Beginn gibt es kaum etwas Sexuelles, das Herodot nicht streift:
I, 61: Schwangerschaftsverhütung.
Peisistratos verkehrt, mischt sich mit seiner Frau nicht nach dem Gesetz.
ἐμίσγετό οἱ οὐ κατὰ νόμον.
I, 94: Die Lyder bestimmen ihre Töchter zur Unzucht.
καταπορνεύουσι.
II, 121: Tadelt Herodot die Tempelprostitution der Tochter des Pharaos Rhampsinitos, wie auch den Cheops, der seine Tochter, aus Geldgier, das gleiche tun hieß.
I, 196: Als weisesten Brauch der Illyrer schildert er die Versteigerung der heiratsfähigen Mädchen.

IV, 176: Die Frauen der Gindanen binden sich nach jedem Verkehr einen Lederriemen um, diejenige wird am meisten geachtet, die von den meisten Männern geliebt worden ist.
Knabenliebe, männliche und weibliche Homosexualität finden wenig eindeutige Erwähnung. (I, 135, 155; IX, 20.)
Im Fünften Buch treten Transvestiten als mordende Rächer auf. (V, 20)
Bei den Stämmen im Kaukasus vollzieht sich der Geschlechtsverkehr öffentlich wie beim Vieh. (I, 203)
Die Massageten dürfen mit jeder Frau schlafen. Der Mann hängt zum Zeichen seinen Köcher draußen an den Wagen. (I, 216)
Die Massai, heute, pflanzen ihren Speer vor das Zelt, daß der Ehemann die Frau und den jungen Krieger nicht störe.
II, 46: Bei den Ägyptern begattet ein Bock öffentlich eine Frau, ohne daß es Herodot entsetzte.
II, 48: Phallische Puppen bringt er in einen Zusammenhang mit den Dionysosfeiern in Hellas.
II, 89 berichtet er von Leichenschändung.
II, 131 vom Inzest des Mykerinos mit seiner Tochter.
Nervöse Impotenz (II, 181) beschäftigt ihn ebenso wie Geschlechtskrankheiten (III, 149) Mutterbindung und Vergewaltigung (IV, 43), Zwitter (IV, 67), Ödipale Vaterschaft und Wegwurf der Mutter – wie in Hamlet (VI, 68).
Xerxes schließlich schmarutzt, wie Lotte es von Goethen vorgibt. (IX, 108)
Er liebt die Frau seines Bruders.
Er verheiratet seinen Sohn Dareios mit der Tochter der geliebten Schwägerin und hofft – absurd! – sie dadurch leichter zu gewinnen. Seine Nichte, die seine Schwiegertochter ist, gewinnt er – wie Philipp II. bei Schiller die Geliebte seines Sohnes Carlos.
Schwierige Verhältnisse im Werk des umgetriebenen Ioniers.
Viel Sex.
Wenig Zärtlichkeit.
Warum reist man solcher hard core nach?
Aus eigenen Zwängen, Zerstörungen?
Gelegentlich etwas Prüderie:

II, 30: In der deftigsten Geschichte holt ein Ägypter sein Ding heraus und zeigt es dem Pharao Psammetichos und sagt:
Wo dies sei, gäbe es für sie Frauen und Kinder.
Was holt der Ägypter heraus?
Sein αἰδοῖον, sein Schamglied, von αἰδώς, die Scham, das Ehrgefühl, die Gottesfurcht, die Beschneidung und auch die Schande, die Schmach.

Warum die Ägypter den Pan ziegengesichtig und bocksbeinig malen, ist Herodot nicht angenehm zu berichten.
Was ist ihm unangenehm?
Und sagt er es überhaupt?
Hängt das Ganze mit Schweigegeboten zusammen, mit Geheimsekten, in die Herodot vielleicht eingeweiht war und die den Anlaß gaben zu seinen Reisen, seinen Religionsforschungen und seinem Bericht; unangenehm ist es ihm auch, über die Holzphalloi zu reden.
Erinnerten sie ihn an das abgerissene Glied des Osiris?
War er touristisch von den Ägyptern in die Mysterien des Osiris eingeweiht, wie man heute Afroamerikaner schnell in die alten Religionen von Nigeria einweiht, wo Holzphalloi ebenfalls eine Rolle spielen?

Eine einzige Formel von Leiblichem geht wie eine Sehnsucht durch das ganze Werk:
Das Land Äthiopien trage große, langlebige, schönste Männer.
III, 114: ἄνδρας μεγίστους καὶ καλλίστους καὶ μακροβιωτάτους.
VII, 12: ἄνδρα οἱ ἐπιστάντα μέγαν τε καὶ εὐειδέα εἰπεῖν.
ein großer und wohlgestalterer Mann erscheint Xerxes im Traum.
VII, 187: Niemand kann sich Xerxes an Schönheit und Größe vergleichen.
VII, 180 opfern die Perser einen ersten Griechen und freuen sich, daß er auch der schönste sei.
IX, 72: Kallikrates – also der durch Schönheit herrschte – war der schönste Mann – ἀνὴρ κάλλιστος.

Und IX, 96, kurz vor Schluß, Tigranes, der die Perser an Schönheit und Größe übertraf.

Beginnt dem sicheren Schilderer hier die Hand zu zittern?

Deckt er hier, über den Zeitgeschmack hinausgehend, formelhaft, ein intimes Motiv auf, das Motiv seiner Reiseunruhe und Neugier, das Motiv seiner Forschungen und Analysen – auch der sexuellen?

Das Interesse an aparten Sex-Konstellationen macht Herodot nicht zu einem modernen Schriftsteller.

Es gibt ein Verhaftetsein der Avantgarde an Blut und Boden, Susan Sontags in der New York Times schnell wieder weggeleugnete Begeisterung für Leni Riefenstahl aus der New York Review of Books, die quasireligiöse Verehrung von Mao TseTung, Castros Patria o Muerte, Fahnen Hymnen, Gleichschritt, die den Auschwitztrunkenen Genet so empörten, daß er nicht nach Kuba fahren wollte, wo sich Hans Werner Henze und Françoise Sagan, trotz der Zwangslager für Homosexuelle, so wohl fühlten, Davids Zeichnungen neben der Guillotine, Julius K. Nyereres Prüderie – alle schwanken zwischen Aufklärung und Magie, im schlimmsten Fall pressen sie Formeln der Aufklärung in atavistische Popanzerei, im schmerzlichsten die Erkenntnis, daß der Freie nur in einem Labyrinth von Riten existieren kann, wie der Krebs in seinen Schalen; hat er die alten zerstört oder verleugnet, schafft er sich neue, sekundäre, software.

Herodot ist Avantgarde, Aufklärung.

Jeder Empiriker ist es, der präzise von einem neuen Gebiet berichtet.

Herodots Gebiet war die Welt.

Er ist der Uravantgardist.

Magie, Religion erscheinen bei ihm als Gegenstand der Forschung – es ist nicht seine Schuld, wenn seine Kritiker unkritisch das Dargestellte mit dem Darstellenden durcheinanderwerfen.

Dem Ursprung der Götternamen nähert er sich nicht glaubensinnig, sondern etymologisch.

πυνθανόμενος – forschend. (II, 50)
Die Fabeln, die er vom Phönix hört, erklärt er für unglaubwürdig, ehe er sie schildert.
τοῦτον δὲ λέγουσι μηχανᾶσθαι τάδε, ἐμοὶ μὲν οὐ πιστὰ λέγοντες.. (II, 73)
IV, 66 stellt er die Oberpriesterin von Delphi als käuflich dar, eine Kühnheit, die weder Gore Vidal noch Norman Mailer in der Times vom Papst zu behaupten wagten.
VII, 12 bis 17 beschreibt Herodot sehr ausführlich den Kriegsrat des Xerxes und die wiederkehrenden Träume des Königs.
Herodot läßt den Leser da noch im unklaren, ob er an den göttlichen Ursprung der Traumerscheinung, die Xerxes zum Krieg rät, glaubt.
Artabanos, im Kriegsrat, gibt eine Erklärung über Traumbilder ab, die der heutigen wissenschaftlichen, nach-freud'schen ähnlich ist.
Aber auch Artabanos würde eine häufige Wiederholung des Traumbildes als göttlich ansehen.
Der schöne Traummann kehrt immer wieder.
Xerxes folgt ihm.
Er zieht in den Krieg.
Herodots Werk endet mit der Niederlage des Persers.

Solche Züge von Säkularisation, Kritik, Analyse ergeben sich logisch aus Historiä und Apodeixis.
Spannender sind Anmerkungen, die einen Zweifel ausdrücken, Schwanken, Zögern.
Zwischen Logik des magischen Weltbildes und Logik des Weltbilds der Naturwissenschaften.
Wir sahen, daß er sich auf die Erforschung von geflügelten Schlangen begibt.
Er fragt, wo der Stammbaum seines Vorläufers Hekataios an das Geschlecht der Götter stößt.
Er glaubt an allgemein göttlich-moralische Einflüsse, wie sie Bundespräsident Carstens in der Paulskirche, Präsident Carter beim Tischgebet im Fernsehen, ohne als Narren vor der Welt zu erscheinen, äußern können, wie sie in der New York Times

nachgedruckt werden, ohne einen einschränkenden Kommentar.
Für Herodot ist alles das so wenig selbstverständlich geworden, daß er es durch doppelte Bestärkung oft als ganz kraftlos darstellt.
VII, 191 besänftigen die Magier den Sturm, Thetis und die Nereiden, daß der Sturm sich lege. Das geschieht am vierten Tag.
ἢ ἄλλως κως αὐτὸς ἐθέλων ἐκόπασε . .
oder vielleicht ermüdete er aus eigenem Antrieb.
Zweifel, deutlich, an Nereiden und Thetis, mit einem letzten animistischen Zaudern.
IV, 105 von den Neuren berichten Skythen und Griechen, daß sie sich einige Tage einmal im Jahr in Wölfe verwandeln.
Herodot kennzeichnet diese Berichte nicht, wie sonst oft, als unglaubwürdig.
ἐμὲ μέν νυν ταῦτα λέγοντες οὐ πείθουσι . .
Mich aber nun überzeugen sie, dieses berichtend, nicht . .
Klingt nicht ein Kinderschlottern mit?

Man ist immer wieder erstaunt, mit welch blödsinnigen Begründungen sich kluge Leute zufriedengeben.
Auch Herodot fällt es schwer, sich immer ans Nachprüfen zu halten, nicht in naive Fabelgläubigkeit zurückzufallen.
Im Dritten Buch berichtet Herodot, daß die Schädeldecken der Perser so dünn seien – mit einem kleinen Stein kann man sie durchlöchern.
Die Schädeldecken der Ägypter dagegen werden von der Sonne gehärtet.
VIII, 104: Oberhalb von Halikarnass, der Geburtsstadt des Schriftstellers, wächst der Priesterin, der pedaseischen Athene, ein langer Bart, wenn Unglück droht.
Ohne Konjunktiv.
Agenturmeldung aus der Türkei.
VIII, 37: Wunder, Blitze, Stimmen, Kriegsgeschrei aus dem Tempel der Athene.
Göttersprüchen will er die Wahrheit nicht absprechen. (VIII, 77):

ἐς τοιαῦτα μὲν καὶ οὕτω ἐναργέως λέγοντι Βάκιδι ἀντιλογίας χρησμῶν πέρι οὔτε αὐτὸς λέγειν τολμέω οὔτε παρ' ἄλλων ἐνδέκομαι.
Daraufhin und auf Bakis deutliche Worte, wage ich selbst nicht, über die Widersprüche der Weissagungen zu reden und lasse es auch nicht von anderen zu.
Ein gutes Beispiel für das Hinüberschlittern in Chauvinismus, Reaktion, Intoleranz aus Feigheit, sich einen Widerspruch und Furcht einzugestehen, in der Ritenleere der intellektuellen Freiheit zu existieren.
Der Grund für eine Sturmflut sei ein Frevel gegen das Standbild und den Tempel des Poseidon – richtig, stimmt Herodot zu. (VIII, 129)
IX, 65: Rache der Göttin, vermutet Herodot als Grund, daß alle Perser auf ungeweihtem Boden fielen – und stellt eine solche Vermutung sogleich wieder in Frage, wenn auch in züchtiger Form:
.. δοκέω δέ, εἴ τι περὶ τῶν θείων πρηγμάτων δοκέειν δεῖ.. (IX, 65)
.. vermute ich nun, wenn es sich schickt, über die Angelegenheiten der Götter zu vermuten.
Dieser Zweifel an der Schicklichkeit kann in zwei Richtungen zielen: Vom Glaubensfrevel in die Glaubensfestigkeit, aber auch von der Glaubensfestigkeit weg in die Naturwissenschaften, in die Säkularisation.

Da Säkularisation aber erst bei Bewußtwerdung auftritt, bei Gefährdung von Riten und ihrer Verhärtung, überkreuzen sich hier bei Herodot wohl schon – und noch immer – beide intellektuellen Vorgänge.
Die magischen Bindungen des Verhaltensforschers, des Aufdekkers, des Aufklärers gingen wohl tief genug.
τὸν δὲ τύπτονται, οὔ μοι ὅσιόν ἐστι λέγειν.. (II, 61)
Weswegen sie das tun, darf ich nicht sagen.
ὅσιόν – auf göttliches Gebot hin nicht sagen, was die deutsche Übersetzung unterschlägt.
How & Wells bemerken dazu:

τόν Osiris, den (wie gewöhnlich cf. 86, 2; 130, 2) H. nicht nennt. Hatten die Osirispriester ihm den Grund genannt, warum Zehntausende sich in Busiris auf dem Isisfest schlagen – ihm aber mit der Rache der Götter gedroht, wenn er dies Geheimnis in der New York Times breittrete?
War er in Geheimriten eingeweiht?
Hatte er sich mitgegeißelt?
War es eine Keuschheit des modernen Schriftstellers, die von anderen als göttlich betrachteten Geheimnisse nicht zu verraten?
Berührten ihn die Riten der Ledermänner peinlich? Lustvoll?
Wollte er sie nicht mit sich, mit Gott, mit Aufklärung zusammenbringen?
II, 86: Aus religiösen Gründen, aus göttlichem Gebot will er den Namen des Dargestellten, wohl des Osiris, nicht nennen.
οὐκ ὅσιον ποιεῦμαι τὸ οὔνομα . . ὀνομάζειν.
οὐκ ὅσιον ποιεῦμαι . . ἐξαγορεύειν τοὔνομα. heißt es Kapitel 170 in einer Anspielung auf Osiris, in einer gleichen Formel.
Ein Kapitel weiter will er auch über das Demeterfest schweigen, das er in einen Zusammenhang mit Osiris bringt, sagen will er nur, was ihm durch göttliches Gebot erlaubt ist.
Doppelte Gebote regeln also Herodots Aussagen.
Er ist auf jeden Fall beredter über sein Schweigen als der Religionsforscher Pierre Verger, der in den Beschreibungen einer Religion, in deren Mysterien er eingeweiht ist, nicht Einweihung und nicht Schweigepflicht anführt.
II, 3 gibt Herodot eine genaue Auskunft, die janusgesichtig wieder in zwei Richtungen zielt:
τὰ μέν νυν θεῖα τῶν ἀπηγημάτων οἷα ἤκουον, οὐκ εἰμὶ πρόθυμος ἐξηγέεσθαι, ἔξω ἢ τὰ οὐνόματα αὐτῶν μοῦνον, νομίζων πάντας ἀνθρώπους ἴσον περὶ αὐτῶν ἐπίστασθαι, τὰ δ' ἄν ἐπιμνησθέω αὐτῶν, ὑπό τοῦ λόγου ἐξαναγκαζόμενος ἐπιμνησθήσομαι.
Das Göttliche nun der Erzählungen, die ich hörte, bin ich nicht geneigt aufzudecken, außer ihren Namen allein. Ich glaube, alle Menschen wissen über sie das gleiche. Wenn ich etwas erwähne, werde ich es erwähnen, weil ich durch die Erzählung dazu gezwungen werde.
Mit dieser Aussage kann der züchtig Staatsgläubige bestehen und

auch der Aufklärer eckt nicht an. Eine Einweihung wird weder verraten noch ausgeschlossen.
Nichts verbirgt einen sicherer als die Offenheit.
Deckt der Aufdecker hier geschickt und nur für den Geschickten deutlich zu?
Fürchtete er den Verrat an ἀπόδεξις und ἱστορίη weniger als den Verrat an den Einweihungsgeheimnissen des phallischen Totengottes, dessen abgerissenes Glied als Holzphallos, wie auf Haiti, in den Prozessionen getragen wurde?
Wir können es nicht entscheiden.
Wenn ich, um Herodots Methode zu benützen, meine eigene Meinung nicht nur suggerieren, sondern aussprechen soll:
Ich glaube es schon.

Eine solche X-Spältigkeit macht wohl Wissen aus und Aufklärung.
Ich finde sie bei allen modernen Schriftstellern, die mir nahestehen.
Bei Proust, Cocteau, Artaud, Genet, Borges, Burroughs und auch bei Henry James. Den Politisch-Fortschrittlichen in der Rede des Artabanos und den Zögerer, den Hohn und den Haß auf die Mächtigen, Toleranz, Mitleid und das starre Auge des Wissenschaftlers, Pasolinis Auge, wenn er vom Häuten redet und von der Kastration des Sohnes im Angesicht des Vaters.
Ich sehe schon in Herodot den grauhaarigen Jüngling, der Ecke Christopherstreet, 7th Avenue die New York Times kauft und vorsichtig und mutig, in der Lederuniform, mit der U-Bahn zum Times Square fährt, skeptisch über die Meldungen gebeugt, hoffnungsloser Humanist.
Buch IX. Charakteristik der Perser, steht in der deutschen Inhaltsangabe.
Sie verbirgt den Tod des Artayktes, der ans Kreuz geschlagen wurde und aufgehängt, den Sohn steinigten sie vor seinen Augen.
Herodots Werk endet im Grauen, in Riten des Sadismus, ganz pessimistisch.

Doch – auch das darf nicht verschwiegen werden – es enthält nie eine Verteidigung des Rassismus, es ist nie auf seiten derer, die in das Sexualverhalten andrer eingreifen wollen, es verteidigt nie Menschenraub und Sklaverei, wie die Bibel, der elegante Aristoteles und die New York Times.
Herodot als erster Schriftsteller protestiert immer gegen Unmenschlichkeit, wie noch jene grauhaarigen Jünglinge, die der Times einen Prozeß wegen Rassismus anhängen.

Exkurs:

Mittelmeer und Golf von Benin

Die Beschreibung afrikanischer und afroamerikanischer Riten bei Herodot

New York, November 1980

Ist afroamerikanische Kultur die Marotte von ein paar Escapisten, die sich in der eigenen Kultur nicht mehr zurechtfinden und deshalb ins Exotische fliehen und ins Pauvre?
Sind afroamerikanische Riten Flicken, Abfall, Blindes, Taubes an den Rändern der USA – oder tauchen auch im afroamerikanischen Synkretismus Archai und Ur auf, Konstanten menschlichen Verhaltens und Bewußtseins, wie in der griechischen Tragödie, wie bei Monteverdi, Artaud und Hitchcock?
Waren Jahwe, der Adam und Eva schuf, und Zeus, aus dessen Kopf die Athene schlüpfte, schwarz?
Oder wenigstens afroeuropäisch?
Ödipus ein Vaudou?

Der Donnerer Zeus Zagrios, Labdakos, hat einen Bart.
Er trägt einen vielbrüstigen Panzer und ähnelt darin der Demeter der Epheser.
Wie des Donnerers Xango – in Brasilien, auf Haiti und Grenada – ist Zeus' Zeichen die Doppelaxt, ein Zeichen der Bisexualität.[1]
Die Togolesen, von deren Gebräuchen vieles in die Neue Welt hinübergerettet wurde, berichten, daß ihre Ahnen aus Ägypten stammen.[2]
Die Togolesen verfügen über einen genauen Sinn für Genealogie und Geschichte. Ihr Heiliger Stuhl, der Stuhl der Ahnen, scheint mir in seiner Form das Design der Kopfstützen der Pharaonen zu tradieren.[3]
Zufall?
Eingeschleppt von Breitwandfilmen, TV, Neckermann?
Oder lassen sich Indizien finden für eine frühe Verbindung von mediterranen Ausprägungen und der Kultur des Golfes von Benin mit, durch Yoruba, Fon, Ewe, dem Synkretismus der Schwarzen Amerikas, der Neuen Welt auf der anderen Seite des Atlantik?

Man kann sich leicht zu einer unitarischen Schunkelei einfinden, anbiedernd und ausbeuterisch; man sabbert von gleichen Strukturen, klopft dem afrikanischen Ödipus auf die Schultern und zwickt der haitianischen Aphrodite in die Backen.
So meine ich es nicht.
Ich möchte an Schilderungen von Herodot im Detail aufweisen, daß einige Riten, die wir heute noch in den afroamerikanischen Religionen beobachten, seit klassischer Zeit einen Platz in europäischer Kultur einnahmen, daß sie weder einen Verfall noch ein atavistisches Relikt bedeuten.
Herodot und die Trance.
Jedoch nicht, um die Überlegenheit abendländischer Tradition vor sogenannten primitiven Völkern einmal mehr zu bestätigen, sondern andersherum: Um den Wechsellauf anzudeuten von nubischen, äthiopischen, libyschen Wellen und ihrem karischen, ionischen, attischen Widerspiel.

Die verführerische Theorie[4], alle menschliche Existenz, alle religiöse Entwicklung sei schwarzen Ursprungs und habe sich von Afrika, Ostafrika her zu dem entwickelt, was hartnäckige Humanwissenschaftler noch immer als Hochreligionen bezeichnen, eine solche afrozentrische Theorie wird in den nächsten Jahren wiederholt bestätigt und wiederholt widerlegt werden.
Die Fachwelt geht alle paar Monate daran, die Entwicklungsgeschichte des frühen Menschen umzuschreiben.
Durfte man 1977 noch mit Richard Leakey aus einigen Knochensplittern folgern, daß Eva schwarz war, so sieht es seit Mai 1979 so aus, als käme sie aus Burma und wäre nicht drei Millionen Jahre jung, sondern dreizehn alt.[5]

Herodot hat einen schlechten Ruf.
Griechischer Gelehrtenneid hängt dem ersten Ethnologen und Verhaltensforscher ungenaue Beobachtung und falsche Zitate an, früh schon das Schlimmste, was man einem Intellektuellen zufügen konnte.
Das Gegenteil ist wahr – steht im »Spiegel«.
Wie kaum ein andrer moderner Empiriker deckt Herodot seine Quellen auf, läßt einander ergänzende oder widersprechende Versionen schroff in seinem Text bestehen, kennzeichnet er Kommentar und Extrapolation.
Herodot zieht sich in seinen Berichten oft derart vom Text ab, daß uns, wenn er eine Tatsache darlegt, die er nicht zu deuten vermochte, noch heute, nach 2500 Jahren, deutlich hindurchschimmert, welcher Zusammenhang vorlag, so bei den kleinen schwarzen Männern im Zweiten Buch (II, 32), auf die ich später zu sprechen komme.
Herodots Stellung zwischen Magie und Säkularisation – der seines Freundes Sophokles zwischen Mysterienspiel und Naturalismus zu vergleichen – zwischen Äschylos und Euripides, könnte bei einem weniger an Forschung – ionisch heißt das ἱστορίη und ἀπόδεξις –, Offenlegung Engagierten Schlieren erzeugen; bei Herodot ermöglicht eine solche Zwischenstellung nur eine heftigere Analyse.

Durch Herodots Ambivalenz sind seine Funde zu erklären.
Für den modernen Leser, der ungeduldig wird, wenn er Scherben ans Licht heben soll, bedeutet Herodot den ersten Schriftsteller und schon die ganze Schriftstellerei.
Jedoch als Herodot, wohl gegen die Mitte des fünften Jahrhunderts, nach Ägypten fuhr und Auskünfte über die Αἰθίοπες, die Brandgesichter sammelte, als er, wie Allen Ginsberg in der Berliner Kongreßhalle, auf der Olympiade vorlas, die Welt in Wörtern neu erstellte und verstellte, bewegte er sich, für uns heute kaum vorstellbar, bereits in einer Welt aus Wörtern, zageren, einzelneren.
Weltverwörterung ist so alt wie der Ton, der Ton für den Adler und die Schlange, wie das Höhlenbild, die Hieroglyphe, das Alphabet, so alt wie Litanei, Warenliste, Gesetzestafel.
Schon in den Steinzeithöhlen wurde die Welt mit Zeichen überdeckt, wie die New York Times die Welt heute mit ihren Magazinfotos überdeckt, die Magazinfotos mit Reklamebildern, Susan Sonntags *Über Fotografie* mit einem Artikel in der Review of Books.
Der Kameruner Historiker Ki Zerbo schreibt nicht ohne Stolz, daß die Sahara bis zur historischen Zeit, also bis zu buchstabierbarer Zeit, durch Schwarze besiedelt war, im »Paläolithikum breitete sich die schwarze Bevölkerung bis nach Europa und .. jenseits davon aus ..«[6] 10000 Jahre vor Christus besetzten die schwarzen Drawiden einen großen Teil Indiens.
Noch Diodoros von Sizilien, einer der letzten klassischen Ägyptenreisenden, schrieb im ersten Jahrhundert vor Christus von den Nubiern:
Sie fügen hinzu, daß die Ägypter den größten Teil ihrer Gesetze von ihren Urhebern und ihren Vorfahren erhielten. Von ihnen lernten sie, die Könige als Götter zu verehren und ihre Toten mit viel Prunk zu begraben.[7]
Die Äthiopier riefen die Bildhauerkunst und die Schrift ins Leben.[8]
Bis zur Zeit der Ptolemäer ist der Priester, der den Weihrauch vor dem Philopater verbrennt, ein Neger, der mit einem Löwenfell bekleidet ist.[9]

Das bekunden uns die Reliefs am Tempel von Edfu.
Diodoros:
Die Neger sollen alle die Kulte erfunden haben, mit denen die Menschen gewöhnlich die Gottheiten verehren.
Das ist der Grund, warum die Gebete und dargebrachten Opfer von den Negern als die wohlgefälligsten für die Unsterblichen gelten.[10]
Für die ersten Dynastien um 3000 findet William Y. Adams:
The Nubians are unique among all the people of inner Africa in that their place in history is almost as old as history itself.«[11]
Um die gleiche Zeit setzt Adams die erste militärische Expedition des pharaonischen Ägypten nach Nubien.
Pharao Horen Djer folgt.
Pharao Snofru, um 2600, führt eine Strafexpedition in die nubischen Steinbrüche. Er macht 7000 Gefangene, er erbeutet Rinder.
Der ägyptische Handel mit Nubien, Kusch, Punt floriert.
Vierzig Jahre später meißelt Weserkef seine Königskartusche in die Felsen des ersten Katarakts – das heißt, er läßt meißeln.
Als Sahure eine Schiffsflotte durch das Rote Meer ins Land Punt schickt, wird ein Bericht darüber verfaßt, der uns erhalten bleibt.
Raubzüge.
Aufstände.
Ein schwarzer Zwerg am ägyptischen Hof.
Der Dankesbrief des jungen Neferkare, des späteren Phiops II., bedeckt die Steine seines Grabes in Elephantine.
Herkhuf schreibt 2340, daß er den Nil herabsegelte, mit »3000 Eseln, mit Balsam, Ebenholz, Elfenbein und Korn«.[12]
Liefergebundene Entwicklungshilfe.
Militärpakte.
Absatzmärkte.
Die Hyksos fallen 1560 in Ägypten ein und wollen sich mit den Nubiern gegen die Ägypter verbünden.
Die Königin Hatschepsut (1501–1480) gelangt zu steinernem Ruhm durch einen neuen Raubzug.
Mit Tutmosis II. beginnt – wie 3000 Jahre später in Europa – die Gier nach Gold, gebunden, wie in Europa, an den Menschenhan-

del mit Negern. In einem Jahr werden 134 männliche und weibliche Schwarze verschleppt.[13]
Die Sabäer kommen im 11. Jahrhundert aus Yemen und lassen sich in Äthiopien nieder.[14]
Sandelholz gab es damals auch am Kilimandscharo.
Es wird über den Hafen Gedi oder Gedeira verschifft.
Seit 1085 herrscht der schwarze Vizekönig von Kusch als Wesir von Theben über einen großen Teil Ägyptens.
Um das Jahr 1000 vor Christus häuft König David, in einer Goldgier, die nur derjenigen des spanischen Königshauses und der katholischen Klöster in der Neuen Welt zu vergleichen ist, hunderttausend Zentner Gold, so berichtet die Erste Chronik XXIII. (XXII).
Sein Sohn, der Weise Salomon, zieht gegen Ophir, um mehr Gold zu scheffeln, nach Zimbabwe, wie man heute annimmt.
Das Hohe Lied wird über 120 Zentnern Goldes gesungen, die Salomon von der Königin von Saba entgegennimmt.
Nicht nur die modernen Sprachen verfügen über einen herben Terminus, um einen solchen Tatbestand zu kennzeichnen.
Also, folgert die Bibel, ward der König Salomo größer mit Reichthum und Weisheit/denn alle Könige auff Erden.
Die Lieder der homerischen Sänger in der zweiten Hälfte des achten Jahrhunderts nehmen vorweg, was Diodoros Siculus 700 Jahre später noch einmal zusammenfaßte:
Zeus und die Himmlischen ziehen ans Meer, zu den untadeligen Äthiopen, die den Olympiern so gutes Essen opferten, daß keiner es gerne verpaßte. (*Ilias* I, 423)
Die Äthiopen waren für Voß zwiefach geteilt – διχθὰ δεδαίαται. (*Odyssee* I, 23)
.. die äußersten Menschen/Gegen den Untergang der Sonne und gegen den Aufgang.
Es muß also schon zur Zeit Homers Umsegelungen Afrikas gegeben haben, deren Berichte er verarbeitete, neben den biblischen Entdeckungen in Ostafrika auch solche im Westen.
600 vor Christus umschiffen Phönizier auf Befehl des Pharaos Nekos vom Roten Meer aus Afrika und kehren nach drei Jahren, bei Gibraltar, durch die Säulen des Herkules zurück.

Herodot erwähnt es im Zweiten und Vierten Buch (II, 158ff.; IV, 42), wie er auch den Feldzug Psammetichos II. erwähnt (II, 29–33).
Herodots Landsleute, die Karer und Ionier, die als Söldner des Pharaos um 591 Sgraffiti in die Kolosse von Abu Simbel ritzen, sind dem Kundigen entgangen. Er scheint also nicht bis Abu Simbel vorgedrungen zu sein; die sprachtheoretische Bedeutung dieser Sgraffiti war vergessen oder sie war noch so etwas Selbstverständliches, daß man sie nicht der Erwähnung für würdig hielt:
ἔγραφε δ ἁμὲ Ἄρχον – uns aber schrieb Archon.[15]
Τήλεφος μ' ἔγραφε – mich hat Telephos geschrieben.
.. καὶ Κρῖθις ἔγραφον ἐμέ. – .. und Krithis haben mich geschrieben.
Verwörterung der Welt: Das Wort sagt ich zu sich selbst.
Thales von Milet (624–545), wie Herodot karischer Abstammung und aus ionischer Kolonie, der erste Philosoph, soll sich in Ägypten aufgehalten haben.
Ethnologische Schriften, ethologische Berichte sind von ihm nicht erhalten.
Der Ionier Hekataios von Milet, aus dem sechsten Jahrhundert, hinterläßt einige aufschlußreiche Fragmente.
Rätselhafte Aussagen über die Afrikaner:
χειρογάστορες.
Also etwa: Die Von-der-Hand-in-den-Magen.
Kannten die Griechen, im Gegensatz dazu, bereits das Eßbesteck?[16]
Frauen haben Handtücher auf dem Kopf.[16]
Die großen, signalartig gebundenen Kopftücher der Afrikanerinnen und der Afroamerikanerinnen frappieren auch heute noch den Besucher von Lomé, Lagos, Cotonou und drüben in Bahia, Port-au-Prince, St. George's.
Auch legen die Haitianerinnen unter ihre Gemüsekörbe zusammengerollte Handtücher auf den Kopf.
Schließlich äußert Hekataios im ersten Fragment:
Ich aber schreibe, was mir die Wahrheit zu sein scheint. Die Worte der Hellenen nämlich scheinen mir viele zu sein und lächerliche.[16]

Schon zu Lebzeiten des Herodot segelt der ältere Hanno bis zur Sierra Leone. Er berichtet auf punisch von dieser Fahrt. Die Übersetzung ins Griechische ermöglicht es uns, ihm zu folgen.[17]
Er erbeutet einen Schimpansen.

Herodot widmete große Abschnitte seiner »Forschungen« den Brandgesichtern:
Im Zweiten Buch finden wir eine Ethnographie »Libyens« und Psammetichos. (II, 29–33)
Im Dritten Buch (III, 17–26) die sagenhaften langlebigen Aithioper; wenig weiter (III, 101) sitzt Herodot dem Kinderglauben auf, der Same bei Indern und Afrikanern sei schwarz wie ihre Haut – eine Ansicht, die Aristoteles unter Berufung auf Herodot durch die weißen Zähne der Neger zurückweist. (*De Gen. Anim.* III, 2 und 522 a)
Im Vierten Buch berichtet Herodot von der Afrikaumseglung auf Befehl des Pharaos Nekos (IV, 42):
Und sie erzählten, aber mir ist es nicht glaubwürdig, vielleicht einem anderen, daß sie, Libyen umschiffend, die Sonne auf der rechten Seite hatten.
Die Kommentatoren von Tusculum und aus Oxford erhellen uns über diese Aussage wenig.
Das *Liber Chronicarum* von Hartmut Schedel schreibt von Diego Cão und seiner Afrikareise im Jahre 1485:
Als sie sich nach Osten wandten, fiel ihr Schatten nach Süden und auf die rechte Seite.
Als nächste Afrikaumseglung führt Herodot die gescheiterte Reise des Sataspes an. (IV, 43)
Sataspes hatte die Tochter des Zosyros vergewaltigt und sollte auf einen Richterspruch Xerxes' hin gepfählt werden.
Die Mutter des Verurteilten plädierte vor dem König für eine schlimmere Strafe: der Sohn sollte Libyen umsegeln.
Sataspes fährt aus, bricht ab, berichtet Xerxes, er sei steckengeblieben. Xerxes glaubt ihm nicht, Sataspes wird gepfählt.
Welch Geflecht von ödipal und anal, Reisezwang und Thanatos.

Es geht hier nicht darum, noch einmal nachzuweisen, daß Herodot ein aufmerksamer Schilderer afrikanischer Sitten war. (IV, 168–199; VII, 70; IX, 32)
Ich möchte die afroamerikanische Kultur aus einer exotistischen Isolierung lösen.
Ich beschränke mich auf fünf Beispiele:
Schlaf und Ehe mit dem Gott – I, 182.
Die Vereinigung eines Bockes mit einer Frau – II, 46.
Die Holzphalloi – II, 48.
Aphrodite und der androgyne Seher – IV, 67.
Die Götterschlange und die Torte – VIII, 41.

Ich würde nicht den abgeschnittenen Kopf des Räubers und Revolutionärs Lampião, der in einem Blechkanister voller Lysol durch den brasilianischen Nordosten geschleppt wurde und in Bahia ausgestellt, mit dem »einbalsamierten« Kopf des Histiaios (IV, 30) als einen Mittelmeer und Golf von Benin vergleichenden Fetisch bezeichnen wollen; Köpfungsriten, feierliche Verpackung und Transport von Köpfen reichen vom japanischen Seppuko bis zu Stendhals *Le Rouge et le Noir*.
Doch wenn ich im Zweiten Buch (II, 32) von den Nasamonen lese, die nach Durchqueren der Wüste Bäume sahen und von kleinen schwarzen Männern in dem Augenblick festgenommen wurden, als sie die Früchte pflücken wollten, fällt mir nicht nur der Dritte Gesang der *Ilias* ein (*Ilias* III, 1–7), nicht nur Adam und Eva, sondern auch der Heilige Hain in Dahomey, Haiti, von dem Jakob Spieth schreibt.[18]
Auf das Berühren der Bäume stand die Todesstrafe.
Herodot bringt staunend und genau Pflücken und Verhaftung zusammen.
Heißt es unzulässig extrapolieren, wenn ich annehme, daß die Pygmäen den Nasamonen längst im Verborgenen gefolgt waren und sich erst dann aus ihren Verstecken hervorwagen mußten, als die Fremden von den Verbotenen Früchten naschen wollten?

Im Ersten Buch übermittelt Herodot den Bericht chaldäischer Priester, daß der Gott Belos in seinem babylonischen Tempel erscheine und sich dort auf einem Bett mit der Priesterin ausruhe – glaubwürdig erscheint es dem Schriftsteller nicht.
Die Ägypter berichten ihm in Theben ein ähnliches Vorkommnis:
Der thebanische Zeus schläft im Tempel mit einer Priesterin. Diese Priesterinnen hätten niemals sonst unruhigen Verkehr mit Männern.
Auch in Lykien werde eine Priesterin mit dem Gott, sooft er erscheint, die Nacht über im Tempel eingeschlossen.
Nicht weit von Port-au-Prince, der Hauptstadt von Haiti, findet man zwischen Wohnhäusern und Heiligenhütten ein besonderes Haus für Göttin oder Gott, mit säuberlich hergerichtetem Bett, Pantoffeln, Altären, Kerzen.
Hier übernachtet der Gott am ihm heiligen Tag.
Er verbringt die Nacht mit einem ihm angetrauten Priester.
Ich kenne zwei solcher Schlafzimmer – eines für die schöne, eitle »Liebesgöttin« Erzulie Freda, das andre für den Schlangengott Damballah Ouedo. (Von ehelichen Schlafzimmern anderer Götter ist mir nie berichtet worden.)
Wie bei Herodot ist diese Götterverbindung, Götterehe etwas Besonderes; es können Männer mit dem Schlangengott Damballah verheiratet werden – vielleicht bleibt dessen Geschlecht amphibisch ambivalent –, es werden Frauen mit Erzulie verheiratet: Massissi und Madevinaise, Schwuler und Kesmus sind dem haitianischen Glaubenssystem nicht fremd.
Die haitianischen Götter-Ehepartner sind nicht ihr ganzes Leben an Keuschheitsgelübde gebunden, sie dürfen nur am heiligen Tag des Gottes keinen unruhigen Umgang mit Sterblichen haben.
Im Vierten Buch steht:
Die Enareer nun, die Androgynen sagen, Aphrodite habe ihnen die Sehergabe verliehen.
Herodot spricht hier das Thema Schamanismus und Homosexualität an, das die Entwicklung der Religionen und der Religionswissenschaften begleiten wird – vom brüstigen Teiresias bis zu Mircea Eliade.[19]

Auf Bigeschlechtlichkeit trifft man in allen afroamerikanischen Religionen.[2, 20]
Pessoalidade forte ist Synonym für die Schamanin im brasilianischen Candomblé, der Priester ist oft entendido, er hört, er versteht – entendido ist auch ein Euphemismus für den männlichen Homosexuellen in Brasilien.
Die kubanischen Homosexuellen beten zum afroamerikanischen Gott Inle[21], die haitianischen zu den Totengöttern, zu Guédé Nibo Massissi, ihre Schutzpatronin ist eben jene Erzulie Freda, die, wenn man die Liebesgöttin der Griechen nicht eine athenische Erzulie nennen will, vielleicht als eine haitianische Aphrodite bezeichnet werden könnte.
Im Zweiten Buch geht Herodot auf Pan ein.
Maler und Bildhauer gestalten im ägyptischen Mendes das Bild des Pan wie die Hellenen, ziegengesichtig und bocksbeinig.
Warum sie ihn so malen, ist Herodot nicht angenehm zu sagen.
Die Mendeser verehren alle Ziegen, die männlichen mehr als die weiblichen.
Es geschah zu meiner Zeit ein Wunderzeichen: Ein Bock vereinigte sich öffentlich mit einer Frau. Dies kam zur Kenntnis der Menschen.
How und Wells merken an, daß dies Tier als Inkarnation des Osiris aufgefaßt wurde und Herodot es zu Unrecht mit Pan in Verbindung bringt.
Osiris wurde auch der Herr der Mägde genannt, der begattende Ochse. (How & Wells, *Commentary*, I, Seite 189)
Was erklärt Herodots heilige Scheu?
Göttliche Schweigegebote werden später im Zweiten Buch (II, 61, 65, 86) deutlicher angesprochen. Sie scheinen immer mit Osiris, der »blutenden Sykomore« in Verbindung.
War Herodots Fehler eine List, um Einweihungsgeheimnisse zu schützen?
Oder sah auch Herodot, wie *Der Kleine Pauly*, (IV, 370) Osiris als phallisch, als einen Gott der Fruchtbarkeit und der Toten?
(An dieser Stelle sei auf Marthe de Chambrun Ruspoli hingewiesen, die in einem eindrucksvollen und ekstatischen Buch, *L'Epervier Divin*, anmerkt:

La terreur causée par ce meurtre – an Osiris – fut si grande que, même de nos jours, son écho se prolonge encore, car les premiers à répendre la nouvelle furent des bergers appélés pans, et, depuis lors, une terreur soudaine se nomme »panique«. [Seite 12]
Auch Marthe de Chambrun bringt also Pan und Osiris in einen Zusammenhang.[22])
Die Totengötter, Guédés, auf Haiti sind, wie Osiris, phallisch.
Um den 2. November rasen Gruppen von Frauen mit einem großen Holzphallos über Land und durch die Städte, das Gesicht weißgepudert, violett gekleidet, mit schwarzen Sonnenbrillen.
Die Männer, Gläubige und Priester, tragen, wie der Ethnologe und Diktator Dr. François Duvalier, Frack und Zylinder.[23]
Joe, ein kubanischer Emigrant, der seit etwa 20 Jahren in Port-au-Prince einen berühmten und berüchtigten Tempel, Kaye Joe, unterhält, sagt, er sei den Totengöttern geweiht.
Er veranstaltet zu ihren Ehren Ende Oktober, Anfang November Zeremonien, die bis zu 14 Tagen dauern können.[24]
Er führt einen großen schwarzen Bock vor, den er, bevor er ihn opfert, bespringt.
Holzphalloi beschreibt Herodot zwei Kapitel weiter (II, 48):
Das Dionysosfest feiern die Ägypter fast wie die Hellenen, statt der Phalloi tragen sie etwa eine Elle lange Puppen, die mit Schnüren bewegt werden.
Im Festzug bewegen die Frauen das Schamglied – αἰδοῖον, das nicht viel kleiner ist als der übrige Körper der Puppe.
Weshalb das Schamglied so groß ist und sich alleine bewegt, darüber wird eine heilige Geschichte erzählt.
Erzählt mag sie worden sein, aber nicht von Herodot, dem wiederum die heilige Scheu die Lippen zuschnürt.
Auch nicht von How und Wells.
Erinnerte dieser große Holzphallos an das Leichenbündel des Osiris, das in Westafrika, die Heilige Sykomore, angeschwemmt wurde, genau gesagt, in Marokko?
Tod und Phallos auch in Ägypten, bei Osiris, den Herodot fürchtet, wie in Dahomey und Togo, wie bei den Frauen in Haiti auf dem Lande, die jene Holzphalloi unter den Röcken tragen.[25]
Die Griechen hätten überhaupt alle Götternamen von den Ägyp-

tern übernommen, das erbrachten seine Forschungen, schreibt Herodot (II, 50). Poseidon stamme direkt aus Libyen, Afrika.[26]
Um Theben herum gibt es heilige Schlangen, die keinen der Menschen verletzen.
Sie begraben sie, wenn sie sterben, im Heiligtum des Zeus. (II, 74)
Diesem Gott seien sie heilig, wird gesagt.
In Dahomey, in Ouidah, gibt es einen Schlangentempel für die heiligen Python.
Findet ein gläubiger Dahomeer oder Togolese eine tote Python, muß er sie begraben.
Hat er den Tod verursacht, muß er ein Entsühnungsritual durchführen. Bleibt zur Beerdigung keine Zeit, deckt er die Schlange mit Blättern zu und sagt:
Ich habe dich nicht gesehen.[27]
Noch zu Beginn dieses Jahrhunderts soll es in den Tempeln von Nordhaiti Schlangen gegeben haben, als Verkörperungen des Gottes Damballah Ouedo.
Die Opfer für den Schlangengott Damballah sind reichlich und kompliziert:
Salzlose Kost, Getränke, Coca Cola, vor allem aber »Gnoun Grand Gateau«.
Der Priester in Cap Haitien wiederholt es:
Gnoun Grand Gateau – Eine große Torte.
Im Achten Buch des Herodot heißt es (VIII, 41):
Die Athener sagen, daß eine große Schlange als Wächter der Akropolis, des hochgelegenen Tempels, im Heiligtum wohne.
Dieser wurde jeden Monat ein Honigkuchen als Opfer vorgesetzt.

Verwörterung der Welt.
Magie und Tragödie.
Zauberspruch und Schriftstellerei.
Herodots widersprüchliches Feld wird nie deutlicher als am Löwen und am Löwenopfer, am Opfer des Mannes Leon aus dem Siebten Buch. (VII, 180)

Männerschönheit ist eines der großen Motive, das sich durch die neun Bücher des Riesenwerkes über die Welt zieht, und vielleicht war es überhaupt dies Motiv, das ihn durch die Welt zog und an den Griffel.

Die Sehnsucht nach dem schönen Schwarzen.

Das Land Äthiopien trage große, langlebige, schönste Männer – ἄνδρας.. καλλίστους – (III, 114), was Gelehrtenmut zu sehr schönen Menschen einebnet.[28]

Xerxes Flotte kaperte ein Schiff aus Troizene. Die Perser machten einen griechischen Gefangenen, schlachteten ihn auf dem Vorschiff und hielten es für ein gutes Vorzeichen, daß der erste der Griechen auch der schönste war.

Der Geopferte hieß Leon.

Vielleicht zog er sich es auch des Namens wegen zu.

Herodot leitet das Schicksal aus dem Namen ab.

Löwe und afrikanisches Löwenopfer.

Löwenmann und ein Beschwörungsrest im Text des ersten modernen Schriftstellers.

Anmerkungen

1 Marie Delcourt: *Hermaphrodite.* Paris 1958. Vor allem Seite 30.
Hubert Fichte: *La Lame de Rasoir et l'Hermaphrodite. Psychopathologie Africaine,* Dakar 1975, XI, 3, Seite 395–406.
Pierre Verger: *Notes sur le Culte des Orisa et Vodun.* Dakar 1957. Seite 305 ff.

2 Hubert Fichte: *Gott ist ein Mathematiker.* Funkmanuskript. Hamburg. NDR. 1980.

3 Ibid.

4 Richard E. Leakey. *Origins.* London. New York 1979.

5 Nach D. C. Johanson, Cleveland Museum of Natural History, und T. White, University of California at Berkeley. *Newsweek,* 29. Januar 1979.

6 Joseph Ki-Zerbo: *Die Geschichte Schwarz-Afrikas.* Wuppertal 1979. Seite 74.

7 Nach Ki-Zerbo op. cit. Seite 75.

8 Ibid. Seite 76.

9 Ibid. Anmerkung Nr. 10.
10 Ibid.
11 *Africa in Antiquity* I. Brooklyn. New York 1978. Seite 22.
12 Basil Davidson: *Afrika.* Frankfurt am Main 1966.
13 Basil Davidson: *Urzeit und Geschichte Afrikas.* Reinbek 1961. Seite 36.
14 Ibid. Seiten 37, 204ff.
Ki-Zerbo: op. cit. Seiten 91, 94.
15 *Griechische Inschriften.* München. Ohne Datum. Seite 85.
16 F. Jacobi: *Fragmente der griechischen Historiker.* Berlin 1929. Siehe: Kapitel *Hekataios.*
17 *Geographi Graeci Minores* ed. C. Müller I. 1–14.
18 Jakob Spieth: *Die Ewe-Stämme.* Berlin 1906. Seiten 396, 846 u. a.
19 Mircea Eliade: *Le Chamanisme.* Paris 1968.
20 Hubert Fichte: *Die Geschichte der Zärtlichkeit,* Vol. VII, IX. Im Manuskript. [Als Hubert Fichte diesen Aufsatz 1980 schrieb, trug die *Geschichte der Empfindlichkeit* noch ihren ursprünglichenTitel. Als Band VII war in dem seinerzeitigen Werkplan das Buch *Die erste große Reise,* als Band IX *Die zweite große Reise* vorgesehen. Von beiden Bänden heißt es auf einem 1981 veröffentlichten Werkplan, daß die »1. Fassung fertig« sei. – Siehe Heinz Ludwig Arnold (Hg.), *Hubert Fichte,* text und kritik, Heft 72, München, Oktober 1981, S. 4ff. – Diese beiden ersten Fassungen sind jedoch verschollen.]
21 Hubert Fichte: *Petersilie.* Frankfurt am Main 1980. Seite 392.
22 Marthe de Chambrun Ruspoli: *L'Epervier Divin.* Paris 1969.
23 Leonore Mau: *Xango.* Frankfurt am Main 1976. Seiten 82, 102.
24 Hubert Fichte: *Xango.* Frankfurt am Main 1976. Seite 163ff.
25 Hubert Fichte: *Xango.* Seite 170.
26 Siehe auch: How and Wells: *Commentary on Herodotus.* Oxford 1975 I, 188, 364.
27 Hubert Fichte: *Dahomey.* Im Manuskript 1975 [bislang unveröffentlicht].
28 Herodot: *Historien.* München 1977. Seite 463. [R. Koller hat mich darauf aufmerksam gemacht, daß die Gelehrten doch recht haben. Da bei Herodot der Artikel fehlt, kann man es nur mit »sehr schöne« (also dem Elativ), nicht aber, wie Hubert Fichte meint, mit dem Superlativ übersetzen.]

»Eine versteinerte Zauberstadt«

Überlegungen zur Volksausgabe der Wunderlich-Monographie von Jens Christian Jensen

New York, November 1980

In einer Gesellschaft, die sich wütend weigert, über ihre materialen Bedingungen nachzudenken, in der es, bis auf einen Heuchelrest, keine Ethik und keine Ästhetik mehr gibt, regredieren massenhaft Einzelne auf schöne Fetische, um nicht vor Haß und Häßlichkeit zu ersticken.

So kann man die Massensehnsucht nach Art Nouveau und Art Deco verstehen und nach Käthe Kollwitz; so ist es vielleicht zu erklären, daß Volker Huber den ersten von fünf Bänden der Werkmonographie von Paul Wunderlich in einer Auflage von 100000 drucken läßt, in Hongkong, und zu einem Preis von 28 DM verkauft, mit Essais von Max Bense und Philippe Roberts-Jones.

Das ist ein toller Streich!
Ein junger Verleger sucht sich die besten und die billigsten Produktionsmittel, findet die Finanzierung über eine Vorzugsausgabe und kalkuliert den üppigen Rest so vernünftig, daß alle vom Mehrwert befriedigt werden: Herr Huber selbst, der Artist und sein wissenschaftlicher Kommentator Professor Jensen und das Publikum.
Volker Huber hat eben nicht zu seinem und zu aller Schaden den Herstellungspreis mal sechs genommen – was nützte ihm auch ein Band, der 280 DM kostete, in einer Auflage von zweitausend Stück mit einem hypothetischen Einkommen von 140 DM je – der liegenbleibt!

»Es ist doch sehr anständig gedruckt«, sagt Paul Wunderlich. Sogar die Grüns, die man, wie mir Avedon berichtete, in den USA nur schwer herzustellen vermag, sind spitz genug.
»Das Gelb der ›Schönen Ursula‹ erscheint zu stark. Ich weiß. Aber man darf den Drucker nicht über einen bestimmten Punkt drängen, sonst zerfällt die ganze Reproduktion. Man darf nicht nur an das Original denken; die Reproduktion muß in sich stimmen.«
Noch bei der Beurteilung der Reproduktion von Ölbildern argumentiert Paul Wunderlich als Lithograph, der zu Beginn seiner Laufbahn von Druckprodukten fasziniert war, von stichigen und vergilbten Farbwiedergaben.

Auf dem Schutzumschlag ein Aquarell von 1980:
»Paar mit Hund«.
Es stellt Paul Wunderlich und Karin Székessy dar.
Elegante Leute!
Sie mit Nerzkäppchen vor einer Portière, er trägt einen scharf geschneiderten Anzug.
Im Mittelgrund, die Linien des Mannes fortführend, ein Bullterrier.
Elegant, wie Jean Genet es nennen würde, etwas Grün, etwas Gallegelb, etwas Rosa, vor allem Grau; elegant in den Formen – ausgesparten, fast weißen Körpern, gespritzten Wänden und Stoffen; einige wie in Stein geritzte Rasierklingenschnitte.
Dieses Bild kann ich auf den ersten Blick in nichts anderes einordnen als in Wunderlichs Werk selbst; stilistisch scheint es mit nichts anderem vergleichbar.
Doch beim abermaligen Hinsehen geht es mir wie bei der Lektüre Prousts:
Man glaubt, es handle sich um eine schicke Teestunde – plötzlich wird es zu einem Stenogramm der Entwicklungsgeschichte menschlichen Verhaltens und Abbildens, Schichten um Schichten, Zitat über Zitat werden deutlich, ohne daß Racine, Anatole France, George Grosz die Orginalität der Arbeit zerrissen.
Die »häßlichen« Gesichter des Blattes zitieren die Karikaturen des Berliners – bei Grosz allerdings findet sich am Grunde des

moralischen Impetus ein Komplizentum, er verachtet die Armen, die er zu verteidigen vorgibt, und er beneidet den Luxus, den er als hassenswert darstellt; Wunderlich malt dagegen in der sanften Eloge die Selbstentlarvung.

Als nächstes Seurat.

Die Spritztechnik dieses Aquarells heftet – im Gegensatz zu Pinselstrichen – winzige Farbpunkte auf den Untergrund; mit der Spritzpistole wird die Technik des Pointillismus weitergeführt und aufs äußerste verfeinert.

Die Steifheit der beiden Figuren erinnert ebenfalls an Seurat, der ja schon einen anderen Maler zu gedrechselt wirkenden Puppen anregte; das Bauhaus erscheint auch in einer unerbittlichen Kommode auf Wunderlichs Bild.

Die Farben sind nicht die des Franzosen.

Überhaupt sind Farben weniger geschichtsträchtig als Formen. Es ist unmöglich, ein farbliches Zitat herzustellen, ohne die Farbe in den Formen des Zitierten einzusetzen – aber man kann Grosz' Gestalten zitieren, ohne seine Farben zu benützen.

Wunderlichs Grau mag das Grau Vuillards, Corots, Chardins, Goyas, Vermeers sein, ohne die Formen Vermeers genügt ein bißchen Rosa, der gallige Ton an der Kloake der Frau, wie ein Mediziner es nennen würde, und die Farbgeschichte ist so zerrissen, daß eine Datierung der farblichen Ingredienzen unzulässig wird.

Die Figuren haben noch einen anderen Dreh als bei Seurat und Schlemmer.

Piero?

Ich kenne mich da weniger aus.

Unübersehbar ist das Zitat eines Fragmentes der Amarna-Zeit.

Das Strahlenbündel des Götter-Pharaos ist hier zur grauen Portiere säkularisiert.

Die Schädeldeformation von Frau Székessy ist die der frühkindlichen afrikanischen Schädeleinschnürungen, die des überlängenden Stils des abtrünnigen, sonnensüchtigen Echnaton.

Doch unter dem Schlangendiadem des Nerzkäppchens schimmert nicht nur das Profil des Pharaos hervor, sondern auch das

Primatenohr und der Totenschädel; der feiste Lebemann gleicht nicht nur unserem Ahnen aus der Dordogne – die Schädelnähte liegen offen.
Das ist nicht ganz genau:
Die Linien der Schädelnähte treten durch eine Materie, die das Gesicht Wunderlichs, seine Nase, den Bart, den Hinterkopf flauschig wegschnürt, wie eine Strumpfmaske, eine Hinrichtungsmaske, wie die Maske eines Gummifetischisten.
Dieses anthropologische Aufzeichnen, das an Prousts Vorgehen in der *Recherche* erinnert, an die Einführung über Schlaf und Traum, an die botanischen Aufzeichnungen anläßlich der Szene in der Pförtnersloge, an die religionsgeschichtlichen Bemerkungen zum schönen Schlachter, dies genaue Verfolgen von picturalem Ausdrücken und menschlichem Verhalten, von Cro-Magnon über Amarna zu Folter und Folterinszenierung, erreicht der Maler mit einem Nichts an gefärbtem Wasser und Blei.
Dieses Aquarell, das Professor Jensen unbeirrbar als Titel setzt, ist Wunderlichs reichstes Bild und sein sparsamstes.

Ich kenne alle Einwände gegen Wunderlichs Werk. Ich will Klatsch, Gemeinheit, Überheblichkeit hier nicht noch einmal wiederholen, denn man hebt Blödsinn nicht dadurch auf, daß man ihn tadelnd, mit dem Air der Freundschaftlichkeit noch einmal breittritt – man befriedigt nur die eigenen sadistischen Neigungen.
Dem Kieler Museumsleiter Jensen ist es gelungen, durch einen geradezu kriminologischen Text und durch die Anordnung des Bildmaterials Wunderlich als einen der großen Maler der zweiten Hälfte des Zwanzigsten Jahrhunderts zu dokumentieren.
Es darf aber nicht verschwiegen werden, daß deutscher Professorenmut Jens Christian Jensen gelegentlich ein Schnippchen schlägt. Zu den dünnsten Verästelungen von Psyche und Pigment hangelt sich der Kunstgeschichtler hoch – manchmal in einer Sprache, die eben das verleugnet, von dem sie zu handeln vorgibt:
Kunstfertigkeit und Sensibilität.
Er steht damit gewiß nicht allein.

In der kritischen Betrachtung der sogenannten Schönen Künste und der Schönen Literatur erwartet der Kritiker im allgemeinen, daß der Künstler ihm genau das vorführe, was der Kritiker im Augenblick als Avantgarde zu begreifen fähig ist.
So lesen wir nicht 1890 bei Gide über van Gogh, sondern 1947 bei Antonin Artaud, und über Antonin Artaud nicht 1947 bei Gide, sondern, im Verein mit Leni Riefenstahl, 1970 bei Susan Sontag.
Das ergibt bei Jens Christian Jensen:
Wunderlich »müßte oder muß«. (7)
»Hier war der Filter gefunden«. (80)
»Dies Ineinandergreifen von Linie und laviertem Farbfeld hat das Ziel«. (29)
Es »mahnt« und »gemahnt«; auch wird – Seite 44 – »schwer errungen«.
».. ein informelles Element, das dem Bildganzen traumhaft ausgleitende Unwägbarkeiten bei aller dominierender Präsenz der Figuren erhält«. (13)
Lévi-Strauss hat also auch in Kiel zugeschlagen.
Jensen meidet nicht immer jenes Gedankenragout, das uns heute aus vielen Medien entgegenplatscht:
».. antimilitaristisch, antinationalistisch, antiideologisch, wobei die Verbrechen des Naziregimes den *sittlichen* Hintergrund zu dieser Haltung bilden«. (3)
Beckmesserei – gewiß.
Frauen sind wiederholt »Weiber«.
Zur Homosexualität:
»Doch kaum je hat sich ein Bildender Künstler unserer Zeit .. auf dieses schwierige *anfechtbare* und angefochtene Gebiet der Sexualität gewagt«. (77)
Es ist das zimperliche Vokabular der deutschen Bildungsbourgeoisie, die in der Praxis dann nicht vor Krankengut und Ausbrennen von Gehirnzellen zurückschreckt.
Jensen hat recht, wenn er vom Aufklärer Wunderlich spricht.
Wie unmuffig der Kunstwissenschaftler komponieren kann, beweist er, wenn er den sich maskulin englisch gebenden Wunderlich mit der Schönen Helena vergleicht:

»Bewundert viel und viel gescholten, Helena –
Vom Strande komm ich . .«
Witzig und maliziös.
Jensens Stärke sind Zusammenfassungen, Analysen handwerklicher Vorgänge und ihrer Beziehungen zu Stil und Inhalt.
Wie ein Detektiv spürt er kulturgeschichtlichen Zusammenhängen nach; er kratzt noch Dante hervor und das Paar Paolo und Francesca.
Er kann belegen, daß es sich um keine Überinterpretationen handelt.
Seite 125 gelingt ihm der Schluß:
»Hier tut er (Wunderlich), was Ingres getan haben würde, der Manets Gemälde nicht mochte.«
Und Seite 152, auf des Messers Schneide:
»Die Privatheit seiner Kunst nimmt mit dem Drang zu, sich zu bekennen.«
Ich kenne niemanden, der so zu seinem Thema zitieren könnte wie Jensen:
»Ich sagte, daß ich gar wohl wüßte, welche Unordnungen in der natürlichen Grazie des Menschen das Bewußtsein anrichtet.«
Kleists *Marionettentheater*.
Und spiegelverkehrt dazu:
»Die Natur ist eine versteinerte Zauberstadt.«
Novalis und schließlich Hofmannsthal:
»Die Tiefe liegt – wo? an der Oberfläche«.
Um soviel Bildungspräsenz hätte Gottfried Benn, als er 1951 *Probleme der Lyrik* verfaßte, den Kieler Wissenschaftler sicher beneidet.
Jensens Buch führt vor, daß Paul Wunderlichs Ölbilder, Gouachen, Aquarelle nicht das Nebenwerk eines bedeutenden Steindruckers sind, sondern daß sie in eine Reihe gehören mit den Gemälden eines Dali, Dubuffet, Bacon, Botero, Hockney und Lindner.
Am Œuvre erweist sich, daß Wunderlich, als der Trend an Valeurs hing, an Matière und Tâche, über den 20. Juli arbeitete und am entsetzlich engagierten »Qui s'explique«.
Als die Mode ins Politische umschlug, nach einem Ereignis, das

in der Biographie des Malers nur durch eine Lücke, eine sehr verletzende Lücke angedeutet wird, schnürte Wunderlich weg, die Bewegungen der verletzenden Verletzten geschehen in luxuriösen Käfigen, unter dünnen, vergeblich schützenden Gummihäuten.

Jetzt, da der Abendwind nach Rokoko riecht, inmitten Kleiner Schleckereien, reduziert er auf eine geradezu vorwurfsvolle Kargheit.

Die Heftigkeit hat nicht nachgelassen – sie erscheint nur deutlicher verborgen.

Der objektive und der subjektive Autor

Anmerkungen zu Henry James' Washington Square

Agadir, März 1981

> Er ist ein Amerikaner, der hinter einer Mauer auf den Fußspitzen steht und versucht, eine englische Konversation zu überraschen.
>
> Somerset Maugham

I.

Washington Square heißt die süßliche Geschichte einer heterosexuellen Liebe, geschrieben von einem Autor, der schwul war.

Die Bezeichnung »süßlich« ist nicht unbedacht zur Zusammenfassung gewählt; der Roman beruht auf allen Motivationen bürgerlicher Rührung:

Reicher, kalter, intelligenter Vater.

Hübscher Mitgiftjäger und Erbschleicher.

Intrigenreiche, lächerliche Tante.

Unschuldige, unbeirrbare, leidende Catherine, die James selbst wiederholt als Heroine bezeichnet.

Der Hinweis auf Homosexualität ergibt sich zum Teil aus der Lektüre selbst – die Geschichte der Catherine Sloper und der wie leichthin gewählte Titel dienen James dazu, ganz ungewöhnliche Schichten bürgerlicher Existenz im New York des 19. Jahrhunderts darzustellen, ein Rührstück, das die Rührung zu zersetzen sucht, eine Analyse, welche die Komplizenschaft des Autors in der Travestie entblößt.

– Während einer Periode der ersten Hälfte des gegenwärtigen (19.) Jahrhunderts und, genauer, während des letzteren Teils davon, gedieh und praktizierte in der Stadt New York ein Arzt, der vielleicht einen außergewöhnlichen Teil der Achtung genoß, welche in den Vereinigten Staaten immer ausgezeichneten Mitgliedern des ärztlichen Berufs zuerkannt wurde. Dieser Beruf ist in Amerika immer in Ehren gehalten worden und er hat, erfolgreicher als anderswo, das Epitheton »liberal« für sich in Anspruch genommen. In einem Land, wo Sie, um eine Rolle in der Gesellschaft zu spielen, entweder Ihr Einkommen verdienen müssen, oder glauben machen, daß Sie es verdienen, schien die Kunst des Heilens in einem hohen Grade zwei anerkannte Quellen der Glaubwürdigkeit zu kombinieren. Sie gehört dem Reich des Praktischen an, das in den Vereinigten Staaten eine große Empfehlung ist; und sie wird vom Licht der Wissenschaft berührt – ein Verdienst, geschätzt in einer Gesellschaft, in der die Liebe zur Erkenntnis nicht immer von Müßiggang und Glück begleitet war.

Ein Bestandteil von Doktor Sloper's Reputation war, daß seine Kenntnisse und seine Geschicklichkeit sehr eben ausgewogen waren. Er war, was Sie vielleicht einen gelehrten Doktor nennen würden und trotzdem war nichts Abstraktes in seinen Kuren – er verordnete Ihnen immer etwas zum Einnehmen. Obgleich er als außergewöhnlich gründlich empfunden wurde, war er nicht ungemütlich theoretisch und wenn er die Angelegenheiten eingehender erklärte, als es für den Patienten von Nutzen schien, ging er nie so weit (wie man es von manchen praktischen Ärzten gehört hatte), etwa der Erklärung allein zu vertrauen, sondern immer ließ er ein unzweifelhaftes (unerforschliches) Rezept zurück. Es gab einige Doktoren, die das Rezept ohne jede Erklärung hinterließen – zu dieser Klasse, die schließlich die vulgärste war, gehörte er auch nicht.

Man wird einsehen, daß ich einen klugen Mann beschreibe; und das ist tatsächlich der Grund, weshalb Doktor Sloper eine solche Lokalgröße wurde.

Der abgründige Witz dieser Anfangspassage beruht auf einem Kalauer: Der Name des Ehrenmannes – Doktor Sloper – hat mit slope, schief, abhängig, abschüssig und sloppy, naß, schmutzig zu

tun; ein literarisches Mittel, das Thomas Mann mit Herrn Grünlich, Naphta und Professor Kukuck wiederholen wird.
Das Portrait von Dr. Sloper fällt gesprenkelt genug aus, wenn man sich die Zeit nimmt, es genau zu betrachten.
– Er war sehr witzig.
Was James unter diesem Witz versteht, werden wir später erfahren.
– Und er galt in der besten Gesellschaft von New York als ein Mann von Welt.
Henry James floh diese beste Gesellschaft.
– Und er galt in der besten Gesellschaft von New York als ein Mann von Welt – was er, in der Tat, in hinreichendem Grad war.
Es galt James so gut wie nichts.
– Ich beeile mich hinzuzufügen, um möglichen Mißverständnissen vorzubeugen, daß er nicht im geringsten ein Scharlatan war.
Man mußte also ein Scharlatan sein, um in der besten Gesellschaft von New York als Mann von Welt zu gelten.
Und die Eile, mit der James es leugnet, die Mißverständnisse, die er dem Leser einokuliert, die Auszeichnung inmitten einer Gesellschaft, die Henry James verachtet, machen auf der zweiten Seite des Buches klar, was der Autor meint:
Scharlatan, schusseliger Doktor Naßforsch!
Auf der dritten Seite kommt der Beweis oder vielmehr die endgültige Insinuation:
Der Arzt hat einen Sohn und seine Frau verloren, ohne ihnen medizinisch helfen zu können; es hat seinem Renomée in einer solchen Gesellschaft nicht geschadet. Jedoch:
– Er entkam jeder Kritik außer der eigenen, welche die kompetenteste und fürchterlichste war. Unter dem Gewicht dieser sehr verborgenen Zensur ging er für den Rest seiner Tage und er trug für immer die Narben einer Züchtigung, der ihn die stärkste Hand, die er kannte, in der Nacht, die dem Tod seiner Frau folgte, unterworfen hatte.

Wir verstehen kein Wort.
Ist das Tremolo echt?
Wessen stärkste Hand züchtigte?
War Doktor Abschüssig ein Flagellant?
Merkt man später im Verhalten Doktor Sloper's von solcher Prüfung?
Nicht das geringste!
Eine andre als oberflächliche Inhaltsangabe würde mit dem gerafften, raffinierten Werk von 174 Seiten in der Taschenbuchausgabe auf das lächerlichste zu konkurrieren versuchen.
Hier nun das zum Verständnis meiner Anmerkungen Dürftigste:
Dr. Sloper, der einen Sohn und bei der Geburt der Tochter Catherine die Frau verloren hat, zieht mit Hilfe seiner Schwester – Mrs. Penniman – die gesunde, reizlose, tumbe Tochter heran, die er verachtet.
Dr. Sloper ist zu Vermögen gekommen und wird dem freßsüchtigen, geschmacklosen Mädchen viel Geld hinterlassen müssen, das sich zu einer sehr anständigen Erbschaft von seiten der Mutter addiert.
Bei der Hochzeit einer Cousine macht sich ein besonders hübscher, intelligenter junger Mann – Morris Townsend – an Catherine heran. Mrs. Penniman, die Tante, tut alles, um das Verhältnis der beiden gedeihen zu lassen. Aber Dr. Sloper widersetzt sich einer Ehe seiner Tochter mit Morris, denn er vermutet in dem jungen Mann, der keine Beschäftigung hat, ein kleines Vermögen auf wilden Reisen durchbrachte und von seiner Schwester ausgehalten wird, einen Mitgiftjäger.
Dr. Sloper erhält jede Bestätigung seiner Vermutungen.
Catherine will eher auf die Erbschaft des Vaters verzichten als auf Morris.
Der Geliebte drängt auf sofortige Heirat. Catherine zögert, um den Vater nicht zu erzürnen.
Nun beginnt auch Morris zu zögern in der Hoffnung, Dr. Sloper vielleicht doch noch für sich einzunehmen und so des größeren Vermögens nicht verlustig zu gehen.
Der Vater nimmt Catherine auf eine Europareise, erpreßt sie in ihrer Kindesliebe, Catherine gibt nicht nach.

Sie entdeckt, daß der Vater sie verachtet.
Morris Townsend, bei der Rückkunft, verläßt Catherine.
Der Vater stirbt, er folgt genau der Diagnose, die er sich selbst ausgestellt hat; ein letztes Mal versucht er Catherine mit der Erbschaft zu erpressen.
Catherine will auch jetzt nicht ausschließen, daß sie Morris noch heiratet – der Vater enterbt sie bis auf ein Fünftel seiner Hinterlassenschaft.
Catherine wird neben Mrs. Penniman im Haus am Washington Park zu einer respektablen alten Jungfer.
Nach fünfundzwanzig Jahren versucht Morris Townsend – immer noch ein attraktiver Mann – sie abermals zu gewinnen.
Catherine bleibt hart, »trocken«.

Henry James ist ein Autor, der sich mit Zeit befaßt, mit Geschichte:
– During a portion of the first half of the present century .. (5) beginnt das erste Kapitel.
Seite 15 spricht er von Catherine's rotem Satinkleid:
– It is a point on which history has not been explicit ..
Auch das Dummerchen Catherine ist Geschichte; nicht gerade Geschichte mit großem H, aber immerhin Geschichte ohne Artikel und, nachdem er Catherine's Leben ins Buch der Welt eingeschichtet hat, schreibt er zum Schluß:
– This life had, however, a secret history as well as a public one .. (160)
Zeit also, aber nicht im Bergson'schen, Proust'schen Sinne, nicht als gekaute Madeleine, sondern als »portion«, als Portion einer Torte der Ideen.
Schon in der ersten Zeile fällt – zur Zeitbestimmung – ein subjektiver Autor dem alleswissenden Autor gravitätisch ins Wort.
Vielleicht ist also auch die abgezogene Zeit-Portion nur eine Vorgabe, eine Attitüde – wie später, wenn Catherine vom Geliebten als Gegenstand (object) angesehen wird unter anderen Gegenständen in Dr. Sloper's Wohnzimmer (30).

– What she saw was her father's still grey eye and his clear-cut, definite smile. She contemplated these objects for a moment, and then she looked back at the fire; it was much warmer. (54)
Der objektive und der affizierte Autor behaupten gemeinsam, daß Catherine Augen und Lächeln des Vaters als »Objekte« betrachtet – und im Anschluß daran entschlüpft dem Artisten eine aufschlußreiche Tautologie:
– Das Feuer war viel wärmer.
Klar ist es wärmer als die 37,5 Grad des Dr. Sloper.
Doch James entfährt da, magisch, subkonszient, eine andere Betrachtungsweise als die nützliche – das Feuer wird ihm, wie den Vorsokratikern, zum Urelement, das Leben und Objekte, den Vater selbst auslöst, vom Anfang her bewohnt.
Die Körpertemperatur des Mediziners stellt der Tochter eine tödliche Entropie des bürgerlichen Zeitalters in der Neuen Welt dar. Einer Entropie, die Lebenszeit, Lebewesen, Emotionen eben als Portionen, Gegenstände, Teilstücke auffaßte:
Morris ist
– a gentleman of fine parts . . (77)
und das mag im Englisch des 19. Jahrhunderts eine syntaktische Aussage gewesen sein – ein Herr mit feinen Teilen bleibt es allemal und weist sowohl ins Anorganische als auch ins Schlächterisch-Sexuelle;
a gentleman of fine private parts wäre ein Herr mit schönen Geschlechtsteilen gewesen.
106: . . readers disposed to judge harshly of a young man who may have struck them as making but an indifferently successful use of fine natural parts.
. . Leser, die geneigt sind, einen jungen Mann – Morris – hart zu beurteilen, der ihnen dadurch aufgefallen sein mag, daß er nur einen kaum hervorstechenden Gebrauch von schönen natürlichen Teilen machte.

Man muß natürlich mit »natürlichen Anlagen« übersetzen.
Doch im Grunde – wer wird hier beschrieben?
Was für ein Gebrauch?
125: . . Catherine's temper, an article . .

Catherine's Stimmung, Temperament – ein Artikel, ein Gegenstand..

125: .. this beautiful young man was her own exclusive property..

Dieser schöne junge Mann war ihr eigener ausschließlicher Besitz – denkt die reine, leidende, unbeirrbare, unkäufliche Catherine.

Portion of the century – Seite 5.
Catherine – object – Seite 30.
Father's eye, his clear-cut smile – objects – Seite 54.
Morris, a gentleman of fine parts – Seite 106.
Morris, her own exclusive property – Seite 125.
Besitz erwirbt man.
Ist so etwas wiederholt unbedacht hingeschrieben oder folgt der Autor, objektiv oder subjektiv damit einem unterirdischen – bei Thomas Mann hieße es vielleicht: einem unterweltlichen – Konzept?

Henry James kennt die Mechanik des rhetorischen Vorgehens.
Was stellt er nicht alles um den Begriff »sagen« an!
– I say ›such as she was‹, because to tell the truth – But this is a truth of which I will defer the telling (8).
– Ich sage (tatsächlich schreibt er!) ›so wie sie war‹, denn um die Wahrheit zu erzählen – Aber dies ist eine Wahrheit, deren Erzählung ich verschieben will.

– ›He's more like a foreigner‹, Catherine suggested.
– ›Er ist eher wie ein Ausländer‹, schlug Catherine vor.
Und damit das Vermeiden des Wortes »sagen« nicht fade wird, steht als nächstes:
– ›Nun, ich habe nie einen Ausländer kennengelernt‹, *sagte* Jung Townsend (26).
– ›I am very sorry‹, Catherine permitted herself to observe (27).
doppelt das primäre »sagen« sublimierend.

– Das betrübt mich sehr, gestattete Catherine sich zu bemerken.
– .. these two young persons might confabulate, as the Doctor phrased it to himself.
– diese jungen Leute könnten (sich) zusammenfabulieren, schwätzen, wie der Doktor es vor sich selbst in Sätze brachte – wie es der Doktor sich selbst paraphrasierte.
Als ein Beispiel des Witzes von Dr. Sloper und seiner Lebensart, zitiert James ein Gespräch mit Morris Townsend und läßt den Mediziner in einer Fuge über das Wort »say« enden:
– ›Selbst wenn Catherine nicht schwach wäre, blieben Sie trotzdem ein Mann ohne einen Pfennig.‹
– ›O ja; das ist meine Schwäche! Und deshalb meinen Sie, ich sei käuflich – ich wollte nur das Geld Ihrer Tochter.‹
– ›I don't say that. I am not obliged to say it; and to say it, save under stress of compulsion, would be very bad taste. I say simply that you belong to the wrong category.‹ (59)
– ›Das sage ich nicht. Ich habe nicht nötig, es zu sagen; und es außer unter nachdrücklichem Zwang zu sagen, wäre sehr schlechter Geschmack. Ich sage allein, daß Sie zur unrechten Kategorie gehören.‹

Doch nicht nur sagen, erzählen, die Erzählerposition selbst wird James zum Problem.
Der alleswissende Autor, der ungenaue, wird vom subjektiven, peniblen gleich zu Anfang zurechtgewiesen, man fühlt sich an den Beginn des *Erwählten* erinnert; aber auch das Denken, der Innere Monolog, der Contenu Mental, welcher zur gleichen Zeit den Russen W. M. Garschin in *Vier Tage* und E. Dujardin, den Franzosen, in *Les Lauriers sont coupés* beschäftigte, wird bereits bei Henry James reflektiert:
– .. as the Doctor phrased it to himself (44), habe ich bereits angeführt; doch kurz vorher gibt es eine andre Stelle, an der der Zwiespalt jedes Denkens:
Was geschieht im kleinen Raum meines Kopfes, daß so weite, flüchtige Gehirnreizungen zu einer genauen Aussage umgeformt werden?

der Zwiespalt jedes Romans:
Wie stilisiere ich all das Unfaßliche, das in den Köpfen der Personen vorgeht, zu einem Text?
in einer Falle deutlich wird.
– He has abilities, said Catherine's father . .
The Doctor, however, kept his reflections to himself and talked to his visitors about foreign lands.
– Er hat Talent, sagte Catherine's Vater . .
Der Doktor allerdings behielt diese Überlegungen für sich und sprach zu seinen Besuchern von fremden Ländern.
Ein Autor James – welcher? – belügt den Leser für einen Augenblick und nimmt die Innere Wahrheit des Doktor Sloper für die Wirklichkeit: Catherine's Vater möchte es sagen, denkt es, um es zu sagen; die gespaltene Sprach-Existenz Dr. Sloper's wird dem Leser ein Satz lang durch die widersprüchlichen Aussagen des Romanciers oktroyiert, denn tatsächlich redet Sloper von fremden Ländern, während er über die Aussage zu Morris' Talent nachdenkt.
Eine Spaltung, die jedem geläufig ist, die James mit den differierenden Erzählerpositionen zum Kunstmittel erhebt – die Sprachsituation des bürgerlichen Zeitalters selbst, die der Psychose und der Psychoanalyse.

Henry James Darstellungsweise ist indirekt.
Seine Sätze drücken indirekt alles aus, was Bosheit nur in Sprache fassen kann; der Vater zu seiner Tochter:
– You are an honest, amiable girl, and an intelligent young man might easily find it out (56).
– Du bist ein anständiges, liebreiches Mädchen, und ein intelligenter junger Mann kann das leicht herausfinden.
Nein – von Balzac, vom greinenden Vater Goriot und von den wackelnden Kulissen der Eugénie Grandet sind wir hier weit entfernt – der Autor und seine Figur wissen es genau:
– I am not a father in an old-fashioned novel (62).
Das Gesetz dieses Romans und seiner Gesellschaft ist taste – Geschmack – very bad taste ist das schlimmste.
Very bad taste würde Dr. Sloper sich selbst nur in einer Rand-

situation verzeihen – under stress of compulsion –, dem gehaßten schönen Geliebten der Tochter gegenüber, den er zwar töten möchte, den er aber überleben läßt, nicht aus Moral – I am not a very good man (116) – sondern aus Geschmack.
– Very bad taste, wirft er der Tochter vor, deren Leben er erstickt.
– Very bad taste, ist die Aussage, die Catherine so verletzt, daß sie sich von dem Vater lossagt (109).
Die Formulierung fällt in dem kurzen Werk, das sonst nicht immer ökonomisch mit Wiederholungen umgeht, nur dreimal:
– .. that speech about her bad taste made her ears burn for three days.

James benützt Übertreibungen, Anführungsstriche, Klammern, kursiv Gesetztes und macht sich (81) über kursiv Gesetztes lustig. Die Autoren, die er von sich abspaltet, sind ironische Autoren und wie die Ironie eine Art der Übertreibung, des uneigentlichen Sprechens oder Schreibens darstellt, so stellt sie auch eine in hohem Maß bürgerliche stilistische Tugend dar:
Eine Klasse von Arrivierten verständigt sich über die Wahrheit – oder die Wirklichkeit – mit Hilfe von Lügen; James suggeriert mit falschen Aussagen das Richtige.
– It will be seen, that I am describing a clever man, soll den Leser, wie die Idee des Liberalen, auf eine falsche Fährte locken.
– At the time we are chiefly concerned with him ..
– Zu der Zeit, in der wir hauptsächlich mit Dr. Sloper befaßt sind ..
Die erlesenste literarische Begabung der Moderne gibt in einem »Wir« der Bescheidenheit vor, den Leser in den Schaffensprozeß einzubeziehen – in Wirklichkeit ist es das »Wir« der Herrschaftsattitüde, der Einsamkeit, das »Wir« einer die Psyche analysierenden Persönlichkeitsverdoppelung.

Diesen Uneigentlichkeiten, diesem Indirekten setzt Henry James – manieristisch – immer wieder das Eckige, Gerade entgegen, die fast plumpen Wiederholungen, den Archaismus.
Die erste Periode des Buches ist sechs Zeilen lang. Sie endet:

.. distinguished members of the medical profession. This profession .. beginnt der nächste Satz; ein Verfahren, daß der Romancier Seite 30 wiederholt.

Morris Townsend, der gleisnerische Décadent, faßt seinen Eindruck von der Party und Catherine geradezu naiv:

– What a delightful party!

– What a charming house!

– What an interesting family!

– What a pretty girl your cousin is! – mit dem musikalisch etwas ausgedehnten letzten Satz.

James hat selbstverständlich genau beobachtet: So schwärmen Décadents; die litaneienhaften Aussagesätze sind nicht nur eine erlesene Abwechslung, sie sind naturalistisch, exakt.

Kurze Hauptsätze benützt James zu dramatischer Steigerung:

– ›I feel very old – and very wise‹, said Catherine smiling faintly.

– ›I'm afraid that before long you will feel older and wiser yet. I don't like your engagement‹ (55), sagt der Vater und gibt ein Beispiel seiner unlauteren Witzigkeit.

– ›Ich fühle mich sehr alt – und sehr klug‹, sagte Catherine und lächelte schwach.

– ›Ich fürchtete, binnen kurzem wirst du dich noch älter und klüger fühlen. Mir gefällt deine Verlobung nicht.‹

Wie man mit zwei gleichen Sätzen zwei ganz verschiedene Dinge aussagen kann, führt der Ausgepichte auf Seite 74 vor:

– The letter, at least, was long for her; and it may be added, that it was long for Morris.

Catherine hatte ihm nur einen langen Brief geschrieben.

– Dieser Brief, zum wenigsten, war lang für sie; und es sollte hinzugefügt werden, daß er lang für Morris war.

– These notes were dispatched on the Friday and Saturday; but Saturday and Sunday passed ..

Archaismen und Pingeligkeit:

The Friday, the Morrow, Morris's – unter den langsam ausgeschleuderten Schlingen endlich der kurze, blanke Mord:

– ›Würdest du ihn (Morris Townsend) gerne getötet haben?‹ fragte Mrs. Almond.

– ›Ja. Sehr‹, antwortete der Doktor.
Und noch einmal die Freude am Kalauer:
Die freundliche Schwester des Doktors heißt Frau Mandel, die das Armenbrot im Hause des Arztes Herunterschlingende Frau Pfennigmann, der Mitgiftjäger: Moritz Stadtrand. Was Doktor Sloper alles in seinem Namen heraufbeschwört, habe ich bereits beschrieben.
Auf Seite 8 findet sich eine seltsam gezierte Aussage zur Wahrheit:
– Sie, Catherine, wuchs zu einem robusten und gesunden Kind heran und ihr Vater, wenn er sie ansah, sagte sich oft, daß er, so wie sie war, sie zu verlieren nicht fürchten mußte.
Ich sage ›so wie sie war‹, denn um die Wahrheit zu erzählen, doch dies ist eine Wahrheit, deren Erzählung ich verschieben will.

Es ist der Gestus des Koitus Interruptus, des Asthmas – solchem Asthma verdanken wir ein andres großes Romanwerk der Moderne; dies Defer the Telling, dies Verschieben der Wahrheit ist der Roman selbst.

II.

Hinter den Bäumen des Washington Parks, hinter Rührseligkeit, hinter Taste verbergen sich alle attischen Vipern noch und schon alle Verdrängungen der Ära Freuds:
Dr. Sloper will sich an Catherine rächen, da sie ihm die geliebte Frau ermordete und – wohl schlimmer – ihn vor sich selbst als Arzt ruinierte.
Der Vater will der Tochter kein Glück lassen und ist bereit, ihren Geliebten zu ermorden, ja, sie selbst in den Alpen verhungern zu lassen.
Um Morris Townsend ist es nicht viel besser bestellt.
Er will ran an Catherine's Geld.
Und, nach einem Zögern, verläßt er sie, als er das Geld nicht bekommen kann.
Mrs. Penniman gibt vor, dem jungen Paar zu nützen – in Wirk-

lichkeit will sie ›schmarutzen‹ und, da sie es als unmöglich einsieht, den schönen Kerl zu ergattern, das Glück der Nichte, indem sie es zu fördern scheint, gründlich hintertreiben.
Von Liebe ist in dem Rührstück wenig der Fall – dafür von Haß, Zerstörung, Machtgier.
Der Autor führt den Leser schon in der Beschreibung Dr. Slopers gründlich irre.
Seite 11 heißt es von Catherine:
.. in her younger years she was a good deal of a romp, and, though it is an awkward confession to make about one's heroine, I must add that she was something of a glutton.
.. in ihren frühen Jahren war sie ein ziemlich wilder Balg und, wenn es auch ein ungeschicktes Eingeständnis über die eigene Heroine darstellt, ich muß hinzufügen, sie war so etwas wie ein Vielfraß.

Hier überlagern sich Tuntigkeit, Gemeinheit, guter Geschmack, Präzision und falsche Präzision derart, daß man zwar immer schon meint, den Sinn begriffen zu haben, die verschiedenen Bewegungen des Sprachverhaltens aber zu analysieren, bleibt schwierig:
Catherine ist ein Vielfraß.
Das ist ein ungebildetes, ungeschicktes, verlegenes Geständnis für einen Autor – verrät mir mein Tauchnitzdiktionär aus der James-Zeit.
Solche Geständnisse darf ein Autor nicht machen – gibt James vor.
Natürlich muß ein Autor solche Fakten aufdecken – weiß James.
Natürlich macht Henry James sie mit Vergnügen und nicht dümmlich, sondern mit Kalkül.

Und im Grunde – was ist denn so schlimm daran, wenn ein Mädchen gerne frißt? Es verstößt gegen den guten Geschmack?
Wäre Henry James wirklich so einschichtig, daß er sein Ideal, oder das vorgegebene Ideal des Taste nicht auch gelegentlich anzweifelte?

Gut. Von einer Heroine ein solches Geständnis zu machen, mag kunstlos sein in einer Epoche, in der Proust gefragt wurde:
– Vos héroines préférées dans la vie réelle?
– Vos héroines préférées dans la fiction?
Um was ging es James? Um Heroinen oder um Menschen aus Fleisch und Blut, wie André Gide das nannte?
– He seemed to want very much to come (26).
– Er schien so sehr kommen zu wollen.
Heroen und Heroinen scheinen so sehr kommen zu wollen.
(Wenn es nicht gar ein Vexiersatz für Pornographie ist: to come – ejakulieren.) Der subjektive Autor verstellt, der objektive exhibitioniert.
– The young man, within a few days, had made her listen to things for which she had not supposed that she was prepared. (50)
– Der junge Mann, in ein paar Tagen, hatte sie dazu gebracht, Dinge anzuhören, von denen sie nicht angenommen hatte, daß sie darauf vorbereitet sei.
Das ist Zeitstil, englische Ausdrucksweise, doch wählt sie der Amerikaner James nur aus dem Snobismus des überseeischen Provinzlers?
– It seems to me that I ought to be very much offended with you (72), als Ausdruck tiefster Erniedrigung und Empörung sagt nicht nur über Zeit und Dialekt etwas aus – es sagt etwas aus über den Mann, der sie rollenhaft verwendet.
Inmitten so großer Pupperei und Sublimation steht dann wie bedeutungsleer ein Satz, den man fast überliest.
Ist das ein Trick?
Will er es zu Anfang, alibiartig gesagt haben, aber so, daß man es nicht merkt?
Seite 12:
– Her deepest desire was to please him, and her conception of happiness was to know that she had succeeded in pleasing him.
– Catherine's tiefster Wunsch war, ihrem Vater zu gefallen, und ihre Vorstellung von Glück war, zu wissen, daß es ihr gelungen war, ihm zu gefallen.
– Votre idée du malheur, fragt Antoinette Faure den kleinen Marcel Proust.

– Von Maman getrennt zu sein.
Der Leser, der aufmerksame Leser, der von allen Schäkereien, Übertreibungen, Anführungsstrichen des Textes geblendet wurde, glaubt an eine Finte.
»Deepest desire«, »Conception of Happiness« – Floskeln, um die Schalheit des schlechtangezogenen Pummels zu charakterisieren.
Doch es sind die Kodeworte für das ganze Werk.
So nur wird es verständlich, daß Catherine ihren Vater bewundert, als er den Liebhaber herabsetzt (57),
daß sie mitten in der Liebesgeschichte mit dem erregendsten Mann von New York es als
– great excitement in trying to be a good daughter (74)
empfindet,
daß sie zögert, als Morris sie abrupt, ohne das viele Geld, heiraten will.
Liebe zum Vater.
Bindung an den Vater.
Die glücklose Bindung an den Menschen, dem man nicht gefällt, den man nie gewinnen kann.
Sie merkt es.
Sie erlebt es im Roman an einer Metapher.
Als der Vater ihr schlechten Geschmack – bad taste – vorwirft, fühlt sie sich verachtet, drei Tage brennen ihr die Ohren (108 bis 110).
Verachtung wegen schlechten Geschmacks löst sie von ihm ab, nicht daß der Vater ihr normales Liebesglück zerstörte – dies normale Liebesglück hätte es für sie nicht gegeben.
Die Erkenntnis der Verachtung faßt sie vor dem Liebhaber Morris zusammen in Worten, die von einem Geliebten handeln, nicht von einem Vater:
– He is not very fond of me. (127)
– Er ist nicht sehr verliebt in mich, mir nicht sehr zugeneigt, würde Tauchnitz übersetzen. Wir neigen heute zu:
– Er ist nicht sehr wild nach mir.
Damit ist Catherine nicht frei, sich einem anderen Mann zu verbinden.

Sie weist alle Heiratsangebote ab, Morris Townsend nach dem Tode des Vaters ein zweites Mal. Sie lebt mit der gehässigen und verachteten Mrs. Penniman zuende. Das geschmacklose Geschöpf hat sich, existentiell, mit der »Taste«-Moral der Epoche – wie auch Henry James selbst – verheddert.

III.

Oft nun ist die Meisterschaft von Henry James nur die Meisterschaft, den Eindruck von Präzision, Feinsinnigkeit und Sensibilität zu erwecken, wie die des Dr. Sloper, und es ist bemerkenswert, mit wieviel Leichtfertigkeit ein solcher Ruf erhalten werden kann.
– The world, which, as I have said, appreciated him, pitied him too much to be ironical; his misfortune made him more interesting, and even helped him to be the fashion (7), schreibt James von Dr. Sloper und man könnte übersetzen:
– Die Welt, die, wie ich sagte, ihn schätzte, bemitleidete ihn zu sehr, um es noch ironisch zu meinen; sein Unglück machte ihn interessant und trug dazu bei, ihn in Mode zu bringen.
Praktisch eine sehr genau verfertigte ironische Aussage, die eine falsche Erkenntnis oder vorgeblich falsche Erkenntnis über Ironie einschließt.
Wahr ist, an jedem Bestseller muß etwas Erbärmliches sein.
Welcher Stuß steht da oft neben kalkulierten Unwahrheiten:
Seite 9:
– .. his private opinion of the more complicated sex – soll delikat die Idee des »Schönen Geschlechts« materialistisch reduzieren.
Frauen das kompliziertere Geschlecht!
Henry James beharrt darauf?
Welch ahnungsloses oder welch heuchlerisches Schulterklopfen.
Seite 13:
– It has been noted that the Doctor was a philosopher, but I would not have answered for his philosophy if the poor girl had proved a sickly and suffering person.
Wirklich?

Es geht um Macht, verletzte Eitelkeit, Stellung im Beruf. Hätte Sloper seiner Tochter als Arzt beistehen können, wäre es vielleicht glücklicher, philosophischer um alle Beteiligten bestellt.

Seite 19:

– Catherine, though she felt tongue-tied, was conscious of no embarrassment – gebunden ohne Bedrängnis?

Feine Leute!

Seite 20:

– And yet Mr. Townsend was not like an actor; he seemed so sincere, so natural.

Subjektiv kann man natürlich den objektiven Tatbestand derart ausdrücken.

– Er schien so echt, so natürlich und deshalb *schien* er kein Schauspieler zu sein.

– Und doch war Mr. Townsend nicht wie ein Schauspieler, schreibt aber – objektiv – der Sprachkünstler im Roman *Washington Square* und sollte bedenken, das Gewerbe des Acteurs wie das des Romanciers besteht darin, echt und natürlich zu erscheinen.

Natur und ihre Verdrehung zum Schein sind das Thema des kurzen Buches.

Seite 25:

– She was not at all jealous of Aunt Lavinia, but she was a little envious . .

– Ach, Gott, wie sind wir vornehm, wir sind so schrecklich vornehm – es ist nicht auszuhalten – heißt es bei Gustaf Gründgens.

Psychologisch weiß ich nicht, wie man eifersüchtig ohne Neid sein will, und sprachlich belehrt mich Tauchnitz für das Goethejahr 1832, daß *jealous* als breiterer Begriff »eifersüchtig«, »neidisch«, »argwöhnisch« bedeutete, *envious* »eng«, »neidisch« heißt.

Seite 29:

– to the window, where the dusk had deepened to darkness.

Das Dämmern, die Innigkeit liegt dem Zyniker nicht; er rutscht aus:

– zum Fenster, wo sich das Dämmern zu Dunkelheit vertieft hatte?

Nicht am Fenster allein. In der Stube und draußen gleichermaßen.
Seite 37 trinkt der berechnende Erbschleicher und Mitgiftjäger Morris Townsend beim mißtrauischen Schwiegervater in spe während des Antrittsbesuches 1 ganze Flasche Madeira aus und 1½ Flaschen Claret.
Das ist sogar in New York unwahrscheinlich.
Und Seite 112 finden wir eine unironische Plumpheit, einen Geschmacksfehler:
– Mrs. Penniman ist sehr wild darauf, die Stirn der Leute zu küssen; es war ein ungewollter Ausdruck von Sympathie mit dem intellektuellen Teil (des Körpers).
Wenn man nicht überhaupt jede Ironie des ziselierten Textes als plump und als Geschmacksfehler kennzeichnen muß.
Mit der Heroine passieren Henry James nun die unerklärlichsten Mißgriffe.
Seite 50:
– This happy certitude had come sooner than Catherine expected..
Vielleicht.
Vier Zeilen später sagt James dazu aus:
– She took, what was given her, from day to day..
– Diese glückliche Sicherheit war früher eingetreten, als Catherine erwartet hatte..
– Sie nahm, was ihr gegeben wurde, von Tag zu Tag..
Nach einem der übelsten Ausfälle des Vaters (57) bewundert Catherine die Klarheit und Noblesse seiner Ausdrucksweise.
Dr. Sloper (32):
– was never eager, never impatient or nervous..
Was bedeutet eine solche Aussage über einen lebendigen Menschen?
Was bedeutet sie von Sloper, der das ganze Buch über als gierig, ungeduldig und nervös dargestellt wird, als psychopathisch geradezu.
Catherine ist eine seltsam puppenhafte Heroine:

– She was the softest creature in the world. (13)
Glaubt James wirklich, daß es eine sanfteste Kreatur auf der Welt gibt?
Und daß sie die Gestalt des sturen Vielfraßes Catherine hätte?
Catherine verstellt sich mit zwanzig zum ersten Mal in ihrem Leben, auf Seite 21; und als alte Jungfer (84) wird sie zum ersten Mal in ihrem Leben ärgerlich.
Will James durch solche Topoi den Autor als Weltkind von New York ausweisen oder geschieht diese Entlarvung des New Yorker Mannes von Welt unfreiwillig?
Die Leichtfertigkeit eines sich gewissenhaft gebenden Romanciers wird nicht kompensiert, durch häufige Schulterklopferei.
Erlesener, gebildeter, kompetenter, ironischer Stil ist herablassend – der Autor hat zu seinem Leser das Verhältnis des Dr. Sloper zu seiner Tochter.
– The girl was very happy. (39)
Das Dummerchen, die betrogene Gans!
James vergißt, wenn er von den Begegnungen zwischen Morris und Catherine spricht, »die bald das Wichtigste in ihrem Leben wurden« (39), daß er 27 Seiten vorher ganz andre Dinge als wichtigste darstellt.
– This is all that need be recorded of their conversation; .. (53)
ist eine herablassende Volte, es ist dumm, als wie üblen Dichter weist sich der Autor damit aus.
– It seemed a proof that she was strong and solid and dense, and would live to a great age – longer than might generally be convenient.
So könnte Dr. Sloper selbst im Roman sprechen.
Leben und Tod von Menschen, die aus Geschmacksgründen bestimmt werden – James mutet eine solche Haltung seinem Erzähler zu.
Gebläht überhort James, was er äußert:
Catherine fleht:
– And, Morris, Morris, you must never despise me. (128)
Wie verachtet muß sich Henry James vorgekommen sein, um daran anzuschließen:
– This was an easy promise to make.

James Herablassung ist die Herablassung Dr. Slopers.
Die bewußte oder unbewußte Ähnlichkeit des Sprachverhaltens deutet fast etwas wie Komplizenschaft an.
Schon Seite 7:
– He walked under the weight of this very private censure for the rest of his days, and bore forever the scars of a castigation to which the strongest hand he knew had treated him on the night that followed his wife's death.
Diese sehr private Zensur, die Art der Narben, welche Hand ihn züchtigte – Gottes, des Vaters, seine eigene – das wissen nur Sloper und der Autor, mit dem Leser macht sich der Autor nicht gemein; es sind sado-masochistische Geschehnisse, deren Ätiologie und Riten dem Publikum verschlossen bleiben.
Narben immerhin, seelische, fleischliche, wie bei Proust, der Charlus mit Blutergüssen und Ketten entdeckt.
Seite 9:
– Doktor Sloper's Meinung vom komplizierteren Geschlecht war nicht übertrieben hoch,
eine Feststellung, die der Autor von einem – als philosophisch und geistreich bezeichneten – Arzt trifft.
– Seine Frau war eine glänzende Ausnahme.
Eine Feststellung, mit der sich James dem Narren anschließt.
Der Vater quält die Tochter; er ist dabei, ihr Leben zu veröden:
– I know not, whether he had hoped for a little more resistance for the sake of a little more entertainment. (74)
– Ich – Henry James – weiß nicht, ob er auf ein bißchen mehr Widerstand gehofft hatte, um etwas mehr unterhalten zu werden.
Wieder muß man wie mit dem Skalpell vorgehen, um die vielen Sprachriten wie Häute voneinander abzuheben.
Nach außen hin distanziert sich der Autor in seinem Concetto von einem derart miesen Verhalten.
Ich weiß nicht.
Es ist die Haltung der naiven Unschuld.
Er weiß es, wenn er nicht der Komplize seines Geschöpfes wäre, wenn er zum Beispiel einen Gerichtsbericht für die Presse verfaßte.
Doch wir befinden uns auf dem Gebiet der Fiktion.

Der objektive und der subjektive Autor wissen als Henry James natürlich genau, was sie als Nichtwissen hinschreiben – aber sie spielen ihre unterschiedlichen Stellungen und Attitüden zum Genuß des Lesers aus –
zum erzieherischen Genuß für den Leser, für den, welchen man als Leser sich herablassend vorstellt.
Nachdem sich Henry James rhetorisch, geschmackssicher von soviel Niedrigkeit distanziert hat, leistet er sich von oben die Diffamierung des armen Dr. Sloper, indem er die besondere sadistische Neigung, hinhaltend zur Unterhaltung zu quälen – Proust und die Ratten –, dem vielbeschäftigten Dr. Sloper in die Schuhe schiebt.
Das Quälen von Romanfiguren durch Widerstand verlängern, macht den Thrill des Lesers an der Weltliteratur aus.
Ohne ihn gäbe es weder Kafka noch Dante.
James hat die Idee von Lektüre als Daumenschraube, wie Agatha Christie die Idee der Lektüre als Mord, in *The Turn of the Screw* deutlich vorgeführt.
Komplizenhaft:
Der Vater und James wollen, daß Morris Townsend schlecht sei – das wird an den fadenscheinigen Erklärungen der Verdorbenheit des spontanen Heiratsvorschlages deutlich. (105)
Schon früher sagt Dr. Sloper:
– I don't want to believe in you. (60)
Und aus vorgeblicher väterlicher Fürsorge begeht Dr. Sloper genau das an seiner Tochter, was er für sie von Morris fürchtet:
Er zerstört ihr Leben.
Das heißt:
James stellt den Vater so dar, wie der Vater den Liebhaber darstellt.
– It's a great pleasure to be in the right, sagt der Doktor Seite 147.
Das Richtige für sich in Anspruch nehmen und mit Plaisir, ist der Hebel der Ironie.
Ironie funktioniert nicht, wenn sie nicht eine als richtig einsichtige Tatsache verstellt.
– Your pleasures make one shudder, antwortet ihm die kluge Schwester, Frau Mandel.

Nirgends wird die Komplizenschaft mit dem als philosophisch und geistreich etikettierten Dr. Abschüssig, mit dem als grob, dumm und regredierend dargestellten Dr. Sloper so deutlich, wie an dem unordentlichen Gebrauch des Adjektives »poor«.
Das Feld des Wortes »poor«, »arm«, »pauvre« enthält mehr als nur Herablassung.
Es entsteht eine seltsame, tragische Irritation, wenn Testanière in der Provence von »ma pauvre mère« spricht, wenn es heißt:
– Da steh ich nun, ich armer Tor . .
Das rohe, taktlose *Poor* ist in der plüschigen Sprache des Romans fast immer der Heroine Catherine vorbehalten.
Henry James lernte in Paris Flaubert kennen.
Flaubert schrieb wegen der Wiederholung eines einzigen Adjektives mehrere Seiten neu.
Henry James geniert sich nicht, sein dummes Poor für Catherine Seite 57 gleich zweimal rauszupfuschen.
Seite 73 steht es schon wieder für das kluge, starke, an Empfindungen und Reaktionen – und an Mitgift – reich ausgestattete Mädchen.
Seite 126 sagt es sogar Morris von ihr, wie um den Autor in seiner abfälligen Meinung zu unterstützen.
Poor, poor, Seite 57 vom Autor auf Catherine gemünzt;
Poor, poor, Seite 67 vom Vater geechot und leider Seite 131 vom Rhetoriker James noch einmal eingeschlampt – es flutscht ihm zu Mrs. Penniman heraus.
Ironie. Dieses bürgerliche und unbegabte Kunstmittel, denn es setzt Entscheidungen voraus, die außerhalb des Werkes vorgenommen wurden, nicht dargestellt, sondern aufgepfropft – wie Kakao oder Kaffee.
Es ist die lächerliche, übertriebene Mrs. Penniman, also ein Charakter, der den eigenen Karnaval nicht in die Hand bekommt, die Dr. Sloper und Henry James beim Wort nimmt – und damit nimmt Henry James eins seiner Sprachverhalten durch das andre beim Wort:
– that odious ironical tone . . (129)
Das geht selbstverständlich nicht ohne ironische Herablassung; James läßt sie hinzufügen:

– .. with which you treat the most sacred subjects.
– Dieser ekelhafte ironische Ton, mit dem du die heiligsten Dinge – subjects, Subjekte, Gegenstände, Objekte – behandelst.
– Don't undervalue irony.
– Unterschätz nicht Ironie, verteidigt sich James durch den Mund des Doktors.
– it is often of great use. It is not, however, always necessary.
– sie ist oft sehr nützlich. Sie ist allerdings nicht immer notwendig.
Use – nützlich.
Die Sätze stehen zwischen Catherine's dramatischer Aussage gegen die Verachtung aller Liebe und der Erkenntnis des Doktors, daß ihn seine Tochter aufgegeben hat.
Ironie ist Verachtung.
Die Nützlichkeit von der Dr. Sloper und Henry James sprechen, schließt ihre ästhetische und moralische Notwendigkeit aus.
Auch das wird angedeutet.
So vulgär man sich immer über die strampelnden Herrn in »Tristan« freut und über die »Ruinen des Pantheons« der Mrs. Penniman – James war sicher zu kaputt, um ihrer entbehren zu können.

IV.

Von Liebe ist in dem Werk, das eine Liebesgeschichte behandelt, wenig zu spüren.
Catherine ist wie gelähmt in der starren Bewunderung des Vaters.
Der Vater weist, wie der Schurke im Ritterdrama, kaum einen liebenswerten Zug auf.
Catherine wird nicht von seiner Lieblosigkeit verletzt, sondern durch seine Verachtung.
Nicht Freud wird antizipiert sondern Adler.
Doch jeder Schweiß, jeder Same fehlen – nur einmal wird von Ejakulationen, in übertragener Bedeutung, gesprochen.
Wenn Menschen, Glieder, Handlungen als Objekte erscheinen,

wenn Ironie auf ihre Nützlichkeit untersucht wird, wirkt es nicht so, als handle das Rührstück, die gesellschaftliche Analyse von etwas ganz anderem?
Ist das eine das ganz andre?
Welches was?
Catherine wird wiederholt als »Heroine« bezeichnet – als heldische Figur in einem Stück Fiktion also.
Wenn Morris redet –
– It was the way a young man might talk in a novel; or, better still, in a play, on the stage, close before the footlights, looking at the audience, and with everyone looking at him, so that you wondered at his presence of mind. (20)
Und dann die falsche, sich wörtlich widersprechende Aussage:
– And yet Mr. Townsend was not like an actor; he seemed so sincere, so natural.
Die hintenherum wieder stimmt.
Er war nicht wie ein Schauspieler – er war ein geborener Schauspieler – Scheinen ist seine Natur und Ehrlichkeit.
Für Geld den Liebeskasper zu spielen, war sein Wesen.
Das falsche Kostüm ist sein einzig echtes.
Seite 68 wird von Dr. Sloper's most professional laugh, dann von seinem professional smile geredet.
Sind der leichtfertige Morris und sein gezüchtigter Verächter wahlverwandt, wie Sloper und James – verbirgt der tödliche Haß auf Morris eine theatralische Nähe?
Die Gleichnishaftigkeit der Vorgänge wird an Mrs. Penniman aufgedeckt:
– She, too, expected, to figure in the performance – to be the confidante, the Chorus, to speak the epilogue. (50)
Und der Leser weiß nicht, ob James den Bildungsfehler hier absichtlich oder unbewußt begeht, James, der, ohne es als snobistischen Lapsus zu kennzeichnen, Mrs. Penniman immer von den »Ruinen des Pantheons« sprechen läßt; (ich gestehe, daß es mir angenehmer wäre, wenn der amerikanische Autor selbst nicht wüßte, daß Raffaels Grab nicht in Ruinen sondern in einem ganz intakten Bauwerk gezeigt wird.) auf jeden Fall ist der Chorus, das weiß man seit Hölderlin und Nietzsche, dessen *Geburt der Tragö-*

die elf Jahre vor *Washington Square* erschienen war, nicht der Vertraute des tragischen Helden; der Epilog allerdings gehört Mrs. Penniman auf eine vertrackte Weise.

Seite 102, gegen Ende des zweiten Drittels des Buches, beginnt ein neues Motiv.
Frau Mandel sagt:
– I don't see why it should be such a joke that your daughter adores you.
– It is the point where the adoration stops that I find it interesting to fix, antwortet der Mediziner.
– It stops where the other sentiment begins, antwortet die humane Schwester.
– Not at all; that would be simple enough. The two things are extremely mixed up, and the mixture is extremely odd. It will produce some third element, and that's what I'm waiting to see.
– Überhaupt nicht. Das wäre zu einfach. Beide Dinge sind auf das äußerste vermischt und die Mischung ist äußerst seltsam. Sie wird ein drittes Element hervorbringen und ich warte darauf, das zu sehen.
Es geht um die Ablösung von den Eltern durch Sexualität.
Wie im *Ödipus*.
Wie im *Hamlet*.
Wie in den *Enfants Terribles*.
Das Dritte Element.
Zwölf Seiten später sagt die findige Frau Mandel:
– It's a pity Catherine can't marry her.
– Es ist ein Jammer, daß Catherine nicht die dem Arzt genehme Schwester von Morris Townsend heiraten kann.
Seite 120 wird das Thema weiblicher Homosexualität deutlicher ausgeführt:
– Catherine .. had often longed for the company of some intelligent person of her own sex. To tell her story to some kind woman – at moments it seemed to her that this would give her comfort, and she had more than once been on the point of taking the landlady, or the nice young person from the dressmaker's, into her confidence. If a woman had been near her, she would on certain occa-

sions have treated such a companion to a fit of weeping; and she had an apprehension that, on her return, this would form her response to Aunt Lavinia's first embrace. In fact, however, the two ladies had met, in Washington Square, without tears; and when they found themselves together a certain dryness fell upon the girl's emotion.

– Catherine.. hatte sich oft nach der Gesellschaft einer intelligenten Person ihres Geschlechts gesehnt.. und sie war mehr als einmal im Begriff gewesen, die Vermieterin oder die hübsche junge Person beim Schneider in ihr Vertrauen zu ziehen.

Es ist eine Proust'sche Konstellation.

– Wenn ihr eine Frau nahe gewesen wäre, hätte sie eine solche Gefährtin bei gewissen Gelegenheiten zu einem kleinen Anfall Weinen empfangen; und sie hatte die Befürchtung, daß bei ihrer Rückkehr dies ihre Erwiderung auf Tante Lavinia's erste Umarmung sein würde. Tatsächlich jedoch begegneten sich die zwei Frauen am Washington Square ohne Tränen; und als sie sich zusammen fanden, befiel eine gewisse Trockenheit die Empfindungen des Mädchens.

Ich überinterpretiere nicht das Wort »Trockenheit« – zwei Seiten später versteckt James das Wort Ejakulationen, das in den Siebziger Jahren des 19. Jahrhunderts sicher auch noch Äußerung und Stoßseufzer bedeutete.

– To Mrs. Penniman she had been lavishly generous, and Aunt Lavinia spent half an hour in unfolding and folding again, with little ejaculations of gratitude and taste.

– Mrs. Penniman gegenüber war Catherine verschwenderisch großzügig gewesen und Tante Lavinia verbrachte eine halbe Stunde beim Auffalten und Falten wieder, mit kleinen Ejakulationen von Dankbarkeit und Genuß.

Der Gegenstand, der auf- und zugefaltet wird, wird grammatisch eskamotiert.

Taste erscheint hier nicht im Sinne von Gechmack sondern von Genuß. Ich möchte auf dem Wort Ejakulationen bestehen. Es wirkt auch in dem englischen Text geziert, es weist auf Sexualität und medizinische Beobachtung; aber Ejakulationen haben weder heterosexuelle Frauen noch Lesbierinnen. Männer ejakulieren.

Spiegelt James in dem Roman, seitenverkehrt, die eigene Abhängigkeit von einem älteren Elter?
Von der Mutter?
Ist die unmögliche Ehe der Catherine Sloper die eigene?
Ist Catherine fälschlich an den Vater gebunden, wie der Homosexuelle an den Mann, der ihn verachtet?
Ist es ein Mann, mit dem James sein Leben verbringen wollte, so wie Catherine es (165) mit Mrs. Penniman erfreulich zu genießen hofft.

Gibt es so etwas wie einen Stil der Homosexuellen, gibt es homosexuelle Romanciers im Gegensatz zu Schriftstellern mit homosexuellen Neigungen?
Henry James veräppelt Mrs. Penniman, die Wörter kursiv setzt.
Henry James setzt kursiv, in Anführungsstriche, in Klammern.
Schwule Sprache ist uneigentlich, ist indirekte Sprache.
Nirgends so viele Anführungsstriche wie auf dem Plakat zum Faschingsfest in der Stricherbar.
Aber sind Sousentendus, Verfremdungen, Übertreibungen, Ironie, Travestie bei Henry James häufiger als bei Guy de Maupassant oder bei Norman Mailer – die Wahl der Beispiele drückt kein Qualitätsurteil aus –, es ist nur so schwer, erklärt heterosexuelle Literaten zu finden.
Von homosexuellen Autoren, von homosexueller Literatur sprechen, setzt voraus, daß es heterosexuellen literarischen Stil gibt, heterosexuelle Kriteria.
Und:
Kann es die Aufgabe der Literaturkritik sein, biologistische Kriterien zu kanonisieren, die von den Biologen jede Saison ausgewechselt werden?

V.

Washington Square heißt das Buch – von dem kleinen parkartigen Platz wird den ganzen Roman über gehandelt.
Mrs. Penniman träumt von gewittrigen Abenden für einen Ab-

schiedsbesuch – und Henry James ironisiert den melodramatischen Effekt von Naturereignissen als Begleitung von Seelenstimmungen. (147)

Auch diese Ironie ist eine Falle, ein Alibi – eine der entscheidenden Auseinandersetzungen zwischen Vater und Tochter findet vor düsterem Alpenpanorama statt – allerdings von dem Arzt sorgfältig ausgesucht.

Gibt es eine Metapher, eine Utopie in diesem ätzenden Rührstück, gibt es unverbildete Natur, so heißt sie Washington Square.

Die Unordentlichkeit, die Widersprüchlichkeit, die Lockerheit also, mit der Henry James Reflexionen und Adjektive austeilt, kennzeichnet auch die Behandlung des Locus Amoenus, des Lustorts, des Parks, welcher dem Roman den Namen herlieh.

Bald ist Washington Park das Vipernnest des Sloper-Hauses, eine Adresse – bald der Square davor, die Baudelaire'sche Insel der Seligen.

– Das Ideal herrschaftlicher Zurückgezogenheit wurde 1835 am Washington Park gefunden. (15)

Als Goethe starb und Hölderlin in geistiger Umnachtung, wie es heißt, noch lebte.

– .. der Park enthielt eine ansehnliche Menge billiger Vegetation, er wurde von Holzpfählen eingefaßt, was sein ländliches und leicht zugängliches Aussehen steigerte. (16)

– Ich weiß nicht, schreibt Henry James, liegt es an der Zartheit früher Assoziationen, aber dieser Teil von New York erscheint vielen Menschen als der angenehmste. Er hat eine Art von etablierter Ruhe, welcher in den anderen Vierteln der langen, schrillen Stadt nicht häufig vorkommt; er hat ein reiferes, reicheres, ehrsameres Aussehen, als jede höhere Verzweigung der großen, längsgestreckten Durchfahrt – das Aussehen, als hätte er so etwas wie eine gesellschaftliche Vergangenheit, eine Sozialgeschichte. Hier konnten Sie von Autoritäten beraten werden, hier traten Sie in eine Welt, die Ihrem Interesse die verschiedensten Quellen bot, hier lebte Ihre Großmutter, in verehrungswürdiger Einsamkeit und verschenkte eine Gastfreundschaft, die sich gleichermaßen der Kinderfantasie und dem Kindergaumen mitteilte, hier unter-

nahmen Sie Ihre ersten Spaziergänge, dem Kindermädchen mit unausgeglichenen Schritten folgend und schnupften den fremdartigen Geruch der Ailanthus-Bäume* ein, die zu der Zeit die größten Schattenspender des Parks waren und einen Duft verströmten, den Sie noch nicht verabscheuten, wie es sich gehörte, da Sie noch nicht kritisch genug waren; hier endlich erweiterte Ihre erste Schule.. den Kreis beider, Ihrer Beobachtungen und Ihrer Empfindungen.
Hier, auf jeden Fall, verbrachte meine Heldin viele Jahre ihres Lebens; dies ist meine Entschuldigung für diese topographische Einfügung.

Eine der entscheidenden Auseinandersetzungen zwischen tumber, erbender Heroine und süßem Mitgiftjäger – wo soll sie stattfinden?
– Wollen Sie mich im (Washington) Park am Nachmittag treffen? schlug Morris vor.
Catherine antwortet eine Seite später:
– Sie müssen ins Haus kommen. (49)
Morris Townsend erzählt der romantischen Tante, Mrs. Penniman:
– daß ihre Nichte, unromantisch, ein Gespräch in einem chintzbehangenen Wohnzimmer einer gefühlvollen Verabredung neben einer Quelle, die mit toten Blättern bedeckt war, vorgezogen hatte und sie.. –
Es bleibt fast unklar wer, Catherine selbst oder die Tante.
– verlor sich in Verwunderung über die Ungewöhnlichkeit – die Perversität fast – dieser Alternative.
James schreibt »choice« – »Wahl«.
Aber vier Seiten später erfahren wir, daß er durch sein doppelzüngiges Wort wirklich die Alternative, den Zustand vor dem Resultat des Wählens meint, denn Mrs. Penniman, die erst über die »oddity – almost the perversity – of the choice« nachdenkt, macht sehr deutlich, daß nicht der Chintz pervers ist – schicklich findet sie, daß die Begegnung nicht neben einem Brunnen des Wa-

* engl. ailanthus = Götterbaum

shington Square stattfand, sondern im Wohnhaus gleicher Adresse – das ländliche, die Natur also erscheint in dieser Gesellschaft als »odd«, ja, fast pervers – jene Natur, die auf den Chintztapeten des Wohnzimmers in Gestalt von Herbstmustern wieder eingeklebt wurde.
Auch die harte, unverdrehte Heldin Catherine ist froh, ihrem Vater nicht gestehen zu müssen, daß die Verlobung draußen unter den »nackten« Bäumen stattfand – nicht die Bäume sind nackt, natürlich, sondern Catherine hätte sich draußen als nackt, als perverse Exhibitionistin gefühlt.

(Mrs. Penniman sucht einen Ort, um den geliebten Geliebten der Nichte zu treffen – sie sucht »neutral ground«.
Sie denkt zuerst an den Greenwood – Grünholz – Friedhof – James hatte vorher von den »toten Blättern« des Lustorts Washington Square gesprochen – dann dachte sie an die Battery – aber da war es kalt und windig; außerdem gab es dort irische Emigranten.
James selbst war irischer Abstammung, er fügt sich hier noch einmal selbst eine Verletzung – durch sein gehaßtes Geschöpf – zu.
James stellt dem Lustort, den die veräppelte Mrs. Penniman als »pervers« bezeichnet, voller toter Blätter, den kitschig sprießenden Friedhof entgegen.
Mrs. Penniman entschloß sich endlich für einen Austern-Salon in der 7. Avenue, der von einem Neger gehalten wurde.
Ein verdeckter Rassismus des Autors?
Seite 83 spricht James davon, daß Mrs. Penniman durch volkreiche Straßen zurückging ins geruhsame Reservat des Washington Square – und Seite 104 fürchtet sie, aus dieser guten Adresse verbannt zu werden, in the streets weiterexistieren zu müssen – wie heute die Bag Women auf eben dem Washington Square.)

Nach der schlimmsten Beleidigung, als der Vater der Tochter sagt, sie habe schlechten Geschmack – die äußerste Geste des Trotzes der Tochter:
Sie will dem Geliebten schreiben, daß er sie im Park, im Washington Square treffen soll. (111)

Nach der Passage, in der Henry James, als Bruder einer Lesbierin, Catherine als Homosexuelle beschreibt, treffen sich Mrs. Penniman und die Heldin »in« Washington Square zu einer ersten Umarmung. (120)

In fact ohne Tränen, in fact, however, in Washington Square, zittert die Feder über dem empfindlichen Punkt.

Auch auf den Mitgiftjäger und Erbschleicher Morris hat Washington Square, die Adresse am Park, eine Wirkung, er wird domestiziert, er geht leichtfertig mit Mrs. Penniman um, er jagt ihr Furcht ein, wie er es mit seiner eigenen Mutter getan hätte. (132)

Unordentlichkeit, Spaltung, mit der die Titelfigurationen verarbeitet werden, sind Seite 164 deutlich abzulesen, wenn die Adresse des schrägen Sloper-Hauses und der unheimliche Locus Amoenus in einem Absatz nebeneinanderstehen:

– Sie (Catherine) zog das Haus Washington Square jeder anderen Wohnung vor.

– Die Mitte des August fand sie noch in der erhitzten Einsamkeit des Washington Parks.

– Sie konnte vom Wohnzimmer aus die ländlichen Eindrücke aufnehmen, die Ailanthus-Bäume hinter den Holzpfählen. Der eigentümliche Duft dieser Vegetation ..

Catherine sieht in die »warme Dunkelheit« des Parks und wie ein Geist kommt der schöne Geliebte nach fünfundzwanzig Jahren Abwesenheit daraus hervor. Sie wird ihn abermals abweisen.

– .. mit ihren verwirrten, kleinen, trockenen Manieren, wie Morris Townsend dann zu Mrs. Penniman sagt.

Auch hier ein Teil des Selbstportraits des Autors?

– Hier auf jeden Fall verbrachte meine Heldin viele Jahre ihres Lebens; dies ist meine Entschuldigung für diese topographische Einfügung.

Diese Aussage ist natürlich unwahr.

Henry James wußte, daß jeder seiner Leute das wissen würde.

Er selbst lebte Washington Place als Kind.

Ihm erschien der Washington Park in der nützlichen und schrillen Welt der langgestreckten Durchgangsstraßen von Manhattan als Ort der wilden Natürlichkeit, als Ort europäischer Tradition und Korruption zugleich – wie ja der Lustort selbst, der Locus Amoenus einen literarischen Gemeinplatz klassischer Tradition darstellt.

Warum schreibt der Dichter diese Lüge?

Um die Wahrheit, James' eigene Kindheit, zu betonen, die sich dahinter verbirgt?

Diese Lüge stellt nicht nur das Problem der James'schen Aufrichtigkeit – die kann uns gewogen bleiben –, sie stellt das Problem der James'schen Aussagen.

Mit solchen Sätzen nähert sich der Amerikaner der Tradition manieristischer, barocker Verstellung, der europäischen Höflichkeit – eine Verstellung, die heute in New York eine letzte Brechung erfährt durch den Joke:

– Always be sincere whether you mean it or not.

(Und es mag angemerkt werden,daß ich diesen Joke durch die Emigrantin Helen Wolff erfuhr.)

Washington Square ist keine topographische Einfügung.

Washington Square ist der Titel des Buches.

Topographische Einfügung ist eine doppelt falsche Bezeichnung.

Es handelt sich bei der Parenthese nicht um Topographie, sondern um die Psychologie der frühen, entscheidenden Kinderjahre, um die Psychologie des Erinnerns – eine doppelt falsche Aussage, die – wie in der Mathematik – der Wahrheit wieder in den Schwanz beißt:

Topos heißt auch der Gemeinplatz in der Rhetorik – die Lüge als flache Floskel, die im Roman zur Wahrheit aus der Kinderzeit des Autors umbrochen wird.

Vielleicht ist die Unentschiedenheit, mit der Washington Square auf das Vipernnest und den Lustort angewendet werden wird, kalkuliert?

Von history wird gesprochen.

Something of a social history haben die Gebäude um den Washington Park, gesellschaftliche Vergangenheit, Sozialgeschichte.

History billigt James von allen seinen Gestalten hier nur Cathe-

rine zu, intime, öffentliche und History mit großem H überhaupt.
Catherine sieht aus ihrer Anschrift Washington Square in den Washington Park hinüber.
Für James werden durch den Begriff Geschichte die Gestalt der Heldin und der Ort der Utopie so nahe zusammengerückt, daß sie fast ineinander aufgehen; wie ja auch Dr. Sloper, der objektive Autor und der subjektive komplizenhaft zusammenschießen.
Geschichte von Lebensart, von Manieren und Manierismen des mittleren 19. Jahrhunderts in New York.
Madame Bovary c'est moi.
Der Dichter als Ort der Utopie.
Die Heldin des Buches ist James, der durch die Kindheit am Washington Square konditionierte Henry James.
Das psychotische Hervorzerren im Wegreden, das Verborgene im Äußerlichen weist auf andre Zusammenhänge, auf ökonomische – indem Henry James die gesellschaftlichen Topoi Europas als Amerikaner überspitzt auf die Wirklichkeit New Yorks anwendet, macht er sich zu ihrem Kritiker, der ihre Zerstörung beschwört.

VI.

Denn in dieser Liebesgeschichte wird ja vor allem von Verachtung und Geld geredet:
Dem Ehrwürdigsten und Ranghöchsten in der sozialen Skala, dem Vater und Doktor, geht es von Anfang an um Geld, ererbtes, zu erbendes, nicht vorhandenes, mit Geld versucht er die Tochter zu erpressen, mit Geld versucht er, sich aus aller Verantwortung zu lösen. (72)
Als Mitgiftjäger und Erbschleicher tritt der schöne Geliebte auf. Zwar ist das Aas zweimal bereit, das große Erbe des Schwiegervaters für geringer zu achten und Catherine, die ihn zweimal auf diese kalkulierte Wallung hin ausschlägt, mit dem hinreichenden Erbe der toten Schwiegermutter zu heiraten – Pension statt Passion bedeutet es allemal, denn Morris Townsend – so haben es

Dr. Sloper und die beiden Autoren des Henry James von vorneherein beschlossen – ist und bleibt venal.

Mrs. Penniman schleppt ridikülen Finanzmakel schon im Namen mit sich herum, wie Townsend, Ende der Stadt, übrigens auch.

Catherine ist gar nicht käuflich, das beweist sie ein letztes Mal, in quasi abstrakter Überhöhung, als der Vater ihr mit der ganzen Erbschaft die Zusicherung abkaufen will, daß sie Morris nie heiraten wird.

Sie hat sich dazu längst entschlossen, dennoch verkauft sie dem Vater das Wort nicht.

Wenn James sich mit seiner Heroine identifiziert, dann soll das Geschehen wohl vorführen, daß James unerbittlich unkäuflich war.

Im Sentimentalen zumindest.

Wenn man in der Saison 1878/79 hundertundsieben Dinnereinladungen absolviert, ist man ein mondäner Mann und würzt den Stützen der Gesellschaft, einer die Homosexuellen verachtenden und zu Tode quälenden Gesellschaft, die Suppe; auch ist es unmöglich, soviele Auftritte mit einem einzigen Anzug von Savile Row durchzustehen.

Zu Beginn schreibt James:

– ›You are sumptuous, opulent, expensive!‹ her father rejoined.

– ›You look as if you had eighty thousand a year!‹

– ›Well, so long as I haven't‹, said Catherine illogically. (22)

Das ist falsch. Catherine spricht keineswegs unlogisch oder illogisch – und das will der objektive Autor wohl auch am Schnattern des subjektiven deutlich machen.

Sie verfolgt eine unerbittliche Logik:

Solange man nicht das viele Geld hat, nach dem man aussieht, darf man doch aufwendige Kleider tragen, ohne schuldig zu werden.

Geld bedeutet für Catherine Sünde, Schuld.

Später (101), als Morris sie zur Heirat drängt und Catherine ihn hinhält, um sich aus der Bindung zum Vater nicht zu lösen, geschieht dies mit einer Reflexion über das Wort »Enterbung«.

– The terrible word disinheritance, with all its impressive moral

reprobation, was still ringing there – seemed, indeed, to gather force as it lingered. The mortal chill of her situation struck more deeply into her childlike heart, and she was overwhelmed by a feeling of loneliness and danger.
Tödlicher Chill an Erbschaft und Geld dargestellt.
Catherine ist nicht käuflich – aber, wie alle wohlerzogenen Damen, sie kauft, schamlos.
Sie wird vom verführerischsten Mann von New York begehrt – Catherine, James, die Autoren führen an:
– it was some time before she could believe again that this beautiful young man was her own exclusive property.
Sie glaubt, daß dieser schöne junge Mann ihre eigene, ausschließliche Proprietät sei.
Hier verschleiern sich den harten Gänseaugen der unerbittlich logischen Heroine die Besitzverhältnisse gründlich – denn wie es James vorführt, käme sie, wenn es billig geht, an ihn doch nur mittels des Erbes der Mutter, das Höchstgebot ist von allem Anfang das Geld des Vaters.

Welche Glücksmöglichkeiten hatte ein Schriftsteller mit homosexuellen Neigungen im New York der Gründerjahre, im England der Wilde und Casement?
Melville und Whitman rilken darüber hinweg.
Die Archive der sexualwissenschaftlichen Institute sind, was underground, Unterwelt anlangt, leer.
Es wird Erkaufung gewesen sein, Strich, wenn überhaupt.
The Master, fleischlos, einerseits, abschüssig der reiche Freier.
Und da sollte Catherine sich einbilden dürfen, die arme, normale, blöde, reizlose Pute, den knackigsten Gigolo der Stadt, der noch dazu Konversation zu machen versteht und über eine wilde, dunkle Vergangenheit verfügt, gratis zum Stoßen ins Brautbett zu kriegen?!
Morris Townsend, so will es der Operettenvater, so wollen es die Autoren, muß an Geld und an Geld allein interessiert sein.
Henry James schreibt damit auch die Hoffnung aus, daß er einmal einen Moritz Endstadt durch Autorenhonorare gewinnen kann.

Muß man es so genau wissen?
Muß man die Salonsarkasmen eines Vaters aus einem Rührstück erleiden, das Fehlen fast jeder Reaktion einer künstlich salzlosen Heroine, die Schattenaffäre der dämlichen Mrs. Penniman mit dem Provinzbeau, in der sich der Master in gerechtigkeitsdürstender Erniedrigung selbst karikiert – wir alle kennen Mrs. Penniman bis zu *La Cage aux Folles* I. und II. – und brauchen sie nicht mehr kunstvoll bis zum Erbrechen vorerzählt bekommen.
Läßt sich der Erkenntnisgehalt eines solchen Penguin-Taschenbuches nicht auf ein paar Zeilen zusammenfassen:
Bei einer starken Vaterbindung ist es für die Tochter schwer, eine Ehe einzugehen.
Liebe und Sexualität bestimmen Psyche und Gesellschaft nur zum Schein – Macht, Eitelkeit, Ichbestätigung, Penunse treiben unser Verhalten an.
Diese Überlegungen übersetzt Henry James, um die eigene Homosexualität zu paraphrasieren und um die Freierposition des reichen Schriftstellers einmal versteckt aufdecken zu können.
Ich bin ungerecht.
Nicht die 174 Seiten des Romans *Washington Square* sind redundant – vielleicht ist es eher eine Betrachtungsweise, die über Wochen bis in die Adjektive, bis in jedes »good« hinein die Kontrolle des Dichters kontrolliert.
Es würde mich interessieren, wie Henry James arbeitete, wie er plante, komponierte, entwarf, korrigierte.
Er war ein dining-out, ein Causeur, wie Humboldt, der in Paris jeden Abend drei Salons besuchte.
Henry James liebte die listige Rhetorik, die leise Pointe, die damals noch unverbrauchte nachromantische Ironie, den kurzen, brillanten Vortrag.
Wieviel Prosa von ähnlicher Gerafftheit und Vibration gibt es denn in der Modernen Literatur und in der alten?
Wer hätte je James' Vielschichtigkeit erreicht?
Borges und Genet von den Lebenden.
Und von den Alten?
Die Betrogene?
Les Enfants Terribles?

Le Petit Ami?
Vielleicht noch *Billy Budd* und die *Marquise von O.*
Henry James die Ironie vorhalten?!
Was wäre lebendige Rede ohne Ironie, ohne dies Vergnügen der Happy Few und der Melancholiker?
Es gibt Grund genug, James die paar schrägen Adjektive zu verzeihen – wenn sie der Dichter nicht sogar nach Abschluß der Niederschrift hineingefälscht hat, um seinem Werk die öde Vollkommenheit von *La Double Méprise* zu ersparen.

Appendix

Die drei folgenden »Wiener Vorlesungen« wurden veröffentlicht in: *Wespennest* – zeitschrift für brauchbare texte und bilder, Nr. 63, Wien 1986, S. 3ff.

Wer war Daniel Casper von Lohenstein?

Mein Kind/mein süsses Licht/was hältstu länger mir
Der halb-geschmeckten Lust mehr reiffe Früchte für?
Die Libe die sich noch läßt in den Augen wigen
Lässt sich mit lauer Milch der Küsse zwar vergnügen:
Wenn aber schon diß Kind biß zu der Seele wächst/
So siht man: Daß sein Durst nach stärckerm Nectar lächst.
Mein Schatz/es sättigt nicht des Küssens reitzend Kosen.
Die Purper-Lippen sind die rechten Zukker-Rosen/
Darunter stets die Zung als eine Natter wacht/
Biß uns ihr züngelnd Stich hat Brand und Gifft beybracht/
Den nur der glatte Schnee der Schooß weiß abzukühlen.
Warumb denn lissestu mich deinen Liebreitz fühlen/
Wenn du dein Labsal mir zeuchst für dem Munde weg?
Ach! so erkwick uns doch der Libe letzter Zweck!
Die Anmuth ladet uns selbst auf diß Purperbette.

Welcher moderne Dichter würde es wagen, in der Villa Hammerschmitt, im Weißen Haus oder im Elysee-Palast von Terroristinnen und Rockern, von Homosexualität und Inzest, von Folter des Staatssicherheitsdienstes und weiblicher Onanie zu sprechen?
Welcher moderne Dichter, der von solchen Dingen zu sprechen wagte, würde in das Zimmer eines Staatspräsidenten gelangen?
Zur Zeit des Dreißigjährigen Krieges, am schlesischen Hof zu Breslau und am Kaiserhof in Wien, war das anders.
Der Beweis?
Daniel Casper von Lohenstein.

Daniel Casper wurde am 25. Januar 1635 in Nimptsch »unter den größten Kriegsflammen Schlesiens« geboren. »Die Unruhe jagte ihn schon unter mütterlichem Hertzen zur Sicherheit auff ein Fürstliches Schloß«. »Die abgebrannte Stadt war Schutt und kalkicht Grausz.« Ein Jahr zuvor hatten die Kroaten die Stadt geplündert. Lohensteins Vater, ein kaiser-

licher Zollbeamter, rettete die Kasse des Kaisers und wurde dafür von Ferdinand dem Zweiten mit einer goldenen Ehrenkette ausgezeichnet.
Von seiner Mutter schreibt Lohenstein:
»Wie günstig und wie wol es stets mit mir gemeinet,
Das mütterliche Hertz.«
Bis ins siebte Jahr hinein ging er bei dem Rektor Jung zur Schule. Jung wird von den Schweden ausgeraubt und die Eltern geben Daniel auf das Magdalenäum, ein Gymnasium in Breslau.
Er lernte dort Deutsch, Latein, Griechisch, Beredsamkeit und Logik, Physik, Geschichte und Politik.
Mit elf Jahren hielt Daniel Casper einen Vortrag über den römischen Schriftsteller Plinius den Jüngeren und über die Verpflichtungen eines Edelmanns, im gleichen Jahr ließ er sich über den Begriff »Arbeit« – »Labor« hören. Mit vierzehn begann er für die Schulbühne sein erstes Trauerspiel zu schreiben, das Türkenstück *Ibrahim Bassa*.
1650 verfaßte er eine Rede über den Elefanten.
Als er sechzehn wurde, hielt man ihn für befähigt, die Universität zu besuchen. Er ging nach Leipzig, das man damals mit Paris verglich, und studierte Jura.
Seine Mutter und seine Schwester sterben.
»Das Hertze weinte Blutt!«
Als er 18 ist, wird der *Ibrahim Bassa* gedruckt.
Nach zwei Jahren Studium verläßt er Leipzig und geht nach Tübingen. Er promoviert dort mit einer Disputation über den Willen – De Voluntate. Er findet eine Anstellung als Hofmeister und begibt sich mit seinen Zöglingen auf die sogenannte Kavalierstour und besucht Regensburg, die Schweiz und Holland, etc.
Das holländische Theater regt ihn an und er schreibt das Trauerspiel *Cleopatra*, das er mit geradezu aufrührerischen Anmerkungen versieht, die jedoch bei einer Neuauflage weggelassen werden, so daß es scheint, als habe sich der jugendliche Republikaner zu einem kaisertreuen Reaktionär gewandelt.
Daniel Casper kehrt über Hamburg nach Breslau zurück und heiratet als Zweiundzwanzigjähriger.
Er zeugt vier Kinder.
Sein Trauerspiel *Sophonisbe* wird 1666 anläßlich der Verlobung Kaiser Leopolds des Ersten mit der Infantin Margarete von Spanien aufgeführt.
1668 berief ihn die Fürstin Mutter als Regierungsrat nach Oels, 1670 wird er Syndikus der Stadt Breslau.
Der Kaiser adelt den Dichter.
Der Name »von Lohenstein« war nicht frei erfunden. Daniels Vater besaß einen Landbesitz, durch den die Lohe floß, sie machte »in steinigem Bette und dichtem Gesträuch eine Biegung, über die ein kleiner, vom Volke Lusteen getaufter Fels überhangt«.

Lohenstein arbeitet sich in die komplizierten Steuerverhältnisse der Stadt Breslau ein.
Er übersetzt die *Handorakel* des spanischen Jesuiten Gracián, verfaßt die römischen Trauerspiele, Gelegenheitsgedichte und ein letztes Stück, den *Ibrahim Sultan*.
Breslau befürchtete, vom Kaiser als Garnisonstadt zum Schutze gegen die Schweden ausgebaut zu werden und damit jegliche Unabhängigkeit einzubüßen.
Lohenstein wurde, mit großen Vollmachten ausgerüstet, an den Kaiserhof in Wien gesandt.
Am 10. März 1675 empfing der Kaiser den 40jährigen Dichter für eine Stunde.
Lohenstein verschrieb sich per Stafette eine Kiste mit Lachs und schenkte den größten dem Kaiser, den Rest verteilte er an die Kanzler. Auch war er mit Bestechungsgeldern nicht geizig.
Lohenstein erreichte, was er sollte.
Breslau blieb frei. Der Rat ernannte ihn zum Obersyndikus und Leopold der Erste machte ihn zum Kaiserlichen Rat.
Lohenstein besaß mittlerweile drei Güter.
Er verfaßte einen umfangreichen Roman *Arminius* und starb plötzlich »den 28. Aprilis umb 12. Uhr zu Mittage deß 1683zigsten Jahres durch einen unvermuteten Schlag Fluss, doch selig«.
Mit 48 Jahren nicht gerade betagt.
»Das Gesamtwerk des Breslauer Dichters« – schreibt der Barockspezialist Bernhard Asmuth – »ist zwar seit dem Geschmackswandel des 18. Jahrhunderts wie kaum ein andres der Barockzeit mit Vorurteilen belastet.« Aber:
»Etwa ein halbes Jahrhundert galt er als bedeutender, wenn nicht als größter deutscher Dichter.«
1679 nennt ihn sein Kollege Birken »Unser Teutscher Seneca« und stellt Lohenstein damit einem der einflußreichsten römischen Dichter an die Seite – einem Dichter, den Lohenstein selbst in seiner *Agrippina* auftreten läßt.
Die Kritiker des Zeitalters der Aufklärung denunzieren Lohensteins Schriften als Schwulst und dieses engstirnige, prüde Fehlurteil – ein gezierter, ungewöhnlicher, aber leichteinprägsamer Ausdruck – hat sich durch die Jahrhunderte fortgeschleppt, bis hin zum heutigen Tag. Außenseitertum, Brillanz, Unbeirrbarkeit, sexuelle Vorurteilslosigkeit, Unbequemlichkeit werden durch Schweigen niedergemacht.
1817 schreibt Tieck im zweiten Band seines *Deutschen Theaters* über die *Agrippina*: »Das Werk steht in der Tat mit manchen unzüchtigen Gemälden in einem Range und beleidigt das Auge um so mehr, weil das Üppige mit der Grausamkeit (wie öfter bei Lohenstein) vereinigt ist.«
Der wilhelminischen Zeit erschien dies Trauerspiel als eine der unzüchtigsten Schriften der Literatur überhaupt.

Und noch bei seinem sorgfältigen und bewundernden Herausgeber Klaus Günther Just klingt die Idee des unnütz Wuchernden, wenig Strikten nach, wenn er 1954 Lohenstein den Sinn für Geschichtliches und das wissenschaftliche Verständnis abspricht.
Ja, sogar der liebevolle und ingeniöse Lohensteininterpret Bernhard Asmuth verpaßt ihm 1971 noch ein abfälliges Beiwort in der Schleppe des Schwulstes und schreibt vom »dickleibigen« Roman Daniel Caspers über Hermann den Cherusker.
Ganz unverständlich bleibt es mir, wie Herbert Heckmann in seiner nützlichen Barockauswahl von 1976 das Urteil »Schwulst« noch einmal bekräftigen kann und sagen:
»Aber das meiste erstickt bei ihm (Lohenstein) in gelehrter Pose, in Anspielungen und geschraubten Bildern«!
Sehen wir uns den Text an.
Otho, der spätere Kaiser, preist vor Nero seine Frau Poppaea:
Hingegen wie beglückt
Wird Otho vom Bankett des Kaisers heimgeschickt.
Der Tiber leitet ihn zum Hafen der Begierden
Poppee schliesst mir auf den Garten aller Zierden
Das Paradies der Lust, wo ihrer Wangen Licht
Den Frühling mit Geblüm, ihr blitzend Angesicht
Den Sommer, ihre Brust den Herbst mit Äpfeln zeuget . .
Der Nelkenmund grüsst mich mit freiem Lächeln an
Die Arme schliessen sie und meinen Geist zusammen
Ihr spielend Augenblitz entzündet Brand und Flammen;
Aus ihrer Brust quillt mir so heftig Himmelbrot,
Solch eine Nektar See: Dass ich der Donnergott
Mich achtete zu sein, wenn diesen Saft der Rebe
Ein Ganymedes mir, nicht eine Venus gäbe.
So schifft mein Liebesschiff und fährt in Hafen an
Bis die Begierde nicht mehr weiter rudern kann.

Hier wird ein Thema vorformuliert, das Hebbel in *Gyges und sein Ring* wieder aufnimmt, eine sexuelle Verhaltensweise – Kuppelei, Voyeurismus, Exhibitionismus in einem –, das Thomas Mann in eine Beziehung zu Goethe bringt, wenn er von dem Olympier in *Lotte in Weimar* schreibt: »Er schmarutzt!«
Psychopathologie der Sexualität, ganz in modernem Sinn, wenn sich die Kaiserin Octavia über Neros Verhalten beschwert:

Dass uns der Kaiser hasst,
Mit scheelem Aug ansieht, mit Füssen von sich stösst,
Geht hin, dass aber er oft fremden Speichel flösst
Auf unsern reinen Mund, wenn andre ihn geküsst,
Dass er mit Knabenlust den Ekel sich versüsst,

Den unsre Keuschheit schafft, mit Männern sich vermählt
Und ein entmanntes Kind zu seiner Braut erwählt,
Dass er sich Mägde legt in unser Bette bei,
Frisst einer Frau das Herz, beisst Mark und Bein entzwei.

Auf der anderen Seite eine fast knabenhafte Heftigkeit, wenn Nero zu Poppaea spricht:

Wir sind in sie verliebt, wir küssen ihr die Hände.
Sie ist mein Sonnenrad. Ich bin die Sonnenwende.
Sie ist mein Nordenstern – ich aber ihr Magnet.

Agrippina findet innige Töne, wenn sie Nero zum Inzest verführen will:

Mein Kind, mein süsses Licht, was hältst du länger mir
Der halbgeschmeckten Lust die reifen Früchte für?
Die Liebe, die sich noch lässt in den Augen wiegen,
Lässt sich mit lauer Milch der Küsse zwar vergnügen:
Wenn aber schon dies Kind bis zu der Seele wächst,
So sieht man, dass sein Durst nach stärkerm Nektar lechzt.
Mein Schatz, es sättigt nicht des Küssens reizend Kosen.
Die Purper-Lippen sind die rechten Zucker-Rosen
Darunter stets die Zung als eine Natter wacht,
Bis uns ihr Stich hat Brand und Gift beibracht,
Den nur der glatte Schnee des Schoß' weiss abzukühlen.
Warum denn liessest du mich deinen Liebreiz fühlen?
Wenn du dein Labsal mir ziehst vor dem Munde weg?
Ach, so erquick uns doch der Liebe letzter Zweck!
Die Anmut ladet selbst uns auf dies Purper-Bette.

Wie klar wird der Schiffbruch des in jeder klassischen Tragödie auftretenden Boten berichtet:

Als Ihre Majestät der Mutter sich entbrach,
Begab sich Agrippin zum Seestrand kurz hernach,
Betrat ihr fertig Schiff und liess die Segel pflügen.
Die fernen Ufer flohn, wir sahn schon Baje liegen.
Des Himmels Jaspis war durchstickt mit Stern und Gold.
Der Mond glomm weiss, der Westwind war uns hold.
Die See stand wie gefrorn und stiller als kristallen,
Als unversehens das Schiff fängt hinten einzufallen
Und durch sein bleiern Dach den Creperei erschlägt.
Nach diesem wird das Teil, das Agrippinen trägt,
Zerschmettert von sich selbst, wie wenn der Nordwind wütet
Und Aceronie mit ihr ins Meer geschüttet.

Die erste trinkt alsbald so viel des Wassers ein:
Das Silber muss ihr Tod, Saphir die Bahre sein.
Der Mutter aber scheint die See sich zu erbarmen.
Sie teilt die sanfte Flut durchs Ruder ihrer Arme.
Die Hoffnung ist ihr Schiff, der Götter Gunst ihr Wind,
Durch welcher Hilfe sie bis an den Strand entrinnt.

Gibt es eine intensivere Schilderung von Unruhe und Angst?:

Bestürzte Trauernacht! Du Abbild meines Herzens,
Das bange Todesangst und blasse Sorgen schwärzen.
Ists Wahrheit oder Traum, ists Schatten, Dunst und Wind,
Dass wir des Schiffbruchs-Not beherzt entronnen sind?
Was aber beben so uns Glieder, Mund und Lippen?
Mein wallend Herze stürmt auf diese Marmel-Klippen
So wie die stürme See an felsicht Ufer schlägt.

Was für eine knappe Bemerkung über gestürzte Macht und vergebliches Intrigenspiel:

Nun liegt das stolze Tier, das aufgeblasne Weib,
Die in Gedanken stand: Ihr Uhrwerk des Gehirns
Sei mächtig umzudrehn den Umkreis des Gestirns.

Nero betrachtete die Glieder seiner toten Mutter, lobte oder tadelte sie und erhitzte sich derart dabei, daß er nach einem Glas Wein rief, berichten die Chroniken.
Lohenstein macht daraus:

Ich hätte nicht gemeint, dass solche Glieder mich,
Solch schneegebirgter Leib in sich getragen haben.
Dass solche Brüste mir die süsse Nahrung gaben.
Es scheint unlaublich fast, dass diese Lilijen-Brust,
Der Augen Paradies, das Zeughaus süsser Lust,
Ein so kohlschwarzes Herz inwendig habe stecken.
Dass der Rubinenmund, der von den Purpurschnecken
Zur Farbe Blut entlehnt, von Bienen Süssigkeit,
Von Rosen den Geruch, nur ein Beschönungskleid
Der giftgen Schlangen sei, die in der Seele nisten.
Jedwedes Auge liess sich ihres Schoß gelüsten.
Sein Marmor war ein Brunn, wo Durst und Lieb-Reiz quillt,
Ein Schneeberg voll mit Glut und Anmut angefüllt.
Allein im Lieben war sie härter als Kristallen
Und kälter als das Eis. Den Göttern hat gefallen,
Dass ihr erhitztes Blut die Kälte lau gemacht.

Schaut, wie die Morgenröt am weissen Himmel lacht!
Zinnober quillt aus Milch, Rubin aus Elfenbeine,
Aus Alabaster Glut, Korall aus Marmelsteine.
Die Wärme, die ihr itzt noch steigt aus Blut und Wund.
Hat soviel Kraft in sich, dass unsre Zung und Mund
Empfinden Hitz und Durst. Reicht uns ein Glas mit Weine!

Ein Zauberer hält den Erdkreis an, um den Geist der Mutter zu versöhnen:

Es zeigt sich Hekate schon mit geneigtem Scheine
Und hemmt den schlaffen Zaum der weissen Ochsen an:
Dass Mitternacht sich nicht so bald entfernen kann,
Die Zeit, die zu dem Werk allein ist ausgestecket.
Es schläft und schweigt, was Schilf, was Laub und Himmel decket.
Kein Fisch schwimmt durch die See, kein Vogel durch die Luft
Aus Schrecken der durch mich entdeckten Totengruft.
Die Eule heulet nur, die grüne Natter zischet,
Die Feuer-Krette girrt. Mein Schweiss werd abgewischet!

Die Beschwörungsszene endet mit Versen, die sehr wohl Versen aus dem zweiten Teil des *Faust* an die Seite gestellt werden können.
Und nur an die Seite?

Aber du blasser Geist, irrende Seele,
Lasse dein schattichtes Antlitz uns schaun.
Komm aus der dir aufgeschlossenen Höhle,
Schaue, was wir für Altäre dir baun,
Lasse die dir aufgeopferten Gaben
Wuerckungen wahrer Versöhnungen haben.
Sorge nicht: dass dir die Speise wird fehlen,
Welche die schattichten Geister ernährt.
Willst du die güldene Wurzel erwählen
Siehe, sie wird dir hier frischer gewährt
Als sie die einmal erblichenen Seelen
Haben im Garten der finsteren Höllen.

Das soll Schwulst sein?
Dann sind Günther, Goethe, Hölderlin, Mörike und Storm, Trakl, Benn und Christine Lavant auch Schwulst. Dann ist alle Dichtung Schwulst – wie es uns die Puritaner aus allen Richtungen einblasen wollen!

Doch die Scheu vor Daniel Casper von Lohenstein läßt sich nicht nur mit der Darstellung von Perversionen erklären.
Es geht etwas absolut Aufrührerisches von Lohensteins Schreiben aus,

das weder die Neue Züchtigkeit, noch die weltweite Wehleidigkeit, noch stramme Systemhörigkeit anerkennen will.
In seinen Trauerspielen *Epicharis* und *Cleopatra* tadelt er die Mächtigen, wie kaum einer vor ihm und diskutiert republikanische Ideen; nicht *Miss Sara Sampson* des redlichen Lessing 1755, sondern *Epicharis* des schwülstigen Lohenstein stellt zum ersten Mal auf dem deutschen Theater eine Bürgerliche vor, 1665; lange vor *Nathan der Weise* plädiert Lohenstein für religiöse Toleranz; rund 150 Jahre nach Beginn des überseeischen Sklavenhandels verteidigt er, in *Cleopatra* und *Sophonisbe*, die Rechte der Mohren, die Rechte der Afrikaner gegen den Imperialismus.
Lohensteins Stimmung ist heidnisch.
Das Christentum erscheint bei ihm als religiöse Variante, fast alibihaft. Seine Helden sind mischreligiös: Ibrahim Bassa steht zwischen Christentum und Islam; Cleopatra ruft alles an, was zur Verfügung steht; Antonius, der Vertreter der römischen Staatsreligion, betet zur Isis; Agrippina hört auf Chaldäer, Nero auf den Wudupriester Zoroaster.
Fast alle Helden Lohensteins lassen sich als Schwule deuten, fast alle Frauen treten als »starke Persönlichkeiten« auf.
Daniel Caspers Schilderung des Sexualverhaltens schließt den Inzest, die Verführung Minderjähriger, männliche und weibliche Homosexualität, Nekrophilie, Sadismus und Masochismus ein.
Diese Schilderungen gelangen bis zu einer amoralischen Heiterkeit:
Wie selbstverständlich betrügt Cleopatra zwei Männer, wie selbstverständlich werden die Partner in der *Sophonisbe* getauscht, wie selbstverständlich trägt sich das Mädchen Ambre der Sekierpera an.
War auch dies Lohensteins Utopie?
Eine Republik ohne rassische Diskriminierung, bei Gleichberechtigung der Frau und ohne sexuelle Einschränkungen – vor Sade, vor Freud?

Lohensteins Blick ist skeptisch.
Im Gegensatz zu Freud zeigt er die Überlegenheit des Thanatos über den Eros. Dabei geht er axiomatisch vor.
Er setzt Gleichungen für menschliche Verhaltensweisen, die an immer neuen Orten, in immer anderen Kombinationen durch den rhetorischen Kodex schimmern.
Lohenstein beginnt dies Verfahren am Ende des Dreißigjährigen Krieges mit 14; Soliman in der Tragödie des Schülers, schmarotzt über seinen Freund Ibrahim an dessen ganz unerreichbaren Geliebten Isabelle – 15 Jahre später wird das Verhältnis Nero–Otho diese Konstellation auf den Kopf stellen:
Otho flieht nicht, wie Ibrahim, mit seiner Frau, sondern er bietet Poppaea seinem Geliebten an.
Lohensteins Axiomatik funktioniert wie Traum, Irrsinn und Psychoanalyse.
Sultan Soliman wird zu Nero.

Die keusche Isabelle zur Kurtisane Poppaea.
Die intrigante Gattin Roxelane zur intriganten Mutter Agrippina.
Der Mord am Geliebten wird zum Muttermord.
Wer Lohensteins Verfahren als Schwulst mißversteht, verfügt über geringe Einsicht in das Funktionieren des Unbewußten und der Magie, in Sprachverhalten und in die Ästhetik der Konzepte.
Lohenstein schildert in *Agrippina* auch das Aufflackern barbarischer Sekten im Rom der Jahrtausendwende.
Etwas von Parsismus, von Mithraskult, von ägyptischer Drecksapotheke erscheint in der Beschwörungsszene der Mutter gegen Ende des Stücks.
Man kann es wohl mit dem Hereinschwappen des Wudu in die Industriezentren von heute vergleichen.
Synkretismus.
Die Ars Combinatoria des Barock tut nichts andres – auch sie stellt, um die Unio Mystica zu erreichen, die Concordia Discors, eine Häufung von Bildungselementen und Emotionszitaten her, einen Sturm der Ideen.
Rhetorische Figuren sind säkularisierte Zauberformeln.
Die Gesten der Magie gleichen den Gesten der Manie und des Manierismus.

Wer war Agrippina?

Die Tochter des Germanicus wurde auf einem Feldzug im Jahre 16 in Colonia Ubiorum, der Stadt der Ubier, geboren. Das heutige Köln nannte man später nach ihr Colonia Agrippensis.
Sie hatte von ihrem ersten Mann Domitius neun Kinder.
Ihre Fruchtbarkeit und ihre Schmeicheleien erreichten bei Kaiser Claudius, daß er die Gesetze über Blutschande umschreiben ließ und sie, seine Nichte, heiratete.
Ein chaldäischer Priester soll ihr geweissagt haben, daß sie ihren Sohn wohl auf den Kaiserthron bringen würde, aber durch ihn stürbe.
Sie antwortete: Mag er mich töten, wenn er nur Kaiser wird.
Schwierige Verwandtschaftsverhältnisse: Nero, wird von Claudius adoptiert und Agrippina schafft es, daß der Kaiser ihm seine Tochter Octavia zur Frau gibt. Der Sohn des Claudius, Britannicus, wird schmählich von seinem Vater zurückgesetzt.
Ganz Rom gehorcht Agrippina, berichtet Tacitus, der römische Geschichtsschreiber, auf den sich Lohenstein bis in einzelne Szenen, bis in Sätze hinein, stützt.
Ihr Regime war straff. In ihrem Hause gab es keine Ausschweifungen, es sei denn, sie dienten der Macht. Um ihre maßlose Geldgier zu kaschieren, benützte sie die Ausrede, sie raffe für den Staatshaushalt.

Sie vergiftete ihren Mann, den Kaiser Claudius, mit einem Pilzgericht. Sie wählte ein Gift, das Geistesstörungen hervorrief und langsam zum Tode führte. Das Pilzgericht wirkte zu langsam, da ließ Agrippina von einem mitverschworenen Arzt, scheinbar um das Erbrechen des Kaisers zu erleichtern, eine Feder in seinen Hals stecken, die mit einem schnellwirkenden Gift bestrichen war.
Durch einen Trick wurde Nero und nicht der rechtmäßige Thronerbe Britannicus zum Kaiser ausgerufen.
Widersacher werden ohne Wissen Neros von Agrippina ermordet.
Nero reduziert ihren Einfluß. Sie versucht, den Kaiser durch Zärtlichkeiten und durch ihr Vermögen fügsam zu halten.
Als das nichts nützt, bringt sie Britannicus ins Spiel. Ihr ist es egal, daß dadurch ihr Mord an Claudius aufgedeckt werden könnte.
Aber ehe Nero gestürzt wird, läßt der junge Kaiser seinen Halbbruder vergiften.
Agrippina wird von Hofe verbannt. Als Gesellschafterin bleibt ihr nur die saure Octavia.
Intrigen.
Nero verliebt sich in die Frau des Otho, Poppaea.
Jetzt versucht Agrippina nicht ohne Erfolg Nero zu verführen.
Aber Seneca schickt Acte in das Schlafzimmer und verhindert Agrippinas Erfolg.
Nero versucht erneut die Mutter zu töten.
Schließlich umstellen die von Nero geschickten Mörder ihr Bett.
Als erster schlägt ihr der Schiffshauptmann mit einem Knüppel auf den Kopf. Als der Centurio schon sein Schwert zum Todesstoß zieht, streckt Agrippina ihm den Schoß hin und schreit:
In den Leib stoße, der Nero getragen hat.
Dann verblutet sie.

Der Historiker Tacitus berichtet die bekannten Fakten von Nero in einer sehr abwägenden Weise.
Der Schriftsteller Sueton, auf den sich Lohenstein ebenfalls beruft, ist da farbiger und vielleicht aufschlußreicher:
Neros Körper war fleckig, er roch nicht gut. Seine Beine waren sehr dünn.
Allerdings erkrankte er während der vierzehn Jahre seiner Regierung – zwei Jahre länger als Hitler – nur dreimal.

Sein Haar hing bis auf die Schultern herab und er zeigte sich meistens im Hausrock und barfuß.
Er wurde am 15. Dezember 37 geboren und sein Vater Domitius äußerte auf die Glückwünsche seiner Freunde, aus der Verbindung von ihm und Agrippina könne nur etwas Hassenswertes und Staatsgefährdendes hervorgehen. Angeblich haben ihn Schlangen in der Kindheit bewacht.

Als Nero drei war, starb sein Vater und er wurde von einem Friseur und einem Tänzer aufgezogen.

Er sprach lateinisch und griechisch. Mit siebzehn ließ ihn seine Mutter zum Kaiser ausrufen.

Er gab den wachhabenden Tribunen die Losung aus: Die beste Mutter.

Er stellte sich milde und jovial. Schaffte allzu drückende Steuern ab. Er führte ein, daß die Kaufleute ihre Schiffe als Unkosten von den Steuern absetzen konnten.

Als er unter ein Todesurteil die Unterschrift setzen sollte, sagte er: O, könnte ich nicht schreiben!

Er las seine Gedichte öffentlich vor und sang im Theater – oft in weibischer Art.

Für die Gebäude in Rom erdachte er eine neue, freizügigere Bauart. Nie hatte Nero die Absicht, das Reich zu vergrößern, ja, er überlegte, ob er aus Britannien das Heer zurückziehen sollte.

In Griechenland begann er den Durchstich des Isthmus. Er tat den ersten Spatenstich und trug selbst die ausgegrabene Erde in einem Korb auf den Schultern weg.

Er wäre gerne ein großer Sänger gewesen und benützte jedes Mittel, was die Künstler anwenden, um eine schöne Stimme zu erhalten: Er lag mit einer Bleiplatte auf der Brust, reinigte sich durch Klistiere und Erbrechen.

Bei seinen Vorführungen hielt er sich Claqueure.

Er trat in den Tragödien *Der Muttermörder Orest* und *Der blinde Ödipus* auf.

Allmählich steigerten sich seine Laster.

Er hatte Verkehr mit den Damen der besten Gesellschaft und verführte freigeborene Knaben.

Den Knaben Sporus ließ er entmannen, um ihn in ein weibliches Wesen zu verwandeln. Er gab ihm eine Mitgift und führte ihn mit rotem Hochzeitsschleier in den Palast.

Er begehrte seine Mutter und trieb es mit ihr in der Sänfte, Flecken an seiner Kleidung verrieten es.

Er verkleidete sich als wildes Tier und ging auf die Geschlechtsteile gefesselter Gefangener los.

Er vermählte sich dem Freigelassenen Doryphoros und stöhnte und schrie unter ihm wie eine vergewaltigte Jungfrau.

Jedes Kleid trug er nur einmal.

Er ließ einen Palast errichten, mit drehbaren Decken, Bädern voller Meerwasser und Wasser aus den Albulaquellen.

Als der Palast fertig war, sagte Nero:

Jetzt kann ich endlich anfangen, wie ein Mensch zu leben.

Wahrscheinlich ermordete er mit Agrippina zusammen seinen Stiefvater Claudius.

Britannicus vergiftete er aus Eifersucht auf seine Stimme.

Als der Vierzehnjährige stirbt, verharrt Nero in seiner bequemen Haltung und sagt, es sei wohl ein epileptischer Anfall.
Um die Flecken, die das Gift an der Leiche hervorbringt, zu verdecken, kalkt er den Halbbruder weiß. Aber bei dem Leichenbegängnis geht heftiger Regen herunter und wäscht die Flecken vor aller Augen wieder hervor.
Nero versucht mehrere Male die Mutter zu ermorden.
Er treibt sich wie sein Genosse Otho als Rocker auf der Straße herum, schlägt Leute zusammen und wird zusammengeschlagen.
Er verliebt sich in die Frau seines Freundes, die unzüchtige Poppaea, die er später durch einen Fußtritt tötet.
Eine Verschwörung gegen ihn, unter Piso, mißlingt, und löst Massenmorde aus.
Seine Lehrer, seine Freunde, seine Berater werden von ihm niedergemetzelt.
Schließlich steckt er Rom in Brand, weil ihm die Häßlichkeit der Stadt nicht gefiel und die Enge der Straßen ungesund sei.
Vierzehn Jahre hat die Welt einen solchen Herrscher ertragen, sagt Sueton.
Er interessierte sich für Wasserorgeln.
Bei seinem letzten öffentlichen Auftreten sang er die Rolle des »Verbannten Ödipus«:
Gattin, Mutter, Vater fordern meinen Tod.

Auf der Flucht trank er aus einer Pfütze.
Der Senat erklärte ihn zum Staatsfeind.
Er erfuhr, daß man ihn nackt in eine Gabel spannen würde und mit Ruten zu Tode peitschen.
Er nahm zwei Dolche und prüfte sie, zögernd stieß er sich, sein Sekretär Epaphroditus half ihm dabei, den Dolch in die Kehle. Seine Augen traten aus dem Kopf und allen, die es sahen, graute.

Der regierende Vers ist in *Agrippina* der sogenannte heroische Alexandriner mit abwechselnd männlichem und weiblichem Paarreim, hat Bernhard Asmuth herausgearbeitet. Und es ist Lola Müthel und ihren Kollegen oft gelungen, diese ferne Form des Verses für unsere Ohren neu zu beleben.

Mein Kind/mein süsses Licht/was hältstu länger mir
Der halb-geschmeckten Lust mehr reiffe Früchte für?
Die Libe die sich noch lässt in den Augen wigen/
Lässt sich mit lauer Milch der Küsse zwar vergnügen:
Wenn aber schon diß Kind biß zu der Seele wächst/
So sieht man: Daß sein Durst nach stärckerm Nectar lächst.

Der Alexandriner sei ein sechshebiger steigend alternierender – jambischer – Reimvers
Mein Kind/mein süsses Licht/was hältstu länger mir
mit deutlicher Zäsur nach der 3. Hebung
Der halbgeschmeckten Lust – mehr reiffe Früchte für?
Der Alexandriner wird mit 12 Silben, auf einer betonten Silbe endend, männlich genannt; er hat am Schluß einen hoch!
Weiblich wird der Alexandriner genannt, wenn er keinen hoch hat, hinten keinen hoch hat, und mit 13 Silben unbetont endet
Die Libe die sich noch – lässt in den Augen wigen/

In den germanischen Sprachen, lehrt uns Gero von Wilpert, ist der Alexandriner wegen festliegender Hebungen sehr steif und leblos; in romanischen Sprachen bei nur zwei festliegenden Akzenten beweglicher und beliebter.

Quoi! tandis que Néron s'abandonne au sommeil
Faut-il que vous veniez attendre son réveil?
Qu'errant dans le palais sans suite et sans escorte,
La mère de César veille seule à la porte?
Madame, retournez dans votre appartement.

Der Alexandriner wurde in Frankreich im 11. Jahrhundert zuerst benützt und von der Pléiade als klassischer Vers der französischen Tragödie aufgenommen.
Doch wie schon Homer den Hexameter, einen anderen Vers mit sechs Hebungen, Längen oder Betonungen, zerriß, indem er die Kürzen oft ganz eliminierte, so versteht es auch Lohenstein, das Klappern der Verse zu vermeiden.
Klappern, das im Deutschen wohl vor allem daran liegt, daß der Ton auf der ersten Silbe eines jeden Wortes liegt – Wortanfang und Versakzent also ewig zusammenfallen.

Lanz an Lanz eindrängend und Schild mit Schild aufeinander,
Tartsch an Tartsche gelehnt, Helm an Helm, Krieger an Krieger;
Und die flatternden Helme der Nickenden rührten geengt sich . .

übersetzt Johann Heinrich Voß.
Die Franzosen zerrissen den Alexandriner bis hin zu Valéry, der ihn in einen Irrgarten verwandelt.
Doch auch *Britannicus* von Racine beginnt mit einem Taktfehler.
Albine sagt zur Kaiserin Agrippina:
Quoi! tandis que Neron s'abandonne au sommeil . .
So setzt auch Daniel Casper von Lohenstein – wie vor ihm Homer und nach ihm Platen – Betonungen, Längen, wenn man so will, an Stelle der unbetonten Silben und häuft die sogenannten Spondeen:

Mein Kind/mein süsses Licht/was hältstu länger mir
Der halbgeschmeckten Lust mehr reiffe Früchte für?

Man kann in diesen Versen nur betonte Silben sprechen und die Schauspielerin hätte Gelegenheit durch ein ganz äußerliches Mittel die Machtgier und das inzestuöse Verlangen der Agrippina auszudrücken.

Ansätze zur interdisziplinären Forschung

Wie kaum ein andrer deutscher Dichter – von Goethe, Kleist, Hans Henny Jahnn vielleicht abgesehen – laden die Gestalt und das Werk Lohensteins zu einer interdisziplinären Erforschung ein.

Lohenstein kann nur durch ein interdisziplinäres Verfahren angemessen analysiert werden.

In der Beschwörungsszene des Zoroaster kommt ein Material zutage, das eine pharmakologische Behandlung erfordert.

Von der Drecksapotheke der Ägypter angefangen, deren antibiotische Eigenschaften eben Gegenstand der Forschung werden, über Rezepturen der Zeit Neros, der eine Ägyptenexpedition ausrüstete – wie nach ihm Napoleon! –, bis hin zu den magischen Praktiken des Barock und den okkulten Rezepturen der Neuzeit – Irlands etwa.

Durch die Darstellung des sinnlichen Empfindens eines Jungen in der Pubertät mit den Figuren des *Ibrahim Bassa* betrifft Lohenstein die Kinderpsychologie und die Sexualwissenschaften.

Die Sexualität des Barockzeitalters gilt es zu erkennen und empirisch darzustellen.

Die des späten Rom mit Saturnalien etc. im Bezug auf das Zeitalter Lohensteins.

Die Säkularisierung des Narren: Satyrspiel – Saturnalien – Mittelalter – Shakespeare – Lohenstein als ein Narr und als Diplomat.

Sogenante Perversionen im Werk Lohensteins – ein Vergleich mit den Ledermännern.

Sadomasochistische Praktiken in geschichtlicher, ethnologischer und sexualwissenschaftlicher Hinsicht.

Lohenstein als ein Vorläufer de Sades.

Säkularisation, Sadomasochismus und Revolution.

Epicharis – de Sade – St. Just.

Die Darstellung von Riten bei Lohenstein verlangt den Vergleich mit ethnologischen Berichten.

Riten der Löwenmänner Afrikas.

Afroamerikanischer Synkretismus.

Daß zu den genannten Disziplinen die Geschichtswissenschaft, Altertumsforschung, Literaturgeschichte beitragen müssen, versteht sich von selbst.

Zur poetologischen Behandlung des Werkes sei noch angemerkt, daß seine Poetik nicht nur mit konstruktivistischen Verfahren und mit Expressionismus, Surrealismus in einem Zusammenhang gesehen werden muß, daß auf das Mißverstehen der Romantik eingegangen werden sollte, sondern daß vor allem orale Strukturen der Literatur, rituelle Formen, Litaneien, Glossolalie, die Sprache der Trance und des Irrsinns zum Verständnis wichtig sind.

Zu diesem Zweck sollte die Metrik Lohensteins neu betrachtet werden.
Metrik nicht als ein äußerlich an die Sprache Gesetztes, sondern Metrik als ein Zwang von innen her.
Lohensteins Metrik im Verhältnis zu den klassischen Metriken.
Gegensatz der griechischen und der latinischen Metrik.
Der Einfluß der Metrik der Pléiade auf Lohenstein.
Der Versuch der Pléiade, die griechische Metrik der romanischen anzuverwandeln, und ihr Scheitern.
Ist bei Lohenstein wirklich der Gebrauch des aspiratorischen Akzentes dem metrischen System der Griechen näher als dem silbenzählenden metrischen System der Franzosen?
Metrische Systeme der Alltagssprache heute.
Die Metrik des Wahnsinns und des Glaubens.
Artaud, Genet, Jahnn im Hinblick auf Lohenstein.
Asthma und Spondeus.
Die Gesten der Magie gleichen den Gesten der Manie und des Manierismus.

Editorische Notizen

Hubert Fichte warnt vor sich

Mit dieser – hier um die Eingangsbegrüßung gekürzten – Rede begann Hubert Fichte am 7. 1. 86 eine Vorlesungsreihe über Daniel Casper von Lohenstein im Rahmen der vom Kunstverein Wien und dem Institut für Wissenschaft und Kunst veranstalteten »Wiener Vorlesungen zur Literatur«. Zusammen mit einer von Fichte zusammengestellten Kurzfassung seiner Vorlesung über *Agrippina* erschien dieser Text am 25. 1. 86 in der »Tageszeitung«. Außerdem wurden sämtliche Manuskripte von Fichtes Wiener Vorlesungen in der Zeitschrift »Wespennest« abgedruckt: Wespennest – zeitschrift für brauchbare texte und bilder, Nr. 63, Wien 1986, S. 3–30.

Fichtes »Wiener Vorlesungen« umfaßten vier Vorlesungen und vier Konversatorien:

1. Vorlesung: Großes Eingangsdeklamatorium für Mündige, die bereit sind, sich in Erdteile, Minderjährige, Bäume und Löwen zu verwandeln. / Daniel Casper wird vorgestellt. / Hubert Fichte warnt vor sich.
1. Konversatorium: Über mögliche interdisziplinäre Ansätze.
2. Vorlesung: Agrippina.
2. Konversatorium: Über Riten des Alltags. Metrik.
3. Vorlesung: Ibrahim Bassa.
3. Konversatorium: Erste Liebe.
4. Vorlesung: Für eine neue Wissenschaft vom Menschen.
4. Konversatorium: Kleines Ausgangsdeklamatorium über erste Liebe und Inzest.

Aufgrund seiner schweren Krankheit mußte Fichte die Vorlesungsreihe vorzeitig abbrechen. Dies war sein letzter öffentlicher Auftritt. Am 8. März 1986 starb Fichte im Hamburger Hafenkrankenhaus.

Wie in der Überschrift zur ersten Vorlesung, so spricht Fichte auch im Titel seines letzten, 1985 geschriebenen, Hörspiels von Verwandlung: *Ich bin ein Löwe und meine Eltern sind Eichen und Steine.* Auch auf Fichtes Grabstein findet sich jetzt dieser Gedanke wieder. Dort steht ein Satz des Empedokles, der Fichte besonders wichtig geworden war: »Einst schon bin ich ein Knabe, ich bin auch ein Mädchen gewesen, Busch und Vogel und Fisch, der warm aus den Wassern emporschnellt..«

Elf Übertreibungen
Einführung in ein Lesebuch

Unter der Überschrift *Elf Übertreibungen* leitet Fichte sein 1976 erschienenes Lesebuch ein. (Hubert Fichte, *Mein Lesebuch*, Frankfurt am Main 1976, S. 11–22.) Der Abdruck des Aufsatzes erfolgt nach dieser Vorlage. Das Lesebuch versammelt – in konsequenter Ausführung der Einleitung – ausschließlich deutschsprachige Autoren: von Johann Beer und Daniel Casper von Lohenstein über die Brüder Grimm und Wedekind bis zu Hans Eppendorfer, Oswald Wiener und Peter Michel Ladiges. Daß die im 2. Abschnitt dieses Aufsatzes vorgestellte – internationale – Liste von Autoren in den folgenden Jahren einige gewichtige Ergänzungen erfuhr, zeigt schon ein Blick auf das Inhaltsverzeichnis von *Homosexualität und Literatur*.

Der Blutige Mann
Sade

Bislang nicht gedruckt. Am 5. 6. 1976 lief im Westdeutschen Rundfunk die Sendung *Der Blutige Mann*, vermutlich eine stark gekürzte Fassung dieses Essays. Auf dem Original-Typoskript aus dem Jahr 1975 steht als Titel nur »Sade«. Der jetzige Titel bezieht sich auch auf einen von Fichte geplanten, jedoch nicht geschriebenen Band der *Geschichte der Empfindlichkeit*, der unter dem Titel *Der Blutige Mann* die Gedanken aus dem Sade-Essay aufnehmen sollte. In einem vom Autor hinterlassenen, zum Gesamtkorpus der *Geschichte der Empfindlichkeit* gehörenden Ordner unter eben diesem Titel befand sich nur der vorliegende Aufsatz über Sade. Gleichwohl hatte Fichte in anderen Planskizzen und Werkplan-Entwürfen zur *Geschichte der Empfindlichkeit* auch einen weiteren Band-Titel verwendet; so steht etwa in dem von Thomas Beckermann herausgegebenen Sammelband zu Hubert Fichte der Titel *Victoria Square. Essai über Sade* (a.a.O., S. 323).
Mit dem Sade-Essay korrespondiert ein Hörspiel von Fichte mit dem Titel: *Der blutige Mann – Larry Townsend, Friedrich Hölderlin, Marcel Proust und andere sprechen sich über den Blutigen Mann aus.* Dieses Hörspiel wurde im Januar 1975 geschrieben und vom Westdeutschen Rundfunk am 5. 6. 76 in der Sendung »Samstagabend in WDR 3: Versuche über den Sado-Masochismus« gesendet. Neben Fichtes Hörspiel umfaßte diese Sendung den ebenfalls von Fichte verfaßten Collage-Text *The Leatherman is speaking* sowi ein Gespräch zu Fichtes Texten zwischen Hans Mayer und Helmut Heißenbüttel.

Fichte zitiert aus der französischen Gesamtausgabe von Sade. *Œuvres Complètes Du Marquis De Sade*, Édition Définitive, Cercle du livre précieux, Paris 1966, Tome I–XVI. Der erste Band der Sade-Gesamtausgabe enthält auch die Bio- und Monographie, aus der Fichte zitiert: Gilbert Lely, *Vie Du Marquis De Sade – Avec Un Examen De Ses Ouvrages*, Nouvelle Édition Revue Et Corrigée Et En Maints Endroits Refondue. Ferner bezieht sich Fichte auf: Iwan Bloch (d. i. Eugen Dühren), *Neue Forschungen über den Marquis und seine Zeit. Mit besonderer Berücksichtigung der Sexualphilosophie de Sade's auf Grund des neuentdeckten Original-Manuskriptes seines Hauptwerkes »Die 120 Tage von Sodom«*, Berlin 1904.
Im Gegensatz zu allen späteren Aufsätzen übersetzt Fichte hier nur wenige Passagen selbst. Zur besseren Verständlichkeit des Essays werden die fehlenden Übersetzungen der Zitate als Fußnoten beigegeben. Die Übersetzungen – wie auch eine grundsätzliche Bearbeitung der Quellenbelege, die hier in vielen Fällen fehlerhaft waren – wurden besorgt von Wolfgang von Wangenheim, Ronald Kay und Leonore Mau. Obgleich in dem Aufsatz noch immer viele Zitatangaben fehlen, erscheint es mir doch grundsätzlich – wie auch in allen folgenden Essays – sinnvoll, zumindest alle vorhandenen (bzw. vom Herausgeber ergänzbaren) Quellenbelege anzuführen, um den neugierigen Lesern einige Hinweise zu geben.

Jeder kann der nächste sein
Über Pier Paolo Pasolinis Film Salò

Der Aufsatz erschien unter dem Titel *Jeder kann der nächste sein – Hubert Fichte über den Film »Salò«, Pier Paolo Pasolini, Gewalt und Homosexualität* im »Spiegel«, Nr. 7, 1976. Da das Original-Typoskript nicht mehr vorhanden ist, richtet sich die vorliegende Fassung nach der »Spiegel«-Veröffentlichung.

Vaudoueske Blutbaeder – Mischreligioese Helden
Anmerkungen zu Daniel Casper von Lohensteins Agrippina

Der Essay erschien unter der Überschrift *Anmerkungen zu Daniel Caspers von Lohensteins Agrippina* als Nachwort zu der vom Autor bearbeiteten Fassung dieses Schauspiels von Lohenstein: *Lohensteins Agrippina – bearbeitet von Hubert Fichte*, Köln 1978. Dieses bei Kiepenheuer & Witsch erschienene Buch ist nicht mehr lieferbar. Der Titel des Essays im vorlie-

genden Band stammt vom Herausgeber und nimmt eine Zeile aus dem Text auf.
Da das Original-Typoskript nicht mehr vorhanden ist, richtet sich vorliegende Fassung nach dem Buchdruck. Entsprechend wurden die typographischen Sonderheiten (Doppel-s für »ß« und Doppel-Vokale für Umlaute) ausnahmsweise beibehalten, auch wenn Wolfgang von Wangenheim berichtet, Fichte habe ihm gegenüber zu verstehen gegeben, diese ursprüngliche Druckfassung beruhe auf einem Irrtum des Verlages, der sich streng an das auf einer ausländischen Schreibmaschine in Venezuela geschriebene Typoskript gehalten habe; dort aber hätten schlichtweg die deutschen Lettern auf der Maschine gefehlt.
Sämtliche Quellenverweise beziehen sich auf die von Klaus Günther Just herausgegebene Werkausgabe, auf deren Grundlage Fichte auch seine Bearbeitungen der Stücke *Agrippina* und *Ibrahim Bassa* vornahm: Daniel Casper von Lohenstein, *Römische Trauerspiele. Agrippina* ✱ *Epicharis* (Die Bibliothek Des Literarischen Vereins in Stuttgart. Sitz Tübingen), Stuttgart 1955, sowie: Daniel Casper von Lohenstein, *Türkische Trauerspiele. Ibrahim Bassa* ✱ *Ibrahim Sultan* (Die Bibliothek Des Literarischen Vereins in Stuttgart. Sitz Tübingen), Stuttgart 1953.
Mit kaum einem anderen Autor hat sich Fichte länger beschäftigt als mit Daniel Casper von Lohenstein. Fichtes *Agrippina*-Bearbeitung wurde als Hörspiel mit Lola Müthel in der Rolle der Agrippina inszeniert und am 13.3.77 vom Norddeutschen Rundfunk uraufgeführt. Obgleich auch eine Bühnenfassung des Stücks vorliegt, kam Fichtes *Agrippina* bislang nicht zur Aufführung. Daß dies womöglich auch etwas mit den von Fichte gestellten Anforderungen an eine Theaterinszenierung zu tun hat, mag seine Regieanweisung zu Beginn des Stückes verdeutlichen (a.a.O., S. 23):
»Zwei Spielebenen, die durch Treppen miteinander verbunden sind.
Neros Ambiente: Beingrau, kalkweiss, das Blau Ludwigs des Zweiten.
Um Agrippina: Blutrot, purpurrot, tizianrot, rostrot.
Poppaea spiegelnd. Die Schauspielerin traegt ein Kleid aus Glas und ist darunter nackt.
Seneca grau, sehr vornehm, feinster Stoff.
Zoroaster schwarz.
Die Kostueme sind eine Mischung aus Moreau, Art Deco, Leder.
Schuhe mit dicken Sohlen und hohen Absaetzen.
Grosse Gummioymel fuer die Sexszenen.
Einige Personen bewegen sich in Saenften.
Seneca erscheint nur in einer Saenfte.
Die Saenften sind Gigerln, eine Mischung aus Kinderwagen, Louis-Quatorze-Karossen, Superautos.
Sie werden von fast nackten Sklaven geschoben. Die Sklaven tragen Federbuesche, Schnabelvisiere und Federn am Arsch.
Poppaeas Gigerl wird als einziges gezogen – von Amour.

Zoroasters Gigerl ist ganz schwarz.
Die Szenen der Tragoedie Lohensteins werden oft gedoubelt durch Pantomimen zur Musik Monteverdis – Incoronazione di Poppea – in der Aufnahme von Nikolaus Harnoncourt.
Die Pantomimen sollen sehr hohe Gestalten sein, Woloff oder Massai, und die gleichen Kostueme tragen wie die Schauspieler.«
Für die »Wiener Vorlesungen« (vgl. hierzu die Anmerkungen zu *Hubert Fichte warnt vor sich*) schrieb Fichte einige kleinere neue Texte, die interessante zusätzliche Informationen zu den beiden Haupt-Essays über Lohensteins *Agrippina* und *Ibrahim Bassa* enthalten – und die deshalb im Anhang vorgestellt werden.

Ach des Achs!

Anmerkungen zu Daniel Casper von Lohensteins Türkischem Trauerspiel Ibrahim Bassa

Bisher nicht gedruckt. Eine gekürzte Fassung dieses Essays wurde am 14. 4. 79 vom Süddeutschen Rundfunk unter dem Titel *Lohensteins Ibrahim Bassa* gesendet. Das Original-Typoskript trägt keine Überschrift. Der jetzige Titel nimmt Fichtes Überschrift seiner 3. Wiener Vorlesung im Januar 1986 auf.
Sämtliche Quellenverweise für Lohensteins Werke beziehen sich auf Klaus Günther Justs Werkausgabe. (Vgl. hierzu die editorischen Anmerkungen zum vorangehenden Essay.) Ferner werden von Fichte zitiert: Ogier Ghiselin von Busbeck, *Vier Briefe aus der Türkei (Legationis Turciae Epistolae).* Aus dem Lateinischen übertragen, eingeleitet und mit Anmerkungen versehen von Wolfram von den Steinen, Erlangen 1926. (Bei den Zitatangaben bezieht sich die römische Ziffer auf die jeweilige Nummer der vier Briefe, die arabische Ziffer bezeichnet die Seite in Busbecks Buch.) – Joseph von Hammer Purgstall, *Geschichte des Osmanischen Reiches,* Band 1–10 (Werke I), herausgegeben von Franz Sauer, Graz 1963. – Noel Barber, *Die Sultanen. Die Geschichte des ottomanischen Reiches, dargestellt in Lebensbildern,* Frankfurt am Main, Berlin u. Wien 1975.
Wie bei der *Agrippina,* so ging auch beim *Ibrahim Bassa* die Arbeit am kritischen Essay mit der poetischen Bearbeitung des besprochenen Stükkes einher. Im April 1979 wurde Fichtes Inszenierung des *Ibrahim Bassa,* bei der der Regisseur Fichte ausschließlich Kinder als Sprecher einsetzte, vom Südwestfunk uraufgeführt.

Revolution als Restauration

Jean-Nicolas-Arthur Rimbaud als Ethnologe

Bislang nicht gedruckt. Unter dem Titel *Revolution als Restauration – Der Ethnologe Arthur Rimbaud* wurde dieser Essay als erster Teil der dreiteiligen Serie *Poetische Anthropologie* zusammen mit Fichtes Aufsätzen *Über die Ewe-Stämme von Jakob Spieth* sowie *Das Land des Lächelns. Anmerkungen zu »Traurige Tropen« von Claude Lévi-Strauss* (vgl. die beiden folgenden Essays) als Gemeinschaftsproduktion des Norddeutschen und des Süddeutschen Rundfunks produziert und 1980 gesendet. Eine gekürzte Fassung des Aufsatzes erschien unter dem Titel *Revolution als Restauration. Jean-Nicolas-Arthur Rimbaud in Afrika* am 7. 11. 80 in »Die Zeit«.

Fichte zitiert aus: Arthur Rimbaud, *Œuvres Complètes.* Edition, Etablie, Présentée Et Annotée. Par Antoine Adam, Paris 1972. Die meisten der Übersetzungen stammen von Fichte selbst. Wo dies nicht der Fall ist, bezieht sich Fichte auf: Arthur Rimbaud, *Sämtliche Gedichte.* Französisch, mit deutscher Übertragung von Walter Küchler, Heidelberg 1946. (Dieser Band wird von Fichte als »vergriffen« bezeichnet. Gleichwohl gibt es Küchlers Übersetzungen jetzt mit neuem Titel als 6. Auflage des 1946 erstmals erschienenen Werkes: Rimbaud. *Sämtliche Dichtungen.* Französisch und Deutsch, herausgegeben und übertragen von Walter Küchler, Heidelberg, 6., durchgesehene Auflage 1982.) – Arthur Rimbaud, *Das Herz unter der Soutane.* Übertragen von Paul Zech, Stuttgart 1948. – Das längere Zitat von Paul Zech stammt aus: *Die Balladen und lasterhaften Lieder des Herrn François Villon.* In deutscher Nachdichtung von Paul Zech, Weimar 1931.

Im Originaltyposkript wechselt Fichte in der Form der Kennzeichnung von Zitaten; in einigen Fällen wird das Zitat durch einen Gedankenstrich am Zeilenanfang markiert, in anderen Fällen überhaupt nicht. In der Kurzfassung des Essays für »Die Zeit« setzt Fichte konsequent die traditionellen Anführungszeichen um die Zitate. Zur besseren Verständlichkeit wurde die Zitierweise in diesem Aufsatz vereinheitlicht.

Über die Ewe-Stämme von Jakob Spieth

Bislang nicht gedruckt. Dieser Text wurde als zweiter Teil der Serie *Poetische Anthropologie* 1980 vom Norddeutschen und Süddeutschen Rundfunk gesendet. (Vgl. die Hinweise in den Anmerkungen zum Rimbaud-Essay.) Fichtes Untersuchungsgegenstand: *Die Ewe-Stämme. Materialien zur Kunde des Ewe-Volkes in Deutsch-Togo von Jakob Spieth*

(Missionar der Norddeutschen Missionsgesellschaft), Berlin: Dietrich Reimer (Ernst Vohsen) 1906. (Die Seitenzahlen der Einleitung ergänzt Spieth durch ein besonderes Zeichen: *)
Im Jahre 1978 begann Fichte auf einer Reise durch Togo die Sprache der Ewe zu lernen.

Das Land des Lächelns

Polemische Anmerkungen zu Tristes Tropiques von Claude Lévi-Strauss

Dritter Teil der Serie *Poetische Anthropologie,* die 1980 vom Norddeutschen und Süddeutschen Rundfunk gesendet wurde. (Vgl. hierzu die Anmerkungen zum Rimbaud-Essay.) Eine sehr geringfügig gekürzte Fassung des vorliegenden Aufsatzes erschien unter demselben Titel im »Literaturmagazin«, Nr. 13, Reinbek 1980, S. 87ff. Fichte schrieb diesen Essay während seines Aufenthaltes auf Grenada, als Maurice Bishop gerade die Regierung übernommen hatte.
Quellen: Claude Lévi-Strauss, *Tristes Tropiques,* Librairie Plon 1955. Sowie die deutsche Übersetzung: Claude Lévi-Strauss, *Traurige Tropen,* Köln 1960 und 1970 (Pocket-Ausgabe). (Vgl. hierzu Anmerkung des Herausgebers im Essay, S. 320.)
Fichte pendelt bei seinen Zitaten zwischen den deutschen und der französischen Ausgabe. Auf den ersten Blick ist nicht immer deutlich, auf welche Ausgabe sich die Seitenangabe bezieht. Teilweise übersetzt Fichte selbst aus dem Französischen.

Die Verstellung des Heils

De Instauranda Aethiopum Salute von Pater Alonso de Sandoval, S. J. 1627

Bisher nicht gedruckt. Der Essay wurde am 29.12.81 vom Norddeutschen Rundfunk erstmals gesendet. Fichtes Quelle: P. Alonso de Sandoval, S. J., *De Instauranda Aethiopum Salute. El Mundo De La Esclavitud Negra En America,* Bogota 1956. Sämtliche Übersetzungen aus diesem nicht in deutscher Sprache vorliegenden Werk wurden von Fichte besorgt.
1979 besuchte Fichte Cartagena de Indias, wo er zum ersten Mal mit Pater Alonso de Sandovals Buch in Berührung kam und erste Notizen für

seinen Essay machte. Als Anhang zu diesem Aufsatz listet Fichte auf vier Schreibmaschinenseiten sämtliche von Sandoval zitierten Werke auf. Über den von Fichte als Schüler Sandovals erwähnten Pedro Claver verfaßte Fichte zwei Hörspiele: *San Pedro Claver* (1976) und *Großes Auto für den Heiligen Pedro Claver* (1980). Unter dem Titel *Zwei Autos für den Heiligen Pedro Claver* sind beide Texte 1982 im Qumran Verlag (Frankfurt am Main) erschienen. Die Hörspiele werden in den Paralipomena IV der *Geschichte der Empfindlichkeit*, dem Band *Schulfunk*, enthalten sein.

Mein Freund Herodot

Bisher nicht gedruckt. Unter dem Titel *Mein Freund Herodot – Eine Erinnerung von Hubert Fichte* wurde der Text am 11.4.82 vom Norddeutschen Rundfunk erstmals gesendet. Fichte zitiert in diesem – wie auch im folgenden – Essay aus: Herodot, *Historien*. Griechisch–Deutsch, hrsg. von Josef Feix, München: Heimeran Verlag 1977 (2. durchgesehene Ausgabe). Die Übersetzungen stammen, soweit nicht ausdrücklich anders angegeben, von Fichte selbst, für den Herodots *Historien* gleichzeitig Textbuch waren, als er zusammen mit Leonore Mau Altgriechisch lernte. Sie schafften es, den gesamten Herodot zu übersetzen. Eine weitere Quelle, aus der Fichte zitiert: W. W. How/J. Wells, *A Commentary on Herodotus*, Oxford 1912.
Daß Herodot eine besondere Stellung in der Reihe seiner Wahlverwandten einnimmt, hat Fichte selbst mehrfach betont. In einem Gespräch mit Gisela Lerch und Claus-Ulrich Bielefeld sagte er: »Ich finde, man kann Herodot gar nicht überschätzen. Das ist nun wirklich ein coup de foudre für mich. Es ist – und vielleicht kann man für die Dauer dieses Gespräches einen so vulgären Begriff wie Zärtlichkeit benützen.. – es ist vielleicht eine Art fröhlicher oder zärtlicher Wissenschaft. Wir denken immer noch in Dichotomien, in wahr oder falsch. Wir denken in Theorie und Praxis, in Idee und Material, wobei das Material meistens zu kurz kommt. Es sind also alles Dinge, die nach den Vorsokratikern eingesetzt haben, nach Sappho, nach Herodot und nach Homer. Unser Denken wird bestimmt von Plato, Aristoteles und allem weiteren. Und da stellt Herodot für mich, ganz früh und ungeheuer graziös und sehr streng, eine dritte Art des Denkens dar. Auch bei Aristoteles ist es doch so, daß zwar analysiert wird, daß die Idee und alles was damit verhaftet ist zwar reduziert auseinandergenommen im Dialektischen Verfahren wird, daß aber auf eine seltsame Art doch Vorurteile bei Aristoteles vorliegen. Er behauptet ja, aus dem Sumpf entstehen Insekten. Das war auch zu seiner Zeit nicht ganz exakt. Er hätte sagen können: ich meine.. Und dieses ›ich meine‹, diese ungeheure Diskretion und Zartheit des Denkens, ich habe von Ihnen das

gehört, von Ihnen dieses, ist immer das Verfahren Herodots. Ich glaube, unsere Wirklichkeit heute, mit ihren ökologischen Verwüstungen, mit dem Neokolonialismus, mit der seltsam seifigen Verlogenheit, in der wir uns in der Bundesrepublik befinden, diese Wirklichkeit sähe anders aus, wenn Herodot unser Lehrmeister wäre und nicht Aristoteles und nicht Plato. Ich fühle mich ihm verwandt. Ich stelle mir den Mann vor, wie er sich in Hotels geärgert hat und wie die Suppe versalzen war, wie er den Anschlußzug nicht kriegte, wie sie ihm wieder zu viel Übergepäck berechnet haben. Aber das ist nicht nur so was Anekdotisches, das mich mit ihm verbindet, sondern vor allem diese Behutsamkeit in der Annäherung an die Wirklichkeit. Und die ist nur ganz selten erreicht worden.« (Das Interview erschien unter dem Titel *Freiheit kann ja nur Ritenlosigkeit heißen* in der »Frankfurter Rundschau«, 23. 3. 85.) – Dank an Reinhard Koller für die Durchsicht der griechischen Zitate.

Mittelmeer und Golf von Benin

Die Beschreibung afrikanischer und afroamerikanischer Riten bei Herodot

Der – von Fichte auf dem Deckblatt des Typoskriptes als »Exkurs« zum vorangegangenen Aufsatz über den *Freund Herodot* bezeichnete – Essay wurde am 13. 4. 82 vom Norddeutschen Rundfunk erstmals gesendet. Ergänzt um die Einleitungspassage aus *Mein Freund Herodot* erschien der Text in: Hans-Jürgen Heinrichs (Hg.), *Aus Wörtern eine Welt – Zu Helmut Heißenbüttel*, Frankfurt am Main 1981, S. 84–97. Vgl. im übrigen die Anmerkungen zum vorangehenden Essay.
Das Typoskript wurde von Fichte statt mit Zahlen mit Buchstaben »numeriert«. Es ist dies auch der einzige Text, in dem Fichte mit Fußnoten arbeitet. Diese sollen hier nicht vorenthalten werden. Bewußt werden die originalen Anmerkungen des Autors in unmittelbarem Anschluß an den Essay plaziert.

»Eine versteinerte Zauberstadt«

Überlegungen zur Volksausgabe der Wunderlich-Monographie von Jens Christian Jensen

Veröffentlicht in der »Frankfurter Rundschau« am 17. 1. 81. Es geht um: Jens Christian Jensen, *Paul Wunderlich. Eine Werkmonographie*, Offenbach am Main 1980. Eine der ersten kurzen Zeitungskritiken, die Fichte

1963 für die »Frankfurter Allgemeine Zeitung« schrieb, befaßte sich mit Wunderlichs Werk. Im Oktober 1973 lief im Norddeutschen Rundfunk eine kürzere Sendung von Hubert Fichte über Paul Wunderlich. Beide verband eine lange Bekanntschaft, die nicht problemlos verlief. Einiges darüber erfährt man in *Der Kleine Hauptbahnhof oder Lob des Strichs*. Es soll angeblich sogar im Gespräch gewesen sein, daß Fichte das Vorwort zu Jensens Wunderlich-Monographie schriebe.

Der objektive und der subjektive Autor
Anmerkungen zu Henry James' Washington Square

Bislang nicht gedruckt. Der Essay wurde vom Norddeutschen Rundfunk am 26. 10. 82 gesendet. Fichte arbeitete mit der englischen Taschenbuchausgabe des Romans, auf die sich auch alle Quellenhinweise beziehen: Henry James, *Washington Square*, Penguin Books 1979. Im Jahr 1979 hatte Leonore Mau Fichte auf diesen Roman hingewiesen. Ende 1979 führte beide eine Reise über Bermudas und Panama nach Belize. Hier las Fichte 1980 James' Roman in eben dem Hotel, in dem der Roman *Forschungsbericht* (Band XV der *Geschichte der Empfindlichkeit*) spielt. In seinem Roman erzählt Fichte von der Lektüre des James'schen Romans. Sämtliche Übersetzungen stammen von Fichte selbst. Dabei ist z. B. auffällig, daß Fichte generell das allgemeine »you«, welches hier mit »man« übersetzt werden muß, als direkte Anrede des Erzählers, also als »Sie« liest.

Nachwort

Mit bitterer Präzision beschreibt Fichte die Wandlung des literarischen Revolutionärs Arthur Rimbaud zum geschäftstüchtigen Kaufmann der Restauration, der anstelle des Versmaßes tonnenschweres Elfenbein als koloniales Beutegut in Afrika zählt – am Ende seines kurzen Lebens dann nur noch die eigenen herausfallenden Zähne. »Müßte nicht ein Avantgardist danach beurteilt werden, wie er sich mit den Grundbedingungen seiner Gesellschaft sprachlich neu auseinandersetzt?«

In einer genau gesetzten Polemik kritisiert er das Werk eines Kollegen über einen Kollegen. »Sartres Arbeit erinnert mich an den Heilskodex des Jesuitenpaters Sandoval, der die Neger einige hundert Seiten lang als dumm und stinkend beschimpft, um sie sodann nur heftiger ans Herz und in die Sklaverei zu ziehen.« Der Kritiker spürt in dem Genet-Buch des französischen Philosophen – dessen philologische Leistung er bewundert – ungezählte Beispiele für schwulenfeindliches Ressentiment auf.

In dem allenortes gefeierten Text des Anthropologen Lévi-Strauss entdeckt er eine unverhohlene eurozentrische Arroganz: »So wurde das Buch *Tristes Tropiques* zum Ausgangspunkt für eine neue Geschwollenheit, Wehleidigkeit, Brutalität, die beide kennzeichnen, Dichtung und Wissenschaft der siebziger Jahre.«

Einen barocken Dichter rettet er vor dem ultimativen Verdikt einer kurzatmigen und -sichtigen Literaturwissenschaft, die ihm den Stempel des Schwulstes jahrhundertelang aufdrückte. In der Literatur Daniel Casper von Lohensteins entdeckt er die Utopie einer »Republik ohne rassische Diskriminierung, bei Gleichberechtigung der Frau und ohne sexuelle Einschränkungen – vor Sade, vor Freud«.

Das genaue Gegenteil findet der Kritiker in der Bibel. In seiner »Predigt« auf den gegen »räuberische und mörderische« Bauernheere zeternden, das Wort Gottes in einer tour de force übersetzenden Protestanten Luther erinnert er an die Geschichte christlicher Welteroberung: »Das Recht der Frauen auf sich selbst, die Liebesmöglichkeiten der Homosexuellen, die Achtung vor Negern, die Emanzipation der Arbeiterklasse, eine vernünftige Schonung der Umwelt – nicht nur in der Ersten Welt, nein, vor allem in der sogenannten Dritten Welt, werden unter Berufung auf die Bibel täglich verhindert.«

Hubert Fichte hatte bereits seine frühe Romantetralogie vom *Waisenhaus* bis zum *Versuch über die Pubertät* veröffentlicht, hatte Reisefeatures geschrieben und die *Interviews aus dem Palais d'Amour* dokumentiert, als er begann, Essays zur Literatur zu verfassen. Erst relativ spät also, vierzig Jahre alt, schreibt Fichte 1975 einen ersten literarischen Aufsatz, der sich mit Sade beschäftigt. Vorangegangen waren in den 50er und 60er Jahren nur einige kürzere Zeitungsrezensionen (u. a. über Alain Robbe-Grillet und Paul Wunderlich), die aber in diesem Zusammenhang vernachlässigt werden können.

Spekulationen darüber, warum Fichte so relativ spät ein neues literarisches Betätigungsfeld für sich entdeckte, sollen hier nicht angestellt werden. Allein es bleibt zu notieren, daß der Beginn der Arbeit an der *Geschichte der Empfindlichkeit*, die frühen ethnographischen Texte und eben diese ersten literaturkritischen Essays auf einen Zeitpunkt fallen. Es war überdies auch der Moment, da Fichte, nach niederschmetternden Kritiken über seinen Roman *Detlevs Imitationen »Grünspan«* mit dem Erscheinen seines bis dato letzten veröffentlichten Romans, dem *Versuch über die Pubertät*, als Romancier öffentlich verstummte. *Hotel Garni* erscheint nun nach einer dreizehnjährigen Pause. Unter Ausschluß der Öffentlichkeit schrieb Fichte jedoch bis zu seinem Tod im März 1986 insgesamt sieben Romane, die zur *Geschichte der Empfindlichkeit* gehören.

»Was Jäcki seiner Mutter wirklich vorwarf, daß sie ihn nicht hatte Griechisch lernen lassen«, schreibt Fichte in dem kurzen Prosatext »Die Entstehung des Gespenstes«, der im Romanfragment *Hamburg Hauptbahnhof = Register* (Bd. XIX der *Geschichte der Empfindlichkeit*) enthalten ist. In seiner Gedenkrede auf Hubert Fichte im September 1986 in Hamburg nahm Hans Mayer diese Zeile auf und ging soweit, von der »Wunde Bildung« in Fichtes Biographie zu sprechen und die ethnographischen Studienreisen im afroamerikanischen Raum als Umweg zu den alten Griechen zu deuten.[1] Eine solche Interpretation wagt sich weit vor. Daß sich Fichte jedoch als sogenannter »freier« Mitarbeiter von Rundfunkanstalten und Zeitungsredaktionen mit den Zwängen dieses Systems, in dem die Riten der humanistischen Bildungsgemeinschaft den Ton bestimmen, gut auskannte und der vielerorts erlebten Halbbildung ein Mehr-Wissen gegenüberstellen wollte, davon hat er oft gesprochen.

Eine zentrale Rolle in dem autodidaktischen Bildungsprozeß des Oberschülers, der anstelle des Abiturs eine landwirtschaftliche Ausbildung in Schleswig-Holstein macht, spielen Sprachen. Für Fichte unverzichtbare Grundlage aller Reise-Bewegungen. Daß der Anthropologe Lévi-Strauss über Indianer schrieb, die er nicht einmal verstehen konnte, entlockt Fichte nur beißenden Spott. Er selbst lernt Spanisch, um Allende und dessen gesamtes Kabinett zu interviewen; Griechisch, um Herodot lesen zu können. Fremde Sprachen eröffnen nicht nur andere Länder, sondern auch neue Texte. Für Fichte verbanden sich das Lernen der anderen Sprachen und die damit möglich werdenden Reise-Bewegungen durch geographische Regionen und literarische Zonen. Herodots *Historien* waren ihm das Textbuch beim Griechischlernen, bevor er dann den Essay über das gerade Übersetzte schrieb. Kurz vor seinem Tod begann er Arabisch zu lernen. Nachdem sich das Ende der Forschungsreisen nach Südamerika abzuzeichnen schien (Fichte sprach gelegentlich davon), mag sich hier vielleicht eine neue Reiserichtung angedeutet haben, die der Tod verhinderte: Nach Osten?

Daß Fichte sich nicht erst mit den literarischen Essays intensive Gedanken über ästhetische und poetologische Fragestellungen gemacht hat, beweist schon ein kurzer Blick auf die frühen Romane, in denen sich eine Fülle expliziter poetologischer Reflexionen finden läßt. Immer wieder schafft das Doppelspiel aus erzählender und erzählter Hauptfigur (die beide teils mehrfach »gebrochen« sind) dem Autor jenen Freiraum, die Strategie der eigenen Prosa selbst zur Sprache zu bringen. Dennoch gewinnen Fichtes ästhetische Überlegungen mit den literarischen Essays eine neue Dimension. »Immer ist hier die eigene Existenz gemeint, immer verwandelt sich die höchste Konzentration auf den Kollegen in die Analyse des eigenen Ich«, schreibt Fichte in der Einleitung zu seinem *Lesebuch* über Schriftsteller, die sich als Kritiker betätigen. Fichtes Liste jener Kollegen, denen er sich essayistisch näherte, ist geprägt von sehr speziellen Interessen und Motivationen, aus denen ein dichtes Geflecht ästhetischer Bezüge zu den entdeckten Wahlverwandten oder den Wahlfeinden erwächst.[2] Mit den vorliegenden Aufsätzen hat Fichte die Prämissen und Strukturen seiner eigenen Poetik durchbuchstabiert.

Es gibt ein Buch, ohne das sich Fichtes Ästhetik, vor allem auch die Wahl seiner Lektüren, schlechterdings nicht vollständig erklären läßt; von Fichte wird es nur an wenigen Stellen sehr kurz erwähnt. Ich meine Ezra Pounds 1934 veröffentlichtes Traktat *ABC of Reading*[3], dessen Bedeutung für Fichtes poetische Entwicklung gar nicht überschätzt werden kann. Ohne Übertreibung kann Pounds kleines Buch als Rückgrat Fichte'scher Dichtung bezeichnet werden. Die Fülle der Parallelen zwischen Pounds und Fichtes Ausführungen kann hier nur angedeutet werden. Pounds Literaten-ABC weist frappierende Überschneidungen mit Fichtes Liste auf. Sogar die Begründungen für die Auswahl gleichen sich: An Homer bewundert Pound – wie Fichte – die Genauigkeit; bei Henry James findet er den »imaginären Zuschauer« – wo Fichte den doppelten Erzähler notiert; Villon ist für ihn der »härteste, der glaubwürdigste, der absoluteste Dichter Frankreichs« – was Fichte ebenso sieht; Sappho, von der Fichte sagte, sie habe ihn gelehrt, »was eine Zeile ist«, wird von Pound gelobt, weil »es nichts Besseres gibt«. *Homosexualität und Literatur* ist Hubert Fichtes »ABC des Lesens«.[4] Wer den Titel dieses Bandes wörtlich nimmt und darin eine Fixierung des Interessenfeldes wähnt, wird schnell erkennen, daß Fichtes Neugier weiter reicht. Daß hier alles andere als der Versuch einer homosexuellen Ästhetik vorliegt, hat Fichte im Essay über Henry James festgeschrieben: »Von homosexuellen Autoren, von homosexueller

Literatur sprechen, setzt voraus, daß es heterosexuellen literarischen Stil gibt, heterosexuelle Kriteria. / Und: / Kann es die Aufgabe der Literaturkritik sein, biologistische Kriterien zu kanonisieren, die von den Biologen jede Saison ausgewechselt werden?«

Bis 1985 gab es keinen Werkplan und keine Planskizze zur *Geschichte der Empfindlichkeit*, worin Paralipomena vorgesehen gewesen wären. Erst wenige Monate vor seinem Tod entschied sich Fichte, zusätzlich zu den fertiggestellten Bänden der *Geschichte* auch Ergänzungsbände herauszugeben. (Vgl. hierzu den Editorischen Bericht zur *Geschichte der Empfindlichkeit*). Allerdings gab es den Plan, ein Buch mit den literaturkritischen Essays zu publizieren, schon länger.

In dem von Fichte hinterlassenen Ordner mit dem Titel *Homosexualität und Literatur. Polemiken* befand sich folgende Inhaltsliste:

»Sade, 1975
Revolution als Restauration/Rimbaud als Ethnologe, August 1979
Revolution als Restauration/Kurze Fassung, 1980
Über die Ewe-Stämme von Jakob Spieth, August 1979
Das Land des Lächelns/Lévi-Strauss, 1979
Die Verstellung des Heils/Sandoval, 1980
Mein Freund Herodot. Und: Mittelmeer und Golf von Benin, 1980
Eine versteinerte Zauberstadt/Wunderlich, 1980
Der objektive und der subjektive Autor/Henry James, März 1981
Rosen für den Staatsanwalt, 1982
Wortwurst und Strichmännchen/Sartre Genet, Spiegel, September 1982
Der Autor und sein Double/Genet und Anmerkungen zu Genet, Dezember 1982
Ist die Lutherbibel jugendgefährdend? Januar 1983
Ein neuer Martial/Arnfried Astel, Mai 1983
Männerlust – Frauenlob/Sappho, Juni 1983
Chatterton und Chatterton/Jahnn und Penzoldt, September 1984
I can't get no satisfaction/Platen 1985 nach Platen Konkursbuch mit Titel *I can't get no satisfaction*

In dieser Liste fehlen die 1985 geschriebenen Essays über Villon, Charles d'Orléans und die *Ilias*, vermutlich hat Fichte die Liste schon früher geschrieben. Neben diesen drei Aufsätzen erschien es mir unverzichtbar, die beiden Essays über Daniel Casper von Lohensteins Werke in diesen Band aufzunehmen. Während der Text über *Agrippina* bereits als Nachwort zu der von Fichte bearbeiteten Fassung des Schauspiels erschienen ist (das Buch ist jedoch leider nicht mehr lieferbar!), gab es den Aufsatz über *Ibrahim Bassa* nur als Typoskript. Ferner wollte ich weder auf Fichtes Einleitung zu seinem *Lesebuch* (obgleich dieser Band noch lieferbar ist), noch auf seine einleitende *Warnung* vor sich selbst verzichten. Es hätte auch gute Gründe gegeben, seine *Ketzerischen Bemerkungen für eine neue Wis-*

senschaft vom Menschen hier aufzunehmen, in denen die Grundlinien seiner Ethnographie und Poesie verbindenden Ästhetik ausformuliert werden. Dieser Aufsatz kann leicht nachgelesen werden: Hubert Fichte, *Petersilie,* Frankfurt am Main: S. Fischer 1980, S. 359–365. Auf eine Vorstellung der Kurzfassung des Rimbaud-Essays konnte dagegen verzichtet werden, da hier keine anderen Gedanken zur Sprache kommen als in der ausführlichen Fassung, die mehr Zitate von Rimbaud enthält. Somit umfaßt *Homosexualität und Literatur* bis auf eine Ausnahme sämtliche literaturkritischen Aufsätze von Hubert Fichte.[5] Der Umfang dieses Œuvres macht es nötig, den Band in zwei Teilen erscheinen zu lassen.

Obgleich sich Fichte sehr lange und ausführlich mit Prousts Werk beschäftigte, war er niemals daran gegangen, die begonnene Arbeit in einem Text zu formulieren. Lange Zeit hatte Fichte den Plan, eine deutsche Gesamtausgabe von Jean Cocteau herauszubringen. Die Vorarbeiten hierfür waren weit gediehen, doch scheiterte das Projekt schließlich aus finanziellen Gründen. In den letzten Wochen vor seinem Tod beschäftigte sich Fichte mit Fontanes Werk. Im Hamburger Hafenkrankenhaus schrieb er den ersten Entwurf für einen Essay. Der Text erscheint im Anhang zum 2. Teil von *Homosexualität und Literatur.*

Die vorliegende Ordnung beider Bände richtet sich – mit Ausnahme der zwei einleitenden Texte – streng nach den Entstehungsdaten der Aufsätze. Diese Reihenfolge verrät viel über Fichtes Entwicklung – und über die Sprünge seines Interesses; sie zeigt überdies das anhaltende Pendeln zwischen ethnographischen und ästhetischen Bezugspunkten. Und Ästhetik bedeutet für Fichte immer zugleich: Ethik.

Die vorliegenden Texte begegnen dem Leser in heterogener Erscheinung: In unterschiedlicher Form werden Zitate markiert: durch Anführungszeichen, Gedankenstriche am Anfang der Zeile oder auch überhaupt nicht. Teilweise werden Quellenangaben geliefert (die, so sie von Fichte falsch gegeben waren, vom Herausgeber korrigiert wurden), teilweise hat Fichte überhaupt keine Quellenangaben geliefert. Auch hier mußte überlegt werden, ob eine homogenisierte Textform wünschenswert ist. Von Fichte als Herausgeber des Bandes bestimmt, entschied ich mich dafür, das Prinzip einer textidentischen Ausgabe von Fichtes Aufsätzen so weit wie irgend möglich zu wahren. Hierzu gehört, daß die unterschiedlichen Zitier- und Belegweisen beibehalten werden. Vor allem aber gehört hierzu auch, keinerlei Eingriffe in Fichtes Übersetzungen vorzunehmen – von kleineren Korrekturen bei offensichtlichen orthographischen Fehlern abgesehen; auch dann nicht, wenn sich über Fichtes Übersetzungsvariante streiten ließe. Dies zu tun, muß man sie kennen. Die Übersetzungen stellen in jedem Fall, eben weil sie oft unmittelbarer Ausdruck der gerade neu gelernten Sprache sind, einen Kern der Annäherung an den anderen Dichter dar.

Die meisten der vorliegenden Essays wurden für den Hörfunk geschrieben. Es hieße, die soziale Wirklichkeit von Literatur & Literaten in die-

sem Land zu ignorieren, wollte man verschweigen, daß solche Funkarbeiten oft den wesentlichen Einnahmeteil von Schriftstellern bedeuten. Bei Fichte war es nicht anders. Aus dieser Veröffentlichungsform mag sich auch erklären, warum Fichte mit den – ohnehin nicht vorzutragenden – Anmerkungen bzw. Quellenangaben in seinen Essays so vergleichsweise nachlässig verfuhr. Es hätte den Rahmen dieser Leseausgabe sprengen müssen, das von Fichte Versäumte nachzuholen: einen vollständigen Anmerkungsapparat zu liefern. Dies muß einer späteren Kritischen Ausgabe übertragen werden. In den editorischen Anmerkungen zu den einzelnen Essays ist allerdings vermerkt, auf welche Ausgaben sich Fichtes Seitenangaben beziehen.
Mit Ausnahme von offensichtlichen Orthographie- und Interpunktionsfehlern wurde auch in der Schreibweise der Texte nichts verändert. Allenfalls wurden die jeweiligen Zitierformen, wenn Fichte in einem Typoskript – offenbar aus Nachlässigkeit – unterschiedlich verfuhr (wie gesagt: diese Typoskripte waren in den meisten Fällen als Grundlage für den mündlichen Vortrag gedacht), einander angeglichen. Da Fichte nicht selten in anderen Ländern auf ausländischen Schreibmaschinen – mit anderen Tastaturen – schrieb, ersetzte er sehr oft das »ß« durch ein Doppel-s (was er auch in Hamburg beibehielt) und die Umlaute durch Doppel-Vokale (ae, oe, ue). Die Schreibweise wurde hier – mit Ausnahme des *Agrippina*-Essays, welcher in einer bemerkenswerten Druckfassung so veröffentlicht wurde – vereinheitlicht. Bei Angabe der Veröffentlichungsdaten im Hörfunk habe ich mich auf die jeweiligen Erstaufführungen beschränkt; allerdings konnten einige Daten – trotz umfangreicher Recherchen – noch nicht bis auf den Tag genau festgestellt werden. (Die Archive der ARD-Anstalten, deren Redakteure nicht selten über die materielle Existenz eines Dichters entscheiden, werden ihrem Auftrag zur Dokumentation dieser non-print-Szene der Literatur leider nur in unvollständigem Maße gerecht.)

So wie es vielfältige Verbindungen und Verweise zwischen den poetologischen Reflexionen in den Essays und in den Romanen gibt, so korrespondieren viele der literaturkritischen Aufsätze auch mit – oft zeitgleich entstandenen – Hörspielen. Dies ist so bei Sade, Daniel Casper von Lohenstein, Pater Alonso de Sandoval, August Graf von Platen-Hallermünde, Villon und bei Charles d'Orléans. (Vgl. hierzu die jeweiligen editorischen Anmerkungen.) Eine Auswahl der Hörspiele erscheint als Paralipomena IV der *Geschichte der Empfindlichkeit* unter dem Titel *Schulfunk*.
Das weitverzweigte Korrespondenzsystem in Fichtes Gesamtwerk umfaßt Romane und Essays, Hörspiele und Reisefeatures gleichermaßen. Kann man bereits in der *Palette* von der Arbeit am *Waisenhaus* lesen und in dem Roman *Eine Glückliche Liebe* (Bd. IV der *Geschichte der Empfindlichkeit*) vom Schreiben der *Palette*, so erfährt man im Roman *Forschungsbericht*

(Bd. XV) von Jäckis ersten Eindrücken bei der Lektüre von Henry James' *Washington Square* und im Roman *Der Kleine Hauptbahnhof oder Lob des Strichs* (Bd. II) von der Begegnung mit der *Ilias.* In seinem Reisebericht von den Bermudas, *Der Mann mit dem Haus auf dem Kopf,* entwickelt Fichte zwischen den ethnographischen Beobachtungen eine kleine Theorie über die europäische Literatur und deren Ignoranz gegenüber der Dritten Welt anhand von Shakespeares *The Tempest.*[6]
Seine wissenschaftliche und politische Neugier war die Antriebsfeder, die Fichte ein so vielfältiges Werk schaffen ließ, in dem ethnographische Studien und literarische Forschungen zusammengehören. Eben diese Neugier ist auch das Fundament des gesamten poetischen Œuvres. Im *Versuch über die Pubertät* bezeichnet sich der Erzähler als »lyrischer Reporter«. Von Herodot, Fichtes wohl engstem Wahlverwandten, schreibt der Autor der *Geschichte der Empfindlichkeit*:
»Herodot, mein Freund.
Herodots Umgetriebensein, nicht still sitzen können.
Was ist hinter der Ecke!
Was ist jenseits der Bergkette!
Nicht: Wissen ist Macht! – sondern: Reisen ist Wissen.«
Das vorliegende Essay-Werk ist in diesem Sinne auch eine faszinierende Exkursion durch die Literaturgeschichte. Ob dies »wissenschaftliche« Texte seien? Die Frage erhält ihre Antwort durch Fichte selbst, im *Forschungsbericht*:
»– Der Unterschied zwischen Wissenschaft und Literatur ist der zwischen Karteikarten und Din-A-4-Papier. Für Herodot gab es diesen Unterschied nicht.«
Auch nicht für Fichte. Seine Kritiken sind Literatur:
»Es gibt für den Dichter keine zweite, keine Ausweichsprache außerhalb der poetischen – oder er lügt.
Prousts Zeitungsartikel sind immer auch eine Suche nach der verlorenen Zeit«, schreibt Fichte im Essay über *Agrippina* – und man kann ergänzen: Diese von Fichte so bezeichneten »Polemiken« sind in Wahrheit genuiner Bestandteil einer Forschung, die der Geschichte der Empfindlichkeit galt.

Erstmals in gedruckter Form erscheinen in den beiden Teilbänden von *Homosexualität und Literatur* folgende Aufsätze: »Der Blutige Mann«, »Ach des Achs!«, »Revolution als Restauration«, »Über die Ewe-Stämme von Jakob Spieth«, »Die Verstellung des Heils«, »Mein Freund Herodot«, »Der objektive und der subjektive Autor«, »Der Autor und sein Double«, »Ein Neuer Martial«, »Die Dicke Margot« sowie »Charles d'Orléans versus Charles of Orleans«.

Torsten Teichert, Juni 1987

Anmerkungen

1 Hans Mayer, *Auf der Suche nach dem Vater*, in: »Neue Rundschau«, Heft 1, 1987, S. 84 ff.

2 Vgl. Torsten Teichert, *Herzschlag aussen. Die poetische Konstruktion des Fremden und des Eigenen im Werk von Hubert Fichte*, Frankfurt am Main: Fischer Taschenbuch 1987, Anhang III: »Wahlverwandtschaften – Wahlfeindschaften. Der Kritiker Hubert Fichte: Correspondances«.

3 Ezra Pound, *ABC des Lesens*, Frankfurt am Main 1976.

4 Vgl. Torsten Teichert, a.a.O., Anhang II: »Lektüre-Ratgeber Ezra Pound«.

5 Es fehlt Fichtes Aufsatz *Tränen im Tee. Anmerkungen zu ›Roots‹ von Alex Haley*, in: »Der Spiegel«, 21. 11. 77. Abgedruckt in: Hubert Fichte, *Petersilie*, Frankfurt am Main: S. Fischer 1980, S. 366–371.

6 Hubert Fichte, *Bermudas: Der Mann mit dem Haus auf dem Kopf*, in: Ders., *Lazarus und die Waschmaschine*, Frankfurt am Main: S. Fischer 1985, S. 407–436.

Inhalt

Homosexualität und Literatur 2